"十一五"高等院校精品规划教材

管 理 学

主　编　安世民
副主编　李亚兵
参　编　柳春岩　杨　娜　庞　娟
　　　　谭春平　王丽娟

北京交通大学出版社

·北京·

内 容 简 介

本书全面地介绍了管理学的基础知识和基本理论，以基础理论篇、管理环境篇、管理职能篇与管理应用篇为板块，并适当介绍了管理理论的最新进展和成果。

全书系统阐述管理与管理学、管理思想与管理理论的发展历程，归纳管理理论演进的基本规律；从环境分析、社会责任与管理道德、经济一体化与管理国际化3个方面对管理环境进行总体介绍；对决策、计划、组织及其设计、领导、控制、创新这6项管理职能进行重点介绍，使读者对管理活动最基本的内容和性质有清晰的认识和把握；对人力资源、营销、物流、生产、财务、信息、质量管理进行了较为详细的介绍，以期使读者全面了解管理过程的主要内容，以便更好地促进管理职能的充分发挥和组织目标的有效实现。

本书不仅可以作为高等院校工商管理类相关专业的本科生教材，也可作为社会各阶层管理人员的知识参考读本。

图书在版编目（CIP）数据

管理学/安世民主编 . —北京：北京交通大学出版社，2008.6
（"十一五"高等院校精品规划教材）
ISBN 978 – 7 – 81123 – 314 – 8

Ⅰ. 管… Ⅱ. 安… Ⅲ. 管理学 – 高等学校 – 教材 Ⅳ. C93

中国版本图书馆 CIP 数据核字（2008）第 067300 号

责任编辑：史鸿飞
出版发行：北京交通大学出版社　　　　　电话：010 – 51686414
　　　　　北京市海淀区高梁桥斜街 44 号　邮编：100044
印 刷 者：北京市梦宇印务有限公司
经　　销：全国新华书店
开　　本：185×260　印张：28.5　字数：693 千字
版　　次：2008 年 8 月第 1 版　2008 年 8 月第 1 次印刷
书　　号：ISBN 978 – 7 – 81123 – 314 – 8/C · 40
印　　数：1~3 000 册　定价：43.00 元

本书如有质量问题，请向北京交通大学出版社质监组反映。对您的意见和批评，我们表示欢迎和感谢。
投诉电话：010 – 51686043，51686008；传真：010 – 62225406；E-mail：press@ bjtu. edu. cn。

前　言

　　管理学是工商管理类专业的核心基础课程。19世纪末20世纪初，中国学者对西方管理理论的翻译和介绍，几乎与西方管理理论，尤其是与西方行政学的发展同步进行。管理学在它诞生百余年的历史进程中，取得了长足的发展。今天，世界各国的高校管理类专业都开设管理学课程，其他专业的学生也往往选修管理学。因而管理学的教材、专著可谓汗牛充栋、琳琅满目。

　　在编写本书前，编者广泛参阅了大量的管理学教材和专著，并结合多年的教学实践，发现很多学生在学习管理学理论时，大都有似曾相识似乎比较好理解的感觉，但考试或实际应用中又觉得理解得不准确、不深刻。因此编者认为，管理学教学的核心任务是讲授管理理论的系统性，即让学生初步形成管理学的思维方式。这是由管理学自身的特点决定的。编者认为，管理学的主要特点有以下几方面。

　　1. 综合性与丰富性

　　作为专业基础课，管理学涉及众多学科：管理思想史、企业文化、战略管理、信息管理、市场营销、组织行为学、人力资源管理、管理伦理学等，并与经济学紧密结合，互为基础。

　　2. 实践性与动态性

　　管理理论来源于实践，在实践中丰富、发展和完善。没有实践，管理思想、管理理论（系统的管理思想），就成了无源之水、无本之木。"一切都在变，只有变化没有变"。组织内外环境的不断变化，使管理的职能应用环节也不断变化，另外，当代经济一体化、全球化的不断深入，也推动了管理迅速国际化，使其动态性、变化性更强。

　　3. 科学性与艺术性

　　管理学是一门科学，具有独立的研究对象、较完整的理论体系和较系统的研究方法；管理学也是一门艺术，需要人的悟性和创造性。

　　4. 思维性与工具性

　　管理学是软科学，除不能完全精确化、定量化外，更重要的是，它具有类似于计算机软件的含义，没有这种软件，硬件就无法工作。因而它具有思维运作、提升与创新的重大意义。同时，管理学也强调方法的重要性，工具的先进性与科学性，管理手段的丰富化。在管理学中，闪烁智慧的思维映照着丰富的工具与手段；丰富的工具与手段又不断充实并检验着理论思维的科学性与艺术性。

　　为此，本书力图主要体现以下特点。第一，突出管理理论的系统性，以"理论基础篇"、"管理环境篇"、"管理职能篇"、"管理应用篇"4大板块构建管理学的理论体系，旨在学科体系构建方面较为全面并有所创新，以明晰的、系统化的管理理论介绍，使学生初步形成较为系统的管理思维。第二，将管理职能与管理应用分开，意在强调管理职能与管理应用的区别。管理职能是管理活动所能发挥的作用、所能产生的影响，它决定了管理活动的基本内容和主要方向。只要是有组织的管理活动，就必然产生管理的职能，如影响、作用等，但不一定出现所有的管理应用活动。管理应用是管理职能的伴随物，充分发挥管理职能必然需要丰富的管理应用活动来完成，各项管理应用活动是对管理职能的细化和展开，就如同决策与计划一样，计划是对决策的细化和展开。无论管理职能还是管理应用，都是实践性很强的活动。将两者区别开来的意义和价值是：管理职能是基本的、必需的，而各项管理应用活动则不是每个组织都有必要开展的。第三，根据本科生年龄较小，生活阅历有限的实际情况，本书遵循启发式教育的基本原理，配之以系统的案例与习题，每章都有导入案例、课堂分析案例和课后思考案例，试图以生动的案例诠释理论，使得管理理论与实践紧密结合，增加学生理解的有效性和灵活性；同时，为巩固学习效果还编写了系统的习题。第四，内容充实，视野开阔。本书广泛引用国内外优秀管理学专著及教材的合理之处，借大师智慧展示管理学的丰富内容，章节内容力求丰富，以便为授课教师留下选择的余地。

　　本书由担负管理学教学任务的教师共同编写完成，具体分工如下：大纲、前言、第 1、9 章由安世民（国家社科基金项目主持人）编写；第 2、3、10、13 章由李亚兵编写；第 4、12、14、18 章由柳春岩编写；第 5、6、17 章由庞娟编写；第 7、11、16 章由杨娜编写；第 15、19 章由谭春平编写；第 8 章由王丽娟编写。李亚兵负责初次统稿；安世民最后审定。需要说明的是，本书第四板块"管理应用篇"中的每一章都有相关的专门课程系统讲授，本书仅对其理论框架及核心知识点进行简介。由此引起的讲授和学习理解的不便，敬请谅解。

　　由于编者水平有限，书中不妥之处在所难免。恳请各位专家、同行及广大同学批评指正。同时，对本书所引著作的作者致以崇高的敬意和真挚的感谢！对北京交通大学出版社的各位领导和编辑表示衷心的感谢！

兰州理工大学国际经济管理学院　安世民

2008 年 8 月 4 日

目 录

第三篇　管理职能篇

第一篇

基础理论篇

◇ 第 *1* 章

管理与管理学

教学目标： 通过本章的学习，了解管理学的研究对象、研究方法，管理学理论的发展历程，理解管理学与其他学科的关系；对管理的内涵与管理者的角色、技能有较充分的理解。

教学要求： 结合实际充分阐述管理的内涵、特征、地位与作用，使学生比较准确地理解管理者的角色与技能。

1.1 管理的内涵与特征

1.1.1 管理的界定

管理活动自古有之。长期以来，人们在实践中不断认识到管理的重要性。20 世纪以来，管理运动和管理热潮取得了令人瞩目的成果——形成了较完整的管理理论体系。那么，什么是管理呢？从不同的角度和背景，可以有不同的理解。从字面上看，管理可以简单地理解为"管辖"和"处理"，即对一定范围内的人员及事物进行安排和处理。对此中外学者有着许多不同的见解和定义，这些定义可以归纳为功能定义法和逻辑定义法两种类型。

其中，功能定义法主要从管理的基本作用和基本功能这一角度来把握管理的内涵，具有代表性的观点有以下几种。

法国著名管理学家法约尔（Henri Fayol）等人把管理定义为：管理，就是实行计划、组织、协调、指挥、控制。

美国著名管理学者、1978 年诺贝尔经济学奖获得者赫伯特·西蒙（Herbert. A. Simon）认为：管理就是决策，它贯穿于管理的全过程。

逻辑定义法主要从管理的基本环节和逻辑过程这一角度来把握管理的内涵，具有代表性的观点有以下几种。

美国著名管理学者哈罗德·孔茨（Harold Koonts）认为：管理是一种在正式组织团体中通过别人，并同别人一道去完成工作的技能；一种在正式组织团体中创造一种环境，使人们能为达到团队的目标,既作为个人又互相协作地完成工作的技能;一种消除完成工作障碍的技能;一种能以最高效率切实达到目标的技能。

美国学者 R. M. 霍德盖茨在《美国经营者管理概论》一书中认为,管理就是通过其他人来完成工作。

综合以上观点,可以认为,所谓管理,就是通过决策、计划、组织、领导、控制和创新等多项工作,尽可能合理而有效地利用组织所拥有的资源,以实现组织目标的过程。理解这一定义,必须明确以下几点。

第一,决策、计划、组织、领导、控制和创新是管理的基本职能。

第二,管理的对象是组织所拥有的资源,包括人、财、物、信息、时间 5 个方面。其中,人是管理的主要对象,时间是管理的最稀有、最特殊的资源,因为时间具有不可逆性。

第三,管理是为实现组织目标服务的,它是一个有意识、有目的的行为过程。

1.1.2 管理的基本特征

1. 管理的自然属性和社会属性

从本质上看,管理具有双重性,一是与生产力相联系的自然属性,二是与生产关系、社会文化相联系的社会属性。

首先,管理具有自然属性。因为管理过程就是对人、财、物、信息、时间等资源进行组合、协调和利用的过程,其中包括许多客观的、不因社会制度和社会文化的不同而变化的规律。管理的自然属性为我国学习、借鉴发达国家先进的管理方法和经验提供了理论依据,从而可以大胆地引进和吸收国外成熟的管理理论与经验,以迅速提高我国的管理水平。

其次,管理具有社会属性。因为管理是人类的活动,而人都生存在一定的生产关系下和一定的社会文化中,必然要受到生产关系的制约和社会文化的影响。不同的生产关系和社会文化都会使管理思想、管理目的及管理方式、方法呈现出一定的差异,从而使管理具有特殊性和个性,这就是管理的社会属性。它既是生产关系和社会文化的体现与反映,同时又反作用于生产关系和社会文化。管理的社会属性告诉我们,绝不能全盘照搬国外做法,必须考虑中国的国情,建立有中国特色的管理模式。

2. 管理的科学性和艺术性

管理既具有科学性又具有艺术性,完美的管理应当走科学性与艺术性相结合的道路。

管理的科学性是指管理对事物进行观察以后做出判断,这种判断具有抽象性,并且可以条理化为系统的知识体系,具有规范化和合理化的特点。首先,管理的科学性表现在它极大地推动和促进了生产的发展和管理实践的发展。人类社会生产的发展是有规律的,管理作为进行社会生产的必备条件是与社会生产的规律性联系在一起的。社会生产的发展要求管理的发展,管理的发展也促进了生产的进步和经济的发展,这表明管理具有科学性。事实也印证了这一点,如泰勒的科学管理将科学和进步技术应用于工程,在提高管理水平的同时促进了生产效率的提高。其次,管理学的许多内容可以提炼为科学知识体系。泰勒的科学管理原理如今已发展成为工业工程学,以人为本的管理如今已发展成为行为科学,将数学运用于管理已发展成为运筹学。由此可见,管理的内容本身就是可以发展为科学知识体系,这也充分证明了管理的科学性。

尽管管理学具有科学性,但管理却不是一门精确的科学,因为科学反映不了全部的管理行为。科学所无法反映的管理内容或行为，则被称之为管理的艺术性。管理的艺术性可以有多种表现，首先表现为管理需要凭借人的直觉、经验和洞察力。在许多情况下，直觉、经验和洞察力是难以用语言文字来表达的，而它们的运用又是非常灵活的、富有创造性的，这正是管理的艺术性的巧妙之处。其次，在管理过程中有些问题在客观上是难以精确并量化的，无法用数学模式去规范化，也没有现成的程序可以效仿。例如，人的潜能和行为、人和事的对外交往、管理系统中各个因素相互之间的过程反馈、各种偶然事件，等等，这些问题都有赖于管理的艺术性来处理。

1.2　管理的地位与作用

1.2.1　管理的地位

管理学是一门研究一般管理理论和原理的科学，它所提出的基本原则、基本思想是对各类管理学科的概括和总结，是整个管理学科体系的基石。管理学也是促进现代社会文明发展的 3 大支柱之一，它与科学和技术三足鼎立。一位当代著名的管理学权威曾说过：管理是促成社会经济发展的最基本的关键的因素。

国外的一些学者认为，19 世纪 40 年代以后的时代，是管理人才的天下。还有人指出，先进的科学技术与先进的管理是推动现代社会发展的"两个轮子"，二者缺一不可。这些都表明管理在现代社会中占有重要地位。经济的发展，固然需要丰富的资源与先进的技术，但更重要的还是组织经济的能力，即管理能力。从这个意义上说，管理本身就是一种经济资源，作为"第三生产力"在社会发展中发挥作用。目前，在研究国家之间的差距时，人们已从注重"技术差距"转到注重"管理差距"上来。如美国与西欧国家之间的管理差距，就是美国的经济目前仍高于欧洲国家的重要原因之一；日本经济的崛起正是抓住了技术，尤其是管理。由此可见，先进的技术要有先进的管理与之相适应；落后的管理不可能使先进的技术得到充分发挥。

1.2.2　管理的作用

人及其集体活动都需要管理。在没有管理活动协调时，集体中每个成员的行动方向并不一定相同，以至于可能互相抵触。即使目标一致，没有整体的整合，也无法达成总体的目标。随着社会的进步和经济的发展，管理所起的作用越来越大。当今世界，各国经济水平的高低很大程度上取决于其管理水平的高低。国外一些学者的调查统计证实了这一点。第二次世界大战后，一些英国专家小组去美国学习工业方面的经验。他们很快就发现，英国在工艺和技术方面并不比美国落后很多。然而，英国的生产率水平同美国相比为什么相差悬殊呢？进一步的调查发现，主要原因在于英国的组织管理水平远远落后于美国。美国经济发展速度比英国快，其最主要的原因就是依靠较高水平的管理。美国前国防部长麦克纳马拉说过，美国经济的领先地位三分靠技术，七分靠管理。美国经济上的强大竞争力与美国在管理科学上的突飞猛进显然存在内在联系。

管理在现代社会的发展中起着极为重要的作用，可以归结为以下 3 个方面。

1. 维持组织的存在

由于组织是由很多人和部门构成的，各部门和个人都有自身特殊的利益和目标，且个人的目标和组织的整体目标并不天然一致，有时甚至相反，因而难免发生诸如个人和部门利益之间、个人利益之间、部门利益与组织整体利益之间的冲突，目标冲突必然导致行为冲突，如不进行有效的化解，冲突的结果将导致组织生存危机。管理就是将个人或部门利益与组织利益有机地结合起来，使个人和部门在实现组织目标的行动中同时实现自身的利益。

2. 提高组织效率

组织效率是指组织活动达到组织目标的有效性。一般说来，组织具有不同于其各组成部分的独立目标，该目标的实现程度取决于组织内部的协调程度。管理就是通过种种手段和途径使组织内部部门与个人的行为协调起来，以最低的成本、最快的速度实现组织目标。任何组织都有自己的目标，实现目标要耗费一定的资源。在当代社会中，以最少的资源投入获得最大的收益，是每一个组织都必须遵循的原则。无论是经济组织还是非经济组织，都必须有成本费用观念，都必须讲求经济效益。决定一个组织经济效益大小和资源效率高低的首要条件是资源的有效配置和最优化利用，其手段就是管理。

3. 整体推动作用

一项新技术、一项新发明，其作用主要发挥在某一点或一条线上。如某项新技术可以提高某项操作的效率，某项发明可以使某个行业得到长足的发展。管理是一种思想、一种观念和意识，如果能使一个组织的大部分人掌握了这种思想和观念，则每个人都可以在其所处的岗位上发挥作用，从而对组织整体起到推动作用。

1.3　管理者及其分类

1.3.1　管理者的概念

管理者是指组织中行使管理职能，承担管理责任，指挥、协调他人完成具体任务的人员，其工作绩效的好坏直接关系到组织的成败兴衰。如公司的班组长、厂长；学校的系主任、院长；机关中的科长、处长、厅长等。中、下层管理人员也可能有一些具体的业务工作，但其工作重点仍是协调、指挥、监督下属的工作活动，承担本部门的管理责任。所以，管理者是管理的主体范畴。

管理对象是作业者，是指在组织中直接从事具体的业务活动，且不承担对他人工作监督职责的人员，他们的任务就是做好组织分派的具体操作性工作。如生产线上的装配工人、医院的医生、学校的教师、商场的销售员、政府部门的具体办事员等。由于他们从事的是具体的作业活动，以自身的工作直接达成组织的目标，所以，作业者属于管理的客体范畴。

管理者与作业者的根本差异就是看其是否"指挥、协调他人"完成工作。作业者只从事具体的操作性活动，即只是从事作业活动；而管理者是从事管理活动、指挥他人更好地执行作业活动的人，他们的任务是设计和维护一个环境，使其中的人员更顺利地完成各自的目标任务，进而有效地实现组织的预期目标。

1.3.2　管理者的分类

为了更加深入地了解管理者，需要通过对管理者的分类来进一步认识管理者。一般是按纵向的管理层次和横向的管理领域两个标准来分类。

1. 按纵向管理层次分类

组织中的管理者按管理层次分为高层管理者、中层管理者和基层管理者 3 个层次。

高层管理者是指对整个组织负有全面责任的管理者，如公司的董事长或总经理、医院的院长、学校的校长、政府的最高行政长官等。其主要责任是制定组织的总目标、总战略，掌握组织的大政方针，沟通与其他相关组织的关系，并评价其整个组织的绩效。对外他们代表组织并以"官方"身份出现在各种场合；对内他们拥有组织中的最高职务和最高职权并对组织的总体目标、整体利益、长远利益负责。一般来说，组织高层管理者的工作绩效将决定一个组织的成败。

基层管理者是管理结构中处于底层的管理者。由于汉语中的"下"、"底"都具贬义，而基础的"基"虽然是最下层，却具褒义，所以一般称为基层管理者，又称一线管理者，是指现场管理、协调作业活动的管理者，所管辖的仅仅是作业者，而不涉及其他管理者，如生产车间的班组长、饭店中的领班等，其主要职责是给下属操作人员分派具体工作任务，制定本班组的作业计划，直接指挥和监督现场作业活动，确保各项具体工作任务的有效顺利完成。与其他层次管理者相比，他们所得到的指令是具体的、明确的，有权调动的资源也是有限的。对上，要及时汇报具体工作任务的执行情况，反映工作中所遇到的问题，并请求支持；对下，是其下属的导师、教练和助手。

中层管理者处于管理层级中承上启下的中间位置。中层管理者是指处于高层管理者和基层管理者之间的一个或若干个中间层次的管理人员，如公司的部门经理、工厂的车间主任等等，他们的主要职责就是贯彻执行高层管理者所制定的重大决策，监督和协调基层管理者的工作。他们一方面要接受高层管理者制定的组织的总体目标和全局计划，另一方面还要将其转化为本部门的细化目标和局部计划，并分解为更具体的目标和更精细的计划到具体的基层部门单位，更要把基层单位的反馈信息及时上报上级主管，供高层参考。与其他层次的管理者相比，中层管理者更加注重组织的日常管理，既需要贯彻执行高层管理者的意图，负责把任务落实到基层单位，并及时检查、督促和协调基层管理者的管理活动，以确保目标的落实、任务的完成，又要高效、顺利地完成高层管理者交办的工作，并向上级提供进行决策所需的信息资料和各种方案。在一般组织中，中层管理者被进一步分为技术性管理者、支持性管理者和行政性管理者 3 种。

值得注意的是，不论处于哪个层次的管理者所从事的都是管理活动，所行使的都是计划、组织、领导和控制等基本管理职能。由于不同管理层次有其各自不同的管理权限、管理责任，在分工的基础上协同一致地做好组织的整体管理工作，所以，不同层次管理者在履行各项管理职能的程度和重点上是有所不同的。

高层管理者在计划、组织和控制职能上用的时间和花费的精力比较多，而基层管理者在领导职能上占用的时间和精力比较多，中层管理者居于二者之间。

即使就同一管理职能而言，不同层次管理者的管理工作所表现出来的内涵也不是完全相同的。以计划职能为例，高层管理者所关心的是组织整体的、长远的战略性规划，中层管理者更关心的是组织的中期的、本部门的管理性计划，基层管理者则侧重于短期的、本单位的业务和作业计划。

2. 按横向管理领域分类

管理者按横向的管理领域可划分为综合管理者和职能管理者。

综合管理者是指负责某一个组织的整体或组织中某个部门整体的全面活动的管理者。他们是这个组织或这个部门的主管，处于该组织或该部门管理活动管理层次的最高位置。如工厂的厂长、车间的车间主任，等等。他们对其所管辖的组织或部门的目标的实现负有整体性的全部责任，因而拥有管理这个组织或部门所必需的最高权力，有权指挥和支配整个组织或部门的全部职能活动和全部资源，而不是只对单一职能活动和单一资源储备负责的管理者。

不同规模的组织所需综合管理者的人数是有差别的。对一个小型的组织来说，可能只需要一个综合管理者。如一个小型公司的综合管理者只需总经理一人，由其一人全面负责管理包括生产、营销、人力资源和财务在内的所有经营活动。而对于一个大型组织来说，这是不能适应组织规模的管理需求的。如跨国公司，它可能会按产品类别分设若干个分部，这时该组织所需要的综合管理者就不能只是一个公司总经理而理应包括各个分部的总经理了。

职能管理者，也叫专业管理者，是指负责组织中某种特定职能、某些特定专业方面的管理活动的管理者。如总工程师、财务处长、设备处长等。他只对组织管理中的某一职能或某一专业领域的活动目标负责，只在本职能本专业中行使职权、指导工作。职能管理者大都具有某种专业或技术专长。就一般组织而言，职能管理者主要有行政管理者、财务管理者、人力资源管理者，以及其他各种业务活动的管理者。

对现代组织来说，随着组织规模的不断扩大和经营环境的日益复杂，管理活动和业务活动的分工也变得日益重要，这将需要更多不同类型、不同专业领域的专业管理者。

1.4 管理者的角色与技能

1.4.1 管理者的角色

像演员一样，管理者在组织中也要扮演一定的角色，而且在实际工作中常常扮演不止一种管理角色。所谓管理角色，是指特定的管理行为类型。20 世纪 60 年代末，亨利·明茨伯格对 5 位总经理的工作进行了一项仔细的研究，他的发现对长期以来对管理者工作所持的看法提出了挑战。例如，与当时流行的成见相反，这种成见认为管理者是深思熟虑的思考者，在做决策之前，他们总是仔细地和系统地处理信息。而明茨伯格发现，他所观察的经理们陷入大量变化的、无一定模式和短期的活动中，他们几乎没有时间静下心来思考，因为他们的工作经常被打断。有半数的管理者活动持续时间少于 9 分钟。在大量观察的基础上，明茨伯格提出了一个管理者究竟在做什么的分类纲要。明茨伯格的结论是，管理者扮演着 10 种不同的，但却是高度相关的角色。所谓管理角色，是指特定的管理行为类型。如表 1－1 所示，这 10 种角色可以进一步组合成 3 个方面：人际关系，信息传递和决策制定。

表1-1　明茨伯格的管理者角色理论

	角色	描述	特征活动
人际关系方面	挂名首脑	象征性的首脑，必须履行许多法律性的或社会性的例行义务	迎接来访者，签署法律文件
	领导者	负责激励和动员下属，负责人员配备。培训和交往的职责	实际上从事所有的有下级参与的活动
	联络者	维护自行发展起来的外部接触和联络网络，向人们提供恩惠和信息	发感谢信，从事外部委员会的工作，从事其他有外部人员参加的活动
信息传递方面	监听者	寻求和获取各种特定信息（其中，许多是即时的），以便透彻地了解组织与环境	阅读期刊和报告，保持私人接触，作为组织内部和外部信息的神经中枢
	传播者	将从外部人员和下级那里获得的信息传递给组织的其他成员——有些是关于事实的信息，有些是解释和综合组织有影响人物的各种价值观点	举行信息交流会，用打电话的方式传达信息
	发言人	向外界发布有关组织的计划、政策、行动、结果等信息；作为组织所在产业方面的专家	举行董事会议向媒体发布信息
决策制定方面	企业家	寻求组织和环境中的机会，制定"改进方案"以发起变革，监督某些方案的策划	制定战略，检查会议决议执行情况，开发项目
	混乱驾取者	当组织面临重大的、意外的动乱时，负责采取补救行动	制定战略，检查陷入混乱和危机的时期
	资源分配者	负责分配组织的各种资源——事实上是批准所有重要的组织决策	调度，咨询，授权，从事涉及预算的各种活动和安排下级的工作
	谈判者	在主要的谈判中作为组织的代表	参与工会进行合同谈判

1. 人际关系角色

这种角色包括3类，都涉及人际关系及社会交往，即在扮演这类角色时，管理者的主要作用是以某些方式与别人交往。

① 象征性领导者。为组织扮演这种角色时，管理者是以组织领导者的身份出现，但其作用仅仅是礼仪性的，并不是真正发挥领导作用。例如，当学院的院长在毕业典礼上颁发毕业证书时，或者工厂领班带领一群高中学生参观工厂时，他们都在扮演此类角色。

② 领导者。这个角色负责激励和动员下属，负责人员配备。成功的领导者总是通过创建一定组织文化，提出目标或共同愿景使追随者信服或接受，从而发挥其领导作用。

③ 联络者。管理者的作用虽然也包括组织内部相互之间的沟通与协调，但主要是涉及对外联络交往，如代表公司与供应商、客户等进行价格谈判等。

2. 信息传递角色

这种角色包括3类，都涉及信息的处理。

① 信息监控者。这个角色是指管理者既要积极地寻觅外界环境中对本组织或其中某些人有价值的信息，又要警觉地监控本组织对外输出的信息渠道，严防不宜对外的信息泄露。

② 信息传播者。管理者在向他人，无论内外传播信息时，就是在扮演这一角色。例如，指示某一情况或政策应传达至某级或某些员工，或规定某种情况只能通知某几家关系户等。

③ 发言人。这指的是代表本组织对外界发言。例如，在本公司举行的新闻发布会上宣布本公司某一战略性重大决策等。

3. 决策制定角色

明茨伯格围绕决策制定又制定了4种角色。

① 企业家。管理者发起和监督那些将改进组织绩效的新项目。

② 混乱驾驭者。采取纠正行动应付那些未预料到的问题，这主要指组织中部门之间产生了较严重的争执与矛盾时，身为上级的管理者必须做调解、仲裁、劝说等工作，以平息这些冲突。

③ 资源分配者。管理者负有分配人力、物质和金融资源的责任。

④ 谈判者。当管理者为了自己组织的利益与其他团体议价和商定成交条件时，他们是在扮演谈判者的角色。

大量的后续研究试图检验明茨伯格的角色理论的有效性，这些研究涉及不同的组织和这些组织的不同的管理层次。研究证据一般都支持这样一种观点，即不论何种类型的组织或在组织的哪个层次上，管理者都扮演着相似或重叠的角色。

1.4.2 管理者的技能

根据罗伯特·卡茨（Robert Katz）的研究，管理人员应该具备的技能包括技术技能、人际技能和概念技能3种。

1. 技术技能

技术技能是指运用某一种特定领域的工艺、技术和知识的能力。如一个学校的校长在教学方面的造诣，一个财务总监对财务知识的掌握等，都属于技术技能。尽管管理者未必是技术专家，但其必须具备足够的技术知识和技能以便卓有成效地指导员工、组织任务。技术职能对基层管理者来说尤为重要，因为他们的大部分时间都是在指导下属并回答有关具体工作方面的问题。因而，对他们来讲，成为业务的里手是作为一个有效的管理者的前提条件。而对于中、上层管理者来说，技术技能的要求就可以相对低一些。

2. 人际技能

人际技能就是与组织单位中上下左右的人打交道的能力，包括联络、处理和协调组织内外人际关系的能力，激励和诱导组织内工作人员的积极性和创造性的能力，正确指导和指挥组织开展工作的能力，等等。人际技能是一种重要技能，对各层管理者都具有同等重要的意义，在同等条件下，人际技能可以极为有效地帮助管理者在工作中取得成功。

3. 概念技能

概念技能又称为决策技能，它是指分析、判断问题并做出正确决策的能力。具有概念技能的管理者往往把组织视为一个整体，并且了解组织各个部分的相互关系。具有概念技能的管理者能够准确把握工作单位之间、个人之间，以及工作单位与个人之间的相互关系，深刻了解组织中任何行动的后果。概念技能的表现之一就是分析和概括问题的能力，具备较高的概念技能能够使管理者快速、敏捷地从混乱而复杂的动态情况中辨别出各种因素的内在联系，抓住问题的起因和实质，预测出问题将会产生的影响，判断出需要采取的措施及其可能产生的后果。概念技能另一职能是形势判断能力，管理者通过对内外部形势的分析，预见形势发展的趋势，以便充分利用机会，避开威胁，使组织获得最理想的结果。

以上3种管理技能对处于不同层次的管理人员的具体要求是不同的。技术技能对于基层管理者最重要，对于中层管理者较重要，对于高层管理着较不重要。人际技能对于各种层次管理的重要性大体相同。概念技能对于高层管理者最重要，对于中层管理者较重要，对于基层管理者较不重要，如图 1-1 所示。

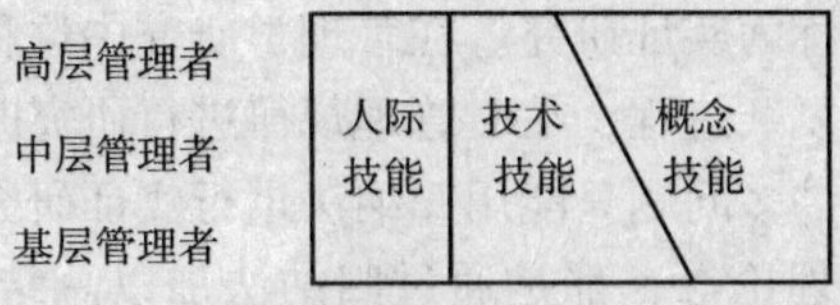

图 1-1　管理人员层次及其本技能

1.5　管理学的研究对象与发展历程

1.5.1　管理学的研究对象和研究方法

1. 研究对象

管理学是以各种管理工作中普遍适用的规律、原理和方法作为研究对象的，以指导人们千差万别的管理活动。具体说来，管理学的研究对象有以下 3 个方面。

① 从管理的实践出发研究管理思想和管理理论的发展史。研究管理思想、管理理论及其研究方法的起源，追溯其发展进程，透视不同时期的管理环境，全面而深刻地理解管理发展的历史进程。

② 从生产力、生产关系和上层建筑 3 个方面研究管理学。在生产力方面，管理学主要研究生产力诸要素相互间的关系，即合理组织生产力的问题；研究如何根据组织目标的要求和社会的需要，合理地获取、配置和使用人、物、财、机会和信息等资源，使之充分发挥作用，创造好的经济效益和社会效益。在生产关系方面，管理学主要研究如何正确处理人际关系；研究如何建立和完善组织机构及管理体制等问题；研究如何激励组织成员，从而最大限度地调动组织成员的积极性和创造性，为实现组织目标而努力工作的问题。在上层建筑方面，管理学主要研究如何使组织内部环境与不断变化的外部环境相适应的问题；研究如何使组织的规章制度与社会的政治、经济、法律、道德等上层建筑保持一致的问题，从而维护现行社会的生产关系，促进生产力的发展。

③ 从管理者出发研究管理过程。管理活动是由一系列活动组成的动态的过程，要研究管理活动涉及哪些职能，不仅如此，还需要对执行这些职能涉及的组织要素进行研究；对执行各项职能中应遵循的原理、采用的方法和技术进行研究；同时，要对执行职能过程中遇到的阻力，以及如何克服阻力进行深入的研究。

总之，管理学有自己独立的研究对象，已经构建起较为成熟、稳定的研究体系，并且已经在科学的园地占据了不可或缺的一席之地，目前，管理学正以自己崭新的学术领域和实践价值吸引着越来越多的研究者和实践者的目光。

2. 研究方法

管理学和其他社会科学一样，其研究方法基本上有以下 5 种。

（1）归纳法

归纳法是一种从典型到一般的研究方法。即通过对客观存在的一系列典型事物或经验进行观察，分析其特点、变化规律，进而分析事物之间的因果关系，从中找出事物变化发展的一般规律。这种研究方法也称为实证研究。在管理学研究中这种方法应用十分广泛，因为管理是一个由众多因素构成的复杂过程，在对管理规律进行研究时，难以对这些复杂的因素进行精确的量化分析，因此，许多问题只能用归纳法进行实证研究。事实上，管理学中许多理论，如领导行为理论、权变理论等，都是通过归纳法加以总结的。但归纳法也存在明显的缺陷。

（2）试验法

所谓试验法，即人为地把试验对象分为两组，一组为试验组，一组为对照组。对照组的条件保持不变，在试验组人为地改变某种条件，并观察试验对象在变化条件下的表现状况和产生的变化，再与对照组的实际结果进行比较，分析变化的条件与试验结果之间的因果关系。如果经过多次试验，而且总是得到重复或相同的结果，那就可以得出，某种条件与实验结果具有必然关联的结论。这种关联就是管理中蕴涵的基本规律的体现。

试验法广泛应用于管理过程和社会问题的解决当中。例如在我国，许多影响较大的公共政策在正式执行前往往采用试验法以获取政策执行的效果，以便决定是否做必要的调整。在管理过程中，许多管理问题，如生产管理、设备布置、工作程序、操作方法、现场管理、质量管理、营销方法，以及工资奖励制度等问题都可以采用试验法进行研究。泰勒的科学管理、梅奥的霍桑实验等都是采用试验法研究管理问题的成功例子。

（3）演绎方法

对于较为复杂的管理问题，管理学家往往从某种概念出发，或从某种统计规律出发，也可能在实证研究的基础上，用归纳法找出一般的规律性，并加以简化，形成某种理论依据，以此作为建模的出发点，构建起能反映某种逻辑关系的模型。这种模型与被观察的事物并不完全一致，但它具有突出本质特征，忽略次要因素，使纷繁复杂的事物便于把握的特点。也就是说模型是对原型的一种抽象，它完全合乎逻辑的推理。这种运用模型来研究管理现象及其规律的方法称为演绎法。演绎法的使用十分广泛，不仅用于管理学领域，而且应用于各种预测和公共政策研究等领域。

一般地，人们把从理论概念出发建立的模型称为解释型模型，如投入—产出模型、企业系统动力学模型等；把从统计规律出发建立的模型称为经济计量模型，如柯普—道格拉斯生产函数模型；把建立在回归分析和时间序列基础上的模型称为预测模型；把从政策的角度出发建立的说明公共政策如何产生的模型称为概念模型；把建立在经济归纳法基础上的模型称为描述性模型，如现金流量模型、库存储蓄量模型、生产过程中的制品变动量模型等。近年来由于计算机技术的迅速发展，管理中的各种复杂模型都可以借助计算机进行演练和模拟，大大促进了演绎法在管理领域的应用和发展。

（4）定量研究方法

管理的定量方法是对管理现象中可以量化的部分进行测量和分析，以寻求最优决策方案的方法。管理的定量方法是从第二次世界大战中对军事问题的优化解决的基础上发展起来的。1937 年，十几位英国科学家被请去帮助军队用新发明的雷达确定敌机的位置，1939 年，这些科学家被集中到英国皇家空军战斗机指挥总部，这个小组被看作第一个运筹学组。1940

年 9 月，这个成立不久的小组织又和防空司令部组合并在一起研究防空目标问题，以便用有限的空军力量有效地抗击德国庞大的空军力量的进攻。由于最初的研究与雷达的运行有关，英国人便把这种活动称为运筹学。第二次世界大战后，美国人把运筹学引入到陆、海、空军的各个部门。战后，运筹学被英、美广泛应用于工业和经济管理领域，对经济的发展起到积极的推动作用。运筹学是最早出现的定量研究方法。

管理的定量方法有一套完备的操作技术和方法，包括抽样方法、线性规划方法、统计方法、最优化模型、信息模型和计算机模拟等。定量研究方法最突出的贡献是在管理决策方面，特别是在计划和控制决策方面有着明显的优势。例如，线性规划方法可以使管理者改变资源分配的方案；计划评审技术可以使工作进度计划更为有效；经济订货批量模型可以辅助企业决定应维持的最佳库存水平。

当然，由于管理过程涉及的因素许多无法用定量方法来计算，因此定量方法也不可避免地存在局限性，在管理活动中还需要使用其他的方法。

（5）管理的权变方法

所谓权变方法，是指由于环境和条件不断变化，管理没有一成不变的方法和技术。例如，按照传统的管理理论，工作的专业化分工无疑是提高效率的有效手段之一。在 20 世纪 50 年代以前，管理人员把工作专业化看作是提高生产率的不竭源泉，因为那时工作专业化的应用还不够广泛，人们发现只要实行专业化，几乎总能提高劳动生产率。但到了 20 世纪 60 年代后，情况发生了变化，在某些领域，细致的专业化分工给人们带来了厌烦情绪、疲劳感和低效率。在这种情况下，通过扩大工人的工作范围，可以提高劳动生产率。另外，许多企业还发现，通过丰富工人的工作内容，允许他们做完整的工作，让他们加入到相互交换技能的团队中，他们的工作效率会大大提高。这说明固守传统的原理、技术和方法是不合适的。对于管理技术来说，权变方法有其逻辑的合理性。在管理活动中，由于组织的规模大小各异、人员的素质不同、目标的歧异，以及环境的差异等原因，管理的方法如果没有差异就成为咄咄怪事，因此，管理权变方法存在的合理性与必要性就成为可以理解的现象了。

1.5.2　管理学与其他学科的关系

由于管理学既是一门基础学科，又是一门应用学科，因此，很多学科都对管理学做出了贡献。

1. 心理学

心理学是一门从事测度、解释与改变人和其他动物行为的科学。心理学研究致力于了解个体行为，提供管理者有关个人差异的观察结果。今日的管理者面对的是多元的顾客和多样的员工，心理学的研究可以帮助管理者更了解变化中的顾客和员工。心理学的课程也让管理者更清楚地掌握激励、领导、信赖、招募员工、绩效考核和训练的方法。

2. 社会学

社会学研究个体发挥作用的社会体系，即研究人与人之间的关系。特别是通过研究复杂组织中的小组行为，对管理做出了重大贡献。管理学在小组动态、正式组织理论、官僚模式、权威、信息沟通、权力与矛盾等管理领域得到了社会学方法的有益贡献。社会学家的研究与管理密切相关，如社会变迁、全球化、文化差异的日增、性别角色的改变、家庭生活形态的改变、教育趋势对未来员工技能的影响、人口结构的改变对顾客和人力市场的影响等。

3. 经济学

经济学通过他们在预测和决策方面的工作对管理学作出了大量贡献。他们在优化资源分配方面为管理者提供了有效改进内部投入决策和调整外部条件的方法。经济学给管理提供了许多有用的概念和工具，如不变成本和可变成本、机会成本、边际成本、边际效用、弹性系数等。

经济学研究的是稀有资源的分配和分散，可以帮助管理者了解变动的经济，以及在全球的竞争和自由市场中的角色。例如，为什么大部分的运动鞋都在亚洲生产？为什么墨西哥的汽车工厂比底特律还多？经济学有关比较优势的研究，提供了这些问题的答案。同样经济学家所研究的自由贸易和保护主义政策是管理者在全球化市场竞争中绝对必需的。

4. 数学与统计学

数学与统计学对管理决策方面做出了贡献。数量方法对管理和决策所做的贡献包括：不确定性与风险、评价系统、排队论、线性规划等数量决策技术。

5. 计算机科学与控制论

计算机科学与控制论的产生和发展对管理学产生了重大影响。控制论中的反馈原理，为管理学中的决策科学化提供了正确决策的基础。反馈原理也为管理现代化，特别是管理决策中模型与模拟的应用提供了理论基础。

6. 哲学

哲学探究的是事物的本质，特别是价值和伦理。它是对各学科具有指导意义的社会科学，同样是管理学产生和发展的思想理论基础。中国古代哲学思想就对管理学的发展产生重大影响，同样，马克思主义哲学思想为管理学提供了重大的思想武器。西方学者提出的权变理论，不外乎应用了列宁提出的具体矛盾具体分析和毛泽东的《矛盾论》中矛盾的具体性的某些哲学思想。但由于权变理论认识上的片面性，并未能真正体现具体矛盾具体分析的全部哲学思想，而且具有片面性，表现为不承认真理的普遍性原理。可见，哲学思想是管理学重要的思想理论基础。

7. 生理学

生理学与生物学被忽视的一个已经并继续为管理做出贡献的领域，其研究成果已用于工作设计和分析焦急与紧张的原因。另一个潜在领域是组织心理医药学，即用药物在工作环境中影响人们的行为，其效用表现为改善了安全保障和缺勤率。

8. 工程学

早期的管理工作，特别是20世纪初的20多年中，集中于提高工效、工作的设计与业绩的优化，这时期主要是工业工程做出的贡献。工程师们在改善环境、提高人的能力方面做出了重大贡献。他们通过改善工作设计、工作流程和程序、选择厂址和工厂设计，减轻了人们的疲劳程度，提高了劳动者的效率——劳动生产率。

9. 人类学

研究文化如何影响人们的行为是人类学对管理做出的重要贡献。文化区别不仅存在于国与国之间，在同一个国家中也存在文化上的区别，在基本价值观、士气和行为规范方面均存在文化区别的影响。个人价值系统会影响人们的士气、工作态度和行为。可以帮助管理者学习人类及其行为。人类学家有关文化和环境的研究，可以帮助管理者更了解不同国家的员工在价值、态度和行为上的根本差异。

从管理理论的发展，以及上述各学科对管理学所做出的越来越多的贡献可以看出，管理学已从经验发展到实用科学，从单一性学科发展为现代的、由多种学科杂交融合而成的新型交叉学科，它融合了数理科学、工程技术、心理学、社会学、经济学等多门学科的思想、原理和方法。

1.5.3　管理学的发展阶段

19 世纪末 20 世纪初的泰罗科学管理理论的出现，是管理学形成的标志。管理学形成以前又可以分成以下两个阶段。

（1）早期管理实践与管理思想阶段

从有了人类集体劳动开始，到 18 世纪这一历史阶段，人类仅仅为了谋求生存而进行各种生产活动，虽然在管理上提出某些见解，但尚未认识到管理本身的重要性和必要性。

（2）管理产生的萌芽阶段

从 18 世纪到 19 世纪末是管理产生的萌芽阶段。这一时期人们有意地观察和分析管理活动，并对管理活动在组织中所起的作用有了一定的认识，但还未形成较系统的管理理论。

管理学形成后又分为以下 3 个阶段。

（1）古典管理理论阶段

20 世纪初泰罗科学管理理论出现到 20 世纪 30 年代行为科学理论出现之前。

（2）新古典管理理论阶段

20 世纪 30 年代到 20 世纪 60 年代这一段时间。主要指行为科学理论的形成和发展。

（3）现代管理理论阶段

20 世纪 60 年代到现在。

这种阶段划分方法基本上可以把握管理学产生、形成和发展的全过程，做到历史与逻辑的统一。

1.5.4　管理学展望

现代管理理论应是所有管理理论的综合。管理的基本目标是要在不断急剧变化的社会中，保持一个充满活力的组织，使之能够持续低消耗、高产出，完成组织的使命，履行其社会责任，所以要求管理理论不断发展和完善。从目前来看，管理学发展有以下趋势。

1. 未来管理理论的发展方向

① 对系统理论的重视；

② 现代组织结构的发展；

③ 对组织中的人性、行为的研究；

④ 对于变动或革新的管理日益注意。

2. 未来管理组织的发展

由于技术的革新迅速发展，促使现代组织结构有了较大改变。对未来管理组织的发展，有人作了如下预测：未来的组织将面临波涛汹涌的变化，它们必须不断地进行改变和调整；未来的组织将日益庞大和复杂；部门的划分将会更细，各部门的专业化程度也将越高，将会有较高的独立性和自主权，并将会作为一个独立的部门对外开放。

未来组织的层次将会有所减少。由于人们科学文化水平的提高，先进技术的应用，特别是智能电子计算机的应用可代替部分手工劳动和脑力劳动，组织中的沟通及组织与外界的沟通将远比目前来得方便、快速和有效，可减少大量的信息中间周转，因而不但组织的层次将会有所减少，而且中层主管人员数量也将会有一定的减少。组织将逐步地从金字塔形结构向蜂腰形结构转变。

3. 未来组织活动范围的变化

未来的组织目标将会日益增多。将来的重点将是满足其中的若干项目标，而并非使其中某一目标达到最佳结果。未来组织活动的范围已不会是仅局限于本地区、本国家，而是整个世界。组织不仅要同地区内、国家内的其他同类组织竞争，而且要和国外的同类组织竞争。因此，组织活动的范围必将扩大，要面对整个世界，为全人类提供自己的优质产品和服务。

未来组织的活动内容也必将发生变化。将从单纯追求利润等向追求人们的信赖等方向转变，将会从单纯的考虑本组织目的向全社会的需求方面考虑。

4. 未来管理方法的改变

随着未来管理理论的成熟和发展，随着组织形式和组织内容的改变，管理方法也必然随之改变。未来的管理将更重视计划的作用，特别是长远计划的作用。制定计划要有预见性，并且要求制定整体计划。未来的管理将更加重视管理信息的作用，而且将更多地利用和完善管理信息系统为组织活动服务。未来的管理方法的最大改变在于进行自主管理。组织各类活动将更多地依赖说服教育，而非强制命令。每个组织成员都是组织的主人，他们将积极参加各类活动，进行自我管理，并为组织活动出谋划策，自觉地为实现组织目标而努力。

5. 未来组织在用人方面的趋势

科学技术的发展，对组织活动有重大影响，由此组织在用人方面也会发生重大改变。科学家和专业人员的人数将增加，他们的作用也将得到充分发挥。由于年轻人容易接受新思想，敢于创新，是组织必须依靠的基本力量。同时，为保证组织能有足够的各类人才，使他们安心为组织目标而努力，组织应重视培养和发挥年轻人的作用。

6. 管理专业化趋势

今天的管理已走向专业化趋势。管理专业与别的专业不同，尤其与法律、医学等专业不同，因为管理专业往往不能硬性地应用于各种环境。但管理之所以趋向于专业化，也正是因为管理已具备了法律、医学所具备的主要条件。管理已经具备了一定的坚实的知识基础。尽管一些主管人员没有获得像法律、医学专业人员那样的合格证书，但由于管理有一套组织方法，足以监督和管理各级主管人员进行各自的管理工作，也就不一定仿照这些专业，发给合格证书来核定他可否从事管理工作。任何一个组织的目标都是为人们提供优良的产品或服务，管理的责任就是使组织能够更多地提供产品和服务。管理活动已有许多机构来监督检查其任务和目标，以此来控制自己的工作，也就是所谓的自我控制。管理专业化对管理学的发展提供了更有利的条件，而管理要真正成为一个健全的专业，还有一条漫长的道路，有待于管理学者及管理从业人员今后的努力。

本 章 小 结

管理就是通过决策、计划、组织、领导、控制和创新等多项工作，尽可能合理而有效地利用组织所拥有的资源，以实现组织目标的过程。管理既有自然属性也有社会属性，有其科学性的一面、也有艺术性的要求。管理本身就是一种经济资源，作为"第三生产力"在社会发挥作用。管理在现代社会的发展中起着极为重要的作用：第一，管理可以维持组织的存在；第二，管理可以提高组织的效率；第三，管理具有整体推动作用。管理者是指组织中行使管理职能，承担管理责任，指挥、协调他人完成具体任务的人员。其工作绩效的好坏直接关系到组织的成败兴衰。管理者在实际工作中扮演着三大类 10 种具体角色，需具有人际技能、技术技能和概念技能。管理学的研究对象有 3 个方面：从管理的实践出发研究管理思想和管理理论的发展史；从生产力、生产关系和上层建筑三个方面研究管理学；从管理者出发研究管理过程。其研究方法基本上有归纳法、试验法、演绎方法、定量研究方法和管理的权变方法等。19 世纪末 20 世纪初的泰勒科学管理的出现，是管理学形成的标志。未来管理理论的发展主要有以下趋势：对系统理论的重视；现代组织结构的发展；对组织中的人性、行为的研究；对于变动或革新的管理日益注意等。

◇ **第 2 章**

古代管理思想

教学目标： 通过本章的学习，了解中西方古代的管理思想的发展历程，对古代的管理实践和管理思想之间的关系有所理解。

教学要求： 掌握古代中西方管理思想的内涵，对比中西方管理思想的异同。

2.1　西方早期管理思想

管理思想源于管理实践，同时又指导着管理活动的开展。人类历史发展阶段的社会实践孕育了不同的管理思想。在西方早期管理思想中，无论是古埃及、古巴比伦及中世纪欧洲的管理思想，还是苏格拉底、柏拉图、亚里士多德、笛卡儿、康德、黑格尔等人对管理理性思考和哲学倾向，都表现出了西方管理思想对方法意识的不懈追求。

2.1.1　西方早期的管理实践

古埃及、古巴比伦、古希腊等文明古国的诸多实践活动集中体现了古代朴素的管理思想，并直接影响了后来的管理思想的形成。

古埃及是人类历史上最早出现阶级和国家的地区之一，大约在公元前4000年，尼罗河流域进入金石并用时代，奴隶制国家开始建立。约公元前2000年埃及实现统一。法老掌握全国土地和水利灌溉工程，支配着国家的发展，而辅助法老的宰相则集"最高法官、宰相、档案大臣、工部大臣"等职衔于一身，对全国的司法、行政及经济事务进行管理。但军事则由法老直接掌管。

古希腊最早的奴隶制国家产生在克里特岛，大约在公元前2500年，克里特人就进入了金石并用时代，其社会生产力进步显著，手工业达到了很高的水平。在管理上注重技术操作、工艺管理和成品质量控制；注重劳动生产成本和经营效果；以商业化经营为契机，致力于生产规模的扩大；突出对工匠及其他业务人员的管理；将手工业生产与其他行业（主要是农业）的发展相联系，实行综合管理。

公元前 7 世纪，雅典国王的职位由世袭制改为选举制，一系列变革使得雅典成为一个共和政体的城邦。公元前 6 世纪，新兴的工商业奴隶主发起了针对贵族统治的以"梭伦改革"为代表的一系列改革，其改革措施的推行和随后城邦民主形式国家制度的确立，解放了受束缚的社会生产力，导致了适应生产力发展的工、商业自由经营和竞争模式等的产生。

概言之，西方古代管理实践活动主要集中体现在计划、组织、控制和人事等方面。

① 计划方面：在公元前 5000 年左右，埃及人建造了世界七大奇迹之一的金字塔。工程十分浩大，据考察，共耗用上万公斤重的石块 23 块，动用 10 万人力，历经 20 年才得成建成。如此巨大工程，没有一个周密的组织管理工作是难以成功的。《圣经》中记载了摩西率领希伯来人摆脱埃及人奴役的计划安排工作。

② 组织方面：古希腊人很重视分工和专业化，连石匠的工具都设有专人琢磨。柏拉图在《理想国》一书中首先提出了劳动分工和专业化原理。他说："每个人从事几种行业或坚守自己的本行——哪一种更好呢？应该坚守自己的本行。如果一个人按照他的能力并在恰当的时机做事，他就能做得更多、更好而且更容易。"

③ 控制方面：苏美尔人和古埃及人已有了账目、文件等控制手段。古巴比伦人更把这种控制手段定型化为汉谟拉比法典。至于控制中对集权和分权的关系如何处理的问题，早在埃及的古王国时期已发现这一问题，并有人试图予以解决。以后，罗马帝国的戴克里又进一步予以发展，并获得相当大的成功。

④ 人事方面：古埃及人很早就注意到要恰当地处理人际关系。这可以从一些大臣写给儿子告诫书中看出。古罗马的瓦洛更明确地提出了人的选择和安置问题。古巴比伦人实行了萌芽状态的计件工资制作为激励人的手段。摩西的岳父可以说是最早的管理咨询人员，而希腊的各城邦则推行了最早的协商式管理。

2.1.2　西方古代的管理思想

1. 经济管理思想

古代西方的经济管理思想源于古希腊和古罗马等文明古国的经济管理实践活动。

（1）古希腊

色诺芬根据自己管理领域的经验写了《经济论》和讨论国家财政问题的《雅典的收入》。他认为家庭管理应该成为一门学问，研究的对象是优秀的主人如何管理好自己的财产。一个奴隶主是否管理好自己的财产，主要看他是否使自己的财富得到增加。色诺芬重视农业，而对手工业却抱着鄙视的态度。他在《居鲁士的教育》一书中对社会分工进行了解释，色诺芬虽然清楚地了解到分工发展的程度是依赖于市场范围，但是作为奴隶制自然经济拥护者的色诺芬，只是注意分工会使产品制造得更加精美，他赞成社会分工只是考虑到提高产品的质量，而不是使产品更加便宜。这也是很多其他古代思想家的共同观点。

柏拉图认为有些人天生只适合从事手工业和农业，脑力劳动天生宜于贵族，彼此是绝对不能改变和交换的。可见，柏拉图把分工看作是社会分裂为阶级的基础。

亚里士多德在其著作《政治论》中认为，家庭管理和"货殖"是不同的；财富也就是具有使用价值物品的总和。为获取这种财富的经济活动是属于"家庭管理"之内的。"家庭管理"就是为了取得具有使用价值的物品，以便消费。

（2）古罗马

克优斯·贾图在当时已经表现出明确的成本、效益的思想意识。他告诫奴隶主要管理好奴隶，发展生产；主张农庄的地址应该选择交通便利和利于产品运销的地方。

格拉古兄弟在公元前 2 世纪对土地进行了一系列管理，其中的弟弟在公元前 122 年当选为保民官。对土地进行管理实行了 3 项重要的措施：第一，实行粮食法，规定国家仓库以低于市场价格向罗马贫民出售粮食。第二，实行审判法，取消元老院指派法官审理案件的权利，将它交给骑士。此外还实行了包征税。计划建筑道路和公共建筑物，吸收贫民参加。第三，实行关于殖民地法，把贫民迁移到殖民地，组织大农场。

2. 社会政治管理思想

欧洲从古希腊时代起，就产生了民主的社会管理思想。这种民主理念的思想信念是：集体的幸福与成就产生于每一个公民的积极参与之中。随着民主体制的建立，颁布了《罗马法》，它有着法制社会的思想和成文法的体制。这是古罗马留给欧洲乃至世界的最为宝贵的管理思想。在古代西方，人们就认识到了用规则、制度、法律去调整人与人、人与物、人与社会的关系的根本性，而不是靠个人、精英、君主去治理社会，裁量对错。这与东方古代社会的清官政治、精英政治、人治思想有着根本的区别。

公元前 18 世纪，古巴比伦王国汉谟拉比法典的制定，废除了原来各城邦的立法，将全国法令统一起来。这是现存的人类历史上第一部完备的成文法典，它标志着古巴比伦法制管理思想的发展。这部法典分为序言、本文和结语 3 个部分，本文 282 条，内容包括诉讼手续、盗窃处理、军人封地、租佃、雇佣、商业高利贷与债务奴隶、家庭与继承、伤害与赔偿、奴隶关系等。古巴比伦的农业和手工业由国家统一管理，法典对行业作了明确的分类，如将手工业分为制砖、缝纫、宝石匠、冶金、刻印工、皮革工、木工、造船工和建筑工等。其分工之细，管理之完善，是前所未有的。

古希腊雅典的民主政治是通过公民会议来实现的。在雅典的 10 个大部落中，每个部落选出 50 名代表人，组成 500 人会议，所有成年人都有权参加公民会议，并且实行代表人轮换制。这样就形成了雅典执政官——500 人会议——公民大会形式的社会治理结构。古希腊是人类历史上第一个公民能够参加国家管理事务的国家。古希腊的民主政治是以自由和平为基础的，言论自由使批评和新思想成长成为可能。把实在的事物抽象化，随之提出种种幻想，这是当时希腊文明的一大特点。

古罗马于公元前 509 年建立共和国，其组织架构为：共和国各政治制度建立在分权的基础上，政府各机构之间互有监督制约；公民大会选举各级行政长官，表决法律与重大决定；民选行政长官掌握行政权；为了避免个人独裁，形成没有国王的王权，行政长官必须集体行使权力，并且规定各行政长官任期一年，不得连任连选。建立如下的行政秩序：凡是想获得要职的，必须先担任财务官、市政官、大法官、执政官，依次晋升。为了保护平民的利益，行政长官之外专设保民官并规定任职者必须是平民，他们对行政长官的权力有否决权。在罗马帝国的全盛时期，估计其国土面积为 350 万平方公里，人口约 7 000 万人。就国家行政区域来划分，全国划分为 4 个大行政区，统领 13 个行政区，再由 13 个行政区管辖 101 个行省。要统治这样一个庞大的帝国，并使之保持平稳与发展，可见其社会组织与行政管理的水平已经相当高了。这种国家管理架构为后世提供了重要的参考，与当前很多国家所实行的国家管理架构有很大相似之处。

3. 宗教管理思想

据《旧约全书·出埃及记》第十八章记载，摩西是希伯来人的领袖，他在行政法、人际关系、人员挑选和训练等方面都有出色的能力。摩西的岳父耶特鲁，曾批评摩西在处理政务时事必躬亲的做法。他提出 3 点建议：第一，制定法令，昭示民众；第二，建立等级制度，委任管理人员；第三，分级管理，各司其责。

西方自古就有政教分离的传统，政府对宗教并无统治权。在有些国家，皇权低于教权，红衣大主教既是国家的最高精神领袖，又是国家的最高统治者，政府需要宗教认可，国王登基需要教皇加冕才算合法，如梵蒂冈。西方宗教不仅有自己的思想纲领，严密的组织体系和财产管理制度，而且与当时各国的社会管理制度、财产制度相协调，发挥着重要的作用。基督教一直是西方影响最大的宗教，基督教精神反对强权与剥削压迫，主张人人生而平等与普遍的自由、幸福。西方宗教在教义上都是提倡真、善、美，反对假、恶、丑的。

罗马天主教除了崇拜天主（即上帝）和耶稣外，还尊奉玛丽亚为"圣母"，强调教徒必须服从教会权威，声称教士有受自天主的神秘权力，可以代表天主对人定罪，并有一整套的等级森严的教阶制度。罗马天主教严密的管理制度可以从两个方面来概括：第一，层次分明的组织结构，形成金字塔式的指挥体系；第二，在决策过程中充分运用"幕僚职能"。

古代西方文明中的管理思想的形成和发展有着广泛的政治、经济、社会实践基础，同时，这些管理实践活动事实上也是在朴素的西方管理思想的指导下开展的。因此，二者很难截然分开。从总体上看，社会制度和社会经济基础决定了管理实践和基于实践的管理思想的发展。这些管理思想尽管不完善，比较粗糙，没有形成一个完整的体系，却体现了一种管理思想的萌芽，催生了后续管理思想的繁荣。

2.1.3　西方近代管理思想

管理实践经过不断发展，已经从早期那种单纯的实践行为上升到在一定思想指导下的管理活动。18 世纪工业革命时期，在管理上继承了古代管理思想又体现出强烈的时代特色，代表人物有亚当·斯密，罗伯特·欧文和查尔斯·巴贝奇。

亚当·斯密（Adam Smith，1723—1790）是第一个对西方管理理论做出贡献的英国资产阶级古典经济学家。他在 1776 年发表了代表作《国富论》。该著作不但对经济和政治理论的发展有着突出贡献，对管理思想的发展也有重要的贡献。劳动是国民财富的源泉，劳动生产力的改良和增进，是国民财富增长的基本原因。这一观点，已经成为当时西方管理理论的一个重要论点。亚当·斯密特别强调了分工的作用并分析了劳动分工的经济效益，提出了"生产合理化"的概念。他的这些观点为西方管理理论提出了一条极其重要的原理。同时，亚当·斯密提出了"经济人"观点，即人们在经济活动中追求个人利益，社会上每个人的利益总是受到他们利益的制约，各人都需要兼顾他人的利益，由此而产生共同利益，进而形成总的社会利益。所以，社会利益正是以个人利益为立脚点。上述观点对西方管理的实践和理论，都具有重要的影响。

罗伯特·欧文（Robert Owen，1771—1858）是英国空想社会主义者。他的著作有：《有关新拉那克机构的陈述》（1812）、《新社会观》（1813—1814）、《关于制造制度的效果的观察》（1815）、《对拉那克郡的报告》（1821）等。欧文最早注意到人的因素对提高劳动生产率的重要性，他反对将人视为机器，强调人和机器的根本区别在于人是有需要的有机体，因此，要区别"有生机器"和"无生机器"。欧文的管理思想集中体现于他在苏格兰新拉纳克工厂的改良措施中，包括：①改善工厂的水条件，使生产设备布局合理化，缩短劳动时间；②提高雇佣童工的最低年龄限制；③提高工资，在厂内免费为工人提供膳食，开设工厂商店，设立幼儿园和模范学校，创办互助储金会和医院，发放抚恤金；④与工人接触，了解工人的生产、生活情况。欧文的改革设想，尽管在当时看来很不现实，但他最早注意到管理中人的因素，欧文是人事管理的先驱者，他重视人的因素在工业中所起的重要作用。他的理论和实践对以后的管理特别是人事管理有相当大的影响。

英国人查尔斯·巴贝奇（Charles Babbage，1792—1871）是对管理思想贡献最大的主要人物。巴贝奇也是数学家、科学家和作家。他于1832年出版了《论机器和制造业的经济》，论述了专业分工、工作方法、机器与工具的使用和成本记录等，是管理学上一本重要的文献。巴贝奇以自己的亲身经验，劝当时的经理人员尽量采用劳动分工。通过时间研究和成本分析，他进一步地分析了劳动分工使生产率提高的原因，他的解释比亚当·斯密更全面、更细致。巴贝奇还重视人的作用，鼓励工人提建议，主张实行有益的建议制度，重视运用管理技术，等等。

2.2 中国古代管理思想

2.2.1 中国古代管理实践

中国古代关于组织的实践起源于五千年以前，当时中国已经有了人类最古老的部落组织。在随后的两千多年的漫长历史中，中国战事频繁，其集权化的王国组织不断变更。大约在公元前12世纪至前11世纪，周朝制定的官僚组织和制度，是当时国家管理的集中代表。在这一体制中，周朝官员分为天、地、春、夏、秋、冬六官，以天官职位为最高，六官又分权，各司其职。这种权力化的国家管理思想，在以后的历代统治者手中继续得到完善和发展。公元前两百多年的秦王朝，建立了与现代中国国土面积相近的统一国家，其中央集权的治国思想得以进一步发展。秦代以后的历代王朝，其统治者出于自身的利益和建立集权的封建国家的需要，一是着重于治国的管理实践，二是着重于生产和分配的组织，从而形成了综合性的宏观管理思想，这种综合性的管理思想是治国之道的集中体现。

在劳动组织方面：中国古代曾进行过许多大规模的工程建设，如人们熟知的大禹治水工程、秦代万里长城的修建、隋代沟通南北的运河修竣等。这些工程，即使在现代社会也可以称之为巨型工程项目。在劳动生产力不发达的时代，要顺利实施并完成这些巨型工程项目并非易事，它需要动员举国之力，组织数万乃至百万劳动人员，按工程所需的劳动分工形式安排施工、调度物资、控制工期和质量，以确保工程的完成。在大规模工程建设的管理中，古代中国不仅创造了先进的技术，而且创立了分工协作、合理理财、综合管理和控制质量的管理理念与思想。

在生产管理方面：中国古代十分重视激励创造发明和改良生产工具，孔子曾说，"工欲善其事，必先利其器"。中国古代以四大发明（造纸术、印刷术、指南针、火药）为代表的技术发明和推广，极大地推动了社会物质文明和精神文明的建设。同时，建立在技术应用基础上的手工业的发展，促进了最初的手工业经营思想和工业管理思想的产生，以及社会分工协作管理理念的形成。

在决策、运筹方面：中国古代有无数运筹成功的实例。战国时期，田忌与齐王赛马屡败，后来他改变了策略，按马力的强弱，以己之下马对彼之上马，己之上马对彼之中马，己之中马对彼之下马，取得了二胜一负的战绩，这充分显示了运筹控制在管理中的作用。从总体上看，中国古代运筹管理思想不仅在治国和军事对策中得到应用，而且广泛地应用于工程管理、经商和理财活动中，从而从总体上推动了中国古代社会、经济、科技和文化的发展。

2.2.2 中国古代管理思想

1. 代表人物

我国古代的管理思想及理论框架基本形成于先秦至汉代这一时期。古代管理思想主要体现在先秦到汉代的诸子百家思想中，如儒家、道家、法家、兵家等。许多古代经典著作，如《论语》、《道德经》、《孙子兵法》、《九章算术》、《三国演义》、《红楼梦》等，充分反映了我国古代成功的管理思想和经验。其中，老子、孔子、商鞅、孟子、孙武、管仲的管理思想最具有代表性。

老子是道家学说的创始人。"道"是老子思想的核心，老子认为，"道法自然"，即指管理是一个有独特发展规律的，不以人的意志为转移的客观过程。"故道大，天大，地大，人亦大。域中有四大，而人居其一焉"。把人作为宇宙间与道、天、地并列的第四大要素，说明了老子的人本思想。老子认为，"祸兮，福之所倚；福兮，祸之所伏"。管理者要善于从困难和危机中，从难题和曲折中看到矛盾的转化，从危机中看到良机，看到管理系统面临的机会和转折，并要善于把握住这些机会。"无为而无所不为"是老子的一句名言，是老子管理思想的重要谋略。

孔子作为儒家学派的创始人，他的"以仁为核心，以礼为准则，以和为目标"的以德治国思想是其管理思想的精髓，成为中国传统思想的主流。孔子是儒家学派的奠基者和开创者，在孔子看来，人生的最高境界为"仁"，管理的最高境界也是"克己复礼为仁"。无论是修身齐家还是国家管理，都要符合臣、父、子的伦理规范，符合社会尊、卑、贵、贱的等级秩序。孔子的管理基点是以"民"、"人"为本，"博施于民而济众，""仁者爱人"，把群体作为管理的基点。孔子中庸之道是其思想中的重要内容。孔子对中庸阐述最基本的是在《礼记·中庸》中所记述的孔子对舜帝评论时所说的一句话"执其两端，用其中于民"。孔子认为不应该片面强调对立双方中任何一方，更不能肯定一方而否定另一方；应该坚持"中"，坚持常理、常规、标准、度，只有这样才能坚持"正道"。

孙武是中国古代著名的军事家，其军事思想和管理思想主要体现在他的传世之作《孙子兵法》中。国外的许多大学师生和企业家都把《孙子兵法》作为管理著作来研读。"不战而屈人之兵"、"上兵伐谋"、"必以全争于天下"、"出其不意，攻其不备"、"唯民是保"等思想至今仍为管理者所运用。

管仲是中国古代杰出的政治家、军事家和思想家。他曾经辅佐齐桓公40年，政绩卓著，富国强兵，帮助齐桓公实现了称霸诸侯的理想。他的"以人为本"的思想、"与时变"的发展与创新精神、德能并举、"德"与"能"不可偏废的选贤标准等许多管理思想，无不透射出永恒的智慧之光。

在我国古代文学及科技著作中也隐含着管理思想。例如，名著《三国演义》主要体现了管理者的创造性管理思维；《红楼梦》主要体现了管理者以"法"治家的时效管理思想；而《九章算术》则是我国古代培训管理人员及供他们日常应用的手册，其中三分之二的题目可与财政或工程官员职能相对应，堪称两千年前世界管理数学之最。

2. 主要内容

总体来看，我国古代管理思想大致可分为3个部分：治国、治生和治身。治国主要是处理整个社会、国家管理关系的活动，即"治国之道"，它是治理整个国家、社会的基本思路和指导思想，是对行政、军事、人事、生产、市场、田制、货币、财赋、漕运等方面管理的学问；治生是在生产发展和经济运行的基础上通过官、民的实践逐步积累起来的，它包括农副业、手工业、运输、建筑工程、市场经营等方面的管理学问；治身主要是研究个人修养、谋略、用人、选才、激励、修身、公关、博弈、奖惩等方面的学问。

（1）治国

即治国之"道"。我国古代的治国总方略是"以民为本"，其出自《尚书》的"民惟邦本"，即只有民众才是国家的根本。要求国家管理者在制定方针政策时，一切要以老百姓的根本利益为出发点，关心人民的疾苦，减轻人民的负担。

如孔子主张"克己复礼"，追求"安人、安百姓"。目的是建立一个"老者安之，少者怀之，朋友信之"的人与人之间互爱的社会。他主张推行"仁政"，将"仁者爱人"用之于治国，即要以人为先，以民为本。孟子认为，只有"与民同乐"，百姓不饥不寒的社会，才是理想的社会。

（2）治生

即经营、谋生之计。出自"出入者长时，行者疾走，父老归而治生，丁壮者归而薄业"。古人倡导以"德本财末"和"诚、信、义、仁"伦理思想为哲学核心，并以"积著之理"为中心，依循所发现的客观经济规律来指导生产经营活动。其核心价值是以德治生、以义取利、以仁德观建立企业经营的核心理念。

从古到今，我国人民一直奉行勤俭致富，以义取利和崇尚自然规律的理念。《左传·宣公十年》载："民生在勤，勤则不匮，是勤可以免饥寒也。"战国时墨子说："赖其力者生，不赖其力者不生。"表达了自食其力的观点，强调了人的生存发展都要靠自己辛勤劳动的思想。我们经常把古代的经营概括为4个字，即"诚、信、义、仁"。诚，就是诚实经营；信，就是讲求信誉；义，就是以义为利，不违法乱纪；仁，就是有仁爱之心。儒家把"仁"作为思想的核心。仁德与现代企业管理相结合就是要以人为本，关心人、爱护人、尊重人、理解人，领导者要以仁爱之心关心员工，爱护员工；对于顾客，企业要不断推出货真价实、物美价廉的优质产品和服务，这就是"仁"的体现。

在生产管理上，我国最早有文字记载的、详尽的劳动生产分工实践，是在《周礼》中。到春秋时代的管仲，进一步主张以士、农、工、商四大类来划分全国居民，使其分业而居，终身从事一业，子孙世代相传，便于管理，又有利于劳动技艺的不断提高。对于产品在市场中的运作，我国古代有"酒香不怕巷子深"，这句话强调了产品质量过硬，以诚实经营赢得顾客外，还包含一种忽视广告宣传效应的保守思想。古人一直很重视市场的作用，并有意识强化自己在市场上的声名，如燕昭王礼贤下士，设招贤台的例子，就为他在市场上网罗人才造就了极好的外部环境。

（3）治身

即强调人的自身修养和行为示范，从而达到服务社会，服务于人的目的。我国古代的"治身"有"圣人"与"君子"两种境界之分。"圣人"是人们追求的最高层次的最理想的人格。《尚书》中的"圣"原指一种通识性的品德和能力。在《大禹谟》中有"乃圣乃神"作了更进一步的升格。孔子认为，君子"修己以敬"到"修己以安人"。只不过是"仁"的境界，达到了"修己以安百姓"、"博施于民而能济众"，才达到了"圣"的境界。孟子认为："规矩，方圆之至也；圣人，人伦之至也。"即不论什么地位，何种身份，什么角色的人，圣人都是最高的表率或楷模。对于君子，孔子说："圣人，吾不得而见之矣；得见君子者，斯可矣。"孔子认为，君子应该有三要素："君子道者三，我无能焉；仁者不忧，知者不惑，勇者不惧。"即"智、仁、勇三达德"。荀子也认为：一个人的学习是从"士"开始的，最终达到"圣人"境界，其中的阶段即为"君子之学"。同时也指出，要想成为"君子"必须先从礼义开始努力。

古人认为，治身必虚心学习，必内省改过。老子提出"静观玄览"修身方法，"塞其兑，闭其门"、"致虚极，守静笃"，这样内心极虚而静，达到物我两忘境界，靠直觉去体认自然的"道"，从而成为"真人"。荀子的思想是"虚一而静"："故治之要在于知'道'。人何以知'道'？曰：心。心何以知'道'？曰：虚一而静。心未尝不动也，然而有所谓静。……未得道而求道者，谓之虚一而静。作之，则须将须道者之虚，则人将事道者之一则尽。将思道者静，则察。知道察。知道行，体道者也。虚一而静，谓之大光明。"孔子本人终生"学而不厌，诲人不倦"，主张通过"博学于文"来获得知识。孟子也把智列为"四德"之一，认为不学习，就没有判断是非的能力。

古人反复强调"自省"、"自反"，孔子的弟子曾参说："吾日三省吾身……为人谋而不忠乎？与朋友交而不信乎？传不习乎？"后人通过这种反省内察的修养方法，可以及时发现和纠正自己在道德实践中的偏差，从而有益于自己道德境界的提升。同时儒家提倡"明道、稽政、志在天下"的经世之学，如孟子曾说："如欲平治天下，当今之世，舍我其谁也？"此类著名语句如"居庙堂之高，则忧其民，处江湖之远，则忧其君"；"先天下忧而忧，后天下之乐而乐"；"风声、雨声、读书声、声声入耳，家事、国事、天下事、事事关心"；"天下兴亡，匹夫有责"等都是经世济民的社会责任感的集中体现。

3. 中国古代管理思想的基本特征

通过对中国古代思想家的管理思想我们可以看到中国古代管理思想有以下几个特点：第一，把人作为管理的重心；第二，把组织与分工作为管理的基础；第三，强调了农本商末的固国思想；第四，突出了义与情在管理中的价值；第五，赞赏用计谋实现管理目标；第六，把中庸作为管理行为的基准；第七，把求同视为管理的重要价值。中国古代以诸子百家为代表的管理思想与以后的国家管理相结合，造就了中国历史上一个个辉煌的盛世。时至今日，对我们的管理实践仍然有着非常重要的启示意义。

本 章 小 结

古代人们在各种实践活动中总结出的有益经验为以后管理学的发展做出了重要贡献，进入中世纪以后，亚当·斯密、欧文和巴贝奇在管理上继承了古代管理思想又体现出强烈的时代特色。我国古代的管理思想及理论框架基本形成于先秦至汉代这一时期，古代管理思想主要体现在先秦到汉代的诸子百家思想中，如儒家、道家、法家、兵家等。

第 3 章

管理理论的演进

教学目标： 通过本章的学习，对管理理论的发展历程有一定的了解，对各种管理理论的代表人物及其代表作品有一定的认识。

教学要求： 了解管理学发展历史并掌握其中几种重要的理论，要能够掌握各种理论的内容、特点、代表人物及其著作。

3.1　古典管理理论

3.1.1　古典管理理论的产生背景

19 世纪末到 20 世纪初，资本主义经济的发展、理性的思维方式、资本家的高利润追求直接促成了管理科学的诞生。主要是以美国的泰罗及追随者所倡导的"科学管理理论"、法国的法约尔提出的"一般管理理论"及德国的韦伯提出的"组织理论"为标志。这些理论通常被称为"古典管理理论"。

（1）资本主义经济的发展对劳动生产率的要求越来越高

第二次工业革命的成功使资本主义从自由竞争过渡到垄断竞争时代，一些工商业部门迅速发展，形成了许多更加专业化的工业部门。企业的数量、规模也明显扩张，大型企业的产生使沿用过去传统的经验管理方式的企业的劳动生产率水平十分低下。因此，如何提高劳动生产率就成为摆在管理者面前的一道难题。许多处于劳动第一线的工程技术人员开始研究这个问题，科学管理理论的产生具有了历史的必然性。

（2）理性分析的思维方式促进科学管理理论的产生

19 世纪末 20 世纪初，人们的思维方式是以牛顿的经典物理学为依据的，即认为所有事物都是按照某种规律组合在一起的。因此，人们不管做什么事都会首先通过严密的理性分析，以确定去做"合理"的事。应该说这种普遍的思维方式对古典理论的形成具有极大的影响。理性分析也成为古典管理理论一个重要的特征。

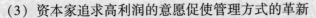

（3）资本家追求高利润的意愿促使管理方式的革新

传统的资本家对企业内工人的管理方式一般采用高压、强制的手段。然而，随着社会的进步，这样的管理方式已不能发挥工人的自主能动性，相反会引起工人强烈不满，如罢工、破坏机器、破坏厂房等。作为资本家来说，他们的最终目的是获取高额利润。资本家也逐渐认识到这种强压式的管理并不能使企业继续获利。因此，从主观上来看，他们也希望能通过改进管理来为自己赚取更多的利润。

3.1.2 泰罗的科学管理理论

1911 年，弗雷德里克·泰罗在他的《科学管理原理》一书中明确地阐述了科学管理理论，其思想很快便为全世界管理者所接收。泰罗 1958 年出生于美国宾夕法尼亚州杰曼顿，中学毕业考上哈佛大学法律系后因眼疾而被迫辍学。1878 年，泰罗进入费城米德维尔钢铁厂做一名普通工人，后逐渐被提升为总工程师。这期间泰罗在实践的基础上推行了一套科学的管理方法，后来进一步研究，提出了被人们称之为泰罗制的科学管理思想。

1. 科学管理理论的主要内容

泰罗重点展开以科学方法取代经验方法的研究，首先从工时研究入手来治理"磨洋工"。

（1）采用科学的方法代替传统的经验方法

泰罗提出"由管理人员把过去工人们自己通过长期实践积累的大量的所有传统知识、技能和诀窍集中起来，然后将它们概括成为规律和守则"。

（2）工时研究

工时研究目的在于合理确定工作定额。泰罗的工时研究实例，就是在伯利恒进行的搬运生铁实验。工时研究为钢铁厂的管理提供了基本依据，它是科学确定定额必不可少的前提，也极大降低了生产成本。同时，这种用秒表研究工时和动作的方式，为工业生产实现标准化、对工人进行科学方法的培训创造了条件。后代的运筹学，追根溯源，就是从工时研究发展而来的。

（3）标准化与科学的挑选工人并进行培训

有了科学的定额，能否完成还需要其他因素。这些条件包括两个方面，一是掌握了科学方法的工人，二是能够实施科学方法的工作条件。

泰罗认为，要使工人能够发挥出其最大能力，必须对工人进行恰当的选择，造就"第一流"的工人队伍。培训针对人，标准化则针对物。要完成按科学方法设定的工作定额，标准化不可或缺。标准化和工人培训是科学管理中的两个基本方面，即人和物两个方面，它为工时研究和科学的定额管理提供了人和物的条件保证。

（4）差别计件工资制

在泰罗之前，工厂普遍实行的是普通计件工资制。普通计件工资制的缺陷有以下两点：第一，计件的标准不固定，具有任意性；第二，普通计件工资制没有计入固定资产的利用率和资金、材料的周转率。

泰罗设计的差别计件工资制，目的就是解决普通计件工资制的缺陷。差别计件工资制的前提，是形成根据工时研究制定的标准定额。然后，按照定额确定每件产品的工资率，而且要把这一工资率固定化。所固定化的每件产品工资额，必须高于原工资水平，低于原成本消耗，并且要加进固定资产利用率和资金、材料周转率的权数。差别计件工资制与工时研究、标准化、工人培训密不可分，必须结为一体。泰罗认为，要成功地实行差别计件工资制，必须使工时研究科学化；必须使所有机器设备和工具都维修得很好，并完全标准化；必须对工人进行培训，完不成定额任务必须首先追究计划室和领班的责任。否则，差别计件工资制就会失败。

（5）成本会计法

在逻辑上，从工时研究开始，经过工人培训和标准化，到差别计件工资制，已经构成了完整的生产管理序列。但是，管理必须追求整体效益，因此，还必须把各个单项的管理措施整合起来，进行全面的成本效益核算。泰罗要求，公司的成本报告与业务报告应当同时提出，由公司的计划部门根据报告所列举的成本和进度，调度工作，检查管理，使成本会计核算成为计划与控制的依据。

（6）计划与执行相分离原理

泰罗以切削金属工艺为例进行了探讨，并针对管理职能提出了计划与执行分离原理。切削金属的实验表明，把工作设计交给工人，实际上是一种不负责任的做法。按理说，每个车工都应该用最佳方法操作，但是，上面所说的这个实验，最佳方法竟然要用 26 年的实验，还要有相关专家的研究，这是车工自己所做不到的。任何工人，如果单凭经验，只能达到"会做"，但不能达到"最佳"。所以，对于工作的计划、安排，以及操作动作设计，是不能由工人自行进行的，必须由懂得管理和科学技术的专家进行。也就是说，计划职能不能由生产者承担，而必须由管理者承担，工人只负责执行。

（7）组建计划室

泰罗认为，推广科学管理，就必须由懂行的专家来经营。因此，从车间到整个工厂，经营管理应当把老板及依附于老板的车间主任、工头绕开，由计划部门来接管。

具体的做法就是在各个公司或工厂设置计划室，由这个专门机构来从事从工时研究到计划控制等一系列管理工作。要达到这样一种状况——老板离开工厂一年半载，厂子照常运转，甚至运转得更好。可以说，计划室是工厂管理的核心。泰罗设计的计划室，实际就是科学管理的组织建构。

（8）管理人员的专业化

从泰罗开始，管理人员作为一个社会上的特殊阶层（即西方所说的经理阶级）逐步形成。泰罗多次强调，管理人员必须由懂得科学，熟悉经营业务，具有较高专业素质和专业能力的人员来充任。这一要求的实质是实现工商企业中所有者和经营者的分离，以专家取代过去的工头，以经理取代过去的工厂主。在经营权和所有权分离并由专家行使经营权的基础上，再进一步，还应该在管理者内部实现专业化分工，使管理者尽可能只管单一性事务。即强调内行管理，以提高管理的质量和效率。

（9）职能工长制与例外原则

在实行科学管理以前，工厂里几乎都采取直线式组织方式，直线组织不适宜于工厂管理的主要问题在于车间主任和工段长的职能过于全面，过于多样，很难找到胜任的人员来担任。泰罗认为，解决管理人员不胜任的根本出路在于改造组织方式，抛弃以往的直线组织形式，以职能式组织取而代之。具体步骤有：一是尽可能地解除工人、班组长、工段长的计划工作及其或多或少带有办公室性质的工作，把这些工作从车间中转移出来，交给计划部门；二是在管理领域里，把管理工作按照职能加以划分，管理部门的每个人，应该尽可能地限于只执行一项主要任务。按照管理职能单一化的要求，泰罗所设计的职能组织分为两个部分——车间部分与计划室部分。每一部分各有 4 种类型分别承担单一职能的管理人员，由此构建出新的组织模式。

在职能工长制的基础上，泰罗还提出了在组织中从事管理活动的例外原则。所谓例外原则，就是要求组织中的每一层级都只管本层级应当管理的事务，不要"一竿子插到底"，在明确各层级职能任务的基础上，实现层级分权，并达到各层级的权责一致。

2. 科学管理理论的巨大贡献

科学管理理论的提出，标志着管理作为一门科学已经形成。科学管理理论对人类的发展和进步做出了杰出的贡献。

（1）科学管理理论追求的主要目的是提高企业的生产效率

泰罗并不将科学管理理论认为是一种提高企业生产效率的方法、制度和措施，但实际上科学管理理论的核心就是提高企业的生产效率，在当时为了解决资本主义企业生产率低下的问题而产生的科学管理理论解决了这个问题。在提高美国生产率，以至超过西欧国家的过程中具有显著的促进作用。为美国和其他西方国家管理理论和管理方法的发展奠定了基础。

（2）"科学"的方法是提高企业生产效率的基本特征

泰罗的科学管理理论中的"科学"主要是强调用科学的方法，或者是用理性分析的方法来提高工人的劳动生产率。当然，在实际操作过程中并不能得出真正"科学"的目的。如两个工程师对确定工人完成特定工作周期时所需的时间可能会得出不同的结论。

（3）科学管理理论对人性的认识

科学管理理论对于工人的激励是通过"经济人"的认识来进行的，它强调通过满足人在经济和物质方面的需求来调动工人的劳动积极性。认为人们的工作的唯一动机就是经济利益，没能注意到社会因素对管理的影响。对于工人在社会和心理方面需求的满足，科学管理理论并没有提到。

（4）科学管理理论强调的重点是企业内部

泰罗强调的是如何通过科学的方法到提高企业内部的劳动生产率，却没有考虑企业在与环境的相互影响中生存发展的问题，可能与当时企业所处的卖方市场的环境有关系。当时的企业由于缺少外部环境的竞争压力，生产出来的产品供不应求，所以较少考虑企业的外部环境问题，以及组织全面发展和组织目标等管理问题。尽管泰罗的追随者们在后来的研究中，在某种程度上注意到了人的因素（库克）和组织原则问题（埃默森），但由于当时所处的时代背景和他们自己视野的局限性，使这些只是零星研究，难成系统。

（5）工人的主动性并没有得到实质性发挥

泰罗科学管理理论的一个重要内容就是希望通过工人和管理者之间的合作，解决冲突，但泰罗在实施时，一旦确定了工作方法，全部的权力都交于管理人员，使工人成为消极被动的个体。所以，工人实际上还是不能参与直接影响其工作的决策问题之中。

在泰罗的科学管理理论的形成发展过程中，另有一大批有志于科学管理理论的追随者们也做出了积极的贡献。诸如卡尔·乔治·巴思、亨利·劳伦斯·甘特、弗兰克·吉尔布雷斯夫妇、哈林顿·埃默森等。泰罗的管理方法极大地提高了企业的生产效率，在 20 世纪初的美国和西欧地区受到了普遍欢迎。但是泰罗的管理理论也具有一定的局限性，他的研究视野主要集中在企业生产方法及现场监督上。

3.1.3 法约尔的一般管理理论

1916 年出版的《工业管理和一般管理》是法约尔最主要的代表作，它标志着一般管理理论的形成。

（1）从企业经营活动中提炼出管理活动

法约尔区别了经营和管理，认为这是两个不同的概念，第一个提出了"管理职能"的概念，他认为，管理包括在经营之中。通过对企业全部活动的分析，将管理活动从经营职能（包括技术、商业、业务、安全和会计等五大职能）中提炼出来，成为经营的第 6 项职能。在这六项职能中，管理职能最为重要，管理是关于人的职能，其他各种财和物都要通过人才能实现组织的目的。从而进一步得出了普遍意义上的管理定义，即"管理是普遍的一种单独活动，有自己的一套知识体系，由各种职能构成，管理者通过完成各种职能来实现目标的一个过程"。

（2）倡导管理教育

法约尔认为管理能力可以通过教育来获得，"缺少管理教育"是由于"没有管理理论"，每一个管理者都按照他自己的方法、原则和个人的经验行事，但是谁也不曾设法使那些被人们接受的规则和经验变成普遍的管理理论。

（3）提出五大管理职能

法约尔将管理活动分为计划、组织、指挥、协调和控制等五大管理职能，并进行了相应的分析和讨论。他指出："管理，就是实行计划、组织、指挥、协调和控制；计划就是为探索未来制定计划；组织就是建立企业的物质和社会的双重结构；指挥，就是使其人员发挥作用；指挥，就是连接、联合、调和所有的活动及力量；控制，就是注意是否一切都按已制定的规章和下达的命令进行。"第一次系统地阐述了管理者在管理过程中应履行的五个基本职能。管理的五大职能并不是企业管理者个人的责任，它同企业经营的其他五大活动一样，是一种分配于领导人与整个组织成员之间的工作。

（4）提出 14 项管理原则

法约尔提出了一般管理的 14 项原则。

劳动分工：通过劳动分工，可以提高人们的熟练程度，从而提高人们的工作效率。但同时，法约尔又认为："劳动分工有一定的限度，经验与尺度感告诉我们不应超越这些限度。"

权力与责任：即权力与责任相符，法约尔认为通过有效的奖励和惩罚制度来贯彻这个原则。

纪律：纪律的实质就是与企业同其下属人员之间的协定相一致的服从、勤勉、积极、举止及尊敬的表示。用统一、良好的纪律来规范人们的行为可以提高组织的有效性。

统一指挥：每一个下属应当只接收来自一位上级的命令。

统一领导：与统一指挥原则相关，主要讲的是一个下级只能有一个上级。

个人利益服从整体利益：即在一个企业里，一个人或一些人利益不能置于企业利益之上，一个家庭的利益应等于其一位成员的利益，国家利益应高于一个公民或一些公民的利益。

人员报酬：法约尔认为报酬都必须做到：保证报酬的公平；能奖励有益的努力和激发热情；不应导致超过合理限度过多的报酬。

集中：主要讨论管理权力集中与分散的问题。集权与分权可以不同程度地存在，管理者的任务在于根据组织的情况找到两者的平衡点。

等级制度：即从最高权力机构直到低层管理人员的领导系列，使得组织加强统一指挥原则，保证组织内信息联系的畅通。

秩序：包括"人"的秩序和"物"的秩序。要求每个人和每一物品都处在恰当的位置上。

公平：法约尔将公平与公道相区分，认为公道是实现已订立的协定，但这些协定不能什么都预测到，要经常地说明它们，补充其不足之处。公平原则就是"公道"原则加上善意地对待职工。

人员稳定：人员的高流动率会导致组织的低效率，为此，管理者应当制定周密的人事计划，当发生人员流动时，要保证有合适的人接替空缺的职务。

首创精神：人的自我实现需求的满足是激励人们的工作热情和工作积极性的最有力的刺激因素，作为管理者就应该使职工在这方面的需求得到满足。

团队精神：倡导团队精神，加强组织的团结，建立和谐、团结的氛围。

（5）法约尔一般管理理论的贡献

第一，在经营管理方面。亨利·法约尔是直到 20 世纪上半叶为止，欧洲贡献给管理运动的最杰出的大师，被后人尊称为"现代经营管理之父"。他最主要的贡献在于 3 个方面：从经营职能中独立出管理活动，提出管理活动所需的五大职能和 14 条管理原则。这 3 个方面也是一般管理理论的核心。它与泰罗的科学管理并不是矛盾的，只不过是从两个方面来看待和总结管理实践的。这些管理的职能和原则对企业而言，是"为和不为"的问题，而不是"能和不能"的问题；实质上也是企业维系长期的有效竞争的平台，有之未必然，无之必不然。尽管法约尔早就提出了"管理能力可以通过教育来获得"的思想，但直到今天，企业界的许多领导人仍然信奉"经验至上主义"，认为"实践和经验是取得管理资格的唯一途径"。

第二，在管理研究的视角方面。法约尔的管理理论是从一般的角度来研究管理的，是从企业整体的角度来研究如何提高企业的生产效率的。与泰罗的科学管理理论相比，法约尔的管理理论是概括的，所涉及的是带普遍性的管理理论问题，其形式和对象均是在极其普遍的条件下得出的有关管理的一般理论，所以更具理论性和一般性。

第三，在管理理论框架研究方面。法约尔的一般管理理论为管理学派奠定了基础。法约尔为管理理论的建立提出了一个非常有用的框架。虽然他的组织管理理论主要是从静止的角度来研究组织结构的设计，没有从动态的角度来研究组织的运动和发展，但是对组织管理问题提出了自己精辟的看法，对以后组织管理理论的形成和发展产生了极大的影响。

3.1.4　韦伯的理想的行政组织体系理论

马克斯·韦伯（1864—1920），德国著名古典管理理论学家、经济学家和社会学家，"组织理论之父"。

韦伯站在更高的层次和更广阔的背景上来考虑组织问题。韦伯的官僚制（或科层制）理论，是其庞大的政治社会思想的一个有机组成部分。他认为任何组织的存在都是靠权威来维持的，而合法的权威主要有 3 种类型：一是基于习俗惯例的传统权威；二是基于领袖个人超凡魅力的超人权威；三是基于理性法规的法理型权威。即 3 种统治类型：传统型统治、魅力型统治、合法型统治。按照韦伯的观点"任何统治都企图唤起并维持对它的'合法性'的信仰",而这种"合法性"是建立在上述 3 种统治类型之上的。韦伯认为这 3 种统治中,唯有合法型统治是"最合理"的,这种统治类型造就的是正是一种"理想的官僚组织"。

他指出每一种权威各有其理想的组织,而官僚制则是法理权威最适宜的组织形式。韦伯的官僚制不是效率低下与作风不正的官僚主义的同义语,而是指按法理原则建立的一种理想化、正规化的组织形式。

韦伯的理想行政组织机构管理体系有以下几个特征:①把全部活动分解为各种具体的任务,将这些任务分配给组织中的各个成员或职位;②按照一定的权力等级将组织中的各种职务和职位形成责权分明,层层控制的指挥体系;③通过正式考试或教育训练,公正地选拔组织成员,使之与相应的职务相称;④除了按规定必须通过选举产生的公职外,官员是由上级委任而不是选举产生的;⑤组织内部的管理人员不是他所管理单位的所有者,而只是其中的工作人员;⑥组织中成员之间是一种不受个人情感影响的关系,完全以理性准则为指导;⑦实行管理人员专职化;⑧管理人员必须严格遵守组织中规定的规则和纪律。

韦伯认为官僚制组织与建立在传统权威和超人权威基础之上的组织相比具有显著的优越性。其精密性、速度、明确性,以及严格的隶属关系,与其他的组织机构相比,其情形恰好跟机器生产与非机器的生产方式一样。韦伯进一步认识到 3 种统治方式的关系,即合法型统治尊重理性分析和规则约束,而魅力型统治则排斥理性和规则,推崇灵感、个人意志等。

韦伯对组织管理理论的伟大贡献就在于他明确而系统地指出理想的组织应以合理合法权力为基础,他首推官僚组织,并且阐述了规章制度是组织得以良性运作的基础和保证。他对理想的官僚组织模式的描绘,为行政组织指明了一条制度化的组织准则,这也是他在管理思想上的最大贡献。

3.2 行为科学的兴起

行为科学管理理论阶段是指 20 世纪 30 年代到 20 世纪 60 年代,主要内容是行为科学理论的形成和发展。行为科学学派在其发展初期(20 世纪 20 年代以后)被称为人际关系学说,学派的第二个时期则是"行为科学"学说,在 20 世纪 50 年代初期开始受到欢迎。如图 3 - 1 所示。

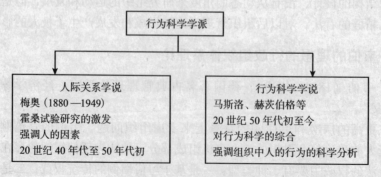

图 3 - 1 行为科学学派

3.2.1　行为科学理论产生的背景

现代管理理论的产生与当时独特的社会背景密不可分，世界经济、科技、生产力的发展及其所带来的对道德的冲击孕育了现代管理理论的萌芽。

① 战后资本主义的发展对企业管理提出了新的要求。第二次世界大战以后，资本主义经济得到了迅猛的发展，资源积累速度非常快，企业数量和规模进一步扩张，特别在进入 20 世纪 50 年代以后，资本主义市场的性质由卖方市场变成了买方市场，使得企业之间的竞争加剧，要求企业根据消费者的需求来生产产品，企业不能只考虑内部问题，应更多地关注与外部环境之间的关系问题。这种变化体现在管理理论上则是把企业看作是一个属于环境的子系统，由此，现代管理理论从系统的观点出发研究外部环境之间的关系，着重探讨的是在企业与外部环境的相互关系中如何才能提高生产率，促进企业在激烈竞争中持续发展。

② 科学技术的发展为管理理论进一步发展提供了强有力的武器。第二次世界大战的促进使世界科学技术得到了迅速发展，特别是电子技术、通信技术及计算机技术得到了飞速发展，同时产生了许多新兴学科。如果继续在生产过程中采用传统的管理思想、管理方法、管理工具及管理手段，就不能有效地进行现代化大生产。这对管理提出了许多新的问题，使原来只从事一门学科的研究人员把本学科的理论方法应用于管理理论的研究，所以形成了以各种理论同时并存为特征的现代管理理论。

③ 对"人"的不断认识和重视促进了管理理论的发展。泰罗的科学管理理论基于对人的"经济人"的认识而提出的，而对人的"社会人"的认识促进了人际关系学说的产生。随着社会的进步和人们生活水平的提高，人类本身的需求层次也在完善，促进了人们对管理活动规律性认识的深化，促进了管理理论的发展。

3.2.2　人际关系学说

人际关系学说的代表人物是美国的行为学家梅奥。梅奥（George Elton Myao，1880—1949），美国哈佛大学心理学家。科学管理理论导致企业管理人员严重忽视人的尊严和人的主观能动性，长期从事单一、枯燥的标准工作使得工作效率下降。人际关系学说对于管理的研究除了研究劳动生产率与工作场所的物质环境、企业的制度环境、人的工作能力和技术水平的关系之外，还研究了劳动生产率与工人的工作态度和情绪、工作的积极性和主动性，以及其他社会心理需求的关系。开始重视对于生产过程中"人性"的研究，即从"经济人"的研究转向为对"社会人"的研究。对于人际关系理论的研究开始于著名的霍桑试验。

1. 霍桑试验

从 1924 年起，由美国科学研究委员会组织研究人员围绕工作条件与生产效率的关系问题，在美国西方电气公司的霍桑工厂进行了一系列的试验。这个实验的本来目的是研究企业中物质条件与工人劳动生产率之间的关系。但结果却促使了人际关系学说的产生，从而进一步丰富了管理理论。

霍桑工厂的试验可分为以下 4 个阶段。

第一阶段：工场照明试验（1924—1927）。该试验是选择一批工人分为两组：一组为"试验组"，先后改变工场照明强度，让工人在不同照明强度下工作；另一组为"控制组"，工人在照明度始终维持不变的条件下工作。试验者希望通过试验得出照明度对生产率的影响，但试验结果发现，照明度的变化对生产率几乎没有什么影响。这个试验似乎以失败告终。但这个试验得出了两条结论：①工场的照明只是影响工人生产效率的一项微不足道的因素；②由于牵涉因素太多，难以控制，且其中任何一个因素足以影响试验结果，故照明对产量的影响无法准确测量。

第二阶段：继电器装配室试验（1927 年 8 月—1928 年 4 月）。旨在试验各种工作条件的变动对小组生产率的影响，以便能够更有效地控制影响工作效果的因素。通过材料供应、工作方法、工作时间、劳动条件、工资、管理作风与方式等单个因素对工作效率影响的实验，发现无论单个因素如何变化，产量都是增加的。其他因素对生产率也没有特别的影响，而似乎是由于督导方法的改变，使工人工作态度也有所变化，因而产量增加。

第三阶段：大规模的访问与调查（1928—1931）。两年内他们在上述试验的基础上进一步开展了全公司范围的普查与访问，调查了 2 万多人次，发现所得结论与上述试验所得相同，即"任何一位员工的工作绩效，都受到其他人的影响"。于是研究进入第四阶段。

第四阶段：接线板接线工作室试验（1931—1932）。以集体计件工资制刺激，企图形成"快手"对"慢手"的压力以提高效率。公司当局给他们规定的产量标准是焊合 7 312 个接点，但他们只完成了 6 000～6 600 个接点。试验发现，工人既不会为超定额而充当"快手"，也不会因完不成定额而成"慢手"，当他们达到自认为是"过得去"的产量时就会自动松懈下来。

2. 人际关系理论的主要内容

梅奥和罗特利斯伯格根据霍桑试验的结果进行分析与研究，各自于 1933 年和 1939 年分别发表了《工业文明中人的问题》一书和《管理和工人》、《管理和士气》等作品。他们在这些作品中提出了人际关系学说，该学说主要有以下观点。

① 工人是"社会人"而不是"经济人"。梅奥认为，人们的行为并不单纯出自追求金钱的动机，还有社会方面的、心理方面的需要，即追求人与人之间的友情、安全感、归属感和受人尊敬等，而后者更为重要。因此，不能单纯从技术和物质条件着眼，而必须首先从社会心理方面考虑合理的组织与管理。要调动职工的积极性，就应该使职工的社会和心理方面的需要得到满足。

② 企业中存在着非正式组织。企业中除了存在着古典管理理论所研究的，为了实现企业目标而明确规定各成员相互关系和职责范围的主题组织之外，还存在着非正式组织。这种非正式组织的作用在于维护其成员的共同利益，使之免受其内部个别成员的疏忽或外部人员的干涉所造成的损失。为此，非正式组织中有自己的核心人物和领袖，有大家共同遵循的观念、价值标准、行为准则和道德规范等。

梅奥指出，非正式组织与正式组织有重大差别，在正式组织中，以效率逻辑为其行为规范，而在非正式组织中，则以感情逻辑为其行为规范，如果管理人员只是根据效率逻辑来管理，而忽略工人的感情逻辑，必然会引起冲突，影响企业生产率的提高和目标的实现。因此，管理当局必须重视非正式组织的作用，注意在正式组织效率逻辑与非正式组织的感情逻辑之间保持平衡，以便管理人员与工人之间能够充分协作。

③ 新的领导能力在于提高工人的满意度。在决定劳动生产率的诸因素中，置于首位的因素是工人的满意度，而生产条件、工资报酬只是第二位的。职工的满意度越高，其士气就越高，从而产生的效率就越高。高的满意度来源于工人个人需求的有效满足，不仅包括物质

需求，还包括精神需求。

3. 对人际关系学说的评价

霍桑试验对古典管理理论进行了大胆的突破，第一次把管理研究的重点从工作上和从物的因素上转到人的因素上来，不仅在理论上对古典管理理论作了修正和补充，开辟了管理研究的新理论，还为现代行为科学发展奠定了基础，对管理实践产生了深远的影响。

(1) 人才是企业发展的动力之源

人、财、物是企业经营管理必不可少的3大要素，而人又是其中最为活跃、最富于创造力的因素。富有生产力的员工才是企业真正的人才，才是企业发展的动力之源。因此，企业的管理者既要做到让股东满意、顾客满意，也要做到让员工满意；不仅要有必要的物质需求的满足，还要有更深层次的社会需求的满足，即受到尊重，受到重视，能够体现自我的存在价值。

(2) 有效沟通是管理的艺术方法

管理是讲究艺术的，对人的管理更是如此，新一代的管理者更应认识到这一点，那种高谈阔论，教训下属，以自我为中心的领导方式已不适用了。要善于帮助和启发他人表达出自己的思想和感情，不主动发表自己的观点，善于聆听别人的意见，激发他们的创造性的思维。这样不仅可以是使员工增强对管理者的信任感，还可以使管理者从中获取有用的信息，更有效地组织工作。适时地赞誉别人是管理中极为有效的手段。

(3) 侧重于从"个人"行为规律的角度来研究人在社会和心理方面需要的满足

人际关系学说侧重于从"个人"的行为规律角度来研究人在社会和心理方面需要的满足。主要是研究组织中个人的行为规律，通过对个人行为规律的认识来探讨如何使个人在社会和心理方面得到满足，从而发挥员工的能动性，提高效率。

虽然人际关系学说对管理理论的发展做出了巨大的贡献，但也有其局限性，有许多学者对此提出了批评，主要集中在以下几个方面。①有的学者认为人际关系学说仅仅是通过管理者监督方式的改变来建立良好的人际关系，让工人以精神上的发泄来使自己的心理得到满足，而实际上什么都没有改变。②对霍桑实验的方法进行批评。认为选取的霍桑工厂属于各方面条件比较好的工厂，因此不具有代表性。批评者同时指出，在对试验过程中所得出的资料数据的处理上，研究人员采用了一些不恰当的方法。所以据此得出的结论不具有充分的说服力。③对结论的批评。通过霍桑实验，研究人员认为善于待人会使职工得到满足，从而提高生产效率。但批评者认为人际关系学说过分强调社会方面的需要对人的积极性的激励作用，认为所有的问题都可以在集体的范围内解决，而忽视了工作的自身性质对工人劳动产生的影响。

3.2.3　行为科学学说

1949 年，美国一些从事人际关系研究的管理学者正式采用了"行为科学"一词，并成立了"行为科学高级研究中心"，进一步开展对人的行为规律、社会环境和人际关系与提高工作效率之间关系的研究。研究的重点转到研究工作本身的性质和工作在何种程度上能够满足人们发挥自身技能与才能的需要上，主张以人为中心来研究管理问题。从此，行为科学学说的发展替代了科学管理而风行一时，出现了许多行为科学的著名学者和行为科学理论，如马斯洛的"需要层次理论"，赫兹伯格的"双因素理论"，麦格雷戈的"X 理论—Y 理论"，以及布莱克和穆顿的"管理方格图理论",等等。

行为科学既是管理理论的发展又是管理实践的总结,它的产生和发展使企业老板、管理者重新认识到员工的地位,员工已不是一般意义上与资本、土地等相同的生产要素,而是具有相当重要意义的主动因素,这对工人人身地位在企业中得到一定的尊重也有很大的帮助,在某种程度上也缓和了劳资关系。所以,行为科学对管理理论及管理实践都有巨大的贡献。行为科学的研究内容和贡献包括以下几个方面。

（1）社会人假定

行为科学认为古典管理学者"经济人"模式太简单化,肯定了人的复杂性。按照社会人的假定,在社会上活动的员工不是各自独立存在的,而是作为某一群体的一员有所归属的"社会人"。"社会人"固然有追求金钱收入的动机和需求,但并不仅仅如此,他在生活工作中还有友谊、安全、尊重和归属等需求。因此,对人的管理不应仅仅从其经济动机的一个方面去考虑,调动人的积极性有时使用非物质的方式、非经济的方法可能更有效。

（2）有关需求、动机和激励问题的研究

行为科学认为,提高效率的关键在于提高士气。要提高士气就要研究人的行为动机。而动机是产生于人们本身存在的各种需要。若根据需求和动机进行激励,就能通过提高士气而达到提高效率的目的。行为科学理论对激励过程和激励模式进行了分析和概括,提出了对人的激励理论。对人激励的研究将人提升到所有管理对象中最重要的地位,并引发了许多全新的管理观念与管理方法。

（3）关于领导和领导行为的理论

行为科学对领导问题做了深入的研究,发现领导是个复杂的过程,是一种影响力,是一个动态地影响下属行为的行为过程。行为科学提出了领导特质理论、领导行为理论和领导权变理论三种广义的领导理论。

（4）关于企业群体行为（作业组合）的研究

行为科学认为,作业组合是由共同持有某些准则的员工所组成的集合体,他们为实现组合体的目标而努力。因此,探讨作业组合的构成、特性与动作,分析作业组合的积极效应,就成了行为科学对管理理论的另一重大贡献。理论研究主要包括：群体动力、信息交流、群体与成员的相互关系、人与人的互动关系等。

此外,行为科学提出了试验、抽样调查、案例研究等检验早期管理学理论的方法,从而大大丰富了早期管理学的知识体系。

3.3　现代管理理论

著名管理学家哈罗德·孔茨在1961年第12期的美国《管理学会杂志》上指出,当前的管理理论发展处于"众说纷纭,莫衷一是的乱局",它表明管理理论还处在不成熟的青春期。管理理论的一些早期的萌芽,如弗雷德里克·泰罗对车间一级管理所进行的有条理的分析和亨利·法约尔从一般管理观点出发对经验进行的深刻总结等,"现在已经过于滋蔓,成了一片各种管理理论流派盘根错节的丛林"。孔茨将管理理论分为6个主要的学派：管理过程学派、经验或"案例"学派、人类行为学派、社会系统学派、社会系统学派、决策理论学派、数学学派。

管理界也开始研究管理理论丛林的问题，1962 年在洛杉矶的加利福尼亚大学校园内举行了一次由孔茨担任会议主席的讨论会，许多著名的学者和实业家参加了这次会议。与会者就管理理论丛林问题进行了热烈的讨论，但讨论结果并没有使人们的意见统一，反而使人们的分歧更大。决策学派的代表人物西蒙对"管理丛林"持不同看法，他在 1980 年发表的《再论管理理论的丛林》论文中认为，管理理论发展到"现在至少已经有了 11 个学派而不是 1961 年我所提到的那 6 个了。丛林已显得更加茂密而难于通过"。他认为这 11 个学派分别是：经验或案例学派、人际关系学派、群体行为学派、合作社会系统学派、社会技术系统学派、决策理论学派、系统学派、数学或"管理科学"学派、权变学派、管理者工作学派和经营管理理论学派。

3.3.1　社会系统管理学派

社会系统管理学派的代表人物是切斯特·巴纳德。他在 1909 年进入美国电话电报公司的统计部门工作，1927 年成为新泽西贝尔公司总经理。其代表作是《经理的职能》，在该书中，他指出了社会系统的特征及其构成要素并提出了一些观点。

① 组织是一个协作系统。巴纳德认为组织是："有意识地加以协调的两个或两个以上的人的活动或力量的系统。""组织不是集团，而是相互协作的关系，是人相互作用的系统。"即组织是由人的行为构成的系统；组织的成员包括所有通过自己的行动为组织目标的实现做出贡献的人；组织系统是协作系统的一个组成部分。

② 协作系统的 3 个基本要素。巴纳德认为，作为正式组织的协作系统，不管这个协作系统是企业中的各个部门子系统，还是由许多子系统组成的整个"社会"，都包含了 3 个基本要素：协作的意愿、共同的目标和信息联系。对于任何一个组织来说，都是由许多具有社会和心理需求的人组成的协作系统。在他们加入协作系统成为其一员后，他们就必须交出个人行为的控制权，使个人的行为非个人化。必须按照协作系统的规范要求来从事他们的行动。巴纳德提出一个著名的关系式：诱因≥贡献。他认为只有当组织给个人的报酬大于或等于个人为组织所做出的贡献时，个人才有可能愿意为组织目标的实现做出个人的努力和贡献。巴纳德认为组织的共同目标也是组织成员产生协作意愿的前提。

3.3.2　决策理论学派

决策理论学派的代表人物是美国管理学家、诺贝尔经济学奖获得者赫伯特·西蒙。该学派的基本出发点是认为"管理是以决策为特征的，管理的本质就是决策"，所以他们在吸收行为科学理论、系统理论、运筹学和计算机科学的基础上，形成了一个新的管理理论学派。西蒙的代表作是 1960 年发表的《管理决策的新科学》，该书被认为是决策理论学派的"圣经"。西蒙的主要观点有以下几个方面。

（1）管理就是决策

西蒙认为管理就是决策，"管理过程就是决策的过程"。他认为组织是作为决策者的个人所构成的系统。决策贯穿于管理的整个进程，"管理通常是被当作'设法完成任务'的艺术来加以讨论的。管理原则的提出，通常也是为了让一群人采取协调一致的行动。但是所有这类讨论却都没有充分注意任务行动开始之前的抉择——关于要干什么事情的决定，而不是决定的招待。任何实践活动，无不包含着'决策制定过程'和'决策执行过程'。然而，管理理论既要研究后者也要研究前者这一点，却还没有得到普遍承认"。

（2）决策是一个过程

在《管理决策新科学》中，西蒙指出，人们通常对'决策制定者'这一形象的作用描绘得过分狭窄。西蒙认为，决策是包括有四个阶段的过程："情报活动"阶段，即对各种信息情报资料进行分析，寻找有利的决策机会和决策的条件；"设计活动"阶段，即根据决策目标的要求，拟订各种可行的备选方案；"抉择活动"阶段，即根据决策目标的要求和进行决策的准则，对各种备选方案进行比较分析，从中确定一个方案作为实现决策目标的行动方案；"审查活动"阶段，即对所确定的决策方案进行评价。

（3）决策的满意化原则

人们在对各种可行方案进行评价和选择时，总是采用"最优化的原则"。西蒙认为它需要满足以下几个条件：①全面寻找备选行为；②考察所有复杂后果；③根据"全面而一贯的优选程序"来进行选择。但是在实践操作中，由于决策者受自身能力和时间、经费及情报的限制，不可能具备这些前提。所以决策理论学派提出用"满意原则"来代替"最优原则"。所谓满意原则，就是寻找能使决策者感到满意的决策方案的原则。即对于各种决策方案，决策者不是去寻找最优的方案，如果已有了令人满意的、能够实现目标的方案就不再继续进行探索。决策学派认为"满意化原则"比"最优化原则"更为现实合理。

3.3.3 管理科学学派

管理科学学派，又称作管理中的数量学派，也称之为运筹学。这个学派认为，解决复杂系统的管理决策问题，可以用电子计算机作为工具，寻求最佳计划方案，以达到企业的目标。管理科学其实就是管理中的一种数量分析方法，它主要用于解决能以数量表现的管理问题。其作用在于通过管理科学的方法，减少决策中的风险，提高决策的质量，保证投入的资源发挥最大的经济效益。

管理科学学派主要不是探求有关管理的原理和原则，而是依据科学的方法和客观的事实来解决管理问题，并且要求按照最优化的标准为管理者提供决策方案，设法把科学的原理、方法和工具应用于管理过程，侧重于追求经济和技术上的合理性。就管理科学的实质而言，它是泰罗的科学管理的继续与发展，因为他们都力图抛弃凭经验、主观判断来进行管理，而提倡采用科学的方法，探求最有效的工作方法或最优方案，达到最高的工作效率，以最短的时间，最小的支出，得到最大的效果。不同的是，管理科学的研究，已经突破了操作方法、作业研究的范围，而向整个组织的所有活动方面扩展，要求进行整体性的管理。由于现代科学技术的发展，一系列科学理论和方法被引入管理领域。因此，管理科学可以说是现代的科学管理。其基本特征是：以系统的观点，运用数学、统计学的方法和电子计算机技术，为现代管理决策提供科学的依据，解决各项生产、经营问题。

该学派有以下3个优点：第一，使复杂的、大型的问题有可能分解为较小的部分，更便于诊断、处理；第二，制作与分析模式必须重视细节并遵循逻辑程序，这样就把决策置于系统研究的基础上，增进决策的科学性；第三，有助于管理人员评价不同的可能选择，如果明确各种方案包含的风险与机会，便更有可能做出正确的选择。

大多数管理学家认为管理科学只是一种有效的管理方法，而不是一种管理学派，它仅适用于解决特定的管理问题。但是，也必须指出，管理科学方法的应用也有它的局限性。首先，管理科学学派的适用范围有限，并不是所有管理问题都是能够定量的，这就影响了它的使用范围。例如，有些管理问题往往涉及许多复杂的社会因素，这些因素大都比较微妙，难以定量，当然就难以采用管理科学的方法去解决。其次，实际解决问题过程中存在许多困难，管理人员与管理科学专家之间容易产生隔阂。一方面实际的管理人员可能对复杂、精准的数学方法很少理解，无法做出正确评价；而另一方面，管理科学专家一般又不了解企业经营的实际工作情况，因而提供的方案不能切中要害，解决问题。这样，双方就难以进行合作。此外，采用此种方法大都需要相当数量的费用和时间。由于人们考虑到费用问题，也使它往往只是用于那些大规模的复杂项目。这一点，也使它的应用范围受到限制。

3.3.4 经验或"案例"学派

经验主义学派又称为经理主义学派，以向大企业的经理提供当代管理企业的经验和科学方法为目标。这个学派认为，通过对管理人员在个别情况下成功和失败的经验教训的研究，会使人们懂得在将来相应情况下如何运用有效的方法解决管理问题。代表人物是 P. 德鲁克，其主要著作有《管理实践》、《管理：任务、责任和实践》、《有效的管理者》、《效果管理》等。

经验主义学派认为管理学就是研究管理经验，这个学派的学者把管理理论的研究放在对实际管理工作者的管理经验教训上，强调从企业管理的实际经验而不是从一般原理出发来进行研究，强调用比较的方法来研究和概括管理经验。

传统管理理论是以管理技巧为中心、以原则为中心或者以职能为中心的，它带来的结果仿佛是先天存在一整套管理职能能够运用到各种组织中。德鲁克首先意识到任务对管理行为的影响，有任务才有管理，任务决定管理。他认为，工商企业及公共服务机构都是社会的器官，它们并不是为着自身的目的，而是为着实现某种特别的社会目的并满足社会、社区或个人的某种特别需要而存在的。它们本身并不是目的，而是手段。对它们提出的正确的问题不应该是"它们是什么"，而应该是"它们应该做些什么，以及它们的任务是什么"。

经验主义学派理论的研究内容主要涉及以下几方面的管理问题：①管理应侧重于实际应用，而不是纯粹理论的研究；②管理者的任务是了解本机构的特殊目的和使命，使工作富有活力并使职工有成就；③实行目标管理的管理方法。德鲁克理论给管理学的最大贡献是他指出任务（或目标）决定管理，并据此提出目标管理法。目标管理法在当今仍是运用最多的管理方法。

经验主义学派的方法可以说在管理理论丛林中较具特色，但他们受到了许多管理学家的批评。经验主义学派由于强调经验而无法形成有效的原理和原则，无法形成统一完整的管理理论，管理者可以依靠自己的经验，而无经验的初学者则无所适从。而且，过去所依赖的经验未必能运用到将来的管理中。孔茨在书中指出："没有人能否认对过去的管理经验或过去的管理工作'是怎样做的'进行分析的重要性。未来情况与过去完全相同是不可能的。过多地依赖于过去的经验，依赖历史上已经解决的那些问题的原始素材，肯定是危险的。其理由很简单，一种在过去认为是'正确'的方法，可能远不适合于未来情况。"这段话说明，由于组织环境一直处于变化之中，过分地依赖未经提炼的实践经验和历史来解决管理问题是无法满足需要的。

3.3.5 权变学派

权变学派于 20 世纪 70 年代出现在美国，该学派的学者认为，不存在着"最佳的"、"能适应一切情况的"、"一成不变的"管理方法与管理理论。

权变学派是从系统观点来考察问题的，它的理论核心就是通过组织的各子系统内部和各子系统之间的相互联系，以及组织和它所处的环境之间的联系，来确定各种变数的关系类型和结构类型。它强调在管理中要根据组织所处的内外部条件随机应变，针对不同的具体条件寻求不同的最合适的管理模式、方案或方法。其代表人物有卢桑斯、菲德勒、豪斯等人。

美国学者卢桑斯（F. Luthans）在 1976 年出版的《管理导论：一种权变学》一书中系统地概括了权变管理理论。他认为：①权变理论就是要把环境对管理的作用具体化，并使管理理论与管理实践紧密地联系起来。②环境是自变量，而管理的观念和技术是因变量。这就是说，如果存在某种环境条件下，对于更快地达到目标来说，就要采用某种管理原理、方法和技术。③权变管理理论的核心内容是环境变量与管理变量之间的函数关系就是权变关系。环境可分为外部环境和内部环境。外部环境又可以分为两种：一种是由社会、技术、经济和政治、法律等组成；另一种是由供应者、顾客、竞争者、雇员、股东等组成。内部环境基本上是正式组织系统，它的各个变量与外部环境各变量之间是相互关联的。

权变理论学派同经验主义学派有密切的关系，但又有所不同。经验主义学派的研究重点是各个企业的实际管理经验，是个别事例的具体解决办法，然后才在比较研究的基础上做些概括；而权变理论学派的重点则在通过大量事例的研究和概括，把各种各样的情况归纳为几个基本类型，并给每一类型找出一种模型。所以它强调权变关系是两个或更多可变因子之间的函数关系，权变管理是一种依据环境自变量和管理思想及管理技术因变量之间的函数关系，来确定对当时当地最有效的管理方法。

权变理论为人们分析和处理各种管理问题提供了一种十分有用的方法。它要求管理者根据组织的具体条件及其面临的外部环境，采取相应的组织结构、领导方式和管理方法，灵活地处理各项具体管理业务。这样，就使管理者把精力转移到对现实情况的研究上来，并根据对具体情况的具体分析，提出相应的管理对策，从而有可能使其管理活动更加符合实际情况、更加有效。所以，管理理论中的权变的或随机制宜的观点无疑是应当肯定的。同时，权变学派首先提出管理的动态性，人们开始意识到管理的职能并不是一成不变的，以往人们对管理的行为大多从静态的角度来认识的，权变学派使人们对管理的动态性有了新的认识。但权变学派存在一个根本性的缺陷，即没有统一的概念和标准。虽然权变学派的管理学者采取案例研究的方法，通过对大量案例的分析，从中概括出若干基本类型，试图为各种类型确认一种理想的管理模式，但却始终提不出统一的概念和标准。权变理论强调变化，却既否定管理的一般原理、原则对管理实践的指导作用，又始终无法提出统一的概念和标准。每个管理学者都根据自己的标准来确定自己的理想模式，未能形成普遍的管理职能，权变理论使实际从事管理的人员感到缺乏解决管理问题的能力，初学者更是无法适从。

3.3.6 管理过程学派

管理过程学派主要致力于研究和说明"管理人员做些什么和如何做好这些工作"，侧重说明管理工作实务。该学派的开山鼻祖是法约尔，最著名的代表人物是孔茨。管理过程流派吸收其他管理学家的思想和主张，不断丰富各项管理职能的内容，具有广泛的影响。该学派认为管理是一种在正式组织中通过他人，并同他人一起去完成工作的过程。通过对这个过程的研究分析，就可以总结出一些基本的原理和规律性的东西。

管理过程学派的理论是以下 7 条基本信念为依据的：①管理是一个过程，可以通过分析管理人员的职能从理论上很好地对管理加以剖析。②根据在各种企业中长期从事管理的经验，可以总结出一些基本管理原理。这些基本管理原理对认识和改进管理工作能起到一种说明和启示的作用。③可以围绕这些基本原理开展有益的研究，以确定其实际效用，增大其在实践中的作用和适用范围。④这些基本管理原理只要没有证明不正确或修正，就可以为形成一种有用的管理理论提供若干要素。⑤就像医学和工程学那样，管理是一种可以依靠原理的启发而加以改进的技能。⑥有时在实际管理工作中，会违背某一管理原理而造成损失，或采用其他办法来弥补所造成损失，但管理的基本原理与生物学和物理学中的基本原理一样是可靠的。⑦管理人员的环境和任务受到文化、物理、生物等方面的影响，管理理论从其他学科中吸取有关的知识。这些只限于同管理有关的但不包括其他学科的知识。

孔茨把管理揭示为通过他人使事情做成的各项职能，他非常强调管理的概念、理论、原则和方法。他认为管理工作是一种艺术，其基本原理和方法可以应用于任何一种现实情况，至于管理的各项职能，应划分为计划、组织、人事、指挥和控制五项。他认为协调本身不是一种单独的职能，而是有效地应用了这五种职能的结果。

3.4　当代管理理论的新发展

3.4.1　当代企业环境对管理理论的影响

20 世纪 90 年代以来，科学技术迅猛发展，世界企业开始掀起新一轮的管理变革浪潮，随着知识产业，特别是高科技产业的发展，知识经济时代已经来临，许多传统的管理模式与管理理念已不能满足新环境的需要，促使新的管理理念和管理模式诞生。

1. 市场环境变化的影响

随着消费者生活水平和文化修养的不断提高，他们会越来越多地消费知识密度较高的产品和服务。企业就必然将产品与信息和服务配合起来共同销售，向消费者提供产品、服务和信息一体化的产品。企业之间的竞争必须围绕这三者展开。要求企业更加密切地关注消费者的需求，甚至要引导消费者的需求来达到生存发展的目的。激烈的竞争使市场越分越细，小批量、多品种、高效灵活和非标准化的生产将成为知识经济时代的主要生产方式。

2. 技术进步的影响

20 世纪最后 20 年，科学技术的成就层出不穷，知识更新速度大大加快。企业提供给消费者的产品和服务中技术含量大大增加，从而使企业生产经营和管理复杂性提高了。技术进步使各个企业都能按照小批量、多品种、高效灵活和非标准化的生产要求进行作业，摆在企业面前的任务就是谁对于高科技含量生产下企业管理做得更好的问题。当信息技术参与企业的生产和管理时，在提高企业工作效率的同时又为新环境下的管理提出了挑战。一些新的生产方式，如管理信息系统（MIS）、计算机辅助设计与制造（CAD/CAM）、计算机集成制造系统（CIMS）、供应链管理中的快速响应和敏捷制造、绿色制造等，必然会引起管理理论的重大变革。

3. 环境资源的影响

环境资源如能源、土地原材料等由于在过去的发展中没有得到应有的保护而变得更加紧张。知识经济时代的知识呈指数式增长，这就给国家和企业提出了利用丰富的知识来减少对有限资源的过分利用的问题。如何在浩如烟海的知识宝库中找到最需要的信息，管理知识从而合理利用资源都是对管理理论提出的新的课题。

3.4.2 当代管理理论的新发展

处在知识经济时代的现代企业管理借助于日益先进的科学技术，尤其是信息技术，借助于基础设施网络能够更为方便地进行信息交流和知识共享。对企业来说，现代信息技术及其设施的拥有和利用已成为评价管理信息化程度及企业综合竞争力的一个重要尺度。当代管理理论主要有以下几种新发展。

1. 知识管理

近几十年来，以信息为基础的组织或知识型企业焕发勃勃生机，创造和传播知识已经成为检验企业核心能力的关键要素，知识的创造和应用能力成为企业核心竞争力不折不扣的强力支撑。知识管理，是针对知识本身的，包括对知识的创造、获取、加工、存储、传播和应用的管理；就是通过改变员工的思维模式和行为方式，建立起知识共享与创新的企业内部环境，运用集体的智慧提高应变和创新的能力，最终达到目标。

知识管理可以分为以下 3 类。①企业内部全员参与的知识交流和共享。因为在知识经济背景下竞争的企业，衡量其成功的标准在于知识而不再是有形资产或库存。这是指企业应从战略上重视知识这种生产要素，并努力对其进行有效管理。②企业外部知识管理。这部分主要包括市场中供应商、用户和竞争对手等利益相关者的相关信息，采集的专家、顾客意见，员工情报报告系统，行业领先者的实践数据等。③管理企业的知识资产。知识作为一种竞争资本，要像对其他经营资源一样进行管理，主要包括市场资产、知识产权资产、人力资产和基础结构资产。

2. 学习型组织

1990 年，美国麻省理工学院斯隆管理学院教授彼得·圣吉拟定的《第五项修炼——学习型组织的艺术和实务》，引起了管理学界的极大关注。作者以全新的视野来考察人类群体危机最根本的症结所在，认为人们片面和局部的思考方式及由此所产生的行动，造成了目前破碎的世界，为此要突破线性思考方式，根除组织机构中的一些陋习和作风。

所谓的学习型组织是指通过培养弥漫于整个组织的学习气势，充分发挥员工的创造性思维能力，而建立起来有机的、高度柔性化的、变频的、符合人性的、可持续发展的学习组织。学习型组织的主要特点有：①工作学习化，学习工作化；②强调个人学习基础上的组织学习；③强调产生变革的学习；④通过学习推陈出新。

彼得·圣吉提出了学习型组织的五项修炼技能。

第一项修炼：自我超越。自我超越是学习型组织的精神基础，就是要不断理清加深个人真正的愿望，而后集中精力培养耐性并客观观察现实。这里不是不要个人利益，而是要有更远大的目标，要从长期利益和整体利益出发。

第二项修炼：改善心智模式。由于各人心智模式的不同，所以不同的人对同一事物产生了不同的看法。在分析问题时，如果已有的心智模式不能反映客观事物，就会做出错误的判断，特别是企业的领导层出现这种问题，会给企业带来极大的损失。所以，组织中的每个人都必须把镜子转向自己，认识自己，审视自己，有效表达自己的想法，开放自己心灵容纳别人的想法。

第三项修炼：建立共同愿景。企业是以个人为单元的，但如果企业所有员工有了一个共同的目标就能发挥每个人的力量。共同愿景要融合企业中每个人的利益，重视个人愿景，不排斥和压抑。虽然共同愿景随着时间的变化而变化，但要将领导层的愿景转化成为每一组织成员的愿景，从而形成企业的共同愿景。

第四项修炼：团队学习。团队学习可以使个人的力量通过集体发挥作用，避免无效的矛盾和冲突。团队学习采用的形式是深度会谈，即团队中的每个成员提出心中的假设，从而实现共同思考的能力。要求所有参与者将自己的假设放在桌面上来，相互之间要视对方为伙伴，还必须有一位领导者来掌握深度会谈的精义和架构。

第五项修炼：系统思考。系统思考就是形成了解行为系统之间相互关系的方式，从而帮助我们看清如何有效地改善系统。不仅是要学习一种思考方法，更重要的是在实践中反复运用，从而可以从任何局部的变化中看到整体的变动。

在学习型组织的五项修炼中，改善心智模式和团队学习是基础，自我超越和建立共同愿景是向上的张力，系统思考是整个 5 项修炼的核心，并渗透于前面 4 项修炼之中。

3. 企业再造

美国管理学家迈克尔·海默和詹姆斯·钱比在 1994 年出版了《公司再造》，该书一出版便引起管理界和企业界高度重视。在书中，两位作者认为工业革命 200 年来，亚当·斯密的劳动分工理论始终是社会组织的主宰。而大部分企业的组织都表现为效率低下，现代科学技术的发展和竞争环境的变革使得效率不一定产生于分工之中，有可能产生于整合之中，将一个整体的问题交由一个部门显然是不能妥当处理的。这种整合问题的产生为流程再造奠定了基础。

企业再造就是以企业的生产作业或服务作业的流程为审视对象，从多个角度重新审视其功能、作用、效率、成本、速度、可靠性等，找出其不合理的因素。企业再造是一种变革性、革命性的创造而不是对现有流程进行改进，通过重新设计，以效率和效益为中心构造新的服务流程，以提高企业的整体效率。企业再造的推动力和目的可以表示为"3C"，即顾客（Customer）、竞争（Competition）和变化（Change）。市场竞争的加剧也让顾客有了更多的选择，通过流程再造可以帮助企业留住顾客，赢得竞争。

4. 虚拟组织

虚拟组织也称动态联盟，一般是由两个或两个以上独立的公司组成的临时的合作伙伴关系，是一种共享技术、分担费用、联合开发、建立在信息网络基础上的组织形式。不具有法人资格，也没有固定的组织层次和内部命令系统，是一种开放的组织结构。

虚拟组织的产生使企业界限模糊化，越来越多的企业在激烈的市场竞争中借助于外部的人才资源来弥补自身智力资源的不足，通过功能的虚拟化与其他企业的功能整合，从而提高自身的竞争力。另外，还可以通过与其他企业合作，共同开发产品，既能发挥各自的优势，又能最大限度地降低失败所带来的风险。所以虚拟组织有着强大的生命力和适应性。

虚拟组织一般要由盟主企业负责组建、管理虚拟企业。虚拟企业的特征体现为功能特点专长化（每个成员企业贡献自己的核心能力、资源）、运作方式合作化（整合资源、形成合力）、联盟形式动态化（临时联盟）、组织结构扁平化（进行项目化管理）、工作方式并行化（并行工作，快速响应机遇）、损益共担化（共担费用、风险，共享收益）。虚拟企业的实质是突破企业有形界限，延伸和组合各企业的功能；策略是充分利用外部资源，减少投资风险，加速实现市场目标；目标是通过资源整合，实现"聚变"，创造出超常竞争优势。

5. 第五代管理

1991年，查尔斯·M. 萨维奇《第五代管理》，提出了突破工业时代严格的等级制和例行程序，实现"知识网络化"管理。对企业的科学管理不单是重新设计企业的具体管理流程，而是使企业的经营观念、经营战略、组织结构、组织行为、管理规范、管理方法、管理技术、企业文化都要完成适应网络化管理需要的整合。

萨维奇在《第五代管理》中解释了企业管理的不同阶段：第一代，以所有权为基础的组织劳动力、资源和技术的小业主管理；第二代，建立了严格的等级制；第三代，在继承发展严格的等级体系的同时，引入了矩阵组织；第四代，更完善地建立严格的金字塔式的等级制度，更有效地运用矩阵管理方式，同时利用计算机技术加强水平方向和垂直方向不同职能部门的接触；第五代，知识网络。第五代管理的组织基础是知识的网络化。在管理上更注重人的作用和人际沟通，企业经营并行网络化，即可以同时进行一项和多项工作。组织结构更依赖小组和团队的活动，管理层次大为减少。在这种以知识的网络化为特征的管理中，知识网络中等级制组织的一些成分仍然存在，董事会、董事长及高级管理者与专业人员、普通雇员还各有分工和权限。

本 章 小 结

本章论述的主要内容是管理学的发展。科学管理的核心是管理要科学化、标准化，在管理中要倡导精神革命，劳资双方利益一致。一般管理理论的代表人物法约尔提出了管理的五大职能和14条原则，人际关系理论的代表梅奥对管理学的贡献主要为动机和团队工作的思想。进入现代管理阶段，许多管理学学派的出现更进一步推动了管理学的发展，如以巴纳德为代表的社会系统管理学派、西蒙为代表的决策理论学派，以及管理理论学派等。处在知识经济时期的管理理论借助于日益先进的科学技术，特别是信息技术，又取得了新的发展，如知识管理和学习型组织等。

第二篇

管理环境篇

◇ 第 *4* 章

环 境 分 析

教学目标：通过本章的学习，对组织环境、企业文化的概念有较为准确的理解，对组织环境的分类，以及组织环境分析的意义有清楚的理解和认识。

教学要求：掌握组织环境、企业文化的基本概念，熟悉组织环境的分类，了解组织环境分析的意义。

4.1 组 织 环 境

4.1.1 组织环境

组织环境（Organization Environment），是指对企业经营管理可能产生影响的一切力量和条件。这些力量和条件不断变化，为组织带来机会和威胁。

企业外各种组织团体有着各种不同的自身利益，企业中存在着许多利益相关者或权利人，而他们的目标是多元化的。因此，在这个多元化社会中，管理者的工作是在一个复杂的环境中，管理者的职责就是将这些不同的目标有机地整合起来，使其与组织目标趋向一致。

4.1.2 组织环境分析的意义

管理者对环境中各种力量及其发展变化的理解、把握的水平与质量，以及他们对这些力量做出适当反应的能力，是影响组织绩效的关键。环境分析就是监测、评价来自内部与外部环境的信息，以使组织作出科学决策的过程。研究发现，环境分析与利润正相关。因此，对于管理者而言，环境分析对于组织的各项管理活动是必不可少的。

1. 环境变化给组织带来不确定性

在市场经济条件下，企业所处的环境总是不断变化的，而且变化速度日趋加快，这给组织经营带来了极大的不确定性。不确定性是指影响组织的因素数目和因素变化的程度。要使管理工作有成效，组织必须处理好环境的不确定性。

组织环境的不确定性主要可从两个维度来衡量：环境的变化程度和环境的复杂程度。

① 环境的变化程度。环境的变化程度是指不可预见的变化，如果变化能够精确地预见，即使是快速的变化，它也不是管理者必须应付的那种不确定性。如果组织环境要素大幅度改变，称之为动态环境；如果变化很小，则称为稳态环境。在稳态环境中或许没有新的竞争者，或许现有竞争对手没有新的技术突破，公共压力集团极少有影响组织的活动，等等。

② 环境的复杂性程度。环境的复杂性程度是指组织环境中的要素数量及组织所拥有的与这些要素相关知识的广度。复杂性还可依据一个组织需要掌握的有关自身环境的知识来衡量。因此，一个组织，与之打交道的企业外各种利益团体（如顾客、供应商、竞争者及政府机构）和企业中利益相关者或权利人（如员工）越少，组织环境中的不确定性就越小。由于环境的不确定性影响着一个组织的成败，因此管理者应尽力将这种不确定性减至最低程度。

2. 环境是管理者行为的重要限制因素

企业的成败在很大程度上取决于管理者能否了解和掌握外部环境的变化，并及时做出反应，在自己的计划中对未来做出战略安排。也就是说，环境是任何管理者在任何时候都必须面对的现实，环境的某些力量在管理者行为的形成过程中起着主要作用，管理者的行为受现实环境的严格制约。因而管理者必须关注各种环境因素，并及时作出反应，以适应环境。

3. 环境影响组织，组织也会对环境影响作出反应

从系统论的观点来看，任何组织都不是独立存在的。组织是一个与外界环境保持密切联系的开放的系统。一方面，任何一个组织都被环境所影响，受到环境因素的制约。周围环境是每个组织生存和发展的土壤，从原材料采购到产品的销售及售后服务，组织都不可避免地与环境进行着物质、能量和信息的交换。另一方面，组织对环境影响也会作出反应。组织对环境的反应一般分为以下 3 类：①适应环境。为了与环境的不确定性相适应，组织经常对其结构和业务流程进行调整。②影响环境。除了适应环境外，组织还可以主动出击，依靠自己或与其他组织合作，以出色工作来努力改变那些给企业带来麻烦的要素，从而影响环境，使企业经营得以顺利进行。③更换环境。组织也可以通过选择新的环境来适应环境的不确定性。

4.1.3　环境的分类

企业环境是一个发展变化的多维结构系统，由于研究环境的目的、任务、要求各不相同，因此对环境的划分方法也各不相同：①以企业与环境的性质来划分，可分为战略环境与策略环境；②以企业与环境的关系来划分，可以分为直接环境与间接环境；③以时间为坐标，可以分为过去环境、当前环境与未来环境；④以空间为坐标，可以分为宏观环境、中观环境与微观环境；⑤以环境对企业的关联度划分，可以分为一般环境、行业环境与运营环境；⑥以企业与环境的关系界限来划分，可以分为企业外部环境、企业内部环境，等等。本书以企业与环境的关系界限为划分标准，按企业外部环境、企业内部环境来进行分析。

4.2　外部环境分析

不管在营利性组织还是非营利性组织中，管理者在决策时都必须从不同程度上考虑外部环境要素和力量。而他们对这些外部环境要素和力量的变动，几乎是无能为力的。管理者必须考虑组织外部社会群体的需要与欲望，也需要考虑外部环境对企业所提出的物质、人力资源、技术和其他各类需要。而这些在某种程度上几乎牵涉到各种管理活动。管理者必须及时发现、评估那些影响企业经营与发展的外部环境要素，并做出恰当的反应。

企业外部环境是指组织外可能影响管理者，从而影响组织运作的一切力量和因素。主要包括：一般环境、任务环境、为应对环境力量变化管理者组织变革的方法，以及当今社会，管理者必须面对的新课题——国际管理所面对的国际管理环境。本章重点讨论前两个部分。

4.2.1　一般环境

一般环境（General Environment），是指外部环境中几乎对各类组织都产生影响的比较广泛的力量或因素，是各类组织共同的生存发展空间。如经济发展状况、人口状况、通货膨胀率等几乎对各类组织都同样产生影响。通常，一般环境对组织的影响是长期的、间接的，不影响日常经营。因此，对管理者而言，一般环境对组织产生的机会和威胁比任务环境中的更难以确认、更难及早做出适当的反应。一般地讲，一般环境归纳起来主要包括 6 个方面，即政治环境、法律环境、经济环境、科技环境、社会文化环境和自然环境。

1. 政治环境

政治环境（Politics Environment），包括一个国家的社会政治制度、执政党的性质、政治性团体及政府的方针、政策等。一般组织是难以预测政治环境变化的，但是能够分析出某种可能的政治环境变化会给组织带来的影响。

组织必须对政治环境的变化给予充分的关注，因为政治环境对组织的影响往往是根本性的。应该提高政策分析能力，及时了解国家所倡导的、允许的或禁止的政策动向。只有这样，才能使组织的活动符合国家和社会的利益，把握有利的时机，赢得政府的支持和保护。如我国倡导节能减排的可持续发展方针，一些冶炼等高能耗高污染企业及早关注了政治环境变化，通过建立自备电厂、启动洁净能源项目，在国家改变对高能耗企业实行优惠电价的政策或环保政策出台时，已经能够从容应对了。

2. 法律环境

法律环境（Law Environment），是指与组织有关的社会法制系统及其运行状态。包括：法律规范、司法执法机关、法律意识三大要素。其中，法律规范包括宪法、基本法律、行政法规、地方性法规等；司法执法机关主要有法院、检察院、公安机关及其他各种执法机关，与企业关系较密切的行政执法机关有工商行政管理机关、税务机关、物价机关、计量管理机关、技术质量监督机关、专利机关、环境保护管理机关、政府审计机关等。

法律的强制性决定法律环境对组织的影响具有刚性约束的特征。随着我国社会主义法律体系的日趋完善，与组织有关的法律也越来越多。组织要加强法制观念，及时了解、熟悉相关法律、法规，保证在合法的基础上从事各项活动。如我国从 2008 年 1 月 1 日起正式实施《劳动法》，引起了中国境内许多内外资企业的高度关注和一系列相关行动。

3. 经济环境

经济环境（Economic Environment），是指影响企业生存和发展的社会经济状况及国家的经济政策，包括社会经济发展状况、经济体制、经济结构、宏观经济政策等因素。通常衡量经济环境的指标有国内生产总值、就业水平、物价水平、消费支出分配规模、国际收支状况，以及利率、货币供应量、政府支出、汇率等国家货币和财政政策等。经济环境对企业生产经营的影响相对较为具体，尤其是在目前经济全球化的环境下，世界各国的经济比以往任何时候都更加紧密地联系在一起，经济因素变得更加复杂，给管理者带来了更大的不确定性。例如，2007 年美国爆发的次级贷款危机冲击美国股市，影响全球主要股市的暴跌，发生之后的经济衰退和消费者信心削弱也影响了世界各国的经济和组织。2007 年以来，中国国内通胀压力与高成本时代悄然来临，楼市仍疯涨不止，股市牛市与回调交替。强劲的经济增长后，随之而来的经济环境随时间变化更是难以预测。宏观经济环境的恶化限制了管理者获取企业所需资源的能力，给企业带来威胁。

意识到经济环境对企业影响的重要性，成功的管理者就会密切关注国际、国内和地区范围的经济变化，以便未雨绸缪，及时做出适当的反应。

4. 科技环境

科技环境（Scientific Environment），大体包括社会科技水平、社会科技力量、国家科技体制、国家科技政策和科技立法等基本要素。社会科技水平是构成科技环境的首要因素，它包括科技研究的领域、科技研究成果门类分布及先进程度和科技成果的推广应用三个方面。社会科技力量是指一个国家或地区的科技研究与开发的实力。科技体制是一个国家社会科技系统的结构、运行方式及其与国民经济其他部门的关系状态的总称，主要包括科技事业与科技人员的社会地位、科技机构的设置原则和运行方式、科技管理制度、科技成果推广渠道等。国家的科技政策和科技立法是国家凭借行政权力和立法权力对科技事业履行管理、指导职能的途径。以上四个要素都会对企业的生产、经营、管理活动等多方面产生影响。

进入知识经济时代以后，科技环境影响也越来越大。对企业的影响表现在产品和服务的科技含量的日益提高、生产工具和手段的进步、对劳动者素质和技能的更高要求。只有注重科技环境变化，确定自己的应对策略，才能在竞争中求得生存。

5. 社会文化环境

社会文化环境（Societal and Cultural Environment）包括一个国家或地区的人口状况、结构及其流动与变化，社会阶层，社会中权力结构的形成和变动，居民生活及工作方式的改变，居民教育程度和文化水平、宗教信仰、风俗习惯、审美观念、价值观念等。

社会文化环境对企业的影响不能忽视。组织的成员都来自于社会，组织的活动离不开社会。社会文化教育环境对组织产生影响主要通过作用于组织成员及其他社会成员。成功的管理者不仅要非常了解并能客观地观察、评价和理解企业所处的社会文化环境，而且必须敏锐地识别其变化发展趋势，以此作为制定经营战略的重要依据。

4.2.2 行业环境

行业环境也称具体或微观环境，事实上也可以理解为任务环境（Task Environment）。任务环境是指与组织进行日常交流、与实现组织目标直接相关的那部分环境因素。对每一组织而言，任务环境都是不同的，并随条件的改变而改变。一般认为，典型的任务环境包括供应商、顾客、竞争者、战略合作伙伴、政府机构及公共压力集团等其他任务环境因素。其中，最主要的是供应商、顾客、竞争者和战略合作伙伴。

1. 供应商

广义的供应商是指向企业供应企业维持正常生产经营活动所需要的各种要素（人、财、物、信息、技术等）的来源单位。狭义的供应商是为企业提供原材料和零部件的组织。

供应商主要在两个方面对企业形成影响：一是其能否按照企业的需求按时、按质、按量提供各种要素，这决定了生产经营活动能否正常运行；二是供应商的价格谈判能力，决定了企业的生产经营成本并进一步影响企业的利润水平。许多成功的企业，总是倾向于选择较少的供应商，并与之精诚合作，建立起良好的长期合作的伙伴关系，以便及时获得高质量的物美价廉的原材料和零部件。

2. 顾客

所谓"顾客"，即企业产品或劳务的购买者，包括企业产品或劳务的最终使用者和中间经销商。作为企业产品的接收者，顾客决定了企业的成败。顾客数量、类型的变化，以及顾客口味、需求的变化，都会给企业带来机会或威胁。企业的成功是建立在对顾客需求及其变化的正确反应之上的。顾客从两方面对企业施加影响，主要表现在：顾客的需求水平决定了企业的市场状况；顾客的价格谈判能力影响企业的获利水平。

3. 竞争者

广义的"竞争者"是指与本企业满足相同市场需要的企业。如水、水果、食品都能充饥。狭义的"竞争者"是指与本企业处于同一行业、提供相同或类似功能产品的企业。因此，从本质上看，"竞争者"是与特定企业争夺市场或资源的企业。

竞争者间的对立是管理者需要处理的最具威胁性的一种力量。高度对立的结果往往是价格竞争，而价格的下降则会导致企业利润的降低和获取资源能力的下降。企业面临的竞争者可以划分为：直接竞争者和间接竞争者。间接竞争者包括潜在竞争者和替代品生产者。

（1）直接竞争者

直接竞争者主要是同行业中现有的企业。多家企业生产相同或相似的产品，必然会想方设法争夺市场，从而形成竞争关系。企业的主要威胁来自于直接竞争者。企业不可能也不必要同时对付所有的竞争对手，只要能准确识别和应对主要的竞争对手就足够了。

① 识别主要竞争者。具体内容包括有哪些直接竞争对手，以及它们的地区分布、规模、资金实力、技术实力、经营特色、主要产品、市场占有情况等。在进行基本情况研究时，要注意分析销售增长率（即当年销售额与上年相比的增长幅度）、市场占有率，即企业的产品销售量与市场上同类产品销售量的比率，市场占有率＝（本企业市场销售量/市场上同类产品销售量）×100％）和产品获利能力（可以用销售利润率表示，所谓销售利润率，即企业利润总额占总销售额的比率）3 个指标。完成上述分析，就可发现哪些是企业的主要竞争对手。

② 识别竞争关键因素。找出主要竞争对手后，应对其进行更为具体的分析，特别是要分析其所以能对本企业构成威胁的关键因素，从而据此制定相应的竞争战略和竞争策略。

③ 竞争者的发展动向。具体内容包括市场发展与产品发展动向。竞争者的发展动向往往会对本企业造成威胁。企业若能提前掌握，就可获得竞争的先机。分析竞争者的发展动向，必须要了解企业所在行业的退出壁垒。所谓退出壁垒，即企业退出某个行业时要付出的代价。

（2）潜在竞争者

潜在竞争者主要是指那些可能进入本行业的新进入者。所谓新进入者，可以是新办的企业或是一个采用多元化经营战略的原来从事其他行业的企业。新进入者带来了新的生产能力，并要求取得一定的市场份额，因而对已有企业构成威胁。一个企业进入新行业的可能性的大小取决于进入壁垒，即该企业进入新行业需要克服的障碍和付出的代价。进入壁垒的高低主要取决于以下因素：①规模经济；②经营特色；③进入新行业需要新的投资，包括建设或租赁房屋、购买机器设备、招聘和培训人员、进行研发、作广告、开拓市场等；④资源供应；⑤政府政策；⑥原有企业的反应。

（3）替代品生产者

替代品是指那些具有相同或相似功能的产品，如圆珠笔可以部分替代钢笔。因为用户购买商品的目的在于获得使用价值以满足其某种需求，所以那些能满足用户同一需求的产品都具有替代性。因而，替代品生产者也是企业的竞争者。影响替代品生产者对本企业压力的因素主要有：①替代品的盈利能力；②替代品生产者的经营战略和发展趋势；③用户的转换成本，改用替代品的转换成本越小，替代品对本企业的压力就越大。

4. 战略合作伙伴

虽然在全球范围内，企业间的竞争愈演愈烈，但很多成功的企业却通过合作更容易地达到了企业既定目标，而非通过竞争。合作往往更容易达成"双赢"的效果。所以，组织在识别和分析竞争者的同时，也要对战略合作伙伴进行分析。战略合作伙伴就是与本企业具有利害共同性或优势互补性的企业。

应该注意的是，随着内外环境的变化，企业与战略合作伙伴的关系具有可变性和复杂性，即战略合作伙伴有可能变成竞争对手，而竞争对手也有可能变为战略合作伙伴；本企业的战略合作伙伴可能同时也是竞争对手的战略合作伙伴。因此，企业对各种类型战略合作伙伴的状况、发展趋势及特点均应进行分析。

5. 政府机构及公共压力集团

除上述因素外，有关政府机构（如行业主管部门、工商机关、税务机关等）在若干方面对企业实行严格的监督。例如，民航总局对飞机是否合格、能否飞行，实行严格监督。同时，管理者必须充分意识到在政治、法律、法规框架内所存在的形形色色的"压力集团"（如金融机构、动物保护等环保组织、企业所在社区机构等）对企业行为的影响。组织必须处理好与这些机构和集团的关系，在它们的监督约束下进行管理活动，否则就可能给企业生产经营活动带来不利的影响。

4.3 内部环境分析

在《孙子兵法·谋攻篇》中，孙子说："故曰：知己知彼，百战不殆；不知彼而知己，一胜一负；不知彼不知己，每战必殆。"作为一个开放的系统，组织从外部环境中吸取资源，再向外输送产品和服务。因此，企业应关注外部环境，即"知彼"。但应该注意的是，对组织施加影响的一个重要方面还包括它本身，即内部环境（Internal Environment）。因此，企业还应该"知己"，即进行内部环境分析。

内部环境包括位于组织边界以内的所有环境要素，它是企业经营的基础，直接影响组织的日常营运、生存和发展。通过内部环境分析，能够掌握企业历史和目前的状况，明确企业所具有的优势和劣势，扬长避短；通过内部环境分析，有助于企业制定有针对性的战略，有效地利用自身资源，发挥优势。同时，避免劣势，或采取积极的态度改进劣势。

4.3.1 分析的内容

企业内部环境分析的内容包括很多，如组织结构、企业文化、资源条件、价值链、核心能力分析、SWOT 分析等。按照企业的成长过程，企业内部环境分析又分为企业成长阶段分析、企业历史分析和企业现状分析等。本节将按企业成长过程的 3 个方面展开企业内部环境分析。

企业成长阶段分析就是对企业处于成长阶段模型的具体阶段进行分析，然后制定有针对性的企业发展战略。

企业历史分析包括企业过去的经营战略和目标、组织结构、过去五年财务状况、过去几年的人力资源战略，以及人力资源状况，包括人员的数量及质量等。

企业现状分析包括企业现行的经营战略和目标、企业文化、企业各项规章制度、人力资源状况、财务状况、企业研发能力、设备状况、产品的市场竞争地位、市场营销能力等。

4.3.2 分析的工具

企业内部环境分析的方法很多，包括企业资源竞争价值分析、比较分析、企业经营力分析、企业经营条件分析、企业内部管理分析、企业内部要素确认、企业能力分析、企业潜力挖掘、企业素质分析、企业业绩分析、企业资源分析、企业自我评价表、企业价格成本分析、企业竞争地位分析、企业面临战略问题分析、企业目前战略运行效果分析、核心竞争力分析、获得成本优势的途径、利益相关者分析、内部要素矩阵及柔性分析、企业生命周期矩阵分析、企业特异能力分析、SWOT 分析、价值链构造与分析、企业活力分析，以及企业内外综合分析。

一般来说，以上各种各样的分析方法可归纳成两大类：纵向分析和横向比较分析。纵向分析，即分析企业的各方面职能的历史演化，从而发现企业的哪些方面得到了加强和发展，在哪些方面有所削弱。根据纵向分析的结果，在历史分析的基础上对企业各方面的发展趋势做出预测。横向比较分析，即将企业的情况与行业平均水平作横向比较。通过横向比较分析，企业可以发现相对于行业平均水平的优势和劣势。这种分析对企业的经营来说更具有实际意义。对某一特定的企业来说，可比较的行业平均指标有：资金利税率、销售利税率、流动资金周转率、劳动生产率等。

1. 企业成长阶段

企业处于不同的发展阶段，就应该采用不同的发展战略。因此在进行内部环境分析时，首先要分析企业的成长阶段，以确定与企业成长阶段相适应的发展战略。

总体来说，成长阶段模型的研究方法是把企业的成长过程划分为若干阶段，对每个阶段进行研究，并形成一定的模式。许多学者对企业的成长做了不同的阶段划分，并在各自研究成果的基础上提出了不同的成长模型，归纳起来有几十种。其中，著名的有斯坦梅茨的四阶段模型、葛雷纳的企业成长模型、丘吉尔和刘易斯的五阶段模型、爱迪斯的十阶段模型和弗莱姆兹的七阶段理论。这里着重介绍葛雷纳的企业成长模型。

1）葛雷纳的企业成长模型

哈佛大学教授拉瑞·葛雷纳（Larry E. Greiner）提出的五阶段模型主要描述企业成长过

程中的演变与变革的辩证关系，很好地解释了企业的成长，进而成为研究企业成长的基础。他利用五个关键性概念（组织年龄、组织规模、演变的各个阶段、变革的各个阶段、产业成长率）建立了组织的发展模型。他提出了两个关键的概念：演变（Evolution）与变革（Revolution）。"演变"反映企业的平稳成长过程；"变革"反映企业组织的动荡过程。葛雷纳强调组织的成长阶段，把组织成长分为 5 个阶段。葛雷纳的企业成长模型认为，成长性企业发展的普遍规律可分为以下 5 个阶段：创业阶段、集体化阶段、规范化阶段、精细化阶段和合作阶段。

2）组织成长的 5 个阶段

（1）创业阶段

在创业的初期，企业有一个非常明显的特点，就是更多地依靠创业者的个人创造性和英雄主义。此阶段重点是强调研发，重视市场，第一重要是怎么把新产品迅速销售出去，企业能迅速成长，因此不需要太复杂的管理和战略，通过创业者本人就可以控制整个团队。在此阶段，企业通过创造而成长。

经过 1～3 年的发展，随着员工日益增加，企业出现剧烈震荡。企业可能进入一个危险期，即领导危机。企业也更需要一个职业化的管理者来进行科学的指导和管理控制，所以，这个时候要么是创业者成长为职业化的领导，要么他找到一个更职业化的经理人，委派其进行管理控制。这一阶段比较困难的是，创业者需要进行自我变革，要有足够勇气放弃很多东西。同时他会发现，要继续监控发展企业还需要掌握更多的信息，并且有必要制定可行的发展战略。

（2）集体化阶段

所谓集体化，是指企业通过很多专业化的经理人去管理若干部门，建立一个管理团队去指导员工工作，引导员工执行决策层的决定，企业通过领导而成长。企业发展到一定程度，又会出现一次震荡，即自立危机。主要原因是员工需要获得自主权，中、基层经理希望增加自主权。由于员工的具体实践及管理层的指导使员工的工作经验和水平不断提升，企业规模扩大、管理层次增加，都会刺激员工对自主权的渴求，从而导致企业发展出现新的鸿沟，此时就需要授权，并建立一个更为规范的管理体系。

（3）规范化阶段

规范化阶段的重点就是授权，通过分权而成长。这一阶段大多数企业高速成长，产品转向更为广泛的主流市场。随着员工人数迅速膨胀，部门快速分拆，销售地域和网络越来越分散，此时需要更多的授权。但企业经过 1～3 年的高速发展后，同样又会遇到新的问题，被新的危机所困扰，即控制危机。这个危机需要通过加强控制来解决，但依靠过去传统的控制手段并不能解决危机，那用什么样的方法呢？授权过多就会导致自作主张，出现本位主义；控制过多就会出现不协调、合作困难的现象。因此，协调是跨越第三个发展鸿沟的主要手段。

（4）精细化阶段

在精细化阶段中，企业需要通过更规范、更全面的管理体系和管理流程，或者说是更多、更先进的管理信息系统来支撑，通过协调而成长。但官僚主义的出现又会引发新的危机，即烦琐公事程序危机。管理层次过多，决策周期拉长，人员冗余。因此，企业在面对新的鸿沟时，需要加强合作，这时要更多采用项目管理的手段，建立很多团队，通过按产品、地域设立适宜的部门和团队以增强市场竞争的快速应变能力。

（5）合作阶段

这一阶段，企业的规模通过合作成长，迅速壮大，也许已经进入国际市场，成为一个全球性的公司了。

在不同的阶段，企业管理的重点、组织结构、高层管理的风格、控制体系和管理人员的报酬重点也有所不同。

3）不同阶段的企业管理

创业阶段侧重生产和销售，组织结构是非正式的、简单、灵活而集权的，高层管理风格崇尚个人主义和创业精神，管理控制体系以追求市场结果为导向，这时管理人员的报酬很简单，就是创业者拥有所有权。

集体化阶段管理的重点是强调经营的效率，组织结构由创业初期的松散结构转变为正规、集权的集中式或职能型结构。指导型风格成为高层管理的普遍特征，控制体系通过建立责任中心和成本中心来实现，管理人员报酬的重点是进行薪金与绩效的挂钩考核。

企业发展到规范化阶段，市场开始快速扩张，组织衍变成一种分布式和以地域为责任中心的结构，高层管理人员通过广泛授权，并采取定期述职报告和利润中心的手段来考核下属机构，此时管理人员报酬的重点是强调个人绩效奖金。

在精细化运作阶段，组织的重新整合，把基层人员分成若干产品组，按产品设立适宜的部门。高层管理者在广泛授权后，又重新开始强调监督，企业的控制体系是通过新型的计划中心、责任中心、利润中心、成本中心和投资中心来组成。管理人员更加融入企业，参与利润分享，并拥有股票期权。企业的经营进入多元产品和跨地区市场，分权的事业部制结构可能更为适宜。组织会越来越庞大，也越来越分散，企业需要有一种整体感，需要员工把自己当成企业的主人，所以我们看到，国外很多公司都是通过股票期权这种长期利益方式来增强员工主人翁意识的。

合作阶段管理的重点是要解决复杂化问题和进行创新，要有小公司思维。企业进一步发展，不同领域之间的交流与合作，以及资源共享、能力整合、创新力激发问题愈益突出。这样，以强化协作为主旨的各种创新型组织形态便应运而生。组织结构更多强调团队和矩阵式管理，高层管理者的风格是参与式的，与下属共同制定目标，实施过程中不过多干预，合作的方式一般是充分协商，管理人员报酬的重点是团队奖金。

4）不同阶段的组织模式

企业成长模型指出，组织变革伴随着企业成长的各个时期，不同成长阶段要求不同的组织模式与之相适应。

① 企业在专长的时期，组织结构常常是简单、灵活而集权的。

② 随着员工的增多和组织规模的扩大，企业由创业初期的松散结构转变为正规、集权的职能型结构。

③ 当企业的经营进入多元产品和跨地区市场时，分权的事业部制结构可能更为适宜。

④ 企业进一步发展而进入集约经营阶段后，不同领域之间的交流与合作，以及资源共享、能力整合、创新力激发问题愈益突出。这样，以强化协作为主旨的各种创新型组织形态便应运而生。

5）不同阶段的管理模式

按照管理的控制性和管理的开放程度的不同，可以归纳出成长性企业的四种管理模式变化过程，这些管理模式有时可以互相结合。管理模式和战略并无好坏之分，关键在于是否适合企业自身的发展并且保证战略在各阶段的适应性。

第一阶段的管理模式，可以称之为"以人为本"，仅通过创业者就可驱动企业的发展，体现了最大限度的人性化和自由度。

第二个阶段的重心是过程管理，需要有一个规范化的管理体系和业务流程。

在第三和第四阶段，由于管理弹性增加、强调合作与开放，处在这两个阶段的管理模式可以统称为"开放体系模式"。

在第五个阶段，更是目前绝大多数中国企业远未达到的境界，就是以目标为导向的管理模式，简称目标管理。

总之，组织在不同成长阶段所适合采取的组织模式、管理模式和战略选择是各不相同的。管理者如果不能在组织步入新的发展阶段之际，及时地、有针对性地变革其组织设计，保持战略的适时性，那就容易引发组织发展的危机。这种危机的解决，必须依靠组织结构变革，组织的跳跃式变革与渐进式演进相互交替推动企业的发展。制定新的战略，进行组织结构变革，以适应不同发展阶段组织管理模式的需要。

2. 企业历史

企业历史分析是将组织的资源状况与以前各年相比，从而找到重大的变化。通常会用到如销售额、资本比率和销售额、雇员比率等财务比率，以及不同活动所需的与资源比例有关的各种重要的变量。这种方法可以揭示出一些不太明显的变化趋势，促使企业重新评估其主要推动力，并且判断未来应该将企业的主要推动力放在什么地方。另外，企业还可以通过历史分析来考察组织的资源状况，与前几年相比有了哪些重大的变化。历史分析虽然不能直接反映企业的相对资源状况和能力，但有益于企业正确认识自身所发生的变化及对未来可能的影响。

（1）行业历史分析

为了深入了解行业特征，以及构成这一行业的企业性质，一项重要的工作内容就是对行业发展史进行调查与研究。行业的发展一般需经过复杂的演变过程。行业的危机、行业结构的变化都与行业的发展和目前的状况相关联。制定战略时，应参考借鉴同行业其他企业成功的历史经验。通过对行业历史的研究可以发现某些令人惊异或不可理解的现象。

（2）企业财务历史分析

企业历史财务报告一般包括公司历史财务状况表和历史财务比率分析表。企业历史财务报告反映出企业历史的资产、债务、成本、收益、企业兼并、企业估值等具体项目情况。通过企业历史财务报告分析、评价企业经营水平和财务状况，了解企业历史资金流动、使用情况，及时发现存在的问题；通过历史财务报告分析，对企业的历史运营情况、企业运营成果和财务情况有比较深入的了解，是正确进行投资、管理决策和制定战略的基础。分析方法见财务管理有关内容。

（3）人力资源历史分析

① 人力资源成本历史分析。人力资源成本是为取得和开发人力资源而产生的费用支出，包括人力资源取得成本、使用成本、开发成本和离职成本。通过分析企业各个历史时期取得和开发人力资源的各种成本，了解企业成本构成中人工成本所占的比例，预测人力资源成本发展，编写人力资源成本的发展趋势报告，制定企业人力资源战略。

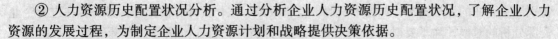

② 人力资源历史配置状况分析。通过分析企业人力资源历史配置状况，了解企业人力资源的发展过程，为制定企业人力资源计划和战略提供决策依据。

（4）企业产品历史分析

① 企业产品历史业务分析。为了更好地了解产品技术上的演进过程，对产品变化进行简要的历史分析也有必要。分析了解产品的历史，根据产品特点进行初步分类，了解企业生产的优、劣势，制定企业未来业务发展的框架。企业产品历史业务分析，也有助于了解企业文化的历史发展过程。

② 企业产品历史质量分析。分析采集质量历史数据，为提高产品的质量提供指导，有助于制定企业产品研发与创新战略。

（5）客户历史分析

客户历史分析为制定企业营销战略，如何留住老客户，发展新客户提供决策依据。

① 客户和产品历史交易记录的分析。找到并成交一位新客户需要很大的投入，企业80%的利润来自20%的老客户。客户历史分析要根据历史交易记录分析老客户的购买倾向。为提高客户资源的整体价值，制定企业营销战略时，通过进行客户和产品历史交易记录的分析，可以为产品提供可能客户，为客户推荐产品，帮助企业在老客户中挖掘新的销售机会。

② 客户流失分析。通过对客户流失历史记录的分析，可以为企业制定营销战略提供帮助。抽取流失客户的行为特征，得到流失预言模型，对新的客户流失现象进行预警，提示企业采取相应的行动尽力留住即将流失的客户。

分析停止购买或消费某一产品或服务的客户数量和特点，分析客户流失的规律，预测不同群体客户的流失概率。

客户流失分析可解决以下问题：客户满意度如何？客户为什么流失？流失客户的特征是什么？目前哪些客户有可能流失？流失的可能性有多大？

3. 企业资源与核心能力

企业资源的现状及变化趋势是企业制定总体战略和进行经营领域选择时最根本的制约条件。

（1）企业资源分析

企业资源分为有形资源、无形资源和人力资源。有形资源是指一般在企业财务报表上能够查到的比较容易确认和评估的一类资产，包括企业财力资源、物力资源、市场资源和环境资源等；企业无形资产是指企业不能从市场上直接获得，不能用货币直接度量，也不能直接转化为货币的一类经营资产，包括技术资源、信誉资源、文化资源和商标等；人力资源是指组织成员向组织提供的技能、知识，以及推理和决策能力，又称人力资本。企业资源形成企业的经营结构，是构成企业实力的物质基础。企业能投入到经营活动中的资源是有限的，企业资源分析要从全局来分析、把握企业各种资源的数量、质量、配置等情况的现状、未来需求，以及与理想的差距。

企业是资源的特殊集合体，竞争优势取决于企业的各种资源能否形成一种综合能力。那些与竞争对手相比具有资源的独特性和优越性，并能够与外部环境匹配得当的企业会具有竞争优势。企业资源中满足价值性、稀缺性、不可模仿和替代性标准的资源被称为关键资源，只有基于这些关键资源建立起的竞争优势才是持久的。在进行企业资源分析的时候，还需要特别注意企业的无形资源，如技术资源、信誉资源、文化资源和商标等；另外，在进行企业资源分析的时候，除了要对各种资源要素进行分析外，还应考察各种资源的组合与配置情况，各种资源与目标的差距和利用潜力等内容。

（2）企业能力分析

企业能力分析主要包括以下内容。

① 企业资源能力分析。企业资源能力包括企业从外部获取资源的能力和从内部积蓄资源的能力。它的强弱将影响企业的发展方向、速度，甚至企业的生存，同时直接决定着企业战略的制定和实施。

企业从外部获取资源的能力取决于以下一些要素：企业所处的地理位置；企业与资源供应者（包括供应商、金融、科研和情报机构等利益相关者）的关系；资源供应者与企业讨价还价的能力；资源供应者前向一体化趋势；企业供应部门人员素质和效率等。

企业内部资源包括有形资源、无形资源和人力资源。

企业积蓄资源的能力涉及企业整体能力和绩效，形成企业的经营结构。企业经营结构必须保证在竞争市场上形成战略优势。

分析企业内部资源的蓄积能力可以从以下几个方面入手：投入—产出比率分析（包括各经营领域）；净现金流量分析；规模增长分析；企业后向一体化的能力和必要性；商标、专利、商誉分析；职工的忠诚感分析。

② 生产能力分析。生产是企业进行资源转换的中心环节，有竞争性的生产能力包括：加工工艺和流程、生产能力、库存、劳动力、质量5个方面的构成要素，其形成必须在数量、质量、成本和时间等方面符合要求。

③ 营销能力分析。从战略角度考虑，营销能力主要包括：市场定位的能力、营销组合的有效性和管理能力3个方面的内容。

市场定位的能力直接表现为企业的生产定位的准确性，取决于企业在以下4个方面的能力：市场调查和研究的能力；评价和确定目标市场的能力；把握市场细分标准的能力；占据和保持市场位置的能力。

评价市场营销组合的有效性主要考虑两个问题：是否与目标市场中的有效需求一致；是否与目标市场产品寿命周期一致。

营销管理能力主要是指企业对营销各项工作管理的能力，具体包括营销队伍的建设与培训，营销人员的考核与激励，应收账款管理等一系列工作。

④ 科研与开发能力分析。科研与开发能力是企业的一项十分重要的能力，企业科研与开发能力分析主要包括科研与开发能力分析、科研与开发组合分析、企业科研成果与开发成果分析、科研经费分析等方面。

（3）企业核心能力分析

企业核心能力一词是英国哈默教授与美国普拉哈拉德教授首先提出来的。一般地讲，企业核心能力是指企业在长期生产经营过程中逐渐积累起来的知识、技能与其他资源相协调并有机结合而形成的经营体系。通俗地讲，企业就像一棵大树，树根就是企业的核心能力，树干就是企业的核心产品，树叶、花、果等就是企业的最终产品。任何企业的优势都是暂时的，而不断创造企业优势的能力才是最宝贵的，这种不断创造优势的能力就是企业的核心能力。

企业核心能力是决定企业生存和发展的最根本因素，它是企业持久竞争优势的源泉。积累、保持、运用核心能力是企业生存和发展的根本性战略，也是企业经营管理的永恒目标，如耐克公司的销售和设计能力、戴尔公司的直销能力、海尔集团的市场整合能力、长虹集团的技术吸收创新和低成本扩张能力，等等。

① 企业核心能力分析。企业核心能力分析是从企业组织的本质和目标出发，从不同角度对核心能力进行层次分解，将核心能力落脚至企业各个管理职能领域和经营管理业务活动中。

进行企业核心能力分析，第一，要建立企业核心能力的识别体系与企业绩效的评价指标。这涉及相互关联的两个方面指标体系内容的建立，一是有关企业核心能力的评价指标体系。如何识别、评价企业的核心能力，需要有一套全面、科学的指标。没有这套指标的建立，就不能判断企业核心能力的差异，使基于核心能力制定的经营战略无法操作。二是指标对企业绩效的衡量。这套指标用于测度运用核心能力理论制定和选择企业战略行为的结果。目前，财务管理逐渐重视关于可持续竞争优势的衡量、知识管理的衡量、无形资产的测量等内容，基本上反映了这种研究和发展趋势。

第二，单纯从战略管理领域角度看，需要发展一个关于企业核心能力的、操作性强的战略分析框架，使得企业核心能力分析有一套科学的程序。

第三，需要探讨产业特性与企业核心能力的关系。分析企业所处的产业差异对企业核心能力所具有的重大影响，分析产业规模、产品特点、技术进步、市场结构、竞争程度、进入和退出壁垒等，对企业核心能力培养与形成，进而对企业战略制定的影响。寻求规律性的东西，指导企业根据所处的产业特性辨识和培育核心能力，寻求经营战略的正确基点。

第四，从企业核心能力角度解释现代企业的战略行为。现代企业的战略选择，如跨国经营战略、战略联盟，兼并战略、多角化经营战略、差异化战略等，可以从企业核心能力角度进行评定。对这些企业日常采用的战略行为进行分析，一方面可以归纳出这些战略的适用条件，从而指导企业进行科学的战略选择。另一方面也为企业已有的战略选择提供了新的评价和判断。

② 企业核心能力培育。一般认为，企业培育核心能力的途径主要有传统途径和现代途径两种。传统途径就是产品经营，指企业为了实现内部资源的最优配置而采取的一系列管理行为，包括生产作业管理、供应管理、技术创新、市场营销管理、财务管理、人力资源管理等。现代途径就是资本运营，指企业为了有效整合外部资源而采取的更为复杂的管理行为，包括兼并、收购、分拆、上市、联营、破产等。因而，核心能力的培育涉及企业经营管理的各种活动。

4. 价值链

"价值链"（Value Chain Model）分析方法是由美国哈佛商学院著名战略管理学家波特（Michael Porter）提出来的一种根据企业活动的连续过程来分析企业能力的工具。他认为企业每项生产经营活动都是其创造价值的经济活动，企业所有的互不相同但又相互联系的生产经营活动，便构成了创造价值的一个动态过程，即价值链。

为了评价企业的能力，波特把企业的生产经营活动分成基本活动和支持性活动两大类。基本活动主要涉及如何将输入有效地转化为输出，它直接和顾客发生各种各样的联系。支持性活动主要体现为内部过程。如图 4-1 所示。

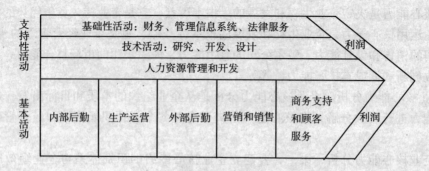

图 4 - 1　波特的价值链

（1）基本活动分析

基本活动是指生产经营的实质性活动，一般可细分为 5 种功能，而每一种功能又可以根据具体的行业和企业的战略再进一步细分成若干功能。

① 内部后勤。是指与产品的投入品的进货、仓储和分配有关的活动，如原材料的装卸、材料处理、入库控制、盘存、运输及退货等。

② 生产运营。是指将投入品转换成最终产品的活动过程，如机械加工与制造、工艺调整和测试、装配、包装、设备维修等。

③ 外部后勤。是指产品的接收、库存、分销活动，如最终产品的入库、接受订单、送货等。

④ 市场营销和销售。是指促进和引导购买者购买产品的活动，如消费者行为研究、广告、定价、销售渠道等。

⑤ 商务支持和顾客服务。是指保持或提高产品价值有关的活动，如产品的安装、调试、修理、员工培训、零配件的供应等。

但我们应该注意：行业不同，每一项基本活动体现出来的竞争优势也有所不同，即任何企业只是创造产品和服务的价值系统的一部分。对于分销商来说，原料的供应与成品的储运是最重要的功能；对于一个从事商业服务功能的企业来说，成品储运是关键要素；对于生产电脑、家电的企业来说，售后服务是最重要的功能。总之，各类基本功能都会不同程度地体现出企业的竞争力。

（2）支持性活动分析

支持性活动是指用于基本活动，而且内部之间又相互支持的活动，一般可细分为 3 种活动，包括企业基础性活动、技术活动、人力资源管理和开发，而每一种活动有可依据行业的不同进一步细分成若干独具特色的活动。支持性活动既支持整个价值链的功能，又分别与每项具体的基本功能有着密切的联系，企业的基本功能则支持整个价值链的运行。企业要分析自己的内部条件，判断由此产生的竞争优势，首先确定自己的价值功能，然后识别价值功能的类型，最后构成具有自身特色的价值链。

① 基础性活动。它是指企业的组织结构、控制系统及文化等活动。企业的基础性活动与其他的支持性活动不同，一般是用来支持整个价值链的运行。在多种经营的企业里，公司总部和经营单位各有自己的基础结构。由于企业高层管理人员能在这些方面发挥重要影响，因此企业高层管理人员往往也被视为基础结构的一部分。基础性活动主要包括计划、财务、

质量控制和法律服务等。

② 技术活动。又称技术研发和设计，是指可以改进企业产品和工序的一系列技术活动。这是一个广义的概念，既包括生产性技术也包括非生产性技术。企业中每项生产经营活动中都包含着技术，它关系到产品的功能强弱、质量高低和资源的利用效率。技术活动不仅与企业最终产品直接相关，而且支持着企业的全部活动，成为判断企业实力的一个重要标志。

③ 人力资源管理和开发。它是指企业员工的招聘、选拔、雇用、培训、提升、考核、激励和退休等各项管理活动。这些活动支持着企业每项主体活动和支持活动，以及整个价值链。因为所有的活动都是由人来完成，因此人力资源管理在调动职工生产积极性上起着重要作用，影响着企业的竞争力。

（3）价值活动的类型

在企业的每类基本活动和支持性活动中，都可以由3种活动类型组成，即直接活动、间接活动和质量保证活动。它们在增加企业价值、提高企业竞争力中起着不同的作用，是判断企业竞争实力的重要手段之一。

① 直接活动。这是指直接创造价值的活动，如产品设计、产品的加工与制造、包装、广告、装配等活动。

② 间接活动。这是指作用在直接活动之上，使之继续进行的活动，如维修、销售管理、产品开发等活动。间接活动通过直接活动发生作用，在总成本中占有很大的比重，它在产品差别化上也起着重要作用。

③ 质量保证活动。这是指确保其他活动质量的活动，如人力资源管理与开发、生产监督、产品测试与检验、产品的安装与调试、售后服务等活动。质量保证活动在企业的各项活动中发生作用，影响其他活动的成本或效能。

（4）价值链的构造

企业要根据价值链的基本模型构造企业的价值链体系，以提高企业的竞争实力。而价值链分析是企业构造具有自身特色的价值链的基础和前提。

在构造价值链时，企业首先根据价值链分析的内容和生产经营活动的经济性，将每一项活动进一步分解。分解后的每一项子活动或具有高度差别化的潜力，或在成本中有重要的百分比。企业将这些说明企业竞争力的优势或劣势的子活动单独列出来，以供分析使用。那些不重要的子活动可以归纳在一起进行分析。分析的顺序应按照工艺流程进行，但也可以根据需要进行安排，目的是使企业的管理人员从价值链中得到直观的判断。

企业管理者必须认识到价值链不是一些独立活动的集合，而是相互依存的活动构成的一个系统。在这个系统中，各项活动之间存在着一定的联系。这些联系体现在某一价值活动进行的方式与成本之间的关系，或者与另一活动的关系。企业的竞争优势既可以来自企业单独活动本身，也可以来自各种活动之间的联系。

① 价值链活动的基本原因。是指可以作为企业构筑价值链的依据。价值活动间的联系很多，最常见的是价值链中基本活动与支持性活动间的各种联系。形成这些联系的基本原因有以下几个方面。

第一，同一功能可以用不同的方式实现。如为保证产品合格，企业可以采购高质量的原材料或零部件，或者明确规定生产工艺流程中的最小公差，或者对产品进行全面或者加强生产运营管理。

第二，通过间接活动保证直接活动的成本或效益。例如，通过优化时间安排（间接活动），企业可以减少销售人员的出差时间或交货车辆运输时间（直接活动），提高直接活动的效益。

第三，可以以不同的方式去实现质量保证功能。例如，企业可以通过进货检查，部分或全部代替成品检查。

② 形成竞争优势的方式。认清了价值活动联系形成的基本原因之后，企业应该认识并选择内在联系形成竞争优势的方式。一般来说，企业价值活动间的内在联系形成的竞争优势有两种形式，即最优化与协调。

第一，最优化决策。企业为了实现其总体目标，往往在各价值活动间的联系上进行最优化决策，以获得竞争优势。例如，企业为了获得低成本优势，既可以考虑降低人工成本，又可以降低机器成本，还可以选择成本高昂的产品设计、严格的材料规格和严密的工艺检查，以减少服务成本。

第二，协调决策。在协调方面，企业通过协调各活动之间的联系来增加产品的差别化或降低成本。例如，企业要按时发货，则需要协调企业内部的生产加工，成品储运和售后服务之间的联系。

与此同时，企业管理者应该认识到，价值活动的联系不仅仅存在于企业内部，还存在于企业与企业之间。其中，最典型的是纵向的联系，即企业价值链与供应商和销售渠道价值链之间的联系，这往往影响企业活动的成本与效益，反之亦然。

企业价值链与供应商价值链之间的各种联系为增强企业竞争优势提供了机会。通过影响供应商价值链的结构，或者通过改善企业与供应商价值链之间的关系，常常会使双方受益。例如，供应商的讨价还价能力决定了企业的采购原材料的价格，影响企业利润，对企业的价值提升起着重要的作用。

销售渠道管理在构建企业价值链方面也起着重要的作用，它能够提高销售量、降低企业的成本、产生企业的现金流。同时，销售活动进行的各种促销活动还可以提升企业品牌形象、提高企业知名度、增强企业的差别化。

5. 企业的核心驱动力

企业的核心驱动力又被称为企业的战略发动机和"DNA"。企业的核心驱动力使公司能够形成特色鲜明和连续的战略，从而令竞争者无足轻重。公司业务的某个部分是公司战略的驱动力，该驱动力反过来影响管理人员在考虑公司产品结构、客户、行业细分和市场的地理位置时，如何作出决定。

一般来说，企业的核心驱动力可分为以下几种：产品导向的驱动力、用户/客户导向的驱动力、市场导向的驱动力、技术导向的驱动力、生产能力导向的驱动力、销售或营销方式导向的驱动力、配送方法导向的驱动力、自然资源导向的驱动力、规模或增长导向的驱动力、回报或利润导向的驱动力等。

根据公司自身的优劣势，每个公司强调以公司业务的不同部分作为本企业的战略发动机。国际著名企业顾问米歇尔·罗伯特认为，企业可根据自己的产品类型、所在的市场特点、企业资源状况等，选择某一种驱动力作为导向，指导企业资源的投放，并经过长期培养，打造出超越对手的竞争力。各种导向都有成功的范例，下面我们详细分析各种不同的企业驱动力。

① 产品导向的驱动力。一个追求产品导向战略的公司有目的地把它的战略限制在某个单一产品系列上，不断克隆第一代产品。所有将来的产品都是目前产品的改良、延伸，就是产品的外貌、形状和功能也几十年如一日。企业主要注重产品的改进、修饰和提高，目的是使产品越来越好，比竞争对手做得更好；企业服务方面注重服务的纵深化和丰富化，捆绑好的产品和服务，使二者相得益彰。例如，可口可乐公司（软饮料）、波音公司（飞机）、米其林公司（轮胎）等，他们认为"谁有最好的产品谁赢"，通过对产品的精益求精，走在了许多竞争对手的前面。

② 用户/客户导向的驱动力。由于世界制造业的生产能力过剩，大众在基本需求方面要求越来越高，企业要保持自身优势，必须最大限度地满足客户需要。同时，企业的使命就是为客户创造价值，拥有客户就意味着企业拥有了在市场中继续生存的理由，而拥有并想办法保留住客户是企业获得可持续发展的动力源泉。

客户的需求和期望会长期影响企业总体战略的制订、实施、评价等企业战略管理的过程。客户发展战略是企业为有效制定面向客户的长期决策，实现和坚持以客户为中心的经营模式和企业文化、以客户为导向的营销策略所必须恪守的指导思想。

客户导向战略是对企业战略最具影响力的战略思想，企业应比竞争对手更了解用户，把客户置于价值链的顶端，以个性化客户为中心，围绕客户的需求生产产品或服务，满足用户的最终需求。

客户导向战略的方向是建立服务型模式的企业，以便获取客户的信任，积累用户的忠诚度。这一战略强调的是客户利益，而厂商的利益和战略优势存在于客户之中。

一个追求用户或客户导向战略的公司有目的地把自己的战略限定在预期的客户或用户群上。公司了解客户或用户的需求，用许多不同的产品来满足其需要。例如，强生（医生、护士、病人、母亲）、花花公子（男人用品）。

③ 市场导向的驱动力。所谓市场导向战略就是企业把有自己的战略有目的地限定在希望的市场份额或销售方式上。公司制定的以市场为导向的战略计划是在组织目标、能力、资源和它所面临的各种变化的市场机会之间，建立与保持一种可行的适应性管理过程，其目标就是塑造和持续调整公司业务和产品，以期获得目标利润和发展。

公司要认清市场的变化，然后提供许多不同的产品以满足需求。例如，美国医院供给品公司（现为 Allegiance）和迪斯尼的理念（家庭娱乐）。

④ 技术导向的驱动力。技术导向战略则是扎根于一些基础的、艰深的技术，例如，化学、物理或其他软件技能或专业知识，并寻求技术与专才的应用。公司以核心技术为杠杆挑起其他产品。公司要注重基础或应用技术的研究，通过提高专业知识来推出新产品。一旦找到了市场，公司就开发适用技术的产品，并将其提供给客户。这一方面业务增长后，公司就用同样方法寻求另一用途。

方正依靠具有中国特色的激光汉字编辑排版系统起家，成为中国"电子出版"之王，技术导向战略成就了方正的昨天。对于中国企业而言，还是要认清自己的能力所在，研究开发能力较强、能够持续不断地进行技术创新的企业当以技术为战略导向，抓住技术突破的战略机会，倡导主流技术标准。但盲目采用技术导向必然导致失败。

⑤ 生产能力导向的驱动力。一个生产能力导向的公司在其生产设备方面投了大量的资金，保持生产设备的满负荷运转。在这种公司常听到的是"保持运行"，每天3班，每周7

天，每年365天。公司的战略就是保持生产设备满负荷运转，关心的重点则是如何保证设备运转起来，降低成本。当公司寻求机会时，它只寻求那些能充分利用生产能力的机会。例如，钢铁厂、炼油厂、纸浆和纸业公司。中国的格兰仕也是一家典型的以生产能力为导向的企业。

⑥ 销售或营销方式导向的驱动力。一个销售或营销方式导向的公司拥有一整套鲜明的销售方式，即追求的所有机会必须充分利用这一销售方式开展业务。例如，上门销售的公司（如雅芳、玫琳凯和安利）、直销式公司（如戴尔）、通过目录销售的公司（如 L. L Bean 和 Land's End）、通过网络销售（如阿里巴巴）。戴尔计算机公司是通过销售方法导向，大力发展销售网络的可靠性、效率和覆盖范围，成功地塑造出与众不同的竞争力。

以销售或营销方式导向的企业关键是找到适合企业和业务的销售人员，同时注重销售网络的可靠性、覆盖范围和效率。

⑦ 配送方法导向的驱动力。一个配送方法导向的公司，致力于从一个地方向另一个地方运输有形或无形物品，关注最优化物流过程。这种公司只追求优化物流的机会，注重系统的覆盖范围和效率，企业根据业务种类制定配送结构，提高企业竞争效率和竞争优势。例如，沃尔玛超市、联邦快递和中邮快递。

⑧ 自然资源导向的驱动力。一个开采石油、天然气、黄金、矿石、木材和其他资源的公司可以说是追求自然资源导向的。这种公司探索和发现所需资源，提高资源的加工质量和效率。例如，埃克森、壳牌石油等公司。美国埃克森石油公司采用自然资源导向，培养出能在世界上最困难的地方发现石油的本领而超越竞争者。

⑨ 规模或增长导向的驱动力。一个规模或增长导向的公司通常是各种不同业务的组合体。它唯一的目标是追求规模和增长，他们往往采用低成本战略。

⑩ 回报或利润导向的驱动力。一个重视回报或利润的公司，其重点是各种不同业务组合体的回报或利润。最好的例子是20世纪70年代哈罗德·吉宁领导下的ITT。他的名言是"无论如何，每季度每个单元利润都要增加"。这个方针使ITT拥有276种不同的业务。这些业务都保持独立，当其中任一项连续三个季度未达到利润目标，第四个季度它就消失了。

本 章 小 结

组织环境分析对于管理过程中非常重要。本章从组织环境的概念入手，论述了环境分析的重要意义。通过对环境的分类，分析了组织外部环境的影响因素和组织内部环境的构成要素；并深入分析了组织外部环境和内部环境的关系，列举了一些常用的环境分析方法，对提高管理人员通过分析环境而制定决策的能力，具有很强的实际指导意义。

◇ 第 **5** 章

社会责任与管理道德

教学目标：通过本章的学习，对管理道德、社会责任概念有较为准确的理解，对三种道德观和两种社会责任观有一定的了解和认识。

教学要求：掌握什么是管理道德，理解影响管理者道德素质的因素；区分社会义务和社会责任；了解两种社会责任观。能够运用道德与社会责任的理论分析组织的道德和承担社会责任的状况。

5.1 道德与管理道德

管理活动中包含着人际关系，如何处理这些人际关系有一个道德的问题。管理道德就是对管理者提出的道德要求，即要求管理者具有与管理活动相适应的道德素质，要求管理者的行为是有道德的行为。

5.1.1 道德

1. 道德的定义

道德是指那些用来明辨是非与善恶的规则或原则。道德在本质上是规则或原则，这些规则或原则可以帮助决策者判断某种行为是正确或错误的，这种行为是否为组织所接受等问题。组织的道德标准还要与社会的道德标准兼容，否则，组织很难为社会所容纳。

在实际生活中经常会遇到一些道德问题。例如，推销员贿赂采购代理人以使其购买自己的产品，道德吗？有人将公司的汽油留作私用，道德吗？用公司的电话打个人长途，道德吗？请公司的秘书打个人信件，道德吗？对上述问题的回答，本身就是一个道德判断的过程。

2. 道德观

在道德标准方面有以下 3 种不同的观点。

（1）道德的功利观

这种观点认为，决策要完全依据其后果或结果做出。功利主义的目标是为绝大多数人提供最大的利益。

例如，接受功利观的管理者会认为，解雇其企业20%的员工是正当的，因为这将增强企业的盈利能力，提高留下的80%员工的工作保障，并使股东获得最好的收益。

一方面，功利主义对效率和生产率有促进作用，并符合利润最大化的目标；另一方面，它会造成资源的不合理配置，尤其是在那些受决策影响的人没有参与的情况下。同时，功利主义还会导致一些利益相关者的权利受到忽视。

（2）道德的权利观

这种观点认为，决策要在尊重和保护个人基本权利，如隐私权、言论自由和游行自由等的前提下做出。例如，当雇员揭发雇主违反法律时，应当对他们的言论自由加以保护。权利观的积极一面是保护了个人的自由和隐私，但它在组织中也有消极的一面，即接受这种观点的管理者把对个人权利的保护看得比工作的完成更加重要，从而在组织中会产生对生产率和效率有不利影响的工作氛围。

（3）道德的公正观

这种观点要求管理者公平和公正地实施规则。例如，接受公平理论观的管理者可能会向新来的员工支付比最低工资高一些的工资，因为在他或她看来，最低工资不足以维持该员工的基本生活。按公平原则行事，也会有得有失。一方面，它保护了那些权利未被充分体现或缺乏的相关者利益；另一方面，它不利于培养员工的风险意识和创新精神。

研究表明，大多数生意人对道德行为持功利主义态度。这不足为奇，因为功利主义与诸如效率、生产率和高额利润之类的目标相一致。例如，在追求利润最大化的过程中，管理者可以从容地争辩说他正在为尽可能多的人谋取尽可能多的好处。

由于管理领域正在发生变化，所以观点也需要改变。随着个人权利和社会公平日益被重视，功利主义遭到了越来越多的非议，因为它在照顾多数人的利益的时候忽视了个人和少数人的利益。强调个人权利和社会公平的新趋势，意味着管理者需要在是非功利标准的基础上建立道德准则。这对当今的管理者来说无疑是一个严峻的挑战，因为使用诸如个人权利、社会公平之类的标准来进行决策，要比使用诸如对效率和利润的影响之类的标准来进行决策，会有更多的模糊性。

5.1.2 管理道德

管理道德是管理者行为准则与规范的总和，是在社会一般道德原则基础上建立起来的职业道德规范体系，它通过规范管理者的行为去实现调整管理关系的目的，并在管理关系和谐、稳定的前提下进一步实现管理系统的优化，提高管理效益。

管理道德主要涉及以下几个方面。

1. 管理理念

道德直接涉及管理理念与管理品质，具体体现为管理道德直接为管理目的服务，管理道德在深层上对管理活动进行价值导向。管理学对人的假设，已经从"经济人"、"社会人"、"自我实现人"，发展为"复杂人"，在这些不同的管理阶段，有着不同的管理文化背景，延伸出不同的管理方法和管理策略，贯穿着不同的管理道德。

任何管理理念都包含管理道德，或者说管理道德是管理理念的重要组成部分。有什么样的管理理念就有什么样的管理道德，有什么样的管理道德就有什么样的相应的管理理念。

道德不仅为管理提供价值理念和价值导向，而且本身就应当是管理理念的重要组成部分，它对管理是如此的重要，以至形成一种特别的管理模式。

有"日本近代实业界之父"之称的涩泽荣一，以其数十年亲身经历和直接体验，在《"论语"与算盘》一书中解析过"论语"与"算盘"的关系。在这里，"论语"代表仁义、伦理和道德，而"算盘"则是"精打细算"、"斤斤计较"的"利"的象征。"论语"与"算盘"的结合，就是道德与经济的结合。这种模式，被一些日本学者称之为"道德经济合一论"。只要承认日本经济的巨大成功，只要承认日本管理模式所具有的世界意义，就不能否认这种道德经济合一的管理模式对当代中国管理的重要性。

对当代中国管理来说，道德问题已经不只是一个理念问题和管理模式问题，而且也是关系管理品质与中国经济社会发展前途的大问题。

2. 管理效益

效益最大化是任何企业必须追求的根本原则。管理道德与管理效益并不是绝对对立的，它们之间有着不可分割的联系。

由于管理道德与对管理中各种伦理关系的处理、企业的道德形象和社会信誉相关联，因而它与管理效益之间也就存在着某种必然的联系。

一些西方学者通过对西方七国的 100 多个企业研究发现，文化价值体系才是创造财富的源泉，才是企业竞争力、国家竞争力的源泉。在调查中他们发现，顾客挑选某种商品，实际上首先是对公司道德观的肯定；对某种商品的评价事实上首先是对生产这种商品的公司的道德观的评价。

3. 管理者品质

管理道德直接受到管理者品质的影响。

一般来说，生意人与企业家是有区别的。生意人以利润为唯一取向，永远只能是"生意人"。企业家必须具备许多素质，人文素质特别是道德素质是企业家最重要的特征之一。

我国台湾学者认为，并不是所有创造利润的人都能称为企业家，企业家的桂冠并不能由钞票买得。从根本上讲，它代表的是一种素质层次。如果经营者的道德败坏，他获得的利润越多，也许对社会造成的危害越大。"企业家"代表一种素质和境界，而以利润为唯一取向的"生意人"不可能成为企业家。赚钱不是企业家的唯一的乃至最重要的特征，这一点是肯定的。严格准确地区分生意人与企业家，对当代中国管理与中国经济社会发展具有重大的意义。

5.2　影响管理者道德素质的因素

一个管理者的行为是否合乎道德，是管理者个人道德发展阶段与个人特征、结构变量、组织文化和道德问题强度之间复杂地相互作用的结果。其中，管理者个人道德发展阶段、个人特征、结构变量、组织文化和道德问题的强度等都是管理者道德行为的影响因素。即使是缺乏强烈道德感的人，如果他们受规则、工作规定或强文化准则的约束，做错事的可能性也很小。相反，非常有道德的人，也可能被一个组织的允许或鼓励非道德行为的文化所腐蚀。此外，管理者更可能对道德强度高的问题制定出符合道德的决策。

5.2.1 个人所处的道德阶段

研究表明,个人道德发展要经历 3 个层次,每个层次又分为两个阶段。它们代表道德发展的不同水平。随着道德发展阶段的上升,个人的道德判断越来越不受外部因素的影响。道德发展所经历的 3 个层次和 6 个阶段如表 5 - 1 所示。

表 5 - 1　道德发展阶段

层　　次	阶　　段
前惯例层次 只受个人利益的影响 决策的依据是本人利益,这种利益由不同行为方式带来的奖赏和惩罚决定	1. 遵守规则以避免受到物质惩罚 2. 只在符合直接利益时才遵守规则
惯例层次 受他人期望的影响。包括对法律的遵守,对重要人物期望的反应,以及对他人期望的一般感觉	3. 做周围的人所期望的事 4. 通过履行赞同的义务来维持正常秩序
原则层次 受个人用来辨别是非的伦理准则的影响。这些准则可以与社会的规则或法律不一致	5. 尊重他人的权利,置多数人的意见于不顾,支持不相干的价值观和权利 6. 遵守自己选择的伦理准则,即使这些准则违背了法律

1. 前惯例层次

道德发展的最低层次是前惯例层次。在这一层次,个人只有在其利益受到影响的情况下才会做出道德判断。前惯例层次的特点是按对自己有利来制定决策,并按照什么样的行为方式会导致奖赏或处罚来确定自己的行动。其行为特征是:

① 严格遵守规则以避免物质惩罚;

② 只在符合直接利益时才遵守规则。

2. 惯例层次

惯性层次是道德发展的中间层次。这一层次的道德判断受他人期望的影响,道德判断的标准是个人是否维持平常的秩序并满足他人的期望。其行为特征是:

① 做自己周围的人所期望的事;

② 通过履行自己所赞同的义务来维持平常的秩序。

3. 原则层次

原则层次是道德发展的最高层次。在这一层次,道德判断受自己认为是正确的个人道德原则的影响,个人试图在组织或社会的权威之外建立道德原则,这些原则可能与社会原则或法律一致,也可能不一致。个人的道德判断很少或不受外界的影响,更具备道德的主体性。其行为特征是:

① 尊重他人的权利,支持不相关的价值观和权利,而不管其是否符合大多数人的意见;

② 遵守自己选择的道德原则,即使这些原则违背了法律。

有关道德发展阶段的研究表明:

第一,人们一步一步地依次通过这 6 个阶段,逐渐向上移动,而不是跳跃式地前进;

第二,道德发展可能中断,可能停留在任何一个阶段上;

第三，大多数成年人的道德水平处于第四阶段，他们被束缚于遵守社会准则和法律。其行为特征是通过履行自己所赞同的义务来维持平常秩序；

第四，一个管理者达到的阶段越高，就越倾向于采取符合道德的行为。

例如，一个处在第三阶段的管理者，可以制定将得到他周围的人们支持的决策；处于第四阶段上的管理者，将寻求制定尊重公司规则和程序的决策，以成为一名模范的员工；处于第五阶段的管理者，更有可能对他认为错误的组织行为提出挑战。

5.2.2　个人特征

一个成熟的人一般都有相对稳定的价值准则，这些准则是个人早年发展起来的，也是教育与训练的结果，它们是关于正确与错误、善与恶的基本信条。管理者通常有不同的个人准则，它构成道德行为的个人特征。

由于管理者的特殊地位，这些个人特征很可能转化为组织的道德理念与道德准则。这是管理者的个性特征影响组织行为的最典型的方面。

研究还发现有两个个性变量影响着个人行为，这两个变量是自我强度和控制中心。

1. 自我强度

自我强度用来度量一个人的信念强度。一个人的自我强度越高，克制冲动并遵守其信念的可能性越大。这就是说，自我强度高的人更加可能做他们认为正确的事。我们可以推断，对于自我强度高的管理者，其道德判断和道德行为会更加一致。实验表明，自信心高的人比自信心低的人更能克制冲动，也更能遵循自己的判断，去做自己认为正确的事，从而在道德判断与道德行为之间表现出更大的一致性。在管理过程中，管理者的谋与断、胆与识应当是统一的，但并不总是统一的。寡断还是"立断"，能否把自己的认识转化为行动，以及在多大程度上转化为行动，从个性品质上说，自我强度具有极为重要的意义。

2. 控制中心

控制中心用来衡量人们在多大程度上是自己命运的主宰。它实际上是管理者自我控制、自我决策的能力。

控制中心区分为内在与外在两个方面，具有内在控制中心的人，自信能控制自己的命运。从道德的角度看，具有内在控制中心的人，更可能对其行为后果负责任，并依据自己的内在标准指导行为，从而在道德判断与道德行为之间表现出更大的一致性。具有外在控制中心的人则常常是听天由命。从道德的角度看，具有外在控制中心的人不大可能对其行为后果负个人责任，更可能依赖外部的力量。

5.2.3　结构变量

1. 结构变量的核心

结构变量的核心是组织设计，其中最重要的内容是对个体道德行为是否具有明确的指导、评价、奖惩的原则。有些结构提供了强有力的指导，有些却会让管理者感到困惑。

2. 结构变量的设计

① 结构变量的关键在于减少模糊性。因为模糊性最小的设计有助于促进管理者的道德行为。减少模糊性的最重要的要求是正式的规则和制度，明文规定的道德准则可以促进行为的一致性。

② 上级的行为具有很强的示范作用。上级行为对个人道德或不道德行为具有最强有力的影响，人们由此确定什么是可接受的和上级期望的行为标准。

③ 合理的绩效评估系统也是结构变量的重要因素。一个以成果为唯一标准的系统，会使人们在指标的压力面前"不择手段"，从而加大违反道德的可能性。奖赏或惩罚越依赖于特定的结果，管理者所感到的取得结果和降低道德标准的压力越大。

④ 报酬的分配方式、赏罚的标准是否合理也是影响管理道德行为的重要方面，因为它直接与道德的一个重要标准相联系，这就是公正。公正的程度关系着人们的道德选择，也关系着人们对道德的坚持。

此外，在不同的结构中，管理者在时间、竞争和成本等方面的压力也不同。压力越大，越可能降低道德标准。

5.2.4　组织文化

组织文化的内容和力量也会影响道德行为。

可以形成较高道德标准的组织文化，是具有高风险承受力、高度控制，以及对冲突高度宽容的文化。处在这种文化中的管理者，将被鼓励进取和创新，将敏感地认识到不道德行为，并且对他们认为不现实或不喜欢的期望，进行公开的挑战。

与弱组织文化相比，强组织文化对管理者的影响更大。如果组织文化力量很强，并支持高道德标准，它就会对管理者的道德行为产生非常强烈和积极的影响；而在弱组织文化环境中，管理者更有可能以亚文化准则作为行动的指南。工作群体和部门准则将会对弱文化组织中的道德行为产生重要影响。

5.2.5　道德问题强度

影响管理者道德行为的最后一个因素是道德问题本身的特征，这些特征决定了问题的强度。与决定问题的强度有关的特征有以下 6 个方面。

① 某种道德行为对受害者的伤害有多大或对受益者的利益有多大。例如，使 1 000 人失业的行为比使 10 人失业的行为伤害更大。② 有多少人认为这种行为是邪恶的或善良的。例如，在盗版软件泛滥的情况下，很多人都会对使用盗版软件感到心安理得。③ 行为实际发生后，将会引起的可预见的伤害或利益的可能性有多大。例如，把枪卖给武装起来的强盗，比卖给守法的公民有可能带来更大的危害。④ 在该行为及其预期后果之间，时间间隔有多长。例如，减少目前退休人员的退休金，比减少目前年龄在岁的雇员的退休金带来的直接后果更加严重。⑤ 你觉得行为的受害者或受益者与你在社会上、心理上或身体上挨得多近。例如，自己工作单位的人被解雇，比远方城市的人被解雇对你内心造成的伤害更大。⑥ 道德行为对有关人员的影响的集中程度如何。例如，担保政策的一种改变，如拒绝给 10 人提供每人 10 000 元的担保，比担保政策的另一种改变，如拒绝给10 000 人提供每人 10 元的担保的影响更加集中。

综上所述，受伤害的人数越多，越多的人认为这种行为是邪恶的，行为发生后造成实际伤害的可能性越高，行为的后果出现越早，观测者感到行为的受害者与自己挨得越近，问题强度就越大。这 6 个因素决定了道德问题的重要性。道德问题越重要，管理者越有可能采取道德行为。

5.3　管理者道德行为的改善

道德约束包括管理者个人操守和企业道德行为两个方面。从主体上讲，管理道德包括管理者的道德和管理实体的道德，因此，管理行为的改善也就应该从管理者和管理实体这两个方面来进行。管理者道德的改善是管理实体改善的前提。从内容上来说，管理者道德的改善，包括减少不道德的行为和提高有道德的行为两个层次，而实体行为的改善也就可以从这两个方面来进行。具体来说，改善管理道德行为包括以下几个方面。

5.3.1　员工的甄选

组织在员工特别是管理人员的甄选过程中，必须进行道德考察，剔除道德上不符合要求的求职者和候选人。甄选的过程，应当视作了解个人道德发展水平与道德品质的一个机会。

中国的用人制度一向以"德才兼备"为标准，然而真正实施起来有以下两个方面的困难：一方面，在考查标准和考查办法上。在一些情况下，道德考查的标准是模糊的，如何把握是件很困难的事。现代中国的价值观念本来就处于一个多元的甚至是混乱的状态中，有时是非善恶标准很难统一。同时，中国考查人的办法，大多是通过调查与之相处的人。在此过程中，道德的考查，很容易变成人际关系的考查。由于传统的缘故，也由于许多复杂的因素，这种方法事实上很难真正对考察对象的道德品质做出实事求是的评价。

另一方面，中国正处于经济发展的起步阶段，在这一时期，需要许多"能人"，在使用的"能人"中，事实上许多是有很大毛病的。市场经济初期中国的企业承包家队伍的结构就是如此。在某些情况下，"能力"可以创造业绩，但如果缺少道德性，创造罪恶的可能性也较大。

5.3.2　建立道德准则和决策规则

在一些组织中，员工对"道德是什么"认识不清，这显然于组织不利。建立道德准则可以缓解这一问题。

道德准则既要相当具体以便让员工明白以什么样的精神来从事工作、以什么样的态度来对待工作，也要相当宽泛以便让员工有判断的自由。

管理者对道德准则的态度，以及对违反者的处理办法对道德准则的效果有重要影响。如果管理者认为这些准则很重要，经常宣讲其内容，并当众给违反者指明，那么就能为道德准则提供坚实的基础。

现代中国的企业及其他管理组织也制定了自身的道德准则，然而，在管理的道德准则方面，目前我国却存在着以下两个问题。

1. 规则和行为脱离

部分组织尤其是企业，把公司的道德准则当作是对外广告宣传的需要，或者是应付外来检查的需要，在公司的活动中并不真正或并不认真实行，因而它对组织行为和组织中个人的行为事实上没有有效的约束力。道德准则对于管理来说，最重要的是"知行合一"，就是说，不仅要知，而且是在行动中落实，得到真正的实行。

2. 道德准则不合时宜

一般来说，组织的道德准则一旦制定以后，便相对稳定，越是对人的行为有约束力的准则，稳定性越强。然而，在一些情况下，准则必须随着时代的变化而变化，或者赋予原有准则以新的内涵。尤其是社会变革时期，这种变化更为重要。

5.3.3 管理者以身作则

道德准则要求管理者尤其是高层管理者以身作则。实际上，在组织中是高层管理者建立了道德基调。这种基调主要是从以下两个方面建立的。

1. 言传身教

在言行方面，高层管理人员是表率，当然，他们所做的比所说的更为重要。他们作为组织的领导者要在道德方面起模范带头作用。如果高层管理者公车私用，挥霍无度，这等于向员工暗示，这些行为是被允许的；如果高层管理人员把公司资源据为己有、优待亲友或虚报支出项目，那么这无疑向员工暗示，这些行为都是可接受的。

2. 奖罚机制

选择什么人作为提升的对象，选择什么事作为奖赏的对象，将向员工传递有力的信息。靠拉关系就能获得提升，这就表明这种不正当的方法不仅是可取的，而且是有效的，于是"关系文化"就可能盛行，人们的注意力就不会集中于工作实绩的创造，而集中于人际关系方面的钻营。当众惩罚投机者，也就向员工传递了一个信息，投机是不受欢迎的，行为不道德是要付出代价的。

高层管理人员可以通过奖惩机制来影响员工的道德行为。选择什么人和什么事作为提薪和晋升的对象，会向员工传递强有力的信息。管理者通过不道德手段让人感到其成果惊人，从而获得晋升，这种行为本身向所有人表明，采取不道德手段是可接受的。鉴于此，管理人员在发现错误行为时，不仅要严惩当事人，而且要把事实公布于众，让组织中所有人都能认清后果。这就传递了这样的信息：做错事就要付出代价，不道德行为不是你的利益所在。

以上二者之中，高层管理者的以身作则更为重要。领导者必须在道德上严格要求自己，以自己的道德行为为员工作示范。所谓"上行下效"，道理就是如此。

5.3.4 确立工作目标和评价标准

员工应该有既明确又现实的目标。如果目标对员工的要求不切实际，即使目标是明确的，也会产生道德问题。在不现实的目标的压力下，即使道德素质较高的员工也会很难在道德和目标之间做出选择，有时为了达到目标而不得不牺牲道德。而明确和现实的目标可以减少员工的迷惑，并能激励员工而不是惩罚他们。

与此同时，还应建立合理的评价标准。例如，对经营者，如果仅以经济成果来衡量绩效，人们为了取得结果，就会不择手段，从而有可能产生不道德行为。如果组织想让其管理者坚持高的道德标准，它在评价过程中就必须把道德方面的要求包括进去。例如，在对管理者的年度评价中，不仅要考察其决策带来的经济成果，还要考察由此带来的道德后果。

5.3.5 独立的社会审计与监察

改善管理道德的重要手段是进行独立的社会审计与社会监察。有不道德行为的人都有害怕被抓的心理，被抓的可能性越大，产生不道德行为的可能性就越小。独立的社会审计与监察，会使发现不道德行为的可能性增大。

审计可以是例行的（如财务审计），也可以是随机的，并不事先通知。有效的道德计划应该同时包括这两种形式的审计。审计员应该对公司的董事会负责，并把审计结果直接交给董事会，以确保客观、公正。

5.3.6 员工的道德教育与保护机制

越来越多的组织意识到对员工进行适当的道德教育的重要性，它们积极采取各种方式（如开设研修班、组织专题讨论会等）来提高员工的道德素质。人们对这种做法意见不一。反对者认为，个人价值体系是在早年建立起来的，成年时的道德教育是徒劳无功的。而支持者指出，一些研究已发现价值准则可以在成年后建立。另外，他们也找出了一些证据，这些证据表明：第一，向员工讲授解决道德问题的方案，可以显著改变其道德行为；第二，这种教育提升了个人的道德发展阶段；第三，道德教育至少可以增强有关人员对商业伦理问题的认识（即使没有其他作用）。

与此同时，组织应向员工提供正式的保护机制，使面临道德困境的员工在不用担心受到斥责的情况下自主行事。例如，组织可以任命道德顾问，当员工面临道德困境时，可以从道德顾问那里得到指导。道德顾问首先要成为那些遇到道德问题的人的诉说对象，倾听他们陈述道德问题、产生这一问题的原因，以及自己的解决方法。在各种解决方法变得清晰之后，道德顾问应该积极引导员工选择正确的方法。另外，组织也可以建立专门的渠道，使员工能放心地举报道德问题或告发践踏道德准则的人。

综上所述，高层管理人员可以采取多种措施来提高员工的道德素质，这些措施包括：挑选高道德素质的员工，建立道德准则和决策规则，管理者以身作则，设定合理的工作目标和评价标准，独立的社会审计与监察，以及对员工进行道德教育和设立保护机制等。在这些措施中，单个措施的作用是极其有限的，但若把它们中的多数或全部结合起来，就很可能收到较好的效果。

5.4 社会责任与经济绩效

5.4.1 社会责任

1. 社会责任的概念

20世纪60年代前，企业的社会责任问题很少引起人们的注意。后来在美国，公众对诸如机会平等、污染控制、能源和自然资源消耗、消费者和员工保护等问题日益关注，企业发展的政治和社会环境问题变得越来越重要，由此提出企业社会责任的概念，认为作为社会成员，组织应当在更大的环境中积极地、负责任地参与社会。也有些人认为，企业的社会责任行为能够为组织带来长远的利益，如改善公众印象，提供更多的商业机会。

时至今日，社会责任问题已引起人们的普遍关注。管理者在管理实践中经常会碰到与社会责任有关的决策，如是否为慈善事业出一份力，如何确定产品的价格，怎样处理好和员工的关系，是否及怎样保护自然环境，如何保证产品的质量和安全等。

如果企业在承担法律上和经济上的义务（法律上的义务是指企业要遵守有关法律，经济上的义务是指企业要追求经济利益）的前提下，还承担追求对社会有利的长期目标的义务，那么，我们就说该企业是有社会责任的。

为了更好地理解"社会责任"这一概念，有必要对它和另外两个概念作比较，这两个概念是社会义务和社会反应。社会义务是对企业的最基本的要求，是企业参与社会活动的基础。如果一个企业仅仅履行了经济上和法律上的义务，我们就说该企业履行了它的社会义务，或达到了法律上的最低要求。仅履行社会义务的企业只追求对其经济目标有利的社会目标。

社会反应是企业适应不断变化的社会环境的能力，它是企业对社会压力做出的反应。它需要对社会变化保持一种敏感状态，但不是从长期的社会效益着眼，更多的是认识到流行的社会准则，然后改变其社会参与方式，从而对变化的社会状况做出积极的反应。

社会责任加入了一种道德规则，促使组织从事使社会变得更美好的事情，而不做那些有损于社会的事情。它要求企业明确地对善恶做出分辨，从而找出基本的道德真理。决策的依据是长期的效益而不是中短期的利益，因而对企业发展来说，具有更为重要的意义。

与社会义务相比，社会责任和社会反应超出了基本的经济和法律标准。有社会责任的企业受道德力量的驱动，去做对社会有利的事而不去做对社会不利的事。

2. 关于社会责任的不同观点

在社会责任上，有两种截然相反的观点。

（1）古典经济观（或纯经济观）

古典经济观的代表人物是米尔顿·弗里德曼（Milton Friedman），他认为当今的大多数管理者是职业经理，即他们并不拥有他们所经营的企业。他们是员工，仅向股东负责，从而他们的主要责任就是最大限度地满足股东的利益。那么股东的利益是什么呢？弗里德曼认为股东只关心一件事，那就是财务收益率。

在弗里德曼看来，当管理者自行决定将公司的资源用于社会目的时，他们是在削弱市场机制的作用，有人必然为此付出代价。具体来说，如果社会责任行为使利润和股利下降，则损害了股东的利益；如果必须降低工资和福利来支付社会责任行为，则损害了员工的利益；如果用提价来补偿社会责任行为，则损害了消费者的利益。如果顾客不愿支付或支付不起较高的价格，销售额就会下降，那么企业也许就不能生存，在这种情况下，企业的利益相关者都会遭受或多或少的损失。

除此之外，弗里德曼还认为，当职业管理者追求利润以外的其他目标时，他们其实是在扮演非选举产生的政策制定者的角色。他怀疑企业管理者是否具有决定社会应该怎样的专长。弗里德曼认为，这就是选举政治代表来决策的原因。

（2）社会经济观

持社会经济观的人提出了不同的看法，他们指出，时代发生变化，社会对企业的期望也发生了变化，同时企业也日益依赖于社会。公司的法律形式可以很好地说明这一点。公司的设立和经营要经过政府的许可，政府也可以撤销许可。因此，公司不是一个仅对股东负责的独立实体，同时要对产生和支持它的社会负责。

在社会经济观的支持者们看来，古典经济观的主要缺陷在于其时间框架。社会经济观的支持者们认为，管理者应该关心长期财务收益的最大化。为此，他们必须承担一些必要的社会义务及相应的成本。他们必须以不污染、不歧视、不欺骗性广告等方式来维护社会利益。他们还必须在增进社会利益方面发挥积极的作用，如参与社区的一些活动和捐钱给慈善组织等。

5.4.2　企业承担社会责任的依据

在"企业应不应该承担社会责任"这一问题上，有两种不同的意见。一种意见认为企业应该承担社会责任，另一种意见则认为企业不应该承担社会责任。

1. 赞成企业承担社会责任的依据

（1）满足公众期望，塑造良好的公众形象

自20世纪60年代以来，社会对企业的期望越来越多，现在有很多人支持企业追求经济和社会双重目标。同时，企业承担社会责任行为可以塑造良好的公众形象。企业在公众心目中的良好形象对企业的好处是多方面的，如使销售额上升、雇用到更多更好的员工、更容易筹集到资金等。由于公众通常认为社会目标是重要的，企业通过追求社会目标就能够产生一个良好的公众形象。

（2）增加长期利润

企业能够而且应该具有社会意识。企业承担社会责任不仅是道义上的要求，还符合自身的利益。有社会责任的企业能可靠地获取较多的长期利润，这在很大程度上归因于责任行为所带来的良好社区关系和企业形象。

社会责任行为也是符合股东利益的。从长期看，社会责任会使企业的股票价格上涨。在股票市场上，有社会责任的企业通常被看作风险较低的和透明度较高的，投资者认为持有该企业的股票会带来较高的收益。

（3）创造良好的经营环境

企业的社会责任行为还有助于解决比较棘手的社会问题，有助于提高社会生活质量和改善所在社区的状况，这种良好的环境适合企业的生存和发展。政府管制会使经济成本上升并使管理者的决策缺乏一定的灵活性，而企业承担社会责任可以减少政府管制。

（4）其他依据

企业拥有财力资源、技术专家和管理才能，具备为那些需要援助的公共工程和慈善事业提供支持的条件。企业在社会中拥有很多权利，根据权利和责任对等的原则，企业也必须承担同样多的责任。预防胜于治疗，社会问题必须提早预防，不能等到问题已变得相当严重、处理起来较困难时才采取行动。

2. 反对企业承担社会责任的依据

（1）违反利润最大化原则

这些人认为，追求社会目标会冲淡企业的基本目标——提高生产率，而且许多社会责任行为会提高经营成本，必须有人为此付出代价。所以，企业应只参加那些可带来经济利益的活动，而把其他活动让给其他机构去做。

（2）应各司其职

政治代表应追求社会目标并对其行为负责，而企业对公众没有直接的社会责任，对企业领导者来说，就不应该承担社会责任行为。况且企业在当今社会中权利已经很大了，如果让它追求社会目标，则其权利就更大了。就能力而言，企业领导者的视角和能力基本上是经济方面的，不适合处理社会问题。

（3）缺乏广泛的公众支持

社会责任问题是一个极易引起激烈争论的话题，公众在这个问题上意见不一，社会上对企业处理社会问题的呼声也不是很高。在缺乏一致支持的情况下采取行动，很可能会失败。

5.4.3 社会责任与经营绩效

有人担心企业承担社会责任会有损于其经营绩效，这种担心乍看起来似乎有些道理，因为在大多数情况下，社会责任活动确实不能补偿成本，这意味着有关企业要额外支付成本，从而损害了其短期利益。但由于承担社会责任改善了企业在公众心目中的形象、吸引了大量人才等，可以增加收益，并且增加的收益足以抵补企业当初额外支付的成本。从这种意义上讲，企业在利他的同时也在利己。

统计调查证明，在社会责任和经济绩效之间存在着某些正相关关系。承担社会责任为公司提供的利益，足以补偿其付出的成本。这些利益包括良好的企业形象，目标明确和更讲究奉献的员工队伍，政府更多的支持，等等。没有足够的证据表明，一个公司的社会责任行为明显降低了其长期的经济绩效。正因为如此，有人把社会责任行为说成是利润最大化行为。社会责任与企业利润之间当然存在正相关关系。

5.4.4 社会责任的演变趋势

企业社会责任问题的提出及其内容与形式的不断变化同社会化大生产、工业化进程有着密切的联系。在来自环境、政治、法律、道德、消费者主权运动的压力下，企业的社会责任实践经历了从被迫到自觉、从被动到主动的演变过程，从关注慈善捐款、解决环境污染、种族歧视等具体事务性问题，到对社会压力做出积极的反应，直至将社会责任制度化、程序化并作为企业战略确定下来。

在资本主义从自由竞争时代转向垄断竞争时代的过程中，与之相伴的是对自然资源的掠夺性开采、工人超负荷的工作和低廉的工资，由此引发了大规模的罢工和社会公众的强烈不满。随着在劳动力市场中有组织地与企业主或业主进行交涉的各种团体（如工会）相继建立，西方国家开始通过立法形式来限制企业的一些经营行为。20 世纪 30 年代的经济大萧条以后，各资本主义国家普遍推行凯恩斯主义和福利主义政策，国家的经济功能和对社会经济生活的干预得到全方位的强化，政府通过立法方式强行要求企业不仅约束自己的经营行为，而且还要实施就业机会均等政策，以及为员工提供适当的社会保障和福利。在美国，20 世纪 60 年代后，由于现代工业的高速发展，生态污染随之加剧，有毒物质和放射性物质的使用也恶性增长。消费者运动随之兴起，公众开始猛烈抨击企业单纯追求利润而不惜损害社会利益的短期行为，批评企业缺乏社会责任意识。同时，涉及企业的丑闻频繁曝光，更引起公众对企业社会责任问题的强烈关注，许多社会团体纷纷开始对企业提出社会责任的要求。

20 世纪 70 年代中期，在美国的企业中兴起了道德起源运动，倡导将经济责任与社会责任融为一体，建立企业与社会的相互信赖关系。1971 年 6 月，美国经济发展委员会发表了《企业的社会责任》的报告，该报告列举了 58 种旨在要求企业促进社会进步的行为。这些行为涉及以下 10 个方面。①经济增长与效率。提高生产率，与政府合作。②教育。给予学校和大学资助；在学校管理方面给予协助。③雇佣和培训。培训后进员工和被替换的员工。④人权与社会平等。保证平等的工作机会。⑤都市建设计划。城市改进与发展、建设低收入者公寓、改进交通系统。⑥污染防治。安置污染控制装置；发展循环利用项目。⑦资源保护与再生。保护生态；恢复已经减少耕地。⑧文化与艺术。保证社会的创造性；提倡个性自由。⑨健康。资助社会健康计划；开发低成本医疗项目。⑩政府。改进政府管理；政府重组和管理现代化。随着经济全球化程度加快，企业社会责任的国际合作日益受到关注。一方面，企业根据社会要求和环境保护原则进行大规模的生产工艺革新和技术改造，以适应新的技术、环境、贸易准则；另一方面，许多跨国公司在对高耗能、高污染的生产项目进行国际转移时，越来越多地受到来自东道国政府的限制，以及合作伙伴要求进行技术改造的压力。1997 年，总部设在美国的社会责任国际发起并联合欧美跨国公司和其他国际组织，制定了 SA 8000 社会责任国际标准。建立了 SA 8000 社会责任认证制度，受到西方国家工商界及消费者的欢迎和支持。很多跨国公司纷纷行动起来，通过采购活动要求发展中国家遵守 SA 8000 标准，改善工厂的工作条件。

　　SA 8000 标准由 9 个要素组成，每个要素由若干子要素组成，共同构成了社会资任管理体系的基本要求。其主要内容包括：①不使用或不支持使用童工。②不使用或不支持使用强迫劳动；③健康与安全；④结社自由及集体谈判权利；⑤不从事或不支持歧视；⑥惩戒性措施；⑦工作时间；⑧工资报酬；⑨管理体系。同 ISO 9000 质量管理体系标准和 ISO 14000 环境管理体系标准一样，SA 8000 标准作为全球第一个可用于第三方认证的社会责任管理体系标准，任何企业或组织都可以通过 SA 8000 认证，向客户、消费者和公众展示其良好的社会责任表现与承诺。

　　总地看来，拉动企业关注社会责任有两股主要力量：一是来自于企业外部的力量，如联合国及其机构、世界银行、OECD 及亚洲开发银行等国际组织，民间的消费者权益保护组织、生态环境保护组织及各种非政府组织（NGO）；二是来自于企业本身的力量，目前一些著名跨国公司都在努力倡导企业的社会责任。从世界范围看，许多大公司已经将强调社会责任列入公司治理的组成部分。

5.4.5　社会责任的具体体现

1. 企业对环境的责任

　　企业既受环境的影响又影响着环境。从自身的生存和发展角度看，企业有承担保护环境的责任。企业对环境的责任主要体现在以下几个方面。

　　① 企业要在保护环境方面发挥主导作用，特别要在推动环保技术的应用方面发挥示范作用。有社会责任的企业有着强烈的环境保护意识，它们积极采用生态生产技术。生态生产技术主要是指，这种技术利用生态系统的物质循环和能量流动原理，以闭路循环的形式在生产过程中实现资源合理而充分的利用，使整个生产过程保持高度的生态效率和环境的零污染。企业要紧密跟踪生态生产技术的研究进展，在条件许可的情况下，将最新的生态生产技术应用到生产中去，使研究出来的生态生产技术能尽快转化为生产力，造福于人类。在这一过程中，企业自身的发展也得到了有力的保证。

　　② 企业要以"绿色产品"为研究和开发的主要对象。企业研制并生产绿色产品既体现了企业的社会责任，推动了"绿色市场"的发育，也推动着环保宣传教育，提高了整个社会的生态意识。

　　③ 企业要治理环境。污染环境的企业要采取切实有效的措施来治理环境，"谁污染谁治理"，不能推诿，更不能采取转嫁生态危机的不道德行为。

2. 企业对员工的责任

　　员工是企业最宝贵的财富。企业对员工的责任主要体现在以下几个方面：①不歧视员工；②定期或不定期培训员工；③营造一个良好的工作环境；④其他善待员工的举措。

3. 企业对顾客的责任

"顾客是上帝"，忠诚顾客的数量及顾客的忠诚程度往往决定着企业的成败得失。企业对顾客的责任主要体现在：①提供安全的产品；②赢得顾客信赖；③完善售后服务。

4. 企业对竞争对手的责任

在市场经济条件下，竞争是一种有序竞争。企业不能压制竞争，也不能搞恶性竞争。企业要处理好与竞争对手的关系，在竞争中合作，在合作中竞争。有社会责任的企业不会为了暂时之利，通过不正当手段挤垮对手。

5. 企业对投资者的责任

企业首先要为投资者带来有吸引力的投资回报。那种只想从投资者手中获取资金，却不愿或无力给投资者以合理回报的企业是对投资者极不负责的企业，这种企业注定被投资者抛弃。此外，企业还要将其财务状况及时、准确地报告给投资者。企业错报或虚报财务状况，是对投资者的欺骗。

6. 企业对所在社区的责任

企业不仅要为所在社区提供就业机会和创造财富，还要尽可能为所在社区做出贡献。有社会责任的企业意识到通过适当的方式把利润中的一部分回报给所在社区是其应尽的义务，它们积极寻找途径参与各种社会行动，通过此类活动，不仅回报了社区和社会，还为企业树立了良好的公众形象。

本 章 小 结

　　道德是指那些用来明辨是非的规则或原则。在道德标准方面有三种不同的观点：功利观、权利观和公正观。管理道德是管理者行为准则与规范的总和，是在社会一般道德原则基础上建立起来的职业道德规范体系，它通过规范管理者的行为以实现调整管理关系的目的，并在管理关系和谐、稳定的前提下进一步实现管理系统的优化，提高管理效益。一个管理者的行为是否合乎道德，是管理者个人道德发展阶段与个人特征、结构变量、组织文化和道德问题强度之间复杂地相互作用的结果。高层管理人员可以采取多种措施来提高员工的道德素质，这些措施包括：挑选高道德素质的员工，建立道德准则和决策规则，管理者以身作则，设定合理的工作目标和评价标准，独立的社会审计与监察，以及对员工进行道德教育等。在这些措施中，单个措施的作用是极其有限的，但若把它们中的多数或全部结合起来，就很可能收到较好的效果。

　　如果企业在承担法律上和经济上的义务（法律上的义务是指企业要遵守有关法律，经济上的义务是指企业要追求经济利益）的前提下，还承担追求对社会有利的长期目标的义务，那么，该企业是有社会责任的。在社会责任上，有两种截然相反的观点：古典经济观和社会经济观。在"企业应不应该承担社会责任"这一问题上，也有两种不同的意见。一种意见认为企业应该承担社会责任，另一种意见则认为企业不应该承担社会责任。尽管在社会责任问题上存在不同观点，但是研究证明，在社会责任和经济绩效之间存在着正相关关系。因此，在外界的影响和企业自身的努力下，社会责任问题正日益受到关注。

◇ 第 6 章

经济一体化与管理国际化

教学目标： 通过本章的学习，理解经济一体化的形成及特征，对企业国际化经营模式及选择、动机和理论、环境，以及全球化竞争战略有一定的了解和认识。

教学要求： 理解经济一体化及其特征；掌握国际化经营的动机；了解国际化经营的进入方式及选择。能够正确分析企业国际化经营的环境，并选择适合的全球竞争战略。

6.1 经济一体化及其特征

6.1.1 经济一体化的形成

世界经济一体化，是指各国经济相互依赖性增强，各国经济相关系数逐渐增大，产生逐步联合的态势。它的形成与发展是现代科学技术，特别是现代信息技术和交通飞速发展的结果。经济一体化的纽带，一般可以从以下 4 个方面进行分析。

1. 国际商务活动

国际商务活动，是指资本的跨国流动及其增值过程，包括商品资本、金融资本、产业资本，以及服务、劳务等国际间的流动和直接投资。国际经济一体化不仅体现在国际商务活动的规模上，更表现在其增长速度上。自 1990 年以来，世界贸易增长率一直持续快于世界产出增长率，前者为后者的 3 倍，这表明世界经济的融合度越来越大，各国经济对外贸的依存度日益紧密。

国际经济一体化还体现在生产的国际化程度不断加深。国际分工的不断发展是促进经济一体化的主要原因之一，目前，国际分工呈现以下两个特点。

（1）分工的深度越来越细

国际分工已经细化到生产过程中的各个工序，这充分说明了以下问题。

① 发达国家在技术层面上已经形成了一个整体结构体系。生产过程中技术已高度标准化，竞争的焦点主要集中在价格—成本比上，因此，哪个国家的经济环境能提供相应的成本

优势，则相应的生产过程则将集中于哪个国家。

② 高度发达的现代信息技术使参加国际分工的国家能够有机地结合在一起。当今企业在伦敦和香港之间组织生产，并不比以往在巴黎和其周边城市之间组织生产更为困难。

（2）广度越来越宽

目前，很多产品的生产往往分布于十几个甚至几十个国家间。对于这些产品而言，往往只能说是由哪一个企业或国家组织生产的，而不能说是由哪一个企业或国家具体生产出来的。以美国的波音公司为例，其 B－747 型号客机共有 450 万个零部件，其生产分布 20 多个国家的 2 万多家大、中、小型企业，国外企业提供的产品重量已占到了飞机总重量的 70% 以上。

2. 跨国公司

跨国公司指由两个或两个以上国家的经济实体所组成，并从事生产、销售或其他经营活动的国际性大型企业。又称国际公司或多国公司。跨国公司的雏形最早出现在 16 世纪，成长于 19 世纪 70 年代之后，目前已经成为世界经济国际化及全球化发展的重要内容、表现和主要推动力。随着跨国公司在数量、规模、经营业务领域与空间范围的不断扩大，它对世界经济的作用也越来越大。跨国公司实际上已经成为跨越政治国界的经济王国。从某种意义上说，当代跨国公司的发展带动着世界经济的发展。目前，跨国公司控制世界贸易额的 65% 以上，占国际技术贸易的 80% 和对外直接投资的 90%，其对发展中国家贸易已占到发展中国家总贸易量的 90%。跨国公司内部一体化的国际生产和销售体系，实际上构成了一个商品和劳务的内部市场。越来越多的国际商务活动和对外直接投资被纳入了跨国公司在全球的经营网络，跨国公司已经成为世界经济一体化的引擎。

3. 区域经济组织

区域经济一体化也是形成世界经济一体化的主要纽带，其形式依照联合程度可大致分为以下几个方面。

① 自由贸易区：在签订了自由贸易协定的国家之间消除各种贸易限制，实行自由贸易，但各成员国在与非成员国间进行贸易时则采用不同的贸易关税和壁垒。目前，主要的自由贸易区包括北美自由贸易区、拉丁美洲自由贸易协会、加勒比自由贸易区，以及东南亚国家联盟等。

② 关税同盟：指两个或两个以上的国家之间相互减让甚至取消关税，同时对非成员国实行共同的统一关税。目前，关税同盟主要包括中美洲共同市场、中非关税与经济联盟、比荷卢经济联盟和安第斯条约组织等。

③ 共同市场：共同市场不仅取消了内部关税壁垒，建立起对非成员国的统一关税和贸易壁垒，而且在集团内建立起生产要素自由流动的大市场，使得技术、资本和劳动力可自由流动。目前的欧盟已经基本形成了共同市场。

区域经济一体化作为世界经济一体化的次生形态，为世界经济一体化提供了良好的基础和经验，是世界经济一体化进程中的必然形式。

4. 国际经济组织及公约体系

随着世界经济一体化，世界经济活动双边、多边关系的协调越来越重要，虽然难免存在摩擦和冲突，但运作大体有序，因此与之相适应的国际经济组织及各类条约、协议日益健全和完善。替代关贸总协定（GATT），成立于 1995 年的世界贸易组织（WTO），已经成为世界多边贸易体系的法律和组织基础，具有管理、谈判、解决争端及政策审评的职能，现有成员 150 多个，此外还有多个国家、地区在申请加入。另外，与世界投资体系相关的国际经济组织包括世界银行、国际货币基金组织，还有许多与国际经济活动相关联的组织，如国际电信联盟、世界标准化组织等。

6.1.2　经济一体化的发展及特征

经济一体化使参与到世界经济体系中的国家不断增加，范围不断拓展，各国间的经济已经不再是单纯的联系和交往，而是相互的交织与融合，具体表现为各国由于经济相关程度增大而产生逐步联合趋势的动态过程，并在全球范围建立起规范经济行为规则，以此为基础建立有序的经济运行机制。经济一体化经历了以下 3 个阶段。

1. 萌芽阶段（19 世纪中期至 20 世纪初期）

萌芽阶段以商品的贸易为主体，同时伴随着国际间资本和劳动力的流动。在 19 世纪中期，欧洲主要资本主义国家已经完成了由工场手工业向机器化大生产过渡的产业革命，世界市场逐步形成。由于拓展了国际市场，使一切国家的生产和消费都变成了世界性的，对外开放逐渐取代了自给自足的状态。

2. 成长阶段（20 世纪初期至 20 世纪 80 年代）

成长阶段以商品和金融资本的共同流动为特征，跨国公司成为这一流动过程中的主力军。跨国公司为实现利润最大化而实行全球化经营战略，在世界范围进行最优的资源配置。每个跨国公司都构建了全球性的生产、销售网络。在这一阶段，各国间的经济联系已不再是简单的互通有无，而是一种相互间的交织和融合。在这种情况下，一国的经济波动往往会波及其他国家和地区。

3. 快速发展阶段（20 世纪 80 年代以来）

快速发展阶段以商品、资本、技术、管理的一体化流动为特征，形成了世界范围内的生产、交换、分配和消费的有机循环系统。在这一阶段，由于冷战结束，世界市场合而为一，以信息技术为核心的科技革命大大缩短了世界的空间距离，世界贸易组织代替关贸总协定而使世界经济进入了更为规范的阶段，跨国公司的生产国际化、经营多元化和交易内部化，使其成为世界经济的主要载体。

随着经济一体化进程的不断深入，其呈现出以下特征。

① 生产过程国际化。生产要素的国际流动和世界范围的资源配置是导致经济一体化的主要因素，而跨国公司的全球经营战略大大加速了这一进程。世界经济正在从国与国之间在比较优势上的贸易阶段，向以成本为基础的国际分工生产阶段发展。国际分工从传统的以自然禀赋为基础的分工发展为以现代工艺、技术为基础的分工；从产业间的分工发展到各产业内部门的分工和以产品专业化为基础的分工；从以产品为依据进行分工生产转化为以生产要素为依据进行分工生产。生产的国际化使得资源配置在更高层次上得以优化，从而取得规模经济，提高了劳动生产率，使生产力水平得以显著提高。

② 国际贸易范围不断扩大，贸易壁垒不断降低，贸易的范围也在逐步从传统的商品向技术、服务、金融、工业产权等领域扩展。贸易的自由化程度不断提高，其中世界贸易组织的成立标志着有序的规范化世界市场正在形成。70 多个国家和地区已签订了金融服务贸易协定，同意逐步开放国内银行、保险、证券等金融市场，60 多个国家签署了电信自由化协

定，承诺将逐步降低和取消对多种信息技术产品的关税。目前，各种贸易壁垒正在不断减少，各国间的关税减让使国际贸易得到了飞速发展。

③ 全球性资本市场逐渐形成，国际资本流动频繁。国际资本的流动要考虑安全性、流动性和收益性。进入 20 世纪 90 年代后，金融工具不断创新，金融资产急剧膨胀，国际资本在国际金融市场流动频繁。这主要是由于现代化通信信息技术的发展使得巨额交易可在瞬间完成，计算机网络和现代化通信工具最终构筑了全天候的世界金融市场。金融交易的杠杆化使得投机者可以用较少资金买卖数十倍甚至数百倍于其资金的金融产品，从而导致国际资本流动频繁。

目前全球性的资本市场已基本形成，并呈现出新的特征。据统计，目前，国际各大银行的贷款额增长率正在逐渐降低甚至出现负增长，与此同时，国际债券的发行在大幅度增加，国际融资趋向证券化，证券市场在资本流动中发挥着越来越重要的作用。由于发达国家逐渐放松金融管制，发展中国家逐渐放开金融市场，金融衍生工具的创新使得融资证券化成为必然趋势。目前，国际金融市场的年融资量都在 1 万亿美元以上，其中证券融资占到了 80%以上，国际金融资本的结构在不断优化，其风险也在逐步分散化。

6.2　国际市场进入模式及其选择

企业要进入国际市场，就要选择以什么方式、怎样进入希望从事经营活动的国际市场。一般常见的国际市场进入模式包括出口、许可交易、战略联盟和对外直接投资。

6.2.1　进入模式

1. 出口

出口是企业向国际市场销售产品的最简单的方式。出口方式有间接出口和直接出口。间接出口是指企业通过本国的中间商，经销或代理其产品出口。在这种情况下中间商提供出口所需的知识与联系，企业没有独立出口的风险，操作简单。但企业无法获得经营国际化的直接经验，产品在国外市场上的信息反馈不及时。直接出口是指企业直接将产品销售到国外市场。与间接出口相比，直接出口需要更多的资金投入，一般要设立专门的对外贸易部门并配备相关的专业人员。与间接出口相比，利润高、风险大。采用直接出口方式可以取得在国外市场的经营经验，并能够及时获取市场信息，改进产品与经营策略。直接出口可以利用国外销售代理、国外分销商或国外零售商使其产品销售到国外市场的最终用户，也可以在国外建立自己的销售分支机构。

2. 许可交易

国际许可交易是国内许可方和国外受许可方之间的一种契约协定。国内许可方通常拥有可向国外受许可方提供的有价值的专利、专有技术、商标或公司品牌，换取的是国外受许可方向国内许可方支付使用费。许可交易为企业国际化提供了一种成本低、风险小、程序简单的途径。

国际特许经营是一种综合性的许可协定，特许经营权转让方允许受让方利用完整的企业经营，通常包括商标、企业组织、专利、专有技术和培训。如肯德基、麦当劳这样的世界性特许经营商。

3. 国际战略联盟

国际战略联盟是指来自不同国家的两个或两个以上的公司参与商务活动的合作性协定。这些活动可包括从研究与开发到销售与服务的价值链上的任何活动。国际战略联盟的基本类型有股权国际合资企业和非股权国际联盟两种。股权国际合资企业指来自不同国家的两家或两家以上的公司在一家独立公司中拥有股权而形成的企业。非股权国际联盟是指来自不同国家的两个或两个以上的公司同意在某种价值链活动上的合作而形成的经济合作联盟，这是一种契约性的合作协定，并不要求建立独立的公司。

选择国际战略联盟进行国际化经营的出发点是不同国家的两个或两个以上的公司具有不同的能力，它们联合起来拥有更强的竞争优势。国际战略联盟可利用国外合作伙伴对当地的市场知识与资源，符合发展中国家的经济发展政策，达到规模经济、利益与技术共享、风险共担的目的。

4. 对外直接投资

对外直接投资是企业国际化经营的高级阶段，通常意味着国际企业全部或部分地拥有另一国家的一家公司，以此从事跨国经营活动。国际企业可以采用在目标国新建子公司，或兼并、收购目标国已有公司实现对外直接投资的目标。对外直接投资进行国际化经营的优势是对产品营销和战略具有更强的控制能力，可以以较低的成本向东道国供应产品，能更好地调整产品以适应当地市场的需求、树立产品形象；能更好地进行售后服务，避免进出口的关税障碍，获取利润的潜力更大。但是对外直接投资的资本投入更多，投资直接地暴露于目标国的政治、金融风险之中，需要培养国际合作的专门管理人才，协调分布于世界各地的子公司的经营活动也使成本增加。

6.2.2 进入模式的选择

企业国际市场进入模式的选择一般考虑以下几个因素。

1. 战略目的

企业进入国际市场的战略目标如果是为了开发有潜力的市场，经过长期的努力来取得盈利，企业将倾向于选择设立合资企业。如果战略目标是近期利润，企业则会对各种进入模式的投资、收益与风险进行评价，选择利润较高的国际市场进入模式。

2. 企业能力

企业的资金实力、管理能力、产品与生产技术的先进程度及其扩散能力等企业能力也都影响企业选择国际市场进入模式。

3. 当地政府规定

目标市场国家有其特有的法律制度和政府规定，如公司法、税法、专利法、进出口管理条例等都会影响企业国际市场进入模式的选择。

4. 目标国家及其市场特征

目标国家的各种资源、市场经销网络与消费者的偏好等影响企业国际市场进入模式的选择。

5. 地理距离与文化差异

两个国家之间的地理距离与文化差异也将影响企业对国际市场进入模式的决策。地理距离影响运输成本，文化差异影响合作过程中的沟通。

6. 投资的政治与金融风险

一个国家政治制度的稳定、政府的变动可能导致对外国公司政策的变动，进而产生股权投资的政治风险。一个国家的经济环境与经济制度是否稳定，是否可能导致通货膨胀，进而发生货币贬值与汇率的变动，从而给对外投资产生金融风险。

7. 风险与控制的权衡

企业进行国际化经营必须确定监督与控制国外经营的重要性。与控制相关的关键领域包括：产品的质量、价格，广告及其他促销活动，产品销售的市场定位，以及售后服务等。一般来说，直接投资有利于进行最严格的控制，但直接投资也会使企业直接暴露于金融与政治的风险之中。选择参与战略要做好风险与控制的权衡。

企业为了更好地参与国际市场竞争，也可选择国际市场进入模式的组合，以适应不同的产品或不同的业务。

6.3 管理国际化及其理论

6.3.1 国际化经营的动因

企业国际化经营，是指企业为了寻求更大的市场、寻找更好的资源、追求更多的利润，突破国家界限，向国外发展经营业务、参与国际分工和交换，实现产品交换国际化、生产过程国际化、信息传播与利用国际化及企业组织形态国际化的过程。一般来说，当企业经营活动与国际经济发生某种联系的时候，企业国际化经营的进程就开始了。企业国际化经营进程可能开始于在国内与国外公司共同创立经营"合资"、"合作"企业，也可能开始于向国外出口产品。随着国际经营业务的扩大，企业将在国外直接投资，建立国外企业，进而建立国际生产体系和营销网络，成长为跨国公司。企业国际化经营就是企业由国内经营向全球经营发展的过程。促使企业走出国门，从事国际化经营活动主要是以下几个方面力量的推动。

1. 谋求绝对利益和比较利益

各国间存在生产技术上的绝对差别和相对差别，由此造成了劳动生产率、生产成本和产品价格的绝对差别和相对差别，如果各国集中生产并出口其具有"绝对优势"、"比较优势"的产品，进口其不具有"绝对优势"或具有"比较劣势"的产品，其结果是比自己什么都生产更为有利。

2. 优化资源配置

不同的商品生产需要不同的生产要素或生产资源配置，劳动力、资本、技术在国际间的流动往往受到这样或那样的限制，这就不可能在世界范围内形成完全统一的要素价格，即世界不同国家和地区的各种要素的稀缺程度在有要素流动的条件下仍然是不同的，这又使得企业能在世界范围内对资源配置进行优化。例如，中国最大的计算机企业联想集团是世界微机板卡三大供应商之一，它在美国硅谷设有研究开发机构，开发微机板卡产品，在这里能迅速获取最新的技术信息和市场信息，对开发工作有利；板卡产品由设在中国深圳的板卡生产基地生产，这里的劳动力低廉且素质较高；资金在香港金融市场获取，融资成本相对较低；产

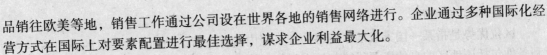

品销往欧美等地，销售工作通过公司设在世界各地的销售网络进行。企业通过多种国际化经营方式在国际上对要素配置进行最佳选择，谋求企业利益最大化。

3. 利用产品寿命周期

任何产品都有一个从产生、发展、成熟到死亡的技术经济寿命周期。在寿命周期的不同阶段，产品的比较优势、竞争条件和企业的垄断地位会发生变化，出于获利和长期发展的考虑，企业会充分利用产品寿命周期不同阶段的有利条件决定国内生产、出口，以及对外直接投资的选择。例如，某一种产品在 B 国已处在成熟期后期阶段，而在 C 国则正处于起步阶段。又如，彩电技术始于美国，20 世纪 70 年代之前美国是出口大国，但 80 年代起成了进口大国，甚至在 90 年代把最后一条彩电生产线也转移到墨西哥，成了彩电纯进口国，其原因就是利用产品寿命周期的不同阶段的有利条件获得最大收益。

4. 发挥综合优势

企业可以根据自己所具备的不同优势，分别采用不同的国际化经营方式。企业如果只拥有所有权优势与内部化优势，则进行出口贸易；如果只拥有所有权优势，则考虑采用技术转移的形式，将技术出让给其他企业；而如果企业具有所有权优势、内部化优势与区位优势，则可发挥综合优势，进行对外直接投资，获得更大收益。

5. 抵御和分散经营风险

为了避免生产、销售、利润大幅度波动，企业可以选择国际性经营活动来实现经营的多元化，或在不同的市场开展经营，以达到"东方不亮西方亮"的效果。

6. 寻找更大成长空间

企业作为一个能动的有机体，也是具有一定寿命的。企业的生命周期，是指企业诞生、成长、壮大、衰退直至死亡的过程。当企业的管理经验和知识的累积达到较高程度，企业规模很大，在国内很难找到继续发展的机会；或者由于企业实力强，具有向海外扩张的能力，如能在国外寻找到适当的机会，就会跨出国门，向更广阔的空间发展。

6.3.2   国际化经营理论

1. 垄断优势理论

垄断优势理论是由海默（Hymer H. Stephin）于 1960 年提出的，他在对美国国际企业的研究中发现，对外直接投资的国际企业大都具有独特的垄断优势。海默认为市场的不完全性要求从事跨国生产的企业必须拥有某些可转移的优势，才能同熟悉当地社会环境、市场和商业条件的东道国企业进行竞争，并获取利益。垄断优势主要包括以下内容：①产品研究、开发与生产技术优势；②生产规模经济优势；③资本规模与资金优势；④国际经营的管理与人才优势；⑤多国经营的市场营销网络与资源配置优势。

2. 内部化理论

创建内部化理论的代表人物是巴克利（P. J. Buckley）、卡森（M. Casson）和拉格曼（A. M. Rugman），该理论形成于 20 世纪 70 年代末期。内部化理论的基本观点是：由于市场的不完全性，原材料、零部件等中间产品的市场交易难以保证企业获得最大的利润，于是企业投资于这些中间产品的生产，将其生产内部化，以企业内部市场取代外部的不完全性市场，以达到降低市场交易成本、避免中间产品市场的不完全性、运用内部转移价格的制定、进行合理的国际避税的目的，使公司整体获取最大的经济利益。

3. 区位优势理论

区位优势是指某一国家或地区能够为在其境内进行经营活动的企业提供的有利条件。有利条件包括该地区的自然资源优势与社会经济环境优势，如劳动力成本、市场、税收、政府的政策等。区位理论的基本观点是：国际企业向某个国家或地区进行直接投资是为了获取该地区所具有的区位优势，以利于企业提高竞争能力。

4. 产品周期理论

维农（Raymond Vernon）1966 年提出产品周期理论，用"产品周期"解释国际贸易与国际间直接投资现象。维农把产品周期分为新产品、成熟产品、标准化产品 3 个阶段，并以产品创造发明国、其他发达国家和发展中国家这 3 种类型国家在产品周期不同阶段的生产、进出口和消费特点分析对外直接投资过程。

第一阶段是新产品阶段。在该阶段，发达国家凭借先进的产品研究与开发技术、雄厚的资金投入，开发出新产品，并将新产品主要投入具有高收入消费者的本国市场。此时，企业通过新产品的技术垄断以较高的价格投入市场，产品的需求弹性系数较小，在国内进行产品生产就可以获取高额的利润。对少量国外市场的需求，企业通过出口贸易方式予以满足。另外，新产品刚投入生产与市场，生产技术需要改进，还需要与消费者进行及时、有效的信息交流以利于新产品的进一步完善，在本国进行生产、销售是最佳的选择。

第二阶段是成熟产品阶段。当新产品定型、生产技术成熟稳定、市场需求量快速增加、形成大批量生产时，新产品进入成熟阶段。该阶段产品的价格降低，价格弹性系数开始增大，同行业的竞争者看到该产品的市场潜力，开始加入产品的竞争。此时，企业如何降低成本进行价格竞争非常重要，为了克服关税与运输成本给企业在国外市场竞争中带来的不利影响，企业便到市场规模相对较大的其他发达国家投资建设生产基地。

第三阶段是标准化产品阶段。当产品标准化生产时，产品生产批量大幅度提高，产品生产技术的垄断优势已经丧失，产品的价格也大幅度降低，产品成本成为企业在国际竞争中的决定因素。此时，发展中国家对该标准化产品的消费市场也初步发育，发展中国家具有廉价的劳动力，为了降低生产成本、占领发展中国家消费市场，相关企业开始在发展中国家投资建厂生产标准化产品，并将低成本的产品出口到发达国家。

5. 国际生产折中理论

国际生产折中理论是邓宁（John H. Dunning）在 1977 年提出的，它将生产要素禀赋论、垄断优势论、内部化理论和区位理论有机地结合起来，形成一种综合性对外直接投资理论。国际生产折中理论认为，企业进行对外直接投资必须具备 3 种优势，即所有权优势（Owner-ship-specific advantage）、内部化优势（Internalization incentive advantage）和区位优势（Loca-tion-specific advantage）。

（1）所有权优势

所有权优势是指国际企业拥有的一种东道国竞争者所不具有的比较优势，这种比较优势是该企业所特有的、独占的、可在公司内部自由移动的，并能够使企业克服国外生产所产生的附加成本和各种风险。所有权优势主要包括以下几个方面。①技术优势。技术优势是广义的，包括专利权、专有技术、新产品研究与开发能力、生产技术与工艺、信息资源、市场营销技能等。②企业规模优势。企业规模优势表现在企业规模大，可实现生产的规模经济优势，经济实力雄厚使企业对外扩张时抵御经营风险能力强。③组织管理与人才优势。国际企业具有较强的组织管理能力，拥有各种专业化高级管理人才，在国际经营管理中能够充分发挥作用取得竞争优势。④融资优势。国际企业具有较广泛的融资渠道，具有较好的资信，能够以较低的成本获得资金，在融资上具有优势。

（2）内部化优势

内部化优势是指国际企业利用拥有的所有权优势到国外进行直接投资，使其内部化而获取的收益优势。邓宁指出，企业仅拥有所有权优势是不够的，因为外部市场是不完善的，企业必须具有将这些所有权优势"内部化"的能力，以防止丧失外部市场的风险。

（3）区位优势

区位优势是指东道国（或地区）具有的有利于国际企业进行直接投资参与市场竞争的优越条件。主要包括：东道国政府制定的吸引外资政策，相对劳动力成本因素，东道国的市场规模，东道国的经济、税收政策等。

国际生产折中理论利用上述3种优势的不同组合解释国际企业对技术转让、出口贸易和对外直接投资这3种获利方式的选择依据。当国际企业只拥有所有权优势时，可选择技术转让。当国际企业只拥有所有权优势与内部化优势时，可选择出口贸易。当国际企业拥有所有权优势、内部化优势和区位优势时，可进行对外直接投资。

6.4　国际化经营的环境分析

企业能否及时、准确地分析、预测经营环境的变化趋势，调整企业的经营活动，直接影响到企业的生存和发展。

6.4.1　政治法律环境

任何企业的国际化经营活动都要受到其所在国家的政治、法律环境的规范和强制约束。每一个国家对外国公司在其国内的经营活动既可以持鼓励、支持态度，也可能采取一些抑制、禁止的措施，并时常通过有关法律、法规、条例来影响外资企业的经营活动。企业进入国际化经营领域时，必须对新的政治、法律环境进行认真的评估，并进行经营风险预测。

1. 东道国的政治稳定性

东道国的政治稳定性会直接影响企业的经营风险。从事国际化经营活动的企业对东道国政局稳定性的考察对象首先是东道国政权更迭的形式，政权更迭频繁但比较平稳而且政策连续性比较强，对外国企业的经营不会有很大影响；反之，企业在经营策略上就没有调整的时空余地，无法开展正常的经营活动。

东道国政局不稳的第二个因素是政治冲突。政党对立、宗教矛盾民族矛盾激化、极左或极右势力的暴力活动、劳资关系紧张，等等，常常伴随着暴动、罢工、骚乱事件的发生，外国公司很可能成为东道国社会不满情绪和国内危机的替罪羊。

2. 东道国政府的影响

20世纪30年代以来，在凯恩斯主义思潮的影响下，各国政府在本国的经济活动中发挥着越来越重要的作用，并且以经济活动的参与者和管理者两副面孔出现。货币—财政混合政策是市场经济国家政府调控宏观经济的主要手段，政府通过控制货币流通和调整政府开支来削弱经济波动并参与经济活动。另外，东道国政府对某些外国企业的歧视性政策的影响力不容忽视。

东道国政府除直接参与经济活动外，还经常对外国企业采取各种措施进行干涉，迫使外国企业改变其经营方式、经营政策和策略，主要形式包括没收、征用、国有化、本国化、外汇管制、进口限制、市场控制、税收控制、价格控制、劳动力使用限制等。

3. 国际关系的影响

在国际化经营过程中，企业生产的边界不断扩大。除在某一东道国的经营活动外，产成品、原材料的国际流通日趋频繁，东道国的国际关系对国际化经营的影响越来越明显。

在国际关系中，最重要的是东道国与母国的关系。一旦东道国与母国的关系恶化到一定程度（如战争边缘），继续在东道国从事经营活动就要面临极大的风险。随着东道国市场开放程度的提高和国际交往的增加，经营环境将有所改善。世界贸易组织及其他一些区域性经济组织使许多国家的经济环境受到很大的约束，东道国采取各种极端性经济政策或措施的可能性越来越小。

4. 国际法律环境的影响

企业进行国际化经营除了解和遵守本国政府颁布的有关经营、贸易、投资等方面的涉外法规外，还必须充分熟悉和了解东道国及其他相关国家、地区和国际组织的法律环境，这些法律或法规是企业国际化经营活动的准则。

企业在进入东道国从事经营活动之前，首先要弄清东道国的法律体系。目前，全世界主要有两种法系，大约有26个国家的法律属英美法系，70多个国家的法律属大陆法系。不同的法系对经营活动产生的影响可能完全不同。例如，在英美法系国家中，财产权利依赖于使用该项财产权利的历史，谁先使用谁就拥有财产权。在大陆法系国家，财产权利依据当事人实际注册登记来判定。

影响国际法律环境的另一个因素是国际法规。这些法规是缔约国之间签订的条约、公约和协定。这些法规具有全球性或区域性约束力。

6.4.2 经济环境

企业国际化经营的经济环境，是指国际经济贸易体系（包括投资结构、商品结构、贸易政策、国际收支、区域性经济组织等因素）和国际金融体系（汇率、国际金融机构、国际支付制度和储备体系等因素），它们直接影响企业资本、商品在国际间的转移和流动。近年来，影响企业国际化经营的主要环境障碍是贸易保护主义的重新抬头。发达国家之间、发展中国家之间、发达国家与发展中国家之间由于经济利益的驱使，分别制定了各自的保护主义措施，尽管世界贸易组织已运转多年，但贸易保护主义的上升势头并没有从根本上得到遏止。

金融环境对企业的国际化经营活动也有很强的制约作用，主要包括国际金融制度、外汇市场、货币和资本市场、世界银行等。其中，汇率对企业的国际化经营决策具有决定性的影响，汇率的变化意味着货币价值的变化。货币的升值或贬值，对企业能否打入某国市场、产品如何计价、货币的支付方式等决策和操作带来影响。

6.4.3　文化环境

在企业国际化经营的诸多环境影响因素中，相对于政治、法律环境和经济环境，文化环境最具特色，最难于理解和把握，并且往往关系着企业经营的成败。对于国际化经营影响较大的文化环境因素主要有以下几个方面。

1. 语言文化

语言是人类进行社会交往的基本工具，每个民族的语言都有自己的特点。在语言交流中，翻译得准确得体是非常重要的。世界名牌领带"金利来"（Goldlion）最初的中国品名是"金狮"，"金狮"在选料、加工、包装、广告上下了很大的工夫，但效果甚微。原因很简单，在粤语中，"金狮"与"甘输"谐音，香港人喜欢赌马和买股票，谁愿意"甘输"呢？经过反复推敲，音译和意译相结合，把商标译成"金利来"，问题便迎刃而解。

2. 社会结构

社会结构主要包括家庭结构、社会等级状况、男女地位、共同利益群体等方面。社会结构的每一个环节直接影响着人们的行为、生活方式、价值观念。每一个国家的社会结构都有其独特的一面。东方国家的家庭结构比较稳定，人们的家庭观念较强；中东国家的男女地位差别较大，成年妇女几乎与外界隔离；西方国家白人与其他有色人种的社会地位有很大差异。这些特点对企业的国际化经营都会产生积极的或消极的影响。

3. 教育普及程度

教育普及程度不仅直接影响国际化经营的市场选择，而且影响国际化经营的合作规模。对外直接投资、合作经营等也往往受当地雇员或合作对象文化素质的制约。欠发达地区劳动力成本较低，适合发展劳动密集型产业；而在教育普及程度较高的国家则可以进入技术含量高、加工层次深的产业，但劳动力成本往往较高。

4. 审美观念

美学具有鲜明的民族性和地区性。熊猫在中、美、日等国家深受人们的喜爱，而一些阿拉伯国家的人们却很反感。英国人忌讳黄色，但黄色在泰国却备受崇尚。对这些细节的粗心大意很可能会造成整个经营计划失败。

5. 宗教信仰

宗教在社会文化中处于较高层次，对人们的社会活动有很大的规范作用，是许多人精神世界的主宰。教徒视其教规、节日、禁忌神圣不可侵犯，企业的经营活动要切忌与当地的宗教信仰发生冲突。中国某公司向伊朗出口布鞋，因鞋底的花纹图案类似"真主"字样，受到伊斯兰教徒的指责。

6.4.4　跨文化管理及其发展

1. 跨文化管理研究的兴起

跨文化管理并不是一个新的事物，它起源于古老的国际间的商贸往来。早在古代，古埃及人、腓尼基人、古希腊人就开始了海外贸易，并懂得如何与不同文化背景下的人们做生意。到了文艺复兴时期，丹麦人、英国人及其他一些欧洲国家的商人更是建立起了世界范围的商业企业集团。当他们与自己文化环境以外的人们进行贸易时，就会对与他们不同文化背景下产生的语言、信仰及习惯保持敏感，以避免发生冲突并顺利实现交易。这些事实就是在从事跨文化的经营与管理活动。不过，这一时期的跨文化管理活动完全取决于从事贸易活动的商人们的个人经验，有关文化及文化差异与相似的研究也仅仅是人类学家的事。公司与企业还很少注意对文化及其差异的研究，跨文化管理也还没有成为一门独立的科学。

跨文化管理真正作为一门科学，是在 20 世纪 70 年代后期的美国逐步形成和发展起来的。它研究的是在跨文化条件下如何克服异质文化的冲突，进行卓有成效的管理，其目的在于如何在不同形态的文化氛围中设计出切实可行的组织结构和管理机制，最合理地配置企业资源，特别是最大限度地挖掘和利用企业人力资源的潜力和价值，从而最大化地提高企业的综合效益。

兴起这一研究的直接原因是第二次世界大战后美国跨国公司进行跨国经营时的屡屡受挫。美国管理学界一直认为，是他们将管理理论进行了系统化的整理和总结，是他们最先提出了科学管理的思想，也是他们最先将这一思想应用于管理实践并实现了劳动生产率的大幅提高，因此他们的管理理论和管理实践毫无疑问应该是普遍适用的。然而，第二次世界大战后美国跨国公司跨国经营的实践却使这种看法受到了有力的挑战。实践证明，美国的跨国公司在跨国经营过程中照搬照抄美国本土的管理理论与方法到其他国家很难取得成功，而许多案例也证明对异国文化差异的迟钝和缺乏文化背景知识是导致美国跨国公司在新文化环境中失败的主要原因，因此，美国人也不得不去研究别国的管理经验，从文化差异的角度来探讨失败的原因，从而产生了跨文化管理这一新的研究领域。

除此以外，日本在 20 世纪 60 年代末 70 年代初企业管理的成功也是导致跨文化管理研究兴起的重要原因。在这一时期，日本的跨国公司和合资企业的管理日益显示出对美国和欧洲公司的优越性，在这种情况下美国也明显感觉到了日本的压力，产生了研究和学习日本的要求。美国人对日本管理模式的研究大体上有两种方式：一种是专门介绍日本管理模式从中总结出好的东西；另一种是联系美国实际来研究日本管理模式，进行对比。经过研究，美国人发现，美日管理的根本差异并不在于表面的一些具体做法，而是对管理因素的认识有所不同。例如，美国过分强调诸如技术、设备、方法、规章、组织机构、财务分析这些硬的因素，而日本则比较注重诸如目标、宗旨、信念、人和价值准则等这些软的因素；美国人偏重于从经济学的角度去考虑管理问题，而日本则更偏重于从社会学的角度去对待管理问题；美国人在管理中注重的是科学因素，而日本人在管理中更注意的是哲学因素；等等。研究结果清楚地表明，日本人并没有仿造美国的管理系统进行管理，而是建立了更适合于其民族文化和环境的管理系统。这个系统远比美国已有的管理系统成功。这一研究结果的发现使得人们对文化，以及不同文化下管理行为的研究变得更加风行。

2. G. 霍夫斯泰德的四个维度

目前，关于跨文化管理的研究方兴未艾，其中 G. 霍夫斯泰德（Gerte Hofstede）从 4 个重要维度来讨论文化对组织管理的影响。

（1）权力距离

霍夫斯泰德的 4 个维度主要是从社会角度来分析文化对组织的影响，他充分考虑了权力、环境及社会对女性的重视程度，通过权力距离这个维度，判断权力在社会和组织中不平等分配的程度。对这个维度，各个国家由于对权力赋予的意义不完全相同，所以也存在着很大的差异。例如，美国对权力的看法跟阿拉伯国家的看法就存在很大的差异，美国不是很看中权力，他们更注重个人能力的发挥，对权力的追求比阿拉伯国家要逊色不少；阿拉伯国家由于国家体制的关系，注重权力的约束力，由此，阿拉伯国家的机构，不管是政府部门或者企业都多多少少带有权力的色彩。

（2）不确定性的规避

霍夫斯泰德认为，人们抵抗未来这种不确定性的途径主要有 3 种：科技、法律和宗教。人们用科技来抵抗自然界的不确定性，用法律（成文的和不成文的）来抵抗来自其他社会成员的不确定性，而宗教则被人们用来化解无可抵抗的死亡和来世的不确定性。霍夫斯泰德的调查表明，不同民族文化之间在不确定性状态的回避倾向上有很大的不同，有的民族把生活中的未知、不确定性视为大敌，千方百计加以避免，而有的民族则采取坦然接受的态度，"是福不是祸，是祸躲不过"。为了对这种不同进行衡量，他提出了不确定性回避的概念。

所谓不确定性回避（Uncertainty Avoidance），是指一个社会感受到的不确定性和模糊情景的威胁程度，并试图以提供较大的职业安全，建立更正式的规则，不容忍偏离观点和行为，相信绝对知识和专家评定等手段来避免这些情景，其强弱是通过不确定性回避指数（Uncertainty Avoidance Index，UAI）来衡量的。一个鼓励其成员战胜和开辟未来的社会文化，可被视为强不确定性回避的文化；反之，那些教育其成员接受风险，学会忍耐，接受不同行为的社会文化，可被视为弱不确定性回避的文化。

强不确定性回避国家的人民更忙碌，常常坐立不安，喜怒形于色，积极活泼，其文化对法律、规章的需要是以情感为基础的，这不利于产生一些根本性的革新想法，但却可以培养人们精细、守时的特质，因而善于将别人的创意付诸实施，使之在现实生活中发生效益；而弱不确定性回避国家的人们则显得更沉静些，也更矜持，随遇而安、怠惰、喜静不喜动、懒散，人们对于成文法规在感情上是接受不了的，除非绝对必要，社会不会轻易立法，其文化能容忍各种各样的思想和形形色色的主意，因而有利于产生一些根本性的革新想法，但却不善于将这些想法付诸实施。

（3）个人主义/集体主义

另外，个人主义和集体主义这个维度也很能说明问题。在霍夫斯泰德的研究中，一个社会的个人主义/集体主义倾向是通过个人主义指数（Individualism Index，II）来衡量的。这一指数的数值越大，说明该社会的个人主义倾向越明显，如美国；反之，数值越小，则说明该社会的集体主义倾向越明显，如日本和亚洲大多数国家。

（4）男性化和女性化

霍夫斯泰德把以社会性别角色的分工为基础的"男性化"倾向称之为男性或男子气概所代表的维度，即所谓男性度（Masculinity Dimension），它是指社会中两性的社会性别角色差别清楚，男人应表现得自信、坚强、注重物质成就，女人应表现得谦逊、温柔、关注生活质量；而与此相对立的"女性化"倾向则被其称之为女性或女性气质所代表的文化维度，即所谓女性度（Feminine Dimension），它是指社会中两性的社会性别角色互相重叠，男人与女人都表现得谦逊、恭顺、关注生活质量。

男性度/女性度的倾向用男性度指数（Masculinity Dimension Index，MDI）来衡量，这一指数的数值越大，说明该社会的男性化倾向越明显，男性气质越突出（最典型的代表是日本）；反之，数值越小，说明该社会的男性化倾向越不明显，男性气质弱化，而女性气质突出。

在男性气质突出的国家中，社会竞争意识强烈，成功的尺度就是财富功名，社会鼓励、赞赏工作狂，人们崇尚用一决雌雄的方式来解决组织中的冲突问题，其文化强调公平、竞争，注重工作绩效，信奉的是"人生是短暂的，应当快马加鞭，多出成果"，对生活的看法则是"活着是为了工作"；而在女性气质突出的国家中，生活质量的概念更为人们看中，人们一般乐于采取和解的、谈判的方式去解决组织中的冲突问题，其文化强调平等、团结，人们认为人生中最重要的不是物质上的占有，而是心灵上的沟通，信奉的是"人生是短暂的，应当慢慢地、细细地品尝"，对生活的看法则是"工作是为了生活"。

6.5　全球化经营战略

在完成对企业国际化环境的分析之后，企业面临的一个基本问题就是如何选择参与战略，也就是如何解决所谓的全球经济一体化压力和当地化反应压力的两难问题。即企业在对经营者所在国的市场的特定需求做出反应的同时，又应该忽视各地区的差异而在全球范围内从事相似的经营活动。

解决两难问题的方法有两种，无论是选择当地化反应还是全球化的，都会形成一家跨国公司的基本战略导向。这种战略导向进而影响组织设计、管理体系，以及诸如生产、营销和财务等其他领域的管理。

选择当地化反应方案的公司应强调根据国家或地区差异来确定组织与产品。其核心是根据不同的需要调整产品或服务来满足当地顾客的需求。促使一个公司采用当地反应方案的外部力量主要来自于顾客偏好方面的国别差异或文化差异，以及顾客需求的多样性。此外产业的运作方式及各国政策上的差异也会导致公司倾向于当地化反应。

选择全球化方案的公司会不遗余力地在全球所有的国家采用标准化的产品、促销战略和分销渠道，以增强其相对于竞争对手的成本优势。

管理者需要在战略目标的指引下管理和组织分布在世界各地的子公司和机构，这就需要企业在全球经济一体化压力和当地化反应之间进行权衡，选择最佳的竞争战略。从图6-1可以看出，企业在全球竞争中有4种战略可供选择，即国际战略、多国战略、全球战略与跨国战略。

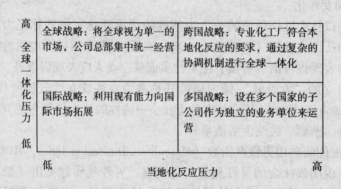

图6-1　全球化竞争战略的选择

6.5.1　国际战略

国际战略是指企业将其具有价值的产品与技能转移到国外的市场，以创造价值的行为。大部分企业采用国际战略，是将其在母国所开发出的具有差别化产品转移到海外市场，从而创造价值。在这种情况下，企业多把产品开发的职能留在母国，而在东道国建立制造和营销职能。在大多数的国际化企业中，企业总部一般严格地控制产品与市场战略的决策权。例如，美国宝洁公司过去在美国以外的主要市场上都设有工厂，这些工厂只生产由美国母公司开发出来的差别化产品，而且根据美国开发出来的产品进行市场营销。

当企业的核心竞争力在国外市场上拥有竞争优势，而且在该市场上降低成本的压力较小时，企业采取国际化战略是非常合理的。但是，如果当地市场要求能够根据当地的情况提供差别化的产品与服务时，企业采取这种战略就不合适了。同时，由于企业在国外各个生产基地都有厂房设备，形成重复建设，加大了经营成本，这对企业也是不利的。

6.5.2　多国战略

为了满足所在国的市场需求，企业可以采用多国战略。这种战略与国际战略不同的是，根据不同国家的不同的市场，提供更能满足当地市场需要的产品和服务。相同的是，这种战略将母国所开发出的产品和技能转移到国外市场，而且在重要的国家市场上进行生产经营活动。因此，这种战略的成本结构较高。

多国战略主要特点是关注国家的差异，常常通过差别化的产品或服务对在消费者偏好、工业特性和政府法规方面的国别差异做出反应，以谋取提高跨国公司自身的经济效率，实现其主要的战略目标。采用这一战略，要在识别当地市场需求的基础上，使用拥有的当地资源，生产出符合当地市场需求的产品并在当地销售。

采用多国战略的跨国公司允许其海外子公司从事研究与开发、生产、销售服务等广泛的各种活动，子公司拥有相当大自治权，对当地环境具有相当高的敏感性与灵活适应性，可以有效地开展经营活动，从而避免因使用当地的经营管理人才而降低效率。

但是，由于这种战略会造成生产设施重复建设，并且成本结构高，在成本压力大的行业便不适应了。同时，过分的本土化会使得子公司过于独立，企业最终会指挥不动自己的子公司，不能将产品和服务向子公司转移。

6.5.3　全球战略

全球战略是向全世界的市场推销标准化的产品和服务，并在较有利的国家集中地进行生产经营活动。

全球战略关注全球效率的提高，试图采用一切方法来使其产品获得成本和质量上的最佳定位。它倾向于集中所有的资源，常常是将其集中于母国，以获取存在于每一种经营中的规模经济。但是，这种效率的获得往往伴随着灵活性和学习能力的损失。例如，为获取全球规模的集中制造导致国家间产品的大量运输，并且增大了进口国政府干涉的风险。如果通过在母国集中研究与开发来获取效率，那么，它们在本国市场以外的国家开发新产品的能力和在全球化运营中利用外国子公司的创新能力就会受到制约。同时，集中像研究与开发、制造等这样的活动还要承受着巨大的汇率风险。

在成本压力大而当地特殊要求小的情况下，企业采取全球战略是合理的。但在要求提供当地特色产品的市场上，这种战略是不合适的。

6.5.4　跨国战略

跨国战略是指在全球激烈竞争的情况下，形成以经验为基础的成本效益和区位效益，转移企业内的核心竞争力，同时注意当地市场的需要。为了避免外部市场的竞争压力，母公司与子公司、子公司与子公司的关系是双向的，不仅母公司向子公司提供产品与技术，子公司也可以向母公司提供产品与技术。企业采取这种战略，能够运用经验曲线的效应，形成区位效益。

应该看到，上述各种战略是有一定适应条件的。例如，在电子行业里，企业面临的区域性的细分市场的压力小，主要是成本竞争，可以采取全球战略；而在家电这样的消费品行业里，企业则需要采用跨国战略。因此，企业应根据自己的特点及行业的环境，选择相应的国际化战略。

本 章 小 结

世界经济一体化，是指各国经济相互依赖性增强，产生逐步联合的势态，各国经济相关系数逐渐增大。国际商务活动、跨国公司、区域经济组织和国际经济组织及公约体系是世界经济一体化的纽带。随着经济一体化的发展，企业为了适应这一趋势，也必须进行国际化经营。企业要进入国际市场，就要选择以什么方式、怎样进入希望从事经营活动的国际市场。一般常见的国际市场进入模式包括出口、许可交易、战略联盟和对外直接投资。在选择进入模式时，企业需要考虑战略目标、自身能力等各种因素的影响。企业进行国际化经营的动机包括：谋求绝对利益和比较利益、优化资源配置、利用产品寿命周期、发挥综合优势、抵御和分散经营风险、寻找更大成长空间等。垄断优势理论、内部化理论、区位优势理论、产品生命周期理论和国际生产折中理论从不同的角度解释了企业为什么选择国际化经营。企业能否及时、准确地分析、预测经营环境的变化趋势，调整企业的经营活动，直接影响到企业的生存和发展。任何企业的国际化经营活动都要受到其所在国家的政治、法律、经济、文化环境的规范和约束，因此，企业必须对国际化经营环境进行分析。管理者需要在战略目标的指引下管理和组织分布在世界各地的子公司和分支机构，这就需要企业在全球经济一体化压力和当地化反应之间进行权衡，选择最佳的竞争战略。

第三篇

管理职能篇

第 7 章

决　策

教学目标： 通过本章的学习，对决策有基本的了解和认识，能针对不同的决策问题选择适当的分析方法加以解决，并能运用所学理论透彻分析相关案例。

教学要求： 了解决策的概念、原则、类型、依据，决策的主要影响因素，掌握决策的程序和各类决策方法的运用，培养解决实际决策问题的能力。

《孙子兵法》中有"定计"之说。所谓"定计"才能"必胜"，说的就是决策正确才能取得胜利。在《史记·淮阴侯列传》中，也有"成败在于决断"的论断。美国学者 P. 马文曾经做过这样一个调查，他向一些企业的高层管理者提出以下 3 个问题："你每天最重要的事情是什么？""你每天在哪些方面花的时间最多？""你在履行职责时感到最困难的是什么？"结果 90% 以上的高层管理者的回答都是两个字——决策。

人们在实践活动之前，总要根据目标，明确做什么和怎样做的问题。决策是人们行动的选择，而行为则是决策的执行。当今世界，企业所面临的外界环境变化很快，一个企业、组织的兴衰成败往往不决定于内部的具体作业管理和效率，而决定于领导者是否能迅速地、准确地做出决策并具体实施决策。决策在社会发展，特别是在现代管理中的地位和作用愈来愈突出。

诺贝尔经济学奖得主、美国著名经济学家赫伯特·西蒙有一句名言："管理就是决策。"现代管理之父彼得·德鲁克也曾说："管理始终是一个决策的过程。""不管管理者做什么，他都是通过决策进行的。"

决策是管理的核心，整个管理过程都是围绕着决策的制定和组织实施而展开的。管理职能的计划、组织、领导、控制等每一环节都涉及决策问题。管理功能实质上是决策方案实施过程的体现。因此，决策贯穿于管理过程的始终。

7.1 决策及其依据

7.1.1 决策的定义

关于决策的定义有多种描述，学者们仁者见仁、智者见智。美国学者亨利·艾伯斯认为，决策有狭义和广义之分。狭义地说，决策是在几种行为方案中做出抉择；广义地说，决策还包括在做出最后抉择之前必须进行的一切活动。

管理学学者认为，决策是指人们为了实现特定的目标，运用科学的理论和方法，系统地分析主客观条件，在掌握大量有关材料的基础上，提出若干预选方案，并从中选择作为人们行动纲领的最佳方案。

系统学学者指出，决策就是为了实现一个特定系统目标，根据客观可能性，在占有一定信息和经验的基础上，借助一定的工具、技巧和方法，对决策的诸因素进行准确的计算和判断择优后，对行动做出决定。

随着管理科学的发展，研究者对现代管理决策正趋于取得共识，认为，决策是为了达到某种既定目标，运用科学的理论、方法和手段，制定若干行动方案并从备选方案中进行选优予以实施的一系列分析判断过程。

这一定义表明：①决策要有明确的目的；②决策是在某种条件下寻求优化目标和优化达到目标的手段；③决策应当有若干有价值的可行的备选方案；④决策是要进行方案的评价并选择一个满意方案；⑤决策应理解为合理的设计、分析、比较、选择与决定方案的整个过程。

应该指出，管理决策不同于个人所做出的决定。第一，管理决策是许多人共同劳动的产物，而不是个人所做出的决定。第二，管理决策是由组织的领导者做出的，不是组织中任何一个人可以做出的。例如，在一个企业中，决策由董事长、总经理、企业法人代表等高层领导者做出，只有他们才具有做出决策的权力和资格。第三，管理决策一经做出，组织成员必须遵照执行，不能讨价还价、打折扣。第四，管理决策具有超前性。管理决策应立足现实、规划未来，所以无论从观念、行动方案上都必须面向未来，预见到现在的方案对未来环境的适应性。第五，管理决策具有相对重要性。大的决策事关企业的全局，小的决策也是对组织中相对重要的事所做出的决定。

7.1.2 决策的类型

决策所要解决的问题是多方面的，为了进行正确的决策，必须对决策进行科学分类。这样，可以通过分类认识不同类型决策的特征，掌握不同类型决策的规律。决策的类型从不同角度按照不同的标准可分为以下几大类。

1. 按决策重要性程度和作用范围分类

按照决策重要性程度和作用范围划分，决策可分为战略决策、管理决策和业务决策。

（1）战略决策

战略决策是指事关企业或组织的生存与未来发展方向和远景的，全局性、长远性和指导性的大政方针方面的决策。就企业而言，这类决策包括企业的经营目标、市场开发、主要产品的更新换代、厂址选择、主要领导人选的确定、发展速度等。这类决策需要更多地考虑外部环境，力求组织与环境实现动态平衡。战略决策涉及企业的一些重大问题，决策实施需要的时间长、涉及的范围广，决策者的责任也很大，因此主要由组织的高层领导来负责进行。

（2）管理决策

管理决策的目的是为了实现战略决策设定的目标而做出的具体决策，又叫战术决策或策略决策。重点是解决如何合理组织与利用内部资源的具体问题，如企业的营销计划、生产计划、资金筹措、设备更新等方面的决策，旨在提高经济效益和管理效能。这类决策对组织的效益有直接影响，但决策的影响、时间和决策者所承担的责任都比战略决策要小，一般由企业或组织的中间管理层负责进行。

（3）业务决策

业务决策是日常业务活动中为提高工作效率和生产效率，合理组织业务活动进程等而进行的决策。例如，企业中的生产任务的分配、物资采购，产品的包装装潢、运输、库存、广告选择等都属于这类决策。它是针对短期目标，考虑当前条件而做出的决定，这类决策是作业性决策，技术性强、时间紧、涉及的范围较小，一般由基层管理人员负责进行。

以上3种决策与管理层次的关系如图7-1所示。

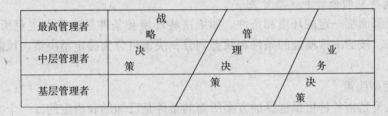

图7-1 管理层与决策结构的关系

2. 按决策重复程度或决策问题的性质分类

按照决策重复程度或决策问题的性质划分，决策可分为程序化决策和非程序化决策。

（1）程序化决策

程序化决策又称为规范性决策，是指对常规的、组织中经常重复发生的例行活动的决策。这类决策产生的背景、特点及内部与外部的有关因素已全部或基本上被决策者所掌握，决策者可依靠长期处理此类问题的经验或惯例来完成。例如，员工请假的批准、退货的处理、存货减少到一定程度时的重新进货等均属于程序化决策。程序化决策事关组织的具体问题，一般属于暂时性决策。

（2）非程序化决策

非程序化决策也称一次性决策，是为解决偶然出现的、不易确定且无前例的问题所做的决策。这类决策往往缺乏准确可靠的统计数据与信息资料，解决这类决策问题往往依靠决策者本人所具有的丰富的经验、渊博的知识、敏锐的洞察力和活跃的逻辑思维。例如，企业实行多元化经营、在国外设立子公司、新产品的研究与开发、缔结战略联盟或兼并等均属于非程序化决策。非程序化决策问题事关企业的战略规划，一般属于战略决策。

3. 按管理职能分类

按照管理的职能划分，决策可分为生产决策、营销决策、研究与开发决策、人事决策、财务决策等。

（1）生产决策

生产决策贯穿于企业生产的全过程。它包括生产计划、生产组织、生产调度、生产控制、环境保护、节约能源等。

（2）营销决策

营销决策包括营销计划的制定、产品定位、定价策略、产品的包装装潢、广告宣传等。

（3）研究与开发决策

研究与开发决策主要包括确定研究与开发的方向、研究与开发的集中或分散程度、研究与开发资金的投入和研究与开发的组织协调等。

（4）人事决策

人事决策主要包括管理人员和一般员工的招聘与录用、工作任务的分配、员工培训、绩效考评和薪酬确定等。

（5）财务决策

财务决策主要包括资金的筹集和使用、目标利润、目标成本和利润分配等。

4. 按决策所处的条件和状态分类

任何决策都面临一定的环境和条件。如果这些环境和条件是决策者主观所不能控制的，就叫自然状态。按照决策所处的条件和状态划分，决策可分为确定型决策、风险型决策和不确定型决策。

（1）确定型决策

确定型决策是指各种可供选择的方案所需的条件是已知的和确定的，一个方案只有一种确定的结果，各方案实施后只有一种自然状态的决策。这类决策一般可以运用数学模型求得最优解。

（2）风险型决策

风险型决策的各种备选方案的自然状态是不确定的，不能肯定哪种自然状态会发生，但决策者能根据预测的情况计算出事情发生的概率，并根据概率能对决策结果做出一定估计，这种决策属于风险型决策。虽然决策者对结果可以估计，但不能完全确定，无论选择哪个方案都要冒一定的风险。

（3）不确定型决策

不确定型决策是指客观上存在两种以上可能出现的自然状态，它们出现的概率是未知的、不能确定的，各种可行性方案出现的后果也是不确定的，存在着许多不可控因素。决策者不能确定每个方案的执行后果，主要凭借经验、知识、洞察力来做出决策。

5. 按决策需要解决的问题分类

按照决策需要解决的问题划分，决策可分为初始决策和追踪决策。

（1）初始决策

初始决策是指组织对从事某种活动或从事该活动的方案所进行的初始选择。

（2）追踪决策

追踪决策是指在初始决策的基础上对组织活动的方向、内容或方式的重新调整。

初始决策是在对内外环境的某种认识的基础上做出的,追踪决策则是由于这种环境发生了变化,或者是由于组织对环境特点的认识发生了变化而引起的。组织的大部分决策属于追踪决策。

7.1.3 决策的依据

知讯者生存。随着信息时代的来临,信息在管理中的重要作用越来越被管理者所认识。毫无疑问,信息是决策的基础。只有掌握了历史、现状和未来信息,并以此作为决策的基础,才会做出科学的决策,即只有在科学决策中掌握大量的信息才能系统地对其进行归纳整理、比较、选择和加工,才能去伪存真、由表及里地对各种资料进行分析,为决策提供全面、系统、准确、及时、可靠和高质量的信息。

显而易见,管理者在决策时离不开信息。信息的数量与质量直接影响决策水平,这要求管理者在决策之前及决策过程中尽可能通过各个渠道收集信息,以此作为决策的依据。

但是应当注意的是,这并不意味着管理者必须不计成本地收集各类信息。详其小,必废其大(苏辙《宇文融》)。也就是说,决策者若仅专注于小事、细枝末节,必然在重大决策上产生失误。因此,管理者在决定收集信息的类别、数量和出处等问题时,应进行成本—收益分析。只有当收集的信息所带来的收益(因决策水平提高而给组织带来的利益)超过为此付出的成本时,才应该收集信息。信息量过大固然有助于充实决策条件,提高决策水平,但对组织而言则不具有经济性;信息量过少容易使管理者无从决策或导致决策达不到应有的效果。所以,适量的信息是决策的依据。同时决策者应当注意搜集决策实施的反馈信息,"见兔而顾犬,未为晚也,亡羊补牢,未为迟也"(《战国策·楚策四》),以便采取补救措施及时纠正错误,进行更好更优的决策。

7.2 决 策 理 论

7.2.1 古典决策理论

古典决策理论是基于"经济人"的假设提出来的,又称规范决策理论,主要盛行于20世纪50年代以前。古典决策理论认为,应该从经济的角度来看待决策问题,即决策的目的在于为组织获取最大的经济利益。古典决策理论的主要内容有以下几个方面。

①决策者必须全面掌握有关决策环境的信息情报;②决策者要充分了解有关备选方案的情况;③决策者应建立一个合理的、自上而下的执行命令的组织体系;④决策者进行决策的目的始终在于使本组织获取最大的经济利益。

古典决策理论假设作为决策者的管理者是完全理性的,决策环境条件的稳定与否是可以被改变的。在决策者充分了解有关信息情报的情况下,完全可以做出完成组织目标的最佳决策。但是,古典决策理论忽视了非经济因素在决策中的作用,因此,这种理论不一定能指导实际的决策活动,从而逐渐被更为全面的行为决策理论代替。

7.2.2 行为决策理论

行为决策理论的发展始于 20 世纪 50 年代，认为影响决策者进行决策的不仅有经济因素，还有其个人的行为表现，如情感、态度、经验和动机等。对古典决策理论的"经济人"假设提出质疑的第一人是赫伯特·A. 西蒙，他在《管理行为》一书中指出，理性的和经济的标准都无法确切说明管理的决策过程，进而提出"有限理性"标准和"满意度"原则。其他学者对决策者行为作了进一步研究，他们在研究中也发现，影响决策者进行决策的不仅有经济因素，还有其个人的心理特征和行为表现。

行为决策理论有以下主要内容。

① 人的理性介于完全理性和非理性之间，即人是有限理性的，这是因为在高度不确定和极其复杂的现实决策环境中，人的知识、想像力和计算力都是有限的。

② 决策者在识别和发现问题中容易受知觉上偏差的影响，而在对未来的状况作出判断时，直觉的运用往往多于逻辑分析方法的运用。所谓知觉上偏差是指由于认知能力的有限，决策者仅把问题的部分信息当作认知对象。

③ 由于受决策时间和可利用资源的限制，决策者即使充分了解和掌握有关决策环境的信息情报，也只能做到尽量了解各种备选方案的情况，而不可能做到全部了解，决策者选择的理性是相对的。

④ 在风险型决策中，与经济利益的考虑相比，决策者对待风险的态度起着非常重要的作用。决策者往往不愿冒风险，倾向于接受风险较小的方案，尽管风险较大的方案可能带来较为可观的经济收益。

⑤ 决策者在决策中往往只追求满意的结果，而不愿费力寻求最佳方案。导致这一现象的原因有多种：决策者不注意发挥自己和他人继续进行研究的积极性，只满足于在现有的可行性方案中进行选择；决策者本身缺乏能力，在有些情况下，决策者出于个人某些因素的考虑而做出自己的选择；评估所有方案并选择其中的最佳方案，需要花费大量的时间和金钱，这可能得不偿失。

行为决策理论抨击了把决策视为定量方法和固定步骤的片面性理论，主张把决策看作一种文化现象。

7.2.3 当代决策理论

继古典决策理论和行为决策理论之后，决策理论有了进一步的发展，即产生了当代决策理论。当代决策理论的核心内容是，决策贯穿于整个管理过程，决策过程就是整个管理过程。

组织是由决策者及其下属、同事组成的系统。整个决策过程从研究组织的内外环境开始，继而确定组织目标，设计可达到该目标的各种可行性方案，比较和评估这些方案进而进行方案选择（即做出择优决策），最后实施决策方案，并进行追踪检查和控制，以确保预定目标的实现。这种决策理论对决策的过程、决策的原则、程序化决策，以及非程序化决策、组织机构的建立同决策过程的联系等方面作了精辟的论述。

对当今的决策者来说，在决策过程中应广泛采用现代化的手段和规范化的程序，以系统理论、运筹学和计算机为工具，并辅之以行为科学的有关理论。这就是说，当代决策理论把古典决策理论和行为决策理论有机地结合起来。它所概括的一套科学行为准则和工作程序，既重视科学的理论、方法和手段的应用，又重视人的积极作用。当代决策理论的主要类型有智能管理、质量管理、组织管理等。

7.3　决策的影响因素

组织为了达到一定的目的而制定行动方案，并从可行方案中分析选优进而实施方案的动态过程即为决策。在这一过程中，组织所处的内外环境、决策的目的、条件、决策问题的特征和性质、组织对情报资料的占有情况、决策的支持系统、组织自身因素和决策主体的方法与技巧等都会影响到决策。综合来看，决策的影响因素大致可分为以下几类。

7.3.1　环境因素

组织都是存在于特定的历史时期和社会环境之中，组织外部的一般环境、行业环境等情况会直接或间接地影响组织做出各类决策。环境对决策的影响表现在两个方面：推动决策和制约决策。首先，环境的变化使组织面临新的问题，组织为应付这些问题，就要进行决策；其次，决策者在进行决策时，要考虑各种环境因素并受其制约，决策如果脱离了环境或对环境因素认识不足，在执行时就会遇到困难，甚至根本无法执行。组织所处的内部环境也会影响决策的选定与实施，这部分内容放在组织自身因素中讲解，在这里，本书仅就影响组织决策的外部环境重点加以讨论（详见第4章）。

7.3.2　决策的目的、条件及决策问题的特性

任何企业今天的活动都是执行着昨天的决策。当新的机遇来临时或要使组织继续保持良好的发展态势时，都必须做出相应的决策。而决策本身是针对什么的，可以在怎样的条件下做出，它将解决什么紧迫的问题，又会带来怎样的结果，何时应当再做出新的决策取代不适宜的决策都会影响决策者权衡制定决策。

而决策问题的特性，如问题的重要性与紧迫性，也会给组织决策带来影响。首先，若决策涉及的问题比较重要，则会引起管理者最高度的重视，调动各方力量积极支持、参与决策，这样的决策相对慎重、质量较高；其次，如果决策涉及的问题亟待处理，事关组织存亡，则要求决策者的决策速度高于决策质量，如果决策涉及的问题使组织有足够的时间从容应对，决策则可以在充分掌握信息的基础上做出决策，应当高瞻远瞩、未雨绸缪，尽可能在问题出现之前就将其列为决策对象，以提高决策质量，达到实施效果。

7.3.3　组织自身因素

（1）企业文化

企业文化是指企业在一定社会历史环境的发展演变过程中，逐步生成和发育起来的，由企业全体成员共同认可和遵守的，日趋稳定而独特的企业价值观、企业精神，以及以此为核心而生成的企业经营哲学、管理方式、生产目标、行为规范、道德准则、生活信念和企业风俗、习惯、传统等。就目前中国企业文化的实际来看，从内容特质上企业文化可以分为目标

型文化、竞争型文化、创新型文化、务实型文化、团队型文化和传统型文化等。不同特性的组织文化会给组织带来风格迥异的文化氛围，由此影响组织整体的各项经营活动决策。

（2）组织对信息的获取情况及决策支持系统

组织面临的决策问题涉及的知识领域广泛，必须获得与决策问题有较大联系的信息才能做出相对正确的决策。信息化程度对决策的影响主要体现在对决策效率上。信息化程度高就可以获得高质量的信息，同时能够使决策者掌握现代化的决策手段和方法，因此，信息时代组织应加强信息化建设，努力提高决策效率。

组织是否拥有健全的科学决策支持系统必然会对决策的制定产生影响。科学决策支持系统包括5个方面内容，分别是：①信息系统：利用计算机收集、存储、分析、处理和共享各种信息资源，以此作为决策的依据；②咨询系统：专门的专家智囊机构，内部的专家、能人可组成一个咨询团体，外部的专家、学者和咨询公司是决策可借用力量；③决策系统：在领导者中间组成一个决策群，依靠群体智慧进行决策；④执行系统：建立明确、强有力的执行系统，每个决策的执行都有专人负责，有计划、有步骤、有检查、有考核，确保决策得到正确执行；⑤反馈系统：及时搜集决策方案执行后的真实信息，准确无误地将其反馈到决策层，适当调适。这5个方面中，信息系统、咨询系统、决策系统都会对决策的最终制定产生作用和影响。

7.3.4　决策主体的因素

（1）个人价值观

无论是决策者还是其他影响决策的人员，其个人的价值观、对事物的价值判断会通过影响决策的价值成分来最终影响做出的决策。因为组织中的任何决策既有事实成分又有价值成分。对客观事物的描述属于决策的事实成分，这是决策的起点；对所描述的事物所作的价值判断属于决策的价值成分。个人有什么样的价值观，就会在决策中做出怎样的价值判断从而影响决策。

（2）决策者的个人能力和决策技巧

在决策活动中起决定性作用的应该是决策者，决策者的经验与素养会直接影响决策的科学性。虽然决策应按严格的科学程序进行，但是，决策者的性格、素养、态度、知识、创造性与经验水平仍是决策成败的关键。决策者应具备"不动声色，而措天下于泰山之安"的运筹帷幄、决胜千里的大将风度，也应具备精于大政方针、准确算度各类决策问题的技能。例如，决策者对问题的认识是否能把握主要矛盾或矛盾的主要方面，是否善于使用思想库、善于进行信息处理、善于处理客观标准与主观标准的关系，是否具备良好的沟通能力和组织能力，是否有很好的思考问题的技巧（如向前思考和向后思考）等，这些都是直接影响决策质量的重要因素。

（3）决策群体的工作氛围

若是进行群体决策，那么群体的工作氛围也会对决策产生影响。"君臣遇合，天下事迎刃而解"（苏辙《观案》），显然，决策层和谐的氛围与良好的合作有助于群体目标一致、团结协作，在充分尊重群体意见的基础上选择出较好的方案，能提高决策效率和决策质量；另外，有些决策的做出有时需要考虑来自各方面人员的影响，其中包括决策者的上级、同事、下属、有关监督人员、观察人员等，决策群体是否愿意鼓励职工等人员参与决策，集思广益、群策群力，共同分担决策的重担，积极改进决策质量和实施效率，即实行决策民主化，也会影响组织的决策行为。

7.4　决 策 过 程

传统的管理理论把决策仅仅理解为寻找一个最佳方案。现代决策理论认为，决策不仅包括选定最优方案，而且包括其他一些有关的步骤，因此，决策是一个系统的动态过程。赫伯特·西蒙在《管理决策新科学》一书中提出了决策过程的 4 个阶段：第一阶段是探查环境，寻求要求决策的条件（称为情报活动）；第二阶段是创造、制订和分析可能采取的行动方案（称为设计活动）；第三阶段是从可供利用的方案中选出一个特定的方案（称为抉择活动）；第四个阶段是对过去的抉择进行评价（称为审查活动），这一阶段包含执行决策的任务阶段。

管理学家哈罗德·孔茨认为，决策过程包括拟订前提条件，明确备选方案，根据所要追求的目标评价各种方案，选取其中一个方案。斯蒂芬·P. 罗宾斯认为，决策制定过程包括 8 个步骤，即识别问题、确定标准、分配权重、拟订方案、分析方案、选择方案、实施方案、评价决策效果。

虽然管理学家们对决策过程有不同的表述，但共同之处也很明显。这些共同之处都揭示了科学决策过程中内在的规律性。一般来说，决策的程序大致经历以下 6 个步骤，如图 7－2 所示。

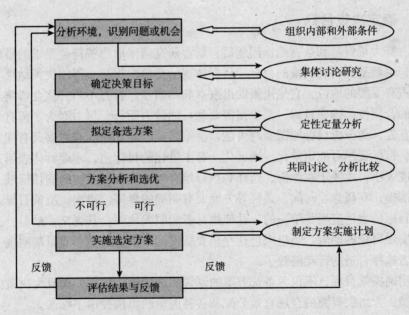

图 7－2　决策程序图

7.4.1　分析环境，识别问题或机会

管理者所面临的决策问题主要包括两类：一是要解决存在的问题；二是如何抓住机遇。

管理者首先要研究组织的外部环境，明确组织面临的挑战和机会，然后要分析组织的内部条件，认清组织的优势与劣势，分析组织亟待解决的问题。通常情况下，决策是为了解决一定问题而制定的，决策的目的是为了实现组织内部活动及其目标与外部环境的动态平衡。一般来说，决策往往从提出问题开始，而问题就是现实与期望之间的差异。没有问题，就不需要决策，问题不清，更无法做出相应正确的决策。由于客观事物的复杂性和主观认识的局限性，识别问题、提出问题并非轻而易举。爱因斯坦说过："提出一个问题往往比解决一个问题更重要。"

一般来说，如果产生了问题，往往会出现以下 3 种情况。

① 组织运行与计划目标发生了偏差。这意味着组织存在急需解决的重要问题，需要修正计划、加强控制，因此，将实际进程与计划指标对照检查，是识别问题的常用办法。

② 组织环境的变化。组织作为一个有机体存在于社会大系统中，无时无刻不受到环境的影响。当环境发生剧烈变化时，如经济政策的调整、市场竞争的加剧，组织必须审时度势、认真分析，由此发现组织发展的关键问题或应对行业竞争等方面的具体决策问题。

③ 组织内部的变化。如果组织工作出现杂乱无章、毫无头绪的情况，如员工消极怠工、产品质量下降、销路不畅等，组织必须对异常现象进行深入调查、研究分析，找出症结所在，并以此作为决策的出发点。

所以，确定目标要以存在的问题为前提，首要的步骤就是要研究现状，找出问题。只有确切地找出问题及产生的原因，才能确定决策的目标。因此有人把识别决策问题，形象地比喻为决策具有"扫描"的功能。

7.4.2　确定决策目标

在充分占有大量资料和数据确诊问题后，就要研究应采取哪些符合要求的措施，必须达到什么效果，也就是要明确决策的目标。目标体现的是组织想要获得的决策结果。目标的确定在决策中占有重要的地位，它是决策的出发点和归宿点。目标不当必然会影响其后一系列措施和行动的合理性。确定目标，要根据需要和可能量力而行、尽力而为、留有余地。确定决策目标，首先，要分析目标的需要与可能。决策目标应建立在既有需要又有现实条件的基础上。其次，目标要尽可能定量化、准确化。有了量化的目标值，才能具体表明达到解决问题的目标程度大小，才便于在评价、选择和执行检查时，有衡量考核的确切标准。为了使决策目标定得准确，在概念、时间、条件等方面要有明确的界限。再次，决策目标必须概念明确，即决策目标的表达应当是单一的，并使执行者能明确地领会其含义。最后，决策目标中还必须包括实现目标的期限。当组织把这些想要获得的结果的数量、质量都明确下来后，就能指导决策者选择合适的行动路线了。

因此，明确决策目标，不仅为备选方案的制订和选优提供依据，而且为决策的进一步实施和控制反馈，为组织资源的合理有效分配和各种力量的协调提供了标准。

7.4.3　拟定备选方案

一旦机会或问题被正确地识别出来，管理者就应当根据问题的性质和确定目标的要求提出多个可行的备选方案。提出备选方案应当遵循有效针对性、整体详尽性、相互排斥性的原则，利用经验、知识和能力进行大胆探索和精心设计，充分发挥想像力和创造力，从不同角度审视问题、开拓创新。尤其是在知识经济时代，管理者可以更多地借鉴国内外同行的先进经验，充分揭示设想方案中的各种矛盾，尽可能使主观认识与客观实际相符合；可以通过头脑风暴法、名义小组技术和德尔菲技术提出富有创造性的方案（这些方法和技术将在本章决策方法中讲到），进而对提出的各种设想进行集中、归类、筛选、完善，形成可供选择的一系列可行方案。经过这些工作，可以保证拟订方案的质量，为选优创造条件。

在这一过程中，应注意以下两个问题。

① 方案应当体现创造性。拟订方案要鼓励创新，提出一些新颖的解决方案。这需要方案的制定者具备勇于开拓创新的精神、现代企业的管理意识、敏锐准确的洞察力和广博的技术知识，能够对问题进行全面、细致、深入的思考。

② 至少有两个以上的备选方案。决策是从多个方案中选择一个令人满意的方案，没有一定数量和质量的可供选择作比较的方案，就难以辨认其优劣，也就不可能做出科学的决策。因此，必须提出各种可供选择的方案，备选方案的数量和质量对决策的结果影响很大。

7.4.4　方案分析和选优

在备选方案确定后，决策者要根据一定的标准对备选方案进行分析和评价。在分析比较各种备选方案时，应根据所要解决问题的性质，考虑每种方案的预期成本、收益、不确定性和风险等因素，预测客观环境中对组织的前途命运影响较大的各类因素，采用定量分析和定性分析的方法，按照科学的评价标准，结合决策的目标、组织的资源和方案的可行性，对各备选方案的优劣进行相对的综合评价，找出各方案的差异，并初步研究各方案实施后可能出现的结果和潜在问题，对备选方案的综合优势做全面考察。

方案选优，就是在对可行性方案进行评估的基础上，由决策者通过总体平衡、对比分析做出科学判断，选择出令决策者满意的最优方案，即做出决策。按照哈罗德·孔茨的观点，挑选备选方案可以采取3种基本方法，即经验、实验、研究和分析。逐一分析，第一，在某种程度上，经验是最好的老师，然而，仅依靠过去的经验作为未来行动的指南可能是危险的，因为旧经验不一定适用于新的问题，所以从经验中提炼出的成败的根本原因，对决策备选方案的分析和选优可能是有用的；第二，我们知道，在科学研究中经常采用实验的方法，而管理人员能够确保某些计划的正确性的唯一方法就是去实验各种备选方案，当然这样做的成本非常巨大。第三，涉及重要决策时，选优的最有效方法之一就是研究和分析各种备选方案，其中的一个重要步骤就是做一个模拟问题的模型，同时利用运筹学的方法作为生产和经营管理的重要决策手段。

值得注意的是，"最优"是在一定范围之内，各种备选方案相比较而言的，并不是绝对的。正是在这个意义上，管理学家赫伯特·西蒙认为最优决策是没有的，只是某种理想。他认为只要决策"足够满意"即可，主张用"满意"代替最优。因此，在上述要求和方法之上选择相对满意的方案时，要选择是否有利于达到既定的目标、是否体现了最大的利益、是否容易实行的备选方案作为决策方案。

7.4.5　实施选定方案

三分策划，七分执行。决策方案一经选定，应把相关的信息传递给执行决策的人员组织实施。方案的实施是决策过程中至关重要的一步。如果没有把选择的方案付诸实施，与没有做出选择是一样的，如果不能有效地执行，再好的方案也无法达到预期的目标。方案实施时管理人员必须综合运用管理、行政和说服的手段，在方案实施过程中，领导者起关键作用。如果发现问题和困难，在下属确实无法解决的情况下，领导者应该做好协调工作，为下属提供必要的帮助，使他们能完成既定目标。要建立一支强有力的人才队伍，同时深入实际，了解决策实施的具体情况。

在实施选定方案的过程中通常需要做好以下工作：①确保与方案有关的各种指令能被所有有关人员充分接受和彻底了解。②在整个决策实施过程中，必须实行目标管理。按照决策目标的要求，层层分解决策总目标，明确规定下属成员应该承担的任务，落实到每一个执行单位和个人，做到各司其职、人尽其才。③建立工作报告制度，密切注视决策方案实施过程中的进展情况和存在问题，并进行调整和控制。

7.4.6 评估结果与反馈

一个方案的实施可能涉及较长的时间。在这段时间里，内部条件和外部环境可能会发生变化，这要求决策者必须跟踪决策实施过程，对决策实施结果进行评估和反馈，即在决策付诸实施之后，要随时检查验证。按照决策的方案一步一步对比检查，对没有能实现预期效果的项目要找出原因，及时发现问题，并按系统组织逐级反馈传输偏离目标的信息，以便迅速监控，纠正偏差，或采取调整措施，以保证决策目标的实现。

决策实施结果反馈的一项重要内容是考察决策实施结果是否符合决策目标。除此之外，要了解决策者的心理反应，客观公正地评价原有决策。如果原有决策基本是正确的，就应该进行微调，使之趋于完善；如果方案确实犯了根本性的错误，无法继续实施下去，就应该果断做出追踪决策的决定。总之，任何方案只有在具体实践和持续不断的积极反馈中才能逐渐趋于完善。

决策是一个复杂的过程，由不同的程序或步骤组成，这些程序或步骤有其内在的规律性，而不是杂乱无章的。上一个步骤是下一个步骤的基础和前提，一切方案都是为了付诸实施和达到既定的目标。从理论上阐述的决策程序及其动态过程，是一般情况下决策活动必须共同遵守的准则。当然，决策程序还具有灵活性，并非所有的决策都按上述过程进行，各个步骤是密切相关，相互交叉的，有时候，某些步骤也可以直接跨越过去。

为了实现科学决策，决策者必须转变观念，掌握决策时机，不断学习现代决策方法和技术，积极适应外界环境的变化和组织自身的发展，客观平衡决策的收益、成本与风险，选择适合组织需要的满意决策并严格控制实施与积极反馈，以期更好地配置组织资源，达成组织既定的目标，实现整体利益的最大化。

7.5 决 策 方 法

适用正确的决策方法有助于决策者及时把握机遇，积极、迅速地解决面临的问题。随着管理科学研究的发展，管理决策方法越来越受到众多学者和企业管理者的普遍重视与深度探究。

运用心理学、社会学和社会心理学的知识充分发挥人们的集体智慧进行决策的方法，可称之为主观决策法或定性决策法。其特点就是通过各种有效的组织形式来充分发挥专家集体

（智囊团）的作用。主观决策法的优点是通用性强，方法灵便，特别适用于非程序化决策；其最大的缺点是容易产生主观性。而运用数学知识和电子计算机技术，或者进行简单的数学运算使决策实现数字化、模型化、定量化和计算机化的决策方法，使决策的时效性和准确性大大提高，但同时也存在局限性。首先，对于复杂的涉及社会因素和心理因素较多的决策问题，运用数学知识和电子计算机技术难以解决；其次，数学模型只是有条件地近似地反映现实。只有将上述两大类方法有机结合、互为补充，才能使决策质量得以保证并形成决策方法的科学体系。

7.5.1 主观决策方法

1. 个人决策

个人决策是指在决策过程中，最终方案的选择仅仅由一人决定，即决策主体为一个人。在这类决策中，往往运用直觉决策，即从经验中提取精华的无意识过程。通常，管理者运用专业知识和过去已习得的与情景相关的经验，在信息非常有限的条件下迅速作出决策。

使用直觉决策的方法有以下 7 种情况：①不确定水平很高时；②极少有先例存在时；③难以科学地预测变量时；④事实有限且不足以明确指明前进道路时；⑤分析性数据用途不大时；⑥时间有限且存在提出正确决策的压力时；⑦当需要从现存的几个可行性方案中选择一个，而每个方案的评价都良好时。

据调查，直觉经常被运用在决策过程的两个时间段里，即在决策过程之初使用直觉，或是在决策过程之末使用直觉。

2. 集体决策

集体决策能够提供更完整的信息、产生更多的方案（特别是当决策成员来自不同专业领域时，更为明显）、增加决策的接受性，以及提高决策的合理性。当然，集体决策也有其缺点，例如，成员之间的相互影响会拖延决策时间，群体中某些成员可能会因为一定的压力而不能坦率地发表意见。另外，集体决策的责任划分也不明确，这些都在一定程度上损害决策效率和决策质量。总体来看，集体决策的常用方法有以下几种。

（1）德尔菲法

德尔菲法，也称专家调查法，是指利用专家预测意见为基础来进行决策的方法。这个方法是美国兰德公司于 20 世纪 40 年代创造的，最早用于预测，后来推广应用到决策中。德尔菲是古希腊的一个城市，那里曾是预言家活动的场所，故将此方法以其命名。

德尔菲法就是以一定问题发函给某些方面的专家，通过通信的方式进行信息交换，请他们提出意见，然后将收到的专家意见加以综合整理，以匿名的方式将归纳后的结果寄回给各位专家，继续征询意见。如此经过几轮的反复，直到意见趋于集中或实在难以达成一致为止。它同专家会议的形式有很大不同，具有自身的特点。首先，应答者具有匿名性。各位专家互不见面，征询与应答采取"背靠背"的方式进行，围绕论题独立发表见解，这样可以避免受其他专家的影响，特别是避免附和权威专家的意见，从而使意见具有独立性、多样性和创造性。其次，德尔菲法具有反馈性。征得的答复经过统计处理和多次反馈，再提出新的问题，发给各个专家进行研究，如此循环往复，多轮次地征求意见，直到专家的意见趋于一致或意见分歧特别突出为止。这样，决策者便可以吸收专家集体的预测意见进行决策。

运用德尔菲法的关键是：①选择与涉及问题相关的专家；②专家人数一般在 10～50 人

最好；③拟定好意见征询表，它的质量直接关系到决策的有效性。德尔菲法是一个可控制的组织集体思想交流的过程，是集思广益的一种较好方法。

（2）头脑风暴法

头脑风暴法，也称畅谈会法。20世纪50年代末由美国的奥斯本（Osborn）在《您的创造力》（1957）一书中提出。它是指决策者将与决策问题有关的专家或对解决某一问题有兴趣的人集中到一起，采取会议的形式进行讨论，但事前并不指明会议的明确目的，只是给出某一方面的总议题让与会者无拘无束地发表意见。这种方法能调动人们的情绪和想像力，激发创造性思维，在短时间内搜集到大量的开拓性见解，通过对各种新概念的筛选，快速完成由幻想到理想和实现理想可能的判断，因而，这种方法被广泛应用于企业管理实践。

由于头脑风暴法的目的在于创造一种畅所欲言、独立思考的氛围，诱发创造性思维的共振和连锁反应，产生更多的创造性思维，因此，主持者要力图创造一种氛围，使与会者能够产生创造性奇想，并且使他们相互影响，发挥联想的作用。在这个过程中，与会者的思路就像天空中的风暴一样，骤然形成，因而被称之为头脑风暴法。

实施头脑风暴法应遵循一定的规则，具体有以下几个方面：

①对别人的意见和建议不允许进行反驳和批评，也不要作结论；②鼓励每个人解除思想顾虑，独立思考，广开思路，想法越新颖奇异越好，不要重复别人的意见；③意见、建议越多越好，不要担心它们之间相互矛盾，想到什么就应该说出来；④可以补充完善相同的意见，使某一意见变得更具有说服力；⑤发言要精练，节约时间，力争高效率。

头脑风暴法在应用过程中，参与者不宜太多，以5～15人为宜。这种方法鼓励人们打破传统的思考问题的界限，寻求新的观念和创造性建议，并为决策者所吸收。

（3）名义小组技术

在集体决策中，如对问题的特性不完全了解而且意见分歧严重，则可采用名义小组技术。在这种技术下，小组的成员互不通气，也不在一起讨论、协商，因而小组只是名义上的。这种名义上的小组可以有效地激发个人的创造力和想像力。

在这种技术下，管理者先召集一些有相关知识的人，把要解决问题的关键内容告诉他们，并请他们独立思考，要求每个人尽可能地把自己的备选方案和意见写下来。然后再按次序让他们一个接一个地陈述自己的方案和意见。在此基础上，由小组成员对提出的全部备选方案进行投票。根据投票结果，赞成人数最多的备选方案即为所要的方案。当然，管理者最后仍有权决定是接受还是拒绝这一方案。

（4）方案前提分析法

方案前提分析法的出发点是每个方案都有几个前提假设作为根据，方案正确与否关键在于前提假设是否成立。这种方法让与会者只分析讨论方案的前提能否成立，而不涉及决策方案的内容，即它不直接讨论方案本身，而是集中分析方案的前提假设。如果前提假设是成立的，那么说明这个方案所选定的目标和途径基本上是正确的。这样，不但对方案的正确选择没有什么影响，而且可以克服决策中一些常见的缺点。从总体上看，定性决策法涉及最多的是两部分人：一是决策者，二是专家群体。因此，领导者素质的高低、能力的大小，以及对专家的选择是否准确，是保证决策科学性的重要前提。

（5）哥顿法

哥顿法又叫提喻法，是美国人哥顿创造的一种专家会议讨论方法，是以会议形式请专家提出完成工作任务或实现目标的方案，但只有会议主持人知道要完成什么工作，目标是什么，而与会者并不知道这些，以免他们受到完成特定工作或目标的思维方式的束缚。哥顿法与头脑风暴法非常相似，可以看作一种特殊的头脑风暴法。不同之处就在于当专家讨论到一定程度时，主持者在适当的时候将会议主题揭开，这样既使各位专家能自由地发表意见，又能形成更有新意的决策方案。

(6) 电子会议

电子会议的主要优点是匿名、诚实和迅捷。决策参与者可以不透露姓名地发出自己所要表达的任何信息，一敲键盘即显示在计算机屏幕上，使所有人都能看到。它还可以使人们充分表达他们的想法而不会受到惩罚；它消除了闲聊和讨论偏题，且不必担心打断别人的"讲话"。电子会议比传统的面对面会议节省一半以上时间。但也有其缺陷，这一过程可能缺乏面对面地口头交流所传递的丰富信息。

3. 关于活动方向的决策方法

管理者有时需要对企业或企业某一部门的活动方向进行选择，可以采用的方法主要有经营单位组合分析法和政策指导矩阵。

(1) 经营单位组合分析法

经营单位组合分析法由美国波士顿咨询公司首先建立，其基本思想是：大部分企业都有两个以上的经营单位，每个经营单位都有相互区别的产品/市场，企业应当为每个经营单位确定其活动方向。这种方法主张，在确定每个经营单位的活动方向时，应综合考虑企业或该经营单位在市场上的相对竞争地位和业务增长率。

相对竞争地位往往体现在企业的市场占有率上，它决定了企业获取现金的能力和速度，因为较高的市场占有率可以为企业带来较高的销售量和销售利润，从而给企业带来较多的现金流量。业务增长率对活动方向的选择有两个方面的影响：第一，它有利于市场占有率的提高，因为在稳定的行业中，企业产品销售量的增加往往意味着竞争对手市场份额的下降；第二，它决定着投资机会的大小，因为业务增长迅速可以使企业快速收回投资，并取得可观的投资报酬。

根据上述两个标准，即相对竞争地位和业务增长率，可把企业的经营单位分成四大类（如图 7-3 所示），企业应根据各类经营单位的特征，选择合适的活动方向。

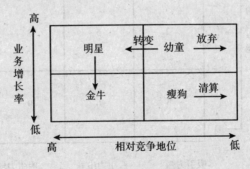

图 7-3 波士顿矩阵分析图

① 金牛型经营单位的特征是市场占有率较高，而业务增长率较低。较高的市场占有率为企业带来较多的利润和现金，而较低的业务增长率需要较少的投资。金牛型经营单位所产

生的大量现金可以满足企业的经营需要。

② 明星型经营单位的市场占有率和业务增长率都较高，因而所需要的和所产生的现金都很多。明星型经营单位代表着最高利润增长率和最佳投资机会，因此企业应投入必要的资金，扩大它的生产规模。

③ 幼童型经营单位的业务增长率较高，而目前的市场占有率较低，这可能是企业刚刚开发的很有前途的领域。由于高增长速度需要大量投资，而较低的市场占有率只能提供少量的现金，企业面临的选择是投入必要的资金，以提高市场份额，扩大销售量，使其转变为明星；或者如果认为刚刚开发的领域不能转变成明星，则应及时放弃该领域。

④ 瘦狗型经营单位的特征是市场份额和业务增长率都较低，甚至出现负增长，瘦狗型经营单位只能带来较少的现金和利润，而维持生产能力和竞争地位所需的资金甚至可能超过其所提供的现金，从而可能成为资金的陷阱。因此，对这种不景气的经营单位，企业应采取收缩或放弃的战略。

经营单位组合分析法的步骤通常如下：第一，把企业分成不同的经营单位；第二，计算每个经营单位的市场占有率和业务增长率；第三，根据其在企业中占有资产的比例来衡量每个经营单位的相对规模，并绘制企业的经营单位组合图；第四，根据每个经营单位在图中的位置，确定应选择的活动方向。

（2）政策指导矩阵

政策指导矩阵由荷兰皇家/壳牌公司创立。顾名思义，政策指导矩阵即用矩阵来指导决策。具体来说，从市场前景和相对竞争能力两个角度来分析企业各个经营单位的现状和特征，并把它们标示在矩阵上，据此指导企业活动方向的选择。市场前景取决于盈利能力、市场增长率、市场质量和法规限制等因素，分为吸引力强、中等、弱3种。相对竞争能力取决于经营单位在市场上的地位、生产能力、产品研究与开发等因素，分为强、中、弱3种。根据上述对市场前景和相对竞争能力的划分，可把企业的经营单位分成九大类，如图7-4所示。

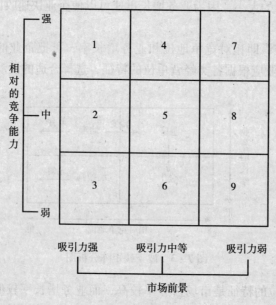

图 7-4 政策指导矩阵图

管理者可根据经营单位在矩阵中所处的位置来选择企业的活动方向。

处于区域 6 和 9 的经营单位竞争能力较强，市场前景也较好，应优先发展这些经营单位，确保它们获取足够的资源，以维持自身的有利市场地位。

处于区域 8 的经营单位虽然市场前景较好，但企业投入不足，导致这些经营单位的竞争能力不强，应分配给这些经营单位更多的资源以提高其竞争能力。

处于区域 7 的经营单位市场前景虽好，但竞争能力弱，应根据具体情况区别对待这些经营单位。最有前途的应得到迅速发展，其余的则需逐步淘汰，这是由企业资源的有限性决定的。

处于区域 5 的经营单位一般在市场上有 2～4 个强有力的竞争对手，应分配给这些经营单位足够的资源以使它们随着市场的发展而发展。

处于区域 2 和 4 的经营单位市场吸引力不强且竞争能力较弱，或虽有一定的竞争能力（企业对这些经营单位进行投资并形成了一定的生产能力），但市场吸引力较弱，应缓慢放弃这些经营单位，以便将收回的资金投入到盈利能力更强的经营单位。

处于区域 3 的经营单位竞争能力较强但市场前景不容乐观，这些经营单位本身不应得到发展，但可利用它们的较强竞争能力为其他快速发展的经营单位提供资金支持。

处于区域 1 的经营单位市场前景暗淡且竞争能力较弱，应尽快放弃它们，把资金转移出来并转移到更有利的经营单位。

7.5.2 确定型决策方法

确定型决策是在未来自然状态已知时的决策，即每个行动方案达到的效果可以确切地计算出来，从而可以根据决策目标做出肯定抉择的决策。对于这类问题的决策，可以运用线性规划等运筹学方法或借助计算机辅助技术进行决策。

确定型决策问题具备 4 个条件：第一，存在决策者希望达到的一个明确目标；第二，只存在一个确定的自然状态；第三，存在着可供决策者选择的两个或两个以上的行动方案；第四，不同的行动方案在确定的状态下其损益值可以计算出来。

当备选方案的变量很少、计算方法简单时，可以将资料和数据列表直接对比，直观地分析选取满意方案。例如，某商场在节假日、"黄金周"延长营业时间可多获利 16 万元，不延长营业时间则损失 7 万元，经过比较，很容易判断选择延长营业时间的方案。

对于情况比较复杂，方案较多的确定型决策，常用的方法有线性规划技术、盈亏分析技术等。

1. 线性规划

线性规划是最基本也是最常用的一种数学规划。最早研究这个问题的是前苏联数学家康托洛维奇，此后，数学家劳莱开始发展并建立了线性规划的模式。第二次世界大战后，线性规划从军事上的应用转至其他领域，进入经济领域后，逐渐成为数理经济学的重要内容之一。1947 年，丹泽（G. B. Dantzig）提出了"单纯形法"，使求解线性规划问题有了标准的模式，线性规划的理论趋于成熟。单纯性法是逐步逼近最优解的迭代方法，适用于多维线性规划问题的求解，此法在计算过程上非常复杂，本书不介绍其计算方法。在我国，线性规划的大规模推广应用是从 1958 年开始的。

在企业管理中，应用线性规划解决的问题主要有以下几个方面，库存问题、合理下料问题、工艺配方问题、生产计划安排问题、生产布局问题、运输问题、各类投资和财务管理问题。

随着信息技术的应用和电子计算机的普及，特别是应用软件技术的突破，为求解多决策变量和超大型线性规划问题提供了有利支撑。下面将举例简要说明线性规划的建模与应用。

例7.1 华润公司生产甲、乙、丙3种产品，需要配置有关设备，相关数据见表7-1。

表7-1 华润公司生产甲、乙、丙3种产品相关数据表

产 品	设备生产能力/天		每天产量不得低于
	A	B	
甲	6	2	12
乙	2	2	8
丙	4	12	24
每天运转费用/元	200	160	

要求确定设备A、B的台数，在保证完成每天生产任务的前提下，使运转费用最低。

（1）分析与建模

该问题是在有限资源约束下求运转费用最小化的问题。模型包含目标函数和约束条件两个部分。

设 x_1、x_2 分别为配置的设备A、B的台数，模型为：

$$\min S = 200x_1 + 160x_2$$

求 x_1、x_2。

满足：

$$6x_1 + 2x_2 \geqslant 12$$
$$2x_1 + 2x_2 \geqslant 8$$
$$4x_1 + 12x_2 \geqslant 24$$
$$x_1 \geqslant 0$$
$$x_2 \geqslant 0$$

（2）用几何图解法求解

用几何图解法求解，可得 $x_1 = 1$，$x_2 = 3$。$\min S = 680$，即这个问题的最优方案是配置A设备1台，B设备3台，既保证了每天的生产任务，又使得运转费用最低，其运转费用为每天680元。

图解法求解步骤是：首先以 x_1 为横轴、x_2 为纵轴作一直角坐标系。因为在限制条件中，x_1、x_2 在这些不等式中都是线性的，所以每一个这样的不等式都代表一个闭半平面。

图解法一般先确定数学模型的可行域，再从可行域中求得最优解。线性规划定理证明，目标函数的最大值或最小值总是在凸多边形的一个顶点上，每个顶点的坐标值就是一个基本的可行解。只要将有限个顶点的坐标值分别代入目标函数，即可在基本可行解中找出最优解。

（3）计算机软件求解

相关计算机软件有很多种，例如，商用版的 Lindo，可以解上万个变量和上万个约束的线性规划问题。我们在学习过程中，可以使用 Office 2003 或 Office 2007 中的 Excel 软件求解小规模的线性规划问题。通常求解需要设置"选项"，利用 Excel 软件"工具"中的"规划求解"即能得到最优解。

2. 盈亏分析技术

（1）盈亏分析技术的概念和原理

盈亏分析技术又称盈亏平衡分析、量本利分析。该方法是通过解释业务量（产销量、数量）、成本（固定成本和变动成本）、价格和利润（税前利润）之间的内在规律性联系的数量分析方法。

① 盈亏临界点。

一个企业在生产经营活动中怎样不致亏损，如何获取更多盈利，往往需要预先知道本企业在一定的市场销售价格和生产成本水平的条件下，每年最低限度需要生产或销售多少数量的产品才能保本；生产或销售数量达到多少时企业才会盈利，即需要知道本企业的盈亏临界点。盈亏临界点是指企业既不盈余也不亏损时的销售量（产量）或销售收入。它是企业的销售收入和成本支出恰好处于均衡状态的一个标志。

② 盈亏分析。

盈亏分析是指通过计算，确定企业盈亏临界点。盈亏分析的基本原理是：在盈亏临界点，成本与收入相等，既无利润也无亏损。当销售量或销售收入超过该点时，企业将盈利；低于该点时，企业将发生亏损。

产品的生产成本（C）可分为以下两类。一类是固定成本（F），指不与产品数量多少直接相关的费用。其中包括固定资产的折旧费、企业管理费等。另一类是变动成本（V），指与产品数量直接相关的费用，它随着产品数量的增大而增大。其中包括直接用于生产的原材料、燃料、动力和直接生产工人的工资等费用。它可用单位产品的变动成本（C_v）乘以产品数量（Q）求得。

产品的销售收入（R），取决于市场价格（P）产品的销售量（Q），即 $R = P \cdot Q$。企业的盈利（E）为企业的销售收入减去相应的生产成本，或为企业的销售收入减去相应的固定成本与变动成本之和，即：

$$E = R - C = R - (F + V)$$
$$= P \cdot Q - (F + C_v \cdot Q)$$
$$= P \cdot Q - C_v \cdot Q - F$$
$$= Q (P - C_v) - F$$

当盈亏相等，即 $E = 0$ 时，$Q = F/(P - C_v)$

此时的 Q 即为盈亏临界点的产量。

$P - C_v$ 即为单位边际贡献，它可以用来补偿固定成本，当固定成本补偿完毕后，每多销一件产品所产生的边际贡献就成为利润。

（2）盈亏分析技术在确定型决策中的用途

① 在给定产品售价、固定成本和变动成本的条件下，可以确定生产或销售多少产品

（业务量）可以达到保本，即确定利润为零的企业的销售水平。由此，也可确定在利润确定的情况下的企业的销售水平。

②在预计销售量、售价、变动成本和固定成本已定的条件下，可以确定盈亏平衡点和预期利润，从而确定企业经营的安全程度。

③在销售量、成本和目标利润已定的条件下，可以确定企业产品的售价。

④在销售量、售价和目标利润已定的条件下，可以确定产品的变动成本和固定成本。

（3）应用举例

例7.2　华润公司准备购置一台新型机床，折算为一年的固定成本需 20 000 元，生产每件产品的变动成本为 0.6 元，销售价格为 1 元，问是否应该购置这台机床？

应用盈亏分析求解：

$$Q = F/(P - C_v)$$
$$= 20\ 000/(1 - 0.6)$$
$$= 50\ 000(件)$$

这说明，当产量大于 50 000 件后，每多销一件就有 0.4 元的盈利了。假如新购置的这台机床，年生产能力大于 50 000 件，而市场对产品的需求也超过 50 000 件，那么，企业就应该做出购置这台机床的决策。

7.5.3　不确定型决策方法

所谓不确定型决策，是指在可供选择的方案中存在着两种以上的自然状态，而且这些自然状态所出现的概率是无法估测的。对这类问题由于其决策结果具有不确定性，因此称为不确定型决策。

由于决策方案制订者与决策者只知道未来可能呈现出多种自然状态，但对每一种自然状态出现的概率全然不知，所以在比较不同方案时，就只能根据主观的一些原则来进行选择。

1. 乐观法（大中取大）

采用乐观法的决策者对未来比较乐观，认为未来会出现最好的自然状态，所以不论采用何种方案均可能取得该方案的最好效果，那么决策时就可以首先找出各方案在各种自然状态下的最大收益值，即在最好的自然状态下的收益值，然后进行比较，找出最好自然状态下能够带来最大收益的方案作为决策实施方案。这种决策原则也叫"最大收益值规则"。采用此方法须冒一定的风险，但也可能产生最大的收益。

2. 悲观法（小中取大）

与乐观法相反，决策者对未来比较悲观，认为未来会出现最差的自然状态，因此企业不论采取何种方案，都只能取得该方案的最小收益值。所以在决策时，首先计算和找出各种方案在各种自然状态下的最小收益值，即与最差自然状态相应的收益值，然后进行比较，选择在最差的自然状态下仍能带来最大收益（或最小损失）的方案作为实施方案。这种方法也叫"小中取大规则"或"最小最大收益值规则"。采用这一规则可保证决策者至少可获得某一收益，因为不论实际情况如何，都不会得到更差的结果。

3. 折中法

折中法认为应在两种极端中求得平衡。决策时，既不能把未来想像得过于乐观，也不能描绘得太悲观。最好和最差的自然状态均有出现的可能。因此，可以根据决策者的判断，给最好自然状态以一个乐观系数，给最差自然状态以一个悲观系数，两者之和为1。然后用各种方案在最好自然状态下的收益值与乐观系数相乘所得的积，加上各种方案在最差自然状态下的收益值与悲观系数的乘积，得出各种方案的期望收益值。据此比较各种方案的经济效果，做出选择。折中法也叫乐观系数准则。乐观系数准则比较接近实际，但乐观系数的决定很关键，常带有决策者的主观性；如果乐观系数以出现的自然状态概率推算，则非确定型决策又转变为风险型决策了。

4. 后悔值法

决策者在选定方案并组织实施后，如果遇到的自然状态表明采用另外的方案会取得更好的收益，企业在无形中遭受了机会损失，那么决策者将因此而感到后悔。后悔值法就是一种力求使后悔值尽量小的原则。根据这个原则，决策时应首先计算出各种方案在各种自然状态下的后悔值（用方案在某自然状态下的收益值与该自然状态下的最大收益值相比较的差）。也就是说，当某一种自然状态出现后，如果选择了期望收益最高的方案，就不会后悔，即后悔值为0；否则，如果选择了其他方案，就要后悔，其后悔值就是所选方案的期望收益与最高期望收益之差。后悔值法的决策程序是，先计算每一种自然状态下各方案的后悔值，再找出每个方案的最大后悔值，并据此对不同的方案进行比较，最后，选择最大后悔值最小的方案作为决策方案。所以，这种方法也叫"最小最大后悔值规则"。

下面通过举例说明乐观法、悲观法和后悔值法。

例7.3　华润公司打算生产某种产品。根据市场预测，产品销路有3种情况，即销路好、销路一般和销路差。生产该产品有3种方案：A. 新建生产线；B. 改进生产线；C. 与其他单位合作。据估计，各方案在不同情况下的收益如表7-2所示。问企业应选择哪个方案？

表7-2　损益值表 单位：万元

自然状态 方案	销路好	销路一般	销路差
A. 改进生产线	280	180	-60
B. 新建生产线	400	270	-120
C. 与其他单位合作	220	150	30

（1）用乐观法决策

首先比较在销路好的自然状态下3种方案的收益值。

改进生产线：280万元；

新建生产线：400万元；

与其他单位合作：220万元。

然后从上面3个数中选出最大值，即新建生产线为最优方案，收益为400万元。

（2）用悲观法决策

首先比较在销路差的自然状态下3个方案的收益值。

改进生产线：-60万元；

新建生产线：－120万元；

与其他单位合作：30万元。

然后从上面3个数中选出最大值，即与其他单位合作为最优方案，收益为30万元。

（3）用后悔值法决策

首先计算每一种自然状态下各方案的后悔值，如表7－3所示。

后悔值＝该情况下的各方案中的最大收益－该方案在该情况下的收益

表7－3　后悔值表　　　　　　　　单位：万元

自然状态 方案	销路好	销路一般	销路差
A. 改进生产线	140	90	90
B. 新建生产线	0	0	150
C. 与其他单位合作	180	120	0

再找出每个方案的最大后悔值，由表7－3可以看出，A方案的最大后悔值为140万元；B方案的最大后悔值为150万元；C方案的最大后悔值为180万元。最后，选择最大后悔值最小的方案作为决策方案，这里A方案的最大后悔值140万元最小，所以选择改进生产线为决策方案。

7.5.4　风险型决策方法

风险型决策也称随机决策，即决策方案处在风险状态下，而且各方案潜在的收益和风险与估测的概率相关。这类决策的关键在于衡量各备选方案成败的可能性（概率），权衡各自的利弊，作出择优选择。

风险型决策的判断特征是，存在明确的决策目标；存在多个备选方案；存在不以决策者意志为转移的多种未来事件的各种自然状态；各备选方案在不同自然状态下的损益值可以计算；可判断各种自然状态出现的概率。

例如，一个游泳场的经营者想要在淡季增加利润收入，决定开辟一个新的业务领域。通过对有关各方面情况的调查分析，有两个可供选择的方案：一个是开辟一条能有稳定收入的生产线；另一个是可能有更好前景、发展迅速的行业，但这个行业的经营收入时高时低动荡不定。经营者要在这两个方案中作一抉择。如果他选择第一个方案，则可获得有保证的稳定的收入；如果选择第二个方案，则有可能获得大得多的收入，但也可能经营失败，导致大量亏损。经过仔细分析，经营者认为，第二个方案中有10%的失败可能性，有40%的可能比第一个方案的收入高得多，有50%的可能取得与第一个方案相同的收益。也就是说，若选择第二个方案，冒风险的程度是10%，而实现高收入的可能性是40%。

显然，在有风险的环境中进行决策，对各备选方案成败可能性的衡量是十分关键的。如上例中，若失败的可能性是50%，与第一个方案获得同样收入的可能性是30%，而成功的可能性是20%的话，那么选择第二个方案的风险就更大了。

1. 最大可能法

在备选方案中选择概率最大的、自然状态条件下收益值最高的方案为最优方案，如

表 7 – 4 所示。自然状态 Q_a 产品畅销的概率 $P(Q_a) = 0.5$ 为最大，而收益值中，甲产品 25 万元是最大值，即甲产品为决策方案。

应用原则是，在一组自然状态中，某个自然状态的概率比其他的概率大得多时，而收益值却相差不是很大，应用此法较好。但当发生的概率很小且收益值比较接近时，应用此法效果不好，容易引起错误决策。

表 7 – 4　损益值表　　　　　　　　单位：万元

方案　　　　　自然状态	$P(Q_a)$（畅销）= 0.5	$P(Q_b)$（一般）= 0.2	$P(Q_c)$（滞销）= 0.3
A. 甲产品	25	18	– 17
B. 乙产品	19	11	– 10
C. 丙产品	16	6	– 5

2. 决策树法

无论是风险型决策还是不确定型决策问题，都可以用"决策树"这一工具来进行决策。决策树可以把未来情况及其概率、收益值等可提供决策的内容，简单直接地反映在图形上，通过计算比较各备选方案在各种自然状态下的平均期望值来选择期望值最大的方案。它不仅可以解决单阶段的决策问题，还可以解决多阶段的决策问题，并且层次关系清楚，能形象化地把问题的内容、结果等各种因素及其决策过程清晰地表现出来，以利于分析。因其图形像树枝，故称决策树。

（1）决策树的结构

决策树由决策点、方案枝、自然状态点和概率枝组成，其形状如图 7 – 5 所示。

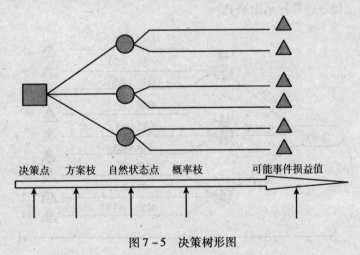

决策点　方案枝　自然状态点　概率枝　　可能事件损益值

图 7 – 5　决策树形图

图 7 – 5 中符号的含义如下。

■——决策点。在绘制决策树时，需要划出决策点，由此引出方案枝。

●——自然状态点。在每一个方案枝的末端画一个圆圈作为自然状态点，由此引出不同的概率枝。概率枝上的概率表明不同自然状态发生的可能性。自然状态点实际上是各种自然状态的结合点。

▲——可能事件损益值。可能事件损益值也称为结果点，它表明方案各自然状态下的损益值。

（2）决策树法决策的3个步骤

第一步：根据具体问题画出图形。画决策树的顺序一般由左向右进行，在自然状态点的后面画出概率枝，把自然状态出现的概率填写在概率枝上。在结果点填上损益值。

第二步：计算各个方案的期望值。注意，期望值的计算要由右向左反顺序依次进行，将各种自然状态下的收益值乘以各自的概率值，把结果填写在自然状态点的圆圈内。

第三步：剪枝。剪枝是方案的优化过程，根据决策标准，参照不同方案期望值的大小，从右向左逐一比较，期望值最大为最优方案，期望值较小的方案予以舍弃。最后只能剩下一个方案枝，它代表最优方案。

（3）应用实例

例7.4 华润公司拟生产新产品，根据市场预测，产品销路好的概率为0.2，销路一般的概率为0.5，销路差的概率为0.3。有以下3种方案可供企业选择。

方案1：大批量生产，据初步估计，销路好时，每年可获利40万元，销路一般时每年可获利30万元，滞销时每年亏损10万元。

方案2：中批量生产，据初步估计，销路好时，每年可获利30万元，销路一般时每年可获利20万元，滞销时每年亏损8万元。

方案3：小批量生产，据初步估计，销路好时，每年可获利20万元，销路一般时每年可获利18万元，滞销时每年亏损14万元。

以上生产期限为3年。

根据问题和提供的信息画决策树图并计算各方案的期望收益。如图7-6所示（其中，决策点的期望值已经过计算标示出来）。

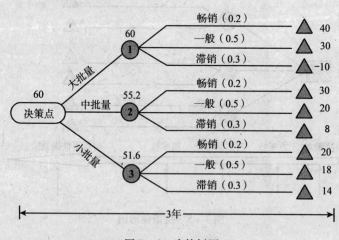

图7-6 决策树图

大批量生产期望值 $= [40 \times 0.2 + 30 \times 0.5 + (-10) \times 0.3] \times 3 = 60$（万元）

中批量生产期望值 $= [30 \times 0.2 + 20 \times 0.5 + 8 \times 0.3] \times 3 = 55.2$（万元）

小批量生产期望值 $= [20 \times 0.2 + 18 \times 0.5 + 14 \times 0.3] \times 3 = 51.6$（万元）

　　计算结果表明，在 3 种方案中，方案 1 大批量生产的期望收益相对最大，因此选择方案 1 为决策方案。

本 章 小 结

　　所谓决策，就是针对问题和目标，分析问题，依据标准，提出、确定并实施方案，以达到解决问题，完成目标的管理过程。

　　在组织中，决策具有普遍性和多样性。根据不同的分类原则，可以把决策分成多种类型。值得注意的是，在组织中，必须重视战略决策，这是涉及组织生存和发展的头等大事，也是组织高层管理者管理工作的重中之重。

　　决策应当是有效的。利润最大化不是决策的唯一目标。有效的决策应遵循一定的程序，包括发现问题或识别机会，确定目标，寻求可行方案，寻求相关或限制因素，分析评价备选方案和方案选择、检验和实施等步骤。

　　决策的方法多种多样，本章主要介绍了主观决策、确定型决策、不确定型决策、风险型决策的决策方法，对上述方法的掌握，有助于提高决策的有效性，完成组织的目标。

第 8 章

计 划

教学目标： 通过本章的学习，读者要明确认识计划的概念与分类，系统把握计划的编制、实施的主要内容，了解主要的计划方法。

教学要求： 了解计划的概念与性质，计划的构成要素，计划的分类标准，计划编制过程，目标管理；掌握计划与决策的关系，各类计划之间的关系，计划层次体系，战略计划，计划编制过程的内在逻辑；应用所学的内容编写日常生活、学习计划，以及编制工作计划。

8.1　计划及其性质

随着社会生活的日益复杂化，计划的重要性越来越突出。无论是组织还是个人，无论是工作还是生活，几乎任何活动都离不开计划。计划是未来行动的蓝图，是为实现目标而对未来行动所作的综合的统筹安排。事前是否进行计划，事后将会得到完全不同的结果。正是由于计划在现代管理活动中的重要地位，现代管理理论对其赋予了新的内容。现代管理理论的研究主要集中于计划的目标、计划的办法、目标管理、战略规划等方面问题。

本章首先阐述计划的概念与性质、计划与决策的关系，并对计划进行分类，同时对计划的层次体系和战略规划进行了分析，然后介绍计划的编制过程，以及目标管理等问题。

8.1.1　计划的概念

1. 关于计划的几点解释

（1）计划的两种词性理解

名词意义的计划，是指组织在未来一定时期中，用文字和指标等形式表达的，关于组织、组织内不同部门及不同组织成员的行动方针、行动目标、行动内容和行动方式安排的管理文件。计划既是决策所确定的，组织在未来一定时期内的行动目标和方式在时间及空间维度上的进一步展开，又是组织、领导、控制和创新等管理活动的基础。

　　动词意义的计划，是指为了实现决策所确定的目标，预先进行的行动安排。这项行动安排工作包括在时间和空间维度上进一步分解任务和目标、选择任务和目标实现方式、进度规定及行动结果的检查与控制等。我们有时用"做计划"或"计划工作"表示动词意义上的计划内涵。

　　因此，计划与计划工作是两个不同的概念。计划工作（Planning）是一种决策的过程，通过此种过程，管理者针对组织的未来设定组织的目标及标的，并拟定出一套达成这些目标的手段。这套手段包括组织的整体策略，以及支持此整体策略的细部策略和相关的整套计划体系。计划工作主要包含两个部分：目的（What，要完成什么）与手段（How，如何完成）。计划（Plan）是计划工作的结果，它是在计划工作所包含的一系列活动完成之后产生的。

　　（2）计划工作还可以从广义和狭义两种角度去认识

　　狭义的计划工作仅指制定计划本身，也就是根据实际情况，通过科学的预测，权衡客观需要和主观可能，提出在未来一定时期内要达到的具体目标，以及实现目标的途径，其目的就是使组织在将来获得最大的绩效。本章所讨论的计划主要是指狭义的计划。换言之，计划包括定义组织目标，制定行动方案以实现这一目标。

　　广义的计划工作是一个更为宽泛的概念，它包括编制计划、执行计划和检查计划三个紧密衔接的工作过程。编制计划是计划工作的首要环节，在编制计划时，要进行科学的调查和预测，了解事物的历史、现状和未来，使企业的外部环境、内部条件和经营目标相互适应，编制一个切合实际、积极稳妥的计划；执行计划是根据已经制定的计划，进行科学组织、合理安排，充分挖掘企业内部、外部潜力，有效使用人力、物力和财力等各种资源，实现企业的组织目标；检查计划是跟踪计划的实施过程，了解计划执行的现状，并进行客观的记录和统计，找出现状和计划之间的偏差及这些偏差产生的原因，及时采取纠正措施，使企业的经营活动按原定的计划顺利实施。

　　因此，确切地说，计划工作包括从分析预测未来的情况与条件，确定目标，决定行动方针与行动方案，并依据计划配置各种资源，进而执行任务，到最终实现既定目标的整个管理过程。计划工作是一项既广泛又复杂的管理工作，它涉及组织的每一项活动，需要深入细致地分析研究和非常高的技术技能。

　　2. 对计划的全面理解

　　关于计划，不同管理学者的解释有所不同。下面是关于计划的几种代表性定义，这些定义分别从目的、过程、结果、内容、重要性等不同角度给出了计划所包含的意义，对于完整地理解计划的含义非常重要。

　　① 计划是预先制定的行动方案。这种定义是从目的角度出发的，它包括的基本要素有：目标、行动、认知及因果关系、实现计划的组织或个人。计划制定者面临一种挑战，这种挑战就是如何应付未来及其不确定性。计划制定者要展望未来并预测他认为将会发生的事情，即预测明天、下周、下月，甚至明年将会发生的事情，以使他的计划与这种状况相适应。因此，计划是为未来制定的。

　　② 计划是一种普遍的和连续的执行功能，它是一个包括复杂的领悟、分析、理性思考、沟通、决策和执行的过程。计划是一个连续的行为过程，因为只要组织还存在，这个过程就会一直进行下去。管理者不应停止计划。由于环境条件有变化，原有计划或者被更新和修

改，或者被新计划所替代。当一种状态要求一整套全新的目标时，新的计划就会代替原有的计划。因此，计划一直处于变动或修改阶段，但并不是被取消。

③ 计划是一种结果，它是计划工作所包含的一系列活动完成之后产生的，是对未来行动方案的一种说明。

④ 计划职能包括规定组织的目标，制定整体战略以实现这些目标，以及将计划逐层展开，以便协调和将各种活动一体化。计划既涉及目标（做什么），也涉及达到目标的方法（怎么做）。

⑤ 亨利·法约尔指出："'管理应当预见将来'这个格言使人们对工商企业界的计划工作的重要性有所理解……人们应当在行动之前就知道可能做什么，要求做什么。大家知道，如果没有计划，那就要导致犹豫、错误的手段和不合时宜地转变方向，这些都是无能为力，或者说是事业毁灭的原因。所以不会有人提出行动计划的必要性这个问题。"计划工作作为管理的一项基本职能，就是亨利·法约尔（1841—1915）在 1916 年发表的《工业管理与一般管理》一书中首次提出来的。

哈罗德·孔茨指出："计划工作是一座桥梁，它把我们所处的这岸和我们要去的对岸连接起来，以克服这一天堑。"不管所处的现实与预期的目标又多么遥远，计划工作使我们明确实现预期目标的路径和方法。计划是一个利用智慧的过程，它要求我们必须有意识地决定行动方案。

根据管理学家的这些解释，对计划给出如下定义。

计划工作是组织根据环境的需要和自身的特点，在科学预测与决策的基础上，确定组织在一定时期内的目标，并通过计划的编制、执行和监督等相互衔接的工作来协调、组织各类资源以顺利达到预期目标的过程，这一过程产生的结果文件即是计划，其中记录了组织未来所采取行动的规划和安排，它是组织预先制定的行动方案。

3. 计划的内容

无论是何种意义上的计划，最终都是要告诉管理者和执行者，未来的目标是什么，要采取什么样的活动来达到目标，要在什么时间范围内、按照什么进度来达到这种目标，以及由谁来进行这种活动。西方管理学把这些概括为"5W1H"，即一项完整的计划必须清楚地确定和描述以下内容。

What to do?（做什么？目标与内容） 即明确组织不同层次的目标及其内容。例如，企业生产计划的任务主要是确定生产哪些产品，生产多少，合理安排产品投入和产出的数量和进度，在保证按期、按质和按量完成订货合同的前提下，使得生产能力尽可能得到充分的利用。

Why to do?（为什么做？原因） 即明确实施计划的原因和目的，并论证其可行性。计划不是凭空想像出来的，它的提出是以组织内外部客观状态为前提条件的。实践表明，组织成员只有把"要我做"变为"我要做"，对本组织和企业的宗旨、目标和战略了解得越清楚，认识得越深刻，才越有助于他们发挥主动性和创造性，实现预期目标。

When to do?（何时做？时间） 即规定计划中各项工作的开始和完成时间，以便进行有效的控制和对能力及资源进行平衡。

Where to do?（何地做？地点） 即规定计划的实施地点或场所，了解计划实施的环境条件和限制，以便合理安排计划实施的空间。如我国对外开放战略计划的实施地点，首先选择具有良好条件的沿海城市进行，然后逐渐向内地扩展。

Who to do?（谁去做？人员）计划不仅要明确规定目标、任务、地点和进度，还应规定由哪些部门、哪些人来完成规定的各项任务和指标。例如，开发一种新产品，通常要经过产品设计与开发、样品试制、小批量试制和正式投产等几个阶段，于是在计划中就要明确规定每个阶段由哪个部门负主要责任，哪些部门协助；各阶段交接时，由哪些部门和哪些人员参加鉴定和审核等。

How to do?（怎么做？方式、手段）即制定实施计划的措施及相应的政策和规则，对资源进行合理分配和集中使用，对生产能力进行平衡，对各种派生计划进行综合平衡等。计划实施有多条途径，但选择好的实施计划的方法和手段是非常重要的，是有效实施计划的保证。

实际上，一个完整的计划除了上述内容，还应包括控制标准和考核指标的制定，也就是告诉实施计划的部门和人员，做成什么样，达到什么标准才算完成计划。

8.1.2　计划的性质

计划作为管理的基本职能之一，具有目的性、首位性、普遍性、前瞻性、效率性和创新性等特性，下面分别予以说明。

1. 目的性

计划的目的性是非常明显的。任何有组织的活动，如果要使它有意义的话，就应该具有目的或使命，而任何组织或个人制定的各种计划正是为了帮助其完成预期目标或使命。目标是计划全部内容的核心，实现目标是计划的出发点和归宿，没有目标的计划就不称其为计划，所以，在计划过程的最初阶段，制定明确而具体的目标便成为首要任务。有了目标，还要预测并确定哪些行动有利于达到目标，哪些行动不利于达到目标或与目标无关，使其后的所有工作都围绕目标展开，并指导行动朝着目标的方向一步步迈进。因此可以说，没有计划的行动或多或少是一种盲目的行动。正如哈罗德·孔茨所言："虽然计划不能完全准确地预测将来，但是如果没有计划，组织的工作往往会陷于盲目，或者碰运气。"

2. 首位性

常言之：计划在前，行动在后。计划工作在管理的各项职能中处于首要地位。具体来说，把计划工作摆在首位的原因有以下两个方面。

计划工作首位性的一个原因是管理过程中的组织、领导、控制等职能都是为了支持、保证目标的实现，如图 8－1 所示。作为一个组织，在其管理过程伊始，首先应该明确管理目标，筹划实现目标的方式和途径，而这些恰恰是计划工作的任务，因此，把计划工作放在其他管理职能实施之前，是合乎逻辑的。虽然在实践中，所有的职能交织成一个行动的网络，但是计划工作具有特殊的地位，因为它牵扯到制定整个组织的必要完成目标。

另一个重要原因是从管理过程的角度来看，计划工作要先于其他管理职能，而且这些管理职能作用的发挥又无一不是以计划为依据的。其他职能只有在计划工作确定目标之后才能有效进行，即应先知道要达成什么样的目标，以及按照什么样的控制标准控制组织的活动，所以，计划工作在管理诸职能中处于先行地位。例如，在制定控制的标准时，必须以计划为主要依据，并且控制的目的就是为了更好地实现计划的目标，所以没有计划就谈不上控制；组织职能中的组织结构设计和组织权责的划分也是以实现组织目标为目的的，由计划制定的组织目标往往会导致组织结构的调整和组织权责的重新划分；各级管理者在行使领导职能时，对员工进行引导、激励、约束，如进行绩效评价、实施奖惩，也都是为了实现计划制定

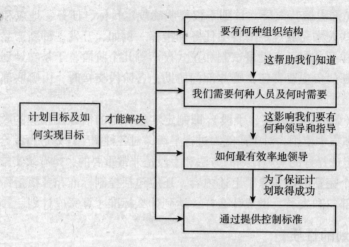

图 8 - 1 计划的基础作用

的组织目标。

　　而且在某些场合下，计划职能是唯一需要完成的管理工作。例如，某企业打算在某地上马某一项目，首要的工作就是进行可行性分析，如果分析的结果表明在此地上马该项目是不合适的，那么所有工作也就告一段落，无须实行其他的管理职能。因此，计划工作的最终结果可能导致一种结论，即没有必要采取进一步的行动。

　　因此，控制、组织领导职能与计划职能相关联，且计划具有首位性。

　　3. 普遍性

　　组织内的任何管理活动都需要进行计划，计划涉及组织内各层次、各部门。相应地，无论是高层管理人员，还是基层管理人员，组织中的每一位管理人员都要制定计划，从事计划工作。虽然他们所做计划的特点和范围因其所处的部门、层级的不同而有所不同，但开展计划工作却是各级管理人员的一项共同职能。现代组织中的工作纷繁复杂，即使是最聪明、最能干的高层管理人员不可能、也没必要包揽所有计划工作。加之授权下级某些制定计划的权力和责任，有助于调动下级积极性，挖掘其潜力，使其能够体现自身存在的价值，这无疑对更好地贯彻执行计划、高效完成组织目标大有裨益。实际调查表明，基层管理人员在工作中取得成绩的主要因素，就是他们有从事计划工作的能力。

　　4. 前瞻性

　　计划是预先制定的行动方案，是对未来行动方案的一种说明。计划与未来有关，它既不是过去的总结，也不是现状的描述，而是要面向未来，充分考虑未来的挑战和机遇，并针对需要解决的新问题和可能发生的新变化、新机会而做出相应决定。因此，计划工作通过对管理活动的合理设计和安排，可以有效规避经营风险，保证组织长期稳定的发展。指导组织未来的活动，为实现未来的目标创造条件。

　　5. 效率性

　　计划的效率体现为组织管理的效率，通过一系列计划工作的步骤，可以明确组织目标，从众多备选方案中选择最优决策方案，合理配置组织资源和提高组织运行效率。

　　计划的效率性主要体现在时效性和经济性两个方面。

　　首先，任何计划都有计划期的限制，也有实施计划时机的选择。计划的时效性表现在两个方面：一是必须在计划期开始之前完成计划的制定工作；二是任何计划必须慎重选择计划期的开始和截止时间。例如在企业中，一般会制定五年或十年期的长期规划、年度计划、季度计划、月度计划等，这些计划都具有不同的计划期。

计划的经济性是指以较低的成本实现较大的效益，以较少的投入实现预期的目标。经济性一般用制定计划与执行计划时所有的产出与所有的投入之比来衡量的。这一比例高，计划的经济性就好；反之，计划的经济性就不好。通常情况下，经济性不好的计划就不是一份好的计划。需要指出的是，这里所指的投入与产出，不仅包括经济方面的，还包括非经济方面的，如计划制定的精神投入与产出。因此，计划的制定和执行都要符合经济性，保证既要"做正确的事"，又要"正确地做事"。

6. 创造性

计划的大忌是朝令夕改，那样会让员工无所适从，长此以往会导致人心涣散，规章制度、指挥命令等形同虚设。但这并不意味着计划要一成不变，相反，计划应该能够随着环境的不断变化而修正行动方案，这也就是计划的弹性问题。正是由于计划的弹性，要求计划要能够针对需要解决的新问题和可能发生的新变化、新机会而作出相应的决定，而针对新的机遇或挑战，必须要有创造性的计划及管理过程。计划是对管理活动的设计，就像对产品和项目的设计开发一样，它们的成功之处在于创新。只有具有创造性的计划才是成功的计划。

总之，计划是一个目的性、科学性和创造性很强的管理活动，同时又是一项复杂而又困难的工作。加强计划工作，提高计划的科学性和创造性是全面提高管理水平的前提和关键。

8.1.3　计划的作用

对一个组织而言，计划在管理活动中具有重要作用。其实，早在泰勒推行科学管理时，许多管理者就已经认识到了计划在管理实践中的重要作用。具体来说，计划的作用可以归纳为以下几个方面。

1. 指明行动方向，协调组织活动

计划的最大贡献是形成协同一致的努力的状态，提供组织与组织成员努力的方向，并通过科学的计划体系使组织各部门的工作能统一协调地、有条不紊地展开。当所有相关人员都知道组织的目标，以及他们和其他组织成员对该组织目标的贡献角色时，所有组织成员才能够彼此互相协调工作，以发挥团队的效力，保证达到计划所设定的目标。其实，这是由于计划中的目标具有激励成员士气的作用，所以包含目标在内的计划同样具有激励成员士气的作用。

2. 预测未来变化，降低风险冲击

计划是面向未来的，而未来的情况是不断变化的，尤其是当今世界正处于一个剧烈变化的时代之中，社会在发展，技术在革新，人们的价值观念在不断变化，在这样的时代背景下，无论是组织生存的环境还是组织自身都具有一定的不确定性和变化性，而计划正是预期这些变化并设法消除变化对组织造成不良影响的一种有效手段。计划工作通过周密细致的科学预测，使组织能够较早地预见未来的变化，考虑变化的冲击，制定适当的对策，并在需要的时候对计划做必要的修正。因此，计划工作可以尽可能地变"意料之外的变化"为"意料之内的变化"，用对变化的深思熟虑的决策来代替草率的判断，使管理者能够预见到行动的结果，从而面对变化也能变被动为主动，变不利为有利，减少变化带来的冲击，把风险减少到最低限度。

当然，有些变化是无法事先预知的，而且随着计划期的延长，不确定性也相应增大。这种情况的出现，部分是因为信息的有限性，部分是因为变化的偶然性。但这并不能否认计划的上述作用。

3. 减少重复浪费，提高经济效益

组织在实现目标的过程中，各种活动会出现前后协调不一、联系脱节等现象，同样，在多项活动并行的过程中也往往会出现不协调现象。而计划可提供对组织内资源、工作内容与活动的安排，因此可以作为组织成员工作和协调配合的依据。所以，计划将可能产生的浪费与重复降至最低。

计划预先对组织拟开展的活动进行认真的研究并进行时空上的分解，规定不同部门在不同时间应从事什么活动，以及规定何时需要多少数量、何种品质的资源，从而保障资源的及时供给。此时，有多种途径可以实现上述目标，于是计划又要通过技术论证和可行性分析，从多种实现目标的途径中选择最适当、最有效的方案，减少不确定性和浪费性的活动，使组织的各项资源得以充分利用，以最低的费用或最高的效率，实现预定目标。

此外，计划工作有助于用最短的时间完成工作，减少迟滞和等待时间，减少盲目性所造成的损失。计划还能带来巨大的组织效应。因为组织中的成员已经通过计划明确目标与所需的行动，这将大大提高工作效率从而带来经济效益。

4. 提供控制标准，保障目标实现

整个管理循环起始于计划，而结束于控制，因此计划是控制的基础，计划的实施也需要控制活动给予保证。计划职能与控制职能好像管理中的一对孪生子，始终紧密相连，不可分割，如图8-2所示。

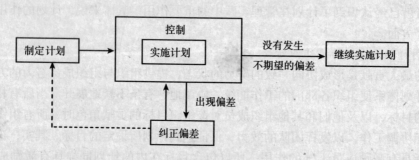

图8-2 计划与控制的关系

首先，计划是控制的基础。计划是管理者进行控制的标准，未经计划的活动是无法控制的。在计划中我们建立了计划目标和一系列计划指标，这些目标和指标不但可以提供未来执行的依据，还可作为控制评估的准绳。缺乏计划，控制失去了准绳，便不知如何进行控制，也不知如何修正出现偏差的活动。虽然有些情况下这些目标和指标不能直接在控制职能中使用，但它们至少提供了一种标准，而控制的所有标准几乎都源于计划。因此，没有计划，就不会存在有效的控制。

其次，计划的实现需要控制活动给予保证。一般来说，控制就是设法保障组织的活动按计划进行。在控制过程中，管理者将计划的实际执行情况与组织目标进行比较，结果可能达到了组织预期目标，也可能与预期目标存在一定的偏差，必须采取矫正行动，这就要发挥管

理的控制职能来消除偏差，从而保证能够按时、按质、按量地完成计划。

总之，如果没有既定的目标和计划作为衡量活动的尺度，管理人员就无法检查评价目标的实现情况，也就无法实施控制。没有控制，组织目标的实现也会受到影响。

8.2 计划与决策的关系

计划与决策存在一定的关系。那么计划与决策的关系是怎样的呢？二者中谁的内容更为宽泛？管理学理论关于这个问题有着不同的认识。所有认识一般可以归纳为 3 种观点，即计划包括决策、决策包括计划、计划与决策相互区别与联系。

8.2.1 第一种观点：计划包括决策

这种观点认为，计划是管理五大职能或四大职能之一，包括环境分析、目标确定、方案选择和实施等过程，而仅仅把"方案的选择"这一步看作是决策过程（狭义的决策），如图 8-3 所示。这样，计划就是一个更大的概念，而决策就是包含在计划内的小概念了，只是计划的一个环节。这一观点的最早代表是法国著名管理学家亨利·法约尔。他认为，作为管理第一职能的计划包括从预测未来到选择方案的全过程。美国管理学家亨利·西斯克教授（Henry L. Sisk）讲得更明确，"计划工作在管理职能中处于首位"，是"评价有关部门信息资料，预估未来的可能发展，拟定行动方案的建议说明"的总过程，决策是这一过程中的一项活动，是在"两个或两个以上的可择方案中做一个选择"。

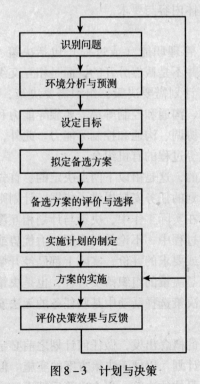

图 8-3 计划与决策

8.2.2 第二种观点：决策包括计划

持有这种观点的学者认为，决策概念更宽，决策包括计划，计划是决策的一个步骤。当我们从诸多的备选方案中选出了一个最满意的方案后，接下来就需要将这一方案进行细化和具体化，并为实施决策方案进行预先的行动安排，即制定一个实施计划。因此，决策是一个大概念，而计划是包含在决策之中的小概念（如图 8 - 3 所示）。这一观点的主要代表人物是西方决策理论学派的创始人——赫伯特·西蒙，这种观点认为，管理就是决策，决策是管理活动的核心，贯穿于整个管理过程。按照这种观点，决策过程不但包括环境调查和预测、活动目标的确定、计划方案的制定和选择，而且还延伸到根据决策进行机构设计、人事安排、组织实施、监督控制，直至目标实现。而计划仅仅是根据决策目标拟定行动方案的阶段。

8.2.3 第三种观点：计划与决策既相互区别又相互联系

将第一种观点与第二种观点进行折中，即得出了第三种观点，这种观点也是现在被大多数人认可的观点。

1. 计划与决策的区别

计划与决策是相互区别的，原因在于这两项工作需要解决的问题不同。决策是关于组织活动方向、内容及方式的选择。我们是从"管理的首要工作"这个意义来把握决策的内涵的。任何组织，在任何时期，为了表现其社会存在，必须从事某种为社会所需的活动。在进行这项活动之前，组织必须首先对活动的方向、内容和方式进行选择即进行决策。而计划则是对企业内部不同部门和成员在一定时期内行动任务的具体安排，它详细规定了不同部门和成员在该时期内从事活动的具体内容与要求。

2. 计划与决策的联系

由前面的介绍可以知道，管理职能（或过程）包括决策、计划、组织、领导、协调、沟通和控制等内容，这些过程并不是截然分开的，而是相互交织在一起的。例如，决策在管理的各个过程中都是存在的，计划需要决策，组织需要决策，领导和控制等过程也需要决策；决策、计划、组织、协调、沟通和控制等都需要领导能力和方法，反过来，领导工作也需要具有决策、计划、组织、协调、沟通和控制等能力。此外，控制过程实际上是决策、计划、组织、领导、协调和沟通等过程的有机组合。

计划与决策又是相互联系的，这是由以下两点决定的：首先，决策是计划的前提，计划是决策的逻辑延续。决策为计划的任务安排提供了依据，计划则为决策所选择的目标活动的实施提供了组织保证；其次，在实际工作中，决策与计划相互渗透，有时甚至不可分割地交织在一起。一方面，决策制定过程中，不论是对内部能力优势或劣势的分析，还是在方案选择时关于各备选方案执行效果或要求的评价，实际上都已经开始孕育着决策的实施计划；另一方面，计划的编制过程，既是决策的组织落实过程，也是决策的更为详细的检查和修订过程。无法落实的决策，或者说决策选择活动中某些任务的无法安排，必然导致该决策一定程度的调整。

如果计划与决策都从狭义的概念出发，做任何计划之前必定要作出决策。反过来，作出决策之后，一般来说都要制定计划，以便于决策方案的实施。但是如果该项决策是组织、领导或控制过程中所做出的某一具体的决策，那么决策后就不一定要制定计划。

8.3　计划的类型

由于管理实践活动的复杂性，决定了组织计划的复杂性和多样性，各种组织根据不同的背景和不同的需要，编制出各种各样的计划，为了更准确地理解和把握诸多计划的特征和作用，有必要按照不同的标准将计划进行分类。以下将重点介绍常见的几种关于计划的分类方法和基于这些分类方法的各种计划，以及计划的层次体系和影响计划有效性的权变因素等内容。

8.3.1　分类方法

计划的种类很多，根据实际工作需要和不同的标准，可将计划分为不同的类型。划分计划类型的最常用的方法有以下几种：按计划的时间期限可分为长期计划、中期计划和短期计划；按计划的职能空间可分为业务计划、财务计划和人事计划；按计划的广度可分为战略计划、战术计划和作业计划；按计划的明确程度可分为指导性计划和指令性计划；按制定计划的组织层次可分为高层管理计划、中层管理计划和基层管理计划；按计划的程序化程度可分为程序性计划和非程序性计划；按计划的内容可分为专项计划和综合计划。常见的计划类型如表8-1所示。

表8-1　计划的类型

分类标准	计划类型
时间期限	长期计划、中期计划、短期计划
职能空间	业务计划（包括生产、供应、销售计划等）、财务计划、人事计划
广度（时间＋空间）	战略计划、战术计划、作业计划
明确程度	指导性计划、指令性计划
制定计划的组织层次	高层管理计划、中层管理计划和基层管理计划
程序化程度	程序性计划、非程序性计划
内容	专项计划、综合计划

上述各种类型的计划不是彼此割裂的，而是由分别适用于不同条件下的计划组成的一个计划体系。一项计划可能具有多种计划类型的特征，并非全然独立，分类的目的只是为了研究的方便。例如，在短期、长期的类型与战略、作业的类型，以及指导性、指令性的类型之间，就存在着非常密切的关系。有许多组织的长期计划往往既是战略计划，又是指导性计划，而短期计划则大多是作业计划和指令性计划。在管理实践中，应该认识计划的多样性，如果忽视计划的某些重要方面，就会降低计划的有效性。

8.3.2　不同类型的计划

1. 长期计划、中期计划与短期计划

长期计划一般指期限在5年及5年以上的计划，主要是规划组织在较长时期的发展方针、发展方向，应达到的规模和水平，应实现的目标和要求，绘制了组织长期发展的蓝图，是企业长期发展的纲领性文件。

中期计划一般指期限在 5 年以下、1 年以上的计划，它是长期计划的具体化，即来自组织的长期计划，并按照长期计划的执行情况和预测到的具体条件变化进行编制。它赋予长期计划具体内容，又为短期计划指明了方向，可见，中期计划是保持计划连续性的关键，是连接长、短期计划的桥梁或纽带。它有利于组织的协调、稳定与发展。企业常用的中期计划是年度计划，主要是按照长期计划的要求，确定一个计划年度的指导方针及其应当完成的目标任务。

短期计划一般指 1 年及 1 年以内的计划，短期计划比中期计划更加详细具体，它是指导组织具体活动的行动计划，具体规定组织各部门在目前到未来的各个较短的时期阶段，特别是最近的时段中，应该从事何种活动及相应的要求，从而为组织成员近期的行动提供依据。短期计划一般是中期计划的分解与落实。在企业中，常用的中期计划是指季度计划和月、旬计划。它是根据中长期计划来具体规定本季度、月度、旬度的各项活动，以保证本年度具体目标的实现。

长期计划、中期计划和短期计划的分界线不是绝对的，对于不同的组织，计划活动的期限标准有很大的差异。组织计划的期限标准主要基于组织对未来所作的承诺与所面对的环境变动性而定。当组织对未来的承诺度越大或经营环境变动性越小，组织所要考虑的时间期限也就越长，则应偏向较长期的计划；反之，当组织对未来的承诺度越小或经营环境上的不确定性越高，则计划越会偏向短期。在管理实践中，必须使它们有机地衔接起来。长期的计划要对中、短期计划具有指导作用，而中、短期计划的实施要有助于长期计划的实现。

2. 业务计划、财务计划、人事计划

每个组织的活动都是由各职能部门的不同业务构成的统一体，而每种特定的职能都需要形成特定的计划，因此，按职能空间分类，可以将计划分为生产计划、财务计划、供应计划、销售计划、劳动人事计划等。就一个企业而言，其发展所需的要素和企业的主要活动通常可以用"人、财、物、供、产、销"6 个字来描述，这里"物、供、产、销"是业务计划涉及的内容，"财"是财务计划涉及的内容，"人"是人事计划涉及的内容。

组织是通过从事一定专业活动立身于社会的，业务计划是组织的主要计划。作为经济组织，企业业务计划包括产品计划、生产计划和销售计划等子计划。业务计划一般从时间跨度上来分析，即长期和短期。长期业务计划主要涉及业务方面的调整或业务规模的发展，短期业务计划则主要涉及业务活动的具体安排。

财务计划与人事计划是为业务计划服务的，也是围绕着业务计划而展开的。财务计划研究如何从资金（本）的供应和利用上促进业务活动的有效进行。长期财务计划要决定为了满足业务规模发展、资金（本）增大的需要，如何建立新的融资渠道或选择不同的融资方式；短期财务计划则研究如何保证资金的供应或如何监督这些资金的利用。人事计划则分析如何为业务规模的维持或扩张提供人力资源的保证。长期人事计划要研究如何为了保证组织的发展、成员素质的提高，准备必要的干部力量；短期人事计划则要研究如何将具备不同素质和特点的组织成员安排在合适的岗位上，使他们的能力和积极性得到充分的发挥。

3. 战略计划、战术计划与作业计划

（1）战略计划

战略，原是军事术语，指对战争全局的筹划和指导。从管理学角度看，战略是指对组织全局性工作，以及未来发展方向、总目标所进行的总体设计。战略计划，是指从战略的高度出发，规划组织在较长时期的全局性发展目标和整体性目标，进行重大的战略性部署的综合性计划。它具有以下几个特点。

① 权威性。战略计划是由组织的最高层管理者负责组织制定的计划。

② 长期性。战略计划是涉及组织未来较长时期的、长远目标的计划。

③ 整体性。战略计划是基于组织整体而制定的计划。

④ 概括性。战略计划着重对组织未来的发展作出概括性的规定。

对一个企业来说，战略性计划应包括企业经营方针、经营目标、整体布局、技术进步、产品开发、人才开发、市场开拓、机构改革、竞争战略等方面的总体计划。

（2）战术计划

战术计划是指依据战略计划的内容和要求，贯彻落实到组织下属各个部门、各级单位在某一阶段内如何分步实施战略计划的具体行动计划。战术计划是战略计划的一部分，服从于战略计划，为实现战略目标服务。战术计划一般是一种局部性的、阶段性的计划，由中层管理者制定，时间跨度较短，内容也比较具体，是实施战略计划的步骤和方法。

战略计划与战术计划的关系是全局与局部、长远利益与当前利益的辩证统一的关系。战略计划就像是对整个战役总的布局的规划，战术计划则像一场场战斗的计划；组织的战略计划主要针对资源、目标、政策和环境等方面，战术计划则主要涉及资源、时间等方面的具体规定和限制，以及对人力资源的合理调配和使用；战略计划是制定战术计划的依据，战术计划是实现战略计划的保证，二者是相辅相成的。

（3）作业计划

作业计划是根据战略计划和战术计划而制定的执行性计划，目的是指导管理者逐步、系统地实施战略及战术计划规定的任务。它一般由基层管理人员或企业负责计划工作的人员制定，时间跨度短且非常具体。即它对管理计划进行详细的说明，把管理计划的内容详细分解到每个具体的事件；把计划的执行分别落实到每个部门、每个环节和每个人；把计划完成的时间具体安排到月、周、日。作业计划通常具有个体性、可重复性和较强的刚性，一般情况下是必须执行的命令性计划。

战略计划、战术计划和作业计划强调的是组织纵向层次的指导和衔接。具体来说，战略计划对战术、作业计划具有指导作用，而战术计划和作业计划的实施要确保战略计划的实施。

战略计划、战术计划和作业计划的差异表现在所牵涉的组织层级，所动用的资源，所包括的时间跨度与范围，以及任务等方面。战略计划往往由高层管理人员负责，战术和作业计划往往由中层、基层管理人员，甚至是具体作业人员负责。战略计划所动用的多半是组织的全面性资源，战术计划所动用的基本是组织的局部性资源，作业计划所动用的资源最少。战略计划趋向于包含持久的时间间隔，通常为 5 年甚至更长时间（战略计划通常与长期计划相对应，战略计划都是长期计划，但长期计划并不都是战略计划，这要视具体情况而定），它覆盖较广的领域，作业计划趋向于覆盖较短的时间间隔，如月度计划、周计划、日计划就属于作业计划。就任务而言，两者完全不同，设定目标是战略计划的一个重要任务，而作业计划是在目标已确定的条件下制定的，它只是提供实现目标的方法。战略计划与作业计划的上述区别可用表 8 - 2 来说明，战术计划的特性介于战略计划与作业计划之间。

表 8 - 2　战略计划与作业计划的区别

区别项	战略计划	作业计划
制定者	高层管理人员	基层管理人员
所动用到的资源	组织的全面性资源	动用到的资源最少
时间广度	包含持久的时间间隔，通常为 5 年甚至更长时间	覆盖较短的时间间隔，如月度计划、周计划、日计划等
应用广度	应用于整体组织，为设立总体目标和寻求组织在环境中的地位	规定总目标如何实施的细节
范围	覆盖较广的领域	覆盖较窄的领域
任务	设立目标	在目标已确定的条件下制定，只是提供实现目标的方法

4. 指导性计划与指令性计划

（1）指导性计划

指导性计划不带行政的强制性，没有明确规定的目标、要求及特定的活动方案，由于不确定性很高必须保持弹性，故只提出一般的指导方针和原则性的意见，下属机构和人员有一定的自由处置权。这种计划可为组织指明方向、统一认识，但并不提供实际的操作指南，所以，它的最大优点是具有弹性，缺点则是失去清晰度。例如，某项政府发展计划可能只是指出几个大方向，而对于细部的进程与内涵则没有详细说明。

（2）指令性计划

指令性计划则恰恰相反，它带有行政的权威性与强制性，有明确规定的计划目标、必须达到的要求，以及一套可操作的行动方案，组织的下属机构和人员必须严格执行，没有自由处置权。指令性计划不存在模棱两可，没有容易引起误解的问题。

指导性计划具有很强的弹性，多用于复杂多变的外部环境下，灵活机动地处理组织的应变问题及一般问题。指令性计划主要用于部署解决组织的重大事项，及时、有效地完成特定的程序、方案和各类活动目标。因此，组织通常根据面临的环境的不确定性和可预见性程度的不同，选择制定这两种不同类型的计划。

5. 高层管理计划、中层管理计划与基层管理计划

按制定计划的组织在管理系统中所处的层级，可将计划分高层管理计划、中层管理计划和基层管理计划。高层管理计划一般以整个组织为单位，是关系到组织全局的整体计划，计划的期限相对较长，是为了实现组织长期目标的总体设计和谋划。基层管理计划主要着眼于每个岗位、每个员工、每个工作时间单位的工作安排和协调，是由具体部门制定的作业计划，是关于具体业务活动的执行计划。中层管理计划介于高层管理计划和基层管理计划之间，着眼于组织内部的各个组成部分的定位及相互关系的确定，兼有高层管理计划和基层管理计划二者的特征，因此它既可能包含部门的分目标等战略性内容，也可能包含各部门的工作方案等作业性内容。通常高层管理计划与长期的战略性计划有关，中基层管理计划与短期的战术作业计划有关。

6. 程序性计划与非程序性计划

管理活动可以分为两类。一类是例行活动，是经常重复出现的工作，如超市每日的货物盘点，决定补充订货；工厂车间每日生产产品的检查等。有关这类活动的决策是经常重复的，而且具有一定的稳定结构，因此可以建立一定的决策程序，有的甚至可以编成计算程

序。每当出现这类工作或问题时，就利用既定的程序来解决，而不需要重新研究。这类决策叫程序化决策，与此对应的计划是程序性计划（也叫常规计划或经常性计划），在企业中，有很多专业性、操作性计划属于程序性计划。另一类活动是非例行活动，不重复出现，如某一新产品的上市、生产规模的扩大、产业结构的调整、企业的改制重组等。处理这类问题没有一成不变的方法和程序，因为这类问题或在过去尚未发生过，或因其确切的性质和结构捉摸不定或极为复杂，或因其十分重要而须用个别方法加以处理。解决这类问题的决策叫作非程序化决策，与此对应的计划是非程序性计划（也叫专用计划或单次计划）。

7. 专项计划与综合计划

专项计划是指为完成某一特定任务而拟定的、涉及组织内部某一方面或某些方面活动的活动计划。例如，企业的生产计划、销售计划、财务计划、人才培养计划、基本建设计划、新产品试制计划，等等，它是一种单方面的职能性计划。

综合计划是指对组织活动所作出的整体性安排，一般会涉及组织内部的许多部门和许多方面的活动，是一种总体性的计划。

综合计划与专项计划之间是整体与局部的关系。专项计划是综合计划中某些重要项目的特殊安排，专项计划必须以综合计划为指导，避免同综合计划产生脱节与矛盾。在一个组织中，每个部门都需要制定计划，也都会有自身的计划目标。因此，在一个组织中可能同时存在很多专项计划。综合平衡法有助于将这些计划衔接成为一个整体。

8.3.3 影响计划有效性的权变因素

在有些情况下，制定长期计划可能更重要，而在其他情况下制定短期计划可能更有效。同样，在有些情况下，指导性计划比具体性计划也许更有效，而换一种情况就未必如此。计划要根据组织自身及环境特点来制定，组织及其所处环境特点不同，计划工作的重点也不相同。那么，在什么情况下制定什么类型的计划？影响不同类型计划的有效性究竟取决于哪些因素？要很好地回答上述问题，就必须讨论影响计划有效性的权变因素。

1. 组织层次

在多数情况下，高层管理者主要制定具有全局性、方向性、长期性的计划，计划工作的重点是战略计划和非程序性计划。基层管理者主要制定局部的、具体的、短期的计划，计划工作的重点在可操作性上。中层管理者制定的计划内容介于高层与基层管理者制定的计划之间。但在小企业中，所有者兼管理者的计划角色兼有战略和作业两方面的性质。图8-4表明了随着管理者在组织中的等级上升时，他的计划角色是如何变化的。

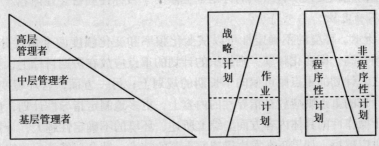

图8-4 计划类型与管理层次的关系

2. 组织的生命周期

任何组织都要经历一个从形成、成长、成熟到衰退的生命周期。在组织生命周期的各个阶段，计划的重点性和有效性也不尽相同，因而对其时效性和明确性要求也不同，如图8－5所示。

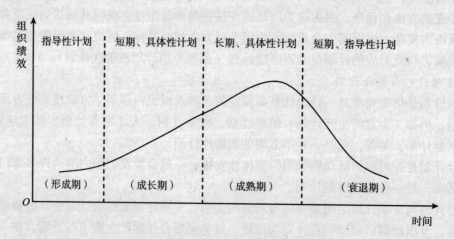

图 8 - 5 组织生命周期和计划工作重点

组织处于形成期和幼年期时，目标是尝试性的，面临的不确定因素很多，要求组织具有很高的灵活性，要求计划也能随时按需要进行调整，所以计划工作的重点应放在方向性、指导性上，计划的期限宜短。在成长阶段，随着目标更确定、不确定因素减少、资源更容易获取和顾客忠诚度的提高，计划也更具有明确性，因此，计划的重点可放在具体的操作性上。当组织进入成熟期这一相对稳定的时期，这时组织面临的不确定性和波动性最少，内外环境可预见性最大，计划工作的重点可放在长期性、具体的可操作性计划上。当组织从成熟期进入衰退期时，组织面临的变化和不确定性因素又增多，目标需重新考虑，资源要重新分配，计划工作的重点又重新被放在短期的、指导性的内容上。

3. 组织文化

组织文化有强弱之分。员工对组织的基本价值观念的接受程度和承诺越大，文化就越强，但是并非所有的文化都对员工有同等程度的影响。强烈拥有并广泛共享基本价值观的组织（比弱文化对员工的影响更大）在强文化背景下，组织成员所共有的价值体系也会对计划的重点产生影响。在手段倾向型的组织文化中，组织的计划更侧重于具体的操作性内容；而在结果倾向型的组织文化中，组织的计划则会倾向于目标性和指导性内容。

4. 环境的不确定性

如图8－6所示，环境的不确定性可以从变化频率和变化幅度两个角度分析。一方面，若环境波动的频率高，即变化频繁，则组织的计划的重点应放在短期目标上，更倾向于制定短期计划，反之，计划的重点则可偏向于长期的规划上；另一方面，若环境变化的幅度大，即变动剧烈，计划的重点则应放在指导性的内容上，更多地制定指导性计划，反之，组织的计划则可侧重于操作性的具体内容方面。综上所述，环境的不确定性越大，计划越是指导性的，计划期限也应越短。如果正在发生迅速而重要的技术、社会、经济、法律和其他方面变化，那么，精确规定的计划反而会成为组织取得绩效的障碍。此时，环境变化越大，计划就越不需要精确，管理就越应具有灵活性。

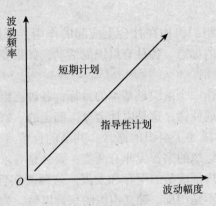

图 8-6　环境的不确定性与计划内容

总之，在不断变化的世界中，计划必须是灵活的。因为在不断变化的世界中，环境变得更具有动态性和不确定性，所以不可能准确地预测未来。因此，管理良好的组织很少在非常详细的、定量化的计划上花费时间，而是开发面向未来的多种计划。下面将简要分析各种形式的计划。

8.4　计划的层次体系

计划是多种多样的，上一节根据不同标准划分了计划的类型，哈罗德·孔茨等西方管理学者又把计划的类型或内容分为：宗旨或使命、目标、战略或策略、政策、程序、规则、规划、预算 8 大类，从计划职能的实现过程来看，它们是一种相互关联的多层次体系，如图 8-7 所示。西方管理学者的分类对理解计划及计划工作是有裨益的。下面对这些形式的计划作简要分析。

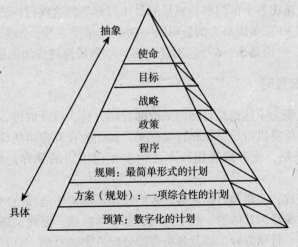

图 8-7　计划的层次体系

8.4.1　宗旨或使命

宗旨或使命指明一定的组织机构在社会上应起的作用，所处的地位。它决定组织的性质，是此组织区别于彼组织的标志。各种有组织的活动，如果要使它有意义的话，至少应该有自己的宗旨或使命。

一个组织的宗旨可以看作一个组织最基本的目标，各种有组织的活动，如果要使它有意义的话，都应有明确的宗旨或使命，这是由社会分工确定的。宗旨是从哲学层次上说明组织存在的原因。宗旨（tenet）描述了组织的愿景、共享的价值观、信念和存在的理由，它对组织有强有力的影响。一个组织的宗旨无非有两类：要么是寻求贡献于组织以外的自然或社会；要么是寻求贡献于组织内部成员的生存和发展。这两类宗旨是彼此相连、相辅相成的。组织是为其宗旨而存在，而不是相反。确立组织的宗旨以后，为了实现它，组织就可以为自己选择一项使命。这项使命的内容就是组织选择的服务领域或事业。例如，学校的使命是教书育人；医院的使命是救死扶伤；工厂的使命是生产商品。这里应该强调的是，使命只是组织实现宗旨的手段，而不是组织存在的理由。组织为了自己的宗旨，可以选择这种事业，也可以选择那种事业。

8.4.2　目标

组织的宗旨或使命说明了组织要从事的事业，但往往太抽象、太原则化，它需要进一步具体为组织一定时期内的目标和各部门的目标。一定时期的目标或各项具体目标是在宗旨的指导下提出的，它更加具体地说明了组织从事这项事业的预期结果，并为完成组织使命而努力。虽然生产商品是工厂的使命，但工厂在实际工作中，会围绕这一使命进一步地制定具体的不同时期的目标和各车间的目标，如今年生产多少产品，产品合格率达到多少等。在一定时期内，组织的目标通常表现在两个方面，即组织对社会作出贡献的目标和组织自身价值实现的目标。

目标不仅是计划工作的终点，而且也是组织工作、领导工作和控制活动所要取得的结果。在通常情况下，人们可以把组织目标进一步细化，从而得出多方面的目标：组织在一定时期内的整体目标、组织各个部门和各成员的具体目标等，这些目标形成一个互相联系的目标体系。美国学者对80家美国最大的公司的一次研究结果表明，每家公司设立目标的数量从1个到18个不等，平均是5～6个。对于目标，本章后面将详细论述。

8.4.3　战略或策略

所谓策略是指组织为了达到总目标而采取的行动方针，以及取得、利用和分配资源的政策性规定。策略为组织提供指导思想和行动框架，如企业在其营销活动中，可采取不经过批发商而直接销售的策略，或者像通用汽车公司多年前决定的那样，经营种类齐全的汽车业务。

清楚了组织的宗旨、使命和目标之后，人们还是不能清晰地描绘出组织的形象。一个组织的方向应该是非常实际和具体的，而上述内容都非常抽象。因此，还要为实现组织的目标去选择一个发展方向、行动方针，以及各类资源分配方案的总纲。只有在战略制定和实施之后，组织才能由一个抽象的概念变成具体的形态。战略是组织为了达到总目标而采取的行动和利用资源的总计划，其目的是通过一系列的主要目标和政策去决定、传达期望自己成为什么样的组织。

当然，战略仅是一个组织为全面实现目标而对主攻方向及资源进行布置的总纲。总战略要通过分目标、分战略来逐步加以实现。战略指出了统一的方向，说明如何部署重点和安排资源，但并不确切概括出企业如何实现目标。虽然战略只是为组织指明方向，但在制定战略时也不可"闭门造车"，而是要仔细研究其他相关组织，特别是竞争对手的情况，以取得优势地位获得竞争胜利。例如，"百年竞争"中的两个主角——可口可乐公司和百事可乐公司，它们在制定各自的战略时必定要研究对方的战略，而柯达公司在制定自身的战略时也一定少不了对老对手——富士公司的研究。

8.4.4 政策

政策也是计划，它是指导和沟通决策思想的全面的陈述书，是制约组织成员各种行为的一种原则性规定文件。政策的特点是，它只对组织成员的行为进行原则性的规定，而没有具体规定组织成员在具体的条件下该干什么、怎样干。因此，政策的执行具有一定的灵活性，它有利于组织成员在执行政策时充分发挥主动性和创造性，如从公司内部提拔人才的政策，严格遵守高标准商业道德的政策，鼓励员工提出合理化建议的政策，制定竞争性价格的政策，等等。但也正因为如此，政策在执行过程中常常会被误解或滥用，其原因有以下 3 点。

第一，大家很少能够了解政策的确切含义；

第二，政策控制的标准很难把握；

第三，政策是一种权力下放的表现，正是由于这种权力下放，导致政策解释范围的扩大和被误解的可能性增大。

政策允许对某些事情有酌情处理的自由，一方面，切不可把政策当作规则，如果执行者在一定条件下没有某些自行处理的权力，政策就将变成规则；另一方面，又必须把这种自由限制在一定的范围内。自由处理权限的大小即取决于政策自身，又取决于管理人员的管理艺术。

8.4.5 程序

程序是对处理未来活动的例行方法和步骤的规定。因此，程序详细列出完成某类活动必需的切实方式，并按时间顺序对必要的活动步骤进行排列。程序是一种经过优化的计划，是通过对大量经验事实的总结而形成的规范化的日常工作过程和方法，并以此来提高工作的效果和效率。因此，程序也是一种工作步骤，管理的程序化水平是衡量管理水平高低的重要标志，制定和贯彻各项管理工作的程序是组织的一项基础工作。

程序与战略不同，它是行动的指南，而非思想指南；与政策也不同，它没有给行动者自由处理的权力。出于理论研究的考虑，可以把政策与程序区分开来，但在实际工作中，程序往往还能较好地体现政策的内容。例如，一家制造业企业的处理订单的程序、财务部门批准给客户信用的程序、会计部门记载往来业务的程序等，都表现为企业的政策。组织中每个部门都有程序，并且在基层，程序会更加具体化，数量更多。

8.4.6 规则

规则通常是形式最简单的计划。它是对在未来某种情况下应采取或不应采取某种行动的具体的、明确的规定。它没有给执行者酌情处理的余地。例如，"上班不允许迟到"，"出差人员规定范围外的费用开支需由副总经理核准"，等等。

规则常常与政策和程序相混淆，所以要特别注意区分。规则与政策的区别在于规则在应用中不具有自由处置权，而政策在应用时则有一定的自由处置权。

规则与程序一样，并不是给组织成员提供行动的准则和指导思想，而是告诉人们应如何采取行动，它们都没有给执行者留有自由决定行动的权力。与程序不同的是，规则指导行动并不要求时间顺序，只要求特定的和确定的行动发生或不发生。程序不但写出应如何从事某种工作或活动，还规定了所要进行的活动的时间顺序。所以，程序由许多步骤组成，若不考虑时间顺序，其中的某一步可能就是规则，即可以把程序看作是一系列规则，但是规则不一定是程序的组成部分。例如，"禁止吸烟"是一条规则，但与程序没有任何联系。而一个规定为顾客服务的程序可能表现为一系列规则，如"在接到顾客需要服务的信息后30分钟内必须给予答复"。

8.4.7 方案（或规划）

方案是一个综合性的计划，是粗线条的、纲要性的，它包括目标、政策、策略、规则、程序、任务分配、采取的步骤、目标的时间安排、要使用的资源，以及为完成既定行动方针所需要的其他因素。一项方案可能很大，也可能很小，大到一项重要的投资规划，小到一个企业质量管理小组的活动规划。此外，方案的时限差别也很大。

编制这种综合性的计划，要求目标、政策、策略、规则、程序之间要相互配合与协调，同时，还需要编制其他派生计划来支持、保证主要计划的实现。所以，在组织中往往会形成由各种计划组成的计划体系。但要使这一体系的各个部分彼此协调，并不是件容易的事，需要有特别严格和精湛的管理技能，要最严谨地应用系统思想和系统方法。

8.4.8 预算

预算是一种"数字化"的计划，把预期的结果用数字化的方式表示出来就形成了预算。由于它是以数字形式出现的，可以使计划或规划变得更加明确、清晰。预算作为一种计划，勾勒出未来一段时期的现金流量、费用收入、资本支出等的具体安排。预算也是一种主要的控制手段，是计划和控制工作的联结点，计划的数字化产生预算，而预算又将作为控制的衡量基准。因此，对于任何组织而言，编制预算都是加强组织计划工作的一项重要方法。

从预算的时间看，有月度预算、季度预算和年度预算；从预算单位看，有用货币表示的预算，也有用产品，产量等表示的预算。

预算可以用于许多领域或项目，下面是一些最常见的预算应用领域。

——收入预算。收入预算是收入预测的一种特定类型，是一种规划未来销售的预算。管理者要考虑竞争的情况，广告预算，不同价格情况的需求量预测，销售人员的效率等因素。

——费用预算。费用预算是列出组织单位实现目标的主要活动，并将费用额度分配给每种活动。它适用于各种营利性和非营利性组织及其所有的内部单位。

——利润预算。利润预算是将收入预算和费用预算合二为一，常用于拥有多家工厂和事业部门的大型组织。

——现金预算。现金预算是预测组织还有多少库存现金，以及需要多少现金支付费用开支。它能揭示潜在的现金短缺或预示能用于短期投资的现金量。

——资本支出预算。用于财产、建筑物、主要设备的投资称为资本支出。资本支出预算使管理者可以预测未来的资本需求，区分出最重要的资本项目，以及保证有适量的现金满足到期的资本支出需要。

8.5 战略计划

8.5.1 战略计划概述

1. 战略计划的含义

目前，"战略计划"被部分学者称为"战略管理"（Strategic Management），或"规划"（Planning），虽然有人不同意这样的提法，但战略计划确实已经成为一种系统化的理念。战略计划的最终结果是制定出长期目标。而在短期目标的实施中，运用战略计划和策略也可以使组织的运作符合其长期目标。

战略计划是指用于整体组织的，为组织未来较长时期设立总体目标和寻求组织在环境中地位的计划。它主要是对组织在一个相当长的期限内的发展方向、方针、主要任务等进行运筹和谋划。它决定一个组织未来经营活动的方向和水平。因此，战略计划的任务不在于看清企业目前是什么样子，而在于看清企业将来是什么样子。

企业战略计划是指制定长远发展目标，有效运用资源，谋求竞争力强化的中长期经营计划。企业战略计划的含义与一般计划的含义不同，企业战略计划的着眼点是强化企业的竞争能力与稀有或宝贵资源的有效运用。因此，企业战略计划的设计重点放在产品或服务的竞争力、对外在环境变化的高度警觉性，以及资源的有效运用方法上，以利于建立经营上的优势因素。计划、企业计划及企业战略计划的区别如表 8-3 所示。

表 8-3　计划、企业计划及企业战略计划的区别

名　称	意　义
计划	目标与方案的设计
企业计划	各部门功能的整合与汇总
企业战略计划	制定长远发展目标，有效运用资源，谋求竞争力的加强

2. 战略对话的内容

有些学者为了说明战略计划的内容专门编撰了战略计划书纲要，如图 8-8 所示。这份纲要很好地表明了战略计划应包含的内容，下面就这份纲要所列的项目分别进行讨论。

（1）内容提要

在计划书的开始，最好列出一份内容提要，使读者阅读后能够了解本项计划的大致内容及有关建议。企业高层管理者平时工作忙碌，没有时间仔细研读整个计划书的细节，因此在

```
☆ 内容提要
☆ 背景概要
☆ 环境简述
☆ 事业评估
☆ 事业宗旨
☆ 目    标
☆ 战    略
☆ 产品或服务方案
☆ 未来展望
☆ 职能计划
☆ 资源需求
☆ 财务分析
☆ 现实限制
☆ 替代方案
☆ 建议事项
```

图 8-8　战略计划书纲要

资料来源：许是祥．经营战略规划与控制．

卷首编制内容提要，可以为管理者节省时间。如果管理者需要了解计划的整体情况，可以继续阅读其后的章节。

（2）背景概要

计划背景的说明应该作为计划书的重要项目。目前很多战略计划书，对这一项都没有作交代。任何计划均有其产生背景，而企业的管理者为数众多，每个人的个性、性格、职位和对企业的了解程度均有差别。背景概要的目的在于简要介绍本份计划书如何编撰及大致结构，并说明有关本项计划的某些基本假定，这对于提高本份计划书读者的认识有很大帮助。

背景概要中究竟应该包括哪些内容，看法很不一致。管理者如果认为本项计划受到公司现有产能的限制，就应该将这一情况列在背景概要内予以说明。管理者如果认为本公司资金不足，某些计划将增加存货，因而必须延后实施，背景概要也必须介绍这一状况。类似这样的情况，如果不事先进行交代，计划将会不完整。这些都是计划本身的事先假定。公司管理层如果不这样认为，可重新研究，也有另外制定计划的必要。

（3）环境简述

每一个计划，都有其特定的环境。经济衰退、战争、天灾、社会动乱、市场变化、同业竞争、通货膨胀、税捐，以及其他外界情况，都会影响企业的营运。然而，管理者每天深深陷入繁杂的日常业务中，对于他们周围的世界，无力改变，也没有时间来充分考虑。因此，在编撰计划书时，应将环境状况作简要的说明。

在计划书的这一章节内，管理人应概略地说明环境的一般状况。但对于可能影响决策的某一特殊因素，应该重点描述其发展状况。例如，政治情况、法令变动、社会趋向、经济动向、科技发展，以及业界竞争等。对企业可能出现冲击的因素，均应编列在这一标题下。其他如市场实际情况、生态环境等因素，最好也包括在内。

（4）事业评估

计划书中还应该有一章对本事业的实际情况的评估。管理者编撰及拟定本份计划书时，在说明了有关背景、目前及未来的环境状况的情况下，可以展望本事业的未来，预测将会出现的局面。

（5）事业宗旨

事业宗旨是指一项事业在其对社会服务的计划中将扮演怎样的角色。企业是一个营利的事业，为了自身的持续生存，必须在为社会提供产品或服务时能获取高于成本的价值。但由于价值须由购买人支付，因此在购买人看来，应该能在事业提供的产品或服务中获取一定的价值，并且产品或服务中的价值应该比事业所收取的价格高。通过这一分析，就应当可以了解一项事业的宗旨所在。

（6）目标

目标是任何计划书均不可或缺的一个项目。目标有正式的目标和非正式的目标之分。目标应该明确，使全体成员都了解。需要强调的是，计划是一种事先拟定的行动，应以实现目标为目的。因此，计划书必须明确说明一个事业准备实现什么事，这就是目标。计划书如果缺少了成文的目标，将不能指望计划成为实际的行动。

（7）战略

目标是抽象的，或至少有相当程度的抽象性。因此在编制了计划的目标之后，还必须说明实现目标的具体方式。举例来说，如果目标在于提升市场占有率，则必须制定提升市场占有率的战略措施。要实现这一目标，可能会有多项不同的方案，其中哪个方案最佳，是否应采取不同的供货方法，是否应大举削价来进行销售？管理者必须从中决定一系列最适当的方案。这一重要的步骤就是战略，即为事业实现其所预计的目标必须依循的计划和步骤。

（8）产品或服务方案

在决定战略后，下一个步骤就是确定产品或服务的类型，从而制定产品或服务方案。在同一产品线上，通常含有多种不同的产品，共成为一"族"；对于同族的产品，其规划及营销应该有较高程度的关联，来区别于不同族的其他产品。

（9）未来展望

战略的制定、产品或服务方案的确定，其产生的结果需要如何预测。以一家以销售为业务的公司来说，对未来的展望应当包括销货或其他的收益。销货的预测，通常以预期可能实现的销售数量和价格为基础。但是对于一家提供产品出租服务的公司来说，其未来展望的预测方法就会有所不同。但不论方法如何，计划书中应当有一章编制对销货或收益的预测。

（10）职能计划

企业制定了战略，根据战略而拟定了产品或服务的方案，根据方案而预测了可产生的销货或收益。整个程序推进至此，仍然只是一种对战略成果的预期。这种预期的兑现，还必须以企业的各组织职能确实能顺利展开、圆满协调为条件。也就是说，组织中的每一个职能部门，都应该另外拟订一套本部门实现战略和目标的计划。计划书中的这一章节，目的在于说明各项职能计划的纲要，以及各项职能如何对战略和预期目标提供支撑。

但是在此必须说明，本份计划书中的职能计划，可能只是简要的介绍，在具体工作中，还应该另外制定详尽具体的计划，例如，营销计划、制造计划、研究开发计划、工程计划等。

（11）资源需求

各项职能计划，必须切实符合公司的资源状况，才不会成为闭门造车。例如某一方案，如果执行时所需的人力、资本及其他资源，都超出公司现有的资源，就必须具体编列在计划书内的资源需求中。然后，公司各项职能计划的资源需求可加以汇编，编成资源需求总额。这样，一份计划书才能称得上是完整的。

资源需求最好以财务数字的方式来表达，因为这样会更加清晰。如果能采用表格汇总各项数字，并估计各项职能应有的人数或各项重要设备预期的负荷，对管理层的决策更有意义。

（12）财务分析

管理层从资源需求的资料，得以了解某一事业所需的成本；从未来展望的资料，得以了解其可能产生的收益，于是，就可根据这些资料编制一份对未来估计的损益表及资产负债表，编列在计划书的财务分析中。计划书的这一章节，目的在于将事业的财务及营运状况做合理的表达及分析，从而掌握该事业资金的来源、用途及其可能产生的报酬率，并显示整个计划方向的好坏。

（13）现实限制

任何计划都是以某些假定为基础的。但各项假定是否可信，是否与现实情况相符，制定计划的人员必须对此进行检查与衡量；审议与核定计划的高层管理人员，更应该审慎地评论与检查。计划书之所以编列现实限制这一章，是为了便于计划程序逐步推进时，澄清各项与现实不符的疑问及可能存在的不确定性因素等事项。

（14）替代方案

企业制定的每一项战略和每一项计划都是经过比较选择后才确定的。一般而言，管理层必然会在事先构想的多项不同的备选方案中，选定其认为最佳的一项。这时，最好把其他方案放在计划书内，编成一个"替代方案"章节。将各项曾经列入考虑而最终没有选中的方案分别做简要的说明，并标记没有选择这一方案的理由。

（15）建议事项

战略计划书的最后一部分，是编撰各项具体行动的建议，送呈公司管理层核准。只要计划程序前面各个步骤的推进合乎条理，那么建议事项就应该顺理成章地获得公司高层管理者的核准。

上面介绍的 15 个项目，是编撰一份计划书应该包括的项目。但在实际编制时，也不是非采用上述的格式或顺序不可。计划或计划书的形态、格式并不是最重要的，最重要的是各项目的内容。通常情况下，计划书应力求简明扼要而不拖泥带水。

如果认为有必要，上面的项目也可以增减或合并，目的是促使表达有效、便利。举例来说，"职能计划"和"资源需求"两部分可以合并讨论；"事业宗旨"和"目标"也可以合二为一。主要的精神是力求整个计划程序的顺畅和合理，显示其脉络的一贯，层次清晰，重要的项目不致遗漏。

3. 战略计划的类型

（1）按战略计划的层次不同可分为总体战略计划和部门战略计划

总体战略计划是一个组织整体的全局战略计划，是由组织最高决策层制定的。它是包括组织整体的宗旨、政策、目标，以及实现目标的手段在内的总体策划。部门战略计划是组织内部各职能部门的战略计划，它是总体战略的具体化，说明了各个职能部门所要达到的目标、发展的方向和相关业务的政策规定。对一个企业来说，部门战略计划包括市场开发战略计划，生产战略计划，研究与开发战略计划，财政战略计划，人事战略计划等。

（2）按战略计划的性质不同可分为守势战略计划、攻势战略计划、分析战略计划、被动性战略计划

①守势战略计划主要适用于具有比较稳定的外部环境和绩效令人满意的企业。这些企业组织把战略重点放在保持本组织所处环境的稳定上，以便顺利地销售自己的产品和提供相应的服务，保住自己的市场份额。在企业组织内部加强科学管理，严格监督、控制，以提高组织内部的生产效率，同时合理组织安排生产任务，以降低生产成本。

②攻势战略计划主要适用于具有动荡不定的外部环境的企业。这些企业组织把战略重点放在寻找开发新产品和开拓新市场的机会上，以便在动荡多变的环境中捕捉对本组织发展有利的机会，而避开风险。因此，在战略计划制定时要尽可能避免长期的生产任务，确保战略计划的弹性，并且采用多种技术、多种产品及灵活的生产方式以适应环境的变化。管理的重点不在于控制而在于灵活方便上。

③分析战略计划是一种介于上述两种战略计划之间的计划，即既想保持原有的市场份额，又想扩大新的市场。在技术上采用稳定技术与相应变动技术相结合的方式；在管理上，把严格控制与灵活有机结合，既有保证组织稳定的组织结构，又有负责开发新产品和开拓新市场的部门。

④被动性战略计划，在环境变化面前，企业组织往往处于被动状态，这种战略计划常常不能适应环境的变化，跟不上环境变化的步伐，是导致企业失败的根本原因。

8.5.2　战略计划的制定

1. 制定程序与原则

（1）战略计划的制定程序

整个战略计划制定程序，形成一个持续不断的流程，有其逻辑和合理的顺序与步骤。也就是说，战略计划制定程序是一个严密的流程，如图8-9所示。在这一流程中，不断产生各项决策，不断产生产品的销售，也不断输入各项新生的事实和资料。

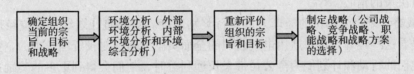

图8-9　战略计划的制定程序

战略计划的制定程序，主要靠一步一步来分析。例如，当观察外部环境时，企业要考虑到社会、经济、政治和技术发展趋势，在过去和未来如何影响市场、顾客、竞争对手和供应商，并由此可以找出发展机会和公司面临的威胁；当分析本企业的资源时，应考虑到企业酝酿、设计、生产、销售、资金和管理等方面的能力，由此可以找出本公司的强项和弱点；当分析到企业目标时，应考虑到公司股东、贷方、顾客、雇员、供应商、政府和社会的期望，并辨别出每一个因素如何指导或限制着企业的发展。总之，这个过程所强调的是进行全面的分析，在分析时应该尽可能地将一切因素都考虑进去。

因此，在这里重点介绍环境分析，并在环境分析的基础上，介绍战略计划的制定。由于目标的确定和评价问题在前面已有分析，在此不再赘述。

① 环境分析。环境分析具体包括外部环境分析、内部环境分析和环境综合分析，通过对组织未来的环境分析为组织的发展寻找有利的机会，确立制定战略的基本指导思想。

② 编制战略计划。首先，根据组织战略目标的要求，编制总体战略计划；其次，制定业务层面的战略计划，即竞争战略；最后，制定职能部门战略计划，即职能战略。总体战略指导竞争战略和职能战略的制定，竞争战略和职能战略的制定又影响总体战略的实现。三者互相影响，互相作用，形成一个战略计划体系，以确保组织战略目标的完成。

（2）战略计划应共同遵守的原则

在采用了上述制定战略计划的程序之后，还需要规定一些共同遵守的原则，以保证计划的顺利制定。以通用电气公司为例，这些原则可以从以下几个方面加以说明。

① 所有管理人员都要参与战略计划的制定和学习。通用电气公司的 320 名高级管理人员，要集中 4 天时间研究和制定战略计划。428 名未来计划人员，要集中用 2 周时间完成全部战略计划的制定工作。全公司 1 万名各级经理人员，要接受 1 天了解战略计划的视听训练。公司认为，这样做的时间代价虽大，但却是成功的关键。

② 制定计划时间表，以便对各种战略计划进行检查，并通过预算对不同的发展机会分配不同的资源。对战略计划的审查是为了使其付诸实施，通过预算对不同的发展机会分配资源，是为了从物质上保证战略计划的实施。

③ 用投资矩阵图（又称业务屏幕）来声明投资的轻重缓急。通用电气公司每年都用矩阵图安排自己的投资。战略计划经营单位用矩阵图顶上的横轴估价行业的吸引力，用边上的纵轴来估价自己的企业在该行业中的竞争。对投资增长类的企业在投资时予以优先照顾；对选择增长类的企业（即还有一定发展前途的企业）在投资时排在第二位；而对选择盈利类的企业则要求它们在投资同利润之间保持平衡；对业务萎缩类的企业，则逐渐撤回投资。

通用电气公司认为，关键的问题是如何衡量行业的吸引力和企业本身的力量。为了解决这个问题，公司应用了多种因素估计表。

对于外界各因素和企业本身力量有了精确的估价后，战略计划经营单位的经理人员就有了做出投资决策的信心。

④ 对战略计划经营单位的经理人员实行奖励制度。对战略计划经营单位经理人员的考核，主要是看这些经理人员对通用电气公司的全面贡献如何。对投资增长类的企业经理人员来说，当他们的行动和计划能为全公司带来长远利益时，他们会得到更多的奖励；对业务萎缩类企业的经理人员来说，奖励的多少主要是看这些经理人员能否在短期内为公司赚到更多的利润。把奖励与战略性任务联系起来，有助于克服那种不顾企业本身的实际潜力而盲目扩张业务的倾向。

2. 组织环境分析

请参阅本书第 4 章。

3. 制定战略计划

环境分析为战略计划的制定提供了坚实的基础。制定战略计划主要包括 4 个部分内容：公司战略、竞争战略、职能战略和战略方案的选择。这些内容将在下面分别进行介绍。

（1）战略制定的层次

企业战略是分成若干层次的，被称为战略金字塔，战略金字塔的具体构成如图 8 - 10 所示。处于金字塔顶端的是企业的总体战略，主要包括企业的战略理念、发展愿景和总体规划等内容。紧接着的下一层是企业的业务战略，又称企业的竞争战略，主要包括企业的经营活动方针、目标顾客确定、业务范围设计、竞争策略选择等内容。再接下来的一层是企业的职能战略，主要是企业各个职能部门的战略，如技术开发、生产制造、营销、财务、人力资源等战略。

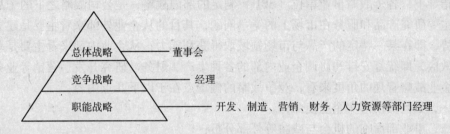

图 8 - 10　战略金字塔

不同层次的战略有不同的制定主体，企业的总体战略由董事会集体制定，业务战略一般由作为经营者的高级经理层来制定，职能战略则由各职能部门的主管或部门经理来制定。图 8 - 11 列出了战略管理层次的上述关系。

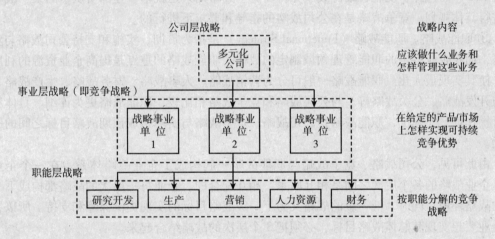

图 8 - 11　战略管理层次

① 公司战略。公司战略（Corporate Strategy）的研究对象是由一些相对独立的业务或事业单位（Strategic Business Units，SBU）组合而成的企业整体。公司战略是一个企业的整体战略总纲，是企业最高管理层指导和控制企业一切行为的最高行动纲领。公司战略的主要内容包括企业存在的基本逻辑关系或者基本原因，是企业战略决策的一系列最基本的因素。概括地说，公司战略主要强调两个方面的问题：一是"我们应该做什么业务"，即确定企业的使命与任务、产品与市场领域；二是"我们怎样去管理这些业务"，即在企业不同的战略事业单位之间如何分配资源，以及采取何种成长方向等。

从企业战略管理的角度来说，公司战略主要有以下几个重点。

第一，企业使命的确定，即企业最适合于从事哪些业务领域，为哪些消费者服务，企业向何种经营领域发展。

第二，战略事业单位（SBU）的划分及战略事业的发展规划，如开发新业务的时机与方式，现有企业放弃、维持或者扩展的安排，以及进行这种调整的深度和速度。

第三，关键战略事业单位（SBU）的战略目标。

② 竞争战略。竞争战略也称事业部战略（SBU Strategy），或业务战略，是指在企业公司战略指导下，各个战略事业单位（SBU）制定的部门战略，是公司战略之下的子战略。竞争战略主要研究产品和服务在市场上的竞争问题，其目的从企业外部来看主要是建立一定的竞争优势，即在某一特定的产品与市场领域取得获利能力；从企业内部来看主要是获得一定的协同效应，即统筹安排和协调企业内部的各种生产、财务、研究开发、营销等业务活动。

从企业战略管理的角度来看，竞争战略的侧重点在于以下几点内容：

第一，如何贯彻落实企业使命；

第二，事业部面临的机会与威胁等外部分折；

第三，事业部面临的优势与劣势等内部分析；

第四，确定事业部发展的战略目标；

第五，确定事业部发展的战略重点、战略阶段和主要战略措施。

竞争战略与公司战略的根本不同点在于，公司战略要从整体上统筹规划多个战略事业单位（SBU）的选择、发展、维持或放弃，而竞争战略则只是就本事业部所从事的某一战略事业进行具体规划。竞争战略是在公司战略的指导和要求下进行的。

③ 职能战略。职能战略（Functional Strategy）是指为贯彻、实施和支持公司战略与竞争战略，而在企业特定的职能管理领域制定的战略。职能战略的重点是提高企业资源的利用效率，使其实现最大化。职能战略一般可分为营销战略、人事战略、财务战略、生产战略、研究与开发战略、公关战略等。与公司战略和竞争战略相比较，职能战略更为详细、具体和具有可操作性。实际上，职能战略是公司战略、竞争战略与实际达成预期战略目标之间的一座桥梁。

由此可见，公司战略、竞争战略与职能战略一起构成了企业战略体系。在一个企业内部，企业战略的各个层次之间是相互联系、相互配合的。企业每一层次的战略都构成下一层次的战略环境，同时，低一级的战略又为上一级战略目标的实现提供保障和支持。所以，一个企业要想实现其总体战略目标，必须把 3 个层次的战略结合起来。

（2）制定公司战略

企业总体战略是公司的主导战略，主要解决公司经营范围、方向和道路问题，是对企业全局的长远性谋划，由最高管理层负责制定和组织实施。

首先，必须确定组织的总战略。

总战略有四类：稳定性战略、增长战略、收缩战略和组合战略。

稳定性战略的特征是极少重大变化，这类战略包括持续向同类型顾客提供同种产品或服务，维持市场份额，并保持组织的投资收益率。在组织绩效令人满意，环境保持稳定不会发生重大变化时，可以选择稳定性战略。

增长战略意味着提高组织经营的层次，其衡量标准为销售额、企业规模和市场份额的不断增长。增长可以通过直接扩张、兼并同类企业或多元化经营的方式实现。例如，沃尔玛和麦当劳就是采取直接扩张的方式，百事收购桂格燕麦则属于兼并同类企业，海尔并购青岛城市信用合作社，则是实现多元化经营的目标。

收缩战略通常是指减小经营规模或多元化范围的战略。日趋激烈的竞争、制度失调、合并和兼并，以及重大的技术创新不断涌现，使管理衰退成为管理者注重的问题。现在许多知名的企业也在实行收缩战略，最著名的案例就是百事放弃肯德基。

组合战略是指同时实行两种或多种上述的战略。对于一个组织而言，它可以对某项业务实行增长战略，而对另一项业务进行收缩。例如，通用汽车在 1992 年就曾迅速扩大它的电子数据系统分公司，而大幅度削减在美国国内的汽车制造业务。

在确定总战略之后，通过战略选择模式，进行业务组合。

公司层次战略是关于组织为了实现其使命或目标，对应投资于哪一行业或哪一国家所作的行动计划。在制定公司层次计划的时候，管理人员需要思考：如何对公司的长远成长与发展进行管理，以提高公司为顾客创造价值的能力。大多数公司的管理人员都有使公司得到发展，并积极寻找有效利用组织资源为客户创造更多价值的新机会的目标。同时，管理人员的职责就是找出适当的战略，帮助公司对外部环境的变化做出反应，并提高组织绩效。管理人员使用的帮助公司成长、在业内领先、进行重组以制止衰退的战略主要包括：集中于某一业务；多元化经营；跨国发展；垂直一体化。这四种战略都是基于一种思想：只有战略进一步提高了组织所生产的产品或所提供的服务对于消费者的价值，公司才会从中获益。为了提高组织产品或服务的价值，公司层次的战略必须能够帮助组织或其部门对产品进行差异化并增加价值，不管是通过使之独特化，还是通过降低成本。

① 集中于某一业务。大多数公司是通过集中资源于某一业务或产业，在行业内形成较强的竞争优势，从而发展起来的。例如，麦当劳开始的时候是加利福尼亚州的一家餐馆，但其管理者的长期目标是集中资源于快餐业，并在美国迅速扩张。当管理人员需要为提高绩效而对公司进行精简时，集中于某一业务这一战略就可能是适合的。例如，当公司特定部门丧失其竞争优势时，管理人员可能会考虑退出相关领域。管理人员可以把这些部门出售，解雇相关员工，把现存资源集中运用于其他市场或业务，以提高公司业绩。当公司业绩良好的时候，他们往往决定涉足能够利用其资源创造更大价值的新业务。

② 多元化经营。多元化经营是一种向新业务或新产业进行扩张、生产新产品或提供新服务的战略。多元化经营有两种类型：相关多元化经营和非相关多元化经营。

第一，相关多元化经营。相关多元化经营是指为了在公司现有的部门或业务中建立新竞争优势而进入某一或某些业务或产业。如果管理人员能够找到使各部门或各业务共享宝贵的技能或资源的方法，从而创造出协同效应，那么相关多元化经营就能够为公司的产品或服务增加价值。当两个部门合作创造的价值高于单独行动创造的价值时，协同效应就会产生。例如，假设一个多元化经营公司的两个或更多的部门能够利用共同的生产设施、分销渠道、广告等，那么相对而言，各个部门就能够以较少的投入获得同样的收益。

从这个角度讲，相关多元化经营是降低成本的主要方法之一。类似地，如果一个部门的研发能力能够用于另一个部门产品的改善与提高，那么另一个部门的产品就可以形成竞争优势。

在制定相关多元化经营战略时，管理人员要寻找能够利用现有技能或资源产生协同效应，为现有业务增加价值，从而提高整个公司竞争实力的新业务。同时，管理人员也可以收购一家从事新业务的公司，利用收购公司的技能和资源来改善或提高本公司的效率与效益。如果成功，这种技能转移能够帮助公司降低成本，或对其产品进行更好的差异化，因为它能够在不同部门之间形成协同效应。

第二，非相关多元化经营。当公司进入或收购与其当前业务或产业不相关的新产业时，它进行的就是非相关多元化经营。公司进行非相关多元化经营的主要原因之一是，通过将公司的管理技能注入绩效不良的新公司，改善其绩效，从而为公司创造价值。

进行非相关多元化经营的另一个原因是，对不同产业公司的收购能够使管理人员实施组合战略，即通过将经济资源分配于不同部门来增加收益或分散风险，就像个人投资者的资产组合策略一样。例如，管理人员可以将资金从较富裕的部门（"金牛"）转移到新的具有潜力的部门（"明星"）。通过将资金在不同部门之间的合理分配，能够为公司创造价值。

虽然组合战略在20世纪80年代广泛应用于非相关多元化经营，但在90年代，则备受批评。现在，很多公司及其管理人员正在放弃非相关多元化经营战略，因为有证据表明，过度多元化经营使管理者丧失了对公司核心业务的控制。管理专家认为，虽然非相关多元化经营可能在开始的时候为公司带来价值，但有时管理人员利用组合战略过分扩张了公司的业务范围。当这种情况发展到一定程度，高层管理人员就很难了解公司多样的业务组合。管理人员没有足够的时间来处理关于每一部门战略和绩效的信息，从而公司绩效就会受到损害。

尽管理论上非相关多元化经营能够为公司创造价值，但研究表明，很多多元化努力的结果不仅没有创造价值，反而降低了公司的价值。20世纪90年代，在很多原来实施多元化经营的公司中，出现了一股削减非相关部门的潮流。管理人员将一些部门卖掉，集中资源于公司核心业务，并对相关多元化经营给予了更大的关注。

③ 跨国发展。任何公司都会遇到的一个基本问题是，它必须在国际市场上进行竞争，公司应该赋予其产品和市场运作以特色，以适应不同国家的不同情况。如果管理人员决定公司以标准化的产品在各个国家市场上进行销售，使用相同的基本营销方法，那么他们采取的是全球战略。这类公司基本不针对各个不同国家的特定消费者需求做出相应的调整。如果管理人员决定针对不同国家对其产品或市场战略进行相应调整，那么它采取的是国别战略。全球战略和国别战略各有优势，也各有不足。全球战略的主要优势在于其成本性质；应用全球战略的主要不足在于，由于忽视不同国家之间的差异，公司可能受到当地实施差别化战略以适应当地消费者需求的竞争对手的威胁。国别战略的优势与不足正好与全球战略相反；国别战略的主要优势是，通过根据当地情况对产品和营销方式进行相应调整，能够获取市场份额，对产品收取溢价；主要不足则在于，由于顾客定制化而导致成本增加。显然，具体采取何种战略需要进行利弊权衡。

④ 垂直一体化。当一个组织在其原来领域经营得很好的时候，其管理者往往决定由本组织来生产原来需要外部供应的原材料、零部件，或者自己分销自己的产品，来获得新的价值增长。垂直一体化是一种公司层次的战略。通过垂直一体化，公司能够自己生产原料（后向一体化），或者分销自己的产品（前向一体化）。例如，一家钢铁企业通过自己的铁矿向自己供应矿石，就是实行后向垂直一体化；一家个人电脑公司通过自己的营销网络销售自己生产的电脑，就是在实行前向一体化。

（3）制定竞争战略

竞争战略，又称业务战略，是企业参与市场竞争的策略和方法。迈克尔·波特从产业组织的观点，运用结构主义的分析方法，提出了3种基本的竞争战略，后人根据科技的发展和管理实践又在此基础上提出了一种复合型战略。

① 成本领先战略。所谓成本领先战略（Cost-leadership Strategy），是指企业努力发掘其资源优势，特别强调生产规模和产品标准化。简单讲，成本领先战略就是进行低成本生产。成功实行这种战略，要求组织必须是成本的领导者，而不仅仅是具有竞争成本领导地位的企业之一，同时其产品与服务仍能为消费者所接受。成功应用成本领先优势的公司有沃尔玛公司和美国西南航空公司等。成本领先战略要使本企业的某项业务成本最低，而不仅仅是努力降低成本。这是因为任何一种战略之中都应当包含成本控制的内容，它是管理的基本任务，但并不是每种战略都要追求成为同行业中的成本最低者。

实行成本领先战略的优点在于，便于操作，容易迅速扩大市场份额，建立市场壁垒。按照波特的行业分析模型，成本领先者在应对行业的五种力量时可以有很多优势，例如，它可以极大地降低替代品的威胁，它可以形成较强的进入屏障而阻止潜在进入者的侵蚀，它可以有效地应对供应商的行业价格影响，也可以较少地受到买方讨价还价的压力。当然，对竞争者，它更具有成本优势。因此，成本领先者战略已成为很多企业的基本战略。

虽然成本领先战略可以给企业带来竞争优势，但采用这种战略也不可避免地面临一些风险：技术的迅速变化可能导致扩大规模的投资失败，或大型设备失效；由于实施成本领先战略，管理者和营销人员可能将注意力过多集中在成本控制方面，忽视需求或者消费者偏好的变化；为降低成本而采用的大规模生产技术和设备过于专一化，适应性差；人员激励和部门间的合作问题成为瓶颈，增加监督成本和浪费；要成为成本的领导者，而不仅仅是领先，否则有恶性价格竞争的可能，最终导致整个行业崩溃。

成本领先战略在 20 世纪 70 年代由于经验曲线概念的流行而得到普遍的应用。成本领先地位可以给企业带来很多战略益处，所以是众多企业追逐的目标。但要取得这种优势并不容易，需要采取一种或多种有效措施，如规模经济、廉价资源、便于生产的产品设计和充分利用生产力等。实行成本领先战略还要有一些适用条件：市场中有很多对价格敏感的用户；实现产品差别化的途径很少；购买者不太在意品牌间的差别；存在大量讨价还价的购买者；有较高的市场份额和良好的原材料供应，能够靠规模经济和经验曲线效应降低产品成本。

② 差异化战略。差异化战略是指依靠产品的质量、性能、品牌、外观形象、用户服务的特色赢得竞争优势的战略，有时也称作对价格相对不敏感的用户提供某产业中独特的产品或服务的战略。差异化战略是将公司提供的产品或服务标新立异，形成一些在全产业范围中具有独特性的东西。差异化战略在本质上是通过提高顾客效用来提高顾客价值。如果顾客能够感知其产品与服务的独特性，总会有一部分顾客愿意为此支付较高的溢价，相应地，企业也可能获得较高的利润。例如，就其功能和质量而言，哈雷摩托车并不比本田摩托车高出多少，它的价格却高出许多。但由于其独特性，消费者感到物有所值。在当今的竞争中，许多企业通过差异化战略获得了竞争优势，例如，英特尔公司的技术、劳斯莱斯汽车的高档性、雅芳化妆品的分销和海尔家电的五星级服务等。

差异化战略的优势主要在于，用特色降低用户对价格的敏感性，获取较高的价格；可以回避与竞争对手的正面竞争，运用自己的特色赢得顾客；有利于建立市场壁垒，顾客的忠诚度和形成特色的成本代价使竞争对手难以模仿。差别化战略的核心优势是可以提升顾客忠诚度，这既可以紧密地维系顾客，又是阻止潜在竞争者进入的屏障。

消费者偏好的多样性是企业可以通过差异化战略获得竞争优势的前提。但在某些情况下，差异化也可能带来风险，例如，消费者购买产品或服务不仅取决于它们与竞争产品之间的差异化程度，还取决于相对购买力水平和经济环境的影响；随着市场的成熟，产品和服务的差异变得不重要；竞争对手的模仿可以减少差异度。

实现差异化战略有许多条途径。第一，有形差异化。从有形方面对产品或服务实行差异化，是最简单的途径。有形差异化主要涉及产品或服务可见的特点，如产品的包装、形状、颜色、尺寸、材料和所涉及的技术，此外还有外延产品的差异，如交货、付款和服务的可靠性等。第二，无形差异化。由于社会、感情和心理因素的影响，产品和服务的价值不仅仅取决于其有形的特征，企业还可以通过无形差异化取得竞争优势，如企业形象、品牌知名度等。第三，维持差异化优势。随着竞争加剧，生活水平和消费观念的变化，维持成本领先越来越困难。与之相比，维持差异化的优势，对企业来说，能够获得更为长久的竞争优势。但这些途径必须在满足下列适用条件的情况下才能应用，例如，企业具有强大的生产营销能力、产品设计与加工能力、很强的创新能力与研发能力；具有从其他业务中得到的独特技能组合，获到销售渠道的高度合作。在实行差别化战略时还需要注意促进产品开发部门和市场营销部门之间的密切协作，重视主观评价与激励而不是定量指标，创造良好的氛围以吸引高技能工人、科技专家和创造性人才。

③ 集中化战略。集中化战略（Focus Strategy），又称集中一点战略，是指将目标集中在特定的消费者或者特定的地理区域上，即在行业内很小的竞争范围内建立独特的竞争优势。前两种战略是在广泛的产业细分市场上寻求竞争优势，而集中化战略则是集中在较小的细分市场中寻求成本领先或差异化，即成本集中化或差别集中化。也就是说，管理者选择产业中一个或一组细分市场，如产品品种、最终顾客类型、分销渠道或地理位置等，制定专门的战略向此细分市场提供与众不同的服务，目标是占领这个市场。集中化战略特别适用于实力和技术并不是很强的中小型企业。

集中化战略的优势在于，有利于实力小的企业进入市场；有利于避开强大的竞争对手；有利于稳定客户，企业的收入也相对比较稳定。集中化战略也会面临一定的风险：第一，高成本风险。向较窄的目标市场提供产品或服务，具有高成本的风险。这是因为某些狭小的市场难以支撑必要的生产规模。第二，细分市场的需求变化。基于当前消费者需求而采取的集中化战略，在需求发生变化时，会成为企业规避风险最大的障碍。第三，目标市场的差异化。如果实行集中化战略的企业所选择的目标市场与其他细分市场差异不大的话，集中化战略就不可能成功，竞争对手可以轻易地挤占其目标市场。第四，对外部的适应性较弱。在狭小市场上部分产品的差异化和成本优势，会因为各种条件变化而削弱。

集中化战略的实施方法包括单纯集中化、成本集中化和差别集中化等。单纯集中化是指企业在不过多地考虑成本和差别化的情况下，选择或创造一种产品或服务为某一特定顾客群体创造价值，并使企业获得稳定可观的收入；成本集中化是指企业采用低成本的方法为某一特定顾客群体提供服务；差别集中化是指企业在集中化的基础上突出自己产品和服务的特色。企业选择集中化战略，必须考虑它的适用条件：存在着适合的细分市场，否则无法实行集中化战略；企业无力在大市场参与竞争，不得不屈居一隅，选择集中化战略；企业有独特的生产和服务能力，否则无法集中一点为特定的顾客群体服务。

集中化战略是主攻某个特定的顾客群、某产品系列的一个细分区段或某一个地区市场的战略。按照迈克尔·波特的观点，成本领先战略和差别化战略都是雄霸天下之略，而集中化战略则是偏居一隅之策。

④ 复合型战略。复合型战略，又称既成本领先又差别化战略，指即既降低成本又突出特色的经营战略。在迈克尔·波特提出的上述三种一般竞争战略基础上，很多学者补充提出了"既成本领先又差别化"的战略，即成本领先战略和差别化战略的复合，也就是同时在产品成本和质量、服务等方面赢得竞争优势。一家公司或其下属的战略经营单位有可能同时做到低成本和差别化，但这种情况通常是暂时性的。因为差别化往往要支付更多的费用，然而随着生产技术的进步，特别是柔性制造技术的发展，同时做到低成本和差别化的可能性大大增加了。因此，采用既成本领先又差别化的复合型战略，其竞争能力显然比单独执行成本领先战略或差别化战略更加强大，这是充分利用先进科技的成果。实行既成本领先又差别化的复合型战略的优点是显而易见的，因为它兼顾了两种竞争战略的优点。缺点是实施难度过大，因为在提高产品质量、服务特色和降低成本之间存在着矛盾。

企业选择实行复合型战略必须具备一些必要的条件。例如，企业拥有很强的实力，能够在成本控制与差别化之间形成一种协调平衡关系；企业拥有新的技术和管理手段，如柔性制造技术、成组技术、准时生产、价值工程等，否则很难消解成本领先与差别化之间的矛盾。

复合型战略能否成功，既取决于理解和满足顾客需求的能力，同时也取决于企业是否有允许保持低价格的成本基础，并且其很难被模仿。复合型战略常作为进入已存在竞争者的市场的战略。这是许多日本公司在全球范围内开创新市场的一种战略方法，它们在竞争者的业务组合中寻找"松动的砖"——也许是在世界范围内某个经营很差的地区，然后，它们会以更好的产品打进那个市场，如果必要，价格也会定得很低。其目的是为了获取市场份额，转移竞争者的注意力，为它们将来进一步占领市场打好基础。

复合型战略主要通过技术进步来实现，即柔性制造技术的应用，例如，组织混流生产线，就能既执行差别化战略又不增加多少费用；零件标准化、通用化的发展和成组技术的应用，使多品种的生产能做到低成本、高质量；采用准时生产制等先进的生产组织形式，可以减少在生产线上加工的零部件品种数和大幅度地压缩存货；一些现代化管理方法的广泛应用，如价值工程和价值分析等，可以做到既保证和改善产品质量，又直接降低其成本。

日本的几家大汽车公司，如丰田、日产和本田，经常被认为是奉行复合型战略的范例。美国的质量管理专家戴明坚持产品质量和生产率（即低成本生产）可以相容的观点，他要求人们"经常地、永无止境地改进生产和服务的系统，提高质量和生产率，从而经常降低成本"。按照戴明的观点和要求，就有可能采用复合型的高级竞争战略。

不管采取哪一种战略，要获得长期的成功还必须能保持竞争优势，即必须阻挡竞争对手或跟上产业变化趋势。保持竞争优势绝非易事，因为会有技术创新的出现，顾客需求也会变化，特别是原有优势会被对手模仿。此时可以利用专利权、版权减少被仿制的可能性，存在规模经济性时，可以通过降价以扩大市场占有率。保持竞争优势要求管理者持续作出努力，确保始终领先于竞争对手。

（4）制定职能战略

职能战略（Functional Level Strategy）是指旨在改善组织各个部门创造价值能力的行动计划。这一战略主要是指独立部门（如生产部门或营销部门）的管理人员，为增加消费者所接受的企业产品或服务的价值而采取的行动。消费者愿意为产品或服务支付的价格，表明了公司产品价值的大小。消费者心目中的某种产品价值越高，他们就越愿意为之付出更高的价格。

① 增加公司产品价值的途径。

第一，部门经理可以降低创造价值过程的成本，这样企业就能够通过保持比竞争对手低的价格来吸引消费者。

第二，部门经理通过寻找将本企业产品差异化的方法，增加产品价值。如果消费者发现某一组织的产品比其竞争对手的产品能够提供更多的价值，他们就可能付出溢价。

② 职能部门管理者的目标。

第一，高效率。效率是衡量为了生产一定量的产出而需要的投入的一个尺度。生产给定数量产出所需要的投入越少，效率就越高，产出的成本就越低。例如，1990 年所做的一项研究发现，日本的汽车生产企业生产一部汽车平均需要 16.8 个工作小时，而美国企业的相应数据为 25.1 个工作小时。这一数据表明，在当时日本公司比美国公司效率更高、成本更低。

第二，高质量。在这里，质量是指生产的产品或提供的服务是可靠的——产品能够很好地完成它被设定的功能或用途。供应高质量的产品能够为企业的产品建立良好的品牌声誉，而良好的品牌声誉又能够使企业对其产品收取溢价。例如，在汽车产业里，丰田公司不仅比美国公司或欧洲公司具有低成本优势，而且其高质量也使其能够赚取更高的利润，因为消费者愿意为此支付溢价。

第三，创新。所有新的组织运营方式或不同于以往的产品及服务都是创新的成果。创新能够使产品种类得到增加，生产过程得到改进，管理系统得到升级，组织结构得到优化，企业战略得到提升。成功的创新能够使企业获得某种其竞争对手所没有的特色或优势。这种独特优势能够增加产品价值，从而使企业能够区别于其竞争对手，吸引愿意为其产品支付溢价的消费者。例如，丰田以汽车创新先锋著称，这些创新已经帮助丰田获得了卓越的生产效率和产品质量，而这正是丰田竞争优势的基础所在。

第四，高顾客响应度。注重顾客响应的企业极力满足消费者的需求，给予他们所需要的东西。能够比竞争对手更好地为消费者提供服务的企业就能向消费者收取溢价。

卓越的效率、质量、创新和顾客响应度要求采取许多艺术化的管理技术，如全面质量管理、弹性生产系统、准时制库存管理、自我管理团队、跨部门团队、流程再造、员工授权等。确定包含这些技术的职能层次战略计划是职能层次管理人员的工作职责。需要注意的重要问题是，所有这些技术都能够通过降低创造价值的成本，或增加超过竞争对手的价值，来帮助企业获取竞争优势。

（5）战略方案评价与选择

一个企业可能会面临多种达到战略目标的备选方案，这就需要对每种方案进行鉴别和评价，以选择出适合企业自身实际情况的适宜方案。目前，对战略方案的评价已经有多种战略评价方法或战略管理工具，如波士顿咨询集团的市场增长率—相对市场占有率矩阵法、通用电气公司法等。这些方法在前面已有介绍，在此不再赘述。

4. 战略计划的实施

战略计划的实施，是探讨如何将一个战略计划有效地加以应用的问题。不同的企业选择同一战略，但后果却可能出现很大的差别。差别出现的原因可能就是实施。战略计划的实施基本上是同组织及其管理的理念直接相关的，当然也与企业的内部环境有很大的关系。一个管理不善的企业，纵然有出色的战略计划，也是不容易成功实现的，企业难有作为。

　　管理人员的意识、领导的才干、组织设计的组织结构、组织文化、员工的士气、各项管理制度（特别是激励制度）、组织的基础工作等，都与战略计划的实施有重大关系。但是，在实践中人们往往对这些内在因素产生轻视，甚至认为这些因素与战略计划的实施无关。不少企业常常把失败的原因归结为外部环境因素，如竞争的激烈、顾客需求的变化等，而不愿检查自身的问题，很少对自己进行反省，更不愿追究自己忽略内在因素的领导责任。

　　因此，战略计划实施本身就是企业组织对其内在因素不断进行完善的过程。组织管理者应该不断检查组织存在的问题，提高自己的管理意识和思维能力，改进管理的技巧和风格，对组织结构进行调整，塑造新型的组织文化和提高员工的士气，完善各项管理制度和加强组织的管理基础工作，这样才能使组织战略计划顺利地实施下去。这方面的工作量可能远远大于战略计划制定本身，这对组织来说，可以说是任重而道远。

8.6　计划的编制

8.6.1　编制程序

　　虽然计划的类型和表现形式各式各样，但科学地编制计划所应遵循的步骤却具有普遍性。一项计划的制定一般包括 3 个方面的工作：分析环境与预测、制定实现目标的行动方案并择优、计划方案的细化与预算化。具体而言，制定一个完整的计划一般需要 8 个步骤，即估量机会、确定目标、确定计划前提、拟订备选方案、评价备选方案、选定方案、制定支持计划、编制预算，如图 8-12 所示。

　　1. 估量机会

　　认识机会是计划工作的起点，包括对计划的外部环境和内部条件进行分析，以确定组织将来可能出现的机会，并评估组织对于机会把握的能力。通过这一步骤，组织可以充分认识到自身的优势、劣势，分析将面临的机会和威胁，摆正自己的位置，明确组织希望去解决什么问题，为什么要解决这些问题，期望得到什么，等等，其目的就是找出有利于组织发展的机会，以确定组织计划工作的主题。估量机会一般的依据有市场因素，竞争环境，顾客需要，组织优势、劣势等。

　　2. 确定目标

　　通过估量机会分析，管理者对组织面临的机会和挑战，以及应对策略形成了初步判断，在此基础上，计划工作的第二步就是确定组织的目标。目标是组织行动的出发点和归宿点，确定目标是计划的核心内容。在这一步骤中，首先，确定整个企业的目标；其次，把整体目标分解到组织中各个部门和各个环节中，即各个下属工作单位的目标；最后，确定相应的长期和短期目标。由此形成了组织的目标网络体系。在这个目标体系中，组织的整体目标具有支配组织内所有分目标和计划的性质。

　　目标确定阶段主要解决 3 个问题：确定目标的内容和顺序、确定适当的目标时间、确定明确的科学指标和价值。确定组织目标时要遵循以下原则：①组织目标应体现组织的整体发展战略；②组织目标必须是具体的，是否达到目标应当是可检验的；③实现组织目标的路径和方法应当是明确的；④组织目标应具有挑战性；⑤组织目标应主次分明；⑥组织目标之间

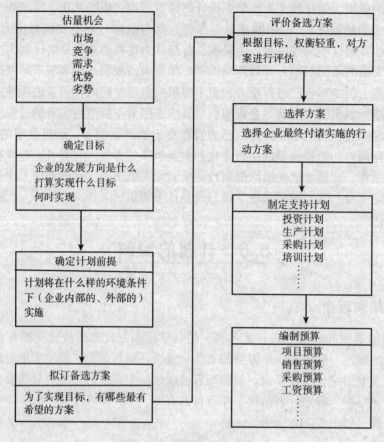

图 8-12　计划编制的程序

应当是协调一致的。

3. 确定计划前提

所谓计划的前提条件，是计划的假设条件，也就是计划实施时的预期环境。确定计划前提，就是要对组织未来的内外环境和所具备的条件进行分析和预测，弄清计划执行过程中可能存在的有利和不利条件。确定计划前提必须对预期环境做出正确的预测。但预期环境是复杂的，影响因素很多，有的完全可以控制，如开发新产品、内部资源分配等；有的不可控制，如政府政策、物价水平、税率等；有的在相当范围内可以控制，如企业内的价格政策、劳动生产率、市场占有率等。我们所说的预测环境是确定计划的前提，并不是对将来环境的每一个细节都给予预测，试图对它的每一细节都提出假设是不现实的，也是不经济的。因此，只能限于那些对计划来说是关键性的、有战略意义的前提，也就是对计划的贯彻实施影响最大的那些前提。基于此，组织在确定计划前提时，主要进行以下几种预测。①经济形势预测。包括宏观经济环境，以及与计划内容密切相关的那部分环境因素。②社会环境预测。是指对社会、政治、法律、文化、时尚等的发展趋势及其对组织的影响的预测。其中，最重要的是对政府政策的预测，如税收政策、价格政策、信贷政策、产业政策、金融政策、能源政策、技术政策、进出口政策等。③市场预测。包括市场环境的变化，供货商、批发商、零售商、消费者的变化，以及竞争对手的变化等。④技术发展预测。当今时代，新技术、新工艺、新产品层出不穷，技术水平在决定组织竞争力方面正显示出越来越大的作用。企业应当重视与本行业有关的技术发展趋势，经常进行技术预测，并及时采取必要措施。⑤资源预测。包括人员、资金、原材料、设备、能源等。

　　任何计划总是在一定的前提假设下做出的，不同的计划前提意味着制定计划时需要考虑不同的约束条件，计划的内容和形式因此会产生一定的差异。计划工作人员对计划前提了解得越细越透彻，越能准确地把握，计划工作的质量就会越高。

4. 拟订备选方案

　　计划工作的第三步是围绕组织目标，尽可能多地提出可供选择的方案。任何事物只有一种可行性方案是极少见的，"条条大路通罗马"、"殊途同归"，完成某一项任务总是有许多方法，即每一项行动均有异途存在，这叫作异途原理。有些异途是潜藏着的，只有发掘了各种可行性方案才有可能从中选择出最佳方案。如果只有一种方案，就无所谓选择。

　　从理论上讲，拟定可行性方案应做到既不遗漏又不重复，这样才能确保计划工作的质量。但实际上，由于认识能力、时间、经验、费用等因素，管理者不可能找到所有可供选择的行动方案，即使我们可以采用数学方法和借助计算机技术，但详细分析和评价每一个备选方案也几乎是不可能的，因此，我们只能拟定出若干比较有利于预期目标的可行性方案进行评价与分析。然而，要发掘多种可供选择方案，还应大力发扬民主，发挥组织成员的创造性，既要群策群力，集思广益；又要开阔思路，大胆创新。

5. 评价备选方案

　　确定了各种备选方案之后，计划工作的第五步就是根据计划目标和前提来权衡各种因素，分析比较每一个方案的优点和缺点，即评价备选方案，这是选择方案的前提。评价方案的优劣取决评价方法和评价者的综合素质水平，要从计划方案的客观性、合理性、可操作性、有效性、经济性、机动性、协调性等方面来衡量。客观性是指计划的各种安排是否符合客观规律；合理性是指计划的各种措施、手段是否得当；可操作性是指计划的实施步骤、措施是否具体、明确和易于安排；有效性是指计划的实施效果是否明显，采取的措施是否有效；经济性是指计划的各种安排，如人员、技术、资金、时间等是否合理；经济性、机动性是指计划对潜在问题是否进行了充分的估计，是否有灵活的备用措施；协调性是指计划的各个组成部分是否形成一个相互支持、逻辑严密的系统。在拟订了各种可行方案并考察了它们各自的优缺点后，就要按前提和目标来权衡各种因素，并以此为标准对各种可行性方案进行比较评价。评价方案的尺度有两种：一是评价的标准；二是各个标准的相对重要性，即权数。比较各种方案时要考虑以下几点：第一，认真考察每一个方案的制约因素或隐患；第二，既要考虑量化指标，也要考虑不能量化的因素；第三，要从整体效益角度来评价方案。

6. 选择方案

　　计划工作的第六步是依据方案评价的结果从若干可行性方案中选择一个或几个优化方案，即多中选优，这是计划工作的关键的一步，也是决策的实质性阶段——选择阶段。计划的前几步都是在为方案的选择打基础，都是为这一步服务的。在作出选择时，应当考虑在可行性、满意度和可能效益三个方面结合得最好的方案。有时，较优方案可能不止一个，那么，在可能的情况下，管理人员可以选定几个方案，在决定首先选出一个主方案的同时，将另一个方案细化和完善，并作为后备方案，供环境和其他因素发生变化时使用。选择通常是在个人经验、实验试点、数量分析的基础上作出的。

7. 制定支持计划

选择了方案，并不意味着计划工作的完成。因为选定的计划方案一般是组织的总体计划，为了使其具有更强的针对性和可操作性，还需要制定一系列支持计划。支持计划是总体计划的子计划，其作用是支持基本计划的贯彻落实，如生产计划、销售计划、财务计划等就是企业计划的支持计划。支持计划一般由下级各层次或职能部门来制定，在这一阶段中要注意考虑以下问题：①务必使有关人员和部门了解企业总体计划的目标、计划前提、主要政策、选择理由，充分掌握总体计划的指导思想和内容；②协调并保证各支持计划方向的一致性，以支持总计划，防止仅追求本单位目标而妨碍总体目标的实现；③协调各层次计划的工作时间顺序，并行进行的或串行进行的层次计划应做好合理的时间安排。

8. 编制预算

计划的最后一步是将计划数字化，即编制预算。编制预算，一方面是为了使计划的指标体系更加明确；另一方面是使企业更易于对计划执行进行控制。定性的计划往往在可比性、可控性和进行奖惩方面存在缺陷，而定量的计划则具有较强的约束力。因此预算是计划必不可少的组成部分，必须认真核定。

当计划的前提条件发生变化时，管理者可以通过调整预算来完成对计划的调整，常见的预算调整方法有两种：一种是将预算与活动成果挂钩，即随成果的不断产生和扩大，增加预算的下拨规模；另一种是滚动预算，即每隔一定时间对预算作出修正，使之更加符合实际状况，这样做的根本目的是使计划更加符合实际，更加有利于组织目标的实现。

8.6.2 编制方法

计划工作与其他管理工作一样必须强调效率，提高计划工作效率的最好办法就是采用科学的计划方法，本节介绍常用的几种计划方法，包括滚动计划法、网络计划技术、投入产出法、标杆瞄准法、运筹学方法、预算法等。

1. 滚动计划法

滚动计划法就是在制定计划或调整计划时，根据本期计划的执行情况和客观环境的变化情况，逐期往后推移，连续滚动编制计划的方法。与静态计划相比，滚动计划法是一种动态编制计划的方法。它运用规划论的原理编制弹性计划，使组织在适应环境变化的同时，保持组织运作的稳定性和灵活性，是20世纪80年代发展起来的一种现代科学管理方法。

由于长期计划很难准确地预测未来影响企业经营的各种变化因素，而且，随着计划期的延长，这种不确定性就越来越大。所以，如果机械地按几年以前制定的计划实施，则可能导致巨大的错误和损失。滚动计划法可以避免这种不确定性带来的不良后果，适用于计划期限较长、不确定因素多的场合。具体做法是，"近细远粗"，即把计划分为若干段。前段是比较详细的实施计划（也叫执行计划），后段是比较粗略的预订计划（或称展望计划）。在执行一个计划期的计划以后，根据实施计划的完成情况及滚动期内各种内外环境因素的变化情况，对预订计划进行调整，并续编一段计划。这样，整个计划的长度仍未改变，而每一间隔期滚动一次，就能保持计划前后衔接和相互协调。可见，滚动计划法的主要特征就是以滚动形式来编制出具有弹性的计划，集中反映在一个"动"字上。图8-13所示的是5年期的滚动计划法。

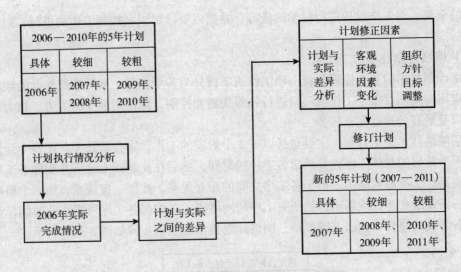

图 8 – 13　五年期计划滚动程序示意图

滚动计划法虽然使得计划编制工作的任务量加大，但在计算机普遍应用的今天，其优点十分明显。第一，计划更加切合实际。由于人们无法对未来的环境变化做出准确的估计和判断，所以计划针对的时期越长，不准确性就越大，其实施难度也越大。滚动计划相对缩短了计划时期，加大了计划的准确性和可操作性。第二，既可适用于长期计划，也可适用于短期计划。如五年计划，可以按年滚动，每次向前滚动一年。年度计划则可考虑按季滚动，即每季编制一次，每次向前滚动一季。第三，能使长期计划、中期计划与短期计划相互衔接，短期计划内部各阶段相互衔接。这就保证了即使由于环境变化出现某些不平衡时，也能及时地进行调整，使各期计划基本保持一致。第四，保证了计划应具有的弹性，避免了计划的僵化，提高了计划的适应性，这在环境剧烈变化的时代尤为重要，可以提高组织的应变能力。

2. 网络计划技术

网络计划技术是 20 世纪 50 年代在美国产生和发展起来的。它包括各种以网络为基础制定计划的方法，如关键路径法（Critical Path Method，CPM）、计划评审技术（Program Evaluation and Review Technology，PERT）、组合网络法（CNT）等。1957 年，美国杜邦公司在编制公司内部各业务部门的系统规划时，制定了第一套网络计划。这种计划借助于网络来表示各项工作与所需要的时间，以及各项工作的相互关系，效果非常明显，第一年就为杜邦公司节约了 100 多万美元。1958 年，美国海军武器计划处采用了计划评审技术，使北极星导弹工程的研制周期由原计划的 10 年缩短为 8 年，节约了 10%～15% 的成本。1961 年，美国国防部和美国国家航空航天局规定，凡承制军用品必须用计划评审技术制定计划上报。从那时起，网络计划技术开始被广泛地应用。CPM 和 PERT 虽然在作业时间的确定上有一些差别，但其基本原理是一致的，都是通过网络图的形式对项目在时间进度、费用资源上进行分析控制，故人们将它们统称为网络计划技术。

目前，网络计划技术在组织活动的进度管理，特别是企业管理中得到广泛应用。对于规模大、环节多、建设周期很长的大型项目，合理安排各方资源，用最短的时间、最少的费用按质完成项目，是计划工作中重要的研究课题。网络计划技术则提供了相应的优化技术。这种方法以网络图的形式来制定计划，通过网络图的绘制和相应网络时间的计算，了解整个工作任务的全貌，对工作过程进行科学的统筹，并据以安排组织和控制工作的进行，以达到预期的目标。

（1）网络计划技术的工作原理

网络计划技术的基本原理是将一项工作或项目分为若干作业，然后按照作业的顺序进行排列，应用网络图对整个工作或项目进行统筹规划和控制，以便用最少的人力、物力和财力资源，以及最高的速度完成任务。

利用网络技术制定计划，主要包括以下3个阶段的工作。①分解任务。把整个计划活动分成若干个数目的具体工序，并确定各工序的时间，然后在此基础上分析并明确各工序时间的相互关系。②绘制网络图。根据各工序之间的相互关系，按照一定规则，如两个事项之间只能由一条箭线相连，绘制出包括所有工序的网络图。③根据各工序所需作业时间，计算网络图中各路线的路长，找出关键线路。网络计划技术的基本步骤如图8-14所示。

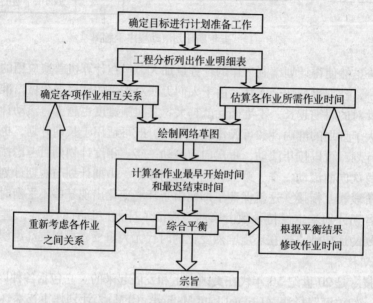

图8-14　网络计划技术的基本步骤

（2）网络图的组成

网络图是网络计划技术的基础。任何一项任务都可分解成许多步骤的作业或活动，根据这些作业或活动在时间上的衔接关系，用箭线表示它们的先后顺序，画出一个由各项作业相互联系、并注明所需时间的箭线图，这个箭线图就称作网络图。图8-15便是一个简单的网络图形。网络图是由作业、事项和路线组成的。

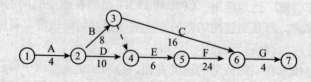

图8-15　网络图

① 作业（工序、活动）。作业是指一项工作的过程，需要消耗时间、资源和人力才能完

成的作业活动，通常用箭线（———）表示。箭杆上方标明工序名称，下方标明该工序所需时间，箭尾表示该工序的开始，箭头表示该工序的结束，从箭尾到箭头则表示该工序的作业时间。完成作业需要消耗一定的资源和占用一定的时间。此外，还有一种作业，既不消耗资源，也不占用时间，称为虚工序，用虚箭线（- - ►）表示。网络图中应用虚工序的目的是为避免工序之间关系的含糊不清，以正确表明工序之间先后衔接的逻辑关系。

根据作业之间的前后关系，可将作业分为紧前作业和紧后作业。紧前作业是指在某作业之前的作业，紧前作业不结束，则该项作业不能开始。紧后作业是指紧接在某作业之后的作业，紧后作业的开始取决于该作业的结束。这两个概念的理解对于明确这两个工序的先后衔接顺序并绘制网络图至关重要。

② 事项。事项是两个作业之间的连接点，又称节点，用圆圈（○）表示。事项既不消耗资源，也不占用时间，只表示前面活动结束、后面活动开始的瞬间。一个网络图中只有一个始点事项，一个终点事项。图8－16中，事项②既表示A作业的结束，又表示B作业的开始。对中间事项②来说，作业A是其紧前作业，作业B是其紧后作业。

图8－16 作业与事项

③ 路线。路线是从网络始点事项开始，沿着箭线方向，连续不断地到达终点事项的一条通道。一个网络图中通常有许多条路线，每条路线所需要的时间有长有短，其中作业时间之和最长的一条或几条路线称为关键路线。关键路线上的作业被称为关键作业。关键路线所需要的时间也就是完成整个计划任务所需要的时间。关键路线上各作业的完工时间提前或推迟都直接影响整个活动能否按时完工。确定关键路线，就知道了影响整个项目最短工期的活动内容，就可以有针对性地安排各项计划。

例如，图8－15中从始点①连续不断地走到终点⑦的路线有3条，即：

① ——► ② ——► ③ ——► ⑥ ——► ⑦（4＋8＋16＋4＝32）

① ——► ② ——► ③ ——► ④ ——► ⑤ ——► ⑥ ——► ⑦（4＋8＋6＋24＋4＝46）

① ——► ② ——► ④ ——► ⑤ ——► ⑥ ——► ⑦（4＋10＋6＋24＋4＝48）

其中，第2条路线是关键路线。

网络图的绘制规则有以下几个方面。

第一，有向性。各项工序都用箭线表示，且箭头方向要从左向右。

第二，无回路。箭线不能从一个事项出发，又回到原来的事项上，即不能出现循环回路。

第三，两点一线。两个节点之间，只允许画一条箭线，当出现平行工序或交叉工序时，应引入虚工序来表示前后逻辑关系。

第四，源汇各一。网络图中只有一个始点事项，一个终点事项。

第五，事项编号应从小到大，从左向右，不能重复，箭尾事项号小于箭头事项号。

（3）网络计划技术的评价

网络计划技术之所以被广泛地运用，是因为它有以下一系列的优点。

① 该技术能清晰地表明整个工程的各项作业的时间顺序和相互关系，并指出了完成任

务的关键环节和路线。因此，管理者在制定计划时可以统筹安排，全面考虑，又不失重点。在实施过程中，管理者可以进行重点管理。

② 可对工程的时间进度与资源利用实施优化。在计划实施过程中，管理者可调动非关键路线上的人力、物力和财力支援关键作业，进行综合平衡。这既可节省资源又能加快工程进度。

③ 可事先评价达到目标的可能性。该技术指出了计划实施过程中可能发生的困难点，以及这些困难点对整个计划产生的影响，从而提前准备应对措施，以减少完不成任务的风险。

④ 便于组织与控制。管理者可以将工程，特别是复杂的大项目，分解成许多支持系统来分别组织实施与控制，这种既化整为零又聚零为整的管理方法，可以达到局部和整体的协调一致。

⑤ 易于操作，并具有广泛的应用范围，适用于各行各业及各种任务。

网络计划技术有许多优点，但也存在一定的局限性。

① 很难准确估计具体的作业时间。

② 当网络很复杂时，一旦某项关键工作完工拖期，重新调整网络计划和寻找关键线路要花费大量时间和人力。尽管计算机的应用在很大程度上缓解了这个矛盾，但提供给高级管理人员的网络图仍不应太复杂。

③ 网络计划技术绝不是灵丹妙药，虽然它推动了计划工作，但它本身并不是计划工作。虽然它建立了一种重视和正确利用控制原则的环境，但它并不能自动地进行控制。其实，不仅是网络计划技术，任何一种计划技术和控制技术的作用都取决于管理者对其掌握和运用的水平，以及认识和重视的程度。

3. 投入产出法

由美国哈佛大学的瓦西里·里昂惕夫（W. Leontief）教授创立的投入产出法是一种应用极为广泛的现代计划方法，它的核心是一张根据调查和统计结果精心编制的投入产出表。这里的投入是指社会在组织物质生产时，对各种原材料、燃料、动力、辅助材料、机器设备和劳动等的生产性消耗；产出是指生产出来的产品数量及其分配去向。投入产出法通过编制投入产出表，建立投入产出数学模型来反映国民经济各部门、再生产各环节间的内在联系。它利用线性代数的方法，对多个生产部门之间或多个产品之间的消耗数量依存关系进行定量分析。

投入产出法的一般原理是，每个生产系统的经济活动都包括投入与产出两个部分。投入是指生产活动中的消耗，消耗自己的产品，也消耗其他部门的产品。产出是指生产活动的结果，包括最终产品和为其他部门生产而提供的中间产品；投入与产出之间存在一定的数量关系，它可以用一组平衡关系式来表示；根据获得的数据编制投入产出表。根据该表对投入和产出进行科学分析，再用分析结果来编制计划并进行综合平衡。为了更好地理解这一原理，就要从分析投入产出表开始。

编制投入产出表是投入产出法的核心。投入产出表是反映不同部门之间联系及投入产出关系的表式。它可能十分复杂，也可能比较简单。无论复杂或是简单，其基本结构是一样的，即投入产出表中一般用纵横交叉的双线将其分为 4 个部分或 4 个象限（如图 8 - 17 所示），每个部分反映了社会生产和分配的不同方面。

图 8 – 17　投入产出表结构示意图

第一部分，位于左上角，又被称为部门间联系象限，它是表的基本部分，主要反映国民经济各部门间在产品生产和消耗上的技术经济联系。由于这种联系具有相对稳定性，可以用线性函数去近似地反映它。它是一个排列规则的 $n \times n$ 棋盘式表格，表中的每一项（用 X_{ij} 表示）都具有双重含义。从横向看，它说明 i 部门产品分配给各 j 部门用于中间产品的数量；从纵向看，表示第 j 部门生产产品时，消耗各 i 部门产品的数量。因此，也称 X_{ij} 为流量。第二部分，即表中右上角部分，称最终产品向量，它是第Ⅰ象限横向的延伸，反映各部门产品的分配去向，也就是各部门产品在固定资产更新和大修、消费、积累及出口等 4 项的最终使用比例和构成。位于左下角的第三部分表示折旧及新创造价值向量，它是第Ⅰ象限纵向的延伸，包括提取折旧基金价值、工资及劳动报酬，以及社会纯收入（利润、税金等），反映国民收入在物质生产各部门间初次分配的情况。位于右下角的第四部分为国民收入再分配象限，它是第Ⅱ和第Ⅲ象限的共同延伸，它可以反映国民收入再分配的某些因素，但由于这个过程极其复杂，如何反映在价值型投入产出表中还有待研究，因此，编表时往往将此象限的内容略去。

根据投入产出表的上述结构，可建立起投入产出数学模型。表 8 – 4 是一个价值型投入产出表，下面将对它的投入产出数学模型进行分析。

表 8 – 4　价值型投入产出表

投入＼产出		中间产品					最终产品					总产品
		部门 1	部门 2	部门 3	…	部门 n	固定资产更新大修	消费	积累	出口	合计	
物质消耗	部门 1	X_{11}	X_{12}	X_{13}	…	X_{1n}					Y_1	X_1
	部门 2	X_{21}	X_{22}	X_{23}	…	X_{2n}					Y_2	X_2
	⋮	⋮	⋮	⋮		⋮					⋮	⋮
	部门 n	X_{n1}	X_{n2}	X_{n3}	…	X_{nn}					Y_n	X_n
新创价值	折旧	D_1	D_2	D_3	…	D_n						
	劳动报酬	V_1	V_2	V_3	…	V_n						
	社会纯收入	M_1	M_2	M_3	…	M_n						
总产值		X_1	X_2	X_3	…	X_n						

（1）按行建立的平衡关系

由第Ⅰ象限和第Ⅱ象限组成的长方形表，反映了各生产部门产品的分配去向。这些部门产品的分配去向可以分成三部分：一部分作为生产消耗留作本部门使用；一部分作为生产消耗提供给其他部门；最后一部分直接满足社会最终需要，包括固定资产更新和大修、消费、积累及出口等。例如，对于表中横行第一个部门来说，X_{11} 表示自己产品留作自己使用，X_{12}，X_{13}，…，X_{1n} 表示提供给其他部门生产消耗的部分；Y_1 就是第一个部门生产的直接满足社会最终需要的部分。所以，第一部门生产的总产品 X_1 就是所有这三部分之和：$X_{11} + X_{12} + \cdots + X_{1n} + Y_1 = X_1$。

因此，上面的表述可写成平衡方程组的形式，即：

$$中间产品 + 最终产品 = 总产品$$

$$\begin{cases} X_{11} + X_{12} + \cdots + X_{1n} + Y_1 = X_1 \\ X_{21} + X_{22} + \cdots + X_{2n} + Y_2 = X_2 \\ \vdots \\ X_{n1} + X_{n2} + \cdots + X_{nn} + Y_n = X_n \end{cases}$$

这一方程组可以简写成：$\sum\limits_{j=1}^{n} X_{ij} + Y_i = X_i$（$i = 1, 2, 3, \cdots, n$）

此方程组被称为分配方程组。

（2）按列建立的平衡关系

由第 Ⅰ 象限和第 Ⅲ 象限组成的纵向长方形表，反映了各部门产品的价值形成过程。仍以第一部门为例，从表的纵向来看，X_{11} 是本部门提供的产品投入；X_{21}，X_{31}，…，X_{n1} 是其他部门产品作为本部门的投入。这些是本部门生产必需的全部物质投入。表中左下角部分中的 D_1 是提取折旧基金价值，V_1 是给人的劳动报酬，M_1 是剩余的社会纯收入部分，将第 1 列全部加起来，就构成第一个部门的总产值。依此类推，可得出以下公式和方程组：

$$生产资料转移价值 + 新创造价值 = 总价值$$

$$\begin{cases} X_{11} + X_{21} + \cdots + X_{n1} + D_1 + V_1 + M_1 = X_1 \\ X_{12} + X_{22} + \cdots + X_{n2} + D_2 + V_2 + M_2 = X_2 \\ \vdots \\ X_{1n} + X_{2n} + \cdots + X_{nn} + D_n + V_n + M_n = X_n \end{cases}$$

这一方程组可以简写成：$\sum\limits_{i=1}^{n} X_{ij} + D_j + V_j + M_j = X_j$

此方程组被称为生产方程组。

（3）行列之间的平衡关系

根据社会总产值等于社会总产品，横行各物质生产部门总产出量（X_i）与纵列各物质生产部门的总投入量（X_j）是相等的。这是投入产出法最基本的关系式。用公式表示为：

$$X_i = X_j$$

即：

$$\sum_{i=1}^{n} X_{ij} + D_j + V_j + M_j = \sum_{j=1}^{n} X_{ij} + Y_i \quad (i = j)$$

（当 $i \neq j$ 时，上式一般不成立）

最终产品总量与国民收入加折旧的总量相等，即第 Ⅱ 象限与第 Ⅳ 象限在总量上相等，用公式表示为：

$$\sum_{j=1}^{n} D_j + \sum_{j=1}^{n} V_j + \sum_{j=1}^{n} M_j = \sum_{j=1}^{n} Y_j$$

但必须注意，某部门最终产品与折旧加新创价值之和往往并不相等，即当 $i = j$ 时，$D_j + V_j + M_j \neq Y_j$。

根据上述分析可知，根据投入产出表中各部分之间关系，只要规划出计划期末的最终产品数量、构成和分配比例（主要是积累与消费的比例、生产性积累与非生产性积累的比例、居民消费与社会消费的比例等），也就是确定出最终产品 Y，就可以将计划期内各部门的总产品（生产值）数量预测出来。可见，这里最终产品的预测是计划的前提，对各部门总产量的预测规划是计划的结果。而对各部门总产量的预测又成为各部门制定计划的前提和依据。应用投入产出法，可以确定整个国民经济或部门、企业经济发展中的各种比例关系；可以预测某项政策实施后所产生的效果。另外，这种方法还可以从整个系统的角度编制长期或中期计划，而且易于做好综合平衡。

4. 标杆瞄准法

标杆瞄准法（Bench marking）是自 20 世纪 80 年代以来，被西方发达国家理论界及实践部门日益重视的一种新的计划方法，其创始者是美国施乐公司的仓储部门。该公司的后勤仓储部门 1979 年实施标杆瞄准法后，生产率提高了 8%～10%，其中，30%～50% 直接来自于标杆瞄准法。目前，标杆瞄准法早已超出了库存及质量领域，已扩展到诸如成本、人力资源、新产品开发、企业战略、研究所管理及教育部门管理等多个领域。由于这一方法的广泛适用性，人们不断地开发出新的应用领域。

所谓标杆瞄准法，是指将行业中的领先企业作为标杆和基准，通过资料收集、分析、比较、跟踪学习等一系列规范化的程序，将本企业的产品、服务和管理措施等方面的实际情况与这些基准进行定量化的评价和比较，找出领先企业达到优秀水平的原因，在此基础上，选择改进的最佳方法。

标杆瞄准法的基本构成可以概括为最佳实践和度量标准两个部分。所谓最佳实践，是指行业中的领先企业，它们在经营管理中所推行的最有效的措施和方法。所谓度量标准，是指能真实、客观地反映管理绩效的一套指标体系，以及与之相应的作为标杆用的一套基准数据，如顾客满意度、单位成本、周转时间及资产计量指标等。标杆瞄准法的意义在于为企业提供了一种可信的、可行的奋斗目标，以及追求不断改进的思路。由于标杆瞄准法中确立的改进目标和战略方向是以领先企业为基准的，可以说它们是存在于企业外部的客观事实，因而必然具有合理性和可操作性。标杆瞄准法最具吸引力之处就在于，通过对各类标杆企业的比较，能不断追踪、把握外部环境的发展变化，从而能最佳地满足最终用户的需要。

标杆瞄准法的应用范围极其广泛。一般来说，凡是带有竞争性的活动都可以应用标杆瞄准法。目前，标杆瞄准法主要有以下 3 种类型。

① 战略与战术的标杆瞄准法。战略标杆瞄准，是指企业长远整体的一些发展问题，如发展方向、目标和竞争策略的标杆瞄准活动，它主要为企业的总体战略决策提供依据，包括总体战略瞄准、市场营销战略瞄准、研究与开发战略瞄准、生产战略瞄准、人力资源战略瞄准和财务战略瞄准等。战术标杆瞄准是在战略瞄准的指导下，以企业短期的、局部的、某些

具体任务为目标的一种标杆瞄准法，包括企业日常的运行过程、技术、生产工艺及产品等多种内容。

② 管理职能的标杆瞄准法。职能瞄准就是学习、赶超领先企业的相似职能部门达到的运行过程。

③ 跨职能标杆瞄准法。大部分管理活动的成功都必须有多个职能部门的协同参与，所以，大多数标杆瞄准也都是跨职能的。如顾客瞄准、成本瞄准、研究与开发瞄准等。这些内容瞄准的共同特点是需要多个部门，甚至企业所有部门都积极参与才能成功。

开展标杆瞄准活动包括以下 3 个基本程序。

① 分析掌握本企业经营管理中需要解决和改进的问题，制定工作措施和步骤，建立绩效度量指标；

② 调查行业中的领先企业或竞争企业的绩效水平，掌握它们的优势所在；

③ 调查这些领先企业的最佳实践，即了解掌握领先企业获得优秀绩效的原因，进而确立目标，综合最好的，努力仿效最佳的，并超过它们。

需要指出的是，能否成功开展标杆瞄准活动，关键是要在组织内形成一种要求改变现状的共识和目标一致的行动。这就需要组织成员之间有充分的沟通及其他管理措施的支持。

5. 运筹学法

运筹学（Operations Research，OR）一词起源于第二次世界大战期间，是计划工作中最全面、最系统的分析方法之一，是"管理科学"理论的基础。就内容讲，运筹学又是一种分析的、实验的和定量的科学方法，对经济管理系统中的人、财、物等有限资源进行统筹安排，为决策者提供有依据的最优方案，以实现最有效的管理。运筹学法的核心是运用数学模型，力求将相关因素都转化为变量形式反映在数学模型中，然后通过数学和统计学的方法在一定范围内解决问题。这种方法的具体步骤如下。

第一步：提出问题。首先对研究的问题和系统进行观察分析，归纳出决策的目标及决策时在行动和人、财、物等资源方面的限制。分析时往往先提出一个初步的目标，通过对系统中各种因素和相互关系的研究，使这个目标进一步明确化。此外还需要同有关人员进一步讨论，明确研究问题的过去与未来，问题的边界、环境，以及包含这个问题在内的更大系统的有关情况，以便明确要不要把整个问题分解成若干较小的子问题，哪些是可控的决策变量，哪些是不可控的变量，确定限制变量取值的工艺技术条件及对目标的有效度量等。

第二步：建立数学模型。模型是真实系统的代表，是对实际问题的抽象概括和严格的逻辑表达。建立模型是简化次要问题，抓住实质问题的方法，是运筹学方法的精髓。对模型的研制是一项艺术，它是将实际问题、经验、科学方法三者有机结合的创造性工作。把问题转化为数学模型，首先根据研究目的对问题的范围进行界定，确定描述问题的主要变量和问题的约束条件，然后根据问题的性质确定采用哪一类运筹学方法，并按此方法将问题描述为一定的数学模型。

第三步：根据模型中变量和目标之间的关系，建立目标函数作为比较结果的工具。

第四步：确定目标函数中各参数的具体数值。

第五步：求解模型并检验模型的解。应用相应的数学方法或其他工具对模型进行求解，找出目标函数的最大值或最小值，以此得到模型的最优解，即问题的最佳解决方法。为了检验得到的解是否正确，常采用回溯的方法。即将历史资料输入模型，研究得到的解与历史实际的符合程度，以判断模型是否正确。

第六步，实施方案。只有实施方案后，计划工作才有收获。这一步要求明确方案由谁去实施，何时去实施，如何实施；要求预计实施过程中可能会遇到的阻力，并为此制定相应的措施。

运筹学广泛地应用于研究有限资源如何合理运用以实现既定的目标。典型的运筹学方法当推线性规划。另外，随着计算机技术的进步和计算机的普及，像非线性规划、动态规划、整数规划、图论、排队论、对策论、库存论、模拟等一系列重要分支也逐步发展和完善起来。

自 20 世纪五六十年代以来，运筹学得到了迅速发展并开始普及，但也有一些管理学家对运筹学的作用提出质疑。他们对运筹学的批评大多集中在以下两个主要问题上。

第一，针对模型的假设条件。为了模型建立方便或降低模型的复杂程度，运筹学法往往要对原始问题进行若干假设和抽象，以适合数理计算，这样的做法可能会导致"削足适履"，过多的假设可能会使结果高度失真而失去解决实际问题的意义。为此，将运筹学模型和管理者经验相结合的计算机信息系统——"决策支持系统"应运而生。

第二，关于目标函数的结果问题。运筹学法最终要得到问题的最优解，而从管理实践的角度来看，由于决策目标通常有多个，且各个目标间又存在冲突，因此，最终方案可能是多个目标的折中，这时需要运用多目标决策理论来解决问题。管理者实际得到的是"满意解"，而不是附加了各种条件的"最优解"。

批评者的这些观点正是促使运筹学家改进运筹学方法的原因。

目前，随着计算机技术的不断发展，数学模型允许的复杂程度不断提高，以上的疑虑已得到了部分解决。虽然运筹学法远远不是一种完美的方法，但无疑要比简单地依靠经验推断和定性方法来作出计划科学得多。在某些领域中，运筹学法还是一种不可替代的有效的计划方法。

6. 预算法

预算是指用数字编制未来一个时期的计划，它可以分为财务预算和非财务预算两大类。其中，财务预算包括各种收入预算、费用支出预算、现金收支预算和投资预算等；非财务预算包括工时、材料、实物销售量和生产量等的预算。通过编制预算可将计划指标数字化，并将计划分解，可以使管理人员清楚地了解哪些部门使用多少资金，有多少收入，有多少投入量和产出量等，从而有可能更科学地授权，以便在预算的限度内实施计划。预算既是一种计划方法又是一种控制方法，编制预算是行使管理的计划职能，而执行预算、使用预算标准控制生产经营活动，则属于管理的控制职能。

传统的编制预算方法是编制固定预算，即将组织在未来某一时期内的计划用各种数字表示出来，不论将来的情况是否变化，预算确定的各种数字将不再作调整和修改。实践证明，过分硬性的固定预算不能使预算在计划和控制职能中发挥应有的作用。将所有的费用固定下来，管理人员毫无自由伸缩的余地，使控制难以富有弹性。况且，在硬性预算条件下，有些管理人员甚至认为实施预算比完成组织目标更为主要，这显然是不正确的。

为了克服固定预算的硬性限制，管理者们越来越重视采用弹性预算的编制方法。弹性预算法的具体形式有以下几种。

① 可变预算法。即先按各项活动的业务量分别计算出每项活动的预算费用，但这个预算并不一定是此项活动的最后的真实预算，当预算期结束时，再根据每项活动计算出实际应

得的预算费用。如果实际应得的预算费用不同于预先计算的费用，这就需要调整有关部门或活动的预算。

② 补充预算。即先确定一项最低额费用预算，然后在每月开始之前编制一份补充预算。可变费用预算是在预算执行后对预算进行调整，而补充预算是在预算前对其进行调整。

③ 选择性预算。采用这种方法，组织内要建立低、中、高 3 个档次的业务预算以备选择，然后在每届会计统计期开始时，通知各管理层应采用哪种预算。究竟选择哪一种预算应视组织内外经营环境的变化而决定。

预算编制的最新方法是目前在西方国家使用较为普遍的零基预算法。零基预算法（Zero-Base Budgeting, ZBB）最早由美国德州仪器公司的彼得·A. 菲尔于 1970 年提出，首先由佐治亚州政府采用，取得了很好的成效，然后广为企业界所应用。

零基预算法的基本原理是，在每个预算年度开始时，将所有过去进行的管理活动都看作是重新开始，即以零为基础。根据组织目标，重新审查每项活动对实现组织目标的意义和效果，并在成本—效益分析的基础上重新排出各项管理活动的先后次序，再依据重新排出的先后次序，分配资金和其他各种资源。美国的一些州政府还将这一原理推广应用于部门的设立，称之为"日落法"，即每年年终，现有的各个部门就像太阳落山一样宣告结束，当新的一年开始时，各部门必须向专门的审议机构证明自己确有存在的必要，才能像旭日东升那样重新开始。

在美国，实施零基预算制度的具体办法，各公司不尽相同，但一般来说，都要经过以下几个步骤。

①在制定零基预算之前，公司领导人首先提出总方针，以使各下属部门在拟定本部门目标和行动方案时能有所遵循；②各部门根据公司的总方针对本部门的业务进行研究，进而提出本部门下一年度的各项目标及其行动计划方案；③各部门不仅要计算出各种行动方案所需要的成本，而且还要对其带来的效益进行分析，也就是说，各部门不仅要计算出各项业务活动所需要的资金，而且还要估算可能获得的利润；④各部门按轻重缓急排列出各种行动方案的先后次序；⑤将本部门的预算总表和先后次序表全部上交至总公司，总公司根据先后次序表对资金进行分配。

值得注意的是，采用零基预算制度的美国公司并不是都将其应用到公司的每一个部门。例如，国际机具公司只是将该制度应用于负责发展新产品的幕僚部门和销售部门，这主要是因为应用该制度需要进行大量的计算工作，而进行这种计算工作又需要事先对有关人员进行大规模的培训。另外，根据公司的经验，将零基预算制度应用于计算间接成本的部门易取得较好的效果。

零基预算法的优点可以概括为以下几点：①准确全面地计算出各种数据，为计划和决策提供精确的资料，减少了盲目性；②使计划和控制富有弹性，增强了组织的应变能力；③当管理决策出现失误时，便于及时纠正。

在实施零基预算法时，应注意以下几个方面的问题。①负责最后审批预算的主要领导人员必须亲自参加对活动和项目的评价过程，使其真正清楚地了解该项预算的由来，以及判断它是否合理。②在对各项管理活动和具体项目进行评价和编制预算的过程中，要求所涉及的重要管理人员必须对组织有透彻的了解和理解。只有这样，他们才能对哪些活动是必要的，哪些活动虽然必要，但在目前是可有可无的，以及哪些活动是完全不必要的，进行正确的判断和取舍。③在编制预算时，资金按重新排出的优先次序进行分配，应尽可能地满足排在前面活动和项目的需要，如果资金有限，在分配到最后时，对于那些可进行但不是必须要进行的活动和项目，最好暂时搁置。

由此可见，零基预算法的精髓在于把管理控制的重点从传统的现场控制和反馈控制转向了预先控制，它强调"做正确的事"，而不是"正确地做事"，突出了组织目标对全部管理活动的指导作用，以及计划职能与控制职能之间的联系，以求更集中和更有效地使用资源，使组织目标的实现收到事半功倍的效果。

计划的方法有很多，滚动计划法、网络计划技术、投入产出法、标杆瞄准法、运筹学法和预算法是 6 种常用的有效方法。每种方法都有其特点，关键是能否在恰当的条件下灵活地运用。

8.7　目 标 管 理

计划编制完成后，就要把计划所确定的目标任务在时间和空间两个维度展开，落实到组织每个单位和个人，规定他们在计划期内应该从事的活动，达到的要求，这个过程就是计划的组织实施过程。目标管理就是其行之有效的方法之一。

8.7.1　目标管理

目标管理（Managing By Objectives，MBO）也称为成果管理，约在 20 世纪 50 年代中期出现，是以泰罗的科学管理和行为科学理论（特别是其中的参与管理）为基础形成的一套管理制度。一般认为，目标管理的思想是彼得·德鲁克在 1954 年发表的《管理实践》一书中最早提出来的。在 20 世纪 50 年代以后被西方企业普遍应用，美国应用得尤为广泛，而且特别适用于对管理人员的管理，所以也被称为"管理中的管理"。中国于 20 世纪 80 年代初开始引进目标管理法，现已在许多企业及其他社会组织中应用，并取得了较好的成效。目标管理是以"目标"作为组织管理一切活动的出发点、归宿点和手段，贯穿于一切活动的始终。它要求在一切活动开始之前，首先确定目标，一切活动的进行要以目标为导向，一切活动的结果要以目标的完成程度来评价，充分发挥"目标"在组织激励机制和约束机制形成中的积极作用。

1. 目标管理的产生与发展

现代西方管理主要是在古典管理理论的基础上发展而成的，这种管理推动了大工业的发展，但是随着时间推移，其僵化的一面也越来越突出，如管理者过分推崇技术性方法和标准，管理的层次太多，协调和沟通困难，企业员工的积极性普遍低下，效率不高，等等。

为了克服科学管理所产生的管理僵化现象，许多企业家和管理学家越来越强调管理要重视成果管理、短期目标、员工激励、利益共享。1954 年，彼得·德鲁克在《管理实践》一书中，首先提出了"目标管理和自我控制的理论"，并对目标管理的原理作了较全面的概括。可以说，对 20 世纪 50 年代以前的美国企业普遍存在的管理僵化问题，目标管理是解决问题的一个药方。

其实，在德鲁克之前，人们已经在管理实践中有意或无意地体现了这一管理思想，例如，通用电气公司在 1954 年为进行改组而拟订的广泛计划中，提出了目标管理的各要素。该公司指出，管理决策的分散进行，要求用客观目标和对目标完成进度的客观测定来代替主观的评价和个人的监督。通过实行一种客观的测定计划，可把管理人员从具体事务中解脱出来，使他们能集中精力去注意有关将来的具有倾向性的问题。此后，其他一些学者又进一步丰富目标管理的内容。1957 年，美国管理学家道格拉斯·麦克雷格就工作绩效的评价问题发表论文。他认为，参照目标来进行评价的方法使评价具有建设性，是把评价的中心放在工作成效上，而不像传统的主观评价法那样，将评价的中心放在个人品格上。他指出，以目标为基础的评价可以激发人们的工作热情，并能促使员工的成长和发展。美国学者爱德华·施莱在他的专著《成功管理》一书中，强调了目标管理的重要性。综上所述，目标管理思想的产生及发展，是许多管理学家努力工作的成果，其中德鲁克、通用电气公司、麦克雷格和施莱等人（机构）对目标管理的发展做出了突出的贡献。现在，目标管理已经发展成为一种各种组织实施计划的主要管理手段，它作为一种管理模式被普遍应用于管理领域。

2. 目标管理的内涵

目标管理是根据重视成果的思想，先由企业提出在一定时期内期望达到的理想总目标，然后由各部门和全体员工根据总目标确定各自的分目标，并积极主动、想方设法使之实现的一种管理方法。目标管理是一种先进的企业管理制度，它要求企业各级主管让员工参与工作目标的制定，明确责、权、利；在目标实施过程中，充分信任员工，进行适当的授权，让员工实行"自我控制"，努力完成工作目标；以目标对下级进行考核，评定成果，进行奖励，激发员工积极性，保证企业总目标的实现。因此，目标管理的实质，是以目标来激励员工的自我管理意识，激发员工行动的自觉性，充分发挥其智慧和创造力，以期最后形成员工与企业同呼吸、共命运的共同体。

由于目标管理的产生迎合了企业为了在激烈竞争中求得生存和发展，急需强化企业素质，实行有效管理的要求，在企业界产生了很大的反响，并取得了较好的效果，继而逐步推广到企业的所有人员及各项工作上，在企业中产生了深远的影响。在美国，不仅工业、金融业、公用事业等部门的大、中、小企业，就是大部分的政府机关、医院等都先后采用了这一方法。20 世纪 50 年代末，日本和西欧各国相继引进了目标管理，并根据本国的特点与其他管理方法综合加以运用，进一步丰富了目标管理的内容。现在，目标管理已成为世界上比较流行的一种企业管理体制。

综上所述，可以将目标管理的概念表述如下。

目标管理是指在计划期内，组织以目标作为一切管理活动的出发点、归宿点和手段。它要求组织的最高领导层根据组织所面临的形势和社会需要，制定出一定时期内组织经营活动所要达到的总目标，然后层层落实，要求下属各部门管理者以至每个员工根据上级制定的总目标制定出自己工作的目标和相应的保证措施，形成一个目标体系，并把目标完成的情况作为各部门或个人工作绩效评定的依据。简单地说，目标管理就是让组织的管理者和员工亲自参加目标的制定，在工作中实行"自我控制"并努力完成工作目标的一种管理制度或方法。

3. 目标管理的特点

从上面目标管理的概念可以看出，目标管理有以下几个特点。

① 目标管理是参与管理的一种形式。目标的实现者同时也是目标的制定者，即由上级与下级在一起共同确定目标。首先确定出总目标，然后对总目标进行分解。某一层次的目标

需要一定的手段来实现，将这些手段作为下一层次的目标，实现下一层次目标的手段又可以作为更下一层次的目标，这样逐级展开，并通过上下级共同协商，就可以制定出组织各部门直至每个员工的目标，用总目标指导分目标，用分目标保证总目标，就形成一个"目标—手段"链。这也正是目标纵向性的表现。目标管理重视协商、讨论和意见交流，而不是命令、指示、独断专行，是一种体现民主的管理。员工会感到自己受到尊重，还可从员工那里获得对实现组织目标的承诺，在一定程度上缓和了上下级之间的某些矛盾，有利于调动职工的积极性和创造性。

② 强调"自我控制"。德鲁克认为，员工是愿意负责的，是愿意在工作中发挥自己的聪明才智和创造性的。如果我们控制的对象是一个社会组织中的"人"，则我们应"控制"的必须是行为的动机，而不应当是行为本身，也就是说必须以对动机的控制达到对行为的控制。目标管理的主旨在于，用"自我控制的管理"代替"压制性的管理"，它使管理人员能够控制他们自己的成绩。这种自我控制可以成为更强烈的动力，推动他们尽自己最大的力量把工作做好，而不仅仅是"过得去"就行了。

③ 促使下放权力。集权和分权的矛盾是组织的基本矛盾之一，唯恐失去控制是阻碍大胆授权的主要原因之一。推行目标管理，就要在目标制定之后上级根据目标的需要，授予下级部门或个人以相应的权力。否则，再有能力的下级也难以顺利完成既定的目标，"自我控制"、"自主管理"也就成了一句空话。因此，授权是提高目标管理效果的关键，协调了集权和分权的矛盾，并是组织在保持有效控制的前提下，把局面搞得更有生气的有效手段。

④ 注重管理实效，是一种成果管理。目标管理非常强调成果，注重目标的实现。采用传统的管理方法评价员工的表现，往往容易根据印象、本人的思想和对某些问题的态度等定性因素来评价。实行目标管理后，由于有了一套完善的目标考核体系，从而能够按员工的实际贡献大小如实地评价员工的业绩。

⑤ 力求个人目标与组织目标融为一体。目标管理是一种系统管理思想，它要求以企业总目标为核心，各部门和个人围绕总目标提出各自具体的子目标，有机地组成企业目标体系。总目标限定和派生了部门的组织目标，部门又控制它所属的个人目标。总目标和子目标互相衔接，强调各部门和个人的子目标是为企业总目标服务的，只要所有部门和人都达到子目标的要求，企业总目标也就得到实现。因此，目标管理在增强员工在工作中的满足感，调动员工的积极性，增强组织的凝聚力等方面起到了很好的作用。

4. 目标管理的基本理论与原理

德鲁克认为，企业的目的和任务必须转化为目标，企业管理人员必须通过目标对下级进行领导并以此来保证企业总目标的实现，如果没有方向一致的子目标来指导每个人的工作，则企业的规模越大、人员越多时，发生冲突和浪费的可能性就越大。只有每个管理人员和工人都完成了自己的子目标，整个企业的总目标才有完成的希望。企业管理人员对下级进行考核和奖励也是依据这些子目标。他还主张，在目标实施阶段，应充分信任下级人员，实行权力下放和民主协商，使下级人员进行自我控制，独立自主地完成各自的任务。成果评价和奖励也必须严格按照每个管理人员和工人的目标任务完成情况和实际成果大小来进行，以激励其工作热情，发挥其主动性和创造性。德鲁克的上述主张奠定了目标管理的基本理论。

（1）动机激发理论

人的积极性是与需要相联系，由人的动机推进的。也就是说，动机产生于人的需要又支配着人的行动。只有了解人的需要和动机的规律性，才能预测人的行为，进而引导人的行为，调动人们的积极性。一般来说，当人产生某种需要而未得到满足时，会产生某种不安和紧张的心理状态，在遇到能够满足需要的目标时，这种紧张的心理状态转化为动力，推动人们去从事某种活动，向目标前进。当达到目标时，需要得到满足，这时又会产生新的需要，使人不断地向新的目标前进。目标管理就是遵循这一原理，根据人们的需要设置目标，使组织目标和个人需要尽可能地结合，以激发动机，引导人们的行为，去完成整体的组织目标。

（2）人性假设理论

传统管理把人假设为"经济人"，认为金钱是刺激人的积极性的唯一动力。目标管理则把人视为"社会人"，认为人不只是为面包而生存，影响人的生产积极性的因素，除物质条件外，还有社会、心理因素，工作效率主要取决于员工的士气，而士气又取决于家庭和社会生活，以及企业中人与人之间的关系。从"社会人"的假设出发，目标管理要求管理人员对下级采取信任型的管理措施。

① 管理人员不应只注意完成生产任务，而应把注意的重点放在关心员工、了解员工的需要上。

② 管理人员不能只注意计划、组织、指挥和控制等工作，而更应重视员工之间的关系，培养和形成员工的归属感和整体感。

③ 在实行奖励时，提倡集体的奖励制度重于个人奖励制度，并从正面引导员工，通过竞赛去达到目标，争取集体荣誉。

④ 管理人员应充分信任下属员工，经常倾听他们的意见，实行"参与管理"，在不同程度上让员工参加工作目标和实现方法的研究和讨论，以提高他们对总目标的知情度，加强责任感，以便实行"自我控制"和"自主管理"。管理人员的任务在于发挥员工的工作潜力，并把存在于他们中间的智慧和创造力发掘出来。

（3）授权理论

在目标管理中，动机激发固然是促使人们努力达成目标的首要措施，但如果目标制定之后，上级不能根据目标需要，授予下级部门或个人以相应的权力，那么仍然不能达到"自我控制"、"自主管理"的目的，即使再有能力的下级也难以顺利完成既定的目标。因此，授权是提高目标管理效果的关键。授权必须根据目标的需要，无目的的授权会因权力分散而以无效告终。授权以后，领导应充分相信被授权部门和个人，让他们放手工作，不应多加干涉，但仍需进行检查帮助，加强总体协调和过程管理。下级人员在接受权力以后，要根据目标需要，充分合理地使用上级赋予的权力，正确及时地处理目标管理中出现的问题，重大问题应及时主动地向上级报告。

目标管理运用了上述理论，把组织目标作为一个系统来看待，从整体出发来考虑管理问题。目标管理把组织总目标作为统领全局的要素独立出来，然后将总目标层层分解落实到组织内部各单位和个人作为分支目标，以分支目标来确保总目标，形成目标—责任链，使组织构成一个纵向到底、横向到边的有机联系的目标体系，并充分发挥目标考核在组织中形成的激励机制和约束机制，通过下属单位与个人的自我控制行为，实现整个组织的有效控制。这一基本原理如图 8－18 所示。

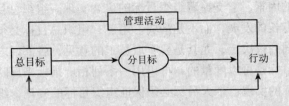

图 8-18 目标管理原理模型

8.7.2 目标管理的程序和做法

由于各个组织活动的性质不同,目标管理的步骤可以不完全一样。但一般来说,目标管理的程序包括 3 个阶段,即目标的制定与展开、目标的组织与实施、成果的检查与考核。这 3 个阶段形成一个周而复始的循环,预定目标实现后,又要制定新的目标,进行新一轮循环。这个过程如图 8-19 所示。

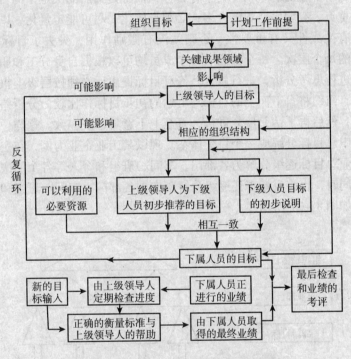

图 8-19 目标管理过程图

第一阶段,目标的制定与展开。

实行目标管理,首先要建立一套以组织总目标为中心的一贯到底的目标体系,组织目标的制定是目标管理的中心内容。总目标可以由下级和员工提出,上级批准,也可由上级部门提出,再同下级一起讨论决定。无论采取哪种方式,在组织总目标制定过程中都要注意以下几个问题。第一,组织高层管理者必须根据企业的长远规划和面临的客观环境清醒地判断目标能否完成,并在确定总目标的过程中发挥主导作用,而不能简单地将下级目标进行汇总来作为组织的总目标。第二,必须透彻地分析判断组织所拥有的资源实力、可调动资源的多寡、组织存在的问题和相对优势所在,判断自己是否有"核心专长"。组织的核心专长是组织存在与发展最关键的因素，它支撑着组织目标的最终实现。组织总目标的设定要考虑目标是否有助于组织核心专长的发展，而不是削弱。第三，组织总目标必须由高层管理者会同各级管理人员和员工共同商议决定，尤其是要听取员工的意见，各部门之间的目标要相互协调配合。第四，组织总目标是可以度量的，可以用一系列相应指标来反映并计量。第五，要求分目标必须保证总目标的实现，个人目标必须保证组织目标的实现，组织对整个目标体系要进行综合平衡。

组织的总体目标从上到下、层层分解、逐级落实的过程，就叫做目标展开。它是目标管理过程中最为关键的一个环节。目标展开的方法是自上而下层层展开、自下而上层层保证，上下级的目标之间是一种"目的—手段"的关系：某一级的目标，需要一定的手段来实现，这些手段又成为下一级的次目标，按级顺推下去，直到作业层的作业目标，从而构成组织目标连锁体系（如图8-20所示）。具体包括3个方面：首先，将组织总目标按组织体系层次和部门逐步下达、展开，直至每一个组织成员。这是一个自上而下层层展开的过程。但是在这一过程只是上级给下级的一个初步的推荐目标，而不是最后的决定了的目标。需要注意的是，目标必须有重点、有顺序，不能太多；必须具体化，尽可能定量化，以便于评估；目标必须对责任人既有挑战性又有重要性，否则就没有激励作用，失去了目标管理的意义。其次，组织体系中的每个层次、每个部门、每个成员均可以根据自身分工和职责的要求，结合初步下达的目标进行思考分析，进行修订。修订目标提出后必须按层级上报，这就是自下而上的过程。最后，组织将自下而上的目标与下达的初步目标作比较，分析差异，征询下级意见，再进行修订，然后再下达，反复进行，直至上下意见达成一致。这样，经过上下的多次反复，最终将组织总目标分解成一个目标体系。现以某工业企业为例，在企业总目标确定之后，首先要把企业总目标逐级分解为各部门、车间、班组和个人等各个层次的分目标，构成企业目标体系。同时，也将目标责任逐级分解落实到各部门、车间、班组和个人，形成企业目标责任体系，如图8-21所示。

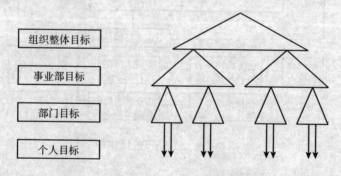

图8-20　总目标的展开

第二阶段，目标的组织与实施。

建立了组织自上而下的目标体系之后，组织成员就要紧紧围绕确立的目标、赋予的责任、授予的权力，运用自己的技术和专业知识，为实现目标寻找最有效的途径。为保证目标的顺利实现，目标管理的组织实施过程中非常强调权力下放和自我控制。"自我控制"，是指组织的下属机构和全体员工都按照自己单位和个人所承担的目标责任，在实现目标的过程中，充分发挥主动性和积极性，进行自主管理，即不断进行自我分析、自我检查、自找差

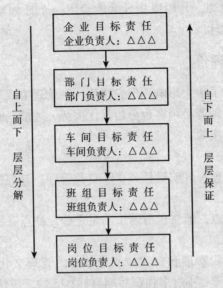

图 8-21 企业目标责任图

距、自我激励、自我完善。上级的管理则主要表现在指导、协助、授权、提供情报、提出问题、创造条件、纵横协调、改善环境等工作上；此外，就是做好检查和考核工作，实施奖惩。

因此，目标确定后，高层管理者就应放手把权力授予下级，而自己去抓重要的综合性管理工作。完成目标主要依靠执行者的自我控制。如果在明确目标之后，作为上级的高层管理者还像从前那样事必躬亲，便违背了目标管理的主旨，不能获得目标管理的效果。当然，这并不是说，上级在确定目标后就可以撒手不管了，上级的管理应主要体现在指导、协助、提出问题、提供情报，以及创造良好的工作环境等方面。

第三阶段，成果的检查与考核。

目标的实施如果没有检查，就会放任自流。为了保证目标的实现，对目标实施的全过程必须进行控制和检查，其基本做法是通过信息反馈系统，将组织所属各级单位和全体员工的目标实施情况定期逐级反馈到上级单位，从中发现差异，查清原因，以便及时采取措施，纠正偏差。若在检查中发现预定目标与实际情况不符，或因不可抗拒的原因造成无法实现预定目标，则应对预定目标进行调整修订。在检查工作中，可以把自检、互检与责成专门部门检查相结合，把专业检查与全面检查相结合，把定期检查与经常检查相结合。检查的依据就是事先确定的目标。

在对目标实施过程进行检查、控制的同时，还应根据目标对检查结果作出评价和考核，并根据评价结果实施奖励或惩罚。具体做法就是按月份或季度和年度定期组织管理人员对组织下属各级单位和全体员工的目标责任完成情况进行检查考评，并据考评结果决定工资、奖金的发放水平，组织行政的嘉奖惩罚和岗位职务的升降调动。如果目标没有完成，应分析原因总结教训，但切忌相互指责。上级应主动承担责任，并启发下级做自我批评，以维持相互信任的气氛。

一个计划期的目标管理过程结束之后，可根据检查考评资料发动员工进行总结，以推广成功的经验，吸取失败的教训，并用以指导和改善下一个计划期的目标管理工作，进行新的、更高水平的目标管理循环。

8.7.3　目标管理的评价

目标管理在全世界产生了很大影响，但它作为一种管理方式和其他管理方式一样，既有优点也有不足。因此组织管理者必须客观分析其优劣势，才能扬长避短，根据组织行为特点和外部环境适时运用，收到实效。

1. 优点

①形成激励；②有效管理；③明确任务；④自我管理；⑤控制有效。

2. 缺点

尽管目标管理有很多优点，但它也有若干不足之处。缺点有的是方法本身存在的，有的则是在运用过程中产生的。

①在组织内部建立以自我管理和自我控制为核心的管理文化比较困难；②目标确定困难；③制定目标缺乏统一指导；④过多强调短期目标；⑤缺乏灵活性。

本 章 小 结

　　本章对计划的概念作了详细的解释，在此基础上对计划的内容、性质、作用等问题进行了介绍。

　　计划与决策存在一定的关系，既相互区别又相互联系。

　　计划的种类很多，根据实际工作需要和不同的标准，可将计划分为不同的类型。计划要根据组织自身及环境特点来制定，组织及其所处环境特点的不同，计划工作的重点也不相同。哈罗德·孔茨等西方管理学者又把计划的类型或内容分为：宗旨或使命、目标、战略或策略、政策、程序、规则、规划、预算八大类，从计划职能的实现过程来看，它们是一种相互关联的多层次体系。

　　战略计划是指用于整体组织的，为组织未来较长时期设立总体目标和寻求组织在环境中地位的计划。战略计划的制定是一个严密的流程。

　　虽然计划的类型和表现形式各式各样，但科学地编制计划所应遵循的步骤却具有普遍性。一项计划的制定一般包括 3 个方面的工作：分析环境与预测、制定实现目标的行动方案并择优、计划方案的细化与预算化。具体而言，制定一个完整的计划一般需要 8 个步骤，即估量机会、确定目标、确定计划前提、拟订备选方案、评价备选方案、选定方案、制定支持计划、编制预算。常用的几种计划方法，包括滚动计划法、网络计划技术、投入产出法、标杆瞄准法、运筹学方法、预算法等。目标管理就是行之有效的方法之一。

◇ 第 **9** 章

组织及其设计

教学目标：通过本章的学习，对组织的内涵、特征有基本的了解和认识，明确组织的基本类型和划分依据，对集权与分权、控制幅度与管理层级、组织设计有初步的理解，明确组织发展的影响因素及其过程。

教学要求：了解组织的基本类型及其特点，理解集权与分权、幅度与层次的辩证关系，认识组织发展的影响因素及其过程，初步掌握组织设计的原则和方法。

9.1 组织的内涵与特征

9.1.1 组织的含义

组织有两种含义：一种是一般意义上的组织，泛指各种各样的社团、企事业单位，是人们进行合作活动的必要条件；另一种是特指管理学意义上的组织，即按照一定目的和程序组成的一种权责结构（或角色结构），也就是本书所要讲的组织。这个概念中包含了以下几点意义。

1. 组织有一个共同目标

任何一种组织都有 5 个要素，其中之一就是目标。一个组织之所以存在，只能是因为它执行一定的功能，否则就失去其存在的理由了。一个组织能够存在并发展下去，就是因为它有一定的目标。对于工商企业而言，它的目标就是经济效益。

2. 组织是实现目标的工具

组织既是有共同目标的共同体，又是实现目标的工具。组织目标是否能够实现，主要看组织内各要素之间的协调、配合程度，其中很重要的一个方面就是组织结构是否合理有效。什么样的组织才是合理有效的组织，正是管理学所要探讨的问题。

3. 组织包括不同层次的分工协作

组织为达到目标和效率，就必须分工协作，如层次分工、部门分工、责权分工。还需要进行协作，把组织上下左右联系起来，形成一个有机的整体。

9.1.2　组织的特征

组织有名词（静态组织、实体组织）和动词（动态组织、过程组织）二重性，因此组织的特征也有不同的理解。

·实体组织是指为达到一定的目标结合在一起的，具有正式关系的群体。实体组织的基本特征是：每一个组织都是由人组成；每一个组织都具有明确的目标或目的；每一个组织都具有一定的形式规范；组织成员明确自己的归属。

过程组织是指把分解的人、财、物、信息、技术等要素，在一定的空间时间内紧密联系并合理配置，与变化的外部环境相协调，向预定目标运行的活动过程。动态组织的特征是：组织分工与协作；合理的组织活动能使经济实体产生新的生产力；组织活动过程是一项系统工程。

9.2　组织结构及其设计

9.2.1　组织结构的基本类型

组织结构是组织的骨架，而合理完善的组织结构在很大程度上决定了组织目标能否顺利实现。市场交易的内部化，客观上要求企业建立一个有效的、较为发达的层级组织，以防止因组织的协调机制无效而造成的资源配置不合理。由于组织内外部环境的不同，组织结构的类型也不尽相同，一般来说，组织结构的形式有以下几种。

1. 直线型组织结构

直线型组织结构又称单线型组织结构。它是最早使用的一种结构类型，也是最为简单的一种类型。所谓"直线"，是指在这种结构中，职权从组织上层"流向"组织的基层。其优缺点如下。

优点是，结构简单，权责明确，领导从属关系简单，命令与指挥统一，上呈下达准确，解决问题迅速，业务人员比重大、管理成本低。缺点是，没有专业管理分工，对管理层的技能要求高，管理者容易陷入企业事务性工作之中，不能集中精力解决企业的重大问题。

直线型组织结构如图 9－1 所示。

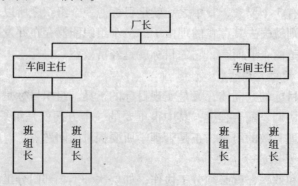

图 9－1　直线型组织结构

2. 直线职能型组织结构

直线职能型组织结构又称为 U 型组织结构（Unitary Structure），这种结构在直线型组织结构的基础上增加职能部门，作为直线管理人员的参谋、顾问，职能部门只对下级直线部门提供建议和业务指导，而不能发号施令。如图 9 - 2 所示。

直线职能型组织结构的优点是，既能保证统一指挥，又能发挥职能部门的参谋作用。其缺点如下：第一，职能部门划分会产生"隧道视线"，所谓"隧道视线"，是指职能部门的专业人员除了本身的技能外，其他专业都无法通晓，以致有了"见树不见林，知偏不知全"的弊病；第二，直线管理部门与职能参谋部门的工作不易协调，职能部门的意见如果被忽视，其工作积极性会受到影响。

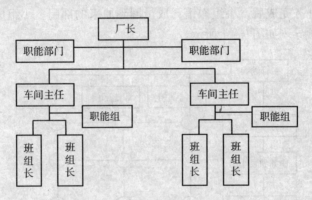

图 9 - 2 直线职能型组织结构

3. 事业部型组织结构

事业部型组织结构又称为 M 型组织结构（Multidivisional Structure），最早是由美国通用汽车公司总裁斯隆于 1924 年提出，于是又有"斯隆模型"之称。这一结构中的事业部是指在公司统一领导下，按照产品、地区或顾客的划分进行生产经营活动的半独立经营单位。事业部主要有两种形式。如图 9 - 3 所示。

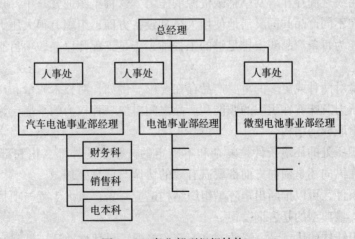

图 9 - 3 事业部型组织结构

事业部型组织结构的优点如下：有利于公司最高管理者摆脱日常行政事务，专心致力于公司的战略决策，充分调动各事业部的积极性，提高组织经营的灵活性和适应能力；还有利于公司培养人才、发现人才、使用人才，便于考核；另外，事业部以利润责任为中心，能够保证公司获得稳定的利润。

事业部型组织结构的缺点如下：公司与事业部的职能机构重叠，一定程度上构成管理人员的浪费；事业部实行独立核算，各事业部只考虑自身的利益，影响事业部之间的协作，整体性不强，内部沟通与交流不畅。

4. 矩阵型组织结构

矩阵型组织结构是由纵向的智能结构系统和横向的产品结构或项目系统交叉形成的组织结构。在这种结构中，为了完成某项任务，由各职能部门派员工联合组成专门的项目小组，并指定专人领导，任务完成后，小组撤销，成员回到原来的部门。小组成员受本职能部门和小组负责人的双重领导。如图 9-4 所示。

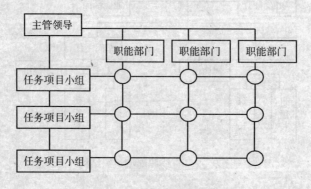

图 9-4 矩阵型组织结构

矩阵型组织结构的出现是企业管理水平的一次飞跃。当环境一方面要求专业技术知识，另一方面又要求每个产品线都能快速作出变化时就需要实行矩阵结构的管理。

在实际情况中，企业是否应该实行矩阵式管理，应依据以下三个条件来判断。

第一，产品线之间存在着共享稀缺资源的压力。这种组织通常是中等规模，拥有中等数量的产品线。在不同产品共同灵活地使用人员和设备方面，组织有很大压力。例如，组织并不足够大，不能为每条产品线安排足够的工程师，于是工程师以兼职项目服务的形式被指派承担产品服务。

第二，环境对两种或更多的重要产品存在要求。例如，对技术质量和产品快速更新的要求。这种双重压力意味着在组织的职能和产品之间需要一种权力的平衡，为了保持这种平衡就需要一种双重职权的结构。

第三，组织所处的环境条件是复杂和不确定的。频繁的外部变化和部门之间的高度依存，要求无论在纵向还是横向方面都要有有效的协调与信息处理。

根据以上条件，可以推断出矩阵型组织结构适应对象：重大工程与项目、单项重大事务的临时性组织。最典型的是咨询公司。

矩阵型组织结构的优点是：资源共享，交流畅通，灵活性、适应性强。由于所有的成员都了解整个小组的任务和问题，因而便于把自己的工作和整个工作联系起来，集思广益，集中优势解决问题。其缺点是：组织复杂，由于小组成员要接受双重领导，当两个上级意见不一致时，就会使他们的工作无所适从。

5. 网络型组织结构

网络型组织结构是日本学者山田荣作在《全球方略》一书中通过对多国企业结构的研究而提出来的一种组织结构形式。在知识经济时代，传统的多层次的组织结构正在向着减少中间层次的方向发展，组织中原有的大单位划分成小单位，形成相互联结的网络型组织。

网络型组织结构，又称为虚拟型组织结构。网络型企业组织结构产生的根本原因在于现代信息科学技术高度发达，互联网技术的广泛扩展和利用，使得企业与外界的联系极大增强，企业的经营地理范围不再局限于一个国家、一个地区，而是通过互联网与世界相连，世界成为名副其实的"地球村"。正是基于这一条件，企业可以重新审视自身机构的边界，不断缩小内部生产经营活动的范围，相应地扩大与外部单位之间的分工协作。这就产生了一种基于契约关系的新型组织结构形式，即网络型组织结构。

网络型组织结构是一种只有很精干的中心结构，而以合同为基础依靠其他组织进行制造、分销、营销或其他关键业务的经营活动的结构形式。被联结在这一结构中的各组织之间并没有正式的资本所有关系和行政隶属关系，只是通过相对松散的契约（外包合同）纽带，凭借互惠互利、相互协作、相互信任和支持的机制来进行密切的合作。如图9-5所示。

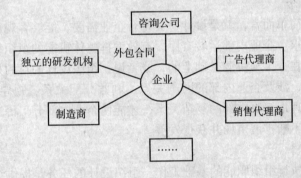

图9-5 网络型组织结构

网络型组织结构的优点是：采用这种结构的企业能够大大减少管理层次，由于其大部分职能都是"外购"的，中心组织就具有了高度的灵活性，并能集中精力做自己最擅长的事。在实际中，采用网络结构的大部分企业将自己的职能集中于设计或营销。其缺点如下：中心组织难以对制造活动实施严密的控制，因而在产品质量上存在风险；网络组织所取得的设计上的创新很容易被窃取，因为产品一旦交与其他企业生产，要想防止创新外泄将是十分困难的。

6. 控股型组织结构

控股型组织结构又称为H型组织结构（Holding Company Form），是一种比事业部更为彻底的分权结构。在采用控股型结构的企业中，起主导作用的是一个具有较强经济实力的控股公司，它通过控股、参股所拥有的控制权实现对成员企业的投资决策、人事安排、发展规划，以及生产、营销、开发等经营活动的控制和干预，协调和维持成员企业行为的一致性。成员企业之间根据相互控股、参股的程度和协作关系的不同，分为核心层企业、紧密层企业、半紧密层企业和松散层企业。核心层企业与紧密层企业之间是控股关系，核心层企业、紧密层企业与半紧密层企业之间是参股关系，核心层企业、紧密层企业、半紧密层企业与松散层企业之间是契约协作关系。核心层企业又称为控股公司或母公司。

与事业部型组织结构相比，控股型结构具有以下特点。

① 母公司和子公司不是行政上的隶属关系，而是资产上的联结关系。母公司对子公司的控制，主要是凭借股权，在股东大会和董事会的决策中发挥作用，并通过任免董事长和总经理来贯彻实施母公司的战略意图。

② 子公司与事业部不同，其在法律上是具有法人资格的独立企业。子公司有自己的公司名称和公司章程，其资产与母公司的资产彼此独立注册，各有自己的资产负债表。子公司自主经营、独立核算、自负盈亏，独立承担民事责任。

③ 与事业部型相比，控股型结构的优点是：由于母公司与子公司在法律上各为独立法人，母公司无须承担子公司的债务责任，相对降低了经营风险；子公司无法吃母公司的"大锅饭"，使子公司有较强的责任感和经营积极性。但也有其缺点：母公司对子公司不能直接行使行政指挥权，对子公司的控制必须通过股东大会和董事会的决策来发挥其作用；母公司与子公司各为独立纳税单位，相互间的经营往来及子公司的盈利所得需双重纳税。

9.2.2　组织设计

1. 组织设计的概念

企业组织设计，简单而言，就是设计一套符合企业需要，能够客观反映企业生产运营规律，适应市场竞争需求，企业内部运转有序，有效发挥整体机能的组织结构体系。

组织设计是建立在分工与协调基础上的，或者说，组织设计的目的是做好分工与协调工作。企业的组织设计，涉及企业内部的财产关系、利益分配关系、领导关系、组织规模等。组织结构必须有效合理地解决内部的复杂关系，才能使企业内部分工得当，协调一致，形成拳头式的组织力量，不断扩展市场并获得发展。

2. 组织设计的任务

设计组织结构是执行组织职能的基础工作。组织设计的任务是提供组织结构图和编制职位说明书。

组织的结构通常都用组织结构图来表示，用其勾画出正式组织系统的权、责关系。组织结构图很直观，它使组织中的每一个员工一看就知道自己所处的位置、向谁汇报、相互间的工作关系、沟通渠道和直线职权等，所以人们也把它称之为组织的蓝图。由于组织结构图明确规定了各领域的职责和职权，这样也使管理人员更便于协调各种活动、各种关系。可是组织结构图只反映了该组织在某一时点上的情况，因此，随着时间的推移及组织内外条件的变化，它需要变革和发展。

职位说明书是描述组织中某一具体职务的书面说明，它不仅是组织规范化管理的文件，而且是人员培训的主要标准。完整的职务说明书包括的内容如下。

① 职务名称。说明该职务具体名称，以及在组织中所占的层级与功能。

② 直属上级。说明该职务的直属上级是谁，以便今后工作成绩考核、纪律考核、奖金的审批等均由此人负责。

③ 责任。说明该职务所负的责任，在整个组织中所处的地位。

④ 义务。说明该职务的员工需尽哪一类义务，如何尽义务。

⑤ 工作项目。说明工作项目的内容，以及每一工作项目的绩效标准。

⑥ 职员本身应具备的条件。说明员工执行工作任务时，应具备的技术及人际关系技巧，对该职务员工的文化水平、工作经验、业务专长及心理素质等，均要提出要求。

⑦ 权责范围。说明员工可以独立做出决定的权责范围，以及可与上级商讨问题到什么程度，应做到权力和责任的平衡。

⑧ 工作关系。说明与其他职务、其他部门的工作关系，明确与哪些人沟通和接触。

⑨ 工资等级。说明员工圆满完成任务，达到令人满意的绩效时，可能获得的最大报酬。

⑩ 升迁标准。列出该职位向上一级职位升迁时应具备的条件。

3. 组织设计程序

组织设计一般包括以下基本程序。

① 根据组织目标进行任务划分、归类，为每一类任务确定关键管理岗位。

在组织目标确定之后，通过对组织目标的解剖和分析，确定达成组织目标的任务。根据任务的性质、工作量、完成的途径和方式将总任务进行划分。划分后的子任务应具体、明确，并尽可能地确定这些子任务的相互关系和顺序，然后将相近的或联系紧密的子任务归类。

② 选择合适的组织结构形态，建立不同层次的部门。

划分清楚活动和岗位之后，根据需要和习惯，选择设计组织的具体结构形态，然后对应每一类任务建立相应的不同层次的部门或机构。划分部门时，要注意避免部门之间职能的重复和遗漏，部门之间的工作量分配要尽量平衡。此外，还需对纵向、横向部门的相互关系、工作流程、信息传递方式等作出规定，使组织机构形成一个严密而又具有活力的整体。

③ 确定管理跨度，规定岗位的权责。

所谓管理跨度，就是一个上级直接指挥的下级数目。在组织结构的每一个层次上，根据任务的特点、性质及授权的情况，决定相应的管理跨度，由此便确定了关键岗位的数量。关键岗位确定之后，须对每个关键岗位职务的权责作出详细规定。

④ 配备部门的主要管理人员。

在完成了以上步骤之后，便需要按照关键岗位的任职条件，选拔配备相关的管理人员，并对普通员工作出相应的分配和安排。特别要限定清楚直线人员与参谋人员的配备。

⑤ 不断修正与完善组织结构。

组织设计完成之后，便进入了运行状态，在运行过程中，会暴露出许多漏洞和矛盾，因此必须根据出现的情况对组织结构作出及时调整，使组织结构在运行过程中得到不断修正和完善。

9.3　管理幅度与层次

9.3.1　管理幅度与层次

每一个组织的最高管理者因受到时间和精力的限制，需要委托一定数量的人分担其管理工作。委托的结果是减少了他必须直接从事的业务工作量，但与此同时，也增加了他协调受托人之间关系的工作量。因此，任何管理者能够直接有效地指挥和监督的下属数量是有限的。这个有限的直接领导的下属数量被称为管理幅度。

由于同样的理由，最高主管的委托人也需要将委托担任的部分管理工作再委托给另一些人来协助进行，并依此类推下去，直至受托人直接安排和协调组织成员的具体业务活动。由此形成组织中最高管理者到具体工作人员之间的不同管理层次。

显然，管理层次受到组织规模和管理幅度的影响。管理层次与组织规模成正比：组织规模越大，包括的成员越多，则层次越多；在组织规模一定的条件下，管理层次与管理幅度成反比：主管直接控制的下属越多，管理层次越少，相反，管理幅度越少，则管理层次越多。

管理幅度和管理层次的这种关系决定了两种基本的管理组织结构形态：扁平结构形态和金字塔形结构形态。

扁平结构是指在组织规模已定、管理幅度较大、管理层次较少时的一种组织结构形态。其优点主要是，由于层次少，信息的传递速度快，从而可以使高层尽快地发现信息所反映的问题，并及时采取相应的纠偏措施；同时，由于信息传递经过的层次少，传递过程中失真的可能性也较小；此外，较大的管理幅度，使主管人员对下属不可能控制的过多过死，从而有利于下属主动性和首创精神的发挥。但由于过大的管理幅度也会带来一些局限性：一方面管理者不能对每位下属进行充分、有效的指导和监督；另一方面每个管理者从较多的下属处取得信息，众多的信息可能淹没了其中最重要、最有价值的部分，从而可能影响信息及时有效的利用等。

金字塔形结构又称锥形结构，管理幅度小，其优点与局限性正好与扁平结构相反：较小的管理幅度可以使每位管理者仔细地研究从每个下属那里得到的有限信息，并对每个下属进行详尽的指导；但过多的管理层次，不仅影响了信息从基层传递到高层的速度，而且由于经过的层次太多，使信息在传递过程中容易失真；同时，过多的管理层次，可能使各级管理人员感到自己在组织中的地位相对渺小，从而影响积极性的发挥；过多的管理层次也往往容易使计划的控制工作复杂化。

以上两种结构各有千秋，一个组织究竟采用哪种结构形式为好，必须根据具体情况而定，使管理跨度和组织层次均衡，以投入产出的效果为依据来达到组织的目标。

9.3.2　影响管理幅度的因素

任何一个管理者所能管辖的下属人数必定存在限制和限额，因为任何人的知识、经验、能力和精力都是有限的。因此组织在进行结构设计时，就必须考虑这些问题，即每个主管人员直接指挥与监督的下属人数应以多少为宜。如何确定管理跨度，这一直是研究人员和管理者感兴趣的问题。美国的管理理论家格兰丘纳斯（V. A. Graicunas）提出了一个领导者与其直接下属之间发生联系的关系总数和直接下属人数之间关系的数学表达式，即：

$$I = N(2^{N+1} + N - 1)$$

式中，I 表示领导者与其直接下属发生联系的关系总数（包括直接单独联系、直接团体联系和交叉联系）；N 表示直接下属的数量。

从建立的关系式可以看出，当领导的直接下属人数以算术级数增加时，领导者与其下属发生联系的工作量将呈几何级数增加。

后来人们对这一问题的研究表明，影响管理幅度的因素来自两个方面。一是主观方面的因素，是由领导者的素质决定的；二是客观方面的因素，是由客观条件和下属人员素质决定的。

有效管理幅度的大小受到管理者本身的素质与被管理者的工作内容和性质、工作能力、工作环境与工作条件等诸多因素的影响，每个组织都必须根据自身的特点，来确定适当的管理幅度和相应的管理层次。

1. 工作能力

管理者的综合能力、理解能力、表达能力强，则可以迅速地把握问题的关键，就下属的请示提出恰当的指导意见，并使下属明确地理解，从而可以缩短与每一位下属在接触中所占用的时间。同样，如果下属具备符合要求的能力，受过良好的系统培训，则可以在很多问题上根据自己对组织任务及要求的理解去解决，从而可以减少向上司请示、占用上司时间的频率。这样管理的幅度就可以适当地放宽些。

2. 工作内容和性质

① 管理者所处的管理层次。管理者的工作在于决策和用人，在管理系统的不同层次，决策与用人的比重各不相同。决策的工作量越大，管理者用于指导、协调下属的时间就越少，而越接近组织的高层，管理人员的决策职能越重要，所以其管理幅度较中层和基层管理人员就会少。

② 下属工作的近似性。下属从事的工作内容和性质相近，则对每个人工作的指导和建议各阶层大体相同。这种情况下，同一管理者对较多下属的指挥和监督是不会有什么困难的。

③ 计划的完善程度。给下属明确目标的同时，必须有如何达到目标的实施计划。只有计划制定得明确，既有通向期望目标的路径，又有执行过程中政策许可的范围，下属才能及时理解上级的意图与策略，胜任职务，则管理幅度就宽。

④ 非管理事务的多少。管理者作为组织不同层次的代表，往往必须占用相当多的时间去进行一些非管理型事务。这种现象对管理幅度也会产生消极的影响。

3. 工作条件

① 助手的配备。如果下属的所有问题，不分轻重缓急，都要管理者亲自处理，那么必然要花费大量的时间，他能直接领导的下属数量也会受到进一步的限制。如果给管理者配备了必要的助手，由助手去与下属进行一般性的联络，并且直接处理一些明显的次要事情，则可以大大减少管理者的工作量，增加管理幅度。

② 信息手段的配置。信息沟通的技巧、有效性及文牍工作的数量都会对管理幅度产生影响，沟通越有效则幅度越宽。管理者布置每一项计划，下达指示和命令，以及组织调动和人事问题，都必须通过个人接触进行沟通。信息技术的发达，使管理者可以借助各种新手段来加速信息传播。管理者如果能简明快速地沟通信息就等于扩大了管理幅度。

③ 工作地点的近似性。不同下属的工作岗位在地理上的分散，会增加下属与管理者，以及下属之间沟通的困难，从而会影响管理者直接下属的数量。

4. 工作环境

任何组织，在制定政策的程序和保持既定政策的稳定性方面，变化的速度将影响管理的幅度。一般情况下，环境变化越快，变化程度越大，组织中遇到的新问题越多，下属向上级的请示就越有必要、越经常；相反，上级能用于指导下属工作的时间和精力就越少，因为他必须花费更多的时间去关注组织环境的变化，考虑应变的措施。因此，环境越不稳定，各级管理人员的管理幅度越受到限制。

9.4　集权与分权

9.4.1　集权与分权的含义

职权在组织中，是集中还是分散，不是职权的种类问题，而是职权的大小问题。集权意味着职权集中到较高的管理层次；分权则表示职权分散到整个组织中。

集权与分权是相对的概念，不存在绝对的集权和分权。职权绝对分散意味着没有上层管理人员；而绝对的集中则意味着没有下层管理人员。实际上，这两种组织结构都不存在。有层次的组织结构的建立，就已经存在着某种程度的分权。为使组织结构有效地运转，还必须确定分权的程度。

9.4.2　衡量标志

一般来说，集权或分权的程度，常常根据各管理层次拥有的决策权的情况来确定。

1. 决策的数目

基层决策数目越多，组织分权程度越高；反之，上层决策数目越多，集权程度就越高。

2. 决策的重要性及其影响面

若较低一级管理层作出的决策事关重大，影响面广，就可认为分权程度较高；相反，如下级作出的决策无关紧要，则集权程度较高。例如，只允许分厂作出有关经营管理方面决策的公司，其分权程度就低于还允许分厂拥有有关财务与人事方面决策的公司。

3. 决策审批手续的简繁

在作出决策后根本不需要审批的情况下，分权的程度就非常高；在作出决策后还必须呈报上级作出审批的情况下，职权分散程度就低一些；如果在作出决策前，必须请示上级，那么分权的程度就更低一些。此外，较低一级管理层在作出决策时请示的人越少，分权的程度就越高。

9.4.3　集权与分权相结合

1. 集权制与分权制

根据集权与分权的程度不同，可形成两种领导方式，即集权制与分权制。

集权制是指组织的管理权限较多地集中在组织的最高管理层。其特点是，经营决策权大多集中在高级管理层，中下层只有日常的决策权限；对下级的控制较多，如下级决策前后都要经过上级的审核；统一经营；统一核算。

分权制是指把管理权限适当分散在组织的中下级管理层。其特点是，中下层管理人员有较多的决策权限；上级的控制较少，往往以完成规定的目标为限；在统一规划下可独立经营；实行独立核算，有一定的财务支配权。

2. 二者相结合的意义

① 集权与分权结合是企业存在的基本条件。现实中，任何企业都不可能实行绝对的集

权或者绝对的分权。绝对分权，就是把全部管理权力都集中在企业最高管理者手中，这意味着在其之下，既没有管理人员，也不存在管理层次，分工与协作被一笔勾销，更无所谓组织结构。绝对分权则走向另一个极端，把管理权力全部下放，让各单位完全自主地进行生产经营，其结果是最高管理者的身份将不复存在，作为整体的企业也将消失。所以，集权与分权都只能是相对的，只有很好地结合起来，企业才能存在。

② 集权与分权相结合是企业保持统一性和灵活性的客观要求。企业内部的集权与分权，体现着不同的管理要求。集权体现的是企业统一性的要求，即只有实行必要的集权，才能实现生产经营的统一领导与指挥，实现对人、财、物等资源的统一调配，保证各单位围绕企业的统一目标而一致行动。与此同时，一定程度的分权体现的是增强企业灵活性和适应性的要求。所以，只有将集权和分权结合起来，才能适应市场经济对企业管理提出的客观要求，提高企业的经济效益。

③ 集权与分权相结合是保证二者取长补短的基本结构形式。集权与分权各有利弊，只有结合起来，才能扬长避短。一方面，集权有利于统一领导和指挥，加强对中下层组织的控制，这对于贯彻落实企业战略，合理利用企业经营资源，提高整体效益，具有重要意义。但是，集权也会限制中下层管理人员的主动性和创造性，加重高层管理者的工作负荷，还不利于全面管理人才的培养。另一方面，实行一定程度的分权，能够克服集权的上述不足。因此，只有建立二者结合的权力结构，才能取得相辅相成的良好效果。

9.4.4 影响因素

集权与分权的程度，是根据条件的变化而变化的。影响集权与分权的因素有以下几个方面。

1. 决策的代价

这里要同时考虑经济标准和诸如信誉、士气等无形标准。对于较重要的决策、耗费较多的决策，由较高管理层作出的可能性较大。因为基层管理人员的能力与获取的信息有限，限制了他们的决策。再者，重大决策的正确与否责任重大，因此往往不宜授权。

2. 规模问题

组织规模大，决策数目多，协调、沟通及控制不易，宜于分权。相反，组织规模小，决策数目少，分散程度较低，则宜于集权。

3. 管理哲学

管理人员的个性与所持的管理哲学影响权力的分散与集中。不同的领导者在企业经营中会采取不同的权力组合方式，这就从某种程度上反映了各具特色的管理哲学观念。

4. 管理人员的数量与管理水平

管理人员的素质与数量影响着权力分散的程度。管理人员数量充足，经验丰富，训练有素，管理能力较强，则可较多的分权；反之，则趋向集权。

5. 环境影响

决定分权程度的因素中大部分属于组织内部的，但影响分权程度还有一些外部因素，如经济、政治因素。这些外部因素常促使集权，例如，困难时期和竞争加剧可能助长集权。

6. 组织的动态特性与职权的稳定性

组织正处于发展中，要求分权；老的、较完善的组织或比较完善的组织，则趋于集权。

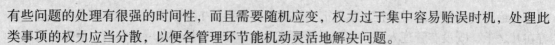

有些问题的处理有很强的时间性，而且需要随机应变，权力过于集中容易贻误时机，处理此类事项的权力应当分散，以便各管理环节能机动灵活地解决问题。

7. 控制技术及手段是否完善

控制技术的先进程度是反映企业管理水平的一个重要标志。通信技术的发展、统计方法、会计方法及其他技术的改善都有助于趋向分权。但电子计算机的运用也会出现集权趋势。

9.4.5 分权的途径

权力的分散可以通过两个途径来实现：制度分权与高层管理人员在工作中的授权。制度分权与授权的结果虽然相同，都是较低层次的管理人员行使较多的决策权，即权力的分散化，但两者存在一些区别。

1. 制度分权

制度分权是指在组织设计时，考虑组织规模和组织活动的特征，在工作分析、职务和部门设计的基础上，根据各管理职位工作任务的要求，规定必要的职责和权限。

2. 授权

授权是指担任一定管理职务的管理者在实际工作中，为充分利用专门人才的知识和技能，或出现新增业务的情况下，将部分解决问题、处理新增业务的权力委托给某个或某些下属。

3. 二者的联系和区别

① 制度分权是在详细分析、认真论证的基础上进行的，因此具有一定的必然性；而工作中的授权则往往与管理者个人的能力和精力、拥有的下属的特长、业务发展情况相联系，因此具有很大的随机性。

② 制度分权是将权力分配给某个职位，因此，权力的性质、应用的范围和程度的确定，须根据整个组织结构的要求；而授权是将权力委任给某个下属，因此，委任何种权力、委任后应作何控制，不仅要考虑工作的要求，而且要根据下属的工作能力。

③ 制度分权是相对稳定的，除非整个组织结构重新调整，否则制度分权不会收回；由于授权是某个管理者将自己担任的职务所拥有的权力因某项具体工作的需要而委托给某个下属，这种委托可以是长期的，也可以是临时的，授权者可以重新收回。

④ 制度分权主要是一条组织工作的原则，以及在此原则指导下的组织设计中的纵向分工；而授权则主要是管理者在管理工作中的一种管理艺术，一种调动下属积极性，充分发挥下属作用的方法。

⑤ 作为分权的两种途径，制度分权和授权是相互补充的。组织设计难以详细规定每项职权的运用，难以预料每个管理职位上工作人员的能力，同时也难以预测每个管理部门可能出现的新问题，因此，需要各层次管理者在工作中的授权来补充。

9.5 组织职权

职权划分是组织结构设计的内容之一，主要解决组织结构的职权问题。

9.5.1 职权的类型

职权是经由一定的正式程序赋予某一职位的一种权力。同职权共存的是职责，职责是某项职位应该完成的某项任务的责任。

在组织内，最基本的信息沟通就是通过职权来实现的。通过职权关系上传下达，使下级按指令行事，上级得到及时反馈的信息，作出合理决策，进行有效控制。

组织内的职权有3种类型：直线职权、职能职权和参谋职权。

1. 直线职权

直线职权是指某项职位或某部门所拥有的包括作出决策、发布命令等内容的权力，也就是通常所说的指挥权。

每一管理层的管理人员都应具有这种职权，只不过每一管理层次的功能不同，其职权的大小、范围也不同而已。例如，厂长对车间主任拥有直线职权，车间主任对班组长有直线职权。这样从组织的上层到下层的管理人员之间，便形成一个权力线，这条权力线被称之为指挥链或指挥系统，在这条权力线中，权力的指向由上到下，由于在指挥链中存在着不同管理层次的直线职权，故指挥链又叫层次链。它颇像链（一座金字塔，通过指挥链的传递，从上到下，或从下往上的进行）。所以，指挥链既是权力线，又是信息通道。

2. 职能职权

职能职权是指某项职位或某部门所拥有的原属于直线管理者的那部分权力，大部分是由业务或参谋部门的负责人来行使的。

由于管理人员缺乏某些方面的专业知识，以及存在着对方针政策有不同解释等问题，为改善管理的效率，而将一部分职权授予参谋人员或另外一个部门的管理人员，这部分职权就称为职能职权。职能职权可能由直线业务部门或参谋部门的管理人员来行使，不过更多的情况是由这两个部门的负责人行使，因为这些部门都是由一些职能管理专家组成的。以企业为例，总经理拥有全面管理公司的职权，当他授予人事、会计、采购或公司关系顾问职权后，让其直接向直线组织发布命令时，这些顾问便有了职能职权。职能职权是职权的一个特例，可以认为它介于直线职权与参谋职权之间。

3. 参谋职权

参谋职权是指某项职位或某部门所拥有的辅助性职权，包括提供咨询、建议等。参谋职权的概念由来已久。在中外历史上很早就出现了为统治者出谋划策的智囊人物。近代组织中出现的参谋及其职权来自军事系统。1807年，普鲁士军事改革家香霍斯特创建了军事参谋制度。军事统帅的所有决策过程，必须依赖参谋部集体智慧的支持来完成。以后德国、美国等军队也相继实行了参谋组织，并成为军队中不可缺少的部分。随着社会的发展，管理问题的日益复杂，"多谋善断"，由独自一人来完成已不可能，不仅在军事上，而且在政治、经济等领域都需要出谋划策的参谋人员。

参谋的形式有个人与专业之分。前者是参谋人员，参谋人员是直线人员的咨询人员，他协助直线人员执行职责。专业参谋，常常是一个独立的机构或部门，就是一般所谓的"智囊团"或"顾问班子"。专业参谋部门的出现，是时代发展的产物，它聚集了一些专家，运用集体智慧，协助直线主管进行工作。

9.5.2 处理好3种职权的关系

直线职权与参谋职权本质上是一种职权关系，而职能职权介于直线职权与参谋职权之间。在管理工作中，应处理好这3种职权之间的关系。

1. 注意发挥参谋职权的作用

从直线与参谋的关系看，参谋是为直线管理人员提供信息，出谋划策，配合他们工作。参谋人员主要为决策者提供必要的信息咨询等一系列服务工作。发挥参谋作用时，应注意以下几点：参谋应独立提出建议，参谋人员多是某一方面的专家，应让他们根据客观情况提出建议，而不应该左右他们的建议；直线管理人员不为参谋左右，参谋应多谋，直线应善断。直线主管可广泛听取参谋的意见，但要切记，直线管理人员是决策者。

2. 适当限制职能职权

职能职权的出现是为了有效地实施管理，但也带来了多头领导的弊端，所以有效使用职能职权在于正确地权衡这种"得"与"失"。一般认为，限制职能职权的使用所得常常大于所失。

限制职能职权的使用，首先要限制其使用范围。职能职权的使用常限于解决"如何做"，"何时做"等方面的问题。如果扩大到"在哪做"、"谁来做"、"做什么"等方面的问题时，就会取消直线主管的工作。其次要限制级别。职能职权不应越过上级下属的第一级，如财务科长或人事科长不应越过车间主任等。职能职权应当在组织中关系最接近的那一级。

9.6　组织部门化

组织活动应经过专业化分工而组合到部门中，劳动分工创造了专家，也对协调提出了要求。将同类专家们归并到一个部门，在一个管理者指导下工作，就可以促进协调。所以在开始构造组织活动时，先要分析组织的主要活动。所谓部门化，是指将组织中的工作活动按一定的逻辑安排，归并为若干个管理单位或部门。组织内类似的活动应放在同一领导之下，以减少摩擦，提高效率。

如果没有部门划分，直接管辖下属的人数有限就会限制组织发展的规模。只有把组织的活动与成员分组为各个部门，才可能使组织扩展到无限的程度。划分部门有一定的原则：一般相似的职能应组合在一起，有联系的相关职能可归并在一处，合并不同的职能以利于协作，有利害冲突的职能应分开，尊重传统的习惯及工作守则，有利于满负荷工作量。

部门划分的标志有人数、时间、职能、地域、产品、顾客、市场定向、生产过程、服务方向等。一个组织不一定只使用单一划分部门方法，只要哪一种部门化方法最有利于实现组织目标就选择哪一种方法。大多数组织均需要应用多种不同基础的部门化，划分的部门需要注意上下、左右的协调与统一。

1. 职能部门化

按职能将生产经营活动进行分组是一种最普通的划分部门的方法，即概括企业活动的类型，将相同的或类似的活动归并在一起作为一个职能部门，如企业中的生产、销售、财务、采购、运输等活动。这是组织活动中最经常采用的基本方法，几乎所有企业组织中都存在这种方式，如图9-6所示。

　　这种划分符合专业化分工的原则，有效利用人力资源，简化了训练，易于监管指导，专家集中在同一部门，内部活动容易协调。但职能部门化也带来不利因素，各部门忠于某一职能，本位主义抬头，只见局部缺少全局考虑，对出现的责任与绩效评估很难分清属于哪一部门。

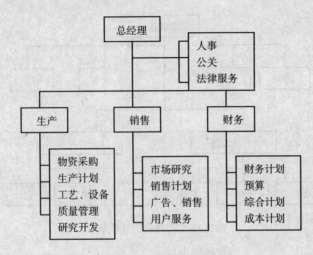

图9-6　职能部门化组织

2. 区域部门化

　　按地理区域成立专门的部门，即地区部门化。原则上把一个规定区域或地区内所有的活动组合在一起，委任一名经理管理，这是许多全国性或者国际性的大公司，如跨国公司等，常采用的组织形式，如图9-7所示。

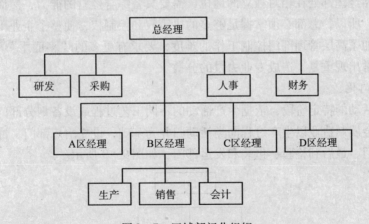

图9-7　区域部门化组织

　　这种划分方法的优越性是有效利用当地的劳动力和推销人员，熟悉当地市场和各类政策，反应迅速，有利于提高经济效率，便于区域性协调，特别适宜培养综合性经营管理人才，而且他们的成绩便于评估。最大缺点是管理成本高，为高层经营管理增加了难度，需要较多的具有全面管理能力的人才。

3. 产品部门化

在大规模的多元化经营的企业中，以产品系列化对企业活动进行分组日益普遍，把那些战略上一致、竞争对象相同、产品重点类似的同类业务或产品归在一个部门，称为产品部门化。如图9-8所示。按产品的不同来划分和设置企业组织的横向部门。这种部门化组织形式适合于多元化生产经营的大型企业，它属于分权化的组织形式。

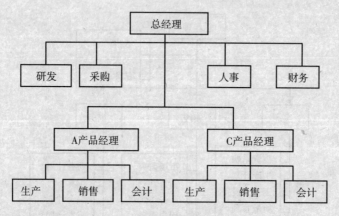

图9-8　产品部门化组织

产品部门化的优点是有利于专用设备使用，最大限度发挥个人技能和专门知识，有关产品的某些活动易于整合和协调，从而提高决策速度和有效性。对于产品部门的经理来说，能切实地承担利润的责任。而对于总经理来说，能更清楚地评价每一系列产品对总利润所做的贡献。这样就能做到以产品部门为利润中心，便于对成本、利润和绩效的测定和评价。但是，产品部门化也存在自身固有的不足，各产品部门分别需配置各类职能专家，管理成本上升，每一个产品经理都处在相对独立的地位，需要具备综合经营的能力，然而他们关心的是本部门的产品，所以，总部必须掌握足够多的决策权和控制权，使整个企业不至于分化。这就在无形中增加了高层管理部门控制工作的难度，要求有更多的"多面手"。组织的纵向层次职能部门经常出现重复，造成专业力量的分散。

4. 过程部门化

按照组织活动的特定阶段，依据生产活动的不同工艺过程或设备划分部门，称为过程部门化。例如，金属制造业以生产过程同类活动归并为基础，设立冶炼部门、冲压部门、焊接部门、电镀部门，最后到检验、包装和发运部门，如图9-9所示。

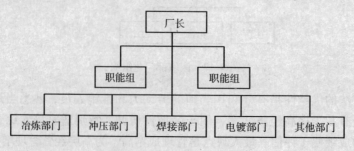

图9-9　过程部门化组织

9.7 组织设计的依据与原则

9.7.1 设计依据

管理职务及其结构的设计是为了合理组织管理人员的劳动。而需要管理的组织活动总是在一定的环境中利用一定的技术条件，并在组织总体战略的指导下进行的。组织设计不能不考虑到这些因素的影响。此外，组织的规模及其所处阶段不同，也会要求与之相应的结构形式。

1. 战略

组织结构必须服从组织所选择战略的需要。适应战略要求的组织结构，为战略的实施和组织目标的实现，提供了必要的前提。

战略是实现组织目标各种行动方案、方针和方向选择的总称。为实现统一目标，组织可以在多种战略中进行挑选。例如，作为经济组织的企业，为实现利润、求得成长的目标，既可以生产低成本、低档次的产品，以廉价去争取众多的低收入用户，求得数量优势，也可以利用高精技术和材料生产高档次产品，争取高收入消费者，以求得质量优势；在同一类商品的生产中，既可以制造适应各类消费者需要的不同规格、不同型号的产品，也可以专门制造满足某一类用户特殊需求的产品；在产品的销售市场上，遇到无力抗争的竞争对手时，企业既可以通过开发新产品来避开，也可以通过市场转移来寻求生机。

战略选择不同，在两个层次上影响组织结构，首先，不同的战略要求不同的业务活动，从而影响管理职务的设计；其次，战略重点的改变会引起组织的工作重点、各部门与职务在组织中重要程度的改变，因此要求各管理职务及部门之间的关系作相应的调整。

2. 环境

任何组织都存在于一定的环境之中，鉴于组织与环境的相互作用，从管理角度看，环境对组织的作用主要体现在环境对组织结构与行为的影响上。具体说来，其影响可以概括为以下 3 个方面。

（1）环境对组织结构的影响

组织是社会大系统中的一个子系统，组织外部存在的其他子系统与组织必然产生一定的关联，而且各子系统构成的社会大系统的各种构成要素与要素作用决定了各子系统的结构和运行。这说明，从系统论观点看，环境对组织的结构作用实际上就是系统中的关联作用，其作用结果体现在组织构成、部门、运行模式和管理结构等方面。例如，我国计划经济与市场经济体制下的企业。作为环境的体制对企业的影响是十分关键的，计划经济体制环境下，企业的任务在于利用国家供给的各种生产要素制造产品，要素的配置按国家规定的系统拨给，产品的去向按国家组织的渠道流出，这就决定了企业的机构设置主要围绕计划生产过程进行；市场经济体制环境下，企业面临的是商品竞争的经营环境，其生产要素供给和产品流通由市场决定，企业的组织结构必须按自主经营、对所有者负责和以市场为导向的思路调整，并设置相应的管理机构。

（2）环境对组织关系的影响

环境对组织关系的影响主要是对组织各部门关系的影响。例如，在技术与市场相对稳定的环境中，企业管理的主要矛盾是提高生产率，扩大生产规模，因而形成了以生产管理为中心的管理结构体系；在多元化的市场竞争与开放化的环境中，以市场为导向的竞争管理逐渐上升为主要矛盾，在企业设置的各管理部门中，经营决策部门和市场营销部门必然成为协调或联系各部门的纽带，其作用变得突出；面对知识经济和新技术革命发展迅速的环境，企业的研究开发部门与市场营销和生产部门结合，成为主导企业发展的关键，这些部门之间的关系又会产生新的变化。

（3）环境对组织变革的影响

环境对组织变革的影响主要是环境的变化对组织的作用。从管理角度看，环境的稳定与否，对组织结构的要求也是不一样的。稳定环境中的管理，要求设计出"机械式"的组织管理结构，其中，管理部门与人员的职责界限分明，工作内容和程序相对稳定，等级结构严密。多变的环境则要求组织结构灵活，采用"有机式"的组织管理结构，其中，各部门的责权关系、工作内容和范围需要经常作出适应性调整，这时的组织等级关系不甚严密，组织设计中强调的是横向沟通和统一协调，而不是纵向的等级控制。在 21 世纪的企、事业组织发展中，环境的迅速变化已是一个摆在人们面前的不争的现实，因而有机组织结构研究已引起管理界的高度重视。

3. 技 术

组织的活动需要利用一定的技术和反映一定技术水平的物质手段来进行。技术及技术设备的水平不仅影响组织活动的效果和效率，而且会作用于组织活动的内容划分、职务的设置和工作人员的素质要求。信息处理的计算机化必将改变组织中的会计、文书、档案等部门的工作形式和性质。

技术对组织结构的影响，最明显地体现在作为经济组织的企业上。现代企业的一个最基本特点是，在生产过程中广泛使用了先进的技术和机器设备。由人制造的设备和设备体系有其自身的运转规律，这个规律决定了对运用设备进行作业的工人的生产组织。在某些条件下，人们必须把某一类产品的制造置于一个封闭的生产车间内完成；而在另一条件下，人们又可让不同车间的生产专门化，只完成各类产品的某几道工序的加工。

4. 组织规模及所处发展阶段

规模是影响组织结构的一个不容忽视的因素，适用于仅在某个区域市场上生产和销售产品的企业组织结构形态不可能也适用于在国际经济舞台上从事经营活动的巨型跨国公司。

组织的人员规模与资产、经营和效益规模具有一定的联系，其综合作用体现在一定环境和技术条件下组织的阶段性发展上。随着组织的创建和发展，组织活动的规模必然发生变化，由此引发了组织结构调整问题。美国学者托马斯·凯伦（Thomas J. Cannon）提出了组织规模发展的五阶段结构理论，认为组织在发展过程中要经历创业、职能发展、分权、参谋激增和再集权阶段；在不同的发展阶段，要求有与之相适应的组织结构形态。

（1）创业阶段

组织创业阶段的决策和日常管理往往由最高管理者直接作出，在组织结构上要求简单、精练，管理职能的发挥重在决策和协调、指挥，这一需求决定了相对简单的组织结构形态。

（2）职能发展阶段

随着组织活动的开展和专门化管理职能的形成，这一阶段的管理逐渐正规化、体系化，要求以最高决策者、管理者为中心设置体系化的职能管理部门，以提高组织运行的效率与效益。

（3）分权阶段

随着组织规模的扩大，组织成员的工作日趋复杂，为了有效地解决日益增多的管理问题，需要采用分权的方法来应对职能结构引发的诸多矛盾，组织结构逐渐向以事业部为基础，事业部与职能部门管理相结合的模式转变。

（4）参谋激增阶段

为了适应越来越大的规模管理需要，为了保证决策的科学性和有效性，各层次管理部门特别是高层管理部门往往增设了一些参谋职位，以此形成对组织决策的支撑，这一变化在组织结构上便是权力知识化管理体制。

（5）再集权阶段

分权与参谋激增解决了组织发展中的专业化、知识化管理问题，然而也产生了管理分散问题，促使组织的决策权力再一次集中。新的权力集中是一种高水平的集中，它体现了以分权、权力知识化为基础的新的集中决策权的管理结构形态。

凯伦的理论反映了组织正向发展的问题，对于逆向发展，如市场变化导致企业规模的缩小，同样可以逆向利用"发展理论"寻求相应的组织结构形态。

9.7.2　设计原则

组织所处的环境，采用的技术、制定的战略、发展的规模不同，所需的职务和部门及其相互关系也不同，但任何组织在进行机构和结构的设计时都需要遵守一些共同的原则。

1. 因事设职与因人设职相结合的原则

组织设计的根本目的是为组织目标的实现，是使目标活动的每项内容都落实到具体的职位和部门，即"事事有人做"，而非"人人有事做"。因此，组织设计中，逻辑性的要求首先考虑工作的特点和需要，要求因事设职，因职用人，而非相反。但这并不意味着组织设计中可以忽视人的因素，忽视人的特点和人的能力。

组织设计过程中必须重视人的因素，这是多方面的要求。

① 组织设计往往并不是为全新的、迄今为止还不存在的组织设计职务和机构。在那种情况下，也许可以不考虑人的特点。但是，在通常情况下，管理者遇到的实际上是组织的再设计问题。随着环境、任务等某个或某些影响因素的变化，重新设计或调整组织的机构与结构，这时就不能不考虑到现有组织成员的特点，组织设计的目的就不仅是要保证"事事有人做"，而且要保证"有能力的人有机会去做他们真正胜任的工作"。

② 组织中各部门各职位的工作最终是要人去完成的，即使是一个全新的组织，也并不能在社会上招聘到每个职务所需的理想人员。如同产品的设计，不仅要考虑到产品本身结构合理，还要考虑到所能运用的材料的质地、性能和强度的限制一样，组织机构和结构的设计，也不能不考虑组织内外现有人力资源的特点。

③ 任何组织，首先是人的集合，而不是事和物的集合。人之所以参加组织，不仅有满足某种客观需要的要求，而且希望通过工作来提高能力、展现才华、实现自我价值。现代社

会中的任何组织通过其活动向社会提供的不仅是某种特定的产品或服务，而且是具有一定素质的人。可以说，向社会培养各种合格有用的人才是所有社会组织不可推卸的责任。为此，组织的设计也必须有利于人的能力的提高，必须有利于人的发展，必须考虑到人的因素。

2. 管理幅度原则

在组织管理中，合适的管理幅度并没有一个统一的标准，且组织之间的差异导致了管理幅度的差别。我们应该做的是，从分析影响管理幅度的权变因素出发，根据组织目标确定适当的管理幅度。

管理幅度的影响因素包括组织性质、组织层级、人员素质、组织条件和组织环境等方面因素。一般来说，企业组织比事业组织具有较大的管理幅度、知识密集型组织比劳动密集型组织的管理幅度小。位于组织层级中的较低层次的管理幅度，由于工作相对简单，其管理幅度较大；位于组织层级中的高层管理层次的管理幅度，由于非常规决策管理多，且问题复杂性程度高，其管理幅度较小。在同类、同规模、同性质的组织中，人员素质高的组织的管理幅度比人员素质低的组织的管理幅度大。工作条件包括技术条件、信息条件等优越的组织，一般具有较大的管理幅度。处于动态环境和复杂环境中的组织，其管理幅度比处于相对稳定环境和简单环境中的组织要小。这些因素是设计和控制管理幅度时要综合考虑的。

管理幅度与管理层次有关，管理幅度的增大可以减少管理层次，提高管理的效率和水平。但是，管理幅度的不适当扩大，如果超出了组织成员的能力，脱离现实，也会适得其反，其结果将使管理失效，影响组织绩效。因此，在组织设计与建设中应将管理幅度控制在合理的水平上。

3. 权责对等原则

组织中每个部门和职务都必须完成规定的工作。而为了从事一定的活动，都需要利用一定的人、财、物等资源。因此，为了保证"事事有人做"，"事事都能正确地做好"，则不仅要明确各个部门的任务和责任，而且在组织设计中，还要规定相应的取得和利用人力、物力、财力及信息等工作条件的权力。没有明确的权力，或权力的应用范围小于工作的要求，则可能使用权责任无法履行，任务无法完成。当然，对等的权责也意味着赋予某个部门或职位的权力不能超过其应负的职责。权力大于工作的要求，虽然能保证任务的完成，但会导致不负责任的滥用，甚至会危及整个组织系统的运行。

4. 命令统一原则

除了位于组织金字塔顶部的最高管理者外，组织中的所有其他成员在工作中都会收到来自上级行政部门或负责人的命令，根据上级的指令开始或结束、进行或调整、修正或停止自己的工作。但是，一个下属如果可能同时接受两个上司的指导，而这些上司的指示并不总是保持一致的话，那么，他的工作就会造成混乱。如果两个上司的命令相互矛盾，下属就会感到无所适从。这时，下属无论依照谁的指令行事，都有可能受到另一位上司的指责。当然，如果下属足够聪明，且有足够的胆略的话，他还可利用一位上司的命令去影响另一位上司的指示，不采取任何执行行动。这显然也会给整个组织带来危害。这种现象便是组织设计中应注意避免的，组织工作中不允许存在的"多头领导"现象。与之相对立的"同一命令"或"统一指挥"的原则指的是"组织中的任何成员只能接受一个上司的领导"。

统一命令是组织工作中的一条重要原则。组织内部的分工越细、越深入，统一命令原则对于保证组织目标的实现的作用就越重要。只要实行这一原则，才能防止政出多门，遇事互相推诿、扯皮，才能保证有效地统一和协调各方面的力量、各单位的活动。

但是，这一重要的原则在组织实践中常遇到来自多方面的破坏。最常见的有两种情况。

图9-10表明了组织中各个职务之间的等级关系。

在正常情况下，D和E只接受B的领导，F和G只服从C的命令，B和C都不应闯入对方的领地。但是，如果B也向F下达指令，要求他在某时某刻去完成某项工作，而F也因其具有与自己的直系上司C相同层次的职务而服从这个命令，则出现了双头领导的现象。这种在理论上不应出现的现象，在实践中却经常会遇到。

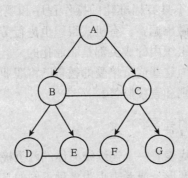

图9-10　等级关系

在正常情况下，A只能对B和C直接下达命令，但是如果出于"效率"和"速度"的考虑，为了纠正某个错误，或及时停止某项作业，A不通过B或C，而直接向D、E或F、G下达命令，而这些下属的下属对自己上司的上司的命令，在通常情况下是会积极执行的。这种行为经常反复，也会出现双头或多头领导。这种越级指挥的现象给组织带来的危害是极大的，它不仅破坏了命令统一的原则，而且会引发越级请示的行为。长此以往会造成中层管理人员在工作中的犹豫不决，增强他们的依赖性，诱使他们逃避工作、逃避责任。最后会导致中间管理层、乃至整个行政管理系统的瘫痪。

为了防止上述现象的出现，在组织设计中要根据一个下级只能服从一个上级领导的原则，将管理的各个职务形成一条连续的等级链，明确规定链中每个职务之间的权责关系，禁止越级指挥或越权批示；在组织实践中，在管理的体制上，要实行各级行政首长负责制，减少甚至不设各级行政首长的副职，以防止副职"篡权"、"越权"，从而干扰正职的工作，以保证命令统一原则的贯彻。

9.8　组织结构类型选择

组织结构是一个组织各构成部分及各部分间所确立的关系。每个组织由于其所处的内外部环境不同，组织目标也不一样，每个组织都有各自的特点，为了有效地实现组织的目标，必须建立与之相适应的组织结构。组织结构有两类不同的模式，一类称为机械式组织，另一类称为有机式组织。

机械式组织，也称官僚行政组织，是传统的理想化设计原则的产物。该组织结构的模式支持统一指挥的原则，产生于一条正式的职权层级链，即每个人只能接受一个上级的控制和监督，因而保持了较窄的管理幅度，并且随着组织内管理层次的增加使管理幅度缩小，这样就产生了一种垂直式的组织结构。这种结构使组织的高层与低层的距离扩大，使高层管理者无法对低层的活动进行直接的接触与监管，只能使用制定各类规则、条例的方法来控制各级管理层，按标准的要求进行作业行为。社会的发展由于对高度劳动分工的信任，导致了分工越来越细，工作变得越来越简单化、常规化和标准化。

有机式组织也称适应性组织，它与机械式组织正好形成鲜明的对照，有机式组织是低复杂化、非正规化和分权化的组织。它是一种松散、灵活的具有高度适应性的组织。它没有机械式组织那样的僵硬与稳定，不具有标准化的操作程序和规则、条例，它是一种松散的结构，能根据各种需要，迅速地做出调整。有机式组织也进行劳动分工，但是组织内成员的工作并不是标准化的工作。这种组织内的成员都是职业化的，经过训练，具有熟练的技巧，能随机应变地处理各类问题。因为这些成员接受的教育已将职业行为的标准化融入他们的日常行为中，所以不需要正式的规则和直接监督。

9.8.1 两种组织结构的差异

机械式组织和有机式组织代表着一个连续统一体的两个极端，它们之间实际上存在无数的中间过渡状态，可以有多种变形，或者表现为多种不同的具体形式。两种组织模式的特征和使用条件有很大的差异。例如，刚性—机械式组织对任务进行了高度的劳动分工和职能分工，以客观的不受个人情感影响的方式挑选符合职务规范要求的合格的任职人员，并对分工以后的专业化工作进行集权严密的层次控制，同时制定出许多程序、规则和标准，这类企业，在组织上无疑具有明显的刚性—机械式结构特征。

那些通过分权而使中层管理人员承担了部分决策权，主要通过产出计划来进行控制的事业部企业，其各个事业部的内部特征并没有根本改变，只是程度有所减弱而已。

弹性—有机式组织不设置永久的固定职位和职能界限严格确定的部门。基层人员有权限根据自己的技能和所掌握的信息决定应该采取的行为，成员之间直接的横向及斜向的沟通和协调，取代纵向沟通和层级控制而成为实现目标的主要手段，这类企业是具有较高的适应性和创新性的有机式组织。

1. 组织特性差异

① 刚性—机械式组织具有以下特征：任务被划分为独立的专业化部分；职责范围受严格精确限定；有明确的职权等级和许多程序规则；有关工作的知识及对任务的监控集中在组织上层；强调上级对下级的纵向沟通；协调和控制倾向采用严密结构的层级组织（如职能型组织）。

② 弹性—有机式组织具有以下特征：员工围绕共同的任务开展工作；职责范围在相互作用中不断修正；职权等级和程序规则少；有关工作的知识及对任务的监控分散在组织之中；强调上下级双向的沟通及横向和斜向的沟通；协调和控制经常依靠相互调整和具有较大灵活性的组织系统（如矩阵型组织）。

2. 适用条件差异

① 刚性—机械式组织适用以下一些条件：环境相对稳定和确定，企业可以以近于封闭的方式来运作；任务明确且持久，决策可以程序化；技术相对统一而稳定；按常规活动且以效率为主要目标；企业规模相对较大。

② 弹性—有机式组织适用以下一些条件：环境相对不稳定和不确定，企业必须充分对外开放；任务多样化且不断变化，使用探索式决策过程；技术复杂而多变；有许多非常规活动，需要较强的创造和革新能力；企业规模相对较小。

9.8.2 两种组织设计的选择

对两种组织设计模式的选择，依据的是每一方案适用的条件，如不同的使用时间和地点，组织的内部要求，以及外部环境。

1. 小型组织和新建组织

组织规模小，组织的员工比较少，通常意味着工作活动的重复少，非正式沟通更方便有效，标准化就不具有吸引力。

当组织处于发展初期，或者环境简单且处于动态时，组织的简单结构效果较好。简单的环境易于为管理者一个人所把握，也能灵活地对不能预见的环境变化迅速地作出反应。

2. 多种产品或多个市场的组织

这类大型组织往往需要对结果有高度责任感。它们有多个产品或规划，需要有许多可靠的供应商和国外低廉的劳动力，需要依靠有专长职能的组织；有时组织中有些重要任务具有特定的期限和工作绩效标准，或者是独特的、不常见的任务，需要有跨职能界限的专门技能委员会，或需要有跨职能界限的专门技能的组织。

这些组织的设计包括职能型结构和分布型结构，对于开展专门化经营的大型组织，具有较好的效果。二者在本质上都是官僚行政组织或称机械式结构。有的组织采用矩阵结构，设置规划或产品经理来指导跨职能的活动，可以取得专业化的优势。

3. 网络型组织结构

网络结构是计算机技术革命的产物。通过与其他组织联系，一家工业公司可以从事制造业活动而不必有自己的工厂。网络结构对于刚创业的企业是一种特别有效的手段，它可以使风险和投入大大地降低。因为它需要很少的固定资产，从而也降低了对组织财力的要求。但是，若要取得成功，管理者必须熟练地发展和维持与供求双方的关系。如果网络组织中的任何一家关联公司不能履行合同，这一网络组织就可能遭到失败。

4. 任务小组和委员会结构

任务小组和委员会是有机式结构的附加设计手段。二是在需要将跨职能界限的人员集结在一起时使用的。由于任务小组是一种临时性设计，也是完成那些具有特定期限和工作绩效标准的任务，或者那些独特的、不常见的任务的一种理想手段。

如果任务是常见的，需要经常重复，则机械式设计可以以一种更为标准化从而更有效率的方式来进行处理。

9.9 正式组织与非正式组织

设计合理的组织机构的各个部分应能协调地为组织目标的实现作出积极的贡献，要求组织的全体成员能和谐一致地进行工作。为此，需要整合组织的各种力量，建立高效的信息通道网络，处理好组织的不同成员之间、直线管理人员与参谋人员之间，以及高层管理人员之间的各种关系，使分散在不同层次、不同部门、不同职位的组织成员的工作朝着同一方向、统一目标努力。

9.9.1 非正式组织的产生

组织设计的目的是为了建立合理的组织机构和结构，规范组织成员在活动中的关系。设计的结果是形成所谓的正式组织。这种组织有明确的目标、结构、职能，以及由此决定的成员之间的权责关系，对个人具有某种程度的强制性。合理健康的正式组织无疑为组织活动的效率提供了重要的保证。

但是，不论组织设计的理论如何完善，设计人员如何努力，人们都无法规范组织成员在活动中的所有联系，都无法将所有这些联系纳入正式的组织结构系统。在任何社会经济单位中，都存在着一种非正式的组织。

正式组织是指为了有效地实现企业目标，对企业成员的职位、任务、责任、权力及其相互关系进行明确规定和划分而形成的组织体系。非正式组织是与正式组织相对而言的，是伴随着正式组织的运转而形成的。在正式组织展开活动的过程中，组织成员必然发生业务上的联系。这种工作上的接触会促进成员之间的相互认识和了解，他们会渐渐发现在其他同事身上也存在一些自己所具有、所欣赏、所喜爱的东西，从而相互吸引和接受，并开始工作以外的联系。频繁的非正式联系又促进了他们之间的相互了解。这样久而久之，一些正式组织成员之间的私人关系从相互接受、了解逐步上升到友谊，一些无形的、与正式组织有联系但又独立于正式组织的小群体便慢慢地形成了。这些小群体形成以后，其成员由于工作性质相近、社会地位相当，对一些具体问题的意见基本一致、观点基本相同，或者在性格、业余爱好及感情相投的基础上，产生了一些被众人所接受并遵守的行为规则，从而使原来松散、随机性的群体渐渐成为趋向固定的非正式组织。

形成过程和目的不同，决定了二者的存续条件也不一样。正式组织的活动以成本和效率为主要标准，要求组织成员为了提高活动效率和降低成本而确保形式上的合作，并通过对他们在活动过程中的表现予以正式的物质和精神的奖励或惩罚来引导他们的行为。因此，维系正式组织的主要是理性的原则。而非正式组织则主要以感情和融洽的关系为标准，要求其成员遵守共同的、不成文的行为准则，不论这些行为规范是如何形成的，非正式组织都有能力迫使成员自觉或不自觉地遵守。对于那些自觉遵守和维护规范的成员，非正式组织会予以赞许、欢迎和鼓励，而那些不愿就范或犯规的成员，非正式组织则会通过嘲笑、讥讽、孤立等手段予以惩罚。因此，维系非正式组织的主要是接受与欢迎或孤立与排斥等感情上的因素。

由于正式组织与非正式组织的成员是交叉混合的，由于人不仅是理性的人，而且极易受感情的影响且感情的影响在许多情况下主要基于理性的作用。因此，非正式组织的存在必然要对正式组织的活动及效率产生影响。

9.9.2 非正式组织的影响

非正式组织的存在及其活动既可对正式组织目标的实现起到积极促进的作用，也可能对后者产生消极的影响。

1. 积极作用

第一，可以满足职工的需要；第二，人们在非正式组织中的频繁接触会使相互之间的关系更加和谐、融洽，从而易于产生和加强合作的精神；第三，非正式组织虽然主要是发展一种业余的、非工作性的关系，但是它们对成员在正式组织的工作情况也往往是非常重视的；第四，非正式组织也是在某种社会环境中存在的。

2. 可能造成的危害

第一，非正式组织目标如果与正式组织冲突，则可能对正式组织的工作产生极为不利的影响；第二，非正式组织要求成员一致性的压力，往往也会束缚成员的个人发展；第三，非正式组织的压力还会影响正式组织的变革，发展组织的惰性。

9.9.3　有效利用非正式组织

非正式组织是客观存在的，那么管理者就要努力克服和消除其不利影响，积极利用非正式组织，为正式组织目标的有效实现做出贡献。

① 利用非正式组织，要认识非正式组织存在的客观必然性和必要性，允许乃至鼓励非正式组织的存在，为非正式组织的形成提供条件，并努力使之于正式组织吻合。例如，正式组织在进行人员配置工作时，可以考虑把性格相投、有共同语言和兴趣的人安排在同一部门或相邻的工作岗位上，使他们有频繁接触的机会，这样就容易使两种组织的成员基本吻合。又如，在正式组织开始运转以后，注意开展一些必要的联欢会、茶话会、旅游等旨在促进组织成员间感情交流的非工作活动，为他们提供业余活动的场所，在客观上为非正式组织的形成创造条件。

促进非正式组织的形成，有利于正式组织效率的提高。人通常都有社会的需要，如果一个人在工作中或工作之后与他人没有接触的机会，则可能心情烦闷、感觉压抑、对工作不满，从而影响效率。相反，如果能有机会经常与他人聊聊对某些事情的看法，说出自己生活或工作中的障碍，甚至发发牢骚，那么就容易卸掉精神上的包袱，以轻松、愉快、顺畅的心理状态投身到工作中去。

② 通过建立和宣传正式组织的文化来影响非正式组织的行为规范，引导非正式组织提供积极的贡献。非正式组织形成以后，正式组织既不能利用行政方法或其他强硬措施来干涉其活动，又不能任其自流，因为这样有产生消极影响的危险。因此，对非正式组织的活动应该加以引导。这种引导可以通过借助组织文化的力量，影响非正式组织的行为规范来实现。

许多管理学者在近期的研究中发现，不少组织在管理的结构上并无特殊的优势，但却获得了超常的成功，其奥秘在于有一种符合组织性质及其活动特征的组织文化。所谓组织文化是指被组织成员共同接受的价值观念、工作作风、行为准则等群体意识的总称，属于软管理的范畴。组织通过有意识的培养、树立和宣传某种文化，来影响成员的工作态度，使他们的个人目标与组织的共同目标尽量吻合，从而引导他们自觉地为组织目标的实现积极工作。

如果说合理的结构、严格的等级关系是正式组织的专有特征的话，那么组织文化则有可能为非正式组织所接受。正确的组织文化可以帮助每一个成员树立正确的价值观念和工作、生活的态度，从而有利于形成符合正式组织要求的非正式组织的行为规范。

9.10 组织变革及其影响因素

9.10.1 概念和作用

组织是一个由多种要素组成的有机体，和其他有机体一样，经历着产生、成长、成熟和衰退的过程。它不断地与周围的环境进行物质、人员、信息的交流，从而不断地发生变化。一旦组织内部因素及其所处的外界环境发生变化，组织要想求得生存和发展，就必须进行变革。组织变革是指组织管理人员主动对组织的原有状态进行改变，以适应外部环境变化，更好地实现组织目标的活动。这种变革涉及组织的各个方面，如组织行为、组织结构、组织制度、组织成员和组织文化等。

组织变革对组织生存和发展具有重大的影响作用。通过组织变革，组织的目标更加明确，组织成员的认可和满意度得到提高，组织更加符合发展的要求；组织的任务及完成任务的方法更加明确；组织结构的管理效率得到有效提高，组织作出的决策更加合理，更加准确；组织更具稳定性和适应性；组织的信息沟通渠道畅通无阻，信息传递更加准确；组织的自我更新能力也会进一步得到增强。

9.10.2 必要性和影响因素

无论设计得多么完美的组织，经过一段时间后都必须进行变革，这样才能更好地适应组织内外条件变化的要求。诱发组织变革并决定组织变革目标方向和内容的主要因素有以下几个方面。

1. 组织战略

企业在发展过程中需要不断地对其战略的形式和内容作出不断的调整，新的战略一旦形成，组织结构就应该进行调整、变革，以适应新战略实施的需要。结构追随战略，战略的变化必然带来组织结构的更新。如果战略改变了，而组织没有作出相应的调整，那么组织不仅不会有助于战略的顺利实施，反而会成为战略实施的障碍。因此，在进行组织变革时，一定要始终关注战略。

企业战略可以在两个层次上影响组织结构：一是不同的战略要求开展不同的业务和管理部门的设计；二是战略重点的改变会引起组织业务活动中心的转移和核心职能的改变，从而使各部门、各职能在组织中的相对位置发生变化，相应地就要求对各管理职务，以及部门之间的关系作出调整，甚至改变组织成员的工作方式、方法。

2. 环境

环境变化是导致组织结构变革的一个主要影响力量。目前，企业普遍面临全球化的竞争和由所有竞争者推动的日益加速的产品创新，以及顾客对产品质量和交货期的越来越高的要求，这些都是环境动态性的表现，而传统的以高度复杂性、高度正规化和高度集权化为特征的机械式组织，并不适应企业对迅速变化的环境作出灵敏的反应。为了适应新的环境条件的要求，目前许多企业的管理者开始朝着弹性化或有机化的方向改组其组织，以使它们变得更加精干、快速、灵活和富有创造性。

　　环境之所以会对组织的结构产生重大影响，是因为任何组织都或多或少是一个开放的系统。组织作为整个社会经济大系统的一个组成部分，与外部的其他社会经济子系统之间存在着各种各样的联系，所以，外部环境的发展和变化必然会对组织结构的设计和变革产生重大的影响。

3. 技术创新

　　组织的任何活动都需要利用一定的技术和反映一定技术水平的特殊手段来进行。技术及技术设备的水平，不仅影响组织活动的效果和效率，而且会对组织的职务设置与部门划分、部门间的关系，以及组织结构的形式和总体特征等产生相当程度的影响。

　　在今天，信息技术的推陈出新，在传统非程序化决策向程序化决策的转化，以及组织内外部高强度的信息共享和交流的实践中，被作为一项组织原则提出来，很难实现的"集权与分权相结合"问题也得到了解决的途径。再从生产作业技术来看，组织将投入转换为产出所使用的过程和方法，在常规化程度上是各不相同的。反之，非常规的技术，要求更大的结构灵活性。计算机技术在生产作业活动中的更广泛、更深入的应用，促使生产技术由常规化向非常规化演进，相应地也促使管理组织结构变得更具柔性和有机性特征。

　　根据预测，2020 年以后的几十年里，生物经济将会处于统治地位。与此同时，信息经济将会变得衰老起来，当我们进入 21 世纪的最后 25 年时，建立在生物经济基础上的企业的增长速度将大大超过信息企业，信息产业将成为今天的制造业。

4. 组织规模和成长阶段

　　组织的规模往往与组织的成长或发展阶段相关联。伴随着组织的发展，组织活动的内容变得日趋复杂，人数会逐渐增多，活动的规模和范围也将越来越大，这样，组织结构也必须随之调整，才能适应成长后的组织的新情况。

　　组织变革伴随着企业成长的各个时期，不同成长阶段要求不同的组织模式与之相适应。例如，企业在成长的早期，组织结构常常是简单、灵活而集权的，靠的是领导人或合伙人的领导魅力。随着员工的增多和组织规模的扩大，企业必须由创业初期的松散结构转变为正规、集权的结构，其通常的表现形态就是职能型结构。而当企业的经营进入多元化产品和跨地区市场后，分权的事业部结构可能更为适宜。企业进一步发展而进入集约经营阶段后，不同管理者之间的交流与合作，以及资源共享，能力整合、创新力激发问题日益突出，这样，以强化协作为主旨的各种创新组织形态便应运而生。总之，组织在不同成长阶段所适合采取的组织模式是不一样的。管理者如果不能在组织步入新的发展阶段之际，及时地、有针对性地变革其组织设计，那么就容易引发组织发展的危机。这种危机的有效解决，必须有领先组织结构的变革。所以，哈佛大学葛雷纳教授指出，组织变革伴随着企业发展的各个时期，组织的跳跃式变革与渐进式演进相互交替，由此推动企业的发展。

9.10.3　动力和阻力

　　从系统论的观点看，组织变革是组织内、外部因素综合作用的结果。首先，环境的变化对组织的生存与发展，既是一种压力，又是组织寻求新的发展机会和发展空间的动力；其次，组织内部成员对新目标的追求和要求改变现状的愿望，促使组织在改革中发展。这种作用的动力一旦超过组织管理层与执行、操作层维持现有目标、体制和利益的阻力，组织将会发生革命性的变化，其结果是导致新的组织模式的产生和新的制度的发展。

组织变革是一种客观存在的事实，如果没有变革，社会将永远停留在一个静止的发展阶段，加之环境的变迁，甚至还会导致组织活动的倒退。作为组织管理者，只有从不断变革出发，有意识地利用有利的条件和时机，才可能保持组织稳定发展的势头。综合各方面因素，不难发现，组织变革具有如图9-11所示的内部机制。

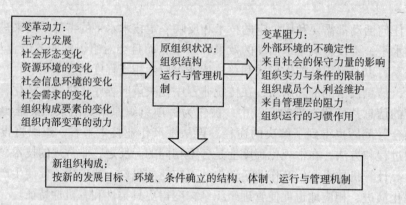

图9-11 组织变革的动力和阻力作用

1. 推动组织变革的动力

如图9-11所示，推动组织变革的内、外部动力主要包括以下几个方面。

① 生产力的发展。生产力，特别是作为第一生产力的科学技术的迅速发展，决定了社会生产组织方式与管理的新模式。以科学技术进步为标志的技术革命在推动社会经济与文明发展的同时，也创造了新的生产组织方式和流程，这一进步直接作用于社会各类组织，推动着组织的变革。当前，高新技术产业的发展及传统产业的技术化，对各类组织提出了新的挑战，产生了组织变革的强大推动力。

② 社会形态的变化。一定的社会形态对应一定的社会发展阶段，它体现了由生产力与生产关系决定的政治形态、经济形态、资源配置形态和社会意识形态，决定了社会体制与各种基本的社会关系的变化。社会形态由社会发展的内部机制决定，社会形态的变革反过来作用于社会组织，由此决定组织形态和管理模式的变化。

③ 资源环境的变化。自然和社会资源是组织赖以生存和发展的基础，组织活动的目的就是在开发、利用各种资源的基础上，创造物质财富与知识财富，从而实现资源的增殖与增值。正是由于组织活动，资源环境处于不断变化之中，作为组织活动基础的物资、能源和信息资源的关联作用，决定了组织结构和运行机制的新模式，例如，当前企业改革中的资源重组计划正是在新的资源环境下企业资源管理体制的新发展。

④ 社会信息环境的变化。随着科学技术的进步，特别是信息技术的发展，社会信息的组织、流通与利用方式正在发生一系列革命性变化，信息资源的数字化和信息组织的网络化，越来越深刻地改变着人们的生活面貌和社会工作面貌，促进了经济信息化和信息活动与业务活动的有效结合，基于网络的组织形式的出现，揭开了组织活动信息化的序幕。

⑤ 社会需求的变化。无论是公益性还是营利性的组织，其存在和发展从根本上取决于社会的需求。从发展观点看，人的社会需求永远不会停留在一个静止的水平上，相反，随着物质文明和精神文明程度的提高，人们必然产生新的需求和需求激励下的新的目标。这一总

体目标的综合作用，便是社会组织变革的新的推动力。

⑥ 组织构成要素的变化。随着组织经营与发展，构成组织的基本要素总是处于不断变化之中。例如，随着规模的扩大，组织人员、资产、投入、目标、技术和其他要素及其要素作用关系必然发生变化。组织要素变化的结果促使组织机构不断调整结构，以适应变化着的组织活动环境。

⑦ 组织内部变革的动力。组织内部变革的动力来自组织自身的成长、战略的改变、组织成员对未来组织发展的期望，以及组织管理层对新目标的追求，其结果是促使组织改变现有结构和运行模式，创造新的有利于组织发展的运行机制。组织内部变革的动力来源于竞争、环境和机遇对组织成员及管理者的激励，使得他们不得不主动考虑组织变革问题。

2. 组织变革的阻力

组织变革中的阻力有外部的作用，但主要是内部的作用，主要包括以下 6 个方面。

① 外部环境的不确定性。组织活动对社会的依赖性和社会环境的复杂性，使得变化着的环境具有不确定性，特别是区域性的政治经济环境，一定时期的变化往往难以准确地把握，在这种情况下进行组织结构与经营战略的变革，具有客观上的风险性。因此，许多组织往往静观其变，难以果断地作出改革的决策。

② 来自社会保守力量的影响。社会体制的改革是一场涉及社会各方面的综合改革，既有改革的动力，也有制止改革的阻力，有时阻力的作用有可能大于动力的作用。在这种情况下，组织进行适应社会体制改革趋势的变革，难免要经受来自社会保守力量的影响，以至于使有些组织延误变革时机。

③ 组织实力与条件的限制。组织变革是要付出代价的，许多情况下它不可能一次变革成功，而要经过多次试验才能获得理想的结果。这对于本身实力不足、条件较差的组织来说，无疑是一种挑战，使得管理者难以作出改革的决策。因此，在组织变革中应从多方面着手，将改革与建设结合起来，以便在增强实力、创造条件中获得改革的成功。

④ 组织成员的个人利益维护。任何改革都要付出代价，组织变革从全局上有利于组织的发展和整体目标的实现，但在局部上有可能损害一部分组织成员的个人利益，而遭到他们的反对。例如，组织结构变革导致的岗位合并，很可能形成岗位竞争的压力，使部分成员面临岗位选择的困境，从而形成组织成员心理、行为上的阻力。

⑤ 来自管理层的阻力。在组织变革过程中，组织管理者必然要承担变革失败的压力，必然要采用各种方法解决变革中的困难，必然要付出艰辛的努力。如果管理者的指导思想是保守、求稳、维持现状，那么他就不可能积极投入改革。同时，管理者自身水平的限制，可能影响到他对改革的理解，使其难以下定组织变革的决心，而成为改革的阻碍者。

⑥ 来自组织运行的习惯作用。在客观物质世界，任何运动着的或相对静止的物体都有惯性，其结果是保持原有的状态不变。社会中的组织活动也是如此，组织运行的惯性是客观存在的，它体现在组织作为整体对其结构、目标体系和运行机制的自然维持，表现为管理层和操作层对组织体系和关系的习惯性保留。

在上述推动组织变革的动力和阻碍组织变革的阻力的相互作用下，组织将经历一个连续变化的过程。这一过程既是自发的，也是有目的的系统化改革过程。

9.11　组织变革的过程

一个组织如何实施组织变革，不同的组织行为学家有不同的看法。一般认为，组织变革须经历 8 个步骤，其程序如图 9－12 所示。

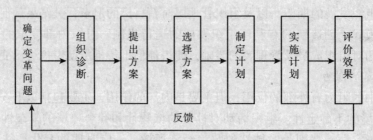

图 9－12　组织变革的程序

1. 确定变革问题

一个组织是否需要进行变革及所要变革内容，必须结合组织的实际情况予以考虑。如果组织需要变革，在日常的管理实践中和反馈的信息中就会显露出不适应的征兆。主要表现如下：

① 组织决策效率低或经常作出错误的决策；

② 组织内部沟通渠道阻塞，信息传递不灵或失真；

③ 组织机能失效，如生产任务不能按时完成、产品质量下降、成本过高、财务状况日益恶化、职能部门严重失调、组织成员的积极性不能充分发挥等。

④ 组织缺乏创新

这些现象表明，组织的现状已不尽如人意，如不进行及时的变革，组织的发展将受到严重的影响。因此，组织有必要对出现的问题进行认真的分析，找出引发问题的主要原因，以确定变革的方向。

2. 组织诊断

为了准确地掌握组织需要变革的事实和程度，就有必要对组织进行诊断，为保证诊断的质量，可吸收一部分专家参加。诊断可分两步进行，首先，采取行之有效的方式将组织现状调查清楚；其次，对所掌握的材料进行科学的分析，找出期望与现状的差距，进一步确定需要解决的问题和所要达到的目标。

3. 提出方案

变革方案必须要有多个，以便进行比对。在方案中必须明确问题的性质和特点、解决问题需要的条件、变革的途径、方案实施可能造成的后果等内容。

4. 选择方案

选择方案就是在提出的方案中选出一个令人满意的方案，对选出的方案，既要考虑它的可行性、针对性，也要考虑方案实施后能带来的综合效益。

5. 制定计划

在选定方案的基础上，必须制定出一个较为具体、全面实施的计划，包括实践的安排、人员的培训与调动、财力与物力的筹备等内容。

6. 实施计划

组织变革是一个过程。美国心理学家和行为学家库尔特·勒温（Kurt Lewin）从变革的一般特征出发，总结出组织变革过程的 3 个基本阶段，并得到了广泛的认可。

① 解冻。解冻就是引发变革的动机，创造变革的需要，做好变革的准备工作。组织的变革会触及每个成员，要是每项变革措施得以在组织内部顺利实施，就必须从改变人的生活方式和自我观念入手，使每个组织成员深刻地理解组织变革的必要性和可行性，自觉地参与和适应组织的变革。为此，组织变革的领导者就必须引导成员对内部环境、组织结构、功能进行认真的分析，找出不适应性，激发成员对变革组织的积极性。

② 变革。变革主要是指新的态度与行为模式被组织成员所接受，并逐渐地变成自己的态度与行为的过程。变革的最有效的方法是推广先进经验，进行典型示范，促进组织成员对角色模范的认同，使他们对新的行为方式产生积极的心理反应。

③ 再冻结。再冻结是在变革工作告一段落后，利用一定的措施将组织成员业已形成的新态度和行为方式固定下来，使之得以巩固和发展。其方式有二：一是个人将新态度与行为融入自己的个性、感情和品德当中，相对固定下来；二是组织用强化手段固定新的态度与行为模式。

7. 评价效果

评价效果就是检查计划实施后是否达到了变革的目的，是否解决了组织中存在的问题，是否提高了组织的效能。

8. 反馈

反馈是组织变革过程中关键的一环，也是一项经常性的工作。反馈信息所揭示的问题较为严重时，需要根据上述步骤，再次循环，直到取得满意的结果为止。

勒温最早关于变革过程的研究，是自 20 世纪 40 年代开始的，他在美国开展对组织变革与组织发展的研究。这个模型后来成为人们探讨变革过程的基础。在此基础上，美国行为学家戴尔顿总结了变革过程的四阶段模型，具体内容如下。

① 制定目标。包括变革的总目标和具体目标，特别是具体目标。

② 改变人际关系。逐渐消除适应旧状况的陈旧的人际关系，建立新的人际关系模式。不破除旧的人际关系，变革就无法进行。

③ 树立职工的自我发展意识。如果职工的自我发展意识得以确立，他们就愿意参与到组织变革过程中，如果组织中的每项变革都征求他们的意见，变革就成为全体组织成员共同努力的事情，变革就具备了广泛的支持基础。

④ 变革动机内在化。即将变革措施转化为员工自觉的行动，转变职工的思想和自觉信念。

不论变革过程是分 3 个阶段还是 4 个阶段，都不是一个简单的变化过程，变革是充满矛盾、冲突的活动。

9.12 现代组织变革及其举措

9.12.1 变革的目标

组织不能总是维持现状，变革是一种必然趋势，但这并不是说，组织变革是完全适应性的，是一个自然进行的过程。组织变革是由人进行的，并且是整个组织有计划的工作。所有的变革都应与整个组织的发展目标紧密联系在一起。实行变革应努力实现以下目标。

1. 提高组织适应环境的能力

适应环境是组织生存的前提。内外环境发生变化，组织也必然随之变化。但组织的变化是以对环境变化的正确认识为基础的。如果组织的领导者仅仅看到了自身的不适应，急功近利地进行变革，可能得利于一时，但无助于提高组织真正的适应能力。组织变革要通过建立健全组织运行机制，改造组织结构和流程，来增加组织对环境的适应性和适应环境的灵活性。

2. 提高组织的工作绩效

通过变革提高组织的适应能力，仅仅是组织变革的基础目标。在提高适应能力的基础上，促进组织自我创新，不断更新组织的知识、技能、结构、行为和心智模式，以获得更高的效率，并通过提高绩效，使组织不断发展壮大，这才是组织的最终目标。

3. 承担更多的社会责任

在现代社会中，组织的生存和发展从根本上取决于它同社会的关系。不能仅仅追求自己的目标，而置社会责任于不顾。因此，每个组织所承担的社会责任及其所树立的社会形象，都成为组织运作的必要前提。例如，日本佳能公司提出了"与全世界和人类共生"的理念，并以此作为基础制定公司战略，从而逐渐成为真正的全球化企业。一个生产企业，如果只顾赚钱，不顾环境污染和消费者利益，不关心社会公益事业，其发展必然受到损害。组织的社会责任，也要求组织不断进行调整和变革，并成为组织变革的最高目标。

9.12.2 组织发展的趋势

1. 发展面临的课题

经济的全球化和信息技术的迅猛发展，使得快速、激烈与不确定的变化成为所有组织必须面对的现实。未来的组织必须在未来解决以下关键课题。

（1）不确定性

世界正在日益成为一个相互联系的系统。金融市场、顾客爱好、政治野心——所有的现象都不再是孤立的"地区"现象。由于全球化通信和媒体的出现，"地区"市场、顾客偏好、政治抱负等正日益发生快速的变化。管理者对混成理论兴趣的日益提高，以及复杂性科学的出现，说明了不确定性的难以解决，而这是管理者在组织设计时必须加以解决的。

（2）人们工作方式的彻底改变

企业组织的目标是使资本、能源、知识协调起来，从而实现某些目标，管理者需要一种杠杆作用使工作完成得比竞争对手更加有效益。但突然之间，大多数行业的工作性质都发生了变化，这一变化的关键是人类技能的增加和知识的增长在生产中的体现。工作中的人—机伙伴关系现在已经很难区分。在社会中，是机器还是人正在做着日常的大部分工作，例如，谁在从事飞机订票？是代理机构，还是计算机？因此，企业组织设计必须建立一个框架，使这种人—技术伙伴关系发展起来。

（3）技术的爆发性转变

技术是未来组织设计的关键性因素。大家正在讨论技术上的"根本性巨变"，即一种不连续的变化，不是从过去得出的推断，而是因为每时每刻我们都在经历着技术的变革。例如，在娱乐和工作方面，正是由于全球化的光纤网及卫星网，使学习、交流和进行全球化计算的能力正在以极快的速度发展。组织必须对自身进行再设计，从而比竞争对手更有效地加入这一"全球化头脑"。

（4）对人性的新关注

在最深的层次上，有关人类是什么、人类与智慧的神秘性等观点正在发生变化。人们经常对自己的发明和建设不满。在组织内部，这种超出工作奖励的新愿望导致了对员工的授权，提高了创造性，强调了组织"软"的方面，如人际关系和整体观。人们渴望超越自己，获得更有意义的东西。组织建筑师对这种渴望的责任是组织设计的一个重要部分。

（5）极快的变化频率

环境变化的频率正在加快。利用计算机和互联网，人们可以建立快速反应的机制。速度缓慢的、稳定的、自上而下的命令结构正在被员工灵活的独创性所取代，从而向员工提出挑战，使他们充分利用自己的大脑。接受授权的小组以难以想象的方式运用人们的技能。在全世界，不同的方法导致了快速的、难以预测的变化。由于全球化的信息及通信技术，这些变化也成了全球性的。

（6）不断地学习

连续的不确定性，以及技术方案争先恐后的变化，要求组织不断地学习和试验。"学习型组织"一词被用在各个方面，但大多数人对它的含义只有片面的理解。一个组织学习的方法有许多种，工厂工人的学习与市场营销人员的学习不同，产品设计人员的学习与企业设计人员的学习不同。新的组织结构必须允许它使各类型的学习最大化，要获得和传播作为结果产生的"技能诀窍"，必须对组织变量进行系统性的思考。

2. 组织变革的发展趋势

（1）分立化趋势

由于企业规模越来越大，市场竞争日益激烈，企业经营管理的难度越来越大，市场变化越来越快，因此，企业一方面希望通过不断扩大规模、提高实力，另一方面在扩大规模的同时，化整为零，提高企业的灵活性。

（2）柔性化趋势

由于组织的外部环境日益复杂，市场变化越来越快，组织的战略目标也处在不断调整之中，因此对组织结构的要求是拒绝僵化，应保持高度的灵活性，能够根据市场环境的变化而实现自动调整，避免因过于刚性而导致组织结构的僵化。

（3）团队化趋势

在知识企业中，一种被称为团队的小集体备受赞誉。这里的团队指的是在组织内部形成的具有自觉地团结协作精神，能够独立作战的集体。团队组织与传统的部门不同，它是自发形成的，是为完成共同的任务，建立在自发的信息共享、横向协作基础上的。在这样的团队中，没有拥有制度化权力的管理者，只有组织者；人员不是专业化的，而是多面手，他们具有多重技能，分工的界线不像传统的分工那么明确，相互协作是最重要的特征。

（4）学习型组织——未来成功企业的模型

学习是指组织成员对环境、竞争者和组织本身的各种情况分析、探索和交流的过程。与传统的学习含义不同，不仅是指知识、信息的获取，更重要的是指提高自身能力以对变化的环境作出有效的应对。

学习型组织就是组织中存在这种学习，并成为企业立身的一个基本原则的组织形式。它能认识环境、适应环境，进而能动地作用于环境。

学习型组织的特征：

① 人性是善良的，但并不是一成不变的；

② 成员之间的交流既是垂直指令式的，又是横向协商式的；

③ 组织的战略是先导型的，思考问题的方式是系统的；

④ 领导方式一般是民主参与式的。

组织分工强调扩大每个员工的工作范围使其灵活丰富，组织利用经济、非经济两类因素激励实现组织目标，保证成员目标的一致性。

学习型组织的建设应遵循以下原则：

① 以学习型组织文化统一员工的思想与灵魂；

② 以学习型组织制度规范员工的行为；

③ 以学习型领导影响员工的学习意识与习惯；

④ 以学习型激励手段激发员工的创新意识与创新能力；

⑤ 以学习型的人际关系培养员工的团队精神。

9.12.3　组织发展的具体形式

现代组织要不断向前发展，就必须通过改变组织结构、提高技术、健全沟通网络、明确奖励制度、改变工作环境等，致力于改变组织成员的工作态度，充分调动其积极性，促使组织成员间的广泛交流，协调好他们之间的关系，从而提高组织效能。常见的组织发展形式有以下几种。

1. 敏感性训练

敏感性训练是通过非结构化的群体互助来改变人的行为的一种方法。该群体由一位职业行为学者和若干参与者共同组成。这种方法并不是对群体规定某种议事日程，职业行为学者（不具有领导角色）也仅仅是为参与者创造表达自己思想和情感的机会。会谈自由而奔放，参与者可以探讨他们喜欢的任何议题。讨论中所注重的是个人的积极参与及其互助的过程。

实证研究已经证明，敏感性训练作为一种变革方法，具有多方面的效果。它对迅速改善沟通技能，提高认知的准确性和个人参与意愿有促进作用。然而，这些改变对工作绩效的影响还没有结论，且这种方法不能避免心理方面的风险。

2. 调查反馈

调查反馈是对组织成员的态度进行评价，确定其态度认识上存在的差距，并使用从反馈小组中得到的调查信息帮助消除其差距的一种方法。调查问卷通常分发给组织或单位的所有成员填写。问题包括成员对诸如决策制定、沟通效果、单位间的协调、组织的满意度、工作、同事及直接上司等广泛议题的认识与看法。将调查问卷统计处理后得到的数据制成表格，再分发给有关的员工，使所提供的信息成为人们确定问题和解决问题的一个跳板。

3. 过程咨询

过程咨询是指依靠外部咨询者帮助管理者对其必须处理的过程事件形成认识、理解和行动的能力。这些过程事件包括工作流程、单位成员间的非正式关系，以及正式的沟通渠道等。咨询者帮助管理者更好地认识他或她的周围，其自身内部或与其他人员之间正在发生什么样的事情。咨询者并不负责解决管理者的问题，相反，咨询者只是作为教练，帮助管理者诊断哪些过程需要改进。

本 章 小 结

组织是按照一定目的和程序组成的一种权责结构（或角色结构）。动态组织具有分工与协作、合理的组织活动能使经济实体产生新的生产力、组织活动过程是一项系统工程等特征。组织结构的基本类型有：直线型组织结构、直线职能型结构、事业部型结构、矩阵型结构、网络型结构、控股型结构。企业组织设计，就是设计一套符合企业需要，能够客观反映企业生产运营规律，适应市场竞争需求，企业内部运转有序，有效发挥整体机能的组织结构体系。组织设计须遵循其基本程序。管理层次受到组织规模和管理幅度的影响。管理层次与组织规模成正比：组织规模越大，包括的成员越多，则层次越多；在组织规模一定的条件下，管理层次与管理幅度成反比：主管直接控制的下属越多，管理层次越少，相反，管理幅度越少，则管理层次越多。管理幅度和管理层次的这种关系决定了两种基本的管理组织结构形态：扁平结构形态和金字塔形结构形态。集权与分权是相对的概念，不存在绝对的集权和分权。二者相结合具有重要意义。权力的分散可以通过两个途径来实现：制度分权与管理人员在工作中的授权。职权划分是组织结构设计的内容之一，主要解决组织结构的职权问题。组织内的职权有 3 种类型：直线职权、职能职权和参谋职权。

部门化是指将组织中的工作活动按一定的逻辑安排，归并为若干个管理单位或部门。组织内类似的活动应放在同一领导之下，以减少摩擦，提高效率。其具体形式有：职能部门化、区域部门化、产品部门化、过程部门化等。组织设计的依据是战略、环境、技术、规模与组织所处的发展阶段。组织设计必须坚持因事设职与因人设职相结合、管理幅度、权责对等和命令统一等原则。机械式组织和有机式组织代表着一个连续统一体的两个极端，它们之间实际上存在无数的中间过渡状态，可以有多种变形，或者表现为多种不同的具体形式。正式组织是指为了有效地实现企业目标，对企业成员的职位、任务、责任、权力及其相互关系进行明确规定和划分而形成的组织体系。非正式组织是与正式组织相对而言的，是伴随着正式组织的运转而形成的。非正式组织对正式组织有积极与消极两个方面的影响，应采取有效措施使其发挥积极作用。

组织变革是指组织管理人员主动对组织的原有状态进行改变，以适应外部环境变化，更好地实现组织目标的活动。这种变革涉及组织的各个方面，如组织行为、组织结构、组织制度、组织成员和组织文化等。组织变革对组织生存和发展具有重大的影响作用。组织变革是组织内、外部因素综合作用的结果。首先，环境的变化对组织的生存与发展，既是一种压力，也是组织寻求新的发展机会和发展空间的动力；其次，组织内部成员对新目标的追求和要求改变现状的愿望，促使组织在改革中发展。推动组织变革的内、外部动力主要包括：生产力的发展、社会形态的变化、资源环境的变化、社会信息环境的变化、社会需求的变化、组织构成要素的变化、组织内部变革的动力等。组织变革中的阻力有外部的作用，但主要是内部的作用，主要包括：外部环境的不确定性、来自社会保守力量的影响、组织实力与条件的限制、组织成员的个人利益维护、来自管理层的阻力、来自组织运行的习惯作用。组织变革的过程包括确定变革问题、组织诊断、提出方案、选择方案、制定计划、实施计划、评价效果和反馈8个步骤。现代组织变革具有明确目标，是组织发展的基本形式，出现了一系列新趋势和新特点。

◇第 *10* 章

领　　导

教学目标： 通过本章的学习，能够对领导的基本内涵，作用与原理，领导的相关理论，关于人性假设与领导方式之间的关系，以及领导艺术有一定了解和认识，并能运用所学的理论知识对现代管理职能中的领导活动进行分析。

教学要求： 理解领导的内涵，熟悉领导作用、领导理论、领导方式、领导艺术等主要内容，以及新型领导方式，并理解研究领导对现代组织的意义。

10.1 领导及其影响因素

领导及其活动是一种与人类社会历史和生活相伴始终的现象，在漫长的人类历史长河中，人们也执著地对这一普遍现象进行日益深入与系统的理论总结和实践经验的积累。然而，真正意义上的领导科学的形成却是现代化大生产与社会大分工的产物。领导者在领导活动中起着主导作用，被领导者在领导活动中的地位与作用也很重要。因此，了解领导的含义、属性、特征、作用、方式、相关理论，对于认识和掌握领导活动的规律，促进领导工作的科学化具有重要的理论意义和实践意义。

10.1.1　领导与管理

什么是领导？国内外学者从管理学、心理学、行为科学等学科范畴给出了不同的解释，并且随着学科的发展，领导的含义在各个学科内部也不断得到深化。传统的管理理论认为，领导是一个人或集体利用组织赋予的职位和权力，动员和率领下属实现组织目标的活动。行为科学认为，领导是利用特定的行为与影响力引导和激励人们实现组织目标的行动过程。本书认为，领导是指在一定的社会组织或群体内，领导者运用其法定权力和自身影响力，采用一定的形式和方法对被领导者施加影响并共同作用于客观对象，以实现领导者与被领导者共同的预定目标的行为过程。

领导主要包括以下3层含义。①成员构成。领导必须有领导者和被领导者，没有追随者的领导者无所谓领导行为的产生。②领导者素质。领导者必须拥有影响追随者的能力或力量，这些能力或力量包括组织赋予领导者的职位与权力，同时也包括了领导者自身优良素质所展现出来的人格魅力、知识才能和情感等无形因素。③组织目标。领导的目的是通过影响被领导者来实现组织的目标，领导需要领导者的指挥、激励和影响，促使被领导者实现组织目标。

理论上讲，领导是一个动态的过程，可以看作是一个由领导者素质、被领导者素质和特定组织环境共同组成的一个复合函数，用公式可以表示为：领导 $= f($ 领导者，被领导者，组织环境)。也就是说，成功的领导效果的产生，是要受到特定组织环境、领导者和被领导者素质影响的，必须根据具体的情况来确定有效的领导方式。

1. 领导的特点

领导行为作为一个动态的过程具有以下特点。

① 导向性。领导活动是一种具有"投入—产出"性质的活动，与经济活动不同的地方在于，领导活动"投入"的是领导者的个人影响力，"产出"的是个体、群体和组织的一致性行为。在这一"投入—产出"关系中，"投入"是因，"产出"是果，"投入"决定"产出"。而在领导行为的"投入"过程中，领导者的率先垂范是最大的"投入"，它对被领导者的工作态度和行为具有导向作用。

② 人际关系性。领导行为是通过领导者对员工激励、指导、沟通和解决冲突来实现的，领导者是组织发展方向的指引者和人际关系的协调者，这意味着领导本质上是一种人与人之间的关系。领导就是要通过领导者的行为建立良好的人际关系和心理环境，以激发员工的积极性、主动性和创造性，使人力资源得到充分的利用，进而实现组织目标。

③ 交互性。在领导过程中，领导者要对被领导者施加影响，同样被领导者也在对领导者施加影响，领导者与被领导者是一个相互作用的关系。因此，领导不是单向的行为而是双向的动态作用过程，即除了领导者通过指导、激励等影响被领导者外，被领导者也给领导者以反馈来修正领导者现在和未来的行动。

④ 特定环境性。任何领导行为总是在特定的组织环境中发生的，因此，领导行为必须首先适应环境特点，并根据组织目标的要求不断地进行调整、创新，以适应特定的组织环境，从而实现组织目标。

2. 领导与领导者

领导和领导者是两个不同的概念，领导是一个动态行为过程，而领导者是构成领导的要素之一。领导者是指担任组织中的某项职务，扮演某种领导角色，并实现领导过程的个人或团队。领导过程离不开领导者的参与，同时没有被领导者的领导者产生不了领导行为。领导者是促使领导过程完成的加速器，也是组织目标完成的重要保障者。事实上，领导者的作用是在特定的组织环境中，通过其领导行为而实现的。在组织的所有角色相互作用中，领导者角色超过被领导者角色，从而促成领导过程的完成和组织目标的实现。

3. 领导与管理

领导与管理，人们通常容易混淆这两个概念，二者既相互联系又相互区别，主要表现为以下几点。

① 职能的范围不同。从对管理的定义可以看出，管理包括组织、协调、控制、领导和

创新等职能，所以领导只是管理的一部分，管理的职能要大于领导职能。

② 行为特点和侧重点有所不同。领导行为与人的因素联系更为密切，侧重于对人的指挥和激励，同时更强调领导者的影响力、领导行为的艺术性等无形性因素。而管理行为更强调管理者的工作职责，以及管理工作本身所具备的科学性和有形性。

③ 角色交叉与分离。由于领导职能是管理的一部分，所以一个人可能既是管理者，又是领导者。当然，管理者和领导者也有分离的情况，也就是说，一个人可能是领导者但并非管理者。当代社会存在各式各样的非正式组织，对于非正式组织的领袖，他们不拥有正式的职位和权力，也没有义务去负责组织的计划、控制职能，但是他们却能对其成员施加影响，起到指挥和激励组织成员的作用，因此他们也成为了领导者。同时，由于领导的本质是被领导者对领导者的追随与服从，有些管理者拥有职权却没有追随者，所以这样的管理者也不是真正意义上的领导者。

管理者和领导者能否合而为一？答案是不确定的。对于有的管理者，当他不仅运用正式权力去实施管理，而且还注意运用个人影响力去引导、带领他人时，他既是一个管理者，也是一个领导者；而当一个管理者只运用正式权力而没有个人影响力时，他就只是一个管理者而不是领导者。

为了使组织更有效率，应当使每一个管理者都成为有效的领导者。

表 10 - 1 和图 10 - 1 分别展示了领导者与管理者的区别和管理与领导的联系。

表 10 - 1 领导者与管理者的区别

领导者	管理者	领导者	管理者
有远见的	理性的	询问"做什么"和"为什么做"	询问"怎么做"和"何时做"
剖析	执行	挑战现状	接受现状
开发	维护	做正确的事	正确地做事
价值观、期望和鼓舞	控制和结果	分享知识	独享知识
长期视角	短期视角		

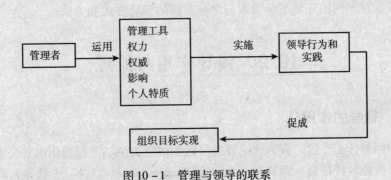

图 10 - 1 管理与领导的联系

10.1.2 领导的影响因素

前文已述及，领导不是单方面的领导者行为，而是领导者与被领导者之间在特定的组织环境下相互发生作用的过程。所以说，领导是领导者素质、被领导者素质和特定组织环境的复合函数，领导的效果要受到这 3 种因素的制约和影响。

（1）领导者

领导者是领导过程中的主体因素，是领导行为过程的核心，也是组织中的工作关系、人际关系，以及多种社会关系的中心。任何一种领导活动，都包括各级领导者、被领导者和客观环境这些基本要素，但领导者是领导活动三要素中的关键要素，可以说，没有领导者就没有领导活动。领导者的自身素质，如背景、3Q（智商、情商和逆商）、价值观和对部下的看法等，会直接影响到组织目标的确定、所采用的领导风格和领导工作的有效性，进而影响企业组织目标的最终实现。因此，领导者也是实现有效领导的重要因素。

（2）被领导者

被领导者也称为追随者，是领导过程中的客体因素，在一个领导过程中，除了需要领导者的推动外，追随者的积极响应与配合也是实现有效领导的重要保证。追随者对组织的归属感，自身的素质和能力，以及他们对完成本职工作的主动性、积极性和创造性，对于提高领导活动的效果具有十分重要的影响。领导者行为作用于被领导者，如果被领导者的反应是积极的，则能够大大提高领导活动的有效性；如果被领导者产生了消极的态度，则势必加大领导工作的难度。所以，领导者必须最大限度地发挥被领导者的潜能，调动其工作积极性、能动性和创造性，以不断提高领导活动的效果。

（3）特定组织环境

领导活动的开展离不开特定组织环境。一般而言，特定的组织环境包括组织的规模与类型，组织任务的性质与目标，组织所拥有的硬性与软性条件，以及组织文化等。在某种环境下能够取得成功的领导者，换了另外一个工作环境未必能取得成功。例如，一个成功的政府工作领导者进入企业工作，如果他不能很快地转换角色以适应新的环境，那么他难以胜任企业的领导工作，因为组织环境改变了。组织环境包括外部环境和内部环境。组织的外部环境主要包括组织所处的宏观环境，如国家政治、经济、文化、技术、法律等因素，以及与组织联系更为密切的供应商、竞争者、顾客、合作者等。组织内部环境主要包括组织结构、组织文化、组织成员的个性特征、工作性质、组织内部的交流合作等。环境因素影响和制约着领导活动的成效，在不同的环境下应采取与之相对应的领导方式和方法。

10.2 领导作用与原理

10.2.1 领导的作用

领导的作用是什么？这一直为理论界和实践领域所关注。美国通用电气公司行政官发展培训部经理辛西娅·特拉奇－莱克拉（Cynthia Tragge-Lakra）认为："领导人的首要任务就是为组织勾画远景。""第二项任务则是了解顾客和员工不断变化的需求。""第三项任务是让人们愿意追随于他。好的领导人必须能够鼓舞人心，使人们因为共同的远景而凝聚在一起，并带领他们实现远景。"美国科维领导艺术中心的创始人史蒂芬·R. 科维（Stephen R. Covey）认为："领导活动分解为 3 个基本功能或活动：寻找路径、协同和授权。""寻找路径功能的精髓和力量在于激发人们兴趣的远见和任务。""协同活动可以保证组织结构、体系和运作过程全都有利于完成组织的任务和目标，以满足顾客和股东的要求。""授权也意味着人们拥有巨大的才能、创意、潜力和创造性。"

虽然人们对领导的作用有不同的理解，但领导者在组织中运用管理工具、职位与权力、个人特质与影响力，率领被领导者实现组织目标的过程中，通常都扮演了组织者、指挥者、协调者和开拓者的角色。在比管理过程更具艺术性的领导过程中，领导者巧妙地将实现组织成员的个人价值与组织目标结合了起来。在这样一个结合过程中，将不可避免地要发生指挥、协调、激励、开拓进取等活动，从而营造组织团队氛围并建设组织文化，进而实现组织的目标。所以领导的作用具体表现在以下几个方面。

1. 指挥作用

组织的活动复杂多变，领导者需要根据具体的环境条件及组织成员的状态，制定明确的方针政策，指明前进的方向，对于组织要实现的目标必须拿出具体的应对措施和方法。因此要求领导者要有敏锐的洞察力，头脑清醒、胸怀全局，能高瞻远瞩地帮助组织成员认清当前所处的环境和形势，指明组织的目标和达到目标的途径，保障组织的正常运转。同时领导者应当率先垂范，必要之时能够身体力行，用自身的行动为实现组织目标而努力。所以领导者发出的力是拉力而不是推力，通过切身的行动来拉动组织成员朝组织的目标迈进，这样才真正起到了指挥的作用。

2. 协调作用

组织活动是集体活动，由于组织中的成员具有高度的主观能动性，加上在成员个性、个人价值观的影响之下，即便组织分工再明确，也难免会发生思想上的分歧和行动上的偏离。若对这种分歧与偏离不加以控制，组织目标的实现将势必受到严重影响。消除分歧，纠正偏差的手段就是协调。协调活动包括以下内容。①思想协调。这是领导者必须放在首位的协调。由于组织成员的个体差异性，同时受外部环境的影响，员工在思想上难免产生分歧，不利于组织目标的实现，所以思想协调尤为重要。②目标协调。组织要实现自身的目标，同时组织成员也要实现自己的个人价值，发展自己的职业目标。为了使二者实现良好的结合，必须进行目标协调。③信息协调。领导者必须注意信息的沟通，保障信息的合理传递。特别是领导者必须保障上下级之间合理的信息沟通，避免发生指挥失灵。④关系协调。组织的领导者必须代表企业协调好企业与外部环境的关系，使企业具有良好的社会公众形象。特别是在企业遇到危机的时候，领导者应采取积极的措施进行危机公关，协调好与社会各方的关系，保障企业的正常运作。

3. 激励作用

在当代企业中，虽然大多数成员都具有积极的工作态度和热情，但是久而久之，不论组织成员处于什么样的工作岗位，终究都会产生懈怠心理。这个时候需要领导者适时地对组织成员进行激励。激励的方式不仅限于物质激励，精神上的激励也很重要。因为物质激励进行到一定程度时反而会激发员工的闲暇欲望，加之组织的资源有限，所以进行非物质激励很有必要。精神上的激励能够调动组织成员的积极性，激发他们的创造力，鼓舞士气，振奋精神，使组织成员自发投入到实现组织目标的工作中去。

4. 开拓作用

组织的领导者，是促使组织目标实现的加速器，保障组织正常运作的平衡器，是领导过程中的灵魂人物。因此，身为领导者，必须勇于开拓进取，并且率先垂范，不断地为组织的领导活动注入新的活力。使成员能够看到组织的未来，并且为之努力奋斗。

从以上可以看出，领导者是组织领导过程中的核心人物，是组织的引路人。对内要指挥、协调、激励组织成员，不断为组织注入新的活力，同时领导者也是组织的领军人物，能够以身作则，身体力行，进而影响和带动组织内其他人员。此外领导者对外代表组织协调与外界的种种关系，从而保障组织的顺利运转。

10.2.2 领导原理

领导原理，又称为领导方略，它是从马克思主义哲学的层面，通过抽象的方法，揭示领导科学的一般性规律，是领导活动中固有的、本质的、重复出现的、有效的客观性事物。人们可以发现领导原理，同时必须遵循这一客观规律，而不能随意主观地创造、违背。

1. 以人为本，领导者与被领导者相结合

虽然领导活动的最终目的和最终表现是要实现组织的目标，从而达到经济增长和社会进步。要实现这样一个目标离不开领导过程中的人，即领导者与被领导者。目前，领导者要树立以人为本的科学发展观，人的发展演变成领导工作的根本目的和根本动力。首先，人的发展是领导工作的根本目的，而经济增长和社会进步是领导工作的主要手段。离开了人的发展，经济增长和社会进步就失去了意义。其次，人的发展是领导工作的根本动力，人是生产力中最重要的、唯一主动地能够实现其他要素保值增值的要素，没有人的创造，组织目标、经济增长和社会发展是不可能实现的。由于人在领导过程中的主体作用，需要把领导者和被领导者良好地结合起来。如果在领导过程中发生领导者与被领导者相脱离，那么无所谓真正的领导者，也无所谓有效领导，更无所谓以人为本的科学发展。因此领导工作必须以人为本，领导者与被领导者相结合。也就是说，组织的一切领导工作要依靠人，选好人，用好人，育好人，要改革人事管理制度，努力提高领导过程的科学性与艺术性，让越来越多的追随者成为人才，使更多的人才脱颖而出，真正做到人尽其才和才尽其用。

2. 审时度势，确保领导有效性

领导过程是一个动态的发展变化过程，需要领导者在领导过程中关注内外环境的变化，审时度势，以确保领导的有效性。领导者必须吃透"上情"，明了"下情"，实现"上情"与"下情"的有效结合。审时度势，就是审察时代潮流，辨明社会发展现状和发展趋势，搞清楚组织发展所处的外部环境和组织所具备的内部能力，以及所拥有的内部条件。其关键要是吃透"上情"，明了"下情"，在"上情"与"下情"的结合上下工夫。吃透"上情"，是领导工作的前提条件。所谓"上情"包括：国家在新时期的大政方针；上级领导部门的有关政策、指令和指示；上级领导机关不同时期的工作部署和工作重点等。吃透"上情"，应当处理好3个关系，即宏观政策与微观政策的关系，阶段性与连续性的关系，整体与局部的关系。

"下情"是领导工作正常开展的基本条件，明了"下情"是领导工作的实践基础。所谓"下情"包括：①组织状况，如组织的资源、经济实力、技术装备水平等硬性条件；②市场竞争环境，如行业竞争状况；③人文条件，如组织成员文化素质、技术能力、思想状况、社会心理等；④组织水平，如领导素质、领导班子结构、上下级关系等。明了"下情"要做到以下几点：首先，确立"下情"是领导工作实践基础的观念；其次，明了"下情"唯一途径是调查研究，正所谓"没有调查就没有发言权"；最后，明了"下情"必须制度化、深入化。

在"上情"与"下情"的结合上下工夫，是领导工作的根本特征。要做好"上情"与"下情"相结合的文章，以下 3 个方面的工作很重要。

①宏观政策的微观化研究。国家在新时期的大政方针政策是管方向、管全局的，具有普遍的指导意义，但是这些大政方针不可能很具体，要使"上情"与"下情"结合起来，就必须结合具体的组织领导工作，深入研究国家的方针政策，找到组织领导工作与国家政策的结合点，为进一步开展领导工作作出规划，就是所谓的微观化研究。②工作上的微观突破。打开工作局面，通过先突破一点，以点带面，随之扩大战果。这一般有 3 个环节：一是选准突破口；二是集中力量，实施突破；三是要善于用微观突破带动全局突破。③组织上的沟通协调，"上情"与"下情"的结合，就是进行组织上的沟通协调工作，首先是思想沟通，思想通了才能理顺各方面的关系；其次是组织协调，"先更新思想再更换人，不更新思想就先不更换人"表达的就是这个意思。

10.3 领 导 理 论

在当代社会事物快速发展变化的过程中，领导理论也在不断地得到发展、完善。早期的领导理论主要包括特质理论、风格理论和行为理论。随后又产生了权变领导理论，以及一些有关领导理论的最新观点，如交易型领导、变革型领导和魅力型领导等。

10.3.1 特质理论

20 世纪二三十年代，有关领导理论的研究主要集中在领导者特质方面，也就是那些能够把领导者从非领导者中区分出来的个性特点。这一研究的根本目的就是想提炼出一些领导者具备而被领导者不具备的特征和品质。领导特质理论的发展经历了一个由传统到现代的过程。

1. 传统领导特质理论

传统领导特质理论也称为"伟人说"，认为领导者的品质是与生俱来的，与后天的历练、培养和实践没有关系。所以在当时，领导者都是天才型的。由于这种理论完全脱离于特定的组织环境来鉴定领导者身上的特性与品质，缺乏说服力，无法对有效的领导过程做出合理的解释，所以传统的领导特质理论越来越受到质疑。

2. 现代领导特质理论

现代领导特质理论与传统领导特质理论有着根本不同，现代领导特质理论认为，有效领导者的许多特性和品质并不是与生俱来的，而是在后天的历练、培养和领导实践过程中形成的。因此，根据现代领导特质理论，为了找到有效的领导者，必须建立一系列严格的选拔标准，制定具体的培训方案，同时对领导绩效加以测评。

领导特质理论认为，一个领导者只要具备了某些优秀的特性与品质，不管这些特性与品质是与生俱来的，还是后天领导实践形成的，都能有效地发挥其领导作用，保障领导过程的有效性。研究领导问题主要就是研究领导者要具备哪些优秀的品质和能力，并借此为标准来选拔、培养和考核领导者。人们对各种各样的特性品质进行研究，如体型、外貌、社会背景、情绪控制力、表达流畅性、社会交往能力等。虽然研究者付出了相当大的努力，但由于这些在领导者身上表现出来的优秀特质都有一定的随机性，所以很难有一套固定成型的特质来区分领导者和追随者。

虽然领导特质理论不能从根本上解决领导有效性问题，但学者们在这方面的研究一直在继续，特别是在现代领导理论特质研究阶段，人们还是比较成功地找出了一些与领导力高度相关的特性品质。研究者发现有 6 项特质与有效的领导者相关，分别是进取心、领导愿望、诚实与正直、自信、智慧、工作相关知识，如表 10 - 2 所示。

表 10 - 2　区分领导者与非领导者的六项特质

进取心	领导者极其努力奋斗，拥有较高的成就欲望。他们进取心强，精力充沛，对自己所从事的工作坚持不懈，并有高度的主动精神
领导愿望	领导者有强烈的愿望去影响和领导他人，他们表现为勇于并且乐于承担责任
诚实与正直	领导者通过真诚与无欺，以及言出必行，而在他们与下属之间建立了双方高度相互信赖的关系
自信	下属觉得领导者从来没有怀疑过自己。领导者为使下属相信他的目标和决策的正确性，必须表现出高度的自信
智慧	领导者需要具备足够的智慧来搜集、整理和解释大量信息；并能够确立目标、解决问题和作出正确的决策
工作相关知识	有效的领导者对公司、行业和技术事项拥有较高的知识水平。广博的知识能够使他们作出富有远见的决策，并能理解这种决策的意义

总而言之，领导特质理论由于脱离了特定的组织情境来解释领导的有效性，缺乏一定的说服力，但领导者特质理论也为领导者的选拔提供了一定的依据，为进一步研究领导有效性理论奠定了基础。

10.3.2　行为理论

随着行为科学的兴起，领导理论的研究重心开始由领导特质理论转向行为理论，即从领导者应具备哪些特性品质转向领导者应当如何行为方面，即形成了领导行为理论（Behavior Theory）。

领导行为理论认为，领导是组织中的一种现象，所谓领导，就是领导者拉动和影响组织成员或追随者，带领他们按照领导者的意图向前发展，同时为实现组织的目标而努力。因此在领导过程中必然会发生领导者与追随者相互作用的关系，这时就不能只单单考察领导者的个性特质，而必须着重考察领导者的行为对其追随者的影响，并着重找出领导者的哪些行为因素对下属成员产生了积极的工作绩效。这个时候，领导者的特定行为就进一步确保了领导工作的有效性。

因此，领导行为理论并不是从领导者特质方面来解释领导的有效性，而是试图用领导者做什么，产生什么样的后果来解释领导效能。所以领导者并不一定就是天才型的，与生俱来的，通过后天的培训与学习实践同样也可以成为有效的领导者。

不同的领导者在领导行为的表现上会有很多的不同之处，所谓领导方式、风格，就是对不同类型的领导行为的总结。所以在领导行为理论的基础上，人们对领导行为理论进行了进一步的分类研究。主要有两大类：一是基于权力运用的领导方式分类，主要包括美国心理学家和行为学家库尔特·勒温、罗纳德·利比特（Ronald Lippitt）、拉尔夫·怀特（Ralph White）等共同研究，确定出的 3 种基本领导方式，以及伦西斯·利克特（Rensis Likert）的

"决策关系理论";二是基于态度和行为倾向的领导方式分类,主要包括"四分图理论"和"管理方格理论"。

1. 领导方式理论

勒温等人在实验研究的基础上,把领导者的行为方式分为独裁型、民主型和放任型 3 种基本类型。

(1) 独裁型(autocratic style)

独裁型是指领导者倾向于集权管理,采用命令方式要求下属不容置疑地执行其决策。独裁型领导方式的特点有以下几个方面:①个人独断专行,限制员工的参与,组织的各项决策完全由领导者独自作出;②员工在组织工作中所运用的工作方法、内容、程序都是领导者事先已经布置好的,员工所需要做的就是无条件地执行;③主要依靠领导者个人权威、行政命令、训斥惩罚来维持组织工作运行;④领导者与追随者缺乏沟通,上下级之间的心理隔阂较大。

(2) 民主型(democratic style)

民主型的领导者在采取具体的行动方案或作出具体的决策之前,会充分考虑员工的切身利益,实行授权管理,集思广益,主动要求员工参与到行动方案或决策的制定之中。民主型领导方式的特点是:①领导者在作出决策之前会同下属进行商量,在未得到下属的多数同意时,一般不会采取单独行动;②安排具体的工作时,尽量考虑到员工的个人兴趣、爱好和能力;③在保证完成工作的大前提下,给下属相当的工作自由;④主要依靠领导者的个人威信而不是职位权力来迫使下属服从;⑤惩罚较少,嘉奖较多,沟通无处不在,领导者与下属没有心理距离。

(3) 放任型(laissez-faire style)

放任型领导者对下属采用自由放任的态度,给予充分的授权,下属愿意怎么工作就怎么工作,领导者不采取任何跟踪监督工作,组织的运作类似于无政府状态。

实践证明,不同的领导方式对群体行为会产生不同的影响,以上 3 种领导方式各有自身的优缺点。勒温根据实验得出的结论是:放任型领导方式组织工作的效率最低,只能达到组织成员的社交目标,但完不成组织工作目标;独裁型的领导方式虽然通过严格的工作管理能够完成组织的任务目标,但组织成员没有责任感,态度消极,情绪低落;民主型领导方式下的工作效率最高,不但能够完成组织的工作目标,同时组织内成员沟通无处不在,所以组织成员之间的关系融洽,工作积极主动、富有创造性。在实际的工作环境中,由于领导过程是一个动态的变化过程,所以很多时候领导者采用的都是一种复合型的领导方式。

2. 支持关系理论

伦西斯·利克特在《人群组织》一书中,归纳出以下 4 种领导方式。

(1) 独裁—权威型

独裁—权威型领导方式的特点是:权力集中于组织机构的最上层,下层人员根本不能参与任何决策。领导者对下属没有信心,缺乏信任,解决问题时独断专行,根本不听取下属的意见。上下级之间缺乏必要的沟通。组织的一切目标都作为命令下达,只有自上而下的单向信息流,信息传递扭曲严重,从而造成组织工作只有效率,没有效果。而且组织中"上有政策,下有对策"的现象普遍存在。

(2) 开明—权威型

开明—权威型领导方式的特点是：领导者虽然是独裁的，但也采取了一定程度的授权方式。领导者对追随者有一定程度上的信任感，态度比较能够平易近人，在解决问题的时候也能偶尔听取追随者的意见。但是在这种领导方式下，组织中的沟通比较少，大体上还是自上而下的单向信息流，领导者只听取那些他们所感兴趣的话题，同时下属也只能在既定的范围内进行有限的决策，一般员工并不能参与决策。

（3）协商型

协商型领导方式的特征是：领导者对追随者有相当的信任程度，但是在关键问题的决策上，仍然是专制独裁的。在日常的工作问题中，上级与下属之间能够自由地进行沟通，下属的意见能够比较普遍地得到领导者的采纳。组织目标和实施计划都是在同下属人员进行协商后才作为命令下达的，因而能为下属人员接受，但有时下属人员也会产生轻微的对抗。

（4）参与型

参与型领导方式的特点是：在一切与工作有关的问题上，领导者对下属人员都有高度的信任感，上下级之间对工作问题可以进行充分的沟通，领导者会尽可能地采纳下属人员的意见。组织内部的信息传递流畅，成员之间有着广泛而密切的相互交往，并且是在高度信赖的情况下进行的，因而形成紧密的协作关系，组织绩效目标是高标准的，而且组织成员都共同致力于组织目标的实现。

根据伦西斯·利克特的研究，在生产效率高的制造企业大都采取参与型的领导方式，生产率低的企业则采取独裁—权威型的领导方式。因此，利克特主张，采取独裁—权威型的领导方式的企业应向参与型的领导方式转变。

利克特认为，在参与型领导方式中应体现3个基本概念：运用支持关系原则、集体决策和树立高标准的工作目标。他指出，领导者的职责在于建立整个组织的有效协作，因此必须高度重视组织成员之间的相互作用，要使每个成员都能在组织的人际关系中真实地感受到尊重和支持，上下级之间的相互信任、相互支持的关系，真心实意地让员工参与决策，鼓励员工树立高标准的工作目标，并使组织目标与员工个人的需要、利益有机地结合起来，以充分调动他们的积极性、发挥他们的智慧和潜力，保证决策得到迅速的贯彻和实施，共同努力实现组织的目标。

3. 四分图理论

1945 年，美国俄亥俄州立大学的工商企业研究所在拉尔夫·M. 斯托格第尔（Ralph M. Stogdill）和卡罗·L. 沙特尔（Carroll L. Shartle）两位教授的领导下，开创了对领导行为的二维度研究。他们首先提出了 1 000 多项标志领导行为的特征因素，然后经过反复挑选、归纳总结出"组织结构（intitating structure）"和"人文关怀（consideration）"两大主要因素。

组织结构维度，是指为达到组织目标，领导者界定和建构自己与下属的角色倾向程度。它包括组织、工作关系和工作目标等行为。领导者运用组织手段，通过确定目标、分配任务、制定政策和措施，将下属成员的行为纳入预定的轨道，以严密的组织和控制来提高工作的效率。

人文关怀维度，是指领导者具有信任和尊重下属的看法与情感的这种关系的程度。高人文关怀维度的领导表现出对下属的生活、健康、地位和满意度十分关心，并愿意帮助下属解决个人问题，友善并且平易近人，平等地对待每一个下属。

以上两个维度可以有多种结合方式，以形成不同的领导行为类型，如图 10-2 所示，这两个因素并不是相互排斥的，只有将二者结合起来，才能实现有效的领导。大量的研究表明，组织结构维度和人文关怀维度都高的领导者（高—高领导者，High-high leader）往往比其他三种类型的领导者（低结构维度、低关怀维度或二者均低），更能使追随者取得高的工作绩效和高的满意度。因此，"高组织结构—高人文关怀"的领导方式能够产生积极效果。

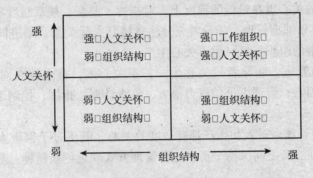

图 10-2　俄亥俄州立大学的领导行为四分图

与俄亥俄州立大学研究的同期，密歇根大学调查研究中心在伦西斯·利克特（Rensis Likert）的主持下开展了类似的研究，即确定领导者行为特征及其工作绩效的关系。他们将领导行为划分为二维度，称为员工导向和工作导向。员工导向的领导者重视人际关系，关心员工的个人健康成长、发展和成就等需求，并承认人与人之间的不同。与此相对照，工作导向的领导者倾向于强调工作岗位的技术或任务方面，主要关心的是群体的工作任务的完成情况，并把群体成员视为达到目标的手段与工具。密歇根大学的研究者得出的结论十分认同员工导向的领导者，认为员工导向的领导者与高群体生产率和高工作满意度正相关，而工作导向的领导者则与低群体生产率和低工作满意度联系在一起。

4. 管理方格理论

在俄亥俄州立大学人文关怀维度与组织结构维度，密歇根大学员工导向和工作导向的基础上，美国得克萨斯大学教授罗伯特·布莱克（Robert R. Black）和简·莫顿（Jane S. Mouton）在 1964 年出版的《管理方格》一书中提出了领导方格图，用领导方格图可以确定领导者的风格，如图 10-3 所示。

高	9	1.9							9.9
	8								
	7								
	6								
关心人	5					5.5			
	4								
	3								
	2								
低	1	1.1							9.1
		1	2	3	4	5	6	7	8	9
	低				关心生产				高

图 10-3　管理方格图

他们用一个二维矩阵来表示领导风格，这个二维图以"关心生产"为横轴，以"关心人"为纵轴，横轴、纵轴都划分为九等份，用从 1 至 9 的阿拉伯数字表示，数字越大表示程度越高。如 1 代表关心程度最小，5 代表中等的或平均的关心程度，9 代表关心程度最大，整个矩阵图由 81 个方格组成，每一个方格代表着两个方面以不同程度结合的不同的领导风格。在领导方格图中，布莱克和莫顿在管理方格图中列出了以下 5 种典型的领导方式。

(1.1)，贫乏型管理。领导者对职工和生产极不关心，效果最差。对必需的工作付出最少的努力，对员工的关心也在最低的程度上，对指挥、监督、规章制度等忽视严重。

(1.9)，乡村俱乐部型管理。领导者充分注意搞好人际关系，增进同事和下级对自己的良好感情，营造和谐的组织气氛，但不关心生产。

(9.1)，任务型管理。领导者只关心生产，不关心人，重点放在对工作和作业的要求上，不太注意人的因素，管理人员的权力很大，负责计划、指挥、控制下属的活动，以便实现企业的生产目标。

(5.5)，中间型管理。对人和生产都有适度的关心，既不过于偏重人的因素，又不过于偏重生产的因素，在二者之间保持平衡，这种管理方式缺乏创新精神，员工的创造性得不到充分发挥。

(9.9)，团队型管理。领导者对生产和人都极为关心。这种管理方式将组织的目标和个人的需要最有效地结合起来，它创造出工作环境，使员工了解问题，关心工作成果。当员工了解了组织的目的，并认真关心成果时，员工会自我选择、自我控制，而无须用命令对他们进行指挥和控制。一般情况下，这种管理的效率是最高的。领导者可以根据领导方格理论确定自己的领导风格并根据组织的内外部情况把自己改造成 (9.9) 型的领导风格。

对于培养有效的管理，管理方格理论是一种有用的工具，它提供了一个判断所处领导形态的模式，使管理者较清楚地认识到自己的领导方式，并指出改进的方向。但是布莱克和穆顿所主张的 (9.9) 型的领导方式只能说是一种理论上的理想模式，在现实生活中要达到这样一个理想状态并不容易。但他们提出的对人的关心和对生产的关心应当结合的观点，在现实工作中有重要的指导意义，现实中的领导者虽然不一定都能将对人的关心和对生产的关心完全结合起来，但一定程度上的结合，在工作中不仅是必要的，也是可能的。同时，布莱克和穆顿指出，理论上是有最佳的领导方式，但最有效的领导方式不是一成不变的，必须根据具体的组织环境而定。

5. 领导行为连续统一体理论

1958 年，美国管理学家罗伯特·坦南鲍姆（Robert Tannenbaum）与沃伦·施密特（Warren H. Schmidt）在《哈佛商业评论杂志》上发表了《怎样选择一种领导模式》一文，认为民主与专制是领导风格中两种极端的情况，在二者之间还存在着许多过渡型的领导行为方式，因而他们提出了领导行为的连续统一体理论，如图 10 - 4 所示。在图中显示了一系列不同民主程度的领导方式，由此可以说明领导不能机械地选择专制或民主方式，而应根据实际要求，把二者适当地结合起来。

A——一切决策由领导者作出并向下属公布；

B——领导者向下属推销自己的决策；

C——领导者提出决策方案，并允许下属提出问题；

D——领导者提出决策草案并允许下属提出修改意见；

E——领导者提出问题，听取下属意见，然后作出决策；

F——领导者明确问题界限，请群体下级决策；

G——领导者授权下属在一定范围内自行识别问题和做出决策。

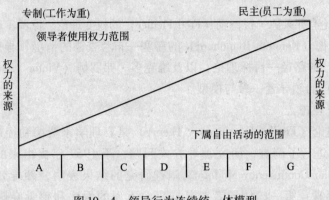

图 10 - 4　领导行为连续统一体模型

偏向于专制一端的领导者具有独裁主义的作风，较重视工作，并运用他们的权力影响部属，对下属保持严密的控制，只告诉下属其需要知道的事情并让他们完成任务；而偏向于民主一端的领导者具有民主的作风，较注重员工、人际关系，允许下属对所从事的工作有发言权，不采取严密的控制，给下属相当大的工作自由，通常这种领导风格还可以延伸到放任自流的领导方式。放任自流的领导方式允许员工做他们想做的事，这种放任意味着缺乏领导、放弃领导，领导的角色已被放弃，因而是没有领导的行为。

由图可知，从左到右领导者行使越来越少的职权，而下属人员得到越来越多的自主权。坦南鲍姆和施密特认为，对于上述七种领导方式，没有一种是绝对正确的，也没有一种是绝对错误的。人们究竟应该采取哪一种领导方式，不能一概而论，应主要考虑以下 3 个方面的相关条件而定。

① 领导者方面的条件。包括领导者的价值观念、对下属的信任程度、领导个性（是倾向于独裁的，还是倾向于民主的）等。

② 被领导者方面的条件。包括被领导者的独立性的需要程度，是否愿意而且勇于承担责任，对有关问题的关心程度，对不确定情况的安全感，对组织目标是否能够理解，在参与决策方面的智慧、经验、能力等。

③ 组织环境方面的条件。包括组织的价值标准和传统，组织的规模，集体的协作经验，决策问题的性质及其紧迫程度等。

总之，必须全面考虑以上各方面的条件，才能确定一种适当的领导方式。但是有的研究者认为领导行为连续统一体模式只是描述性质的，对实际工作并没有太多的指导意义。

10.3.3　权变理论

随着领导行为研究的不断深入，研究者认为领导者自身的内在素质和外在的行为风格不是决定领导活动成功与否的全部因素，领导活动是否成功还取决于被领导者、组织环境因素的影响。很多人从领导活动中领导者的行为风格、被领导者、组织环境因素三者之间的关系来研究领导的有效性，主张领导素质、领导行为风格只要能使被领导者适应，就会取得良好的效果，应该使组织环境与领导行为相匹配，这些理论被称为领导权变理论（Contingency

Theory）。权变理论认为，领导者是在一定环境条件下通过与被领导者的相互作用去实现某一特定目标的一种动态过程。领导的有效行为应随被领导者的特点和组织环境的变化而变化，也叫情境理论。

比较成熟的理论有弗莱德·费德勒（Fred Fiedler）的权变理论、保罗·赫赛（Paul Hersey）与肯尼思·布兰查德（Kenneth Blanchard）的赫塞—布兰查德的情境领导理论、罗伯特·豪斯（Robert House）的路径—目标理论，以及维克多·弗罗姆（Victor Vroom）和菲利普·耶顿（Phillip Yetton）的领导者—参与模型。

1. 费德勒权变理论

费德勒权变理论（Fiedler Contingency Theory）是心理学家费德勒经过长达 15 年时间，对 1 000 多个团体进行了调查，研究领导方式问题，于 1967 年提出来的。通常称为费德勒权变模型（Fiedler Contingency Model）。调查研究的结果表明，领导效率的高低取决于以下两个方面的因素：第一，领导者对其同事、下属的看法和感觉会影响领导者与被领导者之间的关系。如果领导者认为自己的下属善于合作、热情、友好、有能力，他们的关系会更和谐；相反，如果领导者认为下属不友善、冷淡、不服从领导、无活力，他们的关系就会不和谐。而领导者对其同事和下属的看法，又与其个性有关，有一定的模式。第二，情境对领导者的控制和影响程度之间的合理匹配。这取决于 3 种主要因素：一是领导者同下属的相互关系，即领导者对下属信任、信赖和尊重的程度；二是工作结构，即分配给下属工作的明确程度或规范化程度；三是职位权力，即不同于领导者个人权力的正式职位所赋予的权力。显然，良好的关系、明确的任务结构和强权力结构基础，形成了最有利的高情境控制条件；不良关系、模糊结构和低权力基础，造成了最不利的低情境控制条件。费德勒将领导者个性的评估与情境因素的分类联系起来，研究它们对领导效果的影响。

（1）通过 LPC 问卷确定领导风格

费德勒设计了 LPC 问卷（Least Preferred Coworker Questionaire，LPC），即最难共事者问卷，来测试领导者个体的基础的行为风格：个体是任务导向型还是关系导向型，见表10 - 3。费德勒让答卷者回想一下自己共事过的所有同事，找出一个最难共事者，用 16 组形容词中 1 至 8 等级对他进行评估，从最消极的评价到最积极的评价，得分依次增高 。费德勒相信，在 LPC 问卷回答的基础上可以判断他们的最基本的领导风格，如果以相对积极的词汇描述最难共事者，LPC 得分不低于 64 分，回答者很乐于与同事形成友好的人际关系。也就是说，如果领导者把最难共事的同事描述得比较积极，费德勒称其为关系导向型；相反，如果得分不高于 57 分，那说明领导者主要感兴趣的是生产，则为任务取向型。另外，有大约 16% 的回答者分数处于 58 ~ 63 分，属于中间水平，很难被划入任务取向型或关系取向型中进行预测，因而下面的讨论都是针对其余的 84% 进行的。

费德勒认为，任务导向型领导者倾向于在有高控制力和低控制力的情境中绩效最高；关系导向型领导者则在中等控制力的情境中最有绩效。费德勒认为领导风格是与生俱来的，个人不可能改变自己的风格去适应变化的环境。如果情境要求任务取向型的领导者，而在此领导岗位上的则是关系取向型的领导者时，要想达到最佳效果，要么改变情境，要么替换领导者。

表 10 - 3 · LPC 问卷的内容

快乐	不快乐	快乐	不快乐
友善	不友善	助人	敌意
接纳	拒绝	有趣	无聊
有益	无益	融洽	好争
热情	不热情	自信	犹豫
轻松	紧张	高效	低效
亲密	疏远	开朗	郁闷
热心	冷漠	开放	防备
合作	不合作		

（2）确定情境

用 LPC 问卷对个体的基础领导风格进行评估之后，就要对情境进行评估，并将领导者与情境进行匹配。3 种主要的情境因素如下。

领导者—成员关系：领导者对下属信任、信赖、尊重程度

任务结构：工作任务程序化、明确化程度。

职位权力：领导者职位权力的强弱。

这 3 种情境变量互相组合，形成 8 种情境类型。前 3 种情境是对领导者最有利的情境，最后两种情境是对领导者最不利的，其余的 3 种是一般情境。

（3）领导风格与情境的匹配

当领导者的作风与情境相匹配时，会达到最佳的领导效果。费德勒研究了 1 200 个工作群体，对 8 种情境类型的每一种，均对比了关系取向和任务取向两种领导风格，他得出结论（如图 10 - 5 所示）是，任务取向型领导者在非常有利的情境和非常不利的情境下工作更有利，也就是说，面对 Ⅰ、Ⅱ、Ⅲ、Ⅶ、Ⅷ 类型的情境时，任务导向型领导者干得更好；而关系导向型领导者在中等情境下（Ⅳ、Ⅴ、Ⅵ型）工作绩效最好，即当领导风格与情境适应时，领导活动的效果最佳。如果二者不能相匹配，按费德勒的观点，要么替换领导者以适应情境，要么改变情境适应领导者。

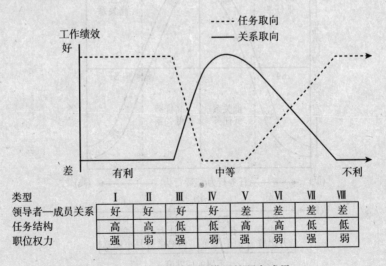

图 10 - 5　费德勒权变模型的研究成果

费德勒的权变理论存在以下不足：理论对领导情境的界定过于简单化，没有解释出现上述权变关系的原因，而且 LPC 量表对领导风格的测量还存在一些问题，如 LPC 量表回答者的分数并不稳定。此外，权变变量对于实践者而言也过于复杂和困难。尽管如此，费德勒的权变理论开辟了领导研究权变思路，激发了大量的新的理论构想和方法的讨论。

1987 年，费德勒及其助手乔·加西亚（Joe Garcia）发展了费德勒模型，提出"认知资源理论"解释领导活动的有效性，这一理论的两个假设是：第一，睿智而有才干的领导者比德才平庸的领导者能制定更有效的计划决策和活动策略；第二，领导者通过指导行为传达了他们的计划、决策和策略。在此基础上，费德勒阐述了压力和认知资源（经验、奖励、智力、激励）对领导有效性的重要影响。

新理论可以进行以下 3 项预测：第一，在支持、无压力的领导情境下，指导型行为只有与高智力结合起来，才会导致高绩效水平；第二，在高压力情境下，工作经验与工作绩效之间成正比；第三，在领导者感到无压力的情境中，领导者的智力水平与群体绩效成正相关。

2. 领导生命周期理论

保罗·赫塞和肯尼斯·布兰查德开发的领导模型称为情境领导理论（Situational leader-ship theory），是一种重视下属的权变理论。该理论认为适当的领导风格或行为依据领导的下属的"成熟度"（Maturity），即下属个体对自己的行为能直接负责的能力和意愿。它包括两项因素：工作成熟度与心理成熟度。前者包括一个人的知识和技能，工作成熟度高的个体拥有足够的知识、能力和经验，完成他们的工作任务而不需要他人的指导。后者指的是一个人做某事的意愿和动机。心理成熟度高的个体不需要太多的外部激励，他们依靠内在的动机激励。下属的工作成熟度和心理成熟度水平影响领导的成功与否，根据下属成熟度水平选择领导风格，这会使领导活动更加成功。模型如图 10-6 所示。

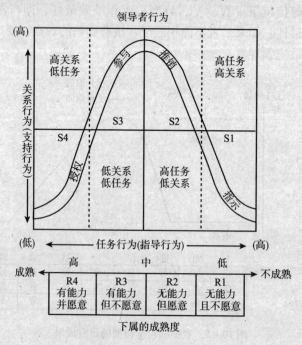

图 10-6　赫塞与布兰查德的情境领导理论模型

（1）下属成熟度

无论领导者做什么，其效果都取决于下属的活动，而很多的领导理论却忽略了下属。赫塞和布兰查德将成熟度定义为：个体完成某一具体任务的能力和意愿的程度。该理论把下属成熟度分为以下 4 个阶段。

R1：下属对执行某些任务既无能力又不情愿，他们既不胜任工作又不能被信任；

R2：下属缺乏能力却愿意从事必要的工作任务，他们有积极性，但缺乏足够的技能；

R3：下属有能力却不愿意干领导者希望他们做的工作；

R4：下属既有能力又愿意干让他们做的工作。

（2）领导风格

以任务行为或指导行为为横轴，以关系行为或支持行为为纵轴，得出一个领导风格的二维四分图，两个维度的不同组合形成以下 4 种领导风格。

S1：指示（高任务—低关系）：领导者定义角色，告诉下属干什么，怎么去干，以及何时何地去干，强调指导性行为。

S2：推销（高任务—高关系）：领导者同时提供指导行为与支持行为。

S3：参与（低任务—高关系）：领导者与下属共同决策，领导者主要角色是提供便利条件与沟通。

S4：授权（低任务—低关系）：领导者提供极少的指导和支持。

（3）情境领导模型

赫塞和布兰查德把工作行为、关系行为及下属成熟度结合起来考虑，构建了情境领导模型。

S1——R1：对无能力且不愿意工作的下属采用高任务、低关系的指示型领导方式。

S2——R2：对无能力但愿意工作的下属采用高任务、高关系的推销型领导方式。

S3——R3：对有能力但不愿意工作的下属采用低任务、高关系的参与型领导方式。

S4——R4：对有能力且愿意工作的下属采用低任务、低关系的授权型领导方式。

显然，赫塞—布兰查德的情境理论中的四种领导风格与管理方格论中的 4 个"角"很相似，主要的差异在于，将"（9.9）型"的内容作了修改，即认为正确的方格应与下属成熟度相联系。虽然赫塞和布兰查德认为管理方格论强调的是对生产和员工的关注，是一种态度维度，而情境领导模型强调的是任务与关系的行为。实质上，我们仍可以认为情境领导理论是在管理方格论基础上的改进，即增加了下属成熟度这一因素。

10.3.4　路径—目标理论

罗伯特·豪斯（Robert House）建立的路径—目标理论是一种更全面的领导权变理论，如图 10-7 所示。该理论认为，领导者的工作是帮助下属达到目标，并提供必要的指导和支持以确保个体目标和群体或组织的总体目标一致。"路径—目标"的概念正源于这一思想。

路径—目标理论集中研究领导者所处的情境和领导者行为之间的关系，从而提出使领导行为适应于管理情境的有效路径。路径—目标理论在动机的期望理论的基础上，提出了领导者需要通过影响下属的工作期望而激励员工思路，思路决定出路。为此，领导者需要在不同的管理情境下采取相应的领导风格，促使下属明确认识导致高绩效并获取目标的关键路径。

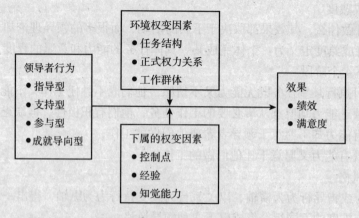

图 10 – 7　豪斯的路径—目标理论模型

1. 领导者的职责：指明目标及其实现途径

领导者的工作是为下属指明目标，而且为下属排除实现目标过程中遇到的障碍，帮助下属达到他们的目标。领导者把对员工需要的满足与有效的工作绩效联系在一起，提供必要的辅导、指导和支持、奖励，使员工取得良好的工作绩效，力求使组织与员工获得双赢。

2. 领导者的 4 种行为风格

① 指导型领导者（Directive leader）：对下属指明期望他们做什么，要达到什么标准，完成工作的时间安排，并对如何完成任务给予具体指导。

② 支持型领导者（Supportive leader）：领导者十分友善，并表现出对下属需求的关怀。

③ 参与型领导者（Participative leader）：与下属共同磋商，在决策前充分考虑下属的建议。

④ 成就导向型领导者（Achievement-oriented leader）：设置有效的目标并期望下属表现自己的最佳水平。

豪斯认为领导者的风格是可以改变的，同一领导者可以根据不同情境表现出任何一种领导风格。这与费德勒的观点相反。

3. 情境因素

（1）下属的个性特点

下属的个性特征中最重要的是控制点（Locus of control）、经验和知觉能力，即下属对于自身行为结果的原因的解释，以及员工对于自身完成任务努力的评价。下属易受环境影响还是喜欢控制环境，是独立性强的还是顺从型的，下属工作经验丰富还是欠缺，下属能力强还是弱。

（2）工作环境的特点

① 组织中的工作任务是否明确，确定性强还是弱，规范化程度高还是低。

② 组织中的正式权力关系明确还是模糊。

③ 工作群体内部冲突激烈还是缺少冲突。

4. 情境因素与领导风格的匹配

① 与具有高度结构化和安排好的任务相比，当任务不明或压力过大时，指导型领导会带来更高的满意度。

② 当下属执行结构化任务时，支持型的领导会带来员工的高绩效和高满意度。

③ 对于能力强或经验丰富的下属，指导型的领导可能被视为累赘和多余。

④ 组织中正式权力关系越明确、越官僚化，领导者越应表现出支持型行为，降低指导型行为。

⑤ 当工作群体内部存在冲突时，指导型领导会带来更高的满意度。

⑥ 内控型下属对参与型领导更为满意。

⑦ 外控型领导对指导型领导更满意。

⑧ 当任务结构不清时，成就取向型的领导将会提高下属的期望水平，使他们坚信努力必然会带来成功的工作绩效。

路径—目标理论认为，领导者的行为能否成为激励因素，在很大程度上取决于其对下属及其应对环境不确定性的帮助。因为这样做增加了下属认为他们的努力可导致理想奖励的期望。当领导者弥补了员工工作环境方面的不足，就会对员工的绩效和满意度起到积极的影响。但是当任务本身十分明确或员工有能力和经验处理，无需干预时，领导者若还花费时间解释工作任务，则下属会把这种指导行为视为累赘多余，甚至是侵犯。

10.3.5　领导者—参与模型

维克多·弗罗姆和菲利普·耶顿于 1973 年提出的领导者—参与模型（Leader-participation model），将领导行为与参与决策结合起来，试图说明特定管理情境下应遵循的有效领导风格。该理论认为，领导的有效性取决于领导者根据不同的情境让被领导者不同程度地参与决策，即领导行为应随着情境的需要而随时变动。领导者—参与模型是规范化的，即提供了根据不同的情境类型而遵循的一系列的序列规则，以确定参与决策的类型和程度。1987 年，弗罗姆和亚瑟·杰戈（Arthur Jago）对领导者—参与模型进行了扩展，聚焦于有效的参与和决策树模型上，并衍生出 4 种模型，这 4 种模型都是根据两个因素而来的，即个人决策与团体决策，以及时间驱动下的决策和发展驱动下的决策。

1. 情境的确定

领导者—参与模型认为，有 7 项变量决定领导的情境。1987 年进行修订后，权变因素为 12 项。

QR：决策质量要求——决策质量的重要性。

CR：下属承诺要求——下属对决策的承诺是否重要。

LI：领导者的信息——领导者是否拥有高质量决策所需要的资料和信息。

ST：文体结构——问题是否结构清楚？

CP：下属承诺的概率——如果领导者自己作决策，下属接受决策的可能性。

GC：目标一致性——下属是否会认同问题解决所需达成的组织目标。

CO：下属意见冲突——下属之间是否对于可能的解决方案有冲突意见。

SI：下属决策信息——下属是否拥有高质量决策所需的充分信息。

TC：时间限制——是否因为时间紧迫而限制了领导者所包含下属的能力。

CP：地域的分散——把地域上分散的下属召集到一起的代价是否太高。

MT：激励—时间——在最短的时间内作出决策对领导者来说有多重要。

MD：激励—发展——为下属的发展提供最大的机会对领导者来说有多重要。

2. 可供选择的领导风格

领导决策树模型假设下属应该在多大程度上参与决策，取决于情境的特征。领导者需要对问题特征进行评价和审视，从而决定领导者决策风格。领导者可以根据对情境的评估在下列 5 种领导风格中作出选择。

独裁 I（A I）：领导者能使用自己目前现有的资料独立解决问题或作出决策。

独裁 II（A II）：领导者向下属寻求信息，但自己作出决策。下属可能不知道决策情况。

磋商 I（C I）：领导者与有关的下属进行个别讨论，收集他们的意见和建议，随后由领导者作出决策。领导者所作出的决策可能受到或不受下属的影响。

磋商 II（C II）：领导者与下属集体讨论有关问题，集体提出意见和建议。最后领导者所作出的决策可能受到或不受到下属的影响。

群体决策 II（G II）：领导者与下属集体讨论问题，鼓励提出不同的解决方案，一起评估可行性方案，并试图获得一致的解决方法。

3. 情境与领导行为的匹配

领导者可以根据对情境的评估在以上 5 种领导风格中作出选择。情境与领导匹配的方法称为领导的决策树模型，如图 10－8 所示。例如，如果考虑 CP，即下属接受的可能性，当确定下属能接受时，可选用独裁 I（AI），否则最好采用群体决策 II（G II）。如果仅仅考虑 SI，即下属的信息，当下属的信息足够决策时，采用群体决策 II（G II），否则，采用磋商 II（C II）。

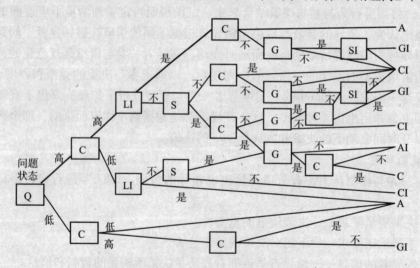

图 10－8　领导的决策树模型

由于决策情境往往错综复杂，领导者的决策过程更为动态，领导决策树模型被作为参考框架，用于诊断、培训和指导，具有重要的价值。

10.3.6　领导行为评价

根据领导权变理论，可以认为，领导风格在任何情境下都有效的观点并不一定正确。领导并不总是最重要的。领导者的行为是否有效，要看领导者的行为是否是情境、下属需要的。研究资料表明：在许多情境下，领导者表现出什么样的行为是无关紧要的。个体、工作环境因素可能起到领导工作的作用，使员工实现一定的组织绩效，又使员工获得满意，这时个人、工作环境因素"替代"了领导，从而使领导者对下属不再产生作用。如下属的特点为有经验、受过培训、有专业能力、对组织的奖励很淡泊，这些特点可以替代为了进行结构化和降低任务模糊性而需要的领导的支持和能力，当工作本身十分明确，或员工能通过工作本身满足自身需要，那么这也会降低对领导的需要。而正式明确的目标、严格的规章制度和程序、内聚力强的工作群体，这些都可以替代正式的领导活动。员工的态度、价值观、能力、气质、性格等个性特征对员工的工作绩效和满意度造成很大的影响，领导者的行为只是对员工的工作绩效和满意度产生影响的因素之一。因此，领导有时是无关紧要的，是可替代的。

10.3.7　领导理论的新观点

随着领导理论研究的不断深入，人们对领导的认识也是处于不断的发展之中。近年来，学者对领导理论提出 3 种新的观点或看法：交易型领导理论、变革型领导理论和魅力型领导理论。

1. 交易型领导理论

伯纳德·巴斯（Bernard Bass）认为领导有两类，交易型领导（Transactional leadership）和变革型领导（Transformational leadership）。交易型领导者确定员工需要做什么才能达到个人和组织的目标，通过促进员工努力，来帮助员工增加实现目标的自信。相反，变革型领导者通过提高员工对自身重要性和任务价值的认识，通过使员工为工作团队、为组织或为更重大的政策而超越自我利益，以及通过把员工的需要层次提高到更高的水平，譬如自我实现的需要，来激励员工贡献比原来愿意贡献得更多。变革型领导者对下属的影响比交易型领导者要大得多。

交易型领导主要由两方面体现：随机报酬和例外管理。

① 随机报酬，是指领导者根据努力状况和绩效水平奖罚下属。随机报酬的原则的内容如下：清晰表述与解释目标；指出与目标相关的具体行为和结果；主动监控、测量与目标相关的行为和结果；经常提供正与负的绩效反馈。

② 例外管理，是指领导者仅在下属工作出现失误情况下才进行干预。例外管理有主动和被动之分。主动例外管理是指领导者仔细观察、寻找下属的错误与偏差，并及时采取纠正措施。被动例外管理是在被告知下属违反了规则，没有完成预定任务后才出面惩处。

2. 变革型领导理论

变革型领导（Transformational leadership），领导者关心每一个下属的日常生活和发展需要；他们帮助下属以新观念看待老问题，从而改变了下属对问题的看法；并能够激励、唤醒和鼓励下属为达到群体目标而付出更大的努力。

变革型领导有以下 4 个方面的特征。

① 领袖魅力。领导者具有对追随者产生巨大、超凡影响的个人影响力。

② 激励鼓舞。领导者对追随者表达很高的期望，利用口号等鼓励下属付出更多的努力去实现组织的远大目标。具体做法是：强调使命的重要性，激发个体的自豪感；使用激励性语言鼓舞下属；身体力行，为下属树立榜样；通过完成某项困难工作任务培养下属的信心；与下属共同排除各种障碍。

③ 个别关怀。领导者公平而有差别地对待每位下属，关照每位下属的特殊需要，像教练和顾问那样帮助、支持追随者完成任务和实现自我。具体做法是：根据下属的能力与知识，分配适当的工作以增强下属的信心；与每位下属讨论以搞清他们的需求；为下属提供学

习的机会，以提高他们的能力；关心下属的事业发展，提供相应的事业咨询；和下属进行面对面、一对一的沟通。

④ 智力刺激。变革型领导者鼓励下属尝试用新的、创造性的方法和途径来解决工作中遇到的问题。交易型领导者则强调政策连续性和保持原状。

经过研究发现，对变革型领导者的评价比对交易型领导者更好。变革型领导与低离职率、高生产率、高员工满意度之间有着更高的相关性。交易型领导者和变革型领导者的特点如表 10－4 所示。

表 10－4　交易型领导者和变革型领导者的特点

交易型领导者	变革型领导者
权变奖励：努力与奖励相互交换原则，良好的绩效是奖励的前提，承认成就 通过例外管理（主动）：发现不符合规范与标准的行为，并将其改正 通过例外管理（被动）：只有在没有达到标准时才进行干预 自由放任：放弃责任，回避决策	领导魅力：提供愿景和使命感，逐步传输荣誉感，赢得尊重与信任 感召力：传达高期望，使用各种方式增强努力，简单明了地表达意图 智力刺激：鼓励智力、理性活动和周到细致的问题解决活动 个别化关怀：关注每一个人，针对每一个人的情况给予培训、指导和建议

3. 魅力型领导理论

个人魅力的领导理论是由罗伯特·豪斯（Robert J. House）1977 年首先提出的。个人魅力型领导（Charismatic leadership）指能对下属产生不同寻常的影响的领导者。"魅力"（Charisma）是一种领导者个人具备的带有鼓励性的人际吸引力，包括个性、能力、经验和坎坷经历中形成的综合素质。在其他条件均等的条件下，具有魅力的领导者将更能够成功地影响下属行为，并实现组织目标。豪斯的理论表明，魅力型领导具有很高水平的感召力。他们的权力中的一部分源于他们想要对别人施加影响的需要。魅力型领导者具有极高的自信心、支配欲，对其在道德上的公正深信不疑，或者至少有能力使其下属相信他（或她）具有这样的自信心和说服力。

个人魅力型领导者所具备的关键特征如下。

① 自信：魅力型领导者对他们的决策和领导能力极具自信。

② 远见：魅力型领导者有理想目标，相信明天会更好。理想目标与现实差距越大，下属越有可能认为领导者具有远见卓识。

③ 清晰地表达目标的能力：魅力型领导者能够明确地阐述目标，使下属都能明白。这种清晰的表达表明了对下属需要的了解，它可以成为一种激励的力量。

④ 对目标的坚定信念：魅力型领导者具有强烈奉献精神，愿意从事高冒险性的工作，承受高代价，为了实现目标能作出自我牺牲。

⑤ 打破循规蹈矩：魅力型领导者的行为是新颖、反传统、反常规的。当获得成功时，这些行为令下属们惊诧而崇敬。

⑥ 组织变革的代言人：魅力型领导者被认为是激进变革的代言人而不是传统现状的卫道士。

⑦ 环境敏感性：魅力型领导者对组织所处的环境，如资源、机遇、威胁等，有着清晰的认识，知道该做什么，不该做什么。

豪斯认为，魅力型领导者为下属清晰地绘制了诱人的宏伟前景，向下属传达高水平目标，并对下属达到这些期望表现出充分的信心，以此来获取下属的奉献、承诺和动力。通过语言、活动传达一种新的价值观体系，并以自己的行为为下属设立效仿的榜样。最后，魅力型领导者可以做出自我牺牲和反传统的行为来表明他们的努力，以及对未来前景的坚定信念。魅力型领导者使下属的工作绩效更好，积极性更高。

魅力型领导者可以通过培训来塑造，步骤有以下几点。

① 领导者要保持乐观态度，用激情作为催化剂，激发他人的感情，运用整个身体而不仅仅是语言进行沟通。

② 领导者通过与他人建立联系而激发他人追随自己。

③ 领导者通过调动追随者的情绪而开发他们的潜能。

10.3.8　领导理论面临的挑战

豪斯和其他研究人员也清醒地认识到，一个人具有激发起巨大的奉献、牺牲与热情的能力，但并不能保证其事业或前景是正义的，是人们值得为之付出的。希特勒以其超凡魅力闻名于世，同样以他的领导给他的追随者和其他人带来的深重灾难而著称于世。魅力型领导者拥有巨大的潜力，可以给衰落的机构重新注入活力，能够帮助个人发现工作与生活的价值和兴奋点，但是，如果他们的目标和价值体系与文明社会的基本准则相悖，那么，他们就会构成极大的威胁。

希特勒这样的例子使得有些研究人员建议，必须对所有领导者的动机加以研究。经过一系列的研究之后，理论家曼弗雷德·凯茨·德·弗瑞斯（Manfred Kets de Vries）得出以下结论，领导理论是建立在过分简化了的人性模型的基础之上的。

1. 研究领导的心理学方法

弗瑞斯强调，为了理解为什么有些人会成为领导者，需要采用心理学观点。这种最初由西格蒙德弗洛伊德提出的观点认为，绝大多数的人类行为源于对未能满足的需要和内驱力的实现的无意识努力。换言之，人们可能并不知道自己做什么，为什么要做。确实，人的很多行为可以追溯到早期儿童时代的经历，而那些经历人们已经很难再回忆起来了。

根据豪斯的理解，魅力型领导者把人们聚集在一副英雄主义的远景中。而弗瑞斯认为，现实中，成年领导者可能是出于 3 岁孩子的需要去对环境加以控制。事实上，对于这样的领导者而言，这出倒错的喜剧的积极社会效果也许是次要的，因为他正在无意识地努力减轻个人的挫折感。

弗瑞斯坚持认为，表象具有欺骗性，如果要理解复杂的领导动态学，就必须求助于更基础的人性理论。

2. 领导的浪漫主义观点

对传统领导理论的第二个挑战集中于追随者——领导者指导的人身上。依据这种观点，追随者把领导者的所作所为、领导者能够达成的成就，以及领导者如何影响其生活，等等，都加以浪漫化或理想化了。这种浪漫主义观点之所以形成，是因为绝大多数人很难理解这个巨大、复杂的社会系统是如何运行的，因而转而求助于领导者来简化自己的生活。因此，在有关领导和领导者的浪漫主义观点中，对追随者的论述与对领导者的论述几乎占用了同样大的篇幅。也许人们需要从浪漫的角度来观察领导者，以帮助他们关注并达到组织目标。若果真如此，那么只要追随者对领导者寄予信心，这个领导者就能够激励追随者的士气，影响他们的行为。一旦这种信心不再存在，领导者无论如何努力，其领导的有效性都会下降。领导的浪漫主义观点表明，领导并非真的不可缺少——"自我管理"的团队已经构成了对传统领导理论的另一个挑战。

10.4　人性假设与领导方式

10.4.1　人性假设

人性就是人的本质或本性，人性假设是指对人的本质特征和共有行为模式的设定。中国古代的先哲曾提出"人性善"和"人性恶"等观点。马克思主义认为，人性是人的自然属性和社会属性的统一。在西方，许多思想家对人性的本质进行了解读。现代管理理论都是以人性假设为前提的，最主要的有"经济人"假设、"社会人"假设、"自我实现人"假设和"复杂人"假设4种。人性假设不仅决定管理理论的形成和发展，同时还制约着人类的管理实践活动，管理主体对人性的不同判断和认识，决定了对管理客体采取不同的态度和方法。同样，一个管理者的人性如何，将会影响激励和领导方法。孔茨也曾指出："管理者是否自觉地知道这些，在他们的心目中，总有一个个体的模式和基于人的假定的组织行为模式。这些假定和它们的有关理论影响着管理者的行为。"

人性假设是选择领导风格和领导方式的主要依据，因此它在管理理论中起着重要的作用。人性假设研究从分析人的表面行为和潜在需要入手，概括了在一定时期适合大多数人情况的一般性模式，以此作为管理理论研究的出发点和管理实践的指导思想。

1. "经济人"假设

18 世纪，英国古典经济学家亚当·斯密在他的经济学中提出了"经济人"假设。"经济人"（Rational economic man）又称"理性经济人"，也称实利人。这种人性假设的出发点是享乐主义的哲学观点，经过 19 世纪理想主义的影响而形成。这种假设认为，人的一切行为都是为了最大限度地满足自己的利益，工作的动机是为了获得经济报酬。

"经济人"假设主要的内容如下。

①大多数人十分懒惰，他们总是想方设法地逃避工作；②大多数人没有雄心壮志，不愿承担任何责任，而宁愿受别人领导；③大多数人的个人目标与组织目标是相矛盾的，必须用强制、惩罚的办法才能迫使他们为实现组织的目标而工作；④大多数人做工作是为了满足基本的需要，因此会选择最大经济收益的工作；⑤大多数人是不能够鼓励自己，不能克制感情的。

美国管理学家麦格雷戈（D. M. McGregor）在其所著的《企业中人的方面》一书中提出了 X 理论，就是对"经济人"假设的概括。泰罗认为企业家的目的是获取最大限度的利润，工人的目的是获得最大限度的工资收入，因而劳资双方的利益是一致的，提高了劳动生产率，企业家就可以获得更多的利润，而工人也可以获得更多的工资。因此，泰罗制定了工作标准和任务管理制来规范工人的工作动作和时间，以此来提高生产效率，制定了计件工资制来刺激工人为了获得更多的工资而努力工作。泰罗的科学管理方法与以前的非科学的管理方法相比较确实进步很多，并且取得了明显的效果，大大提高了当时的劳动生产率。因此，在当时，泰罗的科学管理理论备受理论界和企业家们的推崇。但是，随着时间的推移，以"经济人"假设为理论基础的科学管理理论渐渐显露出其固有的弊端。

2. "社会人"假设

20 世纪 20 年代末，美国哈佛大学心理学家梅奥根据霍桑实验提出了"社会人"假设。"社会人"（Social man）又称"社交人"，该假设认为人的社会性需求的满足往往比物质上的报酬更具有激励作用。其基本观点是人们工作的主要动机在于工作的社会关系，只有满足人们的社会和归属的需要，才能有效地调动工作的积极性。社会人假设的基本内容如下。

①认为人的行为动机不仅是追求经济利益，还是满足人的全部社会需求；②由于技术的发展与工作合理化的结果，使工作本身失去了乐趣和意义，因此，人们从工作中的社会关系去寻求乐趣和意义；③工人对同事之间的社会影响力，要比管理部门所给予的奖励更大。④工人的工作效率随着管理人员满足他们社会需求的程度而改变。

日裔美籍学者大内在 20 世纪 80 年代初提出的"Z 理论"是以"社会人"假设作为人性论基础的。大内认为，无论何种组织，员工都是"社会人"，大内反复强调"信任"、"微妙性"和"亲密性"，都涉及人际关系协调的社会伦理领域，这就表明了他对组织中人际关系协调的高度重视。在以"社会人"假设为基础建立的行为科学阶段，人们对人性的认识显然有所升华。

3. "自我实现人"假设

20 世纪 40 年代，美国人本主义心理学家马斯洛在他的层次需要理论中提出了"自我实现人"假设。"自我实现人"（Selactualizing man）也称"自动人"。马斯洛在他的层次需要理论中认为，人的最高层次需要是自我实现。这种人性假设认为，人除了社会需求以外，还有一种想充分表现自己的能力，发挥自己潜力的欲望，并希望、向往、追求使自己成为一个比较完美、自我实现的人。其基本内容如下。

①一般人都是勤奋的，劳动是其一种自然需要，人不但乐于承担责任，而且是有进取心的，希望在工作取得成绩；②控制和惩罚不是实现组织目标的唯一手段，人们在工作中能够自我管理和自我控制；③在正常情况下，一般人不仅会接受某种责任，而且还会主动寻求责任，逃避责任、缺乏抱负及强调安全感，通常是经验的结果，而不是人的本性；④大多数人在解决组织的困难时，都能发挥出高度的想像力、聪慧力和创造力；⑤有自我满足、自我实现需求的人，往往以达到组织目标作为自我目标实现的最大报酬；⑥在现代社会条件下，一般人智慧的潜力只能得到部分的发挥。

"自我实现人"的人性观认为：人都需要发挥自己的潜力，表现自己的才能；只有人的潜力充分发挥出来、人的才能充分表现出来，才会感到最大满足；利润最大化不是管理的全部内容和唯一目标，人的情感需要、发展需要本身就是管理目标的一个重要内容。基于这种人性假设的理论就是麦格雷戈的 Y 理论。Y 理论与 X 理论相对立。X 理论完全依赖于对人的行为的外部控制，而 Y 理论则很重视依靠人的自我控制和自我指挥。麦格雷戈把 Y 理论称作"个人目标和组织目标的结合"，认为它能使组织成员在努力实现组织目标的同时，最好地实现自己的个人目标。

4. "复杂人"假设

随着人类社会的发展，人的特性也在不断发生整体性变化。对于许多现象，过去关于人性的假设已难以解释，管理理论和实践迫切需求对人的问题作出新的解释和研究。20 世纪

60 年代末 70 年代初提出了"复杂人"（Complexman）假设，该假设认为，人的需要和动机是十分复杂的，不仅因人而异，而且一个人在不同的年龄、地点、时期也会有不同的表现。这种人性假设的基本观点如下。

①人的需要是多种多样的，而且这些需要随着人的发展和生活条件的变化而发生改变，每个人的需要也各不相同，需要的层次因人而异；②人在同一时间内有各种需要和动机，这些需要和动机会发生相互作用并结合为统一的整体，形成错综复杂的动机模式；③人在组织中的工作和生活条件是不断变化的，因而会不断产生新的需要和动机，人的动机的形成是内部需要和外部环境相互作用的结果；④一个人在不同的单位或在同一单位的不同部门工作，会产生不同的需求，在正式组织中与别人不能合群的人，很可能在非正式组织中满足其社会需要和自我实现的需要；⑤由于人的需要不同、能力各异，对不同的管理方式有不同的反应，因此没有适合于任何组织、任何时间、任何个人的统一的管理方式。

"复杂人"假设提出了因人、因时、因事而异的管理，基于这种假设提出超 Y 理论。超 Y 理论，亦称权变理论，是一种主张结合 X 理论和 Y 理论而权宜应变的管理理论。

随着管理科学的发展，人们对人性的认识渐趋丰富，很难说哪种观点是绝对正确，或者普遍适用的。按照马克思的说法，人的本质在其现实性上，是一切社会关系的总和。人是千差万别的，不能绝对依赖某一种假设和管理理论。

此外，中国学者曾仕强教授在新的人性假设的基础上提出来了人性管理 M 理论。M 理论关于人性的假设如下。

① 本性假设：人具有遗传而来的本性，如惰性、趋利避害等；本性难移，但可以顺其自然，引导利用。

② 习惯假设：人能够适应环境，在塑造机制下形成行为习惯；习惯左右着人的许多行为。

③ 习俗假设：人不仅依靠本性求生存，还依靠人类群体共通的习俗、文化求生存；文化也左右着人的另一部分行为。

④ 创新假设：人和人的群体都是自组织系统，都能创新演化，具有创造力，能够适时改变自己的习惯和习俗以适应外界环境。

实质上，M 理论以安人为目标，依经权而应变，用絜矩（将心比心）来促成彼此的和谐合作。其目的就是要正本清源，洞悉人性，帮助管理者实施真正适合中国人的中道管理。

10.4.2 领导方式

领导方式是指领导者与被领导者之间发生影响和作用的方式。领导方式不同于领导方法，领导方法灵活多变，而领导方式却较为稳定，是领导者从事领导工作的风格和行为方式。领导方式有以下几种分类。

1. 按行为取向来划分，可分为以任务为中心（task-orientated leadership）和以人为中心（membership-orientated leadership）两种基本类型

以任务为中心的领导方式以领导者的工作行为作为中心，关注工作效率，注重任务的完成，忽视人的情绪和需要。以人为中心的领导方式以被领导者为中心，关注人的需要，重视沟通和协调，重视下级对决策的参与和认同。也就是说，领导者就是让下属感觉到自己是重要的，这会鼓舞他们有更出色的表现，为组织的目标做出自己的努力。在现实生活中，领导者不能将以上两种领导方式截然分开，只有将两者实现有机地结合，才能保证领导目标的顺利完成。

2. 按照权力运用的方式划分，又可划分为集权型、民主型和放任型 3 种领导方式（如表 10 – 5 所示）

集权型领导方式的特点是所有的决策都由领导者自己作出，下属没有参与决策的机会和权力。此外，领导者还注意避免同下级发生比较亲密的个人关系，下级因而通常对其敬而远之。集权型领导者不考虑员工的想法，而为员工完全设定工作环境，并希望员工按照他们的期望去工作。

民主型领导方式的特点是领导者鼓励下属参与决策，根据工作需要适当授权下属去做，并且注重沟通与激励，调动下属工作的积极性和创造性；民主型领导一般采用示范引导、说服教育等非强制性的方式开展工作。这种领导方式产生于向追随者咨询，以及追随者的参与。采用这一领导方式的领导者既注重正式组织结构和规章制度的作用，又不完全大权独揽，在某种程度上又设法使下级参与一些决策，善于在决策过程中发挥下属的作用。对决策的执行采取分权的方式进行，对下属工作的检查监督主要依靠有一定自主权的部门来进行。

放任型领导方式主要采用无为而治的态度开展工作，一切由下属自行处理决定。这一类型的领导者重感情交往，关心下级的需要，并尽可能满足他们的某些要求，同下级维持着一种良好的人际关系。但是，由于这一模式不强调领导者本身的权力运用，因而往往导致实际上的无人领导，容易使组织中的不同单位按照交叉的目标工作，从而使工作经常处于混乱和无秩序状态，其工作效率低下是显而易见的。不过，上下之间的满意程度则大大超过第一种模式。

一般来说，民主型领导方式效果最佳，集权型和放任型领导方式只在特定情境下才有效。

表 10 – 5　集权型、民主型和放任型领导方式之比较

	集权型	民主型	放任型
团队方针的决定	一切由领导者一人决定	所有方针由团队讨论决定，领导者给予激励与鼓励	完全由团队或个人决定，领导者不参与
团队活动的了解与透视	领导者分段指示工作的内容和方法，因此员工无法了解团队活动的最终目标	职工一开始就了解工作程序与最终目标，领导者提供两种以上的工作方法供职工选择	领导者提供工作上需要的各种材料，当职工前来咨询时，即给予回答，但不做具体指示
工作的分工与同伴的选择	由领导者决定后，通知员工	分工由团队决定，工作的同伴由职工自己选择	领导者完全不干预
工作参与及工作评价的态度	除示范外，领导者完全不参与团队作业。领导者采取自己喜欢的方式评价员工的工作成果。	领导者与成员一起工作，但避免干涉指挥，领导者依据客观事实评价员工的工作成果	除成员要求外，否则领导者不主动提供工作上的意见，对员工的工作成果不作任何评价

资料来源：引自刘建军. 领导学原理. 上海：复旦大学出版社，2001：85.

3. 按照领导行为和方法划分，领导方式可以分为强制型和非强制型两种主要类型

强制型领导方式中，领导者提出合法的要求，运用强制性权力施加压力，迫使下属执行，若不执行即给予惩罚。该方式主要依赖权力和规章制度的运用，是建立在下属对领导者职位权力的畏惧或恐惧的基础上的。命令的强制性在不同领域中的效应是不同的。

非强制型领导方式中，领导者主要依赖非权力性影响力的运用，依赖人格的力量和真理的力量，以理服人，以情感人。主要运用沟通引导、人格感召、榜样示范、激励鼓舞等具体手段实施领导。其中，领导者的威信、人格、能力是非强制型领导方式能够取得成功的关键。随着社会进步，经济秩序的不断完善，后者会越来越受欢迎，且效果也比前者好得多。

领导方式与领导体制、领导环境、领导观念，以及领导者的素质能力密切相关，它规定和影响领导方法与领导艺术的运用，并决定领导活动的成败得失。在实践中不存在一种最佳的领导方式。不同的组织、不同的工作、不同的人需要不同的领导方式。最有效的领导方式是最适合实际情况需要的领导方式。

10.5 领 导 艺 术

10.5.1 领导艺术的概念

领导行为既是一门科学又是一门艺术。狭义上的领导艺术，是指领导者运用自身的科学知识、实践经验、聪明才智和胆识魄力，在领导活动中遵循领导规律，巧妙地运用领导方法，有效地实现目标的状态或境界。广义上的领导艺术，是指在一定经验和科学基础上，创造性地、卓有成效地解决某些实际或疑难问题的技能。当然，领导艺术也不是无本之木，它是领导者的素质、能力、魅力和影响力的综合体现。要实行有效的领导，领导者不仅要掌握基本的领导方法，而且要有高超的领导艺术，这样才能使组织目标顺利完成。这就是说，领导艺术不仅是独特的、有规律可循的，也是提高领导效能的关键因素之一。

10.5.2 领导艺术的特点

从上述对领导艺术的概念可知，领导艺术具有以下4个特点。

①创造性。优秀的领导者总是独具匠心地采用不同于他人的特殊方式和手段，形成富有个性和创造性的领导艺术。②科学性。领导艺术是与一定的领导经验分不开的，但更与科学的理论相一致。领导者只有掌握了现代管理理论和领导理论才能形成真正的领导艺术。③经验性。没有丰富的领导工作实践，没有丰富的领导工作经验，就谈不上什么领导艺术。④灵活性。领导艺术没有唯一答案，通常是非程序化、非模式化的。领导者只有因人而异、因事而异、因环境而异，因势利导，才能在工作中取得令人满意的效果。

10.5.3 领导艺术的内容简介

领导艺术的内容范围较广，所以要真正领悟和掌握这些内容，不是短时间内能够达到的，必须要经过长时间的工作积累和学习体会。作为领导者，在领导过程中一般都会运用到诸如用权的艺术、用人的艺术等基础领导艺术，当然这也是领导者必备的素质。下面对基本的领导艺术分别简要的介绍。

（1）领导决策的艺术

领导的基本职能首先是决策，领导工作必须通过一系列的决策活动来实现，决策是整个领导过程的中心环节，决策是否科学、合理，关系到领导活动有无成效及成效大小。决策艺术包括3个方面：①获取、加工和利用信息的艺术；②对不同的决策问题采取不同决策方法的艺术；③尽量实现经营决策程序化的艺术。

（2）合理用人的艺术

领导活动的有效性在一定意义上取决于领导选才用人的正确性。因为领导目标的实现，依赖于大批人才为之努力。自古至今，凡有作为的领导者同时也是一个善于选才用人的领导者。领导者的用人艺术体现在识别人、选拔人、使用人、管理人、留住人和培养人等 6 个方面，重点是知人善任。合格的领导者必须爱才，高明的领导者注重爱才。领导者的能力再强，水平再高，也不可能掌握现代社会的一切知识，包揽各种具体事务。合理的用人艺术主要体现在以下几个方面：①科学用人的艺术；②有效激励人的艺术；③适度治人的艺术。

（3）正确处理人际关系的艺术

社会心理学把人们在物质交往与精神交流中发生、发展和建立起来的人与人之间的直接的心理关系，叫做人际关系。随着生产力的发展和社会的进步，人际关系已成为现代管理理论的关注重点，作为领导者，要充分考虑组织内每个成员的基本需要，从物质和精神两个方面予以满足。只有在满足下属全面需要的过程中，才能建立起领导者和下属之间彼此信任的和稳固的人际关系。此外，领导者在人际交往中，还应该以自己的品德和个人魅力影响和感化员工。正确处理人际关系的艺术主要包括以下两个方面的内容：①分析影响企业人际关系的因素；②处理人际关系的艺术应当多样化。

（4）科学利用时间的艺术

领导者是整个组织机构的重心，一方面，来自组织、外界的情况无法抗拒地要占用领导者可支配的时间，在企业下属员工也无休止地将本属于自己职责内的任务转移给不同职能的领导者；另一方面，领导者要创造性、高效地完成负责的任务也需要充足的可自我支配的时间，它们之间难免相互冲撞，因此，时间对于领导者无疑是最宝贵的财富。提高时间的利用效率也就成为每个领导者必须具备的素质之一。科学利用时间的艺术包括：①科学分配时间的艺术；②合理节约时间的艺术。

（5）激励的艺术

在领导工作中，对下属的激励是一种非常重要的领导艺术。激励是通过某些手段和方法，激发人们向组织目标奋发前进的积极性、主动性和创造性。有效激励的关键是激发和引导人们的行为动机，去积极进行实现组织目标的活动。激励艺术是领导艺术的重点，从某种意义上讲，领导就是激励。

（6）语言艺术

领导者是使用语言来领导工作的，语言能力是领导者的基本素质，也是领导者任职的重要条件。作为一个领导者，当工作需要"能说会道"的时候，不能说不能道，就是一种缺陷。目前，人们的文化水平越来越高，话题越来越丰富，如果领导者只能说一些官话、套话，就没有感染力，就影响领导能力的发挥。人们也越来越注重领导者的语言表达能力，往往对领导者的讲话给予各种评论、打分，甚至排出名次。所以，英明的领导者、有能力的领导者，格外重视自己的讲话，提炼自己的语言功力，提高自己的语言艺术。

（7）沟通的艺术

沟通艺术是领导艺术的基础。领导者在运用沟通艺术时要在认同方面多下工夫。沟通艺术主要包括以下 6 点。①先认同别人，别人后认同你。认同永远都是相互的，领导者首先认同下属，下属就会加倍地认同他。相互认同可以加速沟通，有助于形成良好的人际关系，有助于整体士气的提高。②下属一旦认同了领导者个人，就很容易认同领导者的决策、思路，很容易认同领导者布置的工作。所以，把认同人与认同事结合起来，领导艺术的效果就会更加明显。③先沟通，后认同。沟通当中有认同，认同当中有沟通。逻辑上沟通在前，认同在后。

运用时沟通与认同要结合起来进行。④沟通应由浅入深。先寻求浅层次的共同点，如共同的经历、共同的兴趣等，以引起对方在思想、情感上的共鸣，然后逐步缩小感情上、心理上的距离，达到深层次的共同点，如共同的信仰理想、共同的利益、共同的目标。⑤沟通的过程就是相互影响的过程。领导者一方面主动接受对方的影响并给予回应，另一方面要对下属施加积极的影响力，以期达到领导意图。⑥沟通应做到信息沟通、感情沟通和思想认识沟通同时进行。信息沟通是基础，感情沟通起催化剂的作用，而思想认识沟通则是沟通的重点。

（8）团队协作的领导艺术

团队协作是实现组织目标的最有效用的方法，团队领导成为现代领导者取得成功的必备技能已是不争的事实。在一个职能型组织中，各种职能是相互依赖的，因此，对团队内部成员之间进行不断的协调就显得尤为重要。它取决于团队领导，取决于领导能否使团队的资源充分发挥出来，能否使这些资源合成共同的能量，甚至通过领导团队学习的方式增加团队的资源。

本 章 小 结

领导是指在一定的社会组织或群体内，领导者运用其法定权力和自身影响力，采用一定的形式和方法对被领导者施加影响并共同作用于客观对象，以实现领导者与被领导者共同预定目标的行为过程。领导的特点是：导向性、人际关系性、交互性、特定环境性。要注意领导与领导者，以及领导与管理的区别和联系。

传统领导特质理论认为成功的领导者具有共同的特质，并且这些特质是天生的。现代领导特质理论认为领导者的特质是在实践中形成的，通过学习与培训可以造就成功的领导者。在个人素质的基础上，领导者在具体的行为过程中表现出一定的风格、方式。美国俄亥俄州立大学的研究提出了领导行为四分图理论。布莱克和莫顿在领导行为的二维度基础上提出了管理方格论，提出了五种典型的领导方式：贫乏型管理、乡村俱乐部型管理、任务型管理、中间型管理、团队型管理。

领导权变理论。费德勒模型设计了 LPC 问卷来测试领导者的风格，用 3 种情境变量：领导者—成员关系、任务结构、职位权力确定了 8 种情境类型。指出，任务取向的领导者在非常有利的情境和非常不利的情境下工作更有效，而关系取向的领导者在中等的情境下工作绩效最好。赫赛和布兰查德的情境理论认为下属成熟度水平影响领导的成功，根据下属成熟度水平选择领导方式，会使领导活动更加成功。

领导研究的前沿发展主要有：魅力型领导，具有领袖魅力的领导者能对下属产生不同寻常的影响，这种领导者可以通过培训来塑造；交易型领导与变革型领导。变革型领导者对下属的影响比交易型领导者要大得多。

同时领导理论也面临新的挑战，弗瑞斯认为领导理论是建立在过分简化了的人性模型的基础之上的，必须运用心理学来进一步研究领导行为。"自我管理型"团队的兴起，可能会使领导成为多余。

本章最后分析了人性假设的演变及其与之对应的几种领导方式，同时介绍了8种不同的领导艺术。

◇ 第 *11* 章

控　制

教学目标： 通过本章的学习，对控制有基本的了解和认识，明确控制的指向、过程，依据有效控制的原则针对实际工作中不同的控制问题选用不同的控制方法加以解决。

教学要求： 了解控制的概念、特点、类型、指向、功能，熟悉控制过程，掌握各类控制方法和有效控制的原则。

11.1　控制及其功能

11.1.1　概念

控制是管理的基本职能之一，是对组织内部的管理活动及其效果进行衡量和校正，以确保组织的目标，以及为此而拟定的计划得以实现。由于组织环境的不确定性、组织本身活动的复杂性，以及管理失误的不可避免性，在现代组织管理中，控制在管理系统的存在和发展中是必不可少的。从管理的过程看，管理者通过计划、组织和领导职能的发挥来协调组织成员的各种业务活动，可以说已经实现了一个单独的管理过程，通过这个过程，能使组织实现一定的目标。这个目标可能与预期的目标相符，也可能与预期的目标差距很大。为了达成组织的目标就要提高管理活动过程的有效性，就要充分发挥管理的控制职能。控制过程对组织实施过程能否与计划方案相一致起到保证和监督作用。控制的有效与否，直接关系到管理系统能否在不断变化的环境中实现管理决策计划制定的预期目标。

在日常生活中，"控制"一词含有以下几层意思：操纵或支配、抑制或限制、监督或管理、指导或命令、核对或验证。作为管理的基本职能之一，"控制"一词最早出现在古希腊文中，其原意是"驾船术"、"操航术"，即为掌舵的方法和技术。到 20 世纪 40 年代，随着控制论的出现，人们对控制含义的理解有了新的扩展。在 1948 年出版的著名的《控制论——关于在动物和机器中控制和通讯的科学》一书中，维纳将控制定义为：调节和制约一个系统的行为，使系统在动态环境中保持一定稳定性或促使系统由一种状态向另一种状态转换的活动。

在管理学中，早期的管理控制采用工业工程方法，利用对计量、动作、时间等因素的控制以提高效率。法约尔曾指出："在一个企业中，控制就是核实所发生的每一件事是否符合所规定的计划、所发布的指示，以及所确立的原则，其目的就是要指出计划实施过程中的缺点和错误，以便加以纠正和防止重犯。控制在每件事、每个人、每个行动上都起作用。"

本书认为控制可以定义为：根据既定的目标与各种标准，监督检查各项工作的执行情况，及时发现偏差，正确找出原因，积极采取措施，认真进行纠正，并根据已变化的情况对原有的设想、打算进行调整，使之符合客观实际及其变化，以确保组织目标顺利实现的过程。值得注意的是，在控制的定义中包含着创新的内涵。在这一点上，控制的目的不仅是要使一个组织按照原定计划使得组织的活动趋于相对稳定，实现既定目标；而且还要力求使组织的活动有所前进，有所创新。

11.1.2　特点

从本质上说，管理上的控制和物理的、生物的及社会系统的控制是一样的。然而，将控制应用于管理，又赋予了它新的特点。综合而言，管理上控制的特点主要体现在以下几个方面。

（1）整合性

控制作为管理职能之一，必须与其他管理职能相互协调，充分整合到整个组织系统中，并且，控制的对象涉及组织的各个方面。首先，计划是控制的前提，没有计划的控制是毫无实际意义的。其次，控制与组织关系密切，在实施计划、进行控制的过程中需要有大量的组织协调工作。最后，控制与领导的关系。离开控制，领导就可能流于形式收不到实效；而离开领导，也就难以进行有效的控制。

（2）目标性

控制作为一种管理职能是为组织目标服务的。目标既是控制过程的起点，也是控制过程循环发展的终点，也就是说，目标贯穿于整个管理控制过程的始终。因此，目标性是控制过程的基本特点。但是，对于不同的组织、不同的层次、不同的工作性质，控制的目标是不一样的。

（3）明确性

明确性指的是标准明确和责任明确。标准不明确就无从发现偏差，责任不明确就难以纠正偏差。标准明确就是要按照组织结构中每一个成员的职责，根据相关要求设立每个人工作的具体标准，按照组织的不同业务活动设立相关的工作标准，这个标准应力求科学、合理，尽可能量化，可操作性强、便于检验。责任明确就是要根据组织结构的权责分工明确各岗位的责任。

（4）及时性

较好的控制必须能及时发现偏差，迅速报告上级，使上级能及时采取措施加以更正，以尽可能地避免偏差的扩大，或防止偏差对组织的不利影响扩散。所以，组织中要建立有效的信息传递系统，及时地了解组织系统中各项工作的运转情况，及时对组织运转中的偏差进行调整，以保证组织目标的达成。

（5）动态性

控制是在有机的社会组织中进行的，而组织的外部环境和内部条件都在不断地变化。在复杂的环境中，一个有效的控制系统要能适应组织调整或外部变化，这就要求控制更加灵活，更加需要为适应环境而不断调整，增强其适应性和有效性。从本质上说，控制是一个动态的过程。

（6）反馈性

控制目标的实现，离不开信息的反馈。没有信息的反馈，也就没有了赖以判断对错的对象和依据。因此，反馈性是任何一个控制系统都应具有的特点。要进行有效的控制，必须把控制系统运行的结果反馈到系统的输入端，通过与预定标准比较找出偏差，以便及时改进。

（7）创新性

控制的目的不仅是要使组织维持现状，更为重要的是要致力于使组织不拘泥于现状，适应时代的要求而又有所创新，有所前进，日臻完善，争取达到新的目标与高度，百尺竿头，更进一步。

11.1.3　类型

管理的控制类型是多种多样的，按照不同的分类标准可以得出不同的分类结果，各种类型也并不相互排斥。例如，按照控制源可以将控制划分为正式组织控制、群体控制和自我控制；按照所采用的手段可以把控制划分为直接控制和间接控制；按照控制活动的性质可以将控制划分为预防性控制和更正性控制；按照控制时点和控制手段实施的位置不同可以将控制划分为前馈控制（Feedforward Control）、同期控制（Concurrent Control）和反馈控制（Feedback Control）等3种类型，如图11-1所示，由于这种划分情况比较常用，我们重点进行介绍。

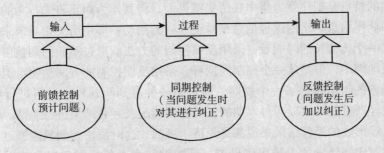

图 11-1　按照控制时点和控制手段实施的位置对控制的不同分类

1. 前馈控制

前馈控制是指在偏离标准的情况发生之前就对它进行预测或估计，它不是等问题发生后再采取控制措施，而是把问题消灭在发生之前。有时人们也将前馈控制称作预先控制或事前控制，不作明确的划分。由于问题没有发生，也就是说，组织在运行过程中没有出现偏差，直接地实现了控制。有效的前馈控制有利于缩小将来的实际结果与计划标准的差距。前馈控制的着眼点是通过预测被控对象的投入或者过程进行控制，以保证获得所期望的产出。

前馈控制的具体做法是对输入系统的各种要素进行控制，把输入系统的各种要素与预先确定的标准进行比较，如果输入系统的各种要素与预先确定的标准相符，则让其输入系统；如果不相符合，则调整输入的要素。前馈控制的中心问题是防止组织中所使用的资源在质和量上产生偏差。

在企业的管理实践中，前馈控制是指在企业生产经营活动开始之前进行控制，目的是防止产生问题而不是问题出现时再补救。因此，这种控制需要及时和准确的信息并进行仔细和反复预测，把预测结果和预期目标相比较，从而促进计划的修订。控制的主要内容包括检查资源的筹备情况和预测其利用效果两个方面。这里所说的资源是广义的，它包括人力、物力、财力、技术等与活动有关的因素。例如，进厂材料和设备的检查验收，工厂的招工考核，干部的选拔等。

2. 同期控制

同期控制也称为现场控制或过程控制，是指企业经营过程开始后对活动中的人和事进行指导和监督。主管人员越早知道业务活动与计划不一致，就可以越快地采取纠偏措施避免发生重大问题。

对下属的工作进行同期监督的作用有两个：第一，可以知道下属是否以正确的方法进行工作。指导下属的工作，培养下属的能力，这是每一个管理者的重要职责。现场监督可以使上级有机会当面解释工作的要领和技巧，纠正下属错误的作业方法与过程，从而可以提高他们的工作能力。第二，可以保证计划的执行和目的的实现。通过同期检查，可以使管理者随时发现下属在活动中与计划要求相偏离的现象，从而可以将问题消灭在萌芽状态，或者避免已经产生的问题对企业不利影响的扩散。

3. 反馈控制

反馈控制又称为成果控制或事后控制，是指把组织系统运行的结果返送到组织系统的输入端，与组织预定的计划标准进行比较，然后找出实际与计划之间的差异，并采取措施纠正差异的一种控制方法。

反馈控制的特点是把注意力集中在历史结果上，将其作为纠正将来行为的基础，从已经发生的事件中获得信息，运用这种信息来矫正今后的活动，即用历史指导未来。就企业经营实际而言，从一个比较长的时期看，采用反馈控制的方法能通过不断的调整使组织运行中的目标差距不断地缩小，但是从一个控制周期看，采用反馈控制的方法却使组织系统对运转过程中产生的偏差的纠正滞后了一个周期，即它是一种等到问题发生后再进行纠正的控制方法，因此，在经营过程结束以后对本期的资源利用情况及经营结果进行总结，不论其分析如何细致，对已经形成的经营结果来说都是无济于事的。这时反馈控制只能通过总结经验教训为未来计划的制定和活动的安排提供借鉴。反馈控制主要包括财务报告分析、标准成本分析、质量控制分析、员工业绩评定结果。

11.1.4 指向

控制指向是指管理者的主要控制对象。人员、信息、财务、作业和绩效等都是管理者控制的主要内容，也可以称之为控制的焦点。

1. 控制人员行为

管理者是通过他人的工作来实现组织目标的。泰罗曾经给管理下的定义就是：你确切地知道要别人干什么，并要他使用最好的方法去干。所以，管理者的一项重要工作就是保证员工理解其期望并按照其期望的方法进行工作。

为做到这一点，管理者通常使用最直接，最简明的控制手段——进行现场巡视，即管理者亲临工作现场指导员工的工作并纠正员工偏离目标的行为；进行绩效评估，即管理者根据激励理论定期对员工的绩效给予系统评估并根据评估结果给予报酬。除此之外，还有如下一些行为控制手段：甄选，即识别和录用那些态度和个性符合管理者期望的人；培训，即通过正式或非正式培训向员工传授期望的工作方法；社会化，就是让员工了解规定了何种行为是可接受的或不可接受的内容的规章制度；目标认同，即当员工接受了具体目标后，这些目标就会指导并限制其行为；工作设计，合理的工作设计方式会限制员工的工作节奏、活动方式和相互作用；外在报酬，就是组织使用报酬手段强化期望行为并消除不期望的行为；组织文化渗透，即通过故事、榜样和仪式等方式传递含有组织期望行为的文化。

2. 控制财务活动

控制财务活动是传统的控制内容，其目的就是降低成本、减少费用、提高资金利用率，使资源得以充分利用。企业管理者可以查阅每季度的收支报告，以发现多余的支出；也可以对重要财务指标进行计算，以保证有足够的资金支付各种费用，保证债务负担合理。以下这些指标可以作为财务活动的控制手段，见表11-1。

表 11-1　常用财务比率指标

目　　的	比　　率	计算公式	含　　义
流动性检验	流动比率	流动资产/流动负债	检验组织偿付短期债务的能力
	速动比率	（流动资产—存货）/流动负债	对流动性的一种更精确的检验
财务杠杆检验	资产负债比	全部资产/全部负债	对组织财务杠杆作用的检验
	利息收益倍比	纳税付息前利润/全部利息支出	度量组织的利息支出能力
运营检验	存货周转率	销售收入/存货	表示存货资产的利用率
	总资产周转率	销售收入/总资产	表示组织全部资产的利用率
盈利性检验	销售利润率	税后净利润/销售收入	说明该企业的销售收益状况
	投资收益率	税后净利润/总资产	度量资产创造利润的效率

3. 控制作业活动

一个组织成功与否在很大程度上取决于其作业能力，即取决于其提供产品或服务的效率与效能。作业控制就是用来评价一个组织的转换过程的效率与效能问题的。典型的作业控制包括：评价组织的购买能力，以尽可能低的价格提供所需质量和数量的原材料；监督生产活动以保证其按计划进行；检测产品或服务的质量，以保证其符合预定标准；保证所有设备处于良好的使用状态。

4. 控制组织信息

任何管理者都知道信息对管理工作的重要性，管理工作依赖对信息的控制。现代组织都建立了以计算机为基础的管理信息系统。这种系统在正确的时间，以正确的方式，为正确的人提供正确的数据和情况。另外，日常工作汇报、定期报告或报表、临时重大事项报告、设立信息员、设立意见或建议箱等传统的信息管理方式在今天仍起着一定作用。管理者要有效地控制信息就需要注意两个方面：一方面，管理者必须知道什么信息是必须的和如何完整地收集有效信息；另一方面，管理者应该清楚什么信息应该扩散，什么信息应该保留，即对什么人在什么时候应该正确地传递什么信息。

5. 控制组织绩效

管理者最关心组织的整体绩效，他们为寻找评价组织绩效的合理方法进行不懈努力。但事实证明，没有任何单一的指标可以用以衡量组织绩效。控制组织绩效的指标有很多，涉及市场的有市场份额、销售量等；涉及收入的有利润、资金周转率、收入的稳定性等；涉及生产或服务的有产量、生产率、管理效率等；涉及员工的有士气、满意度、旷工率、流动率等；涉及组织成长的有稳定性、适应性、变革力、研究与发展能力等；涉及外部关系的有投资人、供应商、顾客、政府代理部门等的满意程度。这些指标都从不同侧面反映了组织绩效，都是衡量组织整体绩效的重要指标，所以，管理者对组织绩效的控制手段应该是多样性的和综合性的，对组织绩效的控制思想应该是多方平衡的。一个组织的绩效可以通过组织目标法、系统方法和战略伙伴法这些基本的方法进行评价。

11.1.5　功能

从功能角度讲，控制在整个管理过程中的作用有两方面：一方面起检验作用。它检验各项工作是否按预定计划进行，同时也检验计划方案的正确性和合理性；另一方面起调整作用。任何一个系统的运行与计划相比，总是有偏差的。如果计划方案合理时出现偏差，则需采取相应措施消除各种干扰因素带来的影响，使各项工作纳入正轨；如果出现偏差是由于计划方案不适造成的，则应调整计划，使之与实际情况相适应。控制作用的价值依赖于它与计划和授权的关系。从必要性入手考察控制的功能主要有以下几个方面。

（1）控制是一项重要的管理职能

控制的功能可以通过它在管理各项职能中的地位，以及与其他职能之间的相互关系得到体现。控制过程通过检查、监督和纠正偏差活动与管理的其他基本职能紧密地联系在一起，并使整个管理过程成为一个相对封闭的系统。计划、组织、人事、领导等职能是控制的基础，控制在各项职能的基础上对组织的行为活动进行检查、监督，控制是各项管理职能得以顺利完成的保证。

（2）控制是完成计划任务、实现组织目标的保证

控制对计划任务完成和组织目标实现的促进作用可以归纳为两方面：一方面，控制能及时纠正计划执行过程中出现的各种偏差，督促有关人员严格按照计划要求办事。在这一过程中，控制的主要目标就是确保计划得到近乎"不折不扣"地执行。另一方面，控制能发现计划中不符合实际的内容，并根据实践要求调整、修正原有计划，使计划建立在坚实的客观实践基础之上，并确保修正后的计划得到严格执行。在此，控制的目的在于修正计划，并且确保组织行为围绕修正之后的计划目标展开，而不再是严格执行原有的计划目标。

（3）控制是组织形式分权结构的保证

分权是现代组织发展的必然趋势。然而，分权对于组织具有一定的危险性，如果不能有效控制就可能破坏组织所必需的统一，导致组织名存实亡。但组织又不可能把所有权力都集中于高层管理者一人。解决这个矛盾的关键是建立有效的控制系统，它能保证组织在通过分权调动各级管理者的积极性、主动性的同时，又能够随时监督下属的工作，及时获得下属工作进程和绩效的信息，以便进行动态的控制。

（4）控制是及时改正缺点、提高组织效率的重要手段

任何一个组织都有缺点，都有可能犯错误。虽然一些小的缺点和错误不会对整个组织的目标实现产生根本性的影响，但是会影响到组织的工作效率，延迟和阻碍组织目标的实现。管理者依靠控制手段，可以及时发现自身或者下属出现的错误，并防止类似偏差的出现。

在控制过程中，控制者可以及时了解受控者执行计划的能力和工作效率，也可以及时了解自身的管理能力和水平，这有助于控制者不断总结经验、汲取教训，在控制实践中提高自身的管理素养和能力。

（5）控制是组织创新的推动力

在控制中，一些新问题的出现可以激发管理者的创新。如在预算控制中实行弹性预算就是这种控制思想的体现。特别是在具有良好反馈机制的控制系统中，施控者通过接受受控者的反馈，不仅可以及时了解计划执行的状况，纠正计划执行中出现的偏差，而且还可以从反馈中受到启发，激发创新。

11.2　控　制　过　程

控制过程是指根据预定的目标或标准探查偏差并给予更正的过程。控制过程大致可以划分为 4 个相互联系的步骤：限定控制子系统的范围、确立控制标准、衡量实际绩效、采取管理行动，其中，收集信息和数据是一个可选过程如图 11 - 2 所示。

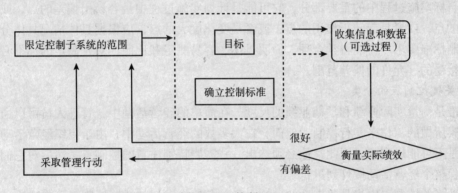

图 11 - 2　控制过程

在讨论这 4 个步骤之前应该注意到，控制过程假定行动的标准总是存在的。这些标准实际上是一系列目标，是可以用来对实际行动进行度量的。它们是通过计划职能产生的，这是因为标准必须从计划中产生，计划必须先于控制。如果管理者采用目标管理方法，根据定义可以知道，目标是明确的、可证实的和可度量的。在这种情况下，这些目标是比较和衡量工作过程的标准。如果不采用目标管理方法，则标准是管理者选用的特定具体的衡量指标。值得注意的是，这些标准可能是科学合理的，也有可能是有待商榷和更正的。

11.2.1　限定控制子系统的范围

一项正规的控制模型可能是为某一个项目、某一个团队、某一个作业活动或者整个组织建立的，而控制本身可能是针对专门的投入、生产过程或者产出。例如，在饮料制造企业对投入进行控制是要控制饮料用水的水源、消毒方式、添加剂的使用、果汁配比等，而且要对制造过程的各个阶段进行抽样化验；对产出进行控制的是要把加工好的饮料很好储存起来以便于之后的运输和销售。所以，要制定一项正规的控制措施，首先就要明确是为谁制定的，目的是什么，即确定控制子系统的范围。

11. 2. 2　确立控制标准

1. 控制标准及其制定

控制标准是控制过程的基础和依据。如果没有标准，绩效就无法衡量。由于计划是管理人员设计控制工作的准绳，所以，从逻辑上说，控制标准来源于计划，但又不同于计划。计划是为实行某一决策目标而制订的综合性的行动方案，由于计划的明细度和复杂性都不一样，并且管理人员通常也不可能事事过问，因此，必须根据计划内容和组织实施的具体情况，确立专门的控制标准。控制标准是从整个计划方案中选出用以衡量业绩的计算单位，这样就可以给管理人员一个信号，使他们知道事情的进展状况，而无须过问计划执行过程中的每个步骤。但并不是计划实施过程的每一步都要制定控制标准，而是要选择一些关键点作为主要控制对象。

确定控制关键点的过程也是一个分析决策的过程。它需要对计划内容作全面深入的分析，同时还要充分考虑组织实施过程中的具体情况，以及外部环境带来的干扰影响。确定关键点需要有丰富的经验和敏锐的观察力。只有关键点选准了，控制才能更加有效。一般关键点都是目标实施过程中的重要部分，它可能是计划实施过程中最容易出偏差的点，或是起制约因素的点，或者是起转折作用的点，或者是变化度大的点，应根据具体情况具体分析。

控制标准要求尽可能科学合理、简明具体、容易测定和比照，对于制定的标准必须确定一个可接受的、允许的偏差范围。

2. 关键控制点的分类

标准是衡量实际业绩和预期业绩的尺度。在简单的经营活动中，管理人员可以通过亲自仔细观察所做的工作来实行控制。然而，在大多数的经营活动中，由于组织经营活动的复杂性，这是不可能做到的。因此，他必须选出一些需要特别注意的控制点，然后对它们进行观察以确保整个经营活动按计划进行。

所选择的控制点应当是关键性的，这也是一条比较重要的控制原则，可表述为：从事有效的控制就需要注意那些对按照各种计划评价业绩时有关键意义的因素。在这里，选择原则或帕累托（Vilfredo Pareto）定律是很有帮助的。这个定律认为，在任何一群被控制的元素中，少量的元素总是能解释大量的结果。例如，在酿造啤酒的过程中，影响啤酒质量的因素很多，但主要因素是水的质量、酿造的温度及酿造的时间，这3个因素控制好了，就能保证啤酒的质量。

选择关键性控制点乃是一项管理艺术，因为健全的控制取决于关键点。这样看来，管理人员必须问自己这样一些问题：什么最能反映本部门的目标？当没有达到这些目标时什么能最佳地表明其情况？什么能表明谁应对哪些失误负责？哪些标准最省钱？经济适用的信息标准是什么？许多时候计划方案的每个目标、每种活动、每项政策、每项规程及每种预算，都可成为衡量实际业绩或预期业绩的标准，在实际中，标准大致有以下几种。

（1）计划标准

主管人员可能被要求编制一个可变动预算方案，一个正式实施的新产品开发的计划或一个改进销售人员素质的计划。在评估计划的执行业绩时，虽然难免运用一些主观判断，但也可以运用时间安排和其他因素作为客观判断标准。

（2）资本标准

资本标准是以货币衡量应用于实物而形成的。它有很多种，这些标准同投入企业的资本有关，而同营运资本无关，所以，它们主要是同资产负债表有关，而同损益计算表无关。对于新投资和综合控制而言，使用得最广泛的标准也许是投资报酬率，典型的资产负债表会揭示其他资本标准，诸如流动资产与流动负债比率、债务与资本净值比率、固定投资与总投资比率、现金及应收账款与应付账款比率、票据或债券与股票比率，以及库存量与库存周转量比率，等等。

（3）实物标准

实物标准是非货币衡量标准，在耗用原材料、雇佣劳力、提供服务及生产产品的操作层次中通用。这些标准反映了诸如每单位产出工时数、生产每单位产品所耗燃料数、货运的吨公里成本数、每吨铜电线的米数等数量标志。实物标准也可反映品质，诸如轴承的硬度、公差的精密度、飞机的爬升高度、纤维的强度或颜色的额牢固度（即不褪色）等。

（4）收益标准

用货币值衡量销售量即为收益标准。例如，每辆公共汽车乘客公里的收入、每名顾客的平均销售额、在既定市场范围内的人均销售额。

（5）成本标准

成本标准是货币衡量标准，像实物标准一样，通用于操作层次。这类标准是把货币值加到经营活动的成本中去。广泛使用的成本标准有：单位产品的直接成本和间接成本，单位产品或每小时的人工成本，单位产品的原材料成本、工时成本，每架飞机预订费，每美元或单位销售额的销售费用，以及每米钻井成本等。

（6）无形标准

更加难以确定的是既不能以实物又不能以货币来衡量的标准。例如，管理人员能用什么标准来测定公司分部采购代理人或人事部主任的才干？主管能用什么标准来确定广告计划是否符合短期目标和长期目标？怎样确定公共关系计划是否取得成功？监督管理人员是否忠诚于公司的目标？办公室人员是否兢兢业业认真工作？

（7）指标标准

一些管理较出色的企业目前的倾向是，要在每一层次的管理部门建立可考核的定性指标或定量指标，使无形标准的作用日益减少。在复杂的计划和管理人员本身的业绩方面，有可能存在一些指标作为业绩标准。定量指标固然有可能采取上述概述过的各类标准，而定性指标的规定意味着标准领域内的一大发展。例如，假使地区销售营业所的计划清楚地表明包括了诸如按照一份专业性计划来培训售货员的内容，则这份计划及其本身特点也就提供了若干倾向于客观的，也就是"有形"的标准。

（8）作为策略控制点的策略计划

关于策略计划已经有了大量论著，但相对而言，策略、控制却鲜为人知。计划与控制两者密切相关，因此，策略计划需要策略控制。况且，由于控制有利于对预定业绩同实际业绩作比较，所以也就提供了学习的机会，进而又提供了组织变革的基础。最后一点，通过策略控制的运用，人们不仅洞悉组织的业绩，而且通过监控环境也洞悉不断变化之中的环境。

11.2.3　衡量实际绩效

为了确定实际工作的绩效，管理者需要有针对地利用个人观察、统计报告、口头汇报和书面报告等方法收集信息和数据，然后衡量实际绩效。

衡量实际绩效是将实际工作成绩和控制标准相比较，对工作作出客观评价，从中发现二者的偏差，为进一步采取控制措施及时提供全部准确的信息。但是控制的目的并不是为了衡量绩效，而是为了达到预定的绩效。

尽管按标准衡量业绩的方法并不总是行得通的，但理想的做法是：以预见为依据以便能事先找出偏差并采取适当的措施避免偏差。精明而有远见的管理人员，有时能够预见到脱离标准的偏差。如果缺乏这种能力，则需要尽早揭示偏差。任何工作都处在某一动态的变化环境之中，当某项工作受其内部因素和外部环境影响时，必然会偏离原计划，出现偏差，控制者应及时发现并尽早纠正。

当偏差还未出现，但征兆已显露时，应及时采取措施，予以补救，以防偏差出现或尽量缩小偏差量。例如，企业产品市场占有率计划目标难以如期实现，这时应在其市场占有率下降之前，采取一些有力措施，如增强宣传力度，加强服务措施，加强质量管理等，努力消除或减轻竞争对手带来的影响。当偏差已经出现时，应及时将信息反馈，以便进一步分析原因，采取措施，如库存量超过控制量水平。在这个阶段，实际操作者自我检查控制也是很重要的内容，同时他们的合作态度对衡量结果的正误也有很大影响，应加以重视。

另外，对许多活动难以制定准确的标准，并且也有许多活动难以衡量。例如，研究所的科研人员和高校教师的工作评价相比工厂每日产量的定量分析统计就要复杂得多。这就需要管理者切实分析工作特性，找出关键控制点并科学合理地制定相应评价标准，定量方法和主观衡量相结合，尽可能做到客观地评价各项活动。

11.2.4　采取管理行动

采取管理行动是控制过程的最后一个步骤。首先包括估计偏差的类型和数量并寻找偏差产生的原因，之后就是采取相应的管理措施，要么修订衡量标准，要么改进实际工作绩效。

1. 修订衡量标准

工作中的偏差可能来自不切实际的标准或衡量方法与手段的缺陷，也许是标准太高或太低，也许是标准不易于考量。管理者经常会碰到一些棘手的问题，有些销售人员将没有完成的年度销售额归咎于不现实定额标准，当没有达到标准时，人们想到的是责备标准本身，由此带来一系列的麻烦和问题。当然，实际工作中，不科学，不合理的考量标准的确广泛存在，就某种意义而言，管理者应当就自己工作的不当认真地反思和修正，而对于合适的标准应该予以坚持，这样才能保证组织的良好绩效，达成组织的目标。

2. 改进实际绩效

如果偏差是由于绩效不足产生的，管理者可以就具体情况进行企业战略、组织结构的变革，质量管理环节的严格要求，市场部和人力资源等工作内容的调整。改进实际工作绩效有时较容易做到，例如，引进先进的生产加工设备并正确操作就可能生产出高质量的产品，提高劳动效率和产品性能指标，有助于实际绩效达到预定标准。然而，有时想改进工作绩效也非易事。例如，要提高员工的道德素质、改善服务人员的服务态度都不是一朝一夕就能轻易做到的，这需要管理者多方面、多层次长期的引导和员工自身的认同、领悟及不断的调适。改进实际工作绩效不能急功近利，那样有可能会适得其反。

11.3 控 制 方 法

组织的管理工作内容十分丰富，对于不同的方面进行控制就要使用相适应的控制方法，下面重点介绍一些常用的控制方法。

11.3.1 财务控制方法

1. 预算控制

(1) 预算的概念

预算作为一种传统的控制手段，是应用最广泛的控制方法之一。预算是一种计划，是用财务数字的形式来描述的企业未来活动计划。它预估企业未来的经营收入和现金流量，同时也为各部门或各项活动规定了在资金、劳动、材料、能源等方面的支出额度。预算通过财务形式把计划数字化，并把这些计划分解落实到组织的各层次和各部门中去，使预算与计划工作相联系，且与组织系统相适应，达到实施管理控制的目的。

预算控制就是根据预算规定的标准来检查和监督各个部门的生产经营活动，以保证各种活动或各个部门在完成既定目标、实现利润的过程中对经营资源合理利用，使费用支出受到严格有效的约束。

作为一种控制手段，预算能够帮助管理人员协调组织的活动。预算把组织各方面工作纳入统一计划之中，促使组织各部门相互协调，环环相扣，达到平衡；在保证组织总体目标最优的前提下，各部门进行各自的经营活动。预算为组织的日常控制提供了依据。在预算执行过程中，各部门应通过计量、对比，及时揭露实际脱离预算的差异并分析其原因，以便采取必要措施，保证预算目标的顺利完成。

(2) 预算的特点

一般来说，预算通常具有以下 3 个特点。

① 计划性。预算作为一种数字计划，其内容主要包括各种数量指标及对各数量指标的相关说明。例如，在一定时间内某项管理工作的收入与支出数额，设定此数额的原因，一些目标数字的说明和预算时间等。

② 预测性。预算从字面上理解就是预先测算，是对未来一段时期内的收支情况的预计，因而属于预测的内容，所以，预算要借助于相应的预测方法，如统计方法、经验判断等。

③ 控制性。由于预算是以数量化的方式来表明管理工作的标准，从而本身就具有可考核性，因而可利用其来评定工作成效找出偏差，比其他控制标准更加明确、具体、更具可控性。这也是编制预算的基本目的。

(3) 预算的种类

一般来说，按照预算控制的内容、力度和范围来看，预算主要分为以下几大类。

① 收支预算。收入预算和支出预算是从财务角度预测企业未来活动的成果，以及为取得这些成果所需付出的费用的预测。收入预算应考虑到可能有的各方面收入，但企业最主要

的收入是销售收入。因此，企业收入预算的主要内容是销售预算。企业的支出项目往往比收入项目多而杂。在编制支出预算时，对影响成本的主要费用应编制详细预算，加直接材料预算、直接人工预算等。

② 投资预算。投资预算是对企业固定资产的购置、扩建、改建、更新等资金投入的预测。在可行性研究的基础上编制的投资预算，反映了企业在何时进行投资、投资多少、资金从何处取得、何时可获得收益、每年的现金净流量为多少和投资回报率是多少等问题。投资预算涉及金额大、回报时间长，因此，它总是与企业的长期规划相一致。

③ 现金预算。现金预算是对企业未来生产与销售活动中现金的流入与流出进行的预测，通常由财务部门编制。现金预算并不需要反映企业的资产负债情况，而是要估计计划期内可能提供的现金和所需要的现金，以求收支平衡。由于任何组织的运营都需要大量的周转资金，所以必须重视现金预算。

④ 实物量预算。实物量预算是货币量预算的补充。由于以货币量表示的收支预算会受到物价波动的影响，因此，在企业生产管理中，部分项目的预算用实物量表示更有意义。较为常见的实物单位预算有：产量预算、工时预算、原材料消耗预算、库存预算等。

⑤ 总预算。总预算是指对企业的损益情况、现金收支、财务状况等各方面的估算。它通常以预算汇总表的形式把各部门的预算集中起来，用于对企业业绩的全面控制。作为各分预算的汇总，管理人员在编制总预算时虽然不需作出新的计划或决策，但通过分析能发现某些分预算的问题，从而可以采取措施，及时进行调整。

（4） 预算的作用及缺点

作为一种广泛使用的控制手段，预算的作用主要表现在以下 3 个方面：①预算有助于组织目标的达成。预算作为控制职能的体现，与计划、组织、领导等其他管理职能互相辅助，共同实现组织目标。在市场经济中，一切要素都要通过一定的价值尺度来衡量，计算投入产出效率。预算直接与企业的利润目标相联系，使经营控制很容易实现利润目标。②预算有助于协调组织内部的各项活动。预算有利于使每个成员了解自己未来的工作任务和职责，而且还有助于明确各部门的工作内容和权限，改善组织结构，使各部门间的成员相互了解，形成意见沟通的网络，并促使组织定期检查自己的工作成果，以利于取得更大的经济效益和社会效益。③预算有助于改进组织活动。一个好的预算不仅可以影响主管人员的工作态度和工作作风，而且还可以改进组织的活动。对于主管人员来说，通过预算，可以使他们了解组织内外环境的现状与未来，有助于他们确定自己的工作重点，改善组织内的意见和信息沟通，改进对下属的指导与领导方式，并设法激发下属的工作热情。同时在执行预算时，有可能使他们预先发现可能出现的问题并及时采取纠正措施。此外，也可促使他们向更高的目标奋斗，以编制出更好的预算。

预算的积极作用使得预算手段在组织管理中得到广泛运用，但是，在预算的制定和执行中也暴露了一些缺点，具体表现在：①预算过细。预算太详细时，使得每执行一步甚至是很小一步都受预算的约束，这样，就容易抑制人们的创造力，让人们产生不满情绪。同时，预算太细，带来的是预算费用大，得不偿失。因此，过细过繁的预算等于使授权名存实亡。②容易出现目标置换，即预算目标取代了企业目标。有些管理者过于热衷使自己部门的经营状态符合预算的要求，甚至忘记了自己的首要职责是保证企业目标的实现。例如，为了达到目标而采取特殊措施可能被一些部门以不在预算之内而加以拒绝。同时，预算还会加剧各部门难以协调的独立性。③容易导致效率下降。制定预算时通常参照上期的预算项目和标准，可能会忽视本期活动的实际需要，因此，会导致这样的错误：上期有而本期不需要的项目仍然沿用，本期必需而上期没有的项目会因缺乏先例而不能增设。另外，可能出现"鞭打快牛"、"奖奢罚俭"的现象。上期预算收入超额完成的按一定比例增加为新的收入预算，没有完成的往往继续按原预算指标执行，上期预算支出超支的本期预算酌情增加，而节约的却酌情减少，这样一来必将导致效率的下降，其结果是预算的作用流于形式。④预算缺乏灵活性。计划执行过程中，过于具体而缺少弹性的预算控制会使组织缺乏应有的灵活性和适应性，难以适应组织不断变化的环境。一些变动性较大的因素与预测发生的偏差会使一个刚制定的预算很快过时，如果在这种情况下还必须受该预算的约束，可能造成重大的损失。尤其当预算涉及的时期很长时，更是如此。

（5）预算体系

企业预算的内容包括销售预算、生产预算、销售与管理费用预算、投资预算、成本预算和现金预算，这些内容共同构成企业的预算体系，如图 11-3 所示。

除预算控制之外，企业常用审计这种方法对反映企业资金运动过程及其结果的会计记录及财务报表进行审核、鉴定、监督，以判断其真实性和可靠性，从而为控制和决策提供依据。审计是一种常用的控制方法，它包括经营审计和管理审计两大类。

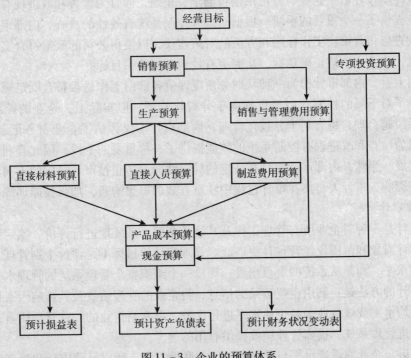

图 11-3 企业的预算体系

2. 经营审计

经营审计是指审计人员对企业的会计、财务，以及其他经营活动所作的定期和非定期评价。虽然经营审计往往只限于对会计账目进行审核，但却能对企业经营活动作出全面的评价。经营审计一般分为外部审计和内部审计。

（1）外部审计

外部审计是由外部审计机构如国家审计部门、会计师事务所选派审计人员定期对企业财务报表及其反映的财务状况进行独立的审查评估，目的是检查企业的经营活动是否合法，是否真实，有无偷税、漏税、做假账等问题，这是国家对企业进行控制的手段。

为了检查财务报表及其所反映的资产与负债的账面情况与企业真实情况是否相符，外部审计人员需要抽查企业的基本财务记录，以验证其真实性和准确性，并分析这些记录是否符合公认的会计准则和记账程序。

外部审计的优点是审计人员与管理当局不存在行政上的依附关系，仅对国家、社会和法律负责，因而可以保证审计的独立性和公正性。但是，由于外来的审计人员不了解企业内部的组织结构、生产流程和经营特点，在对具体业务的审计过程中可能遇到困难。此外，处于被审计单位的内部组织人员可能产生抵触情绪，不愿意积极配合，这也可能增加审计工作的难度。

（2）内部审计

内部审计是企业内部的专设审计机构对企业的经营管理状况进行审查监督，其目的是通过评审各财务程序是否符合规定、组织的有关规定是否贯彻执行、管理工作的效率等，及时找出存在的问题，并提出有关改进措施。

内部审计不仅评估了企业财务记录是否健全、正确，而且为检查和改进现有控制程序和方法的效能提供了一个重要的手段。根据对现有控制系统有效性的检查，内部审计人员可以提供有关改进公司政策、工作程序和方法的对策建议，以使得公司的政策符合实际，工作程序更加合理，作业方法被正确掌握，从而更有效地实现组织目标。

从表面上看，内部审计作为一种从财务角度评价各部门工作是否符合既定规则和程序的方法，加强了对下属的控制，似乎更倾向于分权化管理。但实际上，企业的控制系统越完善，控制手段越合理，越有利于分权化管理。内部审计不仅评估了企业财务记录是否健全、正确，而且为检查和改进现有控制系统的效能提供了一种重要的手段，因此有利于促进分权化管理的发展。当然，内部审计也存在一定的局限性，为防止被审计部门的不满给组织活动带来的不良影响，审计人员要在审计过程中注重有效的思想沟通，加强技能训练。

3. 管理审计

管理审计是一种对企业所有管理工作及其绩效全面、系统地进行评价、鉴定和监督的方法，它的审计对象和范围比经营审计更广泛。管理审计的目标不是评价个别管理人员的工作质量和管理水平，而是从系统的观点出发，评价一个组织整个管理系统的管理水平。

管理审计的方法是：利用企业记录的信息，将企业的管理绩效及其影响因素指标与同行业企业的平均水平或该行业著名企业水平进行比较，以判断企业的经营管理质量，为指导企业在未来改进管理系统、提高管理绩效提供有用的参考。

一般来讲，企业的管理水平与其经营业绩关联性很强，所以经营审计和管理审计在内容上无法完全分离。经营审计往往会涉及对管理状况的分析，管理审计也离不开对经营业绩的评价。但还是要把经营审计与管理审计区别开来，两者的差别类似于评价管理人员的管理能力和评价管理人员在制定和实现目标方面的能力。企业审计需要进行综合分析，区分不同的评价目标，正确理解和使用两种审计结果。

以上介绍了财务控制方法中的预算控制和审计控制手段，下面简要介绍比率分析这种控制方法。

4. 比率分析

比率分析就是将企业资产负债表和利润表上的相关项目进行对比，计算一系列的比率，从中分析和评价企业的财务状况和经营成果。利用财务报表提供的数据，可以计算 4 类比率：变现能力比率、负债比率、资产管理比率和盈利能力比率。

1）变现能力比率

（1）流动比率

流动比率是企业的流动资产与流动负债之比，它反映了企业偿还需要付现的流动债务的能力。一般来说，企业资产的流动性越大，偿还短期债务的能力就越强；反之，偿还短期债务的能力较弱，这样会影响企业的信誉。因此，企业资产应具有足够的流动性。

（2）速动比率

速动比率是流动资产和存货之差与流动负债之比。该比率与流动比率一样，是衡量企业资产流动性的一个指标。当企业有大量存货而且这些存货周转率低时，速动比率比流动比率更能精确地反映客观情况。

需要指明的是，流动比率和速动比率并不是越大越好，应当与同行业的平均水平及本企业的历史水平进行比较，才能判断该比率的高低。

2）负债比率

负债比率是企业总负债与总资产之比，它反映了企业所有者提供的资金与外部债权人提供的资金的比率关系。该指标用来衡量企业利用债权人提供的资金进行经营活动的能力，也表明了企业偿还长期债务的能力。

一般来说，只要企业全部资金的利润率高于借入资金的利息，且外部资金没有在根本上威胁企业所有权的行使，企业就可以充分地向债权人借入资金以获得额外利润。但过高的负债比率在很多情况下对企业的经营是不利的。

另外，产权比率也反映了企业的长期偿债能力，它是企业负债总额与所有者权益总额的比率。

3）资产管理比率

（1）库存周转率

库存周转率是企业一定时期的销售成本与平均库存的比率，它反映了存货的管理效率，表明了占用在库存上的流动资金的使用情况。存货周转率超高，存货的占用水平越低，流动性越强，存货转换为现金或应收账款的速度就越快。

（2）应收账款周转率

应收账款周转率是企业赊销收入净额与平均应收账款余额的比率，它说明应收账款流动的速度。一般而言，应收账款周转率越高，说明应收账款回收越快；否则，企业的营运资金将会过多地呆滞在应收账款上，从而影响正常的资金周转。

（3）总资产周转率

总资产周转率是销售收入与平均资产总额之比，它反映了企业总资产周转速度，表明了企业总资产的利用程度。总资产周转率越高，总资产周转越快，企业的销售能力越强。企业可以通过薄利多销的办法，来加快资产周转速度，增加利润收入。

4）盈利能力比率

盈利能力比率是企业利润与销售额或全部资金等相关指标的比率，它反映了企业在一定时期从事某种经营活动的盈利程度及其变化情况。

（1）销售利润率

销售利润率是企业净利润与销售收入之间的比率，它反映了企业实现的净利润在销售收入中所占的比重。该指标越大，说明企业获利能力越强，企业经济效益越好。将企业不同产品、不同经营单位在不同时期的销售利润率进行比较分析，能为经营控制提供更多的信息。

（2）资金利润率

资金利润率是指企业的净利润与平均资产总额之比，表明了企业资金利用的综合绩效。该指标较高，说明企业在增收节支方面取得了良好的效果，同销售利润率一样，资金利润率也要同其他经营单位和其他年度的情况进行比较。

11.3.2　人员行为控制方法

管理控制中最主要的方面之一就是对人员行为进行控制，这是因为任何组织当中最关键的资源都是人，任何高效的组织都配备着有能力高效地完成指派任务的优秀人员。然而，人的行为是由人的思想、性格、经验、社会背景等多种因素综合作用的结果，而这些因素本身又很难用精确的方法加以描述，这就使对人员行为的控制成了管理控制相当复杂和困难的一部分，在这部分控制过程中，对人的行为和绩效进行评价最为困难。

由于工作设计不明确、绩效标准不科学、考评手段不合理等问题都使得对人员行为和绩效进行评定较为困难，实践中，常用到以下一些较为可行的方法。

（1）排序评价法

排序评价法是一种古老而又简单的考评方法，它类似于学生的"学生成绩排名单"。这种方法根据其考评要素，将全体员工的绩效按从好到坏的次序排列。排序评价法简单、直接，但它要求考核者区分不同水平的绩效。

（2）配对比较法

配对比较法也叫两两对比法，它是将所有的被考核者就某一考核要素，与其他每一个人一一作比较，最后将被考核者按绩效高低排列。这种方法实质上是将全体被考核者看成一个有机系统，有助于全面评价所有人的工作。

（3）强迫选择量表

强迫选择量表最独特的地方是要求考评者从以4个行为选项为一组的众多选择组群中选择出最能反映与最不能反映被考评者的两个行为选择项。考评者并不知道各选择项的分值。因此，在考评过程中，客观性得到保证而主观性受到控制。此法通常与其他评价方法结合起来使用。

（4）图解式评价法

图解式评价法又叫图尺度评价法，是业绩评价中使用最为广泛的考评方法。通常说来，图解式评价法多以描述或数字等级作为评价尺度，是最简单和运用最普遍的工作绩效评价技术之一。评价尺度表包含了一些绩效构成要素（如"质量"和"数量"），还包含了许多跨越范围很宽的工作绩效等级（如从"令人不满意"到"非常优异"）。

（5）关键事件法

关键事件法由美国学者弗拉莱根（Flanagan）和伯恩斯（Baras）共同创立。这一考评方法要求每一位被考核的员工都有一本"工作日记"或"工作记录"，上面记载的是日常工作中员工的与工作绩效密切相关的事件，关键事件的记录者一般是员工的主管。关键事件法通常作为等级评价技术的一种补充。它在认定员工特殊的优劣等级表现方面十分有效，而且对于制定改善不良绩效的规划也十分方便。

（6）行为尺度评定量表法

行为尺度评定量表法（Behaviorally Anchored Rating Scales，BARS）是由史密斯和肯德尔（Smith & Kendallt，1963）提出的。史密斯和肯德尔主张用具体行为特征的描述来表示每种行为标准的程度差异。在这里对每一种具体行为特征的说明，被称为"尺度"。因此，行为尺度评定量表可以解释为考评者直接提供了具体行为等级与考评标准的量表，如优秀、满意、较差与不可接受等。

行为尺度评定法是根据关键事件法中记录的关键行为设计考核的量表，它实际上是将量表评价法与关键事件法结合起来，使其兼具二者之长。它为所要考核的对象设计一个行为评分量表，并使一些与绩效密切相关的关键行为与量表上的评分标准一一对应。

（7）行为观察量表

行为观察量表（Behavioral Observation Scales，BOS）与行为尺度评定法有一些相似，但它在工作绩效考评的角度方面能比后者提供更加明确的标准。在使用这种方法考评时，需要首先确定衡量业绩水平的角度，如工作的质量、人际沟通技能、工作的可靠性等。每个角度都细分为若干个具体的标准，并设计一个考评表。考评者将员工的工作行为同考评标准进行比照，每个衡量角度的所有具体科目的得分构成员工在这一方面的得分，将员工在所有方面的得分加起来就得到员工的考评总分。

（8）目标考评法

目标考评法主要是指目标管理法，即管理者与每位员工一起确定特定的目标并定期检查这些目标完成情况的一种考核方法。它是由美国著名的管理专家彼得·德鲁克博士于1954年在《管理的实践》一书中提出来的。目标管理法的评价重点主要集中于结果而非行为。实行目标管理的目的在于通过各级目标的制定、考评、鉴定、实现，激发全体成员的创造性和工作热情，使其发现自己在组织目标中的价值和责任，得到满足感，并在工作中进行自我控制，从而为更好地实现组织的总目标做出自己的贡献。一般而言，目标管理法的实施过程主要包括制定目标、执行目标、考核目标、跟踪反馈等 4 个阶段。

11.3.3　综合控制方法

综合控制方法与财务控制方法和人员行为控制方法的差别在于它的适用范围较宽，几乎在任何种类的管理控制中都可以采用。随着市场竞争的加剧和经营复杂性的提高，现代企业需要进行控制的组织层面越来越高，需要控制的工作内容越来越丰富，这就需要企业采用综合的控制方法对企业运营的整个过程进行控制。

1. 资料设计法

资料设计就是设计一个专门系统或程序，以保证为各种职能或各层管理人员提供最必需的资料。一个管理人员只需要那些对实际工作有价值的，以及与达到目标有关联的信息，这些信息能够指出何处没有达到目标，原因是什么，以及与工作计划有关的经济、政治、社会、技术、竞争等信息，为此，对各种管理人员所需要的信息要加以事先筹划设计。不同管理人员需要些什么资料、如何收集、如何汇总整理，这就是资料设计。资料设计法是各种控制的基础。现在许多公司中设有市场信息秘书一职，每天都为其主管查找相关重要资料信息，这是很值得提倡的。

2. 亲自观察法

亲自观察法是一种常用的控制方法，是指管理者对重要管理问题进行实际调查研究以获取控制所需的各种信息，或通过亲自观察员工的生产进度、倾听员工的交谈来获取信息，或者亲自参加某些具体工作通过实践来加深对问题的了解，获得第一手资料。亲自观察不仅可以直接与下属沟通，了解他们的工作、情绪、成绩，发现存在的问题，而且能激励下属，有利于创造一种良好的组织气氛。这种方式也称为"走动管理"。现阶段，很多著名的企业都十分重视"走动管理"。例如：苏州吴宫喜来登大酒店的总经理每天上上下下酒店30多次，以关注员工的工作情况，该纠正的纠正，该鼓励的鼓励，酒店整体井然有序，工作关系融洽。

3. 标杆控制

标杆管理和控制作为一种学习先进经验的系统、科学、高效的方法在当代企业管理中得到了广泛的应用。一项研究调查表明，1996年世界500强企业中有近90%的企业在日常管理活动中应用了标杆管理控制方法，其中包括IBM、AT&T、施乐、柯达等知名公司。

（1）标杆控制的内涵

根据大多数专家学者的观点，标杆控制是以在某一项指标或某一方面实践上竞争力最强的企业，或行业中领先企业，或组织内某部门作为基准，将本企业的生产情况、产品、服务、管理措施或相关实践的实际运行情况与这些基准进行定量化的比较、评价、分析，在此基础上制定和实施改进的策略与方法，并持续不断反复进行的一种管理方法。在当今市场竞争激烈、技术更新日新月异、挑战层出不穷的情况下，企业不仅应当有自己的愿景，更应该明确学习的目标和超越的对象，进行全方位的、集中的分析比较，以找出差距，全面调整战略战术，使企业在竞争中立于不败之地。标杆控制的心理学基础在于人的成就动机导向，认为任何个人和组织都应该设定既富有挑战性又具有可行性的目标，只有这样，个人和组织才有不断发展和前进的动力。而事实证明，最初很多个人和组织就是在心中设定了自己的榜样、典范、目标，经过不懈的努力与全面提升才有了日后辉煌的成就。

（2）标杆控制的作用与缺点

标杆控制通过设立挑战和赶超对象，并以最关键或最薄弱的因素作为改进内容，以此来全面提升企业的竞争力。尽管如此，这种控制方法也依然存在一些不足。一方面，标杆管理和控制容易导致企业的竞争战略趋同，这会使得一些企业忽视企业实际而盲目模仿和追随其目标对象，最初可能会见到成效，但是在企业运行效率上升的同时，利润率却在下降，不利于企业的长远发展和整个行业的进步。另一方面，标杆控制容易使企业陷入"落后—标杆—又落后—再标杆"的"标杆管理陷阱"之中。如果标杆控制活动不能使企业跨越与领先企业的"技术鸿沟"，单纯为赶超先进而继续推行标杆控制，反而会使企业陷入繁杂的"标杆管理陷阱"。

（3）标杆控制的实施步骤

标杆控制的实施大致需要经历10个步骤，分别是：①确定标杆控制的项目。在对企业自身状况进行深入细致研究的基础上，选择对企业竞争力影响最重要的因素和薄弱环节作为标杆控制的项目。②确定标杆控制的对象和对比点。选择同行业、同部门业绩最佳、效率最高的少数有代表性的企业或部门为对象，以业绩的作业流程、管理实践为基础确立测量指标作为控制依据。③组成工作团队，确定工作计划。企业层次标杆控制活动的组成人员通常由决定竞争力因素的核心部门的能够识别专业流程优劣的人员参加。④资料收集和调查。收集相关项目、调查对象与内容方面的研究报告或信息，据此拟定有效的实地调查提纲和问卷，并在调查中重点关注差异点。⑤全面分析比较，确定最佳纠偏措施。认真处理调查资料，确定各调查对象与企业实际的差异，找出差距形成原因并确定最佳纠偏措施。⑥明确改进方向，制定实施方案。在上一步的基础上，设计具体的实施方案并对实施方案进行经济效益分析，确定实施情况的一系列检查和反馈工作。⑦及时沟通和修正方案。将方案和企业目标与成员进行全方位、多渠道的积极沟通，多听建议，完善方案，统一思想，行动一致。⑧方案实施和监督执行。在方案实施过程中不断比较监督，及时采取校正措施达到最佳水平，努力赶超标杆对象。⑨全面回顾，总结经验。标杆控制是一个不断反复进行的管理手段，在完成一次控制活动之后，应及时总结经验对新情况作进一步分析。⑩进行再标杆循环。根据环境的变化或新的管理需求，确定下一次标杆控制的项目、对象和对比点进行再标杆循环，以期企业竞争力和各项工作水平的全面提升。

4. 平衡积分卡控制

传统的控制方法侧重于财务性衡量指标，而忽视企业创造未来长远的经济价值和利益。1992 年，卡普兰（Kaplan）和诺顿（Norton）发表了《平衡积分卡：企业绩效的驱动》一文，文章一经发表，便得到了学术界和企业界的广泛推崇和普遍应用。

（1）平衡积分卡控制的内涵

卡普兰和诺顿认为，一个企业的发展受到企业内部因素和外部环境的共同作用，企业要想持续、健康地发展不仅要注重短期目标，更应兼顾长期发展的需要，企业的财务指标和非财务方面的组织运行能力都应得到重视。平衡积分卡是由财务、顾客、内部经营过程、学习和成长 4 个方面构成的衡量企业、部门和人员的卡片，由于其目的在于平衡，兼顾战略与战术、长期与短期目标、财务和非财务衡量方法、滞后和先行指标，因而得名"平衡积分卡"。

（2）平衡积分卡的控制作用和优点

从某种意义上说，平衡积分卡不仅是一种控制的业绩评价手段，更是一个战略管理方法。成功的平衡积分卡控制制度是把企业的战略和一整套财务和非财务性评估手段联系在一起的一种手段。它可以阐明战略并在企业内部达成共识；在整个组织中传播战略；把部门和个人的目标与这一战略相联系；对战略进行定期和有序的总结；把战略目标与战术安排衔接起来；利用反馈的信息改进战略。

作为一种控制工具，平衡积分卡的主要优点有：①平衡积分卡将企业的战略置于核心地位；②平衡积分卡使战略在企业上下进行交流和学习，并与各部门和个人的目标联系起来；③平衡积分卡使战略目标在企业的各个经营层面上达成一致；④平衡积分卡有助于短期成果和长远发展的协同与统一。

（3）平衡积分卡的控制指标

根据卡普兰和诺顿的观点，平衡积分卡的控制指标包括 4 个方面，如图 11-4 所示。

① 财务方面。一套平衡积分卡应该反映企业战略的全貌，从长远的财务目标开始，进而将它们与一系列行动相联系。财务衡量是平衡积分卡的一个单独衡量方面，也是其他几个

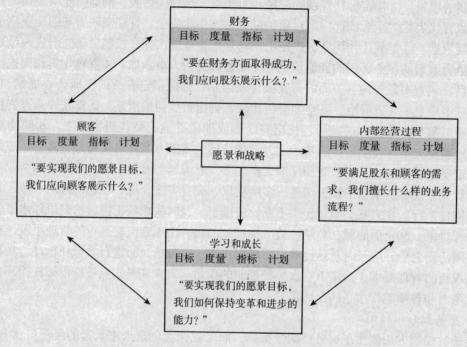

图 11 - 4　平衡积分卡的控制指标

衡量方面的出发点和落脚点。财务方面的衡量指标要结合企业的发展阶段，不同的发展阶段财务衡量的着眼点应有所不同。

② 客户方面。这方面核心的衡量指标主要是一系列存在着内在因果关系的指标，如市场份额、新客户获得率、客户回头率、客户满意度和从客户处获得的利润率。

③ 内部经营过程。在这方面主要本着满足客户需要来制定衡量指标。现在的内部经营过程往往是以销定产式，常常要创造全新的流程，它循着"调研—寻找市场—产品设计开发—生产制造—销售和服务"的轨迹进行。相应的，可以选择诸如成品率、新产品开发时间、公司对产品故障的反应速度等为衡量指标。

④ 学习和成长。在学习和成长方面最关键的因素是人才、信息系统和组织程序。从长远来看，学习和成长是企业发展过程中举足轻重的方面，因为只有将组织中人员的积极性激发出来，使企业团队内部工作氛围融洽，保持人才的合理配置使用，使员工的个人目标和组织目标顺利达成，才会使得企业不断变革创新，保持旺盛的生命力。这方面的衡量指标主要包括培训支出和周期、员工满意度和工作团队成员彼此的满意度等。

5. 其他控制方法

除了以上介绍的综合控制方法之外，网络分析技术和目标管理也是非常好的综合控制方法。网络分析技术作为一种控制方法可以有效地对项目所使用的人力、物力、财力资源进行平衡，能够控制项目的时间和成本，能够在实施出现偏差时找出原因和关键因素，并能从总体上进行调整，以保证按质按量达到目标。目标管理作为一种控制方法的特点是标准清晰、明确，各级管理者容易做出判断。由于整个组织或系统的目标分解成为子系统的目标，若各子系统能达到目标，就能够确保整个组织达到目标，这在某种程度上说提高了控制的可靠程度。目标管理的核心是各级组织成员都参与自己目标的制定，员工的行为与态度和组织的目标更为接近，这使人员行为的控制变得更加容易。

11.4 有效控制的原则

控制并不是管理者主观任意的行为，它必须依照科学的原则来指导控制活动，才能取得预期的成效。有效控制的原则主要包括组织特性相适应原则、及时性原则、客观性原则、经济性原则、灵活性原则、关键点原则、例外原则。

11.4.1 组织特性相适应原则

首先，控制应与组织结构相适应。组织结构作为明确组织内人员任务的主要方式，它表明了谁应对计划的执行和产生脱离计划标准的偏差负责。因此，控制必须反映组织结构状况，反映出承担活动的职责所在，这样才能有效地使主管人员纠正背离计划标准的偏差。其次，控制应与组织中的领导方式相适应。例如，在员工具有较大的自由实行参与式管理的组织内，采用一个过于严格的控制系统，将可能因违反员工的意愿而导致失败。再次，有效的控制还应要求控制系统具有沟通的便利，能够便于控制者和被控制者保持直接的联系。最后，有效的控制技术和控制信息应使员工能够理解，因为人们对不能理解的就不会信任，而不信任就不会去使用它。总之，控制系统应契合组织结构特点和职责职务要求，与之相适宜。

11.4.2 及时性原则

一个完善的控制系统实施有效的控制，必须在一旦发生偏差时能够迅速发现，并根据实际情况，及时采取相应措施，甚至在未出现偏差之前，即能预测偏差的产生，防患于未然。组织活动中产生的偏差只有及时采取措施加以纠正，才能避免偏差的扩大。这是控制活动的核心，否则就有可能导致事态的进一步恶化，带来预想不到的后果。时滞现象是反馈控制系统一个难以克服的困难，较好的解决办法是采用前馈控制。控制要做到及时性，必须依赖现代化的信息管理系统，随时传递信息，随时掌握工作进度。只有这样才能尽早发现偏差，及时采取措施进行控制。

11.4.3 客观性原则

控制应当是客观的，这是对控制工作的基本要求。管理控制是通过人来实现的，在控制工作中，管理人员不能凭个人的主观经验或直觉判断，而应采用科学的方法，尊重客观事实。在整个控制过程中最易受主观因素影响的是以点带面的晕轮效应和先入为主的优先效应。因此，应尽可能选择和制定客观的、精确的、具有可考核性的标准，以标准衡量目标或计划的执行情况，从而减少人的主观因素的不利影响。客观的控制源于对组织活动状况及其变化的客观了解和评价，所以，要尽量建立客观的计量方法，把定性的内容具体化，管理人员也要从组织目标的角度观察问题，避免个人偏见和武断。

11.4.4　经济性原则

控制活动需要经费，是否进行控制，控制到什么程度，都要考虑费用问题。控制的经济性是指将控制所需的费用同控制所产生的效益进行比较，当通过控制所获得的价值大于它所需费用时，才有必要实施控制。所以，从经济性的角度考虑，控制系统并不是越复杂越好，控制力度也不是越大越好。控制的经济性原则要求：一方面要实行有选择的控制，正确而精心地选择控制点；另一方面要努力降低控制的各种耗费，提高控制效果，改进控制的方法和手段，以最少的成本查出偏离计划的现有和潜在的原因，费用的降低使人们有可能在更大的范围内实行控制，花费少而控制效率高的系统才是有效的控制系统。但现实中，是否经济是相对而言的，控制的经济效益随经营业务的重要性及其规模而有所不同。

11.4.5　灵活性原则

要使控制有效，不因计划或不可预见因素的改变而失败，在控制中就需要遵循灵活性原则。组织在运作过程中总会遇到突发的、不可预见的或无力抗拒的因素，如环境突变、自然灾害等。要使控制工作在计划执行中遇到意外情况时仍然有效，那么，在设计控制系统和实施控制时就要求具有灵活性并有替代方案，这就是控制的灵活性原则。控制的灵活性原则要求制订多种应对变化的方案和留有一定的后备力量，并采用多种灵活的控制方式和方法来达到控制的目的。不能过分依赖正规的控制方式，如预算、监督、检查、报告等，因为有时实际情况与计划会有很大的差距，过分依赖它们会使控制失效。事实上，灵活的控制一般最好是通过灵活的计划来实现。

11.4.6　关键点原则

所谓关键点是指对完成计划起作用并在计划执行过程中要加以控制的关键因素或关键问题。有效的控制要求对那些评价个别计划执行情况的关键因素给予注意。事实上，组织中的活动往往错综复杂，管理人员根本无法对每一个方面实施完全的控制，他们应该且只能将注意力集中在计划执行中的一些关键影响因素上。在管理中运用控制活动进行纠偏和矫正时，必须善于捕捉最有影响和干扰作用最大、最亟待解决又最能取得成效的因素，有重点地进行控制，这样才能使控制最强有力地起到以点带面的作用。这不仅能节约控制成本，还使管理人员可以以有限的时间和精力作出更加有效的成绩。

11.4.7　例外原则

所谓例外原则是指控制工作应着重于计划实施中的例外偏差（超出一般情况的特别好或特别坏的情况）。在实际工作中，主管人员越是注意对例外情况的控制，他们的控制结果就越有效。对例外情况的重视程度不应仅仅依据偏差的大小而定，同时需要考虑客观实际情况。在偏离标准的各种情况中，有一些是无关紧要的，而另一些则不然，某些微小的偏差可能比某些较大的偏差影响更大。例外原则与关键点原则常常混淆，它们也确实有一些共同之处。在实际工作中，控制的例外原则必须与关键点原则相结合，把注意力集中在对关键点的例外情况的控制上。关键点原则强调选择控制点，而例外原则强调观察在这些控制点上所发生的异常偏差。

本 章 小 结

控制是指根据既定的目标与各种标准，监督检查各项工作的执行情况，及时发现偏差，正确找出原因，积极采取措施，认真进行纠正，并根据已变化的情况对原有的设想、打算进行调整，使之符合客观实际及其变化，以确保组织目标顺利实现的过程。控制的有效与否直接关系到管理系统能否在变化的环境中实现管理决策计划制定的预期目标，控制在管理中具有极其重要的作用。

控制具有整合性、目标性、明确性、及时性、动态性、反馈性、创新性的特点。按照不同的分类标准，可以把控制划分成多种类型，常用的控制类型被划分为前馈控制、同期控制、反馈控制。人员、信息、财务、作业和绩效等都是管理者控制的主要内容，也可以称之为控制的焦点。

控制过程是根据预定的目标或标准探查偏差并给予更正的过程。控制过程可以大致划分为四个相互联系的步骤：限定控制子系统的范围、确立控制标准、衡量实际绩效、采取管理行动。

组织的管理工作内容十分丰富，对于不同的方面进行控制就要使用相适应的控制方法，常用的控制方法有财务控制方法、人员行为控制方法和综合控制方法。每大类控制方法中又有诸多具体的控制手段，我们应依据企业实际，按照有效控制的原则，采用相应的方法积极促进管理实践的发展，达成组织的各项目标。

◇ 第 *12* 章

创　　新

教学目标： 通过本章的学习，准确掌握创新的内涵、内容、特征、分类，熟悉管理创新，并对创新的战略和选择有一定的了解和认识。

教学要求： 了解管理活动中的创新、创新与维持的关系及二者对系统生存和发展的作用，熟悉创新的类别、内容及过程，掌握创新的作用与创新的战略和选择，以揭示创新的规律，指导履行创新职能。

12.1　创新及其作用

12.1.1　创新及管理创新的内涵

1. 创新

现代社会，"创新"这个名词对人们来说已是很熟悉的。创新首先是一种思想及在这种思想指导下的实践，是一种原则及在这种原则指导下的具体活动。创新具有多个方面，根据所强调方面的不同，对创新的理解与定义也不同。经济学家熊彼特曾在《经济发展理论》中把创新定义为企业家的职能，并认为企业家能成为企业家的根本原因在于他拥有创新精神并实际地组织了创新，而不是因为其拥有资本。根据熊彼特的观点，一个国家或地区经济发展速度的快慢和发展水平的高低，在很大程度上取决于该国或该地区拥有创新精神的企业家的数量，以及这些企业家在实践中的创新努力。正是由于某个或某些企业家的率先创新、众多企业家的迅速模仿，才推动了经济的发展。

熊彼特认为，创新是对"生产要素的重新组合"，它包括以下 5 个方面：①生产一种新的产品；②采用一种新的生产方法；③开辟一个新的市场；④掠取或控制原材料和半成品的一种新的来源；⑤实现一种新的工业组织方式或企业重组。

2. 管理创新

熊彼特所指的创新，实质上已经含有了创造全新的资源配置方式、方法的内在含义，从

· 266 ·

中可以看到管理创新的部分内涵。

这里本书给出了管理创新的一般含义：创造一种新的更有效的资源整合模式，它既可以是新的有效整合资源以达到企业目标和责任的全过程式管理，也可以是新的具体资源整合及目标制定等方面的细节管理。

通常，管理创新包括以下 5 种情况：①提出一种新的经营思路并加以有效实施；②创设一个新的组织机构并使之有效运转；③提出一种新的管理方式、方法；④设计一种新的管理程序；⑤进行一项制度的创新。

12.1.2　类别与特征

从组织系统内部的不同角度考察，创新主要有以下几种类型。

1. 从作为管理职能的基本内容来看，创新可分为目标创新、技术创新、制度创新和环境创新

① 所谓目标创新，是指企业在一定的经济环境中从事经营活动，一定的环境要求企业按照一定的方式提供一定的产品。一旦经济环境发生变化，要求企业的生产方向、经营目标，以及企业在生产过程中与其他社会经济组织的关系进行相应的调整。至于企业在各个发展时期的具体的经营目标，则更需要适时地根据市场环境和消费需求的特点及变化趋势加以整合，每一次调整都是一种创新。

② 技术创新。虽然技术创新概念已经提出 70 多年了，但迄今为止还没有一个严格、统一的定义。从管理科学的角度去研究技术创新，一般倾向于采用美国国会图书馆研究部对技术创新所下的定义：技术创新是一个从新产品或新工艺设想的产生到市场应用的完整过程，它包括新设想产生、研究、开发、商业化生产到扩散等一系列的活动。

③ 制度创新。所谓制度创新，是指出现新的制度安排，也就是制度变迁，即制度安排的创新，或是制度安排的变更与替代。研究制度创新需要从社会经济角度来分析企业系统中各成员间正式关系的调整和变革。

④ 环境创新。环境创新是指通过企业积极的创新活动去改造环境，去引导环境朝着有利于企业经营的方向变化。例如，通过企业的公关活动，影响社区政府政策的制定；通过企业的技术创新，影响社会技术进步的方向等。就企业来说，环境是企业经营的土壤，同时也制约着企业的经营。企业在适应的环境同时去改造、去引导，甚至去创造环境。环境创新的主要内容是市场创新。市场创新主要是指通过企业的活动去引导消费，创造顾客需求。成功的企业经营不仅要适应消费者已经意识到的市场需求，而且要去开发和满足消费者自己可能还没有意识到的潜在需求。其实，市场创新的更多内容是通过企业的营销活动组合策略，在产品的材料、结构、性能不变的前提下，通过开发新用途、发现新用户、扩大使用量等来增加市场需求的一系列活动。

2. 从创新的规模及创新对系统的影响程度来考察，可将其分为局部创新和整体创新

局部创新是指在系统的性质和总体目标不变的前提下，系统活动的某些内容、某些要素的性质或相互组合的方式、系统的社会贡献的形式或方式等发生变动；而整体创新则通常会改变系统的整体目标和使命，或涉及系统的整体目标和运行方式，或影响系统的社会贡献的性质等。

3. 从创新与环境的关系来分析，可将其分为消极防御型创新与积极攻击型创新

防御型创新是指由于外部环境的变化对系统的存在和运行造成了某种程度的威胁，为了避免威胁或由此造成的系统损失扩大，系统在内部展开的局部或全局性调整；攻击型创新是在观察外部世界运动的过程中，敏锐地预测到未来环境可能提供的某种有利机会，从而主动地调整系统的战略和技术，以积极地开发和利用这一机会，谋求系统的发展。

4. 从创新发生的时期来看，可将其分为系统初建期的创新和运行中的创新

系统的组建本身就是社会的一项创新活动。系统的创建者在一张白纸上绘制系统的目标、结构、运行规划等蓝图，这本身就要求有创新的思想和意识，创造一个全然不同于现有社会（经济组织）的新系统，寻找最满意的方案，取得最优秀的要素，并以最合理方式组合，使系统进行活动。但是"创业难，守业更难"，在动荡的环境中"守业"，必然要求积极地以攻为守，要求不断地创新。创新活动更大量地存在于系统组建完毕开始运转以后。系统的管理者要不断地在系统运行的过程中寻找、发现和利用新的创业机会，更新系统的活动内容，调整系统的结构，扩展系统的规模。

5. 从创新的组织程度上看，可分为自发创新与有组织的创新

任何社会经济组织都是在一定环境中运转的开放系统，环境的任何变化都会对系统的存在和存在方式产生一定影响，系统内部与外部直接联系的各子系统接收环境变化的信号以后，必然会在其工作内容、工作方式、工作目标等方面进行积极或消极的调整，以应对变化或适应变化的要求。同时，社会经济组织内部的各个组成部分是相互联系，相互依存的。

系统内部各部分的自发调整可能产生两种结果：一种情况是，各子系统的调整均是正确的，从整体上说是相互协调的，从而给系统带来的总效应是积极的，可使系统各部分的关系实现更高层次的平衡——除非极其偶然，这种情况一般不会出现；另一种情况是，各子系统的调整有的是正确的，而另一些则是错误的——这是通常可能出现的情况。因此，从整体来说，调整后各部分的关系不一定协调，给组织带来的总效应既可能为正，也可能为负（这取决于调整正确与失误的比例），也就是说，系统各部分自发创新的结果是不确定的。

与自发创新相对应的，是有组织的创新。有组织的创新包含以下两层意思。

第一，系统的管理人员要积极地引导和利用各要素的自发创新，使之相互协调并与系统有计划的创新活动相配合，使整个系统内的创新活动有计划有组织地展开。只有有组织的创新，才能给系统带来预期的、积极的、比较确定的结果。

第二，系统的管理人员根据创新的客观要求和创新活动本身的客观规律，制度化地研究外部环境状况和内部工作，寻求和利用创新机会，计划和组织创新活动。

鉴于创新的重要性和自发创新结果的不确定性，有效的管理要求有组织地进行创新。为此，必须研究创新的规律，分析创新的内容，揭示创新过程的影响因素。

当然，有组织的创新也有可能失败，因为创新本身意味着打破旧的秩序，打破原来的平衡，因此，具有一定的风险。更何况组织所处的社会环境是一个错综复杂的系统，这个系统的任何一次突发性的变化都有可能打破组织内部创新的程序。但是，有计划、有目的、有组织的创新取得成功的机会无疑要远远大于自发创新。

12.1.3 意义与作用

1. 创新工作是重要的管理活动

管理工作可以概述为：设计系统的目标、结构和运行规划，启动并监视系统的运行，使之符合预定的规则操作；分析系统运行中的变化，进行局部或全局的调整，使系统不断出现新的状态。因此，管理内容的核心就是，维持与创新。任何组织系统的任何管理工作无不包含在"维持"或"创新"中。维持和创新是管理的本质内容，有效的管理在于适度的维持与创新的组合。

组织作为一个有机体，始终处于不断变化的过程之中，因此，组织要实现可持续发展仅有维持工作显然是不够的，创新对于组织来说是其发展之根本，原因如下：①创新是组织发展的基础，是组织获取经济增长的源泉。在20世纪，全球经济获得了迅猛的增长，大部分时期的增长率超过了第一次工业革命时期。这种发展和增长的根源就是熊彼特所说的创新。②创新是组织经济发展的核心，使物质的增长更加便利。③创新是组织谋取竞争优势的利器。当今社会，各类组织的迅速发展，使得组织间的相互竞争成为普遍现象。特别是经济全球化的深入，工商业的竞争更加激烈。要想在竞争中谋取有利地位，就必须将创新放在突出的位置。竞争的压力要求企业家不得不改进已有的制度，采用新的技术，推出新的产品，增加新的服务。有数据表明，在创造性思维和组织效益之间具有直接的正相关性。④创新是组织摆脱发展危机的途径。这里所说的发展危机是指组织明显难以维持现状，如果不进行组织改革就难以为继的状况。发展危机对于组织来说是周期性的，组织每一步的发展都有其工作重心的转变和新的发展障碍。

2. 组织创新具有自身的逻辑结构

人们可能因个体的某次创新活动而对创新工作产生误解：创新者可能出自于勇于探索的成员，创新的成果也会超出常人的想像，会具有偶然性因素的作用。但是，组织的创新工作不等于个别的创新活动，具有大量的创新活动表现出的共性的逻辑结构。

创新就是在这一原则指导下的活动。实践和理论研究都表明组织的创新工作经历了内外因素分析、创新计划和决策、组织和实施创新活动等几个环节。一旦组织进入创新的管理阶段，其目标是保持巩固创新的成果，使得创新活动带动组织绩效全面提升。创新工作就是在这样的逻辑下持续进行的，而且永无止境。

12.1.4 创新与维持的关系及其作用

作为管理的基本内容，维持与创新对系统的存在都是非常重要的。

维持是保证系统活动顺利进行的基本手段，也是系统中大部分管理人员，特别是中层和基层的管理人员要花大部分精力从事的工作。管理的维持职能便是要严格地按预定的计划来监视和修正系统的运行，尽力避免各子系统之间的摩擦，或减少因摩擦而产生的结构内耗，以保持系统的有序性。没有维持，社会经济系统的目标就难以实现，计划就无法落实，成员的工作就有可能偏离计划的要求，系统的各个要素就可能相互脱离，各自为政，各行其是，从而整个系统就会呈现出一种混乱的状况。所以，维持对于系统生命的延续是至关重要的。

社会经济系统一旦开始存在，其首先追求的目标是维持其存在，延续其寿命，实现其发展。但是，不论系统的主观愿望如何，系统的寿命总是有一定期限的。我们把系统自诞生被社会承认到被社会淘汰而消亡的时期称为系统的寿命周期。一般社会经济系统在寿命周期中要经历孕育、成长、成熟、蜕变和消亡5个阶段。

从某种意义来说，系统的社会存在是以社会的接受为前提的，而社会之所以允许某个系统存在，又是因为该系统提供了社会需要的某种贡献。系统要向社会提供这种贡献，则必须首先以一定的方式从社会中取得某些资源并加以组合。系统向社会的索取（投入资源）越是小于它向社会提供的贡献（有效产出），系统能够向社会提供的贡献与社会需要的贡献越是吻合，则系统的生命力就越旺盛，其寿命周期也越有可能延长。孕育期、初生期的系统，限于自身的能力和对社会的了解，提供社会所需贡献的能力总是有限的；随着系统的成长和成熟，它与社会的互相认识不断加深。

根据上面的分析，可以看出创新的主要内涵和作用有以下内容。

系统的生命力取决于社会对系统贡献的需要程度和系统本身的贡献能力；而系统的贡献能力又取决于系统从社会中获取资源的能力，组织利用资源的能力，以及系统对社会需要的认识能力。要提高系统的生命力，扩展系统的生命周期，就必须使系统提高内部的上述能力，并通过系统本身的工作，扩大社会对系统贡献的需要程度。由于社会的需要是不断变化的，社会向系统供应的资源在数量和种类上也在不断改变，系统如果不能适应这些变化，以新的方式提供新的贡献，则可能被社会所淘汰。系统不断改变或调整取得与组合资源的方式、方向和结果，向社会提供新的贡献。

综上所述，管理的两个基本内容，即维持与创新，对系统的发展都是非常重要的，它们是相互联系、不可或缺的。创新是维持基础上的发展，而维持则是创新的逻辑延续；维持是为了实现创新的成果，而创新则是为更高层次的维持提供依托和框架。任何管理活动，都应围绕着组织系统运转的维持和创新而展开。只有创新没有维持，系统会呈现无时无刻、无所不变的无序的混乱状态，而只有维持没有创新，系统就会缺乏活力，犹如一潭死水，适应不了任何外界变化，最终会被环境淘汰。卓越的管理是实现维持与创新最优组合的管理。

12.2　创新过程及其管理

12.2.1　创新的过程

1. 抵制创新的原因

组织中对于创新的抵制力来自于复杂的系统因素，组织的文化、既定的发展战略、组织结构、技术水平、领导的风格、成员的因素都可能使创新受到阻碍。人的因素是创新抵制力中最活跃的因素。

组织成员产生抵制力的基本原因包括以下几个方面。

① 个人利益。创新意味着原有的组织结构被打破，工作流程将被重新设计，利益将重新分配。

② 缺乏了解。不少组织在进行创新的方式上存在问题，创新领导小组闭门造车，缺乏与组织成员进行事前的有效沟通。组织成员需要知道如何进行创新，如果出现信息真空，就难免谣言四起，让人们焦躁不安。即使创新的方案能使每个人受益，组织成员也可能会因为

缺乏了解并对其产生误解，进而反对方案。

③ 评价差异。组织成员间私有信息的差异会导致人们对创新活动有着不同的评价和看法，信息的不对称使组织员工并不像管理者那样看待企业制定的新的战略目标；组织成员怀念"过去的好时光"也会导致创新目标认知的差异。这种由不同的评价结果产生的抵制力不一定是消极的，因为持有不同意见的双方可能都是正确的。

④ 惰性。人们习惯于原来的工作方式，并不希望打破现状，这使得人们不自觉地产生对于创新的抵制情绪。

⑤ 心理压力。有些团队不能承受变革的心理压力。如果一个团队凝聚力强，来自同事的压力就可能让其成员反对，哪怕是合理的创新。因为创新可能导致活动中关系的改变，使员工失去同事关系网络，打乱原有的工作节奏。所以人们不愿打破现状而去尝试新路。此外，创新的时机及其出现的突然性也会造成抵制情绪。不少组织创新的阻力就是来自于缺乏对创新时机的合理把握，缺乏给予人们足够的心理准备时间。

2. 创新活动的过程

就"一般创新"来说，其必然依循一定的步骤、程序和规律。总结众多成功企业的经验，成功的变革与创新要经历"寻找机会、提出构思、迅速行动、忍耐坚持"这样几个阶段。

（1）寻找机会

企业的创新，往往是从密切地注视、系统地分析社会经济组织在运行过程中出现的不协调现象开始的。

创新是对原有秩序的破坏。原有秩序之所以要打破，是因为其内部存在或出现了某些不协调的现象。这些不协调现象对系统的发展提供了有利的机会或造成了某种不利的威胁。创新活动正是从发现和利用旧秩序内部的这些不协调现象开始的。不协调为创新提供了契机。

就系统内部来说，引发创新的不协调现象主要有以下两个方面：①生产经营中的瓶颈，可能影响劳动生产率的提高或劳动积极性的发挥，因而始终困扰着企业的管理人员。这种瓶颈环节，既可能是某种材料的质地不够理想，且始终找不到替代品，也可能是某种工艺或加工方法的不完善，还有可能是某种分配政策的不合理。②企业意外的成功和失败，如派生产品的销售额迅速增长，从而其利润贡献出人意料地超过了企业的主营产品；老产品经过精心整顿改进后，结构更加合理，性能更加完善，质量更加优异，但并未得到预期数量的订单，等等，这些出乎企业意料的成功和失败，往往可以把企业从原先的思维模式中驱赶出来，从而成为企业创新的一个重要源泉。

（2）提出构想

敏锐地观察到不协调现象的产生以后，还要透过现象究其原因，据此分析和预测不协调现象的未来变化趋势，估计它们可能给组织带来的积极或消极后果，并在此基础上，努力利用机会或将威胁转换为机会，采用德尔菲法、头脑风暴法、哥特法等方法提出多种解决问题，消除不协调现象，使系统在更高层次实现平衡的创新构想。

（3）迅速行动

创新成功的秘密主要在于迅速行动。提出的构想可能还不完善，甚至可能很不完善。但这种并非十全十美的构想必须立即付诸行动才有意义。"没有动的思想会自生自灭"，这句话对于创新思想的实践尤为重要，一味追求完美，以减少受讥讽、被攻击的机会，就有可能坐失良机,把创新的机会白白地送给竞争对手。

(4)忍耐坚持

构想经过尝试才能成熟,而尝试存在风险,不可能"一击即中",有可能遭到失败。创新的过程是不断尝试、不断失败、不断提高的过程。因此,创新者在开始行动以后,为取得最终的成功,必须坚定不移地继续下去,决不能半途而废,否则便前功尽弃。要在创新中坚持下去,创新者必须有足够的自信心,有较强的忍耐力,能正确对待尝试过程中出现的失败,既为减少失误或消除失误后的影响采取必要的预防或纠正措施,又不把一次"战役"的失利看成整个"战争"的失败,要知道创新的成功只能在屡屡失败后才会姗姗来迟。伟大的发明家爱迪生曾经说过:我的成功乃是从一路失败中取得的。这句话对创新者应该有所启示。创新的成功在很大程度上要归因于"最后五分钟"的坚持。

12.2.2 管理创新

有效的创新工作需要管理者能够为下属的创新提供条件、创造环境,有效地组织系统内部的创新活动。

1. 特征

管理创新活动是企业发展之根本,正确认识管理创新的特点将有助于管理者进行创新。管理创新的特征有以下5个方面。

① 不确定性。任何创新都具有不确定性,管理创新也一样。管理创新的实现与扩散过程就是其不确定性逐步消除的过程。

② 受排斥性。管理创新意味着变革,通常会受到来自各方面的压力、排斥和抵制。管理创新是创造一种新的更有效的资源整合模式,组织中已经适应原有生活、工作和思维方式的人往往不欢迎变革。

③ 价值性。管理创新是利用新思维、新技术、新方法,创造一种新的更有效的资源整合模式,以促进企业管理系统综合效益的不断提高,给消费者创造更高的价值与满足感,从而也给整个社会创造更多的价值,做出更多的贡献。

④ 动态性。管理创新是一种动态性的活动。由于企业处于动态开放的信息系统之中,现代企业组织活动的内、外环境具有很多不确定因素和不完全信息,因此管理创新活动就应该是根据内外环境的变化不断超越的创造性过程,具有动态性。

⑤ 复杂性。企业的管理活动本身就是一种复杂活动,而管理创新是在创造一种新的管理范式,涉及企业的全过程、全方位、全面效益等,范围很广,具有复杂性,不可能一蹴而就。

2. 原则

管理创新的原则是管理创新的基准和出发点,其主要内容有以下7个方面。

① 有效性原则。一方面是指管理创新必须富有效率,无效率的资源整合达不到提高企业综合效能的目的,就称不上是管理创新;另一方面是指管理创新不是停留在设想或空想阶段,必须加以实践。

② 开放性原则。管理创新不是一个封闭的管理过程,企业要与外部进行互动,管理者要善于运用先进的科学管理理论和方法指导自己的管理实践,并结合具体情况适时进行管理理论和方法的推广和创新,以促进企业的振兴与发展。

③ 创造性原则。管理创新的魅力在于创造性，同时管理创新没有完全有章可循的模式可以参考，没有创造性，管理也就只能是一种重复性的工作，管理创新也就无从谈起。

④ 重点性原则。管理创新是一种系统性的活动，涉及企业的全过程，如果一开始就全面铺开，期望立即取得很多新成果，则会导致管理创新活动没有重点，造成精力分散，达不到预期效果。管理创新范围的广泛性，决定了只有抓住重点进行创新活动才能取得事半功倍的效果。

⑤ 分析综合性原则。创新的过程是一个系统的分析综合、探索事物的运动规律性的过程。因此，必须在调查研究的基础上对创新的每一个机会和来源进行有目的的、系统的分析，从中发现事物之间的内在联系和相互关系。

⑥ 系统性原则。一方面，管理创新是系统工程，对外部环境多变、内部因素众多、相互关系复杂的管理进行创新，没有系统的观点，不采用系统思考的方法是绝对行不通的；另一方面，系统是指管理创新的原则自成一个系统。

⑦ 可行性的原则。管理创新必须考虑到企业的主客观条件可行性，即指为完成某项创新，企业必须具备诸如设备、仪器、工具等各种物质手段，必要的资金、人才和信息等客观条件，以及从事管理创新的人员为完成某个特定目标所必须具备的科学知识和研究能力。

3. 管理者在创新中的作用

创新是知识经济时代企业的生存之本。因此，管理者在创新中应该积极营造创新的环境和条件，从以下几方面发挥其作用。

(1) 正确理解和扮演"管理者"的角色

管理人员往往是保守的。他们通常以为组织雇用自己的目的是维持组织的运行，因此，他们往往自觉或不自觉地扮演现有规章制度的守护者的角色。为了减少系统运行的风险，防止大祸临头，他们对创新尝试中的失败吹毛求疵，随意惩罚在创新尝试中遭到失败的人，或轻易地奖励那些从不创新、从不冒险的人。在分析了前面关于管理的维持与创新职能的作用后，再这样来狭隘地理解管理者的角色，显然是不行的。管理人员必须自觉地带头创新，并努力为组织成员提供和创造一个有利于创新的环境，积极鼓励、支持、引导组织成员进行创新。

(2) 创造促进创新的环境

促进创新的最好方法是大张旗鼓地宣传创新，激发创新，树立"无功便是有过"的新观念，使每一个人都奋发向上、努力进取、跃跃欲试、大胆尝试。要造成一种人人谈创新、时时想创新、无处不创新的组织氛围，使那些无创新欲望或有创新欲望却无创造行动、从而无所作为者感觉到在组织中无立身之处，使每个人都认识到组织聘用自己的目的不是要自己简单地用既定的方式重复那也许重复了许多次的操作，而是希望自己去探索新的方法，找出新的程序，只有不断地去探索、去尝试才有继续留在组织中的资格。

(3) 制定有弹性的计划

创新需要思考，思考需要时间。把每个人的每个工作日都安排得非常紧凑，对每个人在每时每刻都实行"满负荷工作制"，许多创新的机会就不可能发现，创新的构想也无从产生。美籍犹太人宫凯尔博士对日本人的高节奏工作制度不以为然，他说：一个人"成天在街上奔走，或整天忙于做某一件事……没有一点清闲的时间可供他去思考，怎么会有新的创见"？他认为，每个人"每天除了必须的工作时间外，必须抽出一定时间去供思考用"。美国成功的企业，也往往让职工自由地利用部分工作时间去探索新的设想。

（4）正确地对待失败

创新的过程是一个充满着失败的过程。创新者应该认识到这一点，创新的组织者更应该认识到这一点。只有认识到失败是正常的，甚至是必需的，管理人员才可能允许失败，支持失败，甚至鼓励失败。当然，支持尝试、允许失败，并不意味着鼓励组织成员去马马虎虎地工作，而是希望创新者在失败中汲取有用的教训。学到一点东西，变得更加明白，从而使下次失败到创新成功的路程缩短。

（5）建立合理的激励机制

要激发组织成员的创新热情，还必须建立合理的激励制度。创新的原始动机也许是个人的成就感、自我实现的需要，但是如果他们的努力不能得到组织或社会的承认，不能得到公正的评价和合理的奖酬，继续创新的动力就会渐渐失去。促进创新的激励机制至少要符合下述条件。

① 注意物质奖励与精神奖励的结合。奖励不一定是物质至上的，而且往往是不需要金钱的，精神上的奖励也许比物质报酬更能满足驱动人们创新的心理需要。而且，从经济的角度来考虑，物质奖励的效益要低于精神奖励，金钱的边际效用是递减的，为了激发或保持同等程度的创新积极性，组织不得不支付越来越多的奖金。奖金的多少首先被视作衡量个人工作成果和努力程度的标准。

② 奖励不能视作"不犯错误的报酬"，而应是对特殊贡献，甚至是对希望做出特殊贡献的努力的报酬；奖励的对象不仅包括成功以后的创新者，而且应当包括那些成功以前，甚至是没有获得成功的努力者。就组织的发展而言，重要的也许不是创新的结果，而是创新的过程。如果奖励制度能促进每个成员都积极地去探索和创新，那么对组织发展有利的结果是必然会产生的。

③ 奖励制度要既能促进内部之竞争，又能保证成员间的合作。内部的竞争与合作对创新都是重要的。竞争能激发每个人的创新欲望，从而有利于创新机会的发现、创新构想的产生，而过度的竞争则会导致内部的各自为政、互相封锁；合作能综合各种不同的知识和能力，从而可以使每个创新构想都更加完善，但没有竞争的合作难以区别个人的贡献，从而会削弱个人的创新欲望。要保证竞争与合作的结合，在奖励项目的设置上，可考虑多设集体奖，少设个人奖，多设单项奖，少设综合奖；在奖金的数额上，可考虑多设小奖，少设甚至不设大奖，保证每一个人都有成功的希望，避免"只有少数人才能成功的超级明星综合征"，从而防止相互封锁和保密、破坏合作的现象。

4. 知识经济与管理创新

目前，世界经济已处在知识经济时代。知识作为一种独特而又无限的资源已经成为经济发展的核心要素。企业经济的增长已从依靠资本积累转向依赖于知识积累与更新，知识经济是以知识和信息为基础和直接驱动力的经济。

因此，知识经济的时代特征是：①知识是经济发展中最基础的资源；②高技术产业（以知识中的高科技为重要依托的产业）将成为国民经济的支柱产业；③产品和服务的知识含量将大大增加，知识经济全球化；④国家创新体系（主要包括研究机构、高等院校，以及企业的研究与开发部门）对知识经济具有支撑作用。

创新在新经济中具有特殊的重要意义，它是知识经济的核心和实质所在。在新经济时代，创新被提升到一个前所未有的高度。

知识经济体系内最重要的规律，首先是技术创新的突飞猛进。不论是网络化、信息化，还是数字化、知识化，都与技术创新息息相关。此外，它还包括企业、机构和个人的不断创新，以及生产率的迅速提高所带来的变革。在知识经济领域，任何企业如果缺乏灵活性，不尽最大的努力适应日新月异的信息技术发展，就会面临落伍和被淘汰的危险。因此，在新经济时代，要求企业在组织和管理方面进行全面的创新。唯有创新，才能生存，这是知识经济时代铁的定律。

12.3　技 术 创 新

12.3.1　技术创新的内涵

虽然技术创新的概念的提出已经有 70 多年的时间，但迄今为止还没有一个严格、统一的定义。从管理科学的角度去研究技术创新，一般倾向于采用美国国会图书馆研究部对技术创新所下的定义：技术创新是一个从新产品或新工艺设想的产生到市场应用的完整过程。它包括新设想产生、研究、开发、商业化生产到扩散等一系列的活动。

在熊彼特的创新理论中，"创新"是经济增长和发展的"主发动机"。创新导致经济增长与发展，创新的周期性决定了经济增长与发展的周期性循环。熊彼特的后继者主要从 3 个领域对技术创新进行了研究。20 世纪 60 年代，曼斯费尔德着重研究了新技术在同一部门内及不同企业之间的扩散问题；英国经济学家莱夫·特列比尔科克对新技术扩散到其他部门的问题进行了深入的研究；美国经济学家卡曼和施瓦茨以西方经济学的垄断竞争理论为依据，研究了技术创新与市场结构的关系问题；美国经济学家戴维等研究了技术创新与企业规模的关系。

技术创新是企业创新的内容之一。任何企业都是利用一定的产品来表现市场存在、进行市场竞争的；任何产品都是一定的人借助一定的生产手段，加工和组合一定种类的原材料生产出来的。不论是产品本身，还是生产这些产品的人和物资设备，或是被加工的原材料，以及加工这些原材料的工艺，都以一定的技术水平为基础。因此，技术创新的进行、技术水平的提高是企业增强市场竞争力的重要手段。

12.3.2　技术创新的源泉

创新源于企业内部和外部的一系列不同的机会。这些机会可能是企业刻意寻求的，也可能是企业无意中发现且发现后立即有意识地加以利用的。美国学者德鲁克把诱发企业创新的这些不同因素归纳成 7 种不同的创新来源：意外的成功或失败、企业内外的不协调、过程改进的需要、行业和市场结构的变化、人员结构的变化、观念的改变，以及新知识的产生等。本节根据德鲁克的研究成果逐一对诱发企业创新的这些不同源泉作简要的介绍和分析。

1. 意外的成功或失败

企业经营中经常会发生一些出乎预料的结果：企业苦苦追求基础业务的发展，并为此投入了大量的人力和物力，但结果却是这种业务令人遗憾地不断萎缩；与之相反，另一些业务单位虽未给予足够的关注，却悄无声息地迅速发展。不论是意外的成功，还是意外的失败，都有可能是向企业昭示着某种机会，企业必须对此加以仔细的分析和论证，意外的成功通常能够为企业创新提供非常丰富的机会。这些机会的利用要求企业投入的代价，以及承担的风险都相对较小。

意外的成功也许会被忽视，未曾料到的失败则不能不面对。一项计划——这可能是某种产品的技术开发，也可能是其市场开发，不论企业在其设计、论证及执行上是如何地精心和努力，最终仍然失败了，那么这种失败必然隐含着某种变化，从而实际上向企业预示了某种机会的存在。例如，产品或市场设计的失败可能是这种设计所依据的假设不能成立。这既可能表现为居民的消费需要、消费习惯及消费偏好已经改变，也可能表现为政府的政策倾向进行了调整。这种改变或调整虽然使计划的开发遭到失败，或使原先热门的产品不再畅销，但却为一种或一些新的产品提供了机会。了解了这种变化，发现了这种机会。企业便可有针对性地进行有组织的创新。

如果说意外的失败是企业不得不面对的现实的话，那么未曾料到的成功就常常被企业所忽视。因为这些意外的成功既然是"出乎意料"的，那么通常也是领导者所陌生、不熟悉的，且大多与组织追求的目标，以及多年来形成的习惯和常识相悖。例如，企业可能长期致力于某种上流产品的研发和完善，对这种产品的质量改进或设施现代化投入大量资金，而对一些顾客需要的特殊产品则仅投入相对较少的资源，但最终的结果可能是后者获得极大的成功，而前者的市场销量则长期徘徊不前。这正应了中国那句老话，叫做"有心栽花花不开，无心插柳柳成荫"。

不论是意外的成功还是意外的失败，一经出现，企业就应正视其存在，并对之进行认真的分析，努力搞清并回答这样几个问题：①究竟发生了什么变化？②为什么会发生这样的变化？③这种变化会将企业引向何方？④企业应采取何种应对策略才能充分地利用这种变化，以使之成为企业发展的机会？

2. 企业内外的不协调

根据产生原因的不同，不协调也可分为不同的类型。宏观经济或行业经济景气状况与企业经营绩效的不符可能是经常能观察到的一种现象。一方面，整个宏观经济形势很好，对行业产品的需求逐渐上升，同行业中的其他经济单位也在不断成长，相反本企业的销售额却停滞不前，市场份额因而不断萎缩。伴随着市场的扩大，企业的销售额可能在短期内不会有较大的下降，因而不协调对企业长期发展的影响不一定能被企业及时发现，但是行业发展了，而企业却止步不前，这显然是一种不正常的现象。这种不协调反映了企业在产品结构、原料利用、市场营销、成本与价格、产品特色等某个或某些经营方面存在问题。分析这些问题之所在，寻找这些问题产生的原因，便可为技术创新提供一系列的思路和机会。

假设和实际的不协调也是一种常见的类型。任何企业，实际上人也是这样，都是根据一定的假设来计划和组织其活动的。假设如果不能被实际所证实，那么企业战略投资或日常经营就可能是朝着错误的方向发展。及时发现假设与现实不符，企业就可以及时地改变或调整发展的方向。企业对消费者价值观的判断与消费者实际价值观的不一致是假设与现实不协调的典型类型，也是企业常犯的一种严重错误。

在所有不协调的类型中，消费者价值观判断与实际的不一致不仅是最为常见的，对企业的不利影响也是最为严重的。根据错误的假设来组织生产，企业的产品始终不可能真正满足消费者的需要，从而生产耗费难以得到补偿，企业的生存危机迟早会出现。相反，如果企业较早地发现整个行业的假设与实际不符，就可能给企业的技术创新和发展提供大量的机会。

3. 过程改进的需要

意外事件与不协调是从企业与外部的关系这一角度来进行分析的，过程改进的需要则与企业内部的工作（内部的生产经营过程）有关。由这种需要引发的创新是对现已存在的过程（特别是工艺过程）进行改革，去除原有的某个薄弱环节，代之以利用新知识、新技术重新设计的新工艺、新方法，以提高效率、保证质量、降低成本。由于这种创新通常存在已久，所以一旦采用，组织成员就会有一种理该如此或早该如此的感觉，因而可以迅速被组织所接受，并很快成为一种通行的标准。

4. 行业和市场结构的变化

企业是在一定的行业结构和市场结构条件下经营的。行业结构主要指行业中不同企业的相对规模和竞争力结构，以及由此决定的行业集中或分散度；市场结构主要与消费者的需求特点有关。这些结构既是行业内或市场内各参与企业的生产经营共同作用的结果，同时也制约着这些企业的活动。行业结构和市场结构一旦出现变化，企业必须迅速对此作出反应，在生产、营销及管理等方面组织创新和调整，否则就有可能影响企业在行业中的相对地位，甚至带来经营上的灾难，引发企业的生存危机。相反，如果企业及时应变，那么这种结构的变化给企业带来的将是众多的创新机会。所以，企业一旦意识到行业或市场结构发生了某种变化，就应迅速分析这种变化对企业经营业务可能产生的影响，确定企业经营应该朝什么方向调整。

因此，面对市场及行业结构的变化，关键是要迅速地组织创新的行动，至于创新努力的形式和方向则可以是多样的。

5. 人口结构的变化

与作为资源的人口相反，作为企业产品最终用户的人口，其有关因素对企业经营的影响，以及对创新的要求是难以判断和预测的。分析人口对企业创新机会的影响，不仅要考察人口的总量指标，而且要分析各种人口构成的统计资料。总量指标虽然可以在一定程度上反映人口变化的趋势，但这种数据也可能把企业的分析引入歧途。实际上，在总量相同或基本未变的人口中，年龄结构可能有着很大的差异或已经发生了重大的变化。例如，西方国家在第二次世界大战结束后普遍出现了"婴儿潮"，但不久生育率即逐渐下降，因此自20世纪50年代开始，人口总体水平波动不大。但在总量大致相当的情况下，人口的年龄构成却发生了重大变化。如在60年代，青年人数量剧增，而80年代以后中年人的数量则稳步增加，老年人的比重在此之后也大量上升。人口结构的这种变化对企业经营提供的机会或造成的压力，以及对企业创新的要求显然是有巨大差别的。因此，人口变量的研究应着重对人口年龄构成的分析，特别是对人口中比重较大的核心年龄层次的分析。

6. 观念改变

消费者观念的改变影响着不同产品的市场销路，为企业提供着不同的创新机会，以观念转变为基础的创新必须及时组织，才可能给企业带来发展和增长的机会。所谓及时，是指既不能过迟，也不能过早。滞后于竞争对手行动，即等到许多竞争企业都已利用消费观念的改变开发了某种产品后企业才采取措施，那么到企业措施产生效果、推出产品时，由于消费观念转变而新出现的市场可能早已饱和了。相反，如果消费者的观念尚未转变或刚刚开始转变，企业在敏锐地观察到这种机会后即迅速采取行动，这样固然可以领先竞争者许多，但为了促进这种消费观念的转变，从而形成市场所需的费用将不仅使企业受益，而且会使整个行业受益，换句话说，企业开发的将不仅是企业市场，而是行业市场。与稍后行动的企业相比，迅即行动的企业前期投入的各种费用可能过高，因而在成本上将处于不利地位。

因此，对事物的认知和观念决定消费者的消费态度；消费态度决定消费者的消费行为；消费行为决定一种具体产品在市场上的受欢迎程度。

7. 新知识产生

知识经济时代，从某种意义上说，是人类的任何活动都是知识利用、积累和发展的过程。把目前的时代称作知识经济时代的重要原因可能是新知识以前所未有的速度涌现。一种新知识的出现，将为企业创新提供异常丰富的机会。在创新类型中，以新知识为基础的创新是最受企业重视和欢迎的。但同时，无论在创新所需时间、失败的概率或成功的可能性预期上，还是在对企业家的挑战程度上，这种创新也是最变化莫测，难以驾驭的。

前置期较长和对相关知识的集合性要求不仅决定了企业必须在前期投入大量的资金，而且由于即便投入许多资源，新知识也可能不会出现或难以齐全，所以，以新知识为基础的创新需要承担更大的风险。

以上介绍了德鲁克理论中创新的 7 种来源。显然，创新这个词本身的含义已经表明其机会和可能性是难以穷尽的。同时还需指出，在企业实践中，创新通常是几种不同来源或影响因素共同作用的结果。

12.3.3　技术创新的要素

技术创新是机会、环境、支持系统和创新者四要素的组合。

创新者一般是指企业家。在中国现有条件下，创新者除了企业家外，还可以是科研单位负责人、政府计划管理人员等。创新者根据市场需求信息与技术进步信息，捕捉创新机会，通过把市场需求与技术可能性结合起来，产生新的思想。新的思想在适合的经营环境与创新政策的鼓励下（包括合理的价格、公平的竞争环境、对技术创新的鼓励政策等），利用可得到的资源（包括资金、科技人员）和内部的组织功能（研究与开发、试生产、设计与生产、营销）指导创新者进行技术创新。四要素是技术创新活动得以开展的必不可少的因素，而其中创新者是最重要的。

12.3.4　技术创新的过程

技术创新从总体上说是一个在市场需求和技术发展的推动下，将发明的新设想通过研究开发和生产，转变成为具有商业价值的新产品、新技术的过程。

从技术决策的角度看，技术创新可被认为是一个多阶段的决策过程。美国学者 E. 罗伯茨把这一过程分为 6 个阶段，其中每个阶段都是根据不同的管理决策问题设计的。

第一阶段，发现识别机会，或者说是弄清市场需求的阶段。成功的创新从新的思想开始。这种思想必须基于对当前社会与经济环境的正确分析，并把市场需求和技术可行性结合起来。

第二阶段，形成思想阶段。这一阶段是将市场需求和技术可行性结合在一个创造性的活动中。另外，还需要对所形成的创新思想进行评价，以决定该项技术创新是否值得继续投入资源，把创新项目推向下一阶段。

第三阶段，求解问题阶段。新思想的形成和设计概念的产生，提出了需要解决的问题，需要投入人力、物力、财力寻求解决方案。

第四阶段，解决问题阶段。如果问题是通过发明解决的，则可能获得属于发明性质的专利，若是采用别人的发明或已有技术解决了问题，那么这种技术活动称为模仿或仿造。

第五阶段，批量生产阶段。前几个阶段的成果还存在许多未解决的问题和缺点，特别是在批量生产中必须解决的问题。在这一阶段，技术创新活动主要解决批量生产的工艺技术，以及降低成本和满足市场需求等问题。

第六阶段，技术实践阶段。新技术、新产品首次得到应用并向市场扩散。并不是所有新产品都能在这一阶段中获得成功，往往只有半数的新产品能够畅销和顺利回收投资。

12.3.5　技术创新的主要表现

企业的技术创新主要表现在要素创新、要素组合方法的创新和产品组合结果创新三个方面。

1. 要素创新

企业的生产过程是一定的劳动者利用一定的劳动手段作用于劳动对象，使之改变物理、化学形式或性质的过程。参与这一过程的要素包括材料和设备两类。

① 材料创新。材料是构成产品的物质基础，材料费用在产品成本中占很大比重，材料的性能在很大程度上影响产品的质量。材料创新的内容包括：开辟新的来源，以保证企业扩大再生产的需要；开发和利用大量廉价的普通材料（或寻找普通材料的新用途），替代量少价高的稀缺材料，以降低产品的生产成本；改造材料的质量和性能，以保证和促进产品质量的提高。现代材料科学的迅速发展，为企业的原材料创新提供了广阔的前景。

② 设备创新。设备创新主要表现在下述几个方面：通过利用新的设备，减少手工劳动的比重，以提高企业生产过程的机械化和自动化的程度；通过将先进的科学技术成果用于改造和革新原有设备，延长其技术寿命，提高其效能；有计划地进行设备更新，以更先进、更经济的设备来取代陈旧的、过时的老设备，使企业建立在先进的物质技术基础上。

2. 要素组合方法创新

利用一定的方式将不同的生产要素加以组合，这是形成产品的先决条件。要素的组合包括生产工艺和生产过程的时空组织两个方面。

① 生产工艺是劳动者利用劳动手段加工劳动对象的方法，包括工艺过程、工艺配方、工艺参数等内容。工艺创新既要根据新设备的要求，改变原材料、半成品的加工方法，又要在不改变现有设备的前提下，不断研究和改进操作技术和生产方法，以求使现有设备得到更充分的利用，使现有材料得到更合理的加工。

② 生产过程的组织包括设备、工艺装备、在制品，以及劳动者在空间上的布置和时间上的组合。生产要素的空间布置不仅影响设备、工艺装备和空间的利用效率，而且影响人机配合，从而直接影响工人的劳动生产率；各生产要素在时空上的组合，不仅影响在制品、设备、工艺装备的占用数量，从而影响生产成本，而且影响产品的生产周期。因此，企业应不断地研究和采用更合理的空间布置和时间组合方式，以提高劳动生产率，缩短生产周期，从而在不增加要素投入的前提下，提高要素的利用效率。

3. 要素组合结果创新

生产过程中各种要素组合的结果是形成企业向社会提供的产品。产品是企业的生命，企业只有不断地创新产品，才能通过生产和提供产品来证明和实现其存在的价值，同时，通过销售产品来补偿生产消耗，取得盈余，进而更好地生存和发展。

产品创新包括许多内容，这里主要分析物质产品本身的创新。物质产品创新主要包括品种和结构的创新。

① 品种创新要求企业根据市场需要的变化，根据消费者偏好的转移，及时地调整企业的生产方向和生产结构，不断开发出用户欢迎的适销对路的产品。

② 产品结构的创新，是指不改变原有品种的基本性能，对现在生产的各种产品进行改进和改造，找出更加合理的产品结构，使其生产成本更低，性能更完善，使用更安全，从而更具市场竞争力。

产品创新是企业技术创新的核心内容，它既受制于技术创新的其他方面，又影响其他技术创新效果的发挥，即新的产品、产品新的结构，往往要求企业利用新的机器设备和新的工艺方法；而新设备、新工艺的运用又为产品的创新提供了更优越的物质条件。

12.3.6 技术创新的发展

企业从依靠增加劳动力、增加投资的外延型扩大再生产转化为依靠科技、依靠技术创新的内涵型扩大再生产是存在一个过程的。

熊彼特认为，人们之所以创新，是因为看到获取超额利润的机会，创新的结果又为其他企业提供了学习或模仿的榜样；其他企业的相继模仿引起大量投资，产生了经济繁荣，形成了"创新浪潮"；"创新浪潮"的出现造成了对银行信用和生产资料需求的扩大，这样就出现了经济高涨；伴随着经济周期的变化，又会出现经济衰退；但创新普遍化后，创新所能获得的超额利润也就逐渐消失，于是，人们为了追求新的超额利润，又开始新的创新。

在熊彼特的理论中，创新周期与经济周期有以下对应关系：创新开始——经济复苏；创新增长——经济繁荣；创新成熟——经济衰退；创新下降——经济萧条。

可见，技术推动的经济增长与发展的过程是通过经济周期的不断变动和更新实现的。这是一种由内在经济规律支配的必然过程。从国际范围的企业管理技术创新的发展过程来看，一般都经历以下4个阶段。

第一阶段，是以经营管理为导向的阶段。一般发生在工业化早期，生产趋于集中，生产规模日益扩大，产品供不应求。这时企业面临的任务是，如何提高生产率以满足日益增长的需求，管理的任务是如何着力于改善生产系统，如"采用流水生产线"以求高效率的规模生产。

第二阶段，是以市场营销为导向的阶段。生产集中后，由于生产的高效率和大量商品供应市场，市场需求渐趋饱和。随着市场竞争的加剧，迫使企业经营战略从生产导向转为营销导向。企业面临着如何以适销对路产品来满足用户和市场需求的问题。也就是说，企业必须从市场和用户需求出发寻求发展的机会。

第三阶段，是以技术创新为导向的阶段。在市场需求趋于饱和后，企业必须创造新的市场需求或释放潜在的市场需求，创造新的顾客和用户，开辟新的市场。这就需要企业不断进行技术创新。从20世纪70年代起，西方发达国家的企业就开始注重技术创新，由此给企业带来了新的发展和经济效益。这也是企业管理向技术创新导向转移的动力。

第四阶段，是以创造需求为导向的阶段。这一阶段，产品供过于求，市场需求已经完全饱和，这就要求企业发掘新的潜在的市场需求，随着生产的发展和技术的进步，企业间的竞争已经由传统的产品竞争转向顾客需求的竞争。顾客需求成为企业新的竞争优势。

12.3.7 技术创新战略及其选择

技术创新战略是一系列选择的综合结果。这些选择一般涉及创新的基础、创新的对象、创新的水平、创新的方式，以及创新实现的时机等多个方面。

1. 创新基础的选择

现代企业从事的大多是应用性的研究工作，以及与之相应的创新活动。日本学者森谷正规认为："20 世纪 60 年代以来，很难找到一种以完全新的原理为基础的技术。"以电子学为例，晶体管的生产是一种以全新理论为基础的创新。这种创新从根本上改变了以之为基本部件的产品的生产过程。但自此以后，"没有一个新的电子元件像晶体管一样被开发……微型计算机和超大规模集成电路只是在一个小硅片上集中了数量惊人的晶体管，却没有离开以前的技术原理"。但是，如果创新的过程始于基础性研究，则无疑将给企业的应用性开发提供异常广阔的空间。

创新基础的选择需要解决在何种层次上进行组织创新的问题。企业可以利用现有知识，对目前的生产工艺、作业方法、产品结构进行创新。但显而易见的是，理论上的创新，特别是有利于企业发展的理论的创新，不是一两次突击性的工作可以完成的，它需要企业员工，特别是企业中相关科研人员的长期默默地工作。这种工作可能成功，也可能是组织众多的研究人员进行长期艰辛的工作后却一无所获。基础性研究的上述特点决定了选择这一战略不仅具有较大的风险，而且要求企业能够提供长期的、强有力的资金及人力上的支持。

应用性研究只需企业利用现有的知识和技术去开发一种新产品或者探寻一种新工艺。与基础性研究相比，所需时间相对较短、资金要求相对较少，创新的风险也相对较小，研究成果的运用对企业生产设施调整及基础性投资的要求相对较低，当然，与之相应的对企业竞争优势的贡献程度也相对要小一些。

2. 创新对象的选择

产品与工艺的创新主要是由企业完成的，外部组织一般很难替代企业来从事这项工作。生产手段的创新则不然。由于每种机器设备的制造都需要利用企业不可能同时拥有的专门的技术、人员和其他生产条件，而且企业即使拥有这些条件，有能力生产所需的机器设备，但由于数量有限，不可能达到规模经济的要求，生产成本可能很高，因此企业一般都是从外部获取各种机器设备的。由于这个原因，生产手段的创新可以借助外部的力量来完成。但是，生产手段的创新不是孤立进行的，它既可能是产品创新或工艺创新的结果（产品结构或工艺、制造方法的变化必然要求生产手段也做相应的调整），也可能由此而引发产品或技术的创新。因此，如果由外部厂家来实现生产手段的改造，就有可能使得企业与此相关的产品创新或技术创新的过程，甚至仅仅是意图过早地为竞争者所察觉，从而难以通过创新带来竞争优势的形成或提高。在这种情况下，某些关键生产手段的技术创新的内部组织就是必然的选择了。

3. 创新水平的选择

创新水平的选择与创新基础的选择都涉及通过创新可能达到的技术先进程度，不过基础的选择可能导致整个行业的技术革命，特别是基础性研究导致的创新，可能为整个行业的生产提供一个全新的基础；而创新水平的选择则主要是在行业内相对于其他企业而言的，需要解决的主要是在组织企业内部的技术创新时，是采取一个领先于竞争对手的"先发制人"战略，还是实行"追随他人之后"、但目的仍是"超过他人"的"后发制人"战略。

"先发制人"是在行动上"先人一步"，目的是在市场竞争中"胜人一筹"。先人一步行动，率先开发出某种产品或某种新的生产工艺，采用这种战略的意图是很明显的，即在技术上领先同行业内的其他企业，以获得市场竞争中至少是在某段时期内的垄断地位。

（1）先发制人战略给企业带来的贡献

① 可给企业带来良好的声誉。先发制人可使企业树立起一种开拓者或领先者的形象和声誉。这种形象和声誉是竞争者难以效仿的。一旦某个企业在某个领域最先开发了某种技术，今后人们需要利用这种技术或购买与之相关的产品时，首先想到的将是这家企业。人们在评价这家企业时，也将主要是以技术领先者的形象去看待它。

② 可使企业占据有利的市场地位。在其他企业还未意识到之前，企业即已开发并进入了某个市场。显然，企业最先占领的市场区段也通常是最易占领的、并可给企业带来最为丰厚利润的市场区段。此外，最先进入市场的企业所采用的经营这种产品的方法有可能逐渐被整个行业所接受，并成为行业的标准。

③ 可使企业进入最有利的销售渠道。任何产品都是经由一定的销售渠道被传达到消费者手中的。这种渠道虽然可能是企业自己专门建立的，但由于建立并维持一个专有渠道需要企业投入巨额的资金，因此利用一个存在于外部的通用渠道是比较普遍的选择。这一通用渠道的容量总是一定的，其不同部位表现出不同的吸引力。率先行动者自然可以选择并占据最为有利的部位。不仅如此，率先行动者还可能利用先期进入的机会，与渠道签订排他性的合约，从而封锁后来者利用现存机构进入市场的通道，使其难以进入市场或至少会提高其进入市场的成本。

④ 可使企业获得有利的要素来源。新的产品或新的产品制造方法可能需要企业利用新的生产资源。与销售渠道的进入一样，率先行动者可以获得最有利的原材料等要素的来源，甚至可以与供应商签订排他性的要素供应协议。

⑤ 可使企业获取高额的垄断利润。率先推出某种产品可使企业至少在初期成为这种产品的垄断生产经营者，从而企业可以以远远高出成本的价格将产品销售给那些对产品感兴趣的用户。当然，如果企业不愿自己生产，它也可将生产这种产品的技术专利以高价卖给对之感兴趣的企业。

（2）先发制人战略给企业带来的负面效应

率先行动带来的并非都是鲜花，"先发"并非每次都能达"制人"的目的。率先开发某种技术或产品可能给企业带来以下几个方面的问题。

① 要求企业付出高额的市场开发费用。对市场上尚未出现过的产品，潜在用户尚未了解其功能特性，甚至不知道这种产品的存在，因此要打开销路，企业必须投入大量的市场开发费用。率先行动的性质决定了企业不可能与其他同行分摊这笔费用。独自承担巨额的市场开发费用，将使企业处于一个非常困窘的两难境地：开发失败，将给企业带来巨大的损失；

开发成功，从中获益的将不仅是企业自己，因为先行企业开发的不是自己一家的或主要不是自己的市场，而是整个行业的市场。显然，独自承担巨额的市场开发费用给企业带来的收益和风险是不对称的。

② 需求的不确定性。率先行动者虽然投入了大量的市场开发费用，但用户群能否形成，被唤醒的市场有多大容量，已表现出的需求可能朝什么方向变化，这些都是不确定的。特别是由于环境中众多因素的影响，已经表现出的需求也是经常变化的。这种不确定性使先行企业以之为基础的技术开发和市场开发活动具有更大的风险。与之相反，后期行动的企业则可以更新的、更确定的信息为基础，因而风险相对较小。

③ 技术的不确定性。这种不确定性是由两个方面的原因造成的。一方面，一种新技术，不论是关于产品的技术还是关于工艺的技术，在实际运用之初都不可能是非常完善的，只能在运用过程中逐渐成熟；另一方面，技术的变化不一定是连续性的，而可能呈现出一种跳跃性的势态，由于这种非连续性，今天还是先进的技术，明天就可能落后了。当技术相对确定、其变化沿着相对连续的路线前进时，率先行动的企业在时间上的领先便是一种优势，因为它可以不断地把从原有技术上学到的东西转移到新技术上去，从而可以始终在技术上保持领先状态。相反，不确定性和非连续性则给后来的追随者提供了机会。

由于上述原因，许多企业宁愿采用追随的战略，也不愿先人一步。当然，后发的目的也是为了先至，是为了制人，而非受制于人。实际上，由于上面列举的原因，后发者虽然在时间上、在用户心目中技术水平的形象上可能处于稍微不利的地位，但它可以分享先期行动者投入大量费用而开发出的行业市场，根据已基本稳定的需求进行投资，在率先行动者技术创新的基础上进一步完善，使之更加符合市场的要求。有鉴于此，后发制人的战略有时也不失为一种合理的选择。

4. 创新方式的选择

竞争无疑是市场经济的第一原则。正是竞争促进了社会生产率的提高，带来了整个社会资源的合理配置。在技术创新领域也是一样，竞争促使不同企业投入大量的人力和物力资源，竞相开发和采用新的技术，生产新的产品，利用新的材料和设备，以获得市场经营中的某种成本或特点优势，占有更多的市场份额，获得更多的利润。不同企业技术水平的提高最终必然会促进整个社会的技术发展。特别是与基础理论有关的技术创新研究，所从事的大部分将是重复性的劳动。这种分别进行的重复性的劳动，不仅可能由于力量分散而进展缓慢，而且必然会导致整个社会资源的浪费。相反，如果将这些创新活动在一定范围内有组织地协调进行，则不仅会带来资源的节约，而且必然会大大加快成果形成的速度，且一旦开发成功后，将在更大的范围内使更多的企业受益，因此给整个社会的技术进步带来更大的贡献。

独自开发与联合研究要求企业具备不同的条件，需要企业投入不同程度的努力，当然也会使企业不同程度地受益。独立开发，不仅要求企业拥有数量众多、实力雄厚的技术人员，而且要求企业能够调动足够数量的资金。独立开发若能获得成功，企业将可在一定时期内垄断地利用新技术来组织生产，形成某种其他企业难以模仿的竞争优势，从而获得高额的垄断利润。当然，如果开发不能获得预期的结果，企业也将独自咽下失败的苦果。联合开发，企业可以与合作伙伴集中更多的资源进行更为基础性的创新研究，并共同承担由此而引起的各种风险。开发如果失败，企业将与合作伙伴一道分担各种损失；当然，开发成功，企业不能独自利用研究成果组织产品或工艺的创新，合作伙伴也有权分享共同的成果，也有权从这种成果的利用中分享一份市场创新的利益。

不论技术创新的水平和对象如何，企业在技术创新活动的组织中都可以有两种不同的选择：利用自己的力量独自进行开发，或者与外部的生产、科研机构联合起来共同开发。影响企业在开发方式上选择的，不仅是企业自身的资源可支配状况，以及开发对象的特点要求，对市场经济条件下竞争与合作的必要性认识的不同也可能是其深层次的原因。

实际上，合作研究与开发不仅为经营范围限于国内的企业所重视，而且是许多国际企业的普遍选择。随着世界经济区域集团化的发展，随着国际市场竞争的加剧，国际企业为了增强建立全球性市场的能力、适应世界全球性公司发展的需要，在多个方面实行战略联盟。这种联盟不仅表现为有形资产投资上的合作，而且表现为无形性资产的共同投资。前者如联合兴建新的企业，或相互在对方企业持有一定股份；后者则主要跟研究与开发合作或技术转让有关。研究与开发上的合作主要指联盟各方将其资金、技术设备及各种优势结合起来共同使用，以开发新的产品或生产技术，并在此基础上共同开发国际市场。技术转让则主要指与合作开发相关的联盟内企业间技术资料的相互交换，以共享某些技术开发的成果。

12.4　制度创新

企业的制度创新是搞好企业各种管理的基础，是企业管理创新的前提。建立现代企业制度本身就是制度创新的基本内容。企业制度主要包括产权制度、经营制度和管理运作制度等3个方面的内容。但至今还有一系列具体制度需要在创新中建立和完善，这里的关键是要建立和完善与现代企业制度、企业发展相适应的企业内部领导体制、管理体制（如母子公司管理问题）、经营机制等，而其中最重要的是企业约束激励机制的建立和创新。

12.4.1　制度与制度创新

1. 制度创新研究

制度，也称为制度安排，是组织运行方式的原则规定。它不仅随经济发展而发生变化，而且是经济发展的重要条件。制度是决定企业发展的重要因素之一。

所谓制度创新，是指出现新的制度安排，即制度变迁，也就是制度安排的创新，或是制度安排的变更与替代。

虽然熊彼特的创新理论在着重阐述"技术创新"的同时，也提出了"实现任何一种工业的新的组织"这一创新内容，但他并未就这一问题进行专门论述。

率先在制度创新领域进行了实质性开拓的是美国经济学家诺斯和戴维斯。他们在经济史学的研究中引入了凯恩斯主义宏观经济学的方法对经济增长因素重新核算，得出与通行的技术创新推动经济增长不同的答案，认为对经济增长起决定性作用的是制度性因素而非技术性因素。他们对制度环境、制度安排和制度装置等给出了明确定义。制度环境是一系列用来建立生产、交换和分配基础的基本的政治、社会和法律基础规则。直接选举、产权和合约权利的规则是构成经济环境的基本规则类型的例子。制度安排，或称一项制度安排，是支配经济单位之间可能合作与竞争方式的一种安排。

影响制度需求的因素大致可归纳为4个主要方面，即经济因素、安全因素、有限理性因素和偏好与观念因素。价值观念和意识形态也是对制度需求产生重要影响的因素，价值观念可能诱发保护自身观念的制度安排，因此不同的价值观念或意识形态会提出不同的制度需求。

制度装置是行动团体利用的文件和手段。当这些装置被应用于新制度安排时，行动团体就利用它们来获取外在于现有安排结构的收入。这些定义对于分析研究制度供给、均衡与非均衡、制度创新与变迁和现代企业制度的理论基础，无疑是重要的。

新古典学派的市场经济理论以价格制度为中心，产权学派的奠基人克斯对此提出异议。他认为，在市场经济中，除了价格制度外，政府的法律制度、企业的组织制度，以及社会文化制度等属于生产的制度结构的东西，对市场经济的运作具有十分重要的意义，而生产的制度结构的核心则是界定和保障产权。

产权经济学认为，企业是作为市场的替代出现的。实际上，市场不能提供制度，而只有组织才能提供制度。这种组织出现于市场的两极，是微观经济活动初级行动组织的典型代表，而政府则是宏观经济活动次级行动组织的体现。因此，政府、企业能够成为市场替代的原因，是由于政府、企业可以提供制度，从而节约了交易费用。政府、企业制定制度的过程即制度供给过程受到组织结构、制度供给者偏好等因素的影响。制度供给的效率受到三个方面因素的影响，即制度供给者和制度收益者的关系、制度供给者的权力来源和制度供给者的规模。

现代产权理论的一个重要应用领域是对企业制度的分析。但是，产权只是影响人的行为决定、资源配置和经济绩效的各层次制度变量中的一个。要从更广泛的角度考察经济发展和企业发展，以及企业制度创新的机理，就必须研究制度的作用、制度创新的动因、制度创新的一般过程，以及制度变迁的路径与绩效等一系列问题。

2. 制度的均衡与非均衡

由于人们的偏好、技术、资本存量、产品、市场的变动是永恒的，所以不存在一成不变的制度最优状态。然而，制度的不稳定并不能证明制度效率的改进不再重要，相反，它要求人们在动态中不断追求制度最优，而这一点只能通过积极的制度创新才能达到。从这个意义上讲，可以将制度创新理解为制度从均衡到非均衡再到均衡的动态过程。

制度均衡是指在交易技术结构既定的条件下，在可供选择的制度范围内，实际选择的制度能够实现制度收益最大化。当上述条件中的任何一个不能成立，制度均衡状态便要被打破。

具体地说，导致制度非均衡的主要原因有以下3个方面。①制度的初始选择不是最优的。在可供选择的制度形式中，仍有比现有制度效率更高的制度形式。②从前未曾进入选择范围的更有效率的制度形式的出现。这种新制度的来源既可能是系统内部的发明，也可能由系统外部输入。③原有交易技术结构的改变。新技术和工艺的采用、市场范围的扩大、人口和资本存量的增加，以及自然资源状况的变化都可能导致交易技术结构的改变。

3. 制度创新过程

一般而言，制度创新的过程可以分为以下5个环节。

①形成"第一行动集团"。所谓"第一行动集团"是指能够预见潜在利益，并认识到只有进行制度创新才能得到这种潜在利益的决策者。它对制度变迁起主要作用。②"第一行动集团"提出制度创新方案。如果还没有可行的现行方案，就需要等待制度方面的新发明。

③在有了若干可供选择的制度创新方案之后，"第一行动集团"按照最大利益原则进行比较和选择。④形成"第二行动集团"，即形成在制度创新过程中帮助"第一行动集团"获得利益的组织，它能促使"第一行动集团"的制度创新方案得以实现。⑤"第一行动集团"和"第二行动集团"共同努力，实现制度创新。

12.4.2　工业社会的企业制度结构特征及成因

货币使资本具有流动性的特点。而与此同时，工业生产中劳动分工不断发展导致工人的操作范围更加狭窄，作业技能更趋专门化，从而流动更加困难，使资本相对于工人的地位进一步得到确认。在这种背景的企业中，"知识"，特别是"管理知识"虽已开始占据一席之地，但主要是作为资本的附属而存在的。

企业是通过规范作为类群的参与者在企业活动中实现权利关系的制度，来引导和整合这些成员的行为的。通过企业经营活动权力的分配，企业制度规范了参与者间的权力关系，从而影响这些参与者在企业决策制定与执行中的行为表现；通过决定经营成果的分配，企业制度规范了参与者间的利益关系，从而影响不同参与者在企业成果形成中的行为特点。权力关系及其相对地位的确定，使得参与者在不同模式的企业制度下有着不同的行为规律，从而使他们的行为具有一定程度的可预测性。这种可预测性使企业对参与者行为的引导和整合成为可能。

12.4.3　组织制度概述

1. 组织结构

组织结构是组织内部分工协作的基本形式，是影响企业效能的一个重要因素。传统的组织形式，一般是根据物流程序设计的。专业分工和职能部门是物流的基础和程序。在传统的金字塔式的分工协作关系中，分工越细、越专业化，企业协调监督就越复杂，导致了管理环节增多、管理成本增高、企业效率降低、官僚主义突出的问题。在信息化的知识经济时代，这种管理组织结构与信息开放性和企业快速应变的要求不相适应。面对多变的外部环境，企业组织结构重新设计的关键在于如何提高企业的柔性。现代企业组织结构的变革主要呈现以下趋势。

（1）组织扁平化

传统的组织层次繁多，缺乏柔性，导致了决策速度大大降低，因此通过减少垂直层、扩大水平层，使组织结构精简，趋于扁平化，促进信息的传递与沟通。这样有利于提高组织的决策速度和对市场变化的反应能力。

现代信息技术的飞速发展为企业组织扁平化提供了物质基础和方法手段。许多企业由于管理信息系统、计算机网络、共享数据库资源和专家系统等的普遍建立，通过改善组织信息的生产、传播、接收和利用等环节，使企业组织即使缺少完备的、一层管一层的"金字塔"管理结构，仍然可以正常有效地运行并对外界变化作出有效反应。组织结构扁平化，更能发挥员工的主动性和创造性，更能激励员工不断学习，更有利于给组织带来灵活性和适应性。

（2）组织网络化（虚拟企业）

单个企业往往没有充足的时间和经济实力独自介入产品生命周期的所有阶段，网络结构将成为未来企业的组织形式。按网络形式组织的工作流程，构成一个以具有固定链接的业务关系网络为基础的联合体。这种联合，既存在于客户和供应商之间，也存在于多个合作企业之间或者是单个企业组织内部。如空间上为分散的团队等形式。

网络型的企业组织结构有以下两个优势。

① 能更有效地实现知识的交流和才能的发挥，使企业可以把由上下管理层之间实行命令和控制转向于以知识型专家为主的信息型组织。

② 能够确保总公司战略的实施，精简了机构，减少了管理层数量，提高了公司运作的灵活性，体现了组织结构的弹性化，而且还能最大限度地激发各个子公司的积极性和能动性，从而充分体现"分散经营、集中调控"的管理原则。

（3）组织边界模糊化

信息网络的应用为企业在更大范围的合作提供了可能性，企业的经营活动打破时间和空间的限制，出现了新型的企业组织形式——虚拟企业。虚拟企业是一些独立的厂商、企业的虚拟化，可使一个企业的某一种要素或某几种要素与其他企业系统中某一种或某几种要素相结合，形成新的生产力，企业的传统边界出现模糊。顾客甚至同行的竞争对手，通过信息技术联结成临时网络组织，以达到共享技术、分摊费用，以及满足市场需求的目的。

2．制度模式

在知识经济时代，知识逐步成为企业创造价值的核心要素。企业的制度模式从以资本为中心转向以知识为中心。企业的成长及其效率、效益的提高，在一定意义上并不取决于劳动力和货币资本的投入数量，而是取决于人才和知识（科学技术知识和管理知识）要素的作用。知识作为一种投入与资本的投入一样重要，而且知识投入的地位与作用将逐渐超过资本的投入。知识经济时代稀缺的资源不是金钱，而是人才和知识。在生产要素市场上，与获取货币资本相比，获取具有先进科技知识和先进经营管理知识的人才越来越困难，人才越来越成为构成企业竞争优势的重要资源。

在这种背景下企业制度也会发生变革。企业制度从以资本为中心、资本雇佣劳动、股东占有企业的传统模式将逐渐转变为以知识为中心、知识统率资本、股东和职工共同拥有企业的模式。这是一种企业根本制度变革的新趋势，其创新价值具有革命性意义。舒尔茨在《人力资本投资》一书中指出："劳动者成为资本拥有者不是由于公司股票的所有权扩散到民间，而是由于劳动者掌握了具有经济价值的知识和技能。"这种知识和技能在很大程度上是投资的结果，它们和其他人力投资结合在一起是造成技术先进国家生产优势的重要原因。

12.4.4　企业制度的内容

企业制度是组织运行方式的原则规定，主要包括以下 3 个方面的内容。

① 产权制度规定着企业最重要的生产要素的所有者对企业的权力、利益和责任，是决定企业其他制度的根本性制度。因此，产权制度主要指企业生产资料的所有制。企业产权制度的创新也许应朝向寻求生产资料的社会成员"个人所有"与"共同所有"的最适度组合的方向发展。

② 经营制度表明企业的经营方式，确定谁是经营者，谁来组织企业生产资料的占有权、使用权和处置权的行使，谁来确定企业的生产方向、生产内容、生产形式，是有关经营权的归属及其行使条件、范围、限制等方面的原则和规定。经营制度的创新方向应是不断寻求企业生产资料最有效利用的方式。

③ 管理运作制度是行使经营权、组织企业日常经营的各种具体规则的总称，包括对材料、设备、人员及资金等各种要素的取得和使用的规定。在管理制度的众多内容中，分配制度涉及如何正确地衡量成员对组织的贡献，并在此基础上如何提供足以维持这种贡献的报酬。由于劳动者是企业诸要素的利用效率的决定性因素，因此，提供合理的报酬以激发劳动者的工作热情，对企业的经营就有着非常重要的意义。分配制度的创新在于不断地追求和实现报酬与贡献的更高层次上的平衡。

产权制度、经营制度和管理制度，这3者之间的关系是错综复杂的（实践中相邻的两种制度之间的划分甚至很难界定）。一般来说，一定的产权制度决定相应的经营制度，但是，在产权制度不变的情况下，企业具体的经营方式可以不断地进行调整；同样，在经营制度不变时，具体的管理规则和方法也可以不断改进；而当管理制度的改进发展到一定程度，则会要求经营制度作出相应的调整；经营制度的不断调整，必然会引起产权制度的革命。因此，管理制度的变化会反作用于经营制度，经营制度的变化也会反作用于产权制度。

12.4.5 企业制度及其分类

1. 企业制度及其功能

企业是通过生产和销售产品来表现其社会存在的。为了向社会提供产品，企业必须在一定时空下集中一定数量的生产资源，并利用一定方式对这些资源进行加工、组合和转换。这样，企业的经营过程便表现为资源筹措、加工转换和产品销售的不断循环。

企业是在以下条件下进行循环的：第一，企业能够投入到经营活动中的资源是有限的，对企业来说，这种有限性是双重的；第二，企业经营的直接目的不是为了取得产品的使用价值，而是为了实现其价值；第三，企业是人的集合体，企业经营依赖于不同参与者在不同的环节和方面提供不同的贡献。

在上述条件的约束下，企业欲求其经营有效，必须解决以下3个基本问题：①选择正确的经营方向、内容和规模，使企业产品符合社会需要，以保证产品价值的实现；②充分利用能够筹集到的各种资源，使有限的投入获得尽可能多的有效产出；③引导参与者的行为选择，诱发他们提供企业所需的贡献，形成实现企业目标所需的合力。

促进这些问题的有效解决，是企业制度的基本功能。具体地说，企业制度在为经营活动的组织提供基本规则和框架时，表现出3种基本功能：导向功能、激励功能和协调功能。导向功能是指企业制度指导企业经营方向的选择、引导稀缺资源的配置和使用的功能；激励功能是指企业制度诱导各类参与者提供符合企业要求的贡献的功能；协调功能则是指通过制度安排，使各类参与者在企业经营的不同时空朝着共同的方向努力，使他们提供的不同贡献形成有利于实现企业目标的合力的功能。

企业制度是通过经营权力和利益的分配来实现上述功能的。

① 通过经营权力的分配，企业制度决定了不同参与者在企业活动组织中的相对地位，也影响着企业经营的方向、内容和规模的选择，协调不同参与者的贡献。

② 通过利益分配，企业制度决定了不同参与者在企业活动中的利益实现方式，从而以不同形式诱发这些参与者的行为选择，影响他们的努力程度。

根据企业制度的基本功能及其实现方式，可以把企业制度定义为：规定或调节企业内部不同参与者之间权力关系和利益关系的基本原则或标准的总和。这些原则或标准，以及由此决定的不同参与者的权利关系，影响着企业的经营绩效，从而在一定程度上促进或阻滞企业的生存与发展。

2. 企业制度分类的线索

根据前面的定义，企业制度是调节企业中不同参与者相互关系的原则和标准的总和。因此，要分析不同企业制度的特点，首先需要确定这些参与者可以分成哪些类群，以及各类群参与者之间的相互关系可以分成哪些类型。

（1）企业制度分类的参与者因素

企业生产经营活动是不同要素的组合过程，企业中不同参与者正是通过提供不同要素参与企业活动的。这些要素在企业生存与发展过程中的作用是不同的，我们把企业经营中不可或缺的要素称为"元要素"。这类要素具有以下两个基本特征。

第一，它是企业经营所必需的最基本的要素，离开了这种要素或这种要素供应者的服务，企业活动便无法进行。

第二，利用这种要素，人们可以很方便地取得组织企业经营所需的其他要素，或者可以很方便地取得能够换回其他要素的手段。

根据这两个基本标准，可以认为，在企业存在的不同时期，或在不同社会背景下的企业中，劳动、资本及组织企业经营所需的有关知识可能分别或同时具有元要素的性质。劳动与劳动者，资本与资本供应者，知识与经营者。

经营者服务及其贡献的特殊性使他们有可能作为一种独立的参与者类群从广义的"劳动者"中分离出来。因此，把知识作为一种独立的经营要素加以分析时，主要指的是作为经营者服务于企业的基础的经营管理知识。这些专门知识的利用给企业带来的利润实现或经营状况改善的前景，使得经营者可以很方便地动员和利用集合其他生产条件所需的货币资本。因此，经营知识与经营者符合我们前面提到的"元要素"及其供应者的特征要求。

企业活动所需利用的知识可以分成 3 种类型：作业知识、技术知识和经营管理知识。作业知识是关于如何具体地操作生产手段、加工劳动对象的知识；技术知识是跟作业方法、制造工艺、生产程序，以及产品功能与结构等方面的设计和改进有关的知识；经营管理知识则是把上述两种知识，或者更准确地说是把具有上述两种知识的人提供的服务组织起来用于实现有益目标（如改善效率、提高产出、降低成本等）所需的知识类型。从某种意义上来说，经营者的服务是工程技术人员和体力劳动者能够服务企业的条件。

（2）企业制度分类的关系要素

企业经营过程是不同参与者相互作用的过程。在这个过程中，不同参与者结成各种关系，这些关系主要包括权力与利益关系，它们是企业制度调节的主要对象。权力关系反映了不同参与者在企业经营过程中的相对地位，利益关系则决定不同参与者在这个过程中利益实现的方式。

① 权力关系。任何参与企业活动的人无不处在一定的权力关系中，被这种关系所包围。

通常认为权力来源可分成以下几类：具有某种为组织集体活动所需的知识和技术；在组织的过去活动中，取得过明显的成功，表现出丰富的经验和能力；办事公正，待人诚恳，表现出被普遍赞誉的个人品质；在组织中所担任的职位提供了某种奖励或惩罚他人的可能性。

② 利益关系。企业活动的进行及其目标的达到有赖于不同参与者的共同贡献。这些参与者之所以愿意加入企业，提供企业所需的服务，是因为他们期望通过企业活动的进行，实

现自己的利益。正如马克思所指出的："人们奋斗所争取的一切都同他们的利益有关。"正是这种利益追求，使得不同的要素供应者聚集在一起。因此，提供足够的诱因，充分满足不同参与者的利益要求，是争取他们提供并持续提供必要贡献，从而保证企业经营过程不断循环的必要条件。

利益实现是活动动机满足的经济学表述。经济利益的实现通常是人们参与企业活动的基本动机。不同参与者在这个活动过程中所结成的利益关系首先表现为经济利益关系。

既相互区别、矛盾又相互依存的各参与者利益是通过占有企业经营成员或参与成果的分配来实现的。不同企业制度的区别，不在于不同参与者具有相互独立的利益追求，而在于相互独立的经济利益具有不同的实现方式。

一般来说，不同企业制度下各类参与者的利益实现方式主要有以下 3 种。

● 作为生产经营中的预付成本，在企业最终成果形成以前实现；

● 通过占有企业的最终经营成果，即通过占有销售收入扣除各种成本耗费后的剩余，在一定时期的经营活动结束以后实现；

● 前两种实现方式的结合，即部分经济利益在经营过程中通过企业以支付成本的形式实现，另一部分经济利益则在这个过程结束后通过分享最终成果而获得。

利益实现方式的不同决定了不同参与者对企业经营关心的焦点，以及在经营过程中表现出的行为倾向的相互区别。在经营过程中，只以预付成本形式实现利益的参与者，对经营成果无权染指，因而对成果的改善可能感到没有关注的必要，认为只要执行上司的指令，按照预定的要求操作，完成指定的作业任务，就已经尽责尽力了；而有权占有或分享最终成果的参与者，则可能对影响成果形成的整个过程表现出高度的关心，不仅会从经济利益的角度更多地去考虑经营的方向、内容与规模的选择，提供合理使用和配置资源的各种建议，而且会设法降低包括某些要素参与者收入在内的生产过程中的各种耗费，以扩大和改善可供占有和分享的经营成果及其规模。

③ 权力关系与利益关系的"逻辑"一致性。作为不同参与者类群之间相互关系的两个主要方面，企业制度所调节的权力关系和利益关系是相互联系、相互映照的。但从另一个角度来分析，利益实现方式的不同，实际上也是权力关系中相对地位不同的结果。由于企业活动的效率，从而最终经营成果的形成和改善不仅取决于各参与者提供的具体服务，而且首先取决于这些服务的组合方式及其作用方向。因此有权力行使决策的参与者必须承担方向选择失误、方式选择不当而导致的效率低下的风险，同样也应当有权力占有或分享由于权力的正确使用而带来的效率提高的成果。

综上所述，不同参与者类群在企业经营中的相对权力地位和相对利益地位是相互关联、相互映照的，或者说，不同企业制度调节参与者权力及利益关系的原则或标准是一致的。我们把这种原则或标准称作企业制度的基本"逻辑"，并将其作为制度模式分类的主要依据。

3. 企业制度的不同类型

不同企业制度的区别主要表现为不同参与者类群在企业经营中相互间权利关系特点的差异。在权力关系上，这种区别主要表现为各类参与者在企业生活经营活动中的相对权力地位的不同；在利益关系上，这种区别主要与各类参与者的利益实现方式有关。

从理论上来说，不同参与者在权力关系与利益关系上的相对地位有两种基本情况，即平等的权利关系与不平等的权利关系。在平等的权利关系中，不同类群的参与者作为企业的共同主体，共同地直接或间接地行使决定企业经营方向、组织企业经营过程的权力，共同地分享由于活动的进行而带来的经营成果，并承担经营风险；在不平等的权、利关系中，只有一种参与者类群被视为企业的主体，行使企业活动方向的选择和过程组织的权力，支配其他要素的使用，决定企业的利益分配，占有经营活动的最终成果。显然，参与企业活动的每一类要素供应者在理论上都有可能成为不平等的权力和利益关系中的支配者。因此，企业制度的模式至少可以有以下 4 种类型。

(1) 资本逻辑的企业制度

在资本逻辑的企业制度中，权力派生于资本的供应，利益归属于资本所有者。资本的供应是行使权力、占有成果的唯一依据。作为权力主体，资本所有者既可以直接行使企业活动方向选择和过程组织的所有权力，也可以根据自己的需要和意志，选择符合一定要求的经营者，委托他们代理行使部分甚至全部权力；作为利益主体，资本所有者完全占有销售收入扣除包括其他要素报酬的各种生产耗费后的剩余，并根据自己的意志决定这种剩余的分配。劳动者被资本所有者所雇佣，直接被后者或其代理所支配，其工资报酬在企业最终成果形成以前作为成本而支付，因而基本固定。提供专门经营管理服务的经营者在这种制度中具有双重身份：一方面，他们受雇于资本所有者，因而要接受其支配；另一方面，作为资本所有者的代理，要根据资本所有者的委托对劳动者的服务进行指挥。经营者虽然有时也可能根据资本所有者的恩赐分得一定比例的经营成果，但他们所得报酬的主要方面是领取水平虽然可能很高，但仍是相对固定的工资，因此，其利益实现方式在本质上与劳动者相同，具有成本费用的性质。

(2) 劳动逻辑的企业制度

"权力派生于劳动，利益归属于劳动者"，是这种企业制度的基本特征。作为权力的主体，劳动者直接或者间接地通过选举代表平等地行使企业经营方向和规模的选择等战略决策权力，而把与经营过程组织有关的日常经营权力交给经过一定程序选聘的具有一定专门知识和技能的人来行使；作为企业的利益主体，不同劳动者共同决定如何根据他们的劳动贡献公平地分配企业经营收入扣除物质耗费后的剩余。因此资本供应者的利益实现与企业经营成果的高低没有任何直接联系，他们对影响这个成果形成的各种权力的运用也就无权过问。

因此这两种参与者类群之间的权力关系是非常微妙的：在决策权力系统中，经营者必须服从劳动者集体的意志和决定；而在执行权力系统中，作为生产要素的劳动者个人则须接受经营者的具体指挥。

(3) 知识逻辑的企业制度

在企业制度的这种理论模式中，权力派生于知识，经营成果的分配服从经营者的意志"是这种企业制度的基本特征。资本与劳动的供给只是拥有专门知识，提供专门服务的经营者在组织企业生产经营活动中需要借助的手段"。经营者因为拥有专门知识而实际掌握和行使着组织企业活动所需的各种权力：不仅实际控制着投入这个过程中的各种要素的运用，而且实际决定着这些要素的组合方式和服务方向；不仅同时成为企业两大权利系统的实际支配者，而且实际控制着在各种要素服务的共同作用下形成的最终经营成果的分配，决定着如何将其用于组织发展，以实现其权利范围和规模的扩张。

（4）综合逻辑的企业制度

综合逻辑的企业制度是各参与者类群在权力和利益关系中均处于相互平等地位的企业制度。"权力共使、利益分享、风险同担"是这种企业制度的基本原则。企业经营过程的进行、经营目标的达到必须借助的各类要素贡献相互作用、相互依存的性质，为这些参与者公平地分享经营成果提供了客观的依据。因而，他们都可能对影响成果水平的活动方向的选择或组织手段的运用表现出极大关注，并将把这种关注表现为参与决策过程中权力的积极利用。

12.4.6 运行制度创新

组织理论认为，企业系统的正常运行，既要有合理的组织形式，又要具有与之相应的符合企业及其环境特点的运行制度。因此，组织机构的运行制度创新既包括组织结构创新，又包括运行制度创新。组织结构设计在其他章节已经有所阐述，因此，这里不再赘述。企业系统是由不同的成员担任的不同职务和职位的集合。包括组织结构和组织机构两个层次。组织创新的目的在于更合理地组织管理人员的努力，提高管理活动的效率。

12.4.7 知识经济条件下的企业制度创新

企业制度结构的特征正在受到知识经济的挑战。知识在现代企业经营中相对作用的加强使得权力的行使和对成果分配的控制正在逐渐变成知识工作者的"专利"。在现代社会中，有人也许会这样理解，工业社会也是知识社会，工业社会的经济活动是与工业生产有关的知识的开发和利用的过程。实际上，任何人类经济活动，甚至在一般意义上的任何人类社会活动的运行都是知识的发现与利用、积累与创新的过程。因此，知识社会不是突然而至，而是逐渐演变而来的。知识经济是在工业经济，甚至是在前工业经济中就已经开始孕育，是从工业经济中脱胎而来的。

工业社会是以操作知识的发展为基础的，工业社会的发展又不断促进着操作知识的进步。生产工具的改进导致了工业革命的产生，机器的发明和普遍运用促进了工厂制度的发展。工艺的更加先进和机器的普遍使用使得工业生产渐趋复杂，从而促进了劳动分工的不断细化。细致的劳动分工在促进劳动生产率提高的同时，使得每一个分工劳动者的操作技能和相关专业知识更加狭窄，更加专门化，从而使得工业生产中的每一个人的劳动高度相互依赖。这种相互依赖性使得对不同人在企业中分工劳动的协调变得至关重要。知识在生产中的普遍运用，单个劳动者操作技能的高度专门化，使得工业生产率的提高不仅取决于个人的操作技能和作业的熟练程度，而且更取决于对不同人的劳动的分工协调。正如美国经济学家哈耶克所分析的，分工使人们只知道与自己工作有关的那部分知识。没有人有能力获得这些知识的全部。在分工生产的条件下，"我们必须使用的背景知识不是以集中和整合的形式存在，而是以不完全的，经常是相互矛盾的知识片断分散地为分开的个人所占有"。因此，工业经济愈发展，分工劳动愈细致，劳动者的知识愈专门化，与协调不同劳动者的分工劳动有关的知识就愈加重要。这种重要性不仅是相对于其他知识，如操作知识而言的，而且是相对于其他生产要素而言的。正如德鲁克所指出的，知识，特别是有关协调的知识，正变为"关键的经济资源"，甚至是"今天唯一重要的资源"，"传统的生产要素——土地即自然资源、劳动和资本没有消失，但它们已变成第二位的。假如有知识，人们便可很容易地得到传统的生产要素"。

　　人们在企业中的活动可以分为两类：一类是人作用于物的活动，如劳动者利用一定劳动工具借助一定方法对劳动对象进行加工转换，生产出符合要求的某种产品的劳动；另一类是一些人作用于另一些人的劳动，主要指管埋人员对作用于物的劳动者的工作安排及工作中的指挥与协调。人们作用于物的劳动主要需要与操作有关的知识（包括在上面所讲的作业知识与技术知识），而作用于其他人的劳动则主要需要与协调有关的知识。知识因此而可以分为两种类型，即有关操作的知识与有关协调的知识。

　　实际上，分工劳动在工业社会的发展不仅加剧了普通劳动知识和技能的专门化与狭窄化，而且决定了协调分工劳动所需的专门知识的供应的相对稀缺性。这种相对稀缺性进一步加强了协调知识拥有者的相对地位。在生产过程相对简单，从而要求工人所具有的操作技能也相对简单的情况下，只需对这些操作技能有一定了解便可完成协调的任务。所以在工业社会初期，协调工作是由资本所有者承担的。随着工业经济的发展和工业生产过程的复杂化，资本所有者难以拥有这样的知识，只能委托拥有相关知识的经营管理人员去协调。后者在协调实践中，地位不断得到加强。所以，今天组织企业活动的协调知识是由企业经营管理人员所拥有的。管理人员的职能就是运用协调知识去组织和管理企业成员的分工劳动。管理人员通过其协调劳动不仅决定着自己所拥有的协调知识的运用效率，而且决定着作为其协调对象的企业生产者的知识利用效果。所以，"经理是对知识的应用和知识的绩效负责的人"。

　　因此，在从工业社会蜕变而来的知识社会中，知识正变为最重要的资源，企业内部的权利关系正朝向知识拥有者的方向变化，企业的制度结构正从"资本的逻辑"转向我们所称的"知识逻辑。"权力派生于知识特别是协调知识的供应，利益由知识的拥有者所控制，正逐渐成为后工业社会或知识社会的基本特征。

本 章 小 结

　　企业是人的集合体，知识的形成、积累、创新的速度影响着企业生产过程的组织方式，决定着企业参与者在这个过程的相互关系。信息技术的广泛应用加速了知识的飞速发展，从而引导着企业进行创新。因此，进行组织创新是企业飞速发展的重要途径，这有利于企业技术水平的提高，有利于增强企业在市场上的竞争力，从而使企业在市场中处于主动地位。

第四篇

管理应用篇

◇ 第 *13* 章

人力资源管理

教学目标： 学习本章的内容以后，能够掌握人力资源管理理论的基本框架结构，熟悉各部分的含义，尝试运用相应的原理与方法分析解决管理实践中的问题。

教学要求： 理解人力资源管理在组织活动中的重要作用，明确各部分之间的联系，对人力资源管理的影响因素有一定的认识和了解。

13.1 人力资源规划

随着管理理论与实践的不断发展，人力资源管理越来越受到重视。在现代市场经济条件下，企业外部的竞争环境日益激烈，传统的产品竞争、市场竞争已经广为人知，人才的竞争逐渐占据了主导地位。人才流动、就业等问题的出现，使人力资源的管理不断得以丰富。企业内部的管理氛围日渐复杂，对人力资源的管理提出了更高的标准和要求。在实际管理中，企业在同样投入原材料、资本品等生产要素的条件下，重视人力资源配置效率的企业，却走得更远。特别是能够针对企业内外环境的变动调整人力资源的管理尤其重要。

《孙子兵法·虚实篇》中讲到，"策之而知得失之计，作之而知动静之理，形之而知死生之地，角之而知有余不足之处。"人力资源规划就是要预测企业人力资源的变动，并主动应对以满足企业的需要。

13.1.1 含义

广义的人力资源规划是指企业从自身发展战略出发，根据内部和外部环境的变化，预测企业未来对人力资源的需求，并为满足这些需求提供人力资源活动的过程。狭义的人力资源规划是企业对某个时期内的人员供给和人员需求进行预测，并使之平衡的过程，其实质就是企业对各类人员的规划与补充。

人力资源规划的目标就是确保企业各岗位在适当的时机获得适当的人员，实现人力资源最佳配置，并最大限度地开发、利用人力资源。人力资源规划以科学地预测人力资源供求，规划企业人力资源管理的各项活动为主要任务，在现代企业管理中具有重要的地位。

13.1.2　地位与作用

1. 人力资源规划的地位

（1）人力资源规划与企业规划的关系

人力资源规划是企业规划的重要组成部分。企业规划是由一些相对独立的业务规划组合而成的企业整体发展规划，是企业整体发展规划的战略总纲。而人力资源规划是企业规划的一个组成部分，它必须以企业规划为前提，并最终为企业规划服务。企业规划是人力资源规划的依据，指导人力资源系统的发展和运行方向，指导人力资源具体管理业务的运行方向和资源的有效配置。企业规划的制定必须充分考虑到人力资源因素的影响和制约。企业规划是对未来的一种规划，如果企业人力资源预测结果表明，企业规划无法满足企业发展对人力资源的需求，则需要对企业规划作重新调整。

（2）人力资源规划在人力资源管理中的地位

人力资源规划是人力资源管理各项活动的起点和依据，直接影响着企业人力资源管理的效果。人力资源规划对人力资源管理各项活动，如人员招聘、培训、考核、薪酬等，都制定了具体而详尽的计划，这充分显示了人力资源规划对人力资源管理活动影响的程度。

2. 人力资源规划的作用

（1）人力资源规划有助于企业发展战略的制定

企业制定发展战略必须将企业人力资源状况作为一个重要的变量加以考虑。反之，做好人力资源规划也有利于企业发展战略的制定，使其更加科学、合理。

（2）人力资源规划为人力资源管理活动提供指导

人力资源规划是企业人力资源管理活动的纽带，人员调动、升降、教育与培训、人员余缺调剂、控制和降低人工成本等人力资源活动都需要人力资源规划提供必要的行动信息和依据，从而提高活动效果。

13.1.3　内容与种类

1. 人力资源规划的内容

一般来说，人力资源规划的内容包括总体规划和各项业务计划。总体规划是人力资源的战略规划，是制定企业一定时期内的总目标并为实现这些目标所必须采取的行动过程，包括明确宗旨、建立目标、评价优势和劣势、确定结构、制定战略和制订方案等。在总体规划中，最主要的内容是得出人力资源供给和需求的比较结果。人力资源各项业务计划是为了达到企业的总体目标而制定的战术计划，是对总体规划的具体分解，包括组织规划、人力补充计划、使用配置计划、接替与提升计划、教育培训计划等。

2. 人力资源规划的种类

根据不同的划分标准和目的，人力资源规划可以有不同的划分方法。

（1）按规划的时间，可划分为：短期规划、中期规划和长期规划

短期规划一般是对一年以内的人力资源进行规划；中期规划的时间为 3～5 年；长期规划的期限是 5～10 年或 10 年以上。

（2）按规划的范围，可划分为：企业人力资源规划和部门人力资源规划

企业人力资源规划涵盖了整个人力资源管理，包括人员的招聘、培训、考核、激励等活动。这几项活动既有联系，又彼此制约，所以要把它们作为整体来规划。部门人力资源规划是指各部门制定的职能规划，其内容更有针对性，例如，技术部门的人员补充计划和销售部门的培训计划。

（3）按规划的层次，可划分为：战略性人力资源规划和战术性人力资源规划

战略性人力资源规划涉及企业未来人力资源供给和需求状况，人力资源的层级结构，以及相应的策略。战术性人力资源规划是战略规划的具体化，要求对企业经济的发展准确地把握，制定的规划也较为详细。

13.1.4　制定规划的流程和步骤

人力资源规划的流程涉及 3 个方面：分析组织的人力资源现状；估计组织所需的人力资源；制订相应的方案。具体可分为 5 个步骤。

（1）研究组织经营的外部环境和组织发展战略

外部环境是人力资源规划的宏观环境，它会对组织人力资源规划的发展产生战略性和根本性的影响。影响组织外部环境的因素主要有：政治因素、经济因素、社会因素和技术因素。组织的发展战略在根本上决定了人力资源规划的方向和内容。组织的发展战略将导致组织人力资源在数量、质量和结构上发生变化。

（2）分析企业现有人力资源的状况

主要是对企业人力资源的数量、结构分布、使用状况、人员流动进行评价分析。

（3）预测人力资源的需求和供给

人力资源供需预测是人力资源规划中最为关键，也是难度最大的工作，亦即在充分掌握信息的基础上，使用有效的方法准确地预测出人力资源的供给和需求。

（4）制定总体规划和业务规划，编制年度人力资源计划

根据人力资源需求与供给的比较结果，制定人力资源总体规划的业务规划，使组织对人力资源的需求得到满足。

（5）在人力资源规划的执行过程中，进行动态的监督、分析和调整，保证人力资源规划的有效实施。

13.1.5　人力资源需求预测

人力资源需求预测是根据组织发展需要，对将来某个时期内所需人力资源的数量、质量、结构进行的估计，据此确定人员补充计划、教育培训计划等。

1. 影响因素

影响人力资源需求的因素有组织发展战略和经营计划；产品与服务；技术变化；管理方式；财务资源等。

2. 预测方法

预测人力资源需求的方法有德尔菲法、回归分析法、比例预测法、计算机模拟预测法等。

13.1.6　人力资源供给预测

人力资源供给预测就是对在未来某一特定时期内可提供给组织的人力资源的数量、质量、结构进行的估计。一般来说，组织人力资源供给来自两方面：一是组织内部人力资源供给，二是组织外部人力资源供给。

1. 影响因素

（1）影响外部供给的因素

影响外部供给的因素有劳动力市场；就业意识与择业偏好；企业的吸引力等。

（2）影响内部供给的因素

影响内部供给的因素主要是人力资源存量。组织现有人力资源的数量、结构情况及变化，直接影响人力资源的内部供给。另外，人力资源流动率和生产效率对组织内部供给也有影响。

人力资源流动率。组织人力资源的流进、流出，以及在组织内部的流动，都会对人力资源供给产生显性或隐性的影响。有的直接造成内部人力资源供给的数量变化，有的只对内部供给的结构产生影响。

生产效率。毋庸置疑，在其他因素不变的情况下，生产效率越高，内部的人力资源供给就相对越多；反之，人力资源的内部供给越少。

2. 预测方法

企业人力资源内部供给的预测方法主要有技能清单、接替图和马尔可夫模型。

13.1.7　人力资源供求平衡

供求平衡是人力资源规划的目的。然而，完全供求平衡的情况很少，甚至是不可能的。即使供求总量达到平衡，也会在层次、结构上发生不平衡。组织人力资源供求不平衡的情况有两种，可以采取相应的措施来消除不平衡。

1. 供小于求

当预测企业的人力资源在未来可能发生短缺时，可采用以下措施解决。

① 将符合条件而相对富余的人员调至空缺岗位。

② 加强企业培训，拟定晋升计划，加快人员培养。

③ 提高企业资本技术构成，提高劳动生产率，形成机器代替人力资源的格局。

④ 聘用全日制或非全日制临时工、企业退聘、协保人员。

2. 供大于求

当预测企业的人力资源在未来可能发生过剩时，可采用以下措施解决。

① 辞退技术水平低、劳动纪律差的员工。

② 提供优惠措施，鼓励提前退休和自谋职业。

③ 减少工作时间或减少工作量，以降低工资水平。

13.2　工作分析与设计

纵观社会的发展轨迹，可以说是瞬息万变，与此相适应，要求组织的变化也越来越快。

面对客户需求的变化、技术的变化、人力资源队伍的变化，任何一项工作的内容都要随着这种变化而发生改变，因此，一个科学的、完整的工作设计是至关重要的，而工作设计的前提和基础是工作分析提供的信息。工作分析不仅与人力资源管理部门有直接的关系，而且还是组织从事各种活动的基石。

13.2.1　工作分析

1. 含义

工作分析又叫职务分析，是指分析员工所从事的职务的内容，界定职务的性质，以及与其他工作的联系，并判断员工胜任此项工作应具有的资格条件，如知识、技术、经验及应承担的责任。进行工作分析的目的就是要识别出在某职位胜任或取得优异绩效所需要的能力。是系统了解某一职务的管理活动，也是对该项职务的工作内容和任职资格的全面描述和研究的过程。

具体来说，工作分析就是提供有关工作方面的信息，并解决 6 个方面的问题：工作的具体活动是什么；对人员有什么要求；实际的岗位规范是什么；工作需要多少时间；如何完成工作；完成工作的目的是什么；然后制定出专门文件的过程。

2. 内容

总体来说，工作分析包括两个方面的内容：一是工作描述，它规定工作的具体特征，包括工作基本信息、工作任务、工作关系、工作权限、工作职责、工作条件、工作待遇等；二是工作说明，决定工作对任职人员的各种要求，包括工作说明、工作描述（要求）等。

3. 作用

工作分析与人力资源管理有着密切的联系，它的作用主要体现在以下几个方面。

（1）人员招聘

工作分析的一个主要方面就是确定从事某项工作的人员必须具备的基本资格，而这恰恰是组织决定人员任用的基础。因此，准确的工作分析能够使组织找到合适的人选，保证人员招聘的质量。

（2）员工培训

工作分析中规定了要从事某项工作所必备的专业知识技能，当员工现有的能力与此要求之间存在差距时，组织必须对员工做相应的培训，以提高其工作效率。

（3）绩效评估

工作分析的内容详细地描述了每项工作活动的工作责任、工作内容及权限，这些指标为绩效评价提供了客观依据。

（4）薪酬管理

通过工作分析可以判断一项工作的性质、难易程度、责任大小等，而薪酬的制定也需要考虑这些因素，要保证薪酬与工作责任之间的一致。

此外，工作分析中对工作条件的确认，也使组织从劳动保护的角度重视员工的工作安全与健康。

4. 方法

工作分析作为组织人力资源管理的一项基础工具，根据组织的需要和进行工作分析的内容不同，可以采用多种不同的方法进行工作分析。工作分析的方法很多，按照不同的角度，有不同的分类。工作分析常用的调查方法主要有问卷调查法、观察法、访谈法、工作日志法、关键事件法、工作抽样法、参与法等。

5. 程序

工作分析是一个细致和全面的评价过程。它包括一系列的组织活动，主要划分为准备阶段、调查阶段、分析阶段和完成阶段，这四个阶段既互相联系又互相影响。

（1）准备阶段

准备阶段的任务是建立联系和确定工作分析的样本。具体的说，主要完成以下工作：了解所要分析的工作的类型；确定调查和分析对象的样本；决定所要调查的人员类型、数量和工作任务的种类等。

（2）调查阶段

在调查阶段，主要是根据调查方案，对整个作业过程、工作环境、工作内容和工作人员等方面做一个全面的调查，应灵活地应用各种工作分析信息的收集方法，广泛收集有关工作职务特征和工作人员要求的数据资料。

（3）分析阶段

分析阶段的主要任务是运用科学的统计方法，对有关工作特征和工作人员特征的调查结果进行分析总结，具体工作包括：仔细审核、整理获得的各种信息；分析、发现有关工作和工作人员的关键因素；归纳、总结工作分析的必需材料和要素。

（4）完成阶段

完成以上各阶段的任务后，本阶段主要的工作是用书面形式给出工作分析的结果。根据经过归类整理已经获得的信息，编制出工作描述和工作说明书。可以用文字形式，也可以用表格形式。

13.2.2　工作设计

随着社会经济条件的变化，组织的经营环境也在发生变化，人们也越来越关注工作满意度，而与工作本身相关的因素可以激发员工向更高层次发展。这时恰当的工作设计就显得尤为重要。

1. 含义

工作设计所要解决的主要问题是如何在完成组织目标的前提下，满足员工与工作有关的需求，以增强员工的工作满意感，进而提高生产率。工作设计是被作为提高工作绩效的一种管理方法来认识和对待的，所以它的作用不可忽视。工作分析与工作设计有直接的关系，但又不能等同。工作分析的目的是客观描述并明确所要完成工作的任务及完成这些任务所必需的人员的特点。而工作设计所关心的是如何提高组织效率和员工的工作满意度。由此可见，工作分析是工作设计的前提和基础，首先要了解工作的具体要求，对工作人员能力的要求，才能做好工作设计。

工作设计就是经过完善或修改工作描述和工作说明的要求，对工作内容、工作职能、工作关系进行设计，最终提高工作效率和员工的工作满意度。尽管组织在建立之初已经有完整的工作分析，但当组织出现工作设置不合理、工作效率下降等情况时，就需要开展工作的重新构筑或设计。

2. 内容

一般认为，工作设计的基本内容主要包括以下几个方面。

① 工作内容。工作内容是工作设计的关键，是指工作的范畴，表明工作需完成的任务，包括工作种类、工作复杂性、工作难度和工作的完整性等。

② 工作职责。工作职责是对工作本身的描述，包括工作责任、工作权限、工作方法、协调配合和信息沟通方式等。

③ 工作关系。工作关系既有工作中人与人之间的关系，包括与上下级之间的关系、同事之间的关系，又有个体与群体之间的关系，以及部门与部门之间的关系等。

④ 工作结果。工作结果是指工作所提供的产出情况，它反映了工作效果的高低。包括工作产出的数量、质量、效率，通常根据工作结果对员工进行奖励。

⑤ 工作反馈。工作反馈是对工作结果的反馈，是指任职者从工作本身的亲历中获得的直接反馈和从上级、下级或同事那里获得的对工作结果的间接反馈等。

⑥ 工作态度。工作态度反映了任职者对工作本身，以及组织对工作结果奖惩的态度，包括工作满意度、缺勤率和离职率等。

3. 类型

组织在进行工作设计时，一般要分析组织的目标如何完成；怎样使工作在技术上有效；员工体力和脑力的适应程度；员工参与工作并使之完善或提高决策的可操作性。借助于心理学、管理学、工程学及人类工程学等学科的研究成果，形成了机械型、生物型、知觉运动型、激励型等四种工作设计方法，以下我们将逐一介绍。

(1) 机械型工作设计法

机械型工作设计法是通过使用最简单方式来实现效率最大化。这种方法把任务专门化、技能简单化、重复性的基本思路用来进行工作设计。机械型工作设计法的应用，使每一道工序变得简单，员工经过简单的培训即可胜任此项工作，在这样的岗位上不需要能力较高的员工，员工的可替代性很强。此外，由于主张工作设计得越简单越好，工作本身的意义也就变得不再重要了。

(2) 生物型工作设计法

这种方法的独特之处在于以人体工作的方式为中心来对物理工作环境进行结构性安排，以期将员工的生理紧张程度降低到最小。广泛运用于对体力要求比较高的工作领域，主要有工作再设计，也包括对影响工作的机器和技术的再设计，例如，办公桌椅的设计，使之符合人体工作姿势的需要。还有一些设计则是基于对某些职业病的防治。

(3) 知觉运动型工作设计法

与生物型工作设计法形成相比，知觉运动型工作设计以人的心理能力和心理局限为出发点，通过降低工作对信息加工的要求来改善工作的可靠性、安全性，以及使用者的反应性。设计时，以能力最差的人所能够达到的能力水平为基准，确定工作的具体要求。

(4) 激励型工作设计法

激励型工作设计法把满意度、内在激励、工作参与、出勤、绩效等行为变量，看成是工作设计的最重要结果，更加重视可能会对工作任职者心理价值，以及激励潜力产生影响的工作特征。强调通过工作扩大化、工作丰富化，以及自我管理工作团队等方式来提高工作的复杂性，同时强调应围绕社会技术系统来进行工作的构建。

以上各种不同的工作设计方法都各有其优势与不足，在实际使用时，不同的组织或同一组织的不同工作层次和工作类别之间，可以实行不同的工作设计方法。总之，应根据本组织的具体特点和实际工作环境，合理地运用一种或几种相结合。

4. 方法

工作设计的目标是给员工更大的成长空间和提供更多发展机会。工作轮换、工作丰富化、工作扩大化和以员工为中心的工作再设计，都能较为实际地满足这一要求。

（1）工作轮换

员工长时间从事同一岗位的工作，容易感到枯燥乏味，特别是那些重复地完成同一动作的员工更是如此。工作轮换就是将员工轮换到不同的岗位上工作，使之掌握更多的方法与技术，从事更多的工作。当进行轮换的各岗位的技术水平和工作要求相近时，轮换的效果直接而且明显。可以使不同工作的员工之间增进理解，提高协作效率。这种方法要求参与轮换的员工具有较强的适应性。

（2）工作丰富化

工作丰富化是把工作纵向延伸，通过增加工作本身的内容、工作的责任、工作的自主权，以及实行自我控制，增加员工的自主性和责任心。组织常运用团队管理，通过更多、更有意义的任务和责任，使员工从工作本身得到的激励，以实现工作的丰富化。

（3）工作扩大化

与工作丰富化不同，工作扩大化是把工作内容做横向的扩展，通过为员工提供更多的工作种类，使工作具有多样性，员工需要完成更多的工作。这种办法在增加了员工的工作技能的同时，又在一定程度上降低了工作的单调感。

（4）以员工为中心的工作再设计

以员工为中心的工作再设计是指兼顾组织的战略、使命与员工对工作的满意程度，充分考虑员工的个体差异性，把员工安排在适合于他们的个人需求、技术、能力的环境中去。这种再设计可以最大限度地增加员工的满意度，员工会以极大的热情投入自己的工作中去，从而得以提高工作效率。

13.3　招聘与培训

招聘是人力资源管理的一项基本职能活动，是人力资源进入企业或具体职位的重要途径，它的有效实施不仅是人力资源管理系统正常运转的前提，也是整个企业正常运转的重要保证。培训是企业为提高员工技能而组织的活动，现已成为人们选择、衡量企业的一个重要标准。

13.3.1　招聘及其意义

招聘是指根据企业总体发展规划确定岗位需求，决定并寻找合适的人员填补岗位空缺的过程。招聘实质上就是吸引候选人应聘所需岗位，并通过甄选，从中作出选择的活动。

招聘工作的有效实施不仅对人力资源管理本身，而且对整个企业也具有非常重要的意义：①招聘工作决定了企业能否引进优秀人才。招聘工作是人力资源输入的起点，没有对优秀人力资源的引进，企业就不可能吸纳优秀人才，也不可能引进新思想、新观点。②招聘工作影响着人员的流动。招聘过程中传递信息的真实与否，会影响应聘者进入企业以后的流动。③招聘工作影响着人力资源管理的费用。招聘成本构成了人力资源管理成本的重要组成部分，招聘活动的有效进行能够大大降低其成本。同时，引进优秀人才后还可以减少一定的培训与能力开发费用。④招聘工作还是企业进行对外宣传的一条有效途径。招聘工作本身就是企业向外部宣传自身的一个过程，招聘过程质量的高低明显地影响应聘者对企业的看法。因此，招聘人员的素质和招聘工作的质量在一定程度上影响企业良好形象的树立。

13.3.2　招聘计划与策略

招聘计划是人员招聘中的一项核心工作，主要包括招聘的规模、招聘的范围、招聘的时间、招聘者的选择方案和招聘费用的预算等。

招聘策略是招聘计划的具体体现，是为实现招聘计划而采取的具体策略。招聘策略包括招聘空间策略、招聘时间策略、招聘渠道与招聘来源选择、招聘宣传策略等。

1. 招聘空间策略

选择在哪个地方进行招聘，应考虑人才分布规律、求职者活动范围、组织的位置、劳动力市场状况，以及招聘成本等因素。

① 选择招聘范围。一般来说，范围越大，优秀的人才越多，但费用也会较高。若需要技术水平要求不高的劳动力，可面向农村招聘；若需要的是拔尖的高素质人才，应尽可能面向全国招聘。但通常是就近选择以节省成本。

② 选择固定招聘地点。地点相对固定才能更节约招聘成本。一般来说，选择招聘地点的规则是：在全国范围内招聘高级管理人才或专家教授；在跨地区市场上招聘中级管理人员和专业技术人员；在单位所在地区招聘一般工作人员和技术工人。

2. 招聘时间策略

招聘过程中一个重要的问题是在保证招聘质量的前提下确定一个科学合理的招聘时间。首先，要在人才供应高峰时招聘。按照成本最小化的原则，应避开人才供应的低谷，在人才供应的高峰时入场招聘，此时的招聘效率最高。其次，计划好招聘的时间。只有这样，才能保证空缺出现时，及时招聘到新员工以补充空缺，避免因停工造成的损失。

3. 招聘渠道策略

招聘渠道是企业发布招聘信息，吸引应聘者所使用的方法。招聘渠道很多，主要有广告招聘、上门招聘、熟人推荐、借助中介机构（人才交流中心、职业介绍所、猎头公司）等。企业应综合分析各种招聘渠道的优势、企业的条件和岗位的特点，确定采用何种招聘渠道。

① 不同的招聘渠道各有利弊，其适用招聘人员的特点也不一样。表13-1列出了各种各种招聘渠道适用的招聘对象。

② 企业自身条件的不同，对招聘渠道的选择也会产生影响。例如，同样需要10位初级操作工的两家公司，一家可以提供专门的培训，另一家不愿意提供专业培训，则前者除采用发布广告、熟人推荐、职业介绍所外，还可以采用到职业学校上门招聘，然后对应聘者进行培训，以满足岗位要求。

表 13 – 1 不同招聘渠道适用的招聘对象

招聘渠道	适用对象	不太适用对象
发布广告	中下级人员	
一般中介机构	中下级人员	热门、高级人员
猎头公司	热门、尖端人员	中下级人员
上门招聘	初级专业人员	有经验人员
熟人推荐	专业人员	非专业人员

③ 招聘岗位的特点不同，可选择的招聘渠道也不同。例如，对于一般的办公室管理岗位，可采用发布广告、熟人推荐等渠道；对于高级管理岗位或有特殊要求的岗位，可采用发布广告、猎头公司、上门招聘、熟人推荐等渠道。

4. 招聘宣传策略

企业可选择的发布招聘信息的媒体很多，主要有报纸、广播电视、杂志、互联网等。企业可以根据各种媒体的特性、受众特点、广告定位与侧重，以及企业预算来选择合适的媒体发布招聘信息。

13.3.3　招聘来源

企业招聘来源有内部招聘和外部招聘两种。

1. 内部招聘

内部招聘可以细分为内部提拔、工作调动、岗位轮换、重新聘用、公开招聘等。其中，公开招聘是面向企业全体人员，内部提拔、工作调动、岗位轮换则局限在部分人员，重新聘用则是吸引那些因某些原因而暂时未在岗的人员。

2. 外部招聘

当内部招聘不能满足企业的需要时，必须借助于企业外的劳动力市场，采用外部招聘的方式获取所需的人员。外部招聘的具体来源有以下几种。

① 学校招聘。学校毕业生已成为各单位技术人员和管理人才最主要的来源。学生的可塑性强、选择余地大、候选人专业多样化，可满足企业多方面需求，并且招聘成本较低，也有助于宣传企业形象等。

② 竞争对手与其他单位。对于需要相关专业工作经验的职位，可以考虑从同行或同地区的其他单位招聘人才，甚至可以从竞争对手单位"挖"人。小企业更要注重寻求那些有大公司工作经验的人才，他们在大公司的工作中受到了科学管理体制的熏陶，具有较高的素质，是小企业提高管理水平的有效方法。

③ 下岗失业者。大部分下岗失业者都具有长时期的工作经验和社会阅历，有些还具有出色的企划能力和领导能力，从下岗失业者中也可以招聘到企业需要的人员。

④ 退伍军人。招聘退伍军人，并把他们安置在合适的岗位上不仅有利于提高企业的知名度，树立企业良好的外部形象，还可以和当地政府建立融洽的关系。

⑤ 退休人员。我国目前许多企业在员工退休后，又把他们返聘回来，或充当生产经营顾问，或置于财务部门，取得了很好的效果。

3. 内部招聘与外部招聘的比较

内部招聘和外部招聘各有其优势与不足（如表 13 - 2 所示），企业在选择招聘渠道时，需要综合考虑二者的利弊，选择合适的招聘来源或二者相结合的方式。

表 13 - 2　内部招聘与外部招聘的比较

	优　势	劣　势
内部招聘	1. 对企业认同感强，有利于个人和企业的长期发展； 2. 对企业工作、文化、领导方式等比较熟悉，适应快； 3. 对新上任者工作绩效、能力和人品有基本了解，可靠性较高； 4. 有利于鼓舞士气、激励性强； 5. 节约时间和费用	1. 新上任者面对"老人"，难以建立领导声望； 2. 易产生"近亲繁殖"，缺乏创新与活力； 3. 易引起同事间的过度竞争，发生内耗； 4. 竞争失利者心理不平衡，易降低士气
外部招聘	1. 范围广，可以招聘到优秀人才； 2. 注入新鲜"血液"，给企业带来活力； 3. 避免企业内部相互竞争所造成的紧张气氛； 4. 给企业内部人员压力，激发他们的工作动力； 5. 有利于树立企业良好形象	1. 外部人员对企业的价值观和企业文化不一定认同，不利于企业的长期发展； 2. 外部人员对企业工作、文化、领导方式等不熟悉，需较长时间适应； 3. 对外部人员工作绩效、能力和人品不了解，可靠性较差； 4. 内部人员感到晋升无望，影响工作热情

13.3.4　人员甄选方法

人员甄选又称选拔录用，是企业招聘过程中最为关键的环节，是指从应聘者中选择满足企业岗位要求的合适的人员的过程，是整个招聘活动技术性最强、难点最大的工作。常用的人员甄选方法有笔试、面试、情景模拟和心理测试。

1. 笔试

笔试是一种最古老而又最基本的甄选方法，主要测量应聘者的基本知识、专业知识，以及文字表达能力等方面的差异。

2. 面试

面试是目前应用最为广泛的一种甄选方式，是通过应聘者与面试官的直接对话，了解应聘者的综合素质，并判断应聘者对岗位的符合情况。面试主要有两种基本类型。

① 非结构化面试。这是一种随意性较强的面试过程，允许求职者在最大自由度上决定讨论的方向，而面试考官则尽量避免使用影响面试者的评语，也叫"非引导性面试"。它没有固定的模式和事先准备好的问题，根据面试的实际情况即兴提问。一般提问分为两种类型：一是描述性问题；二是预见性问题。非结构化面试往往作为其他甄选方式的前奏或是补充，发挥"补漏"作用。

② 结构化面试。这是一种采用同样的标准化方式的面试过程。在面试前，面试考官提前准备好各种问题和提问的顺序，严格按照事先设计好的程序对每个应聘者进行面试。面试结果具有可比性，有利于人员的选拔。在实际操作中，有的企业采用介于结构化面试与非结构化面试之间的一种面试方式，常称作"半结构化面试"。

面试的有效性取决于如何实施面试，但在实施面试过程中，面试考官的偏好、过去的经历等与工作无关的因素常常会在一定程度上影响面试的最终结果。

3. 情景模拟

情景模拟是近年来新兴的选拔高级管理人才和专业人才的评价技术，是通过观察应聘者在特定情景下的行为，作出评价的一种甄选方法。情景模拟测试主要包括无领导小组讨论、公文筐处理、角色扮演等。

4. 心理测试

心理测试是一种比较先进的测试方法，是借助心理测量技术对应聘者进行测评的科学方法。在国外被广泛应用的主要测试有智力测验（如韦克斯勒智力量表、旺得利克人员测验）、个性测验（如明尼苏达多相人格测验、16PF、艾森克人格问卷、加州心理量表、罗夏墨迹测验）、职业性向测验（如霍兰德的职业性向测试)等。

13.3.5 招聘工作的流程

招聘工作是一个复杂的、系统的而又连续的程序化操作过程。从广义上讲，人员招聘包括招聘准备、招聘实施和招聘评估 3 个阶段；狭义的招聘仅指招聘的实施阶段，主要包括招募、选择和录用。

1. 准备阶段

① 招聘需求分析。根据人力资源需求预测和现有人力资源配置状况分析，明确"是否一定需要进行招聘活动"等问题，有利于制定合理可行的招聘计划和招聘策略。

② 明确招聘工作特征和要求。根据工作分析及其信息资料，弄清待招聘工作岗位的特征和要求，明确这些岗位对应聘者的知识、技能等方面的具体要求和所能给予的待遇条件。只有这样，招聘计划的制定和实施才能做到有的放矢。

③ 制定招聘计划和招聘策略。制定具体的、可行性高的招聘计划和招聘策略。选定进行招聘工作的组织者和执行者，并明确各自的分工。

2. 实施阶段

招聘工作的实施是整个招聘活动的核心，也是最关键的一环，先后经历招募、选择、录用 3 个步骤。

① 招募。根据招聘计划确定的策略，以及单位需求所确定的用人条件和标准进行决策，采用适宜的招聘渠道和相应的招聘方法，吸引合格的应聘者。

② 选择。善于使用恰当的方法，从众多符合标准的应聘者中，挑选出最合适的人员。尽量以工作业务为依据，以科学、具体、定量的客观指标为准绳，把人的情感因素降到最低点，排除凭经验、印象进行的决定，更不能凭领导者的个人意志和权力来圈定。常用的人员选拔的方法有初步筛选、笔试、面试、情景模拟、心理测验等。这些方法经常相互交织在一起，并相互结合使用。

③ 录用。在这个环节，招聘者和求职者都要作出自己的决策，以便达成个人和工作的最终匹配。

3. 评估阶段

对招聘活动的评估主要包括两个方面：一是结合招聘计划对实际招聘录用的结果（数量和质量两方面）进行评价总结；二是对招聘工作的效率进行评估，主要是对时间效率和经济效率（招聘费用）进行评估，以便及时发现问题、分析原因、寻找解决对策，及时调整有关计划并为下次招聘总结经验教训。

13.3.6　招聘活动评估

整个招聘过程的最后一项工作就是评估招聘的效果。通过招聘活动效果评估可以帮助企业发现招聘过程中存在的问题，促进招聘计划、招聘来源和方法的优化，以及招聘效果的提高。

招聘活动评估是指对整个招聘活动的效益、录用人员质量与数量进行评定，包括招聘成本评估、招聘质量与数量评估等内容。

1. 招聘成本评估

招聘成本评估是鉴定招聘效率的一个重要指标，成本低，录用人员质量高，就意味着招聘效率高，反之，则意味着招聘效率低。

2. 质量与数量评估

质量与数量评估是对招聘工作有效性检验的一个重要方面。通过数量评估，分析在数量上满足或者不满足需求的原因，有利于找出各种招聘环节上的薄弱之处，改进招聘工作，同时，通过录用人员数量与招聘计划数量的比较，为人力资源规划的修订提供依据。

13.3.7　培训及其作用

培训是人力资源管理的一项重要内容。培训是指企业有计划地实施有助于员工不断提高工作能力的活动。培训的作用体现在以下几个方面。

① 有助于改善企业的绩效。企业绩效的实现是以员工个人绩效的实现为前提和基础的，有效的培训工作能够帮助员工提高他们的知识、技能，改善他们的工作业绩，进而改善企业的绩效。

② 有助于增进企业的竞争优势。通过培训一方面可以使员工及时掌握新的知识、新的技术，另一方面也可以营造鼓励学习的良好氛围，这些都有助于提高企业的学习能力，增进企业的竞争优势。

③ 有助于提高员工的满足感。员工的满足感是企业正常运转的必要条件之一，培训可以使员工感受到企业对自己的重视和关心，这是满足感的一个重要方面，同时，员工通过培训后其工作业绩能够提升，有助于提高他们的成就感，这也是满足感的一个方面。

④ 有助于培养企业文化。良好的企业文化对员工具有强大的凝聚、规范、导向和激励作用，而培训是不断向员工进行宣传教育非常有效的一种手段。

13.3.8　培训分类

按照不同的标准可以将培训分成不同类别。

① 按照培训的对象分为入职培训和在职培训。入职培训是对新员工在公司的基本情况、规章制度等方面进行的培训；在职培训是对全体员工在新技术、新方面进行的再教育。

② 按照培训的形式分为在职培训和脱产培训。在职培训是员工不离开工作岗位，在实际工作中接受培训；脱产培训是员工离开工作岗位，专门接受培训。

③ 按照培训的内容分为知识性培训、技能性培训、态度性培训。知识性培训以业务知识为主要内容；技能性培训以工作技术和能力为主要内容；态度性培训以工作态度为主要

内容。

④ 按照培训的地点可以分为外部培训与内部培训。

⑤ 按照员工所处的职位等级分为基层培训、中层培训和高层培训。

13.3.9 培训需求分析

培训需求分析是真正有效的培训的前提，是培训工作实现准确、及时和有效的重要保证。在这里重点论述培训需求分析的内容和方法。

1. 培训需求分析的内容

培训需求是由多方面的原因引起的，因此需要从不同层次、不同对象、不同阶段对培训需求进行分析。

① 培训需求的层次分析是指从组织层次、工作层次和员工个人层次进行分析。组织层次分析是通过对组织的内部和外部环境进行分析，发现组织目标与培训需求之间的联系。工作层次分析是通过工作分析、质量报告等确定各岗位员工完成工作任务所必须掌握的技术和能力。员工个人层次分析是通过对员工实际工作绩效与绩效标准的分析，确定二者对员工的要求是否存在差距。

② 培训需求的对象分析是从新员工和在职老员工两个群体进行分析。新员工的培训需求主要来自企业文化、规章制度等有助于员工融入企业和工作的培训。在职老员工的培训需求可能来自新技术的应用等原因。

③ 培训需求的阶段分析是从企业眼前与未来两个阶段分析培训需求。为解决企业目前存在的问题和不足，提出企业眼前的培训需求。为满足企业未来发展，提出企业的未来培训需求。

2. 培训需求分析的方法

培训需求分析方法很多，其中最为常用的有问卷调查法、观察法、资料查阅法和访问法。

13.3.10 培训方法

根据培训的不同内容，应采用不同的培训方法。

1. 知识类培训

知识类培训以直接传授方式为主，即培训者直接通过一定途径向培训对象发送培训中的信息。其主要特征是信息交流的单向性和培训对象的被动性。知识类培训的选择的方法主要有讲授法和研讨法。

2. 技能类培训

技能类培训采用实践的培训方法，将培训内容和实际工作相结合，通过在实际工作岗位或真实的工作环境中，亲身操作、体验，以掌握工作所需的知识、技能。技能类培训常用的方法有工作指导法、岗位轮换、特别任务法、个别指导法等。

3. 综合能力类培训

综合能力类培训主要采用主动参与的方式进行培训。通过调动受训者的积极性，使其参与到互动的学习和交流中。综合能力类培训一般有案例研究法、头脑风暴法和模拟训练法。

4. 心理类培训

心理类培训主要采用拓展训练的方式，培养团队精神、把握机遇、抵御风险等心理素质，包括拓展体验、回归自然活动等外化型的体能训练。

13.3.11　培训流程

完整的培训活动是一项非常复杂的工程，必须经过一系列的程序和步骤，包括培训需求分析、培训计划制定、培训活动组织与实施、培训效果评估。

1. 培训需求分析

培训需求分析是培训工作流程的出发点，需求分析的结果是确定培训目标、培训课程设计等的依据和前提。培训需求分析是否准确，直接决定了培训工作的质量。

2. 培训计划制定

培训计划是培训活动实施的指导性文件，包括长期计划和短期计划。长期计划是依据企业长期经营战略规划制定的，是人力资源规划的一部分；短期计划是培训具体细节的安排。一个比较完整的培训计划包含 6W 1H 的内容，即 Why，培训目标；What，培训内容；Whom，培训对象；Who，培训者；When，培训时间；Where，培训地点及培训设施；How，培训方法及培训费用。

3. 培训活动组织与实施

培训活动组织与实施是对整个培训活动的过程进行管理，包括培训对象和培训机构选择、培训教师选配、培训课程设置、培训教材开发、培训活动安排等。

4. 培训效果评估

培训效果评估是培训流程的最后环节，是对整个培训活动实施成效的总结和评价。通过效果评估，不仅可以监控培训活动是否达到了预期的目的，更重要的是有助于以后培训活动的改进和优化。

13.4　薪酬与考核

在当今多元化的社会中，人的需求也日益丰富，员工对薪酬的要求不仅看重物质利益的多少，也更加看重从中获得的心理上的满足。从这个意义上说，薪酬除了关系到员工的切身利益外，也是一种根本动力。

13.4.1　薪酬的概念

薪酬是企业对员工个人所做出的贡献给予的相应回报或答谢，是企业吸引、保留和激励员工的重要手段。

通常来说，对薪酬的理解有狭义与广义之分。狭义的薪酬是指以工资、奖金等以金钱或实物形式支付给员工的劳动报酬。广义的薪酬包括经济性的薪酬和非经济性的薪酬。经济性的薪酬又称货币薪酬，是指工资、奖金、津贴、补贴、股权、红利、福利待遇等。非经济性的薪酬也称非货币薪酬，是指个人在心理上对工作本身、工作环境，以及对企业的一种感受，如工作的挑战性、工作的成就感等。

13.4.2 薪酬的作用

对于一个组织来说，薪酬的作用主要体现在以下几个方面。①维持再生产。薪酬的一个最为现实的用途就是补偿劳动的消耗，与此同时，为了提高员工素质而进行的智力投资，也离不开薪酬的支持。②对员工的激励。薪酬是员工工作绩效的直接反映。合理的薪酬能够保护和调动员工的工作积极性，促进工作效率的提高。③合理配置人员。一方面，不同的薪酬可以促进人员的合理流动，实现人力资源的最优配置。另一方面，通过较高的薪酬可以吸引和留住企业所需的人才。

13.4.3 薪酬的构成

薪酬主要由基本工资、奖金、津贴、福利、保险五部分构成。这里所讲的薪酬的构成是指经济性报酬的构成。

1. 基本工资

基本工资是定期发放给员工的固定性报酬，表现出较强的刚性。一般情况下基本工资按月按时向员工发放，并且要求员工的基本工资一般只能升不能降。

2. 奖金

奖金是薪酬中反映员工绩效的可进行浮动的部分。奖金可以与员工的个人业绩挂钩，也可以与团队业绩相联系，还可以与组织的整体业绩相关联。

3. 津贴

津贴通常是对一些特殊岗位工作中的不利因素进行的一种补偿，如夜班工作津贴、出差补助等。津贴不是薪酬构成的核心部分，它在薪酬中所占的比例往往较小。

4. 福利

福利是人人都能享受的利益，在现代企业的薪酬设计中占据越来越重要的位置。带薪休假、健康计划、补充保险、住房补贴等都是企业福利项目的重要形式。

5. 保险

保险已经成为现代企业薪酬的重要组成部分，主要包括医疗保险、失业保险、养老保险等。

13.4.4 薪酬体系

薪酬体系是企业人力资源管理的重要组成部分。薪酬体系主要是确定企业的基本薪酬以什么为基础。目前国际较通行的薪酬体系包括职位薪酬体系、技能薪酬体系、能力薪酬体系及绩效薪酬体系。

1. 以职位为基础的薪酬体系

职位薪酬体系是按照一定程序，严格划分职位，根据员工所处职位的价值来确定员工的薪酬水平。即员工所承担的职位职责的大小、工作内容的多少和复杂程度，以及工作难度等决定了员工薪酬的多少。岗位工资制就属于这种薪酬体系。

2. 以技能为基础的薪酬体系

技能薪酬体系的特点是员工的薪酬主要是根据员工所具备的技能来确定。职能工资和技术等级工资等都属于这种薪酬体系。

3．以能力为基础的薪酬体系

能力薪酬体系的特点是员工的薪酬主要是根据员工所具备的能力来确定，这些能力有的是显性的，可以直接观察到，有的是隐性的、潜在的，不易被观察到。能力资格工资和能力薪酬等都属于这种薪酬体系。

4．以绩效为基础的薪酬体系

绩效薪酬体系的特点是工资与绩效直接挂钩，强调以目标达成为主要的评价依据，注重结果，认为绩效的差异反映了个人在能力和工作态度上的差异。绩效工资通过调节绩优与绩劣员工的收入，影响员工的心理行为，以刺激员工，从而达到发挥其潜力的目的。这种薪酬体系强调员工的薪酬取决于员工个人、部门及公司的绩效，即员工的薪酬随绩效水平的高低而变化。计件工资和销售提成等都属于这种薪酬体系。

随着实践的不断深入，越来越多企业认为同时采用两种或两种以上的薪酬体系，比只采用单一的薪酬体系能较为全面地反映按岗位、按技术、按劳分配薪酬的原则，于是将上述四种基本的薪酬体系加以组合，形成组合薪酬体系。目前还有一些企业将股票期权、股票增值权等也纳入到组合薪酬体系中。

13.4.5　薪酬设计

1．影响因素

在市场经济条件下，影响薪酬的因素有很多，一般来说，主要有 3 类：组织外部因素、组织内部因素和员工个人因素。

（1）组织外部因素

组织外部因素包括国家及地方的法律法规、物价水平、劳动力市场状况、其他企业的薪酬状况等。

（2）组织内部因素

组织内部因素包括组织的经营战略、组织的发展阶段、组织的财务状况等。

（3）员工个人因素

员工的职位、工作绩效、工作年限等在一定程度上体现了员工的个人价值，这些因素也直接影响个人薪酬的高低。

2．设计原则

① 竞争力。组织薪酬水平与同行业、本地区劳动力市场价格相比较是否具有强劲的吸引力。

② 公平性。薪酬要体现岗位之间的差异，不同的岗位、不同的绩效，薪酬也应各不相同。

③ 激励性。工作优秀者所获薪酬要明显多于平庸者，这样才能激励员工努力工作，才能引导人们积极向上，奖勤罚懒，充分体现"干好与干坏不一样"。

④ 经济性。组织支付的薪酬应当在自身可以承受的范围内，不符合企业财务状况支付薪酬，会给企业造成沉重的负担。

⑤ 合法性。组织的薪酬制度不能违反国家及政府部门的法律法规政策。

3．设计的基本程序

1）薪酬市场调查

　　设计合理的薪酬体系首先需要进行市场薪酬调查。调查的目的是了解其他企业对同样职务支付薪酬情况，搜集有关工薪水平的详细资料。对组织的薪酬水平决策产生影响的主要因素有：同行业或地区中竞争对手的薪酬水平；组织的支付能力和薪酬策略；社会生活成本指数；在集体谈判情况下的工会政策等。组织可以从许多不同的渠道获取调查信息。

　　2）岗位评价

　　岗位评价是薪酬体系设计的关键环节，要充分发挥薪酬机制的激励和约束作用，最大限度地调动员工的工作主动性、积极性和创造性，在设计组织的薪酬体系时就必须进行岗位评价。岗位评价是对组织的所有岗位的难易程度、责任大小等相对价值进行排序的科学分析过程。主要的岗位评价方法有排序法、分类法、要素比较法和要素计点法。

　　3）薪酬体系设计

　　（1）薪酬水平

　　组织的薪酬水平必须与薪酬策略相一致。组织的薪酬策略反映了组织支付薪酬的外部竞争性，主要体现了组织内部各类职位，以及组织整体平均薪酬与市场平均薪酬的高低状况。3种基本薪酬策略——领先薪酬策略、跟随薪酬策略和拖后薪酬策略分别对应薪酬水平的3个层次：高于市场平均薪酬水平、等于市场平均薪酬水平和低于市场平均薪酬水平。

　　（2）薪酬结构

　　薪酬结构是薪酬各构成部分在员工薪酬中所占的比例。不同的岗位、组织发展的不同阶段、组织的发展战略等都影响企业制定薪酬结构。例如，销售岗位一般采用低基本工资、高奖金的薪酬结构，一般管理岗位采用高基本工资、低奖金的薪酬结构。组织不同发展阶段和发展战略对薪酬结构的影响，在前文已有述及。

　　（3）薪酬等级

　　在实际工作中，为了降低组织内部岗位数量多而带来的管理成本增加，还需建立薪酬等级，简化管理。通常按照工作评价的结果，将岗位划分成不同的等级。然后确定各个等级的薪酬变动范围，即薪酬区间，再将每个薪酬等级划分成若干个不同的级别。

　　（4）薪酬曲线

　　通过市场调查的分析和岗位评价的结果，可以建立组织的薪酬曲线，它反映了各岗位间的薪酬差别。如图13-1所示，曲线 M 在企业中比较常用。它表示岗位等级低的薪酬水平

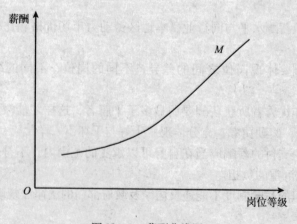

图13-1　薪酬曲线图

低，岗位等级高的薪酬水平高，并且岗位等级低的薪酬增长的速度慢于岗位等级高的薪酬增长的速度。

宽带薪酬是近年在薪酬设计方面取得的一大成果，其设计也遵循上述步骤，只是在薪酬等级及级别数量的设计上较传统薪酬有所改良。

13.4.6　薪酬调整

员工的薪酬不是固定不变的，而是不断调整的。薪酬调整的方式主要有：奖励性调整、物价性调整、工龄性调整、特殊性调整等。奖励性调整主要是根据员工个人业绩调整员工的薪酬。物价性调整是为避免因通货膨胀而导致员工实际收入的无形减少而对员工薪酬作出调整。工龄性调整是表明企业对员工忠诚度的认可，是对员工工作经验积累、工作技能提高、企业贡献值增加所做的薪酬调整。特殊性调整是企业对做出重大、特殊贡献的员工给予的激励性调整。

13.4.7　福利

在现代社会中，企业福利越来越成为企业财务实力与员工凝聚力的重要体现。员工福利分为国家法定福利和企业自主福利。国家法定福利是国家法律和法规规定的福利，具有强制性。企业自主福利是企业自愿向员工提供的福利，不具有强制性，也无标准可言，是企业根据自身情况自主决定的。

国家法定福利包括法定的社会保险（基本养老保险、基本医疗保险、失业保险、工伤保险和生育保险）、法定节假日、公休假日、带薪休假。企业自主福利包括住房福利、交通福利、饮食福利、旅游、岗位津贴、补充保险等。

13.4.8　绩效与绩效考核

绩效是个体或群体工作的表现，它反映了人们从事某种活动而产生的成果或业绩。绩效具有多因性、多维性和动态性的特点。绩效的多因性是指绩效受到员工个人素质、激励、机会、环境等多种因素的综合影响。绩效的多维性是指是绩效的表现是多方面的，需要从多个方面进行考核。绩效的动态性是指员工的绩效会随着时间的推移和员工的个人努力发生变化，较差的绩效得到有效改进，绩效水平会有所提高。

绩效考核是对员工在工作过程中表现出来的工作业绩、工作能力、工作态度、个人品德等进行评价。其目的是确认员工的工作成就，改进工作方式，提高工作效率和企业的经济效益。

13.4.9　绩效考核的作用

绩效考核是对员工的实际贡献进行评价的活动，其作用主要体现在以下几个方面。

（1）绩效考核是人员配置的基础

通过绩效考核，了解员工的能力和素质与岗位要求的符合程度，据此进行人员晋升、降职、横向调配等人力资源配置工作。

（2）绩效考核是员工培训与发展的前提

培训需求分析是实现有效培训的首要条件，确定员工的培训需求，需要准确了解员工的素质和能力，分析其绩效差距，而这是员工是否需要培训，以及培训内容的主要依据。

（3）绩效考核是确定薪酬的依据

企业薪酬要体现公平，就要使员工的工作绩效与薪酬紧密结合在一起，并成为确定员工薪酬的重要依据之一。

（4）绩效考核是对员工激励的手段

绩效考核是对员工业绩的评定和认可，根据考核结果决定的奖惩，是对先进的激励和对后进的鞭策，有利于提高员工的积极性和成就的满足感。

13.4.10　绩效考核的基本原则

绩效考核要遵循以下原则。

① 公平公正原则指绩效考核从考核指标、考核标准、考核程序等方面，对所有的岗位或员工都应一视同仁，不能搞歧视性考核。

② 及时公开原则指绩效考核的指标、标准、程序、方法、考核结果等都要及时向员工明确说明，充分体现绩效考核的透明度。

③ 客观准确原则指绩效考核必须客观、准确，考核结果必须能真实反映被考核者的情况，这就要求考核标准明确、考核制度严格、考核方法科学、考核态度严谨。

13.4.11　绩效考核的方法

绩效考核的方法很多，按照考核行为还是考核结果，可以将考核方法分为行为导向型考核方法和结果导向型考核方法。其中，行为导向型又有主观考核方法和客观考核方法之分。

1. 行为导向型的主观考核方法

① 简单排列法。通常是根据员工工作的整体表现，按优劣顺序依次排列。这种方法的优点是简单易行，花费时间短；缺点是主观，不易于与其他部门比较。

② 成对比较法。将所有参加考核的人员依次进行两两比较，经过汇总整理，最终得出被考核人员的排序结果。这种方法的缺点是如果员工数量较多，则比较耗时且影响考核质量。

③ 强制分布法。将员工的绩效考核结果强制认定为正态分布，再按照一定的比例，将员工的绩效考核结果强制性分配到正态分布曲线中，据此确定员工工作绩效的好、中、差。这种方法的优点是克服平均主义，缺点是考核结果呈偏态分布时，不适用该法。

2. 行为导向型的客观考核方法

① 关键事件法。记录和观察员工在工作过程中的"关键事件"，以此作为考核的指标和衡量的尺度。所谓关键事件，是指那些导致成功的有效行为或导致失败的无效行为。关键事件法的优点是以事实为依据，对事不对人，考核整体表现；缺点是只能作定性分析。

② 行为锚定等级评价法。将关键事件与等级评价相结合，对同一维度中的不同行为给予不同的等级，这样使绩效按等级量化，有助于公平。这种方法的优点是比较准确，精度高；缺点是费时费力，设计与实施费用高。

3. 结果导向型的考核方法

① 目标管理法。按照目标管理的思想，由员工与主管共同协商，制定员工个人目标，以此作为员工考核的依据。目标管理法的优点是组织与个人的目标一致，易于观测和反馈；

缺点是难以横向比较。

② 成绩记录法。及时记录工作取得的、可监测或核算的各种数量与质量情况，作为对员工工作表现进行考核的主要依据。这种考核方法的优点是简单易行、节省管理成本；缺点是需要健全各种记录。

13.4.12　绩效考核指标的设计

绩效考核指标是在企业总体目标和业务重点的基础上，从企业最高层向各部门、各岗位层层分解、细化、设计而成。绩效考核指标的设计需遵循"SMART"原则。其中，S 代表的是 Specific，意思是"具体的"；M 代表的是 Measurable，意思是"可衡量的"；A 代表的是 Attainable，意思是"可实现的"；R 代表的是 Realistic，意思是"现实的"；T 代表的是Time-bound，意思是"有时间限定的"。

13.4.13　绩效考核的流程

绩效考核是一项技术性很强的工作，其流程通常按照确定绩效考核目标、选择考核方法、实施考核与考核结果反馈等环节进行。

① 绩效考核目标是明确员工应该做什么事情，以及应该做到什么程度，它是对员工成功的标准的约定。绩效考核目标由绩效内容和绩效标准组成。

② 如果说绩效考核指标是构成绩效考核的主体内容，那么绩效考核方法是实现对员工工作好坏作出评价的重要手段。绩效考核方法很多，组织可根据自身实际情况作出选择。

③ 绩效标准和绩效指标已经确定，对绩效考核方法也作出选择后，就进入绩效考核实施环节。这个过程除做好各方面的沟通外，工作的重点在于随时收集与绩效的相关数据。收集的方法有访问法、生产记录法、定期抽查法、关键事件记录法等。

④ 完成考核的具体实施以后，要将绩效考核的结果及时反馈给被考核者。主要采用"一对一"的绩效面谈方式，让被考核者充分了解绩效考核的结果，指出其在考核期间存在的不足，并据此制定绩效改进计划，促进其在下一个绩效考核周期内改进绩效。

13.4.14　绩效考核中的偏差

绩效考核是一项技术性很强的工作，难免会存在考核偏差。除考核内容不完整、考核标准不严谨、考核指标不科学等客观性因素影响外，考核者在考核过程中的主观因素也会对绩效考核产生影响，进而形成考核偏差。

1. 考核偏差的种类

① 晕轮效应，也称"光环效应"。是指在绩效考核中，由于考核者只重视被考核者的突出特征而掩盖了被考核者的其他重要内容，影响考核结果正确性的现象。

② 宽严倾向。指考核者由于对考核标准把握不准，使得所做的考核评价过高（宽松）或过低（严格）的倾向。

③ 趋中倾向。与宽严倾向相反，趋中倾向是指考核者对大多数被考核者的评价均处于"平均水平"的中间档次。

④ 近因效应。指考核者以被考核者近期的表现为依据而对其整个绩效考核期间的表现作出评价。

⑤ 首因效应。与近因效应相反，首因效应是指考核者依据被考核者最初的表现而对其整个绩效考核期间的表现做出评价。

⑥ 对比效应。指考核者将被考核者与自己做比较，与自己相似的就给予较高的评价，与自己不同的就给予较低的评价。

⑦ 成见效应。指考核者依据自己因经验、教育、个人背景、人际关系等因素形成的思维定式，自觉或不自觉地对被考核者作出评价，而这种评价往往失真。

2. 考核偏差的控制

为了减少绩效考核中的偏差，除采用客观的考核标准、合理的考核方法等改进考核外，还应采取以下措施。

① 培训考核者

对考核者进行培训是减少考核偏差、提高考核科学性的重要手段。通过培训，让考核者正确理解考核的意义、评价标准等，掌握正确的考核方法，并对考核过程中容易出现的各种偏差进行了解，以减少因考核者而引起的偏差。

② 考核申诉

考核申诉是控制考核误差的又一手段。考核申诉为员工因对考核结果不满，或认为考核者对评价标准把握不公正，或认为考核结果运用不当等，提供的有效的解决途径。组织应建立考核申诉机制，设置考核申诉程序，促进绩效考核工作的合理化。

13.5 职业生涯规划

目前，员工更多地追求可以自我实现的职业，而职业生涯规划与管理，可以科学地将员工的职业生涯和组织的职业生涯规划相统一，这样既完成了组织制定的战略目标，又使员工得到了发展。因此职业生涯管理被愈来愈多的组织广泛应用。

13.5.1 含义

职业生涯是指诸如工作职位、工作职责、工作活动，以及与工作相关的决策，与工作相联系的行为与活动，及其相关的态度、价值观、愿望、动机等连续性经历的过程。职业生涯规划是根据员工的个性、动机、价值观、知识技能等基本因素，在考虑组织环境的基础上，使员工能清晰对自我的认知和对组织的认知，对职业生涯发展阶段有所了解，对职业的发展道路进行选择，制定职业生涯目标并规划其发展过程。

制定完整的职业生涯规划，有助于员工了解自身的优势和劣势，协调工作与个人爱好之间的关系。另外，职业生涯规划能使一个人在对待工作选择、跳槽，何时应该选择能够给自己带来挑战的工作等问题上，作出符合自己状况的判断。更为重要的是，职业生涯规划有助于个人在职业变动的过程中，面对已经变化的个人需求及工作需求，进行恰当的调整。而对于组织来说，积极地为员工提供职业规划设计，引导员工将个人职业发展与组织发展相协调，则可以增强员工的满意感和归属感，提高员工的工作积极性。

13.5.2　影响因素

影响职业生涯的因素有很多，概括起来主要有社会环境因素、组织环境因素、教育因素、家庭因素和个人机会因素。

1. 社会环境因素

社会环境因素通常是指经济环境、社会文化环境、政策和制度等。

2. 组织环境因素

组织环境因素对员工的职业生涯有着重大的影响，主要是指组织文化，以及领导者的素质和价值观。

3. 教育因素

人的知识结构、劳动能力与价值观等都与教育有密不可分的关系。首先，受教育程度较高的人，一般都有较大的发展。即便在职业发展不顺利时其流动的动机和能力也较强。其次，人们所受教育的专业、职业类别，往往是其职业生涯的前半部分或者是其全部的职业类别。此外，人们以不同的态度对待自己、对待社会、对待职业的选择与职业生涯的发展，这一切源自由于教育程度的不同而形成的不同职业价值观和发展观。

4. 家庭因素

家庭是影响职业生涯的最为重要的因素。遗传因素、特殊的成长环境、个人的需求与心理动机、承担的经济负担等，对其职业生涯也有影响。

5. 个人机会因素

个人机会的出现具有随机性与波动性。它往往是一个人能够就业和流动的原因。它包含了各种职业岗位随机地向一个人展示的就业机会，也包括能够给一个人提供个人发展、向上流动的职业环境。机会的交替累积最终形成社会职业结构的变迁。

除以上所述因素，还有组织人力需求的预测，包括职位分析、工作绩效评估在内的工作分析，人事管理方案，员工发展政策等方面，科技的发展、产业结构的调整，组织规模、组织阶层等，在分析职业生涯时也要考虑进去。此外，群体的工作价值观、工作态度、行为特点等也不可避免地会影响员工的职业选择。

13.5.3　职业生涯规划的实施

1. 职业生涯阶段的划分

在职业生涯的各个阶段，工作内容、工作关系和角色等方面都具有不同的特征。因此，组织要实现对员工有效的管理，必须先对职业生涯的各阶段进行区分。一般情况下，可以将员工的职业生涯划分为 4 个阶段：开拓阶段、奠定阶段、保持阶段和下降阶段。

2. 员工职业生涯途径

每个员工都有自己的职业愿景和职业渴望，因此，他们会适时选择或调整自己的职业，从而实现自己的愿望和目标。而职业发展途径是企业为员工实现其职业生涯规划，指明发展方向并给出具体实施计划的方法。员工职业发展途径的类型有纵向职业发展途径、横向职业发展途径、双重职业发展途径等。

（1）纵向职业发展途径

纵向职业发展途径也是传统的职业发展途径，即员工在组织的某个职能领域里按等级或层次上的升降。纵向职业发展途径具体表现为职务的晋升和待遇的提高。结构比较扁平的组织，达到高层职位的等级层次较少。若组织结构比较狭长，则达到高层职位的等级层次较多。这种发展路径一般要求员工先在基层职能部门任职，在表现出人际沟通、分析问题等方面的管理才能和政绩以后，才会获得提升。这时组织更加重视的是管理工作所需的个人素质、思维能力与人际关系技巧，对专业的要求并不重要。

（2）横向职业发展途径

横向职业发展途径，即组织中各平行职能部门间的个人职务的调动。例如，由工程技术部门转到采购供应部门、从生产制造部门转到市场销售部门等。这种情况在中层管理人员中应用较多。有助于扩大他们的专业技术知识与丰富经历，增加对企业的了解，积累多方面的工作经验，以便将来再提升到掌管全局的全面性管理行列中。

（3）双重职业发展途径

组织根据员工实际情况，建立管理类和技术类相互平行的职业途径。在管理类职业途径上晋升，员工将拥有更多的决策权和责任；在技术类职业途径上晋升则必须给予员工更多的自主权和独立性，以便可以对更多的资源进行开发和研究。

3. 职业生涯规划的步骤

进行职业生涯规划首先要分析个人特点，再对所在组织的内外环境进行分析，然后根据分析结果制定个人的目标，并选择实现这一目标的途径，编制相应的工作、教育和培训的行动计划，最后对每一步骤作出适宜的调整，保证规划的时效性。

（1）自我定位

通常，自我定位包括对工作动机、价值取向、受教育水平、兴趣、特长、性格、技能、智商、情商、思维方式、职业生涯需要等进行自我剖析、分析评价，以达到全面认识自己、了解自己的目的。只有准确地自我定位才能进一步选定适合自己发展的职业生涯路线。自我评价的方法很多，常用的方法有"优缺点平衡表"与"好恶调查表"，见表 13 – 3 和表 13 – 4。

表 13 – 3　优缺点平衡表

优　点	缺　点
愿意接受任务并按自己的方式去完成	不喜欢被持续地监视
旺盛的精力	无事可做时，不能保持似乎忙碌的状态
思想开放	性格保守，个人情感会影响工作的选择
只要明确了工作，就干完它	兴趣层次或高或低
善于通过他人干好工作	在只有自己参与的环境中，工作效果不理想
容易投入大量的感情	不喜欢琐事
公正无私	有时会说一些不计后果的话

表13-4 好恶调查表

喜 好	厌 恶
喜欢旅游	不想为大公司工作
爱看书听音乐	不喜欢在大城市工作
喜欢自己当老板	不喜欢整天忙于工作
爱好体育运动	不喜欢总穿职业装

（2）环境分析

在分析组织环境、社会发展趋势、经济环境等对职业发展的影响时，应重点探讨行业的发展变化趋势、所选择职业在未来发展中的位置、个人同环境的关系、趋势变化对自己有利与不利的方面等。尽可能找到自身因素与环境条件的最佳契合点，在复杂变幻的环境中发挥优势，使职业生涯设计更具有实际意义。

（3）选择职业

职业的选择关系到员工整个职业生涯的发展进程，因而，在开始职业选择时，员工要认真考虑，性格与职业是否匹配；知识技能可否胜任职业的要求；兴趣爱好能否在职业中得以充分展示；个人价值观是否与所要从事的职业有冲突，然后再确定适合自己的职业。

（4）目标设定

切合实际的职业生涯目标，是员工依据自己的才能、性格、兴趣等自身条件和组织内外的环境等信息而作出的。职业生涯目标分为经济目标、职务目标、能力目标和价值目标等。不同的人，目标也可能完全不相同。但目标要与社会和组织的目标一致，目标不能太高也不宜过低。

（5）职业生涯发展途径的选择

选择不同的职业生涯发展途径，意味着职业发展的要求也不同。因此，围绕"我打算怎么发展？联系工作实际，我能怎么发展？采取什么方法，我可以怎么发展？"在回答这些问题的基础上作出相应的抉择。

（6）制定行动计划

具体的行动包括工作、培训、教育、轮岗等。当然，员工在完成行动计划时离不开组织的理解和支持，所以，应优先掌握组织需要的知识和技能，这样既可以提高个人绩效，又能满足组织的利益，行动的效果才能得以保障。

（7）评估与调整

在现实中，影响员工职业生涯规划的因素是在不断变化的，有的变化可以预测，而有的变化却难以预料。因此，职业的重选、职业生涯途径的改变、职业目标的调整与修正是不可或缺的。

本 章 小 结

人力资源管理涵盖了人力资源规划、工作分析、招聘与培训、薪酬与考核、职业生涯规划等方面。

人力资源规划。人力资源规划有广义和狭义之分。广义的人力资源规划是指组织从自身发展战略出发，根据内部和外部环境的变化，预测组织未来对人力资源的需求，并为满足这些需求提供的人力资源活动的过程。狭义的人力资源规划实质就是组织对各类人员的补充规划。通常要进行人力资源的需求与供给预测，以及供求均衡的判断。

工作分析。工作分析就是分析员工所从事的职务的内容，界定职务的性质，以及与其他工作的联系，并判断员工胜任此项工作应具有的资格条件。工作分析包括工作描述和工作说明两个方面的内容。工作分析常用的方法有问卷调查法、观察法、访谈法、工作日志法、关键事件法、工作抽样法、参与法等。

招聘与培训。招聘是指根据组织总体发展规划确定岗位需求，决定并寻找合适的人员填补岗位空缺的过程。它有内部招聘和外部招聘两种方式。培训是指组织有计划地实施有助于员工不断提高工作能力的活动。

薪酬与考核。薪酬是组织对员工个人所做出的贡献给予的相应回报或答谢。薪酬有狭义与广义之分。狭义的薪酬是指以工资、奖金等以金钱或实物形式支付给员工的劳动报酬。广义的薪酬包括经济性的薪酬和非经济性的薪酬。经济性薪酬主要由基本工资、奖金、津贴、福利、保险五部分构成。一般认为，薪酬体系包括职位薪酬体系、技能薪酬体系、能力薪酬体系和绩效薪酬体系等四种体系。绩效考核是对员工在工作过程中表现出来的工作业绩、工作能力、工作态度、个人品德等进行评价。绩效考核方法分为行为导向型考核方法和结果导向型考核方法两种。考核中要克服晕轮效应、宽严倾向、趋中倾向、近因效应、首因效应、对比效应、成见效应等几种常见的考核偏差。

职业生涯规划。职业生涯规划是根据员工的个性、动机、价值观、知识技能等基本因素，在考虑组织环境的基础上，制定职业生涯目标并规划其发展过程。

◇ 第 *14* 章

营 销 管 理

教学目标： 通过本章的学习，了解市场营销理论渊源，准确把握市场营销理论的核心概念及理论框架，深刻理解营销管理的本质和任务，初步树立现代营销观念。

教学要求： 掌握市场营销理论的基本概念，熟悉市场营销基本理论和基本业务知识，了解市场营销理论渊源和现代营销观念。

14.1 市场营销概述

14.1.1 市场与市场营销

1. 市场

所谓市场，是指具有特定需要和欲望，并且愿意并能够通过交换来满足这种需要或欲望的全部潜在顾客。因此，市场的大小，取决于那些有某种需要，并拥有使别人感兴趣的资源，同时愿意以这种资源来换取其需要的人数。

市场包含 3 个主要因素，即有某种需要的人、为满足这种需要的购买能力和购买欲望。用公式来表示就是：

$$市场 = 人口 + 购买力 + 购买欲望$$

市场的这 3 个因素是相互制约，缺一不可的，只有三者结合起来才能构成现实的市场，才能决定市场的规模和容量。

2. 市场营销

美国市场营销协会（AMA）1985 年将市场营销定义为："市场营销是关于构思、货物和服务的设计、定价、促销和分销的规划与实施过程，目的是创造能实现个人和组织目标的交换。"在交换双方中，如果一方比另一方更主动、更积极地寻求交换，则前者称为市场营销者，后者称为潜在顾客。所谓市场营销者，是指希望从别人那里取得资源并愿意以某种有价之物作为交换的人。市场营销者可以是卖主，也可以是买主。假如有几个人同时想买正在市场上出售的某种稀缺产品，每个准备购买的人都尽力使自己被卖主选中，这些购买者就在进行市场营销活动。在另一种场合，买卖双方都在积极寻求交换，那么，我们就把双方都称为市场营销者，并把这种情况称为相互市场营销。

14.1.2 营销理论的产生与营销的重要地位

1. 营销理论的产生

市场营销理论诞生于20世纪初的美国，它是美国社会经济环境发展变化的产物。这主要体现在：①市场规模迅速扩大。为开发西部而迅速进行的铁路建设，有力地促进了美国钢铁工业的发展和国内市场规模的扩大。到20世纪初，美国国内市场扩大到了空前的程度。扩大的市场给大规模生产带来了机会，同时也引进了新的竞争因素，信息、促销等变得越来越重要。②工业生产急剧发展。19世纪末，随着科技的进步，标准产品、零部件和机械工具的发展，食品储存手段的现代化，电灯、自动纺织机的应用，等等，使美国迅速地从农业经济向工业经济转变。大规模生产促使卖方市场开始向买方市场转变。同时，市场开始由本地市场向外地市场甚至国外市场延伸。经济生活实践需要有一门新的学科或理论来指导。③分销系统发生变化。中间商的作用和社会地位开始有所变化。中间商的人数增加，相互之间有了分工，并且出现了同第一流生产企业并驾齐驱的百货商店、邮购商店和连锁商店等。新的分销体制向有关价值创造的传统理论提出了挑战，人们要求创造一个新的价值理论，对价格、服务等进行新的研究。同时，随着分销组织规模的扩大和分工的深化，需要有新的理论对分销组织的管理和专业人员进行指导。④传统理论面临挑战。在整个19世纪，企业的经营活动在很大程度上是由企业主决定的。到了20世纪初，政府开始控制大工业、金融和运输公司，并且对企业兼并的活动进行限制。大量的市场和分销问题都无法从当时的经济理论中找到现成的答案。

正是在上述因素的推动下，市场营销思想逐步产生，对美国社会和经济产生了重大影响。它给予成千上万的企业主以指导，为企业市场营销计划的制定提供了依据，并有力地推动了中间商社会地位的提高。进入20世纪30年代后，人们开始从科学的角度来解释这门学科。

2. 营销的重要地位

从企业管理的实践看来，市场营销在不同国家、不同时期、不同行业内受到重视。一些国际著名公司较早地就认识到了市场营销的重要性。在美国，最先认识到市场营销重要性的是包装消费品公司，其次是耐用消费品公司，之后是工业设备公司。近30年来，市场营销的研究和应用领域不断扩大和分化，已经渗入到世界各国的非营利组织（如医院、学校）和政府。促使国内外企业意识到市场营销重要性的主要因素有：销售额下降、经济增长缓慢、购买行为的改变、竞争的加剧、销售成本的提高等。

这些原因迫使企业努力提高市场营销能力。从市场营销在美国的企业中地位的变化可以看出，随着人们认识和管理实践的深入，市场营销在企业中的地位是一个逐渐变得重要的过程。最初，销售职能与市场营销职能处于平等的地位，与其他部门同等重要。在需求不足的情况下，营销人员主张市场营销职能比其他部门的职能重要。一些认为市场营销应是企业的主要职能的人，将市场营销置于中心位置，而将其他职能当作市场营销的辅助职能。一些热心于顾客服务的营销人员则主张，公司的中心应当是顾客，而不是市场营销。因此，必须采取顾客导向，而且所有职能性业务部门都必须协同配合，以便更好地为顾客服务，使顾客需要得到满足。最后，企业高层管理者们终于意识到：市场营销是连接市场需求与企业反应的桥梁、纽带，要想有效地满足顾客需要，就必须将市场营销置于企业的中心地位。

从市场营销在国外企业中地位的发展，我们可以得到许多有益的启示。在市场营销管理、生产管理、财务管理、人事管理等众多企业职能中，唯有市场营销管理是在市场上或企业外部进行的，而其他管理基本上属内部管理，因此，社会公众往往从一个企业营销工作的好坏看其整体管理水平的高低。目前我国正处在有效需求不足的情况下，大部分企业已经意识到，市场营销工作的好坏决定着企业总体效益的高低，甚至关系到企业的生死存亡。

14.1.3 市场营销管理

1. 市场营销观念

市场营销管理是受特定的市场经营管理哲学（观念）指导的结果。所谓市场经营管理哲学就是企业经营过程中在处理企业、顾客和社会三者利益方面所持的态度和观念。归纳起来有以下几种。

（1）生产观念

生产观念是指导销售者行为的最古老的观念之一。生产观念认为，消费者喜欢那些可以随处买得到而且价格低廉的产品，企业应致力于提高生产效率和分销效率，通过扩大生产，降低成本以扩展市场。生产观念是一种重生产、轻市场营销的商业哲学。它是在卖方市场条件下产生的。

（2）产品观念

产品观念认为，消费者最喜欢高质量、多功能和具有某种特色的产品，企业应致力于生产高价值产品，并不断加以改进。它产生于市场产品供不应求的卖方市场形势下。最容易滋生产品观念的场合，莫过于当企业发明一项新产品时，此时企业最容易导致"市场营销近视"，致使企业经营陷入困境。

（3）推销观念

推销观念（也称销售观念）认为，消费者具有购买惰性或抗衡心理，不会足量购买企业的产品，企业必须积极推销和大力促销，以刺激消费者大量购买本企业产品。推销观念产生于资本主义国家由卖方市场向买方市场的过渡阶段。在现代市场经济条件下，被大量用于推销那些非渴求物品；许多企业在产品过剩时，也常常奉行推销观念。

上述3种观点被称为传统经营观念。

（4）市场营销观念

市场营销观念是作为对上述诸观念的挑战而出现的一种新型的企业经营哲学。尽管这种思想由来已久，但其核心原则直到20世纪50年代中期才基本定型。市场营销观念认为，实现企业各项目标的关键在于正确确定目标市场的需要和欲望，并且比竞争者更有效地传送目标市场所期望的物品或服务，进而比竞争者更有效地满足目标市场的需要和欲望。推销观念注重卖方需要；市场营销观念则注重买方需要。从本质上说，市场营销观念是一种以顾客需要和欲望为导向的哲学，是消费者主权论在企业营销管理中的体现。

（5）社会市场营销观念

社会市场营销观念是对市场营销观念的修改和补充。它产生于20世纪70年代西方资本主义出现能源短缺、通货膨胀、失业增加、环境污染严重、消费者保护运动盛行的新形势下，促使人们将市场营销原理运用于具有重大的推广意义的社会目标方面。由于市场营销观念回避了消费者需要、消费者利益和长期社会福利之间隐含着冲突的现实，社会市场营销观念认为，企业的任务是确定各个目标市场的需要、欲望和利益，并以保护或提高消费者和社会福利的方式，比竞争者更有效、更有利地向目标市场提供能够满足其需要、欲望和利益的物品或服务。社会市场营销观念要求市场营销者在制定市场营销政策时，要统筹兼顾三方面的利益，即企业利润、消费者需要的满足和社会利益。

（6）绿色市场营销的兴起

所谓绿色市场营销是指企业在市场营销中要重视保护生态环境，防治污染以保护生态，充分利用并回收再生资源以造福后代。绿色市场营销问题，是全球范围内经营的又一新的热点问题。1987年联合国环境与发展委员会发表了《我们共同的未来》的宣言，促使"绿色市场营销"观点的萌芽；1992年联合国环境与发展大会通过的《21世纪议程》中强调："要不断改变现行政策，实行生态与经济的协调发展。"这些为"绿色市场营销"理论奠定了基础。绿色市场营销的实质就是强调企业在进行市场营销活动时，要努力把经济效益与环境效益结合起来，尽量保持人与环境的和谐，不断改善人类的生存环境。

2. 市场营销管理

在现代市场经济条件下，企业必须十分重视市场营销管理，根据市场需求的现状与趋势，制定计划，配置资源。通过有效地满足市场需求，来赢得竞争优势，求得生存与发展。

（1）市场营销管理的实质

市场营销管理是指为了实现企业目标，创造、建立和保持与目标市场之间的互利交换和关系，而对设计方案的分析、计划、执行和控制。市场营销管理的实质是需求管理。

（2）市场营销管理的任务

市场营销管理的任务，就是为促进企业目标的实现而调节需求的水平、时机和性质。根据需求水平、时间和性质的不同，可归纳出8种不同的需求状况。不同的需求状况导致市场营销管理的任务有所不同。

① 负需求。是指绝大多数人对某个产品感到厌恶，甚至愿意出钱回避它的一种需求状况。在负需求情况下，市场营销管理的任务是改变市场营销，即分析市场为什么不喜欢这种产品，以及是否可以通过产品重新设计、降低价格和积极促销的市场营销方案，来改变市场的信念和态度，将负需求转变为正需求。

② 无需求。是指目标市场对产品毫无兴趣或漠不关心的一种需求状况。通常，市场对下列产品无需求：人们一般认为无价值的废旧物资；人们一般认为有价值，但在特定市场无价值的东西；新产品或消费者平常不熟悉的物品等。在无需求情况下，市场营销管理的任务是刺激市场营销，即通过大力促销及其他市场营销措施，努力将产品所能提供的利益与人的自然需要和兴趣联系起来。

③ 潜伏需求。是指相当一部分消费者对某物有强烈的需求，而现有产品或服务又无法使之满足的一种需求状况。在潜伏需求情况下，市场营销管理的任务是开发市场营销，即开展市场营销研究和潜在市场范围的预测，进而开发有效的物品和服务来满足这些需求，将潜

伏需求变为现实需求。

④ 下降需求。是指市场对一个或几个产品的需求呈下降趋势的一种需求状况。在下降需求情况下，市场营销管理的任务是重振市场营销，即分析需求衰退的原因，进而开拓新的目标市场，改进产品特色和外观，或采用更有效的沟通手段来重新刺激需求，使老产品开始新的生命周期，并通过创造性的产品再营销来扭转需求下降的趋势。

⑤ 不规则需求。是指某些物品或服务的市场需求在不同季节、不同日子，甚至一天中不同时间上下波动很大的一种需求状况。在不规则需求情况下，市场营销管理的任务是协调市场营销，即通过灵活定价，大力促销及其他刺激手段来改变需求的时间模式，使物品或服务的市场供给与需求在时间上协调一致。

⑥ 充分需求。是指某种物品或服务的目前需求水平和时间等于预期的需求水平和时间的一种需求状况，这是企业最理想的一种需求状况。但是，在动态市场上消费者偏好会不断变化，竞争也会日益激烈。因此，在充分需求情况下，市场营销管理的任务是维持市场，即努力保持产品质量，经常测量消费者满意程度，通过降低成本来保持合理价格，并激励推销人员和经销商大力推销，千方百计维持目前需求水平。

⑦ 过量需求。是指某种物品或服务的市场需求超过了企业所能供给或所愿供给水平的一种需求状况。在过量需求情况下，市场营销管理的任务是降低市场营销，即通过提高价格，合理分销产品，减少服务和促销等措施，暂时或永久地降低市场需求水平，或者是设法降低来自盈利较少或服务需要不大的市场的需求水平。需要强调的是，降低市场营销并不是杜绝需求，而是降低需求水平。

⑧ 有害需求。是指市场对某些有害物品或服务的需求。对于有害需求，市场营销管理的任务是反市场营销，即劝说喜欢有害产品或服务的消费者放弃这种爱好和需求，大力宣传有害产品或服务危害的严重性，大幅度提高价格，以及停止生产供应等。降低市场营销与反市场营销的区别在于：前者是采取措施减少需求，后者是采取措施消灭需求。

（3）市场营销管理的过程

在现代市场经济条件下，企业在市场竞争中能否成功，取决于其能否与市场营销环境的发展变化相适应。战略计划过程明确了企业重点经营的业务，而市场营销管理过程则用系统的方法寻找市场机会，进而把市场机会变为有利可图的企业机会。所谓市场营销管理过程就是企业为实现企业任务和目标而发现、分析、选择和利用市场机会的管理过程。更具体的说，市场营销管理过程包括以下步骤：分析并评价市场机会，细分市场和目标市场选择，设定市场营销组合及市场营销预算，执行和控制市场营销计划。

14.1.4　顾客让渡价值

顾客让渡价值是指顾客总价值与顾客总成本之间的差额。

1. 顾客总价值

顾客总价值（TCV）是指顾客购买某一产品或服务所期望获得的一组利益，是产品价值（PV_1）、服务价值（SV）、人员价值（PV_2）和形象价值（IV）等因素的函数。可表示为：

$$TCV = f(PV_1, \ SV, \ PV_2, \ IV)$$

其中，任何一项价值因素的变化均会影响顾客总价值。

2. 顾客总成本

顾客总成本（TCC）是指顾客为购买某一产品所耗费的时间、精神、体力，以及所支付的货币资金等，是货币成本（MC）、时间成本（TC）、精力成本（EC）等因素的函数。即：

$$TCC = f(MC, TC, EC)$$

其中，任何一项成本因素的变化均会影响顾客总成本。

由于顾客在购买产品时，总希望把有关成本包括货币、时间、精神和体力等降到最低限度，而同时又希望从中获得更多的实际利益，以使自己的需要得到最大限度的满足。因此，顾客在选购产品时，往往从价值与成本两个方面进行比较分析，从中选择出价值最高、成本最低，即顾客让渡价值最大的产品作为优先选购的对象。

企业为在竞争中战胜竞争对手，吸引更多的潜在顾客；就必须向顾客提供比竞争对手具有更多顾客让渡价值的产品，这样，才能使自己的产品为消费者所注意，进而购买本企业的产品。

14.2　营销管理的前提——市场分析

市场经济条件下，企业必须重视对市场的分析和研究，才能有效利用市场机会，赢得顾客和竞争。

14.2.1　营销环境分析

企业必须建立适当的系统，指定一些专业人员，采取适当的措施，经常监视和预测周围市场营销环境的发展变化，并善于分析和识别由于环境变化而造成的主要机会和威胁，及时采取适当的对策，使经营管理与市场营销环境的发展变化相适应。企业市场营销环境包括微观营销环境和宏观营销环境（本部分内容详见第 4 章）。

14.2.2　消费者市场购买行为分析

消费者市场是现代市场营销理论的主要研究对象。成功的市场营销者是那些能够有效地发展对消费者有价值的产品，并运用富有吸引力和说服力的方法将产品有效地呈现给消费者的企业和个人。

1. 影响消费者行为的主要因素

消费者的购买决策在很大程度上受到以下几种因素影响。

① 文化因素。包括文化、亚文化和社会阶层等因素。文化是人类欲望和行为最基本的决定因素。人类行为大部分是学习而来的一系列基本的价值、知觉、偏好和行为的整体观念。每一文化都包含着能为其成员提供更为具体的认同感和社会化的较小的亚文化群体。社会阶层是指一个社会中具有相对的同质性和持久性的群体，它们是按等级排列的，每一阶层的成员具有类似的价值观、兴趣爱好和行为方式。

② 社会因素。消费者购买行为也受到诸如参照群体、家庭、社会角色与地位等一系列社会因素的影响。参照群体是指那些直接或间接影响他人看法和行为的群体。

③ 个人因素。消费者购买决策也受个人特性的影响，特别是受其年龄所处的家庭生命周期阶段、职业、经济状况、生活方式、个性及自我观念的影响。

④ 心理因素。消费者购买行为要受动机、知觉、学习及信念和态度等主要心理因素的影响。

2. 消费者的购买决策过程

① 参与购买决策的角色。包括发起者、影响者、决策者、购买者、使用者。

② 购买行为分类。消费者购买决策随其购买决策类型的不同而变化。较为复杂和花钱多的决策往往凝结着购买者的反复权衡和众多人的参与决策。根据参与者介入的程度和品牌间的差异程度，可将消费者购买行为分为 4 种：习惯性购买行为、寻求多样化购买行为、化解不协调购买行为、复杂购买行为。

③ 购买决策过程。在复杂购买行为中，购买者的购买决策过程由引起需要、收集信息、评价方案、决定购买和购后评价 5 个阶段组成。

第一，引起需要。购买者的需要往往由两种刺激引起，即内部刺激和外部刺激。营销人员应注意识别引起消费者某种需要和兴趣的环境，并充分注意两点：一是与本企业的产品实际或潜在有关联的驱使力；二是消费者对某种产品的需求强度，会随着时间而变动，并且被一些外因触发。然后，企业要善于安排诱因，引起消费者的需要。

第二，收集信息。消费者需要的信息来源主要有个人来源、商业来源、公共来源、经验来源等。营销人员应认真识别消费者的信息来源，评价其各自的重要程度。

第三，评价方案。消费者对产品的判断大都是建立在自觉和理性基础之上的。消费者的评价行为一般要涉及产品属性（即产品能够满足消费者需要的特性）、属性权重（即消费者对产品有关属性所赋予的不同的重要性权数）、品牌信念（即消费者对某品牌优劣程度的总看法）、效用函数（即描述消费者所期望的产品满足感随产品属性的不同而有所变化的函数关系）和评价模型（即消费者对不同品牌进行评价和选择的程序和方法）等。

第四，决定购买。评价行为会使消费者对可供选择的品牌形成某种偏好，从而形成购买意图，进而购买所偏好的品牌。但偏好和购买意图并不总是导致实际购买决定，别人的态度和意外情况两种因素对购买行为有直接影响。消费者修正、推迟或者回避作出某一购买决定往往受可觉察风险的影响，其大小随着冒这一风险所支付的货币数量、不确定属性的比例，以及消费者的自信程度而变化。

第五，购后评价。消费者对购买产品的满意与否，将影响以后的购买行为。营销人员应采取有效措施尽量减少购买者买后不满意的程度。过去的品牌选择对未来品牌偏好具有强化作用。

14.2.3　产业市场购买行为分析

组织市场是指由各种组织机构形成的对企业产品和劳务需求的总和。它可分为 3 种类型，即产业市场（又叫生产者市场或组织市场，是指一切购买产品和服务并将之用于生产其他产品或劳务，以供销售、出租或供应给他人的个人和组织）、转卖者市场（也称中间商市场，指那些通过购买商品和劳务以转售或出租给他人获取利润为目的的个人和组织）和政府市场（指那些为执行政府的主要职能而采购或租用商品的各级政府单位）。

在组织市场中，产业市场的购买行为与购买决策具有典型的代表意义，因而，下面只就产业市场购买行为进行分析。

1. 产业市场的特点

产业市场与其他市场相比，有其独特的特点，具体表现在以下几个方面。

① 产业市场与消费者市场相比，产业市场上购买者的数量较少，但其规模较大。

② 产业市场上的购买者往往集中在少数地区。

③ 产业市场的需求是引申需求。产业用品的需求归根结底是从消费者对消费品的需求引申出来的。

④ 产业市场的需求是缺乏弹性的需求。在产业市场上，产业购买者对产业用品和劳务的需求受价格变动的影响不大。

⑤ 产业市场的需求是波动的需求。由于是"引申需求"，消费者需求的少量增加可能导致产业购买者需求的大量增加，这就是西方经济学者所讲的"加速理论"。

⑥ 参与决策的人员较多，决策过程更为规范。

⑦ 直接购买。

⑧ 互惠。

⑨ 常通过融资方式取得。

2. 产业市场的购买决策过程

① 参与购买决策的角色。在任何一个企业中，除了专职的采购人员之外，还有一些人员也参与购买决策过程。企业采购中心通常包括5种成员：使用者、影响者、采购者、决定者、信息控制者。

② 购买行为分类。产业购买者作购买决策受到一系列因素的影响：环境因素（即一个企业外部周围环境的因素）、组织因素（即企业本身的因素）、人际因素（即5种参与者成员在企业中的地位、职权、说服力及他们之间的关系）、个人因素（即5种参与者成员的年龄、受教育程度、个性等）。产业购买者的行为类型大体有3种。其中，一种极端情况是直接重购，基本上属于惯例化决策；另一种极端情况是新购，需要做大量的调查研究；二者之间是修正重购，需要做一定的调查研究。

③ 购买决策过程。产业购买者购买决策过程的阶段多少，取决于购买类型的复杂性。在新购情况下，产业购买者要作出的购买决策过程阶段最多，通常分8个亚决策阶段：认识需要；确定需要；说明需要；④物色供应商；征求建议；选择供应商；选择订货程序；检查合同履行情况等。

14.3 营销管理的基础——目标市场选择

目标市场的选择过程由3个步骤组成：一是市场细分，二是目标市场选择，三是市场定位。

14.3.1 市场细分

1. 市场细分

市场营销管理人员发现和选择了有吸引力的市场机会之后，还要进行市场细分和目标市场选择。这是市场营销管理过程的第二个主要步骤。

市场细分是指企业通过市场调研，根据顾客对产品不同的需要和欲望，不同的购买行为与购买习惯，把某产品的整体市场分割成需要不同的若干个子市场的分类过程。其中，任何一个子市场都是欲望相似的顾客群体（即细分市场），而不同的了市场的顾客对同 产品的需要和欲望存在明显差异性。

市场细分的客观依据在于：顾客需求的异质性是市场细分的内在依据；企业竞争的需要和资源有限的矛盾是市场细分的外在必然。市场细分有利于企业发现最好的市场机会，提高市场占有率；市场细分还可以使企业用最少的经营费用取得最大的经营效益。

2. 消费者市场细分

（1）消费者市场细分的标准

市场细分要依据一定的标准（细分因素）来进行。消费者市场细分的因素也是影响消费者需求的四大因素。①地理因素。是指按照消费者所在的地理位置及其他地理因素来细分消费者市场，包括地区、人口密度、地形气候、交通运输等。用地理因素细分消费者市场简单易行，但很粗略，不能说明处于同一地理条件的人们的需求差异。因此，还必须从人口及其他因素进一步分析。②人口因素。主要包括年龄、性别、收入、职业、教育水平、家庭规模、家庭生命周期阶段、宗教、种族、民族与国籍等，人口因素很久以来一直是细分消费者市场的重要因素，这是因为人口因素比其他因素更容易测量。③心理因素。就是按照消费者的社会阶层、生活方式（即活动（Activities）、兴趣（Interests）、意见（Opinions），这些称"AIO"尺度）、个性等心理因素来细分消费者市场。④行为因素。由于受到地理、人口、心理等因素共同作用，使消费者的反应和行为具有差异性；而这种差异性是细分市场的内在依据。行为因素主要包括：购买或使用某种产品的时机、消费者所追求的利益、使用者情况、消费者对某种产品的使用率、消费者对品牌（或商店）的忠诚程度、消费者待购阶段和消费者对产品的态度等。

（2）消费者市场细分的方式

细分的方式通常有以下几种。①单一因素法。它只适用于由一个因素来细分市场。②综合因素法。它选用两个或两个以上的因素，同时以多个角度进行市场细分。③系列因素法。选用两个或两个以上的因素，由粗到细逐次进行系列市场细分。

（3）消费者市场细分的程度

美国学者曾经提出一套逻辑性较强、粗略直观且很有价值的市场细分方法：①选定产品的市场范围；②列举潜在顾客的基本需求；③分析潜在顾客的不同需求；④剔除潜在顾客的共同需求；⑤为不同的子市场暂定一个称谓；⑥进一步认识各子市场的特点，作进一步细分或合并；⑦测量各子市场的规模与潜力，从中选择有效的目标市场。

3. 组织市场细分

（1）组织市场细分的标准

①地理因素。包括地区、资源条件、气候及历史发展的原因。②用户组织因素。包括用户规模的大小和最终用户的性质。规模的大小可用资产额、职工人数、营业额、利润额、产品线类型等指标综合考察。最终用户的性质决定对产品质量服务的标准的差异。③个人因素。主要是购买决策中心的各类人员的不同情况。④组织行为因素。包括购买状况、购买行为、购买利益、购买准备程度等因素。

（2）组织市场细分的方法与程度，可参照消费者市场细分的方式和程度。

4. 有效市场细分的条件

并不是所有的市场细分都是有效的。有效细分市场的标志主要有以下几个方面。

① 可测量性。即各子市场的购买力能够被测量。一是对于细分市场的顾客特征，信息不仅能通过市场调研及时获得，而且还具有可测量性。二是细分出来的各子市场不仅范围界定明晰，而且各子市场的规模大小，以及购买力能够被测量。

② 可进入性。即企业的资源条件和市场营销能力必须足以进入所选定的子市场，并有所作为。

③ 可盈利性。即企业进行市场细分后所选定的子市场的规模与购买潜力足以使企业有利可图。

④ 反应差异。市场细分后范围界定明晰，各子市场对企业市场营销组合中的任何一项因素的变动应能迅速地作出差异性反应。

14.3.2 目标市场选择

市场细分的目的在于有效地选择并进入目标市场。所谓目标市场，就是指企业经过比较、选择，最终决定要进入的那个市场部分，也就是企业拟投其所好、为之服务的那个顾客群（这个顾客群有颇为相似的需要）。目标市场可以包括一个、多个或全部的子市场。

1. 目标市场涵盖战略

为了提高企业的经营效益，企业必须细分市场，并且根据自己的任务目标、资源和特长等，权衡利弊，决定进入哪个或哪些市场部分，为哪个或哪些市场部分服务。企业在决定为多少个子市场服务，即确定其目标市场涵盖战略时，有三种选择。

① 无差异市场营销。是指企业在市场细分之后，不考虑各子市场的特性，而只注重各子市场的需求共性，把所有子市场即产品整体市场看作一个大的目标市场，决定只推出单一产品，运用单一的市场营销组合策略，力求在一定程度上适合尽可能多的顾客需求。优点：产品简单，有利于标准化与大规模生产，有利于降低成本。缺点：单一产品要以同样的方式广泛销售并受到所有购买者的欢迎，几乎不可能，且易产生"多数谬误"。

② 差异市场营销。是指企业决定同时为几个子市场服务，设计不同的产品，并在渠道、促销和定价方面都加以相应的改变，以适应各个子市场的需要。企业的产品种类如果同时在几个子市场都占有优势，就会提高消费者对企业的信任感，进而提高重复购买率；且通过多样化的渠道和产品线销售，通常会使总销售额增加。此战略的主要缺点：会使企业的生产成本和市场营销费用（如产品改进成本、生产成本、管理费用、存货成本、促销成本等）增加；易导致"超细分战略"，即许多市场被过分地细分，而导致产品价格不断增加，影响产销数量和利润。

③ 集中市场营销。是指企业集中所有力量，只选择一个或少数几个性质相似的子市场作为目标市场，试图在较少的子市场上有较大的市场占有率。实行集中市场营销的企业，一般是资源有限的中小企业，或是初次进入新市场的大企业。优点：服务对象比较集中，对一个或几个特定子市场有较深的了解，而且在生产和市场营销方面实行专业化，可以比较容易地在这一特定市场取得有利地位。因此，如果子市场选择得当，企业可以获得较高的投资收益率。缺点：实行集中市场营销有较大的风险性。

2. 目标市场涵盖战略选择因素

上述 3 种目标市场涵盖战略各有利弊，企业在选择时需考虑 5 方面的主要因素，即企业实力、产品同质性、市场同质性、产品所处的生命周期阶段、竞争对手的目标市场涵盖战略等。

14.3.3 目标市场定位

1. 市场定位

所谓市场定位，就是根据所选定目标市场上的竞争者现有产品所处位置和企业自身的条件，从各方面为企业和产品创造一定的特色，树立一定的市场形象，以求在顾客心目中形成一种特殊的偏爱。市场定位的实质是取得目标市场的竞争优势。因此，市场定位是市场营销战略体系中的重要组成部分，它对于树立企业及产品的鲜明特色，从而提高企业竞争实力具有重要的意义。

2. 市场定位的方法

产品定位依赖于好的定位方法。不论何种定位方法，其目的就是寻求并有效地向目标市场显示产品在某方面的特色优势。常见的产品定位方法有以下几种。

① 从产品本身的属性和对消费者的利益定位。如"大益茶，茶有大益"。还有些新产品强调一种竞争对手所没有的属性，也容易收效。

② 根据产品价格和质量定位。对于那些消费者对质量和价格比较关心的产品来说，是突出本企业形象的好方法。按照这种方法，企业可以采用"优质高价"定位或"优质低价"定位。

③ 根据产品用途定位。如"金嗓子喉宝"和"地奥心血康"。

④ 根据使用者定位。企业常常试图把某些产品指引给适当的使用者或某个细分市场，以便根据那个细分市场的特点创建起恰当的形象。如"蒙牛学生奶"和"海澜之家，男人的衣柜"。

⑤ 根据产品档次定位。"名门之秀——五粮春"就是典型的例子。

⑥ 根据竞争地位定位。可定位于与竞争直接有关的不同属性或利益，如节能灯。这种定位方式关键是要突出企业的优势：技术可靠性程度高，售后服务方便、迅速，或其他对目标顾客有吸引力的因素。

⑦ 多重因素组合定位。也可以将产品定位在几个层次上，或者依据多重因素对产品定位，使产品给消费者的感觉是产品的特征很多，具有多重功效。如高露洁的"坚固牙齿，口气清新"。

3. 市场定位战略

常用的市场定位战略有以下几种。

① 初次定位，也称潜在定位。它是指新成立的企业初入市场，企业新产品投入市场，或产品进入新市场时，企业必须从零开始，运用所有的市场营销组合，使产品特色符合所选择的目标市场。

② 重新定位，也称二次定位或再定位。它是指企业变动产品特色，改变目标顾客对其原有的印象，使目标顾客对其产品新形象重新认识的过程。市场重新定位对于企业适应市场环境、调整市场营销战略来说是必不可少的。企业在重新定位前，要慎重考虑两个问题：一

是企业将自己的品牌定位从一个子市场转移到另一个子市场时的全部费用（或转换成本）；二是企业将自己的品牌定在新位置上的收入。

③ 对峙定位，又称竞争性定位。它是指企业选择靠近于现有竞争者或与现有竞争者重合的市场位置，争夺同样的顾客，彼此在产品、价格、分销及促销等各个方面差别不大。

④ 回避定位，又称创新式定位。它是指企业回避与目标市场上的竞争者直接对抗，将其位置确定于市场"空隙"，开发并销售目前市场上还没有的某种特色产品，开拓新市场。

⑤ 心理定位。强调从顾客需求心理出发，积极创造自己产品的特色，让产品以自身最突出的优点占领消费者心目中的空隙。心理定位是一种对产品的定位和再定位，创造的产品特色必须要确实符合所选择的目标市场需求。一般有两种策略可选择，廉价策略和偏好策略。如冰红茶的"冰"字取义符合消费者偏好的凉爽。

14.4　营销管理的内容——营销组合

14.4.1　营销组合

1. 营销组合策略

营销组合策略是企业整体营销活动中的战术配合，是现代市场营销理论中的一个重要概念。所谓营销组合策略，就是指企业为追求目标市场预期销售水平综合运用的各种可控制市场营销变量的组合。营销组合策略主要由 4 大部分组成，即产品策略（Product）、价格策略（Price）、分销渠道策略（Place）和促进销售策略（Promotion），简称"4P策略"。

产品：代表企业提供给目标市场的货物和劳务的组合，包括产品质量、外观、买卖权（即在合同规定期间内按照规定的价格买卖某种货物等的权利）、式样、品牌名称、包装、尺码或型号、服务、保证、退货等。

价格：顾客购买商品时的价格，包括价目表所列的价格、折扣、折让、支付期限、信用条件等。

分销，也称地点、渠道或分销渠道：指企业使其产品进入和到达目标市场（或目标顾客）所进行的各种活动，包括渠道选择、仓储、运输等。

促销：指企业宣传介绍其产品的优点和说服目标顾客来购买其产品所进行的各种活动，包括广告、销售促进、宣传、人员推销等。

2. 营销组合的特点

① 市场营销组合因素对企业来说都是"可控因素"。企业根据目标市场的需要，可以决定自己的产品结构，制定产品价格，选择分销渠道（地点）和促销方法等。对这些市场营销手段的运用和搭配，企业有自主权。但这种自主权是相对的，是不能随心所欲的，因为企业市场营销过程中不但要受本身资源和目标任务的制约，而且还要受到微观和宏观环境中各种不可控因素的影响。

② 市场营销组合是一个复合结构，4 个"P"之中又各自包含若干小的因素，形成各个"P"的亚组合，因此，市场营销组合是至少包括两个层次的复合结构。企业在确定市场营销组合时，不但应求得 4 个"P"之间的最佳搭配，而且要注意安排好每个"P"内部的搭

配，使所有这些因素达到灵活运用和有效组合。

③ 市场营销组合是一个动态组合。每一个组合因素都是不断变化的，是一个变量，同时又是互相影响的，每个因素都是另一个因素的潜在替代者。在 4 个大的变量中，又各自包含着若干小的变量，每一个变量的变动，都会引起整个市场营销组合的变化，形成一个新的组合。

④ 市场营销组合要受企业市场定位战略的制约，应根据市场定位战略设计、安排相应的市场营销组合。

3. 营销组合理论的发展

1953 年，尼尔·鲍顿（Neil Borden）在美国市场营销学会的就职演说中提出了"市场营销组合"（Marketingmix）这一概念，他认为市场需求在某种程度上受到"营销变量"的影响，为了寻求一定的市场反应、获得最大的利润，企业要对这些变量进行有效的组合。

1960 年，由密西根大学教授杰罗姆·麦卡锡（Jerome McCarthy）提出的营销的 4 个组合因素，即产品（Product）、价格（Price）、渠道（Place）和促销（Promotion），被称为 4P 理论，简称 4P。该理论把企业的市场营销因素分为可控因素与不可控因素，并把可控因素概括为"4P"。这些传统理论在西方已经有近 50 年的历史。但是，随着国际市场竞争的日益激烈，许多发达国家政府干预加强和贸易保护主义再度兴起的新形势下，市场营销理论又有了新进展。

菲利普·科特勒扩展了麦卡锡的"4P 组合"。自 1984 年以来，他提出了一个新的理论思想——大市场营销战略（Megamarketing），加入了两个"P"，即权力（Power）与公共关系（Public Relations），成为"6P"。他认为，企业要运用政治力量和公共关系媒介及其他方法，打破国际或国内市场上的贸易壁垒，建立良好的整体形象，为企业的市场营销开辟道路。即不应单纯地顺从和适应环境，而要能够影响自己所处的市场营销环境。

整合营销传播（Integrated Marketing Communication，IMC）的核心思想是将与企业进行市场营销所有关的一切传播活动一元化。这是欧美 90 年代以消费者为导向的营销思想在传播宣传领域的具体体现。1990 年，北卡莱罗纳大学教授罗伯特·劳特朋（Robert Lauteer-born），在《广告时代》杂志上发表《4P 退休 4C 登场》，在这篇文章中，针对 4P 存在的问题，他提出了以顾客为中心的 4C 营销组合，即顾客（Consumer）、成本（Cost）、方便（Convenience）、沟通（Communication），并以此取代传统的 4P 论的观点，提出了整合营销思想。

劳特朋的 4C 是从解决人们不看、不信、不记广告问题而找到的方法。因此，4C 主要内容包括 4 忘掉和 4 考虑。

① 消费者（Consumer），创造消费者比开发产品更为重要。企业必须忘掉产品，考虑消费者的需要和欲求。

② 成本（Cost），重视成本胜过重视价格。企业必须忘掉定价，考虑消费者为满足其需求愿意付的成本。消费者看重自己全部支出和满足程度的比率，其支出成本包括产品的购买成本和使用成本两部分。因此，企业的责任界限便延伸到产品寿命周期的全过程。

③ 方便（Convenience），全方位的服务，方便消费者的购买和使用比推销产品更重要。企业应忘掉渠道，而致力于考虑如何让消费者方便地寻找产品。

④ 沟通（Communication），沟通情感比销售产品更为重要。企业应忘掉促销，考虑如何

同消费者进行双向沟通，寻求企业与消费者认识的契合点。

美国西北大学唐·E. 舒尔茨（Don E Schultz）是整合营销传播理论的开创者，在他与人合作于 1993 年出版的《整合营销传播》一书中，主张以 4C 取代 4P。《整合营销传播》书中的第一句话便说："4P（产品、价格、通路、促销）已成明日黄花，新的营销世界已转向 4C。"传统营销主张的 4P 横扫了近半个世纪，舒尔茨的 IMC 宣称它已"终结"。

后来，在 4C 基础上舒尔茨又提出了新理论——4R 营销理论，Relevance（关联——与顾客建立关联）、Reaction（反应——提高市场反应速度）、Relationship（关系——运用关系营销）和 Reward（回报——是营销的源泉）。4R 营销理论的最大特点是以竞争为导向，来弥补 4C 营销的不足，主张开展关系营销，实现互动与双赢，使企业兼顾到成本和双赢。约 10 年之后，舒尔茨又进一步提出了 5R 理论，并以 5R 作为 IMC 之基础，5R 较 4C 更突显顾客的核心地位，营销问题被改写为：与顾客建立关联（Relevance）、注重顾客感受（Receptivity）、提高市场反应速度（Responsive）、关系营销越来越重要（Relationship）、赞赏回报是营销的源泉（Recognition）。

从以上 4C 和 5R 的进程中可以看出越来越多的对顾客价值的关注，舒尔茨教授的学术思想有一条主线，即营销的核心应从交易走向关系。因此，可以清楚看到 IMC 的更高层次的目标：IMC 不只是为了传播及提升传播的效果，IMC 正是为了建立顾客关系这一营销最核心的目的。

在诸多西方营销理论和我国营销发展的基础上，2001 年，中南大学商学院吴金明教授提出了"4V"营销组合观的新理念。所谓"4V"，是指"差异化（Variation）"、"功能化（Versatility）"、"附加价值（Value）"、"共鸣（Vibration）"。

从整体上来分析，"4V"营销组合理念不仅是典型的系统和社会营销论，即它既兼顾社会和消费者的利益，又兼顾投资者、企业与员工的利益。更为重要的是，通过对"4V"营销的展开，可以培养和构建企业的核心竞争力。这一点既可以从企业核心竞争能力的判断基准与"4V"营销组合论的关系中得到证明，也可以从我国企业由"顾客导向（CI）"到"顾客满意（CS）"再到"顾客忠诚（CL）"的"3C"实践转变中得到印证。

总之，营销组合的理论还远没有成熟，我们无法凭空清晰地描绘出一个明天的理论蓝图。但是，我们意识到，随着营销实践的深入，营销组合的理论将会更具有操作性，能够有效地监测和评估绩效，也会更加丰富和成熟。

14.4.2 产品策略

市场营销研究市场需要，而目标顾客的需要只有通过产品才能满足，因此，产品策略是企业营销组合策略中最重要的内容。

1. 产品组合策略

1）产品整体概念

所谓产品，是指能够提供给市场用来满足人们某种欲望和需要的任何事物，包括实物、服务、组织、场所、主意、思想等。产品整体概念包括 3 个层次：①实质产品。是指消费者购买某种产品时所追求的利益，是顾客真正要买的东西，消费者购买某种产品，是为了获得能满足某种需要的效用或利益；②有形产品。是指产品的本体，是核心产品借以实现的各种具体产品形式，即向市场提供的产品实体的外观。它一般由产品的质量、特色、品牌、商标、包装等有形因素构成；③附加产品。是指消费者购买产品时随同产品所获得的全部附加服务与利益，它包括提供信贷、免费送货、安装调试、保养、包换、售后服务等。

2）产品组合策略

产品组合策略（Product Mix Decisions）是指企业根据自身的目标和环境变化对产品线（Product Line，是指密切相关的一组产品）和产品项目所进行的抉择和管理。

（1）产品组合的宽度、长度、深度和关联性

一个企业的产品组合应具有一定的宽度（Width）、长度（Length）、深度（Depth）和关联性（Consistency）。宽度是指一个企业有多少产品大类（产品线）；长度是指一个企业的所有产品线中所包含的产品项目的总和；深度指产品线中每种产品所提供的花色品种规格的多少；关联性指一个企业各个产品线在最终使用、生产条件、分销渠道或其他方面的密切相关联的程度。

（2）产品组合策略

企业调整、优化产品组合时可以从以下方面进行。

① 扩大产品组合。包括拓展产品组合宽度和加强产品组合深度。

② 缩减产品组合。市场不景气，供应原料价格上涨时，缩减过宽或过深的产品组合，利润可能会上升。

③ 全部或部分地改变公司原有产品的市场定位。具体可以向下、向上和双向延伸。

2. 品牌与商标策略

在市场经济条件下，任何一种产品，都可能有多家企业进行生产和销售。为了让消费者对本企业的产品进行识别，产生兴趣，进而购买，每个企业都要在自己的产品上标注出反映本企业特色的品牌，以供购买者识别。品牌已成为产品质量和企业信誉的象征，名牌产品可以给企业带来丰厚的利润。

（1）品牌与商标的含义

所谓品牌，是企业给自己的产品规定的商品名称，通常由文字、标记、符号、图案、颜色、字体等要素或这些要素的组合构成，用作同竞争者的产品相区别的一个标识。品牌是一个集合概念，它包括品牌名称、品牌标志、商标。品牌名称是指品牌中可以用语言称呼的部分。品牌标志是品牌中可以被识别出，但不能用语言称呼的部分。注册商标是已经获得专用权并受法律保护的一个品牌或品牌的一部分。品牌的实质是一种承诺，代表卖方对交付给买者的产品特征、利益和服务的一贯性保证。其含义可以分6个层次：属性、利益、价值、文化、个性、用户。品牌含义最持久的是价值、文化、个性。

（2）品牌与商标的策略

① 品牌有无策略。企业为了品牌和商标要付出成本，但也有受益。

② 品牌使用策略。企业可以有3种策略：使用企业自己的品牌，即生产者品牌；使用中间商品牌；有些产品用自己的品牌，有些产品用中间商品牌。

③ 个别品牌。企业各种不同的产品分别使用不同的品牌。

④ 统一品牌。企业所有的产品都统一使用一个品牌名称。

⑤ 分类品牌。企业的各类产品分别命名，一类产品使用一个牌子。

⑥ 品牌扩展策略。品牌扩展策略是指企业利用其成功品牌名称的声誉来推出改良产品或新产品，包括推出新的包装规格、香味和式样等；

⑦ 多品牌策略。多品牌策略是指企业同时经营两种或两种以上互相竞争的品牌。

⑧ 企业形象识别系统（Corporate Identity System，CIS）。指将企业经营理念与精神文化，运用整体传达系统（特别是视觉传达设计），传达给企业周围的关系或团体（包括企业内部与社会大众），并使其对企业产生一致的认同与价值观。它包括3方面构成要素：企业理念识别系统（Mind Identity，MI）；企业行为识别系统（Behaviour Identity，BI）；企业视觉识别系统（Visual Identity，VI）。

3. 产品生命周期策略

（1）产品生命周期及各阶段的特点

产品生命周期是指产品从进入市场到退出市场所经历的市场生命循环过程。典型的产品生命周期分为4个阶段。

① 介绍期（或引入期）。产品销量少，促销费用高，制造成本高，销售利润常常很低甚至为负值。

② 成长期。销售量激增，生产规模扩大，成本逐步降低，平均促销费用有所下降，企业利润迅速增长，新的竞争者加入。

③ 成熟期。产品的销售量增长缓慢，逐步达到最高峰，然后缓慢下降；利润也从最高点开始下降，市场竞争非常激烈。

④ 衰退期。产品销售量急剧下降，企业从这种产品中获得的利润很低甚至为零，大量的竞争者退出市场，消费者的消费习惯已发生转变。

（2）产品生命周期策略

产品生命周期策略是指要根据产品所处的生命周期特定阶段，采取相应的策略。

4. 新产品开发策略

新产品开发策略是指企业为提高竞争能力在产品开发问题上所进行的抉择。

（1）新产品的概念

对于营销者而言，企业的产品只要在功能、形态或用途等方面发生了变化，与原产品不同，即为新产品。所以，新产品可分为以下几类：①全新产品；②改进新产品；③新牌子产品；④换代新产品；⑤引进外来产品。

（2）新产品开发程序

不同行业的产品项目和生产条件的差异，产生了新产品开发管理程序的不同，但一般企业开发新产品的程序大致经历以下步骤：①构思；②筛选；③产品概念形成与测试；④拟定市场营销计划；⑤商业预测与可行性分析；⑥产品研发；⑦市场试销；⑧批量上市。

14.4.3 定价策略

价格是企业营销组合诸要素中非常复杂、敏感的一项，这是因为，产品、渠道、促销等要素均表现为成本支出，唯价格一项，能给企业带来销售收入。价格影响着市场需求和企业利润，因此，价格策略十分重要。

企业制定价格是一项很复杂的工作，必须全面考虑各个方面的因素，采取一定步骤和措施。一般来说有6个步骤：选择定价目标、测定价格的需求弹性、估算成本、分析竞争对手的产品和价格、选择适当的定价方法、选定最后价格。下面简要阐述定价目标、方法和选定价格3个步骤。

1. 定价目标

定价策略属于一种战术性目标。在不同的市场环境、不同的时间、不同的企业，是不同的，企业常见的订价目标有以下几种：①生存。不得不把价格压得很低，从而使企业生存下去。②稳定价格。③获得较高的市场占有率。企业在商品刚刚进入市场时采用较低的价格，甚至亏本经营。④维持一定投资收益率。投资收益率是指一定时间里净利润额占投资总额的比重。大型投资项目大都采用这种定价目标，投资者希望在一定的时期内还本付息，并获得收益，因此在定价时就必须考虑使利润达到投资的一定比例。这个比例的最低界限一般略高于当时市场的借款利息率，再加上日常的维护保养及折旧费用等来确定。⑤争取获得当期利润最大化。利用价格需求函数的特性，不卖最高价，因为高价会影响销量。⑥应付市场竞争。企业定价时参考竞争对手价格及自身与竞争对手的实力。若实力较弱，可与竞争对手保持相同或相近的价格，以避免剧烈的竞争。

2. 定价方法

企业定价有 3 种导向，即成本导向、需求导向和竞争导向。当企业采取成本导向定价法时，通常包括成本加成定价法和目标定价法。

（1）成本加成定价法

所谓成本加成定价是指按照单位成本加上一定百分比的加成来制定产品销售价格。加成的含义就是一定比率的利润。所以，成本加成定价公式为：

$$P = C(1 + R)$$

式中：P——单位产品售价；

$\quad\quad C$——单位产品成本；

$\quad\quad R$——成本加成率。

与成本加成定价的方法类似，零售企业往往以售价为基础进行加成定价。其加成率的衡量方法有两种：用零售价格来衡量、用进货成本来衡量。

（2）目标利润定价法

所谓目标定价法，是指根据估计的总销售收入（销售额）和估计的产量（销售量）来制定价格的一种方法。

$$P = \frac{C}{Q} + V$$

式中：P——盈亏平衡的保本产品单价；

$\quad\quad C$——固定成本；

$\quad\quad Q$——预计销量；

$\quad\quad V$——单位变动成本。

目标定价法有一个重要的缺陷，即企业以估计的销售量求出应制定的价格，殊不知价格却又恰恰是影响销售量的重要因素。

（3）认知价值定价法

当企业采取需求导向定价法时，与现代市场定位观念相一致，通常可以采取认知价值定价法。

认知价值定价法也叫感受价值定价法，就是企业根据购买者对产品的认知感受价值来制定价格的一种方法。它是伴随现代营销观念而产生的一种新型定价方法。

认知价值定价法的关键在于进行市场营销研究，准确地计算产品所提供的全部市场认知感受价值。企业如果过高地估计认知感受价值，便会定出偏高的价格；如果过低地估计认知感受价值，则会定出偏低的价格。

（4）随行就市定价法

随行就市定价法是指企业按照行业的平均现行价格水平来定价，是同质产品市场的惯用定价方法。

（5）密封投标定价法

密封投标定价法通常用于产业市场，建筑工程承包、大型设备制造、政府大宗采购等通常采用这种办法。采购方一般在报纸或网络等媒体，公开发出招标广告或函件，说明拟采购商品的品种、规格、数量等具体要求，邀请供应方在规定的期限内投标。在规定的日期内开标，择优选定价格低、质量好、资质强的单位。

测定不同报价水平的中标概率是运用此法的难点。这一方面需要通过市场调查及对过去投标资料进行分析来大致估计，另一方面需要密切注视竞争者的投标动态。

3. 定价策略

① 撇脂定价。新产品投放市场时，把产品的价格定得很高，以迅速攫取最大利润。

② 渗透定价。新产品投放市场时，把它产品价格定得相对较低，以吸引大量顾客，提高市场占有率。

③ 差别定价策略，也叫价格歧视。企业对产品或服务根据不同情况，确定不同的价格。常见的有：顾客差别定价、产品部位差别定价、产品形式差别定价、销售时间差别定价。

④ 声望定价。名牌或名店的商品定高价。质量不易鉴别的商品的定价最适宜采用此法，因为消费者往往以价格判断质量，认为高价高质。

⑤ 尾数定价，又称奇数定价。每种产品的价格整数后都有尾数，使消费者产生价格便宜的感觉或认为有尾数的价格是经过认真的成本核算的，物有所值。

⑥ 折扣与折让定价策略。企业为了鼓励顾客及早付清货款、大量购买、淡季购买，而酌情降价的调整策略叫价格折扣和折让。包括现金折扣、数量折扣、功能折扣（又叫贸易折扣）、季节折扣、让价策略。

⑦ 招徕定价。利用顾客的求廉心理，特意将某几种商品的价格定得较低以吸引顾客。

⑧ 地区定价策略。产品销售到不同国家或地区的企业要决定是否制定地区差价。地区差价一般有：FOB 原产地定价、统一交货定价、分区定价、基点定价、运费免收定价。

⑨ 习惯定价。对人们非常熟悉的形成习惯价格的物品，必须按习惯定价。

⑩ 政府定价。对关系到国计民生或紧缺的能源、物资等的定价，一般采用政府定价。通常采用听证会机制做调节。例如，天然气价格、粮价等。

14.4.4 分销策略

1. 分销渠道

分销渠道是指某种商品和服务从生产者向消费者转移过程中，取得这种商品和服务的所有权或帮助所有权转移的所有企业和个人。因此，分销渠道包括商人中间商（因为他们取得所有权）和代理中间商（因为他们帮助转移所有权），此外，它还包括处于渠道起点和终点的生产者和最终消费者或用户。

分销渠道对产品从生产者转移到消费者所必须完成的工作加以组织，形成商品和服务转移过程中的整个市场营销结构。其目的在于消除产品（或服务）与使用者之间的分离。分销渠道的主要职能有：研究、促销、接洽、配合、谈判、物流、融资、风险承担。

2. 影响分销渠道模式选择的因素

任何一个想在经营上取得成功的企业，都必须在正确分析市场机会的情况下，设计出有效的营销渠道。影响渠道设计的主要因素有以下几种。

（1）顾客特性

渠道设计受顾客人数、地理分布、购买频率、平均购买数量，以及对不同市场营销方式的敏感性等因素的影响。当顾客人数多时，生产者倾向于利用每一层次都有许多中间商的长渠道，但购买者人数的重要性又受到地理分布程度的修正。

（2）产品特性

影响分销渠道的产品特性有：价值、体积、搬运距离、搬运次数、耐保存性（易腐坏性）、非/标准化、需要安装维修与否等。

（3）中间商特性

设计分销渠道时，还必须考虑执行不同任务的市场营销中间机构的优缺点。一般来讲，中间商在执行运输、广告、储存及接纳顾客等职能方面，以及在信用条件、退货特权、人员训练和送货频率方面，都有不同的特点和要求。

（4）竞争特性

分销渠道设计还受到竞争者所使用的渠道的影响，因为某些行业的生产者希望在与竞争者相同或相近的经销处与竞争者的产品抗衡。

（5）企业特性

企业特性包括企业的总体规模、财务能力、产品组合、过去的渠道经验和现行的营销政策、大客户的规模及强制中间商合作的能力。

（6）环境特性

渠道设计还要受到环境因素的影响。

3. 分销渠道的管理

企业管理人员在进行渠道设计之后，还必须对个别中间商进行选择、激励与定期评估。

（1）选择渠道成员

生产者在招募中间商时，常处于毫不费力地找到和必须费尽心思才能找到渠道成员两种极端情况之间。不论哪一种情况，生产者都须明确中间商的优劣特性。一般来讲，要评估中间商经营时间的长短及其成长记录、清偿能力、合作态度、声望等。当中间商是销售代理商时，生产者还须评估其经销的其他产品大类的数量与性质、推销人员的素质与数量。

（2）激励渠道成员

生产者要利用中间商销售商品，因此，激励中间商的工作很必要，但商品所有权已卖给中间商，这就使问题复杂化。

生产者必须了解中间商的心理状态与行为特征，才能有效激励中间商。许多生产者常忽略了某些顾客，但是，更多的生产者忽视了中间商，没能认识到中间商是一个独立的市场营销机构，并不是生产者所雇佣的这一现实。为了实现自己的利润目标，如果没有激励，他没有理由为生产者从事营销活动。在激励中间商时，生产者必须尽量避免激励过分与激励不足两种情况。

（3）评估渠道成员

对绩效过分低于既定标准的中间商，必须找出主要原因，同时还应考虑可能的补救方法。

14.4.5　促销策略

所谓促进销售，简称促销，是企业以人员的或非人员的方法向顾客或用户提供产品性能特点、价格、供应地点，以及使用这种商品能给消费者带来的实惠等信息，吸引消费者购买的活动。

促销策略是卖方向买方传递和沟通商品或服务信息的策略。该策略可分为人员推销和非人员推销，也可分为推式促销和拉式促销。推式促销多为人员推销，拉式促销则更多采用非人员方式。促销主要方式主要有以下几种。

1. 广告

广告是由明确的广告主发起，通过付费的方式达到一定目的的任何非人员介绍和促销其创意、商品或服务的行为。

广告策略包括广告预算的确定、广告创作与表达、广告媒体选择决策等。

2. 人员推销

人员推销是现代企业一个最普遍、最有效的促销手段。企业需要专门的机构和人员来从事具体的推销工作。其特点、组织模式、管理思想、调控机制也与企业其他部门不同。

（1）人员推销的特点

一是灵活性；二是针对性；三是有利于顾客同销售人员建立友谊；四是有利于企业了解市场，提高决策水平；五是能实现潜在交换；六是在竞争激烈、产品价格昂贵或性能复杂等情况下效果好。

（2）组建和管理推销队伍

通常是按照区域、产品、顾客3种模式建立推销队伍。对每一种模式进一步确定推销区域及其责任和配额、制定岗位职责和任务。主要有以下步骤：①招聘、培训推销人员。挑选标准：感同力、自信力、挑战力、自我驱动力。②管理推销队伍。包括安排、激励、指导、评价等环节。

（3）销售区域设计

考虑的因素包括易管理、自然界线位置、相邻区域的一致性、能严格控制推销旅途的时间和成本花费、销售潜量易估计、各区域的工作量和销售潜量都足够大且相等、交通便利程度等。

3. 公共关系

公共关系是企业为了塑造组织形象，通过传播和沟通手段来影响公众的科学与艺术。

良好的公共关系能够树立企业在公众中的信誉和完美形象，为企业的生存和发展创造良好的工作环境。成功的公共关系活动能达到以下几个方面的目的：提高企业或产品的知名度与美誉度；帮助新产品打开销路；有助于挽回突发事件的不利影响；有利于建立良好的社区关系。常见的公共关系活动形式有：新闻发布会、赞助活动、展览会或展销会、开放参观、庆典和纪念活动等。

4. 营业推广

营业推广也叫销售促进，是指企业运用各种短期诱因，鼓励购买或销售企业产品或服务的促销活动。美国市场营销协会定义委员会认为，营业推广是指："除了人员推销、广告、宣传以外的刺激消费者购买和提高经销商效益的各种市场营销活动。例如，陈列、演出、展览会、示范表演以及其他推销努力。"在美国零售业，它指刺激顾客的一切方法，包括人员推销、广告和报道，它也被视为促销的同义词。

（1）营业推广的促销工具分类

①针对消费者。如样品、折价券、以旧换新、减价、赠奖、竞赛、商品示范等。②针对产品用品。如折扣、赠品、特殊服务等。③针对中间商。如购买折让、免费货品、商品推广津贴、合作广告、推销金、经销商销售竞赛等。④针对推销人员。如红利、竞赛、销售集会等。

（2）营业推广工具选择必须考虑的因素

包括市场类型、营业推广目标、竞争情况，以及每一种销售促进工具的成本效益等。

（3）营业推广方案的主要内容

包括诱因的大小、参与者的条件、促销媒体的分配、促销时机的选择、促销的总预算等。

（4）营业推广效果评价

对企业营业推广效果评价的方法依对象不同而有差异：①对零售商的效果评价根据销量、商店货档空间的分布和零售商对合作广告的投入等；②对消费者效果评价可通过比较销售绩效变动进行，在其他条件一样的情况下，销售的增加可归因于销售促进的影响；③在目标市场中找一组样本消费者面谈，这种方法常有选择地用来研究某种促销工具的效果。

本 章 小 结

市场营销管理在企业经营管理中具有十分重要的地位，是管理学科的核心课程。市场营销学是一门建立在经济科学、行为科学和现代管理理论基础之上的应用科学。市场营销学的研究对象是以满足消费者需求为中心的企业市场营销活动过程及其规律性，即在特定的市场营销环境中，企业以市场营销研究为基础，为满足消费者现实和潜在的需要所实施的以产品、促销、地点、定价为主要内容的市场营销活动过程及其客观规律性。其内容具有综合性、实践性、应用性的特点。

◇ 第 *15* 章

物 流 管 理

教学目标： 通过本章的学习，对物流管理相关的概念有较为准确的理解，对供应链管理的基本理论和管理策略能够深刻地理解和掌握，熟悉基本物流作业管理，并对物流服务的基本模式有初步的认识。

教学要求： 掌握物流管理的主要功能要素及供应链管理的基本策略，熟悉基本的物流作业管理和物流服务模式，了解物流管理的一些基本原理。

15.1 现代物流及物流管理概述

现代物流的快速发展已使之成为人们关注的重要领域，而物流及其活动本身的复杂性，又使物流管理成为现代企业管理的重要组成部分。

15.1.1 物流的起源及其重要性

1. 物流的定义

物流即物的流通。物是指一切可以使用的物质资料；流是指物理性的移动或运动、流动。物流即物资资料的流动。我国的物流概念起源于日本，而日本的物流定义则来自于美国。不同的国家和不同的学者均从不同的角度对物流的定义进行了界定，为了更好地理解物流的定义和内涵，我们有必要对这些定义进行简单的了解。主要国家或组织关于物流的定义如表 15 - 1 所示。

目前国内关于物流的标准定义采用的是中国国家标准《物流术语》中关于物流的界定，这个定义除了对概念的准确性进行了斟酌之外，还将国外的先进物流理念与中国的现实情况联系起来了。

2. 物流的兴起

物的流动有两种主要的形式：商流和物流。物品从生产者所有转变为消费者所有，从而发生产品的所有权的转移，就是商流；物品从生产地转移到消费地以实现其使用价值，是单纯的实物流转，我们称为物流。换句话说，商流完成的是商品价值的转移；物流则是指物品的物理移动过程，它完成的是物品使用价值的转移。

表 15 – 1　不同国家或组织关于物流定义对比表

国家或组织	物流定义	说　　明
欧洲 ELA	1994 年：物流是在一个系统内对人员或商品的运输、安排及与此相关的支持活动的计划、执行与控制，以达到特定的目的	（1）成为欧洲标准化委员会的物流定义 （2）欧洲物流协会对此术语标准每隔 3 年修改一次 （3）每次都要吸收成员国内的物流定义，争取成为欧洲的物流规范
日通综合研究所	1981 年：物流是物质资料从供给者向需要者的物理性移动，是创造时间性、场所性价值的经济活动	包括包装、装卸、保管、库存管理、流通加工、运输、配送等诸多活动
澳大利亚 ILN	1997 年：物流就是关于货物从原点到终点移动和处理的全过程及其活动	ILN：the Integrated Logistics Network，综合物流网络，成立于 1997 年 11 月 26 日
中国 GB	2001 年：物流是物品从供应地向接收地的实体流动过程。根据实际需要，将运输、储存、装卸、搬运、包装、流通加工、配送、信息处理等基本功能实现有机结合	GB：中国国家标准《物流术语》 ＜ GB/T18354 – 2001 ＞

生产和消费在时间和空间上的分离是物流产生的根源，生产和消费的分离直接导致商流和物流的分离。在社会发展初期，生产力水平低下，生产者与消费者之间的间隔较小，可以直接接触，生产者在转让商品所有权的同时，也把商品实体转交给了消费者，此时，商流与物流是统一的。所谓的"一手交钱，一手交货"便是商流与物流统一的形象写照。

随着社会经济的发展，上述物流与商流合一的情形虽仍存在，但已不符合社会发展的趋势。当今社会生产力高度发达，国际间的交往日益增多，信息技术与管理手段的发展日新月异，商流与物流分离也成为一个必然的趋势。实践证明：如果按照一定的原则简化物资流通的渠道，不与商流渠道重合，那么可以节约大量成本，物资流通的速度也大大加快。

商流与物流分离的根本原因是两者流通的实体——资金流与物资流有相对独立性。物资受到实物形态的限制，其运动形式、运动渠道与资金流有很大的不同。资金流可以由银行间的结算系统通过划账方式瞬时完成，从而完成买卖交易，实现所有权的转让。但是，相应物资的转移还要经过运输、存储、配送等一系列漫长的过程来实现。因此，随着社会经济的发展，生产方式多样化、分工专业化和生产规模化的发展，生产者和消费者、商流和物流出现了分离，物资的流动变得越来越普遍。

3. 物流的地位与重要性

（1）物流在宏观经济发展中的重要性

2001 年朱镕基在中央经济工作会议上指出："大力推广连锁经营、物流配送等现代营销方式。"原经贸委主任李荣融认为："今后中国流通业（商流＋物流）的改革和发展要以现代物流为中心。"经济学家魏杰认为："国际上，物流产业被认为是国民经济发展的动脉和基础产业，其发展程度成为衡量一国现代化程度和综合国力的重要标志之一，被喻为经济发展的加速器。"台湾学者苏雄义将物流看作新竞争力的源泉。

从以上著名学者和政府官员关于物流对宏观经济发展的作用的论述，我们可以看出现代经济发展已经离不开物流，物流是社会经济的基础活动，物流发展水平的高低直接影响一个国家的国民经济运行质量的高低。

（2）从微观层面上看：物流是企业的第三利润源泉

20世纪60年代，美国管理大师彼得·德鲁克（Peter Drucker）就预言，物流业是每个国家经济增长的"黑大陆"，是"降低成本的最后边界"，是降低资源消耗、提高劳动生产率之后的"第三利润源"，是"一块未被开垦的处女地"。日本早稻田大学西泽修教授认为，物流是一座冰山，人们只看到了水面上的冰山，实际上水面下的冰山更大。英国经济学家克里斯多夫认为，"市场上只有供应链而没有企业"，"真正的竞争不是企业与企业之间的竞争，而是供应链与供应链之间的竞争"。

物流成为第三利润源泉的理论来自两个前提条件：①物流可以完全从流通过程中分化出来；②物流和其他独立的经营活动一样，它不是总体的成本构成因素，而是单独的盈利因素，因而物流可以成为利润中心型的独立系统。同时，物流成为第三利润源泉还基于两个自身能力：①物流是企业成本的重要产生点；②物流活动的最大作用在于提高企业对用户的服务水平，进而提高企业的竞争力。

（3）物流对企业的作用

物流对企业的作用主要表现在以下几个方面。

① 保值。物流的使命就是保证产品从生产者到消费者移动过程中的数量和质量，起到产品的保值作用，即保护产品的使用价值，使得该产品到达消费者时使用价值不变。

② 节约。搞好物流能够节约自然资源、人力资源和能源，同时也能节约费用。例如，集装箱化运输，可以简化商品包装，节省大量包装用纸和木材。

③ 缩短距离。物流可以克服时间间隔、距离间隔和人的间隔，这是物流的实质。

④ 增强企业竞争力、提高服务水平。搞好物流可以实现零库存、零距离和零流动资金的占用，是提高用户服务水平，构筑企业供应链，增加企业核心竞争力的途径。

⑤ 创造社会效益和附加值。如果在物流作业过程中实现装卸搬运的机械化、自动化，不但能提高劳动生产率，而且能解放生产力，这本身就是创造社会效益。同时，物流通过流通加工功能也能创造附加价值。

15.1.2 物流的功能要素

物流的功能要素一般包括运输、储存、装卸、搬运、包装、流通加工、配送和信息处理等8项活动要素。

（1）运输（Transportation）

运输是用设备和工具，将物品从一地点向另一地点运送的物流活动，是借助运输工具，通过一定的线路，实现货物空间移动，克服生产和需要的空间分离，创造空间效用的活动，包括集货、分配、搬运、中转、装入、卸下、分散等一系列操作。它涉及运输模式的选择、路径的选择、法律的遵守、承运人的选择。运输费用经常是物流活动中最大的单项费用。

（2）储存（Storing /Warehousing）

储存功能是对物流中暂时处于停滞状态物资进行的活动。储存作为一种物流形态，为物流提供场所和时间，在储存期间可以对储存品进行检验、整理、分类、保管、包装、加工、集散、转换运输方式等作业。因此，储存在物流中具有重要的作用，成为与运输并列的两大物流支柱。

（3）装卸（Loading and Unloading）

装卸是指物品在指定地点以人力或机械装入运输设备或卸下。它是物品的垂直移动。

（4）搬运（Handling/Carrying）

搬运是指在同一场所内（短距离），对物品进行水平移动为主的物流作业。例如，工厂内各车间之间，车间内各工序之间，仓库内各作业区（卸货区、储存区、分拣区、发货区）之间的物品移动就是搬运。

（5）包装（Package /Packaging）

包装功能是为了维持产品状态、方便储运、促进销售，采用适当的材料、容器等，使用一定的技术方法，对物品包封并予以适当的装潢和标志的操作活动。包装是为在流通过程中保护产品（在储运中，尤其是在长途多式联运中）、方便储运（单位化/单元化）、促进销售，按一定技术方法而采用的容器、材料及辅助物等的总体名称。前两项属于物流功能，后一项是市场营销的范畴。

（6）流通加工（Distribution Processing）

流通加工功能是指在流通过程中，根据客户的要求和物流的需要，改变或部分改变商品形态的一种生产性加工活动。物品在从生产地到使用地的过程中，根据需要施加包装、分割、计量、分拣、刷标志、拴标签、组装等简单作业的总称。如食品的冷冻、冷藏，钢板切割，卷材展平等。

流通加工是流通中的一种特殊形式，其目的是为了克服生产加工的产品在形质上与客户要求之间的差异。或者是为了方便物流提高物流效率。

（7）配送（Distribution）

配送是指在经济合理区域范围内，根据用户要求，对物品进行拣选、加工、包装、分割、组配等作业，并按时送达指定地点的物流活动。

配送是按客户的要求，进行货物配备送交客户的活动，是一种直接面向客户的终端运输，客户的要求是配送活动的出发点。配送的实质是送货，但它以分拣、配货等理货活动为基础，是配货和送货的有机结合。

（8）信息处理（Logistics Information）

信息是领导的耳目，是决策的前提。信息系统不仅要及时获取准确信息，更要及时处理（如汇总、储存、传递等）所得信息，实现信息共享。信息处理要计算机化，例如，POS系统，EDI的技术。

15.1.3 物流创造效用/价值

从经济学上讲，效用（Utility）是商品或服务为满足需求所提供的价值或用途。物流活动可以创造4种效用。

（1）形式效用（Form Utility）

形式效用是通过创造/制造商品或服务的过程实现的。例如，当 Dell 的装配厂将零配件组装成客户定制的计算机，形式效用就形成了。可见，形式效用是通过生产过程来实现的。

（2）拥有效用（Possession Utility）

拥有效用是人们实际拥有/占有特定商品或服务的价值，这可通过销售实现。

虽然形式效用和拥有效用与物流并没有直接的关系，但是如果没有在恰当的时间、恰当的地点、恰当的条件、恰当的费用下得到恰当的物品，则这两个效用哪一个也不可能实现。格罗夫纳·普洛曼（Grosvenor Powman）称之为"物流的 5R"。

（3）时间效用（Time Utility）

时间效用是指在需要物品的时候拥有物品所产生的价值。这可能发生在组织中，例如，拥有生产所需的所有原料及零部件，以保证生产线不会停下来。也可能会发生在市场上，例如，客户需要某一商品时，该商品被及时提供。

时间效用表现为通过商品流通过程中的劳动克服了商品生产和消费在时间上的不一致。这种不一致表现有多种情况，例如，农产品之类的商品只能间断性生产而不必连续消费，又如，一些时令性或集中性消费商品，其生产又是长期连续的，更多的情况是虽然生产和消费都是连续的，但是商品从生产到消费有一定的时间差，这种时间差表现为商品生产与消费的时间矛盾。商品流通过程如储存、保管等投入的劳动恰好可以解决这种矛盾，表现为商品时间效用的增加。

（4）地点效用（Place Utility）

地点效用是在物品需要的地点拥有它所产生的价值。例如，供应商将计算机零配件及时配送到 Dell 的工厂，这就产生了地点效用。

地点效用表现为通过商品流通过程中的劳动克服商品生产和消费在地理空间上的分离。不同的地区具有不同的生产优势和生产结构，而产品的消费却可能分布在另外的地区甚至是全国、全世界。所以，正是商品流通所耗劳动创造的空间效用使我们可以享受瑞士生产的咖啡，购买法国的时装，使用微软公司的 Windows 操作系统。

值得注意的是，时间和地点效用是通过物流活动提供的。而没有这两种效用，客户的需要就得不到满足。

15.1.4　企业物流

1. 企业物流的类型

企业物流是为企业生产经营活动提供物流支持的物流系统，在一定意义上说，是企业内部物流系统。物流企业是为社会用户提供物流服务的组织或企业，是社会化物流。二者共同构成了国民经济物流系统的主要内容。

企业物流按所处生产经营活动的环节，可分为 5 种。

① 供应物流。又称输入物流，是企业为保障自身的生产与经营活动，不断组织原材料、零配件、燃料、辅助材料供应的物流活动。一般有两种形式：一种是从各供货厂商外购原材料、协作件等的采购物流；另一种是同一企业所属各分厂之间相互提供零部件的调拨物流。

② 生产物流。生产物流是指企业生产过程中的物流活动，伴随着整个生产过程。科学合理地设计工艺流程，可以有效降低生产物流成本。

③ 销售物流。销售物流即实物配送或输出物流。当前销售物流的解决方案有两种：一是商物分离，由第三方物流企业承担；二是企业本身将物流作为核心竞争力，依靠网络和电子商务，减少流转环节，实现厂商物流中心的集约化。

④ 回收物流。回收物流（Returned Logistics）是不合格物品的返修、退货，以及周转使用的包装容器从需方返回到供方所形成的物品实体流动。

在西方发达国家，不仅家电制造企业，其他制造企业也有着完善的产品回收体系，对销售出去的产品负责到生命周期结束。例如，主要的复印机生产厂商施乐、佳能等都投入精力对已使用过的产品进行再生产，化工行业的多家公司更是致力于对诸如旧地毯的化纤制品进行再生循环，柯达公司更是在 10 年前就开始对一次性使用的相机进行回收、再使用的循环生产。

⑤废弃物物流。废弃物物流（Waste Material Logistics）是将经济活动中失去原有使用价值的物品，根据实际需要进行收集、分类、加工、包装、搬运、储存等，并分送到专门处理场所进行处理所形成的物品实体流动。回收物流和废弃物物流都属于逆向物流。废弃物物流既是环境保护的要求，也是循环经济的要求。

2. 企业物流的组织

随着物流内涵的不断变化，现代物流把从供应商开始到最终顾客整个流通阶段所发生的商品运动作为一个整体。20 世纪 90 年代以来，物流组织的演变开始从功能组合走向过程组合。在现代物流企业中，物流组织的模式主要有两种：①协作型物流组织。在不改变原有组织机构模式的基础上，通过某种协作机制（如委员会制度），对分散在各部门的物流职能实行统一管理。但这种模式的组织只起参谋作用，而非管理职能。②一体化管理的物流组织。将原属于供应、生产销售等部门的全部物流职能并入一个一体化管理的物流部门。

15.1.5　物流管理及其发展历程

1. 内涵

我国国家标准《物流术语》中物流管理的定义是：物流管理（Logistics Management）是指为了以最低的物流成本达到用户所满意的服务水平，对物流活动进行的计划、组织、协调与控制。

2. 发展历程

根据对美国和日本物流管理发展的研究，我们可以将现代物流管理的发展划分为 3 个阶段，如表 15 – 2 所示。从表 15 – 2 可以看出，物流及物流学科的产生是社会经济发展到一定

表 15 – 2　现代物流管理的发展历程

	社会发展特点	经济发展特点	物流发展特点	物流学科发展特点
第一阶段 20 世纪 50 年代至 70 年代	工业化时期，大多数欧美国家陆续进入工业化社会	制造业发展迅速，社会分工不断细化	物流发展规模小，渠道不畅，成本不高，其作用未受到应有的重视	从经济学角度建立了物流学科（PD）；"第二次世界大战"时期，从技术角度确立了物流学科的地位
第二阶段 20 世纪 70 年代至 80 年代	世界各国大都采用了"大量生产——大量销售——大量消费——大量废弃"的社会发展模式	制造业的大规模化与零售业的大规模化并举	物流产业逐步形成和壮大，多品种、少批量的配送成为这一阶段主要的物流形式	各国对物流的认识开始由 PD 转向 Logistics，第三方物流理论出现，并确立了物流产业
第三阶段 20 世纪 90 年代至今	网络化时代到来	经济全球化、一体化趋势明显，知识经济初露端倪	发展到供应链管理阶段	支撑物流学科发展的物流经济学科、物流管理学科、物流技术学科理论体系初步形成，综合性的物流学科正在发展

时期的产物。各个阶段物流的发展是与同期社会经济发展相适应的。因此，政府或企业在进行物流规划、管理及制定物流政策时，决不能脱离当时社会经济发展的实际；在物流科学研究中，应该注意分析社会经济发展对物流发展的影响，以及物流在社会经济发展中的作用。

（1）实物配送阶段（Physical Distribution）（20世纪50—70年代）

物流管理起源于第二次世界大战中军队输送物资装备所发展出来的储运模式和技术。战后，这些技术被广泛应用于工业界，极大地提高了企业的运作效率，为企业赢得更多客户。当时的物流管理主要针对企业的配送部分，即在成品生产出来后，如何快速而高效地经过配送中心把产品送达客户，并尽可能维持最低的库存量。在这个阶段，物流管理只是被动地去迎合客户需求。准确地说，这个阶段物流管理并未真正出现，有的只是运输管理、仓储管理和库存管理。物流经理的职位当时也不存在，有的只是运输经理或仓库经理。物流的各项职能被分散在企业的各个职能部门中，造成本来连续的物流过程被割裂开来，物流业务发生的成本归属了各个不同的成本中心，很难综合计算出物流成本的确切水平。

1962年，美国经营学者彼得·德鲁克在《财富》上发表文章指出，消费者所支出商品价格的50%是与流通活动有关的费用，物流是降低成本的最后一个领域，是企业重要的利润源泉，从而对物流界的发展产生了重大的推动作用。在这一背景下，1963年美国成立了物流管理协会（National Council of Physical Distribution Management），这是世界上第一个物流专业人员组织，在一定程度上标志着物流无论是作为一门学科还是一种职业，已从市场营销中分离出来了。但这一阶段的研究仍以分销过程为主，即产品从制造商成品库到用户这一阶段，企业内部物流并不包含在物流管理之中。

（2）物流管理阶段（Logistics）（20世纪70年代后期至80年代末）

物流管理阶段又称内部一体化时代，在这一阶段，物流已突破了商品流通的范围，把物流活动扩大到生产领域。物流不仅从产品出厂开始，而且包括从原材料采购、加工生产，到产品销售、售后服务，直到废弃物品回收等整个物理性的流通过程。企业界与学术界认识到，把物料管理与实物配送结合起来管理可以大大提高物流效率与效果。物流管理的范围扩展到除运输外的需求预测、采购、生产计划、存货管理、配送与客户服务等，以系统化管理企业的运作，以达到整体效益的最大化。

现代意义上的物流管理出现在八十年代。人们发现利用跨职能的流程管理的方式去观察、分析和解决企业经营中的问题非常有效。在这一时期，一些先进的管理技术与理念的产生及在管理中的应用，如MRP、MRPⅡ、DRP、DRPⅡ、TQM等，使人们逐渐认识到需要从生产流通消费的全过程把握物流管理，同时相关信息技术的发展，也为物流的一体化管理提供了物质基础和技术手段。但此时的一体化管理只限于企业内部。这个阶段，开始用Logistics代替Physical Distribution，标志着综合物流概念的确立。

（3）供应链管理阶段（Supply Chain Management）（20世纪90年代至今）

供应链管理阶段又称外部一体化管理阶段和全程物流管理阶段。20世纪90年代，随着全球一体化的进程不断加快，企业分工越来越细。各大生产企业纷纷外包零部件生产，把低技术、劳动密集型的零部件转移到劳动力较廉价的国家去生产。以美国的通用、福特、戴姆勒—克莱斯勒三大汽车厂为例，一辆汽车上的几千个零部件可能产自十几个不同的国家，几百个不同的供应商。这样一种生产模式给物流管理提出了新课题：如何在维持最低库存量的前提下，保证所有零部件能够按时、按质、按量，以最低的成本供应给装配厂，并将成品汽车运送到每一个分销商。

这已经远远超出一个企业的管理范围，它要求企业与各级供应商、分销商建立紧密的合作伙伴关系，共享信息，精确配合，集成跨企业供应链，保证整个流程的畅通。只有实施有效的供应链管理，方可达到同一供应链上企业间协同作用的最大化。市场竞争也已从企业与企业之间的竞争转变为供应链与供应链之间的竞争。在此背景下，加拿大物流管理协会于2000 年改名为加拿大供应链与物流管理协会，以反映行业的变化与发展。美国物流管理协会曾试图扩大物流管理概念的外延来表达供应链管理的理念，最后因多方反对，不得不修订物流管理概念，承认物流管理是供应链管理的一部分。

15.2 供应链管理

15.2.1 供应链及其组成

20 世纪六七十年代以来，信息技术革命使企业的经营环境和运作方式发生了很大的变化，而西方国家经济的长期低增长又使得市场竞争日益激烈，企业面临着严峻挑战。有些管理专家用 3C 理论阐述了这种全新的挑战：顾客（Customer）——买卖双方关系中的主导权转到了顾客一方，竞争使顾客对商品有了更大的选择余地；竞争（Competition）——由于交通和通信的发展，使得市场全球化的步伐进一步加快，企业面临的是整个全球市场，技术进步也使竞争的方式和手段不断发展，发生了根本性的变化，商品短缺时代的竞争主要靠数量，进入买方市场后主要靠质量，现在要靠速度；变化（Change）——我们已处在迅速变革的时代，以互联网为代表的计算机和信息技术的发展，将我们的生活和工作推向了一个崭新的时代，利用这些技术，人们能够实现以前想像不到的事情，市场需求日趋多变，而且难以预测，产品寿命周期的单位已由"年"趋于"月"，技术进步使企业的生产、服务系统经常变化，这种变化已经成为持续不断的事情。

在这样的变化和挑战中，原有的大而全、小而全的纵向一体化管理模式以难以适应快速变化的环境，需要转变为横向一体化的供应链管理模式。

1. 概念

供应链目前尚未形成统一的定义，许多学者从不同的角度出发给出了许多不同的定义。

（1）早期的观点

早期学者认为供应链是指把从企业外部采购的原材料和零部件，通过生产转换和销售等活动，再传递到零售商和用户的一个过程。传统的供应链概念局限于企业的内部操作层面上，注重企业自身的资源利用。

（2）概念发展

后来供应链的概念注意了与其他企业的联系，注意了供应链的外部环境，认为它应是一个"通过链中不同企业的制造、组装、分销、零售等过程将原材料转换成产品，再到最终用户的转换过程"，这是更大范围、更为系统的概念。例如，美国的史迪文斯（Stevens）认为："通过增值过程和分销渠道控制从供应商的供应商到用户的用户的流就是供应链，它开始于供应的源点，结束于消费的终点。"

（3）最近的观点

近年来供应链的概念更加注重围绕核心企业的网链关系，如核心企业与供应商、供应商的供应商乃至与一切前向的关系，与用户、用户的用户乃至与一切后向的关系。此时，对供应链的认识形成了一个网链的概念，例如，丰田、耐克、尼桑、麦当劳和苹果等公司的供应链管理都从网链的角度来实施。哈里森（Harrison）进而将供应链定义为："供应链是执行采购原材料，将它们转换为中间产品和成品，并且将成品销售到用户的功能网。"这些概念同时强调了供应链的战略伙伴关系问题。

中国国家标准（GB/T 18354—2001）《物流术语》将供应链界定为：生产及流通过程中，涉及的将产品或服务提供给最终用户活动的上游与下游企业，所形成的网链结构。

2. 组成

供应链由所有加盟的节点企业组成，一般由一个核心企业、上游供应网络，以及下游分销渠道组成，如图 15－1 所示。节点企业在需求信息的驱动下，通过供应链的职能分工与合作（生产、分销、零售等），以资金流、物流或服务流为媒介实现整个供应链的不断增值。

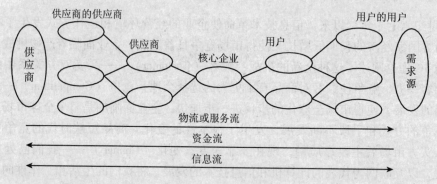

图 15－1　供应链结构图

（1）核心企业

供应链围绕核心企业构建，核心企业可以是产品制造企业，也可以是大型零售企业，如肯德基（KFC）、戴乐（Dell）、沃尔玛（Wal-Mart）等，核心企业处于主导、统帅地位。

（2）上游供应网络

上游供应网络是由为核心企业提供零部件、外协件、外构件，以及提供其他一系列供应服务的供应商组成。上游供应商同样有自己的供应网络，这一系列的供应商组成了一个紧密联系和协作的网络。例如，在 KFC 供应链上，有面包商、牛肉商、作料商、饮料商、纸杯商等；纸杯商的上游供应商是纸浆生产商（第二层供应商），而纸浆生产商的供应商是木材公司。这些供应商共同组成 KFC 的上游供应网络。

（3）下游分销渠道

与市场营销渠道不同，下游分销渠道包括商人中间商，如批发、零售商和代理中间商，此外还包括生产商和最终消费者。

对于核心企业来讲，供应链是连接其供应商、供应商的供应商，以及用户、用户的用户的网链。在供应链中，每一个企业是一个节点，节点企业之间是一种供应与需求的关系。因此，供应链涉及两个以上通过关联在一起的法律上独立的组织，供应链实际上是以自身企业为核心的全部增值过程的网络。

15.2.2 供应链管理

1. 供应链管理的概念

不同学者对供应链管理（Supply Chain Management，SCM）从不同角度进行了界定，David Simdvi-Levi 认为："供应链管理是在满足服务水平需要的同时，为了使得系统成本最小而采用的把供应商、制造商、仓库和商店有效地结合成一体来生产商品，并把正确数量的商品在正确的时间配送到正确的地点的一套方法。"Douglas Lambert 认为："供应链管理就是从终端用户到提供产品、服务和信息的初始供应商的业务过程的整合（以此获得竞争优势）"。

从单一的企业角度来看，供应链管理是指企业通过改善上、下游供应链关系，整合和优化供应链中的信息流、物流、资金流，以获得企业的竞争优势。供应链管理是企业有效性的管理，表现了企业在战略和战术上对企业整个作业流程的优化。它整合和优化了供应商、制造商、零售商的业务效率，使商品以正确的数量、正确的品质、在正确的地点、以正确的时间、最佳的成本进行生产和销售。

中国国家标准《物流术语》将供应链管理的定义界定为：利用计算机网络技术全面规划供应链中的商流、物流、信息流、资金流等，并进行计划、组织、协调与控制。

SCM 已成为国际上流行的先进的管理模式，也被认为是物流管理的高级阶段。美国物流管理协会 CLM 在 1998 年更名为供应链管理专业协会。

2. 供应链管理与物流的关系

供应链管理一词是在 20 世纪 80 年代末流行起来的，但当时对它的真实含义的认识存在许多混淆之处。直到现在，许多人还把供应链管理视为物流的代名词或同义词，认为两者没有什么差异。根据美国物流管理协会 CLM 在 1998 年修订的物流定义，物流管理只是供应链管理的一个组成部分，明确地指出物流是供应链流程的一部分，澄清了长期以来人们把物流和供应链概念混为一谈的观念。因此，物流是为供应链服务的，其内容包括为用户服务、需求预测、情报信息联系、材料搬运、订单处理、选址、采购、仓库管理、包装、运输、装卸、逆向回收和废料处理等业务过程。

3. 供应链管理的领域

供应链管理主要涉及 4 个领域的活动：供应、生产作业、物流、需求，其中需求又是关键领域，如图 15 - 2 所示。

在以上 4 个领域的基础上，我们可以将供应链管理细分为职能领域和辅助领域。职能领域主要包括产品工程、产品技术保证、采购、生产控制、库存控制、仓储管理、分销管理。而辅助领域主要包括客户服务、制造、设计工程、会计核算、人力资源、市场营销。具体而言，供应链管理还包括以下 8 项主要内容：①战略性供应商和用户合作伙伴关系管理；②供应链产品需求预测和计划；③供应链的设计（节点企业、资源、设备等的评价、选择和定位）；④企业内部与企业之间物料供应与需求管理；⑤基于供应链管理的产品设计与制造管理、生产集成化计划、跟踪和控制；⑥基于供应链的用户服务和物流（运输、库存、包装等）管理；⑦企业间资金流管理（汇率、成本等问题）；⑧基于 Internet/Intranet 的供应链交互信息管理等。

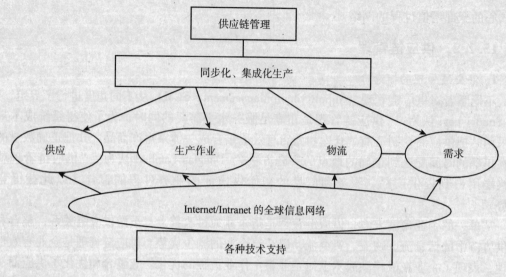

图 15 - 2 供应链管理领域

由图 15 - 2 可见，供应链管理是以同步化、集成化生产计划为指导，以各种技术为支持，尤其以 Internet/Intranet 为依托，围绕供应、生产作业、物流（主要指制造过程）、需求来实施的。供应链管理主要包括计划、合作、控制从供应商到用户的物料（零部件和成品等）和信息。供应链管理的目标在于提高用户服务水平和降低总的交易成本，并且寻求两个目标之间的平衡（这两个目标往往有冲突）。

供应链管理注重总的物流成本（从原材料到最终产成品的费用）与用户服务水平之间的关系，为此要把供应链各个职能部门有机地结合在一起，从而最大限度地发挥出供应链整体的力量，达到供应链企业群体获益的目的。

15. 2. 3 供应链管理的基本方法

现代供应链管理的理念是以顾客为中心，通过顾客的实际需求和对顾客未来需求的预测来拉动产品和服务。基于这种思想，产生了多种现代化的供应链管理策略，例如，快速反应策略（QR）、有效客户响应策略（ECR）、电子订货系统（EOS）和企业资源计划（ERP）等。

1. 快速反应

快速反应（Quick Response，QR）是美国零售商、服装制造商及纺织品供应商开发的整体业务概念，目的是减少原材料到销售点的时间和整个供应链上的库存，最大限度地提高供应链的运作效率。快速反应是指当物流企业面对多品种、小批量的买方市场时，不是储备了"产品"，而是准备了各种"要素"，在用户提出要求时，能以最快速度抽取"要素"，及时"组装"，提供所需服务或产品。也就是说，QR 是实时满足客户物流需求的能力，即通过信息技术的运用，将物流作业延迟到最后一刻，再进行快速配送。

2. 有效客户反应

有效客户反应（Efficient Consumer Response，ECR）是指以满足顾客要求和最大限度降低物流过程费用为原则，能及时作出准确反应，使提供的物品供应或服务流程最佳化的一种供应链管理战略。

ECR 的最终目标是建立一个具有高效反应能力和以客户需求为基础的系统,使零售商及供应商以业务伙伴方式合作,提高整个供应链的效率,而不是单个环节的效率,从而大大降低整个系统的成本、库存和物资储备,同时为客户提供更好地服务。实施 ECR 需要将条码技术、扫描技术、POS 系统和 EDI 集成起来,在供应链(由生产线直至付款柜台)之间建立一个无纸系统,以确保产品能不间断地由供应商流向最终客户,同时,信息流能够在开放的供应链中循环流动。这样,才能满足客户对产品和信息的需求,给客户提供最优质的产品和适时准确的信息。

ECR 与 QR 的区别主要体现在二者主要目标方面:ECR 的主要目标是降低供应链各个环节的成本而 QR 的主要目标是对客户的需求作出快速反应。

ECR 与 QR 都是进行供应链管理的一种有效策略和方法,其本质的目的都是为了提升企业的竞争力和供应链管理的有效性。因此,二者还是有共同点的,具体来说二者的共同点主要体现在两个方面:一是它们都以贸易伙伴间的密切合作为前提;二是它们需要共同的支持技术。二者均需要将条码技术、扫描技术、POS 系统和 EDI 集成起来,在供应链(由生产线直至付款柜台)之间建立一个无纸系统,以确保产品能不间断地由供应商流向最终客户,同时,信息流能够在开放的供应链中循环流动。这样,才能满足客户对产品和信息的需求,给客户提供最优质的产品和适时准确的信息。

3. 电子订货系统

电子订货系统(Electronic Ordering System,EOS)是指将批发、零售商场所发生的订货数据输入计算机,通过计算机通信网络即刻将资料传送至总公司、批发业、商品供货商或制造商处。EOS 能处理从新商品资料的说明直到会计结算等所有商品交易过程中的作业,可以说 EOS 涵盖了整个商流。在寸土寸金的情况下,零售业已没有许多空间用于存放货物,在要求供货商及时补足售出商品的数量且不能有缺货的前提下,更必须采用 EOS 系统。EDI/EOS 因内含了许多先进的管理手段,因此在国际上使用非常广泛,并且越来越受到商业界的青睐。

4. 企业资源计划

(1) ERP、MRP、MRPⅡ

20 世纪 90 年代初,美国著名的 IT 分析公司 Gartner Group Inc 根据当时的计算机信息处理技术(Information Technology,IT)的发展和企业对供应链管理的需要,对信息时代以后制造业管理信息系统的发展趋势和变革作了预测,提出了企业制造资源计划(Enterprise Resource Planning,ERP)系统。它是在 MRP 系统的基础上进一步开发出来的企业管理信息系统,因此,为了便于理解 ERP,我们首先简单介绍一下 MRP 和 MRPⅡ。

MRP 即物料需求计划(Material Requirements Planning),是一种工业制造企业内的物资计划管理模式。根据产品结构各层次物品的从属和数量关系,以每个物品为计划对象,以完工日期为时间基准倒排计划,按提前期长短区别各个物品下达计划时间的先后顺序。

MRPII 即制造资源计划(Manufacturing Resource Planning),是指从整体最优的角度出发,运用科学的方法,对企业的各种制造资源和企业生产经营各环节实行合理有效地计划、组织、控制和协调,达到既能连续均衡生产,又能最大限度地降低各种物品的库存量,进而提高企业经济效益的管理方法。

企业资源计划是在 MRPⅡ 的基础上，通过前馈的物流和反馈的信息流、资金流，把客户需求和企业内部的生产经营活动，以及供应商的资源整合在一起，体现完全按用户需求进行经营管理的一种全新的管理方法。ERP 系统是在 MRP 系统的基础上进一步开发起来的企业管理信息系统。ERP 系统的核心管理思想就是实现对整个供应链的有效管理。

（2）ERP 系统的管理思想

ERP 系统的核心管理思想就是实现对整个供应链的有效管理，主要体现在以下 3 个方面。

① ERP 系统体现对整个供应链资源进行管理的思想。现代企业竞争不再是单一企业之间的竞争，而是一个企业的供应链与另一个企业供应链之间的竞争。因此，仅靠企业自身的资源不可能有效地参与市场的竞争，还必须把经营过程中的有关各方如供应商、制造工厂、分销网络、客户等纳入一个紧密的供应链中，才能有效地安排企业的产、供、销活动，满足企业利用全社会一切资源快速、高效进行生产经营的需求，以期进一步提高效率，在市场竞争中获得优势。

② ERP 系统体现精益生产、敏捷制造和同步工程的思想。ERP 系统支持对混合型生产方式的管理，其管理思想表现在两个方面：一是精益生产（Lean Production，LP）思想；二是敏捷制造（Agile Manufacturing，AM）思想。当市场发生变化，企业遇有特定的市场和产品需求时，企业的基本合作伙伴不一定能满足新产品开发和生产的要求，这时，企业就会组织一个由特定的供应商和销售渠道组成的短期或一次性供应链，形成"虚拟工厂"，把供应和协作单位看成是企业的一个组成部分，运用"同步工程"（Simultaneous Engineering，SE）组织生产，用最短的时间将新产品打入市场，时刻保持产品的高质量、多样化和灵活性。

③ ERP 系统体现事先计划与事中控制的思想。ERP 系统中的计划体系主要包括主生产计划、物料需求计划、能力计划、采购计划、销售执行计划、利润计划、财务预算和人力资源计划等，并且这些计划功能与价值控制功能已完全集成到整个供应链系统当中。

此外，计划、事物处理、控制与决策功能都在整个供应链的业务处理过程中实现，ERP 系统通过定义事物处理（Transaction）相关的会计核算科目与核算方式，以便在事物处理发生时同时自动生成会计核算分录，保证了资金流与物流的同步处理和数据的一致性，改变了资金信息滞后于物料信息的状况，便于实现事中控制和实时作出决策。

15.3 物流作业管理

15.3.1 运输管理

1. 物流运输概述

（1）运输的含义

运输（Transportation）是指使用设备和工具，将物品从一地点向另一地点运送的物流活动，包括集货、分配、搬运、中转、装入、卸下、分散等一系列操作。

（2）运输的功能

在物流过程中，运输主要提供两种功能：产品转移和产品临时储存。

产品转移功能是指运输使商品发生转移，改变了产品的地点和位置，增加了产品的价值，创造了产品的空间效用（Place Utility，或称地点效用）。此外，运输还使产品在规定的时间到达目的地，或者说在需要的时候发生，因而，也创造了产品的时间效用（Time Utility）。

产品临时储存功能是指将运输工具作为暂时的储存场所。对产品进行临时储存是一个不太寻常的运输功能，也即将运输车辆临时作为相当昂贵的储存设施。如果转移中的产品需要储存，但在短时间内（如几天）又将重新转移的话，那么，该产品在仓库卸下来和再装上去的成本也许会超过储存在运输工具中每天支付的费用。同时，在仓库空间有限的情况下，利用运输车辆储存也许不失为一种可行的选择。概括地说，尽管运输工具储存产品可能是昂贵的，但当需要考虑装卸成本、储存能力限制，或延长前置时间的能力时，那么从总成本或完成任务的角度来看却往往是正确的。

2. 运输原理

在物流运输过程中需要遵循和理解、应用的原理主要有 3 条：规模经济、距离经济和速度经济。

运输的规模经济（Economy of Scale）是指随着装运规模的增长，每单位重量的运输成本下降。运输规模经济之所以存在，是因为转移货物有关的固定费用可以按整批货物的重量来分摊，所以，一批同样的物资越重单位成本就越低。

运输的距离经济（Economy of Distance）是指随着运输距离的增加，每单位距离的运输成本下降。距离经济产生的原因类似于规模经济，运输固定成本由较长的运输距离均摊时，单位距离成本会降低。因此，距离经济本质上也是规模经济，但只是相对于距离的规模经济。运输的距离经济有时也称为递减原理，因为费率或费用随距离的增加而减少。

运输的速度经济（Economy of Speed）是指完成特定的运输任务所需的时间越短，其效用价值越高。首先，运输时间缩短，实际是单位时间内的运输量增加，与时间有关的固定费用分摊到单位运量上的费用减少。其次，由于运输时间短，物资在运输工具中存放的时间缩短，从而使交货期提前，有利于减少库存、降低库存费用。

3. 运输方式的选择

（1）铁路运输

铁路运输是指使用铁路列车运送客货的方式。铁路运输主要承担长距离、大批量的货运，以及在没有水运条件的地区运送大批量的货物，是干线运输中的主要方式之一。

铁路运输与其他现代化运输方式相比较，具有运输能力大、速度快、成本也比公路和航空运输低、受气候条件限制较少、安全可靠性高、环境污染小和单位能源消耗较少等优点。铁路货物运输的种类分为 3 种：整车运输；零担运输；集装箱运输。另外，还包括快运、整列行包快运，但现在开展的范围不大。

（2）公路运输

公路运输是主要使用汽车或其他车辆（如人、畜力车）在公路上进行货物运输的一种方式。公路运输主要承担近距离、小批量的货运和客运；铁路运输难以到达地区的长途、大批量货运及铁路、水运优势难以发挥的短途运输。由于公路运输有很强的灵活性，因而是配送货物的主要形式。公路运输行之有效的车辆运行方式有双班运输、拖挂运输和甩挂运输等。

（3）水路运输

水路运输是利用船舶、排筏和其他浮运工具，在江、河、湖泊、人工水道及海洋上运送旅客和货物的一种运输方式。它是我国综合运输体系中的重要组成部分,并且日益显示出它的巨大作用。水路运输主要承担大批量、远距离的运输,是干线运输的主要方式之一。

(4) 航空运输

航空运输是指使用飞机或其他航空器进行运输的一种方式。航空运输的主要方式包括班机运输、包机运输、集中托运等。通常航空运输承载的货物主要有两类:一是运输时间受限的货物,如花卉、海鲜等保鲜物品,抢险救灾等紧急物品,时装等流行商品等。二是价值高、运费承担能力很强的货物,如贵金属、珠宝、手表、照相机、美术品等贵重货物。

(5) 管道运输

管道运输是指使用管道输送流体货物的运输方式。管道运输的主要货物是气体、液体和粉状固体,它是靠物体在管道内顺着压力方向循序移动实现的,和其他运输方式重要区别在于管道设备是静止不动的。管道运输就其铺设工程可分为架空管道、地面管道和地下管道,其中,以地下管道最为普遍。

4. 运输方式的发展

(1) 联合运输

联合运输(Combined Transport)简称"联运",是指一次委托两家以上运输企业或用两种以上运输方式共同将某一批物品运送到目的地的运输方式。这种综合性的运输,可以是两种以上运输方式的组合(即多式联运),或是两程以上运输的衔接。它包括陆海联运、陆空联运(陆空陆)、海空联运等。

(2) 集装箱运输

集装箱运输是指以集装箱为运输单位,通过一种或几种运输工具,进行货物运输的一种先进的运输方式,也是集装化运输的一种高级形式。适合于水路运输、铁路运输、公路运输、航空运输及多式联运等各种运输方式。目前,集装箱运输以其高效、便捷、安全的特点,已成为国际上普遍使用的一种重要的运输方式,是运输现代化的重要形式,是货运方式上的革命。

(3) 托盘运输

托盘运输是货物按一定要求成组装在一个托盘上,组合成为一个运输单位,并便于利用铲车或托盘升降机进行装卸、搬运和堆存的一种运输方式,它是成组运输的初级形态。托盘运输最大特点是以托盘为运输单位,装卸、搬运和出入库场都可以机械操作,有利于提高运输效率,缩短货运时间,减少劳动强度。

15.3.2 采购与供应管理

1. 采购及其重要性

采购是企业物资的入口,是企业生产经营的起点,其地位也越来越重要。所谓采购,就是通过交易从资源市场获得所需资源的过程。

作为物流活动起点的采购,是从供应商到需方企业的物料流动活动,是企业为了达成生产或销售计划,从合适的供应商那里,在确保合适的品质下,在合适的时间,以合适的价格,购入合适数量的商品所采取的管理活动。采购引起物料向企业内流动,也称内向物流,它是企业与供应商相连接的环节。

采购的重要性主要源于3个方面:费用效益、作业效力和资产收益率作用。随着市场竞争的不断加剧，以及经营管理理念和方法的发展，采购在企业中发挥着越来越重要的作用，采购部门也必将在未来企业发展中发挥更深远的影响力。

2. 采购业务管理

采购业务管理主要是对采购业务的过程进行管理，包括合同管理、下达订单、处理退换货、采购结算等。

一个完整的采购流程如下：各部门确定需求计划；采购部门根据需求计划编制购货订单说明书；针对需求进行询价、报价，并选择供应商；采购谈判并签订合同；向供应商发出订单，同时向检验部门提供合同及订单信息；检验部门检验货物，并填写验收单；合格货物入库，仓储部门填写入库单；采购部门将验收单、入库单及单据提交财务部门；财务部门审批付款。一般来说，一个完整的采购流程分为以下几个步骤。

① 确定采购需求。确定采购需求就是要确定需要什么，需要多少，何时需要等内容。对于制造企业，首先要了解市场对其产品的需求，其次以销定产，确定生产数量，最后确定原材料、零配件采购数量。对于零售企业，直接根据消费者的需求来决定采购的商品。

② 选择供应商。选择供应商的时候要充分了解供应商的基本情况。

③ 签订采购合同。供应商选定后，就要进行采购工作的核心步骤——洽谈合同，与供应商反复磋商谈判确定采购的价格及采购条件，最后以合同的形式确定下来。

④ 订货与收货。与供应商签订合同之后，就是常规的订货和接收货物的管理。

⑤ 支付货款。货物验收入库后，采购人员向财务部门提供货物检验合格及入库证明，连同发票一起向财务部门申请支票支付货款。财务部门核实采购单、入库单和发票后开出支票。

⑥ 采购的跟踪与评估。采购跟踪是对采购全过程的动态跟踪，包括跟踪货物准备、进货、验收、库存水平、督促付款。采购评估是对整个采购过程各个环节进行的全面系统的评价。

3. 采购模式的发展

（1）传统采购

传统采购的一般模式是，各个部门在每个采购周期期末，上报下一周期的采购申请单，列出需要采购的物资品种和数量，采购部门将其汇总，制定出统一的采购计划，并实施采购计划。采购的物资存放在企业仓库中，准备满足下一个周期各单位的需要。这样的采购以各单位的采购申请单为依据，以填充库存为目的，管理简单，市场反应不灵敏，库存量大，资金积压多，库存风险大。

（2）订货点采购

订货点采购是根据需求变化和订货提前期的长短，精确确定订货点、订货批量或订货周期、最高库存水准等，建立连续的订货启动、操作机制和库存控制机制，以达到既满足需求又使得库存总成本最低的一种采购方法。这种采购模式以需求预测为依据、以库存为目的。订货点采购可分为定量订货法采购和定期订货法采购，都是以需求分析为依据，以填充库存为目的，采用一些科学方法，兼顾满足需求和库存成本控制，原理比较科学，操作比较简单。但是，由于市场的随机因素多，使得这种方法同样具有库存量大、市场响应不灵敏的缺陷。

（3）MRP 采购

MRP（Material Requirements Planning）采购主要应用于生产性企业。它是生产企业根据主生产计划、主产品的结构和库存状况逐步推导出生产主产品时所需要的零部件、原材料等的生产计划和采购计划的过程。MRP 采购计划比较精细、严格，以需求预测为依据、满足库存为目的，但是，反应速度及库存水平都有所改进。

（4）JIT 采购

JIT（Just-In-Time）采购也称为准时制采购或及时系统采购。它是一种完全以满足需求为依据的采购方法，要求供应商在采购企业生产需要的时候，及时地将合适的品种、合适的数量送到生产需求的地点。它是以需求为依据，快速响应需求变化，同时使库存趋于零库存。JIT 采购做到了灵敏地响应需求、满足用户的需求，又使得用户的库存量最小。由于用户不需要设库存，所以，实现了零库存生产，是一种较科学而理想的采购模式。

（5）供应链采购（VMI 采购模式）

VMI（Vendor Managed Inventory，供应商掌握用户库存），是一种在供应链机制下的采购。其基本思想是：采购不再由采购方来操作，而是由供应商来操作。采购方企业只要把需求信息及库存信息实时向供应商传递，然后供应商根据自己产品的消耗与库存情况，及时、连续地进行小批量补货，从而保证采购方既满足需求又使总库存量最小。供应链采购对信息系统和供应商操作的要求都很高。

（6）电子商务采购

电子商务采购也就是电子采购，它是一种依赖于互联网，在电子商务环境下的采购方式。其基本特点是：在网上寻找供应商，寻找所需要的产品品种，在网上洽谈贸易，网上订货甚至网上支付货款，但是网下送货。网上采购扩大了采购市场的范围，缩短了供需距离，简化了采购手续，减少了采购时间和采购成本，提高了工作效率，是一种很有前途的采购模式。但是，网上采购要依赖于电子商务的发展和物流配送水平的提高，而这二者又取决于整个国民经济发展的水平和科技进步的水平。

15.3.3　仓储管理

1. 仓储及其功能

仓储（Warehousing）是一个物流系统不可缺少的重要组成部分，是连接生产者与消费者的重要纽带。仓库曾经被认为只有仓储的功能，而现在存货的"流速"已成为评价仓库职能的重要指标，仓库是"河流"而不再是"水库"或"蓄水池"，仓库已成为现代企业的物流中心。从供应链管理的角度看，只有每一个节点快速流动起来，才能提高整个供应链的反应速度。

仓储通常被解释为储存物品。广义上讲，还包括有储存功能的地点及仓储设施。仓储是企业物流系统的一部分，它从初始点到消费点储存产品（原材料、零部件、半成品、产成品），提供存储状态、条件和处置等信息。

Ronald Ballou 认为，仓储系统有两个重要的功能：持有存货（储存）和物料搬运。储存功能包括以下 4 项作业：①存储（Holding）。仓储设施最显著的用途就是保护和有序地储藏物品。②集中/合并（Consolidation）。如果货物供应来源较多，建立货物集中地（如仓库或货运站）的方法更经济。③拆装（Break-bulk）。利用仓储设施进行拆装或换装与货物集中运输正好相反。以低费率大批量运输的（一种）货物运进仓库后，再根据客户的不同需要进行拆装组合，以小批量送到客户手中。例如，兰州晚报大批量运送到各分发点后，分成小批量送到千家万户。④混合（Mixing）。有的企业会从许多生产商那里采购产品，来供应多个工厂的生产线，这样，如果建立分拨仓库将产品混合在一起，可能会带来运输中的经济效益。

仓储搬运系统的物料搬运活动归纳起来主要有3项：①装货和卸货；②货物运进和运出；③订单履行，即根据订单从存储区拣选货物。

2. 仓储管理的主要内容

仓储管理的内容包括3个部分：仓储系统的布局设计、库存最优控制、仓储作业操作。这3个层面的问题，彼此又有联系。

仓储系统布局是顶层设计，也是供应链设计的核心，就是要把一个复杂纷乱的物流系统通过枢纽的布局设计改造成为"干线运输＋区域配送"的模式，枢纽就是以仓库为基地的配送中心。

库存的最优控制部分是确定仓库的商业模式的，即要根据仓储系统布局设计的要求确定仓库的管理目标和管理模式，如果是供应链上的一个执行环节，是成本中心，多以服务质量、运营成本为控制目标，追求合理库存甚至零库存；如果是独立核算的利润中心，则是完全不同的目标和管理模式，除了服务质量、运行成本外，更关心利润的核算，因此，计费系统和客户关系管理成为极其重要的组成部分。

仓储作业的操作是最基础的部分，也是所有仓储管理系统最具有共性的部分，正因为如此，仓储作业的操作信息化部分成为仓储管理系统与其他管理软件如进销存、ERP等相区别的标志。这部分内容不仅要根据上一层确定的控制目标和管理模式落实为操作流程，还要与众多的专用仓储设备自动控制系统相衔接，所以是技术上最复杂的部分。国产仓储管理系统与国外先进的仓储软件相比，最大的差距可能也就在这里，其市场价格只所以会相差数十倍、上百倍，也正是这个原因。

15.3.4 物流配送管理

配送是根据客户的订货要求，在配送中心或物流结点进行货物的集结与组配，以最适合的方式将货物送达客户的全过程。配送的流程一般包括备货、储存、配货、配装、送货等环节。

15.3.5 流通加工管理

流通加工是指物品在从生产地到使用地的过程中，根据需要施加包装、分割、计量、分拣、组装、价格贴付、标签贴付、商品检验等作业的总称。流通加工是流通中的一种特殊形式，其目的是为了克服生产加工的产品在形质上与客户要求之间的差异，或者是为了方便物流提高物流效率。

1. 与生产加工的区别

流通加工和一般的生产型加工在加工方法、加工组织、生产管理方面并无显著区别，但在加工对象、加工程度方面差别较大。具体表现在：①流通加工的对象是进入流通过程的商品，具有商品的属性，以此来区别多环节生产加工中的一环。而生产加工的对象不是最终产品，而是原材料、零配件、半成品。②流通加工大多是简单加工，而不是复杂加工，一般来讲，如果必须进行复杂加工才能形成人们所需的商品，那么，这种复杂加工应专设生产加工过程，生产过程理应完成大部分加工活动，流通加工对生产加工则是一种辅助及补充。特别需要指出的是，流通加工绝不是对生产加工的取消或代替。③从价值观点看，生产加工的目的在于创造价值及使用价值，而流通加工的目的则在于完善使用价值，并在不做大的改变的情况下提高价值。④流通加工的组织者是从事流通工作的人员，能密切结合流通的需要进行加工活动，从加工单位来看，流通加工由商业或物资流通企业完成，而生产加工则由生产企业完成。⑤商品生产是为交换、消费而进行的生产，流通加工的一个重要目的就是为了消费或再生产所进行的加工，这一点与商品生产有共同之处。但是流通加工有时候也是以自身流通为目的，纯粹是为流通创造条件，这种为流通所进行的加工与直接为消费进行的加工从目的来讲是有所区别的，这又是流通加工不同于一般生产的特殊之处。

2. 流通加工的管理

由于流通加工也是一种生产，也离不开生产管理与质量管理。流通加工的生产管理是指对流通加工生产全过程的计划、组织、指挥、协调与控制，包括生产计划的制定，生产任务的下达，人力、物力的组织与协调，生产进度的控制等。在生产管理中特别要加强生产的计划管理，提高生产的均衡性和连续性，充分发挥生产能力，提高生产效率。要制定科学的生产工艺流程和加工操作规程，实现加工过程的程序化和规范化。流通加工的质量管理应是全员参加的，对流通加工全过程进行的全方位的质量管理，包括对加工产品质量和服务质量的管理。

3. 流通加工的合理化

流通加工合理化是指实现流通加工的最优配置，不仅要避免各种不合理，而且要做到最优。目前，国内在这方面已积累了一些经验，取得了一定成果。实现流通加工合理化主要考虑以下几个方面：加工和配送相结合；加工和配套相结合；加工和运输相结合、加工和商流相结合、加工和节约相结合。对于流通加工合理化的最终判断，要看其是否能实现社会效益和企业本身的效益，而且是否取得了最优效益。对流通加工企业而言，与一般生产企业的一个重要的不同之处是：流通加工企业更应树立社会效益第一的观念，只有在补充完善为己任的前提下才有生存的价值。如果只是追求企业的微观效益，进行不适当的加工，甚至与生产企业争利，那就有悖于流通加工的初衷，或者其本身已不属于流通加工范畴。

15.4　物　流　服　务

15.4.1　物流服务及其特征

1. 定义

物流服务是指企业为了满足客户（包括内部和外部客户）能以一定速度和可靠程度得到所需要订购的产品，而开展的一系列物流活动过程与结果。物流服务的目的是为了满足客户物流需求，使得客户既快速又可靠地获得商品。物流服务水平可以直接衡量物流系统为客户创造时间和空间效应的能力，它决定了企业能否留住现有客户及吸引新客户的能力，也直接影响企业所占市场份额和物流的总成本，并最终影响企业的盈利能力。

2. 特征

按照服务经济理论，物流服务具有服务的基本性质：服务是非实体的即无形性；服务是一种或一系列行为；（某些）服务的生产与消费同时发生即同步性或不可分割性及不可储存性、易逝性；顾客在一定程度上参与生产。此外，物流服务还具有下列特殊性质。

① 从属性。物流说到底是一种服务。企业物流要服务或从属于企业生产经营过程，物流企业提供的服务要满足客户或货主的要求。

② 即时性、准时性。既快又准是对物流的基本要求，"快"是指在最短的时间内送达，这需要缩短生产周期，运输时间，订货周期。"准"是指在指定的时间送达。例如，"亚洲一日达"是联邦快递借助菲律宾亚太转运中心提供的独有的亚洲隔日递送业务，承诺："准时送达，否则退钱。"

③ 地域分散性。物流服务对象通常地域分布比较广阔，有时还不固定，这就需要网络化物流服务体系。如中国邮政需要把包裹、信件送达全国各地。

④ 需求波动性。客户的物流需求是多样的，也是多变的。

15.4.2 物流服务的内容

通常将物流服务分为基本服务与增值服务。

1. 基本物流服务

基本物流服务是向所有客户提供的最低服务水准的服务承诺，是企业为保持客户的忠诚所建立的最基本的客户服务方案。James Stock 和 Lisa Ellram 在研究中将客户服务按服务过程分为交易前因素、交易中因素、交易后因素 3 类。

（1）交易前的要素

交易前的要素（Pre-transaction Elements）主要是为客户服务营造好的氛围。主要包括以下的一系列客户服务活动：①制定客户服务章程、政策、指南；②把客户服务政策指南提供给客户，以便使客户产生一种合理的期望；③确定客户服务组织结构；④确保物流服务系统具有柔性或弹性；⑤提供适当的技术服务。

从上可知，交易前的客户服务要素与客户服务政策紧密相关，服务政策应当让客户事先感觉到，而且应相对稳定。

（2）交易中的要素

交易中的要素（Transaction Elements）主要是指直接发生在物流过程中的客户服务活动，主要包括以下内容：①缺货水平（缺货水平衡量产品的可得性或现货供应率）；②提供订货信息；③通信系统准确性；④订货周期；⑤特殊运输处理；⑥转运；⑦订货的便利性；⑧产品的替代性。

交易中的客户服务要素通常受到最大的关注，因为对客户来讲，它们是最直接、最明显的。例如，Ryder Systems 对 1 300 家企业的调查发现，80% 的被调查者认为，产品的运送和产品的质量同样重要。

（3）交易后的要素

物流服务的交易后的要素（Post-transaction Elements）就是为客户提供商品或服务支持的活动，主要包括以下内容：①安装、质量保证、维修和零部件供应；②产品跟踪；③客户投诉、索赔和退货；④维修期内产品的暂时替补。

留住客户和使现有客户满意比发现新客户所获取的利益更大，因此，交易后的要素越来越受到重视。

2. 增值物流服务

增值物流服务是在提供基本物流服务的基础上，向特定客户提供的增值服务项目。可透过特制物流理解。例如，在物流过程中，为客户打印价格标签，拆包与分包产品，分拣物品，合并货物，报关代理，代为收款，让客户跟踪订货，以及管理客户库存（VMI）等。在企业提供物流服务过程中典型的增值物流服务包括以下几个方面。

（1）综合型物流企业增值服务

综合型物流企业提供的服务内容除了传统的干线运输、仓储保管、装卸搬运、市内配送等基本业务以外，还要能够提供以下增值服务。①物流系统设计。为客户量身定制个性化的物流系统，如 UPS 为 Ford 设计配送体系。②网络化物流服务。由于物流活动往往是时空大跨度系统，因此，物流服务必须是网络化的，能支持货主企业在各地的业务活动，能使客户专注于自身的核心竞争能力上。③物流信息系统。物流服务商要建立货物跟踪系统、电子订货系统、运价咨询系统，以提高服务水平。④生产支持服务。通过对客户货物实施 JIT 配送，配合客户实现零库存。

（2）承运人型增值服务

快运公司、集装箱运输公司等运输企业提供的增值服务有：从收货到递送的货物全程追踪服务；电话预约当天收货；车辆租赁服务；对时间敏感的产品提供快速可靠服务；对温度敏感的产品提供冷藏、冷冻运输；配合产品制造或装配的零部件、在制品及时交付等。

（3）仓储型增值服务

拥有大型仓储设施的企业可以考虑下列增值服务：到货检验；提供全天候收货和发货窗口；配合客户营销计划进行重新包装和组合（如在不同产品捆绑促销时提供再包装服务）；提供成品标记服务（如打印价格标签或条形码）、便利服务（如为成衣销售加挂衣架）；为食品、药品类客户提供低温冷藏服务并负责先进先出等。

（4）货运代理型增值服务

货运代理型增值服务主要包括：订舱（租船、包机、包舱）、托运；报关、报验、报检、保险；多式联运等。

15.4.3　现代物流服务模式

1. 第一方物流

第一方物流（the First Party Logistics，1PL）是指由物资提供者自己承担向物资需求者送货，以实现物资的空间转移。也就是说，第一方物流服务模式是由购买者（买方、企业或消费者）自行完成商品或货物物流服务的模式。例如，厂方送货到商店、在厂区内建库房、在销售环节建物流网络、生产过程中保有库存等都属第一方物流活动。

第一方物流的显著特点就是自营，即提供和使用物流服务的是同一主体，购买者通过自我服务实现商品或者货物的物理位移和增值。目前，大部分制造企业都在自营物流，即都将自己的物流全部由企业内部来运作，而很少交由社会物流来承担，企业自备从采购到产成品销售的全套后勤保障系统。

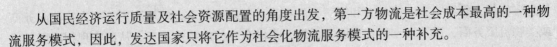

从国民经济运行质量及社会资源配置的角度出发，第一方物流是社会成本最高的一种物流服务模式，因此，发达国家只将它作为社会化物流服务模式的一种补充。

2. 第二方物流

第二方物流（the Second Party Logistics，2PL）是指由物资需求者自己解决所需物资的物流问题，以实现物资的空间转移。

第二方物流是在企业仅用自己资源难以满足生产经营需要时，与相关企业为有效解决物流问题而开展的物流协作服务模式，即第二方物流服务模式。例如，供应链中由分销商承担的采购商品的物流活动，或者买方、销售者或流通企业组织的物流活动，这些组织的核心业务是采购并销售商品，为了销售业务需要而投资建设物流网络，物流设施和设备，并进行具体的物流业务运作组织和管理，严格地说从事第二方物流的公司属于分销商，例如，批发商到工厂取货、送货到零售店或者客户、自建物流和配送网络等都属第二方物流活动。

第二方物流可分为：①供应商物流服务模式，即由销售者（卖方）为购买者（买方）提供物流服务的模式，上游供应商将货物送达下游工厂或商店；②物流公司提供的部分物流服务，即"自营＋外包"，指由于业务的地理范围扩张，制造商在自营部分物流业务的同时，将企业自身难以运作或物流成本较高的物流外包给外部物流公司运作。我国的物流服务多以这种物流服务模式为主。

3. 第三方物流

随着市场竞争的加剧，以及对效率的追求，使得企业之间的社会劳动分工日趋细化。企业为了提高自己的核心竞争能力，降低成本，增加企业发展的柔性，越来越愿意将自己不熟悉的业务分包给其他社会组织承担。正因为如此，一些条件较好的，原来从事与物流相关的运输企业、仓储企业、货运代理企业开始拓展自己的传统业务，进入物流系统，逐步成长为能够提供部分或全部物流服务的企业。我们把这种企业提供的服务称为"第三方物流"（the Third Party Logistics，3PL）。

第三方物流是由独立于买卖双方的第三方提供现代物流服务的模式。提供物流服务的主体是一种集成性的专业物流服务企业，他们使用自己的专业物流服务设施和组织管理技术，为买方或卖方提供货物或商品的物理移动和增值，并提供完全的第三方物流解决方案。

第三方物流具有两个明显的特征：①第三方物流提供完整的物流解决方案，即一站式（One-stop）物流。企业将整体物流业务以合同方式委托给专业的、独立的第三方物流企业来运作，并由第三方物流企业提供供应链一体化的解决方案和实际操作。同时，通过信息系统与物流企业保持密切联系，对物流全过程进行管理与控制。②第三方物流是完全社会化的物流服务模式。它面向社会对各种货物的买卖双方进行服务，所以，大大提高了物流资源的利用率，从而使经济运行质量得以提高，使买卖双方和物流服务的第三方都能够获得收益，实现多赢。因此，发达国家企业主要使用这种模式。

4. 第四方物流

第四方物流（the Forth Party Logistics，4PL）是一种最新的社会化、集成化和信息化的物流服务模式，它是由美国安德森咨询公司提出注册其名称的现代物流服务模式。所谓的"第四方"，是指社会化的物流集成商通过物流信息系统设计、物流服务集成和电子商务与信息咨询等，将第一方、第二方和第三方的物流过程集成起来，然后利用第三方物流服务商或类物流服务商，以及自己的物流服务设施，提供全方位的物流服务，从而实现物流服务成本的降低和企业供应链的集成管理。目前，一些发达国家和地区已经开始第四方物流服务模式的实践。

第四方物流是指从事物流服务业务的社会组织不需要自己直接具备承担物资物理移动的能力，而是借助于自己所拥有的信息技术和实现物流的充分的需求和供给信息，并加上对于物流运作胜人一筹的理解所开展的物流服务。这种业务与现有的货运代理业务十分相像，故也可以称为物流代理业务。

第四方物流可以说是第三方物流的延伸，它不仅控制和管理特定的物流服务，而且对整个物流过程提出策划方案，并通过电子商务将这个过程集成起来。因此，第四方物流成功的关键在于为顾客提供最佳的增值服务，即迅速、高效、低成本和人性化的服务等。第四方物流整合了信息解决方案、咨询顾问、第三方物流、各种服务供货商及企业客户。它和第三方物流主要的不同之处在于，第四方物流是在第三方物流的基础上对管理和技术等物流资源进一步的整合，以达到全球化的供应链，并且为使用者带来全面的供应链物流功能。

5. 类物流服务模式

类物流业服务模式是按照不同分类提供专门化物流服务的模式。"类物流业"是指由社会化专项物流服务商构成的产业，像运输、仓储、货运代理等专项物流服务所构成的产业都属于这一范畴。确切地说，第三方和第四方物流服务最大特征是服务的集成化，而类物流服务的最大特征就是服务的单一化。

15.4.4　物流成本与物流服务

物流服务管理的目的是以适当的成本实现高质量的顾客服务。物流服务水平是物流活动的结果。改善物流活动或物流活动的组合，物流服务水平会相应提高，但是物流成本也会随之提高。物流服务水平与物流成本的关系如图15-3所示。从图15-3可知，通常情况下，一开始，物流成本随物流服务水平的迅速提高而缓慢增长，当物流服务水平达到一定程度后，物流服务水平的小幅度提高将带来物流成本的大幅度上升。即整个过程表现出边际成本递增。

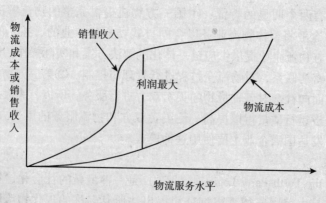

图15-3　物流服务成本与物流服务水平、收入关系图

与此同时，销售收入曲线却表现出边际收入递减。即开始时，随着物流服务的改善收入增长很快，但物流服务水平到达一定程度后，服务水平的明显改善只会带来收入的缓慢增长。不同服务水平下收入与成本之差就决定了利润曲线。利润曲线上的最高点即利润最大化点对应的服务水平，就是收入与成本之差最大化对应的服务水平，也就是我们要寻找的最优服务水平。

本 章 小 结

物流被认为是降低企业成本的"第三利润源泉"，是整个国民经济的运行基础。物流管理知识是现代综合性管理人才知识结构中不可缺少的一部分，物流管理理论是管理学相关原理在企业实践中的一个综合运用。本章从物流及物流管理的基本概念和基本理论入手，探讨了供应链管理的相关原理和方法，并对主要的具体物流作业管理进行了分析，最后对基本的物流服务模式进行了简单介绍。通过这些分析，以期使读者能够对物流管理的基本知识、基本原理和基本管理方法有一个初步的认识和掌握。

◇ 第 *16* 章

生 产 管 理

教学目标：通过本章的学习，对生产的概念、生产过程的概念、生产管理的定义、生产管理的发展过程有所了解，熟悉生产管理中生产计划的制定与控制、生产现场管理的任务、设备管理的内容与方法。

教学要求：了解生产管理的发展过程、基本内容、任务与原则，掌握生产计划制定与控制的方法、设备管理的内容与方法。

16.1　现代生产管理概述

企业作为以盈利为目的、从事商品生产和商品流通的经济组织，其活动包括经营活动和生产活动。企业管理也包括经营管理和生产管理两大部分。经营管理主要根据社会需要、市场竞争和外部环境变化，确定企业目标、战略计划、财务决策，开发和创新适销的产品与劳务，以保证经济效益。生产管理则必须充分利用企业内部资源，提高生产效率，以最经济的办法按经营计划要求提供市场需要的产品和服务，实现经营目标和经济效益。

16.1.1　生产与生产过程

1. 生产的概念

生产的概念是随历史的发展演变而来的。人类历史可以上溯到 400 万年前，在漫长的历史进程中，人们通过制造工具和机械进行生产活动，求得了自身的发展。就生产的发展过程而言，生产大体分为三个阶段。

① 自然物的生产。自然物的生产是以自然物为对象的生产活动。最初，人类以自然界作为基本财富资源，由自然物的采集和狩猎，而后发展为农耕、畜牧和捕捞活动。到今天，形成了以农、林、渔、矿业为主的第一产业。

② 有形物的生产。随着社会经济的发展，特别是伴随着资本主义经济的产生，提出了

"面向市场的生产"的生产概念。这一概念出现在被称为经济学创始人的亚当·斯密，以及大卫·李嘉图和约翰·穆勒所处的时代。他们放弃了仅以农耕生产为主的重农主义，把实物制造列为创造财富的要素。但当时的生产，还只是表示农业生产、提炼和制造过程，其本质是强调"有形物"的生产。"有形物"的生产就是物质生产，发展到今天，就是包括制造业和建筑业在内的第二产业。

③ 有形物与无形物的生产。此阶段生产的含义，随着"效用"概念的出现而进一步扩大。效用是满足人类需求的程度，是产品（生产财富）提供给消费者的价值。根据这一概念，生产的范畴就扩大到包括运输、销售、贸易在内的服务活动，从而有形物和无形物的生产之间，便没有明显的区别，但"自由财富"和经济财富已成为经济学上的重要区别。"自由财富"指存在于自然界的物质，如空气、海水，不需要生产。与此相反，经济财富必须通过生产来满足人类的愿望，为了在特定的时间和场所获得它，则需要支付费用。从这个意义上讲，经济财富的特点是"稀缺性"。

因此，生产是指以一定生产关系联系起来的人们，把生产要素的投入转换为有形和无形的生产财富（产出），从而增加附加价值，并产生效用的过程。生产包括物质产品和非物质产品的生产。产出的财富，包括产品、服务和知识。生产目的是增加附加价值和产生效用。生产的实质是投入和产出转换的过程。

2. 生产过程

生产过程的组织与控制是工业企业生产管理的重要内容。在产品生产过程中，要求在空间上对各种生产要素进行合理配置，在时间上保持紧密衔接，最终达到以尽可能少的劳动耗费，生产出尽可能多的适销产品，不断提高企业经济效益的目的。

（1）生产过程的概念与生产过程的组成

工业产品的生产过程就是从准备生产某种产品开始，直到把它生产出来为止的全部过程。

生产过程的基本内容是在劳动分工与协作的条件下，劳动者利用劳动工具作用于劳动对象，使其成为有一定使用价值的产品的过程。在某些生产技术条件下，是许多相互联系的劳动过程与自然过程的结合。

产品的生产过程一般由 4 个部分组成：①生产技术准备过程；②基本生产过程；③辅助生产过程；④生产服务过程。

基本生产过程按照工艺加工的性质和生产组织的要求，可以划分为若干个相互联系的生产阶段。例如，机械加工产品的基本生产过程一般分为毛坯制造、切削加工和装配生产阶段。在每个生产阶段，又可按劳动分工和使用的设备、工具，划分为若干个相互联系的工序。

工序是指一个或几个工人在一个工作场所上，对一个或几个劳动对象连续进行的生产活动。基本生产过程中的工序，按其性质可分为：

① 工艺工序。工艺工序是利用劳动工具对劳动对象进行加工，使其发生物理或化学变化的工序。

② 检验工序。检验工序是对原材料、半成品和成品的质量进行检验的工序。

③ 运输工序。运输工序是工艺工序之间、工艺工序和检验工序之间运送劳动对象的工序。

工序是组成生产过程的基本环节。组织生产过程主要是合理安排工序,组织好各工序之间的协调。工序的划分对于组织生产过程、制定劳动定额、配置工人、检验质量和编制生产作业计划等都有直接的影响。工序的划分主要取决于生产技术的要求,应按照所采用的工艺方法和机器设备来划分,同时还要考虑劳动分工和提高劳动生产率的要求。

(2)合理组织生产过程的要求

为了使生产过程能够顺利进行,必须合理组织生产过程。所谓组织生产过程,是指从空间上和时间上,对生产过程的各个组成部分进行合理的安排,使它们能够相互衔接、密切配合,尽可能缩短生产周期。其最终目的是缩短产品的交货期,提高企业的经济效益。为此,合理组织生产过程必须遵循下列基本要求:①生产过程的连续性;②生产过程的比例性;③生产过程的均衡性;④生产过程的适应性。

16.1.2 生产管理

生产管理就是指对生产过程活动进行的一系列管理活动,也就是对生产过程活动进行的一系列计划、组织和控制的工作。在西方发达国家,早期生产管理主要指对制造企业有形产品生产过程的管理工作。进入 20 世纪后,随着生产力的发展,特别是第二次世界大战以来,企业生产不仅制造有形产品,而且提供劳务,如维修业务、售后服务等。非制造企业、服务业等也纷纷兴起,因此出现了 Production Operation Management,我国不少著作将该词译为"生产运作管理"、"生产营运管理"、"生产作业管理"等。实际上,国外有的著作对其功能指明为"制造产品与提供劳务",而且指出"Operation"也可称作"Production"。因此,所谓生产运作管理、生产营运管理等可以看作是广义的生产管理。

1. 发展过程

生产管理的发展同科学技术的发展,管理科学化、现代化的发展是密不可分的。生产管理的方针政策和方式方法,总是和当时的生产力水平、政治经济体制、社会意识形态等因素保持着某种适应关系。生产管理理论的发展大致经历了 4 个主要的阶段。

第一个阶段是 1911 年以前的时期。机械时钟的发明和制造要求人的活动必须精确地协调一致起来,人们还逐渐认识了零件标准化和劳动分工的意义。第二个阶段是以泰罗的科学管理理论为代表的一些管理理论。这些理论奠定了生产管理理论的基础。具体包括动作研究、工业心理研究、移动装配原理、数理统计理论在生产管理中的应用,运筹学、系统论方法的应用等。第三个阶段则主要以电子计算机的应用为根本特征。20 世纪 70 年代以后,美国和西欧开始推出专门解决生产和库存管理难题的管理软件包。这些软件包极大地提高了生产管理者处理相关问题的能力,产生了很好的效果,并迅速得到推广,从而使企业管理的状况和水平发生了根本性的改变。与此同时,成组技术和柔性制造系统在工厂里得到了应用,无人工厂开始出现。这些对于解决多品种、小批量生产与提高效率的矛盾起到了很好的作用。第四个阶段则主要以供应链理论的应用为特点。生产管理的范围已经不再只局限于企业内部效率提高、生产合理性的问题,而是着眼于整个供应链管理,将企业作为链上的一个环节考虑问题。此外,在这个阶段,原来主要运用于制造业的生产管理理论也逐渐被越来越多地应用于非制造业中。

从生产管理的方法研究的角度,生产管理发展史可以用以下几个阶段勾画出来(见表 16-1)。

表 16 – 1   生产管理发展史

年　份	概念或工具	创始人或创始国
1776	劳动分工的经济效益	亚当·斯密
1832	按技能高低付酬、时间研究的一般概念	查埋·巴贝奇
1911	科学管理原理、工作研究	Frederick. W. Taylor
1911	动作研究、工业心理学	吉尔布雷斯夫妇
1913	移动式装配流水线	亨利·福特
1914	工作进度图表	亨利·L. 甘特
1917	用经济批量控制存储	F. W. 哈里斯
1931	质量控制抽样检查和统计表	沃尔特·休哈特
1927—1933	霍桑实验对行为科学的发展	爱尔顿·梅约
1933—1934	工作抽样理论	L. H. C. 蒂皮特
1940	运筹学	英国
1950—1970	模拟理论、决策理论、数学规划、计算机应用技术、计划评审技术、自动化等	美国、西欧
1953	JIT	日本
20 世纪 60 年代	MRP	美国
20 世纪 80 年代	MRP Ⅱ，CIMS，FMS	美国
1991	敏捷制造，ERP	美国

2. 基本内容

为实现企业目标任务，生产管理包括一系列工作，其内容从职能看可概括为计划、组织和控制，或引申为决策计划、组织指挥和控制协调，其具体工作内容按照进程可分列为：①明确生产对象、做好生产技术准备；②做好生产系统设置；③进行生产过程组织工作；④进行生产计划工作；⑤对劳动力的合理配备、严格培训，加强管理；⑥必须进行全面质量管理，提高市场竞争力。

3. 任务

从生产管理在企业管理中的地位和重要性可知，生产管理的基本任务就是按照企业的经营方针、目标、计划，充分合理地运用人力、材料、设备、资金和有关信息，发挥生产系统的效能，根据品种、质量、数量、成本和交货期等要求，提供客户满意、社会需要的产品与劳务，提高企业经济效益。从满足客户要求和企业经营目标看，产品质量（Quality）、成本（Cost）和交货期（Delivery），简称 QCD，是衡量企业生产管理成败的三要素。保证 QCD 三方面的要求是生产管理的主要任务。这三者是相互联系、相互制约的，需要在生产管理中保证实现，最终是为了实现企业的经济效益目标。从社会利益看，企业还必须认识到，生产系统的制造过程中常会产生废料废气，如果随意倒进江河或排入大气，就会造成环境污染，有害于人类。各国为此颁布相关的环境保护法律法规，有社会意识的企业也已认识到贯彻 ISO14000 系列标准，加强环境保护应当是生产管理中必须重视的问题。因此，废料废气的处理，乃至综合利用、变废为宝，应在工艺过程中解决，这也是生产管理的重大任务之一。

4. 原则

为搞好生产管理，应该坚持以下原则：①坚持按需生产；②讲求经济效益；③组织均衡生产；④实行科学管理，运用先进的管理技术和科技成果；⑤实现文明生产。

16.2　生产作业计划与控制

16.2.1　生产计划工作的内容和原则

生产计划是根据对需求的预测，从工厂能够适应需求的能力出发，为有效地满足预测和订货所确定的产品品种、数量和交货日期，制定应在什么时候、在哪个车间生产和以什么方式生产的最经济合理的计划。

1. 内容

企业生产计划工作的内容包括：调查和预测社会对产品的需求；核定企业的生产能力；确定目标，制定策略；选择计划方法，正确制定生产计划、库存计划、生产进度计划和计划工作程序，以及计划的实施与控制工作。

生产计划一般为年度（季度）计划。年度生产计划是企业年度经营计划的重要组成部分，是编制物资材料采购和供应计划、库存计划、外协计划、人员计划、设备计划和资金计划的主要依据。它的主要作用是充分利用企业资源，合理组织生产活动，提高企业生产效率和经济效益。

2. 原则

生产计划工作是企业计划管理工作的一部分，因此，除必须遵循计划管理的基本原则外，还必须结合生产计划工作本身特点，贯彻下列原则要求：①以需定产，以产促销；②合理利用生产能力；③进行综合平衡；④生产计划安排最优化。

16.2.2　生产能力

1. 概念

生产能力是指一定时期内直接参与企业生产过程的固定资产，在一定的组织技术条件下，所能生产一定种类的产品或加工处理一定原材料数量的能力。工业企业的生产能力是指企业内部各个生产环节，全部生产性固定资产（包括机器设备、厂房和其他生产性建筑物），在保持一定比例关系条件下所具有的综合能力。生产能力是一个动态的概念，随着科学技术的进步和生产组织的完善，以及企业生产产品品种及其结构的变化而变化。

企业生产能力一般分为 3 种。

（1）设计能力

设计能力是工业企业设计任务书和技术文件中所规定的生产能力，是按照工厂设计中规定的产品方案和各种设计数据确定的，是生产性固定资产在最充分利用工作时间和最完善组织技术条件下应达到的最大生产能力。工厂建成投产后，一般要经过一段时间才能逐步达到设计能力。

（2）查定能力

查定能力是指没有设计能力或虽有设计能力，但由于企业产品方案和技术组织条件发生重大变化，原设计能力已不能正确反映企业生产能力水平时，重新调查核定的生产能力。查定能力是以企业现有的生产技术和生产组织条件为依据的。

（3）计划能力

计划能力是指企业在计划年度内能够达到的生产能力，是根据现有的生产技术条件，并考虑到计划期内所能实现的各项技术组织措施的效果，按照计划期的产品方案计算确定的。

以上 3 种生产能力各有不同用途。设计能力、查定能力是确定企业的生产规模、编制企业的长期计划、确定扩建改造方案、安排基本建设项目和采用重大技术组织措施的依据；计划能力是编制企业年度（季度）计划的依据。

2. 影响因素

企业生产能力的大小取决于许多因素，如设备、工具、工装、生产面积、工艺方法、原材料、劳动力、生产组织、劳动组织、标准化水平、通用化水平和专业化水平及产品方案等。但主要由 3 个要素决定：①固定资产的数量；②固定资产工作时间；③固定资产的生产效率。

16.2.3　生产计划指标的确定

1. 主要指标

生产计划的主要指标有产品品种指标、产品质量指标、产品产量指标和产值指标。

（1）产品品种指标

产品品种指标是指工业企业在计划期内应当生产的产品品种和品种数。它表明企业在品种方面满足社会需要的程度，反映企业的专业化协作水平、技术水平和管理水平。努力发展新产品和产品的更新换代，对于满足国家建设和人民生活的需要，具有重要意义。

（2）产品质量指标

产品质量指标是指工业企业在计划期内各种产品应当达到的质量标准。产品的质量标准有国家标准、部颁标准和企业标准。不同行业、不同企业表示产品质量的指标是不同的。常用的质量指标有合格品率、成品返修率、废品率、一等品率和优质品率等。它是反映企业产品能够满足社会需要的一个重要指标，不仅反映了企业的技术水平和管理水平的高低，而且也是衡量一个国家工业技术水平的重要标志。

（3）产品产量指标

产品产量指标是指企业在计划期内应当生产的合格产品的实物数量和工业性实物数量。产品产量指标通常采用实物单位或假定实物单位计量。

（4）产值指标

产值指标是用货币表示的企业生产的产品数量。产值指标分为商品产值、总产值和净产值等 3 种。

2. 指标的确定

（1）确定生产计划指标所需的资料

确定生产计划指标之前要充分收集各方面的信息。准确而全面的信息是编制生产计划的重要依据。确定生产计划指标所需的资料如下：①国家的方针、政策、法律、规定、规划；

②国家的指令性计划任务及指导性计划指标；③市场需求量预测；④现有定货合同及尚未交货情况；⑤现有存货水平（包括成品与半成品）；⑥企业生产能力；⑦原料、材料及能源供应情况；⑧各种定额资料；⑨成本与售价。

（2）确定生产计划指标

确定生产计划指标是编制生产计划的中心内容。生产计划指标的确定必须贯彻国家的路线、方针、政策、法令、规定；保证完成国家指令性计划任务，满足市场需求；充分利用企业的生产能力和其他资源；降低成本，提高经济效益。

为寻求最佳经济决策，必须采用现代计划方法求得最佳产品方案，从而使确定的生产计划指标达到最优化。

16.2.4　生产能力的核定

企业生产能力的核定是自下而上进行的。首先计算单台设备的生产能力，再计算各工序、工段的生产能力，然后计算各车间的生产能力，最后计算企业的生产能力。

工作地生产能力的核定主要包括设备生产能力和生产面积生产能力的核定。

设备生产能力 ＝ 设备数量（台）× 单位设备有效工时（小时）×
单位设备产量定额（数量/（台·小时））
生产面积生产能力 ＝ 生产面积（平方米）× 单位面积利用时间（小时）×
单位面积产量定额（数量/（平方米·小时）

工序生产能力是工序内同类工作地生产能力的总和。工艺阶段是由不同的工序所组成，一般按主要工序生产能力核定，但受薄弱工序的限制，以薄弱工序生产能力为基准。

16.2.5　生产作业计划

1. 内涵

生产作业计划是企业生产计划的具体执行计划，即把企业的年度、季度生产计划中规定的月度生产计划及临时性生产任务，具体分配到各车间、工段、班组乃至每个工作地和个人。生产作业计划对协调企业各个部门、各个生产环节的活动，保证均衡地完成国家计划和订货合同规定的任务具有重要作用。

2. 期量标准

期量标准是经过科学分析和计算，对生产作业计划中的生产期限和生产数量规定的一套标准数据。期量标准实质上反映了各个生产环节在数量上和时间上的相互联系。有了期量标准就可以准确地确定各种产品在各个生产环节的投入、出产的具体时间和数量，有利于均衡地、经济地完成计划任务。

由于企业的生产类型、产量大小和生产组织形式不同，采用的期量标准也不相同。大量生产一般采用节拍、节奏、流水线工作指示图表、在制品定额等；成批生产一般采用批量、生产间隔期、生产周期、生产提前期、在制品定额等；单件小批生产一般采用生产周期、生产提前期、产品装配指示图表等。

3. 编制要求

编制生产作业计划是指根据企业年（季）生产计划规定的生产任务，以及上月生产任务的预计完成情况和当月生产任务的要求，具体规定每个生产环节（车间、工段、小组、作业地）在单位时间（月、旬、周、日、轮班）内的生产任务。

企业的计划部门在编制和安排生产作业计划时，决不能把任务作简单的分配，而是要考虑在保证计划和订货合同的前提下，努力提高经济效益。因此，编制和安排生产作业计划任务时要符合以下要求：①要保证规定的生产任务；②要充分考虑各车间、工段、小组和个人的特点；③要取得良好的经济效益。

16.2.6 生产作业控制

生产作业控制是指在生产作业计划执行过程中，对有关产品或零件的数量和生产进度进行控制。生产作业控制是实现生产作业计划的保证。下面分别对生产进度控制、在制品占用量控制和生产调度工作进行介绍。

1. 生产进度控制

生产进度控制是对从原材料投入生产到成品入库为止的全过程所进行的控制。生产进度控制是生产作业控制的关键，它包括投入进度控制、出产进度控制和工序进度控制等。

2. 在制品占用量控制

在制品占用量控制是指对生产过程各个环节的在制品实物和账目进行控制。搞好在制品占用量控制，不仅对实现生产作业计划有重要作用，而且对减少在制品积压、节约流动资金、提高企业效益也有重要作用。

3. 生产调度工作

生产调度工作是对企业生产过程进行直接控制和调节的一项工作。生产调度工作以生产作业计划为依据，生产作业计划要通过生产调度工作来实现。生产调度工作的任务就是在日常生产活动中，按照生产作业计划的要求，对企业生产进行有效的指挥、监督和控制，使生产能够均衡地进行，从而保证生产计划任务全面完成。其主要内容包括：控制生产进度和在制品流转；督促做好生产技术准备和生产服务工作；检查生产过程中的物资供应和设备运行状况；合理调配劳动力；调整厂内运输；组织厂部和车间生产调度会议，监督有关部门贯彻执行调度决议；做好生产完成情况的检查、记录和统计分析工作。

16.3 生产现场管理

16.3.1 生产现场管理概述

1. 生产现场

生产系统中的现场指从事产品生产、制造或提供生产服务的场所。它既包括生产前方各基本生产单位，也包括后方各辅助部门的作业场所，如库房、实验室等。

2. 生产现场管理

生产现场管理就是对生产的基本要素（如人、机、料、法、环、资、能、信等）进行优化组合，并通过对诸要素的有效组合提高生产系统的效率。生产现场管理就是运用科学的管理方法和管理手段，对现场的各种生产要素进行合理的配置与优化组合，以保证生产系统目标的顺利实现。可见，生产现场管理的共性特征与其他管理一样，也要对生产要素进行合理配置，提高投入-产出的效益。

3. 生产现场管理的任务

生产现场管理的任务主要是合理组织各种生产要素，使之有效地实现最优化的组合，并经常保持良好的运行状态。生产现场的直接管理者是一线的工长（包括工段长和班组长）。现场管理要取得实效，必须根据本企业所在行业及生产类型等特点，有针对性地采用某一种方法，切忌套用某一推广模式，忽视本企业的具体情况。

16.3.2　文明生产

企业通常所讲的文明生产，一般是狭义的理解，即在现场管理中按照现代生产的客观要求为生产现场保持良好的生产环境和生产秩序。广义的文明生产，就是生产科学化或文明化，即根据现代化大生产的客观规律来组织生产，其对立面是手工业生产方式。

16.3.3　生产现场"5S"活动

"5S"活动，是指对生产现场各生产要素（主要是物的要素）所处的状态不断地进行整理、整顿、清扫、清洁和提高素养的活动。

这5个词在日语中的罗马拼音第一个字母都是"S"，所以简称为"5S"。其中，提高素养是全部活动的核心和精髓。没有这一条，"5S"活动是难以真正开展和深入持久地坚持下去的。

"5S"活动的内容和具体要求如下：①整理（Seiri）。把需要与不需要的人、事、物分开，再将不需要的人、事、物加以处理。②整顿（Seiton）。把需要的人、事、物加以定量、定位的布置和摆放，以便在最快的速度下取得所需要之物品，在最快捷的流程和最有效的规章制度下完成任务。③清扫（Seiso）。把工作现场打扫干净，设备异常及时修理，使之恢复正常。④清洁（Seikeetsu）。前三者之后的维护，使之保持最佳状态，是对前三者工作的坚持和深入。⑤提高素养（Shitsuke）。素养即教养，提高人员素质，养成良好的严格遵守规章制度的习惯和作风，这是"5S"的核心。"5S"活动始于素质也终于素质。

16.3.4　定置管理

1. 基本原理

定置管理是我国企业近年从日本学习引进的一种先进管理方法。它主要是研究作为生产过程主要因素的人、物、场所三者之间的相互关系。通过调整物品放置的位置，处理好人与物、人与场所、物与场所的关系；通过整理，把与生产现场无关的物品清除掉；通过整顿，把物品放在科学合理的位置。所以它实际是"5S"活动的一项基本内容。

定置管理的基本原理就是把人与物的结合状态分为以下几种。①A状态。即人与物处于能够结合并发挥效能的状态，需要时能够立即得到并得心应手。②B状态。即人与物处于寻找状态或尚不能很好发挥效能的状态。③C状态。人与物之间失去联系的状态。这种状态下，物品与生产已经没有关系，不需要去结合，可是事实上还摆在现场。如报废的工具设备，与生产现场无关的个人物品等。

定置管理的目的是消除C状态，对B状态进行分析和改进，使之成为A状态并长期保持下去。具体做法是通过信息媒介物改善现场的信息沟通状态。如定置图等。

2. 程序

定置管理的程序主要有：①对现场进行调查，明确问题点；②分析问题，提出改进方案，方法就是工业工程等；③定置管理设计，具体包括各种场地及有关物品（机台、货架、工位器具）的设计，其表现形式就是各种定置图；④定置管理方案的实施与考核。

16.3.5 目视管理

1. 特点

目视管理是利用形象直观、色彩适宜的各种视觉感知信息来组织现场生产活动的一种管理方法。其特点：①以视觉信号为基本手段，人人可见；②以公开化为基本原则，尽可能将管理者的意图和要求让大家都看见，促进自主管理，自我控制。所以它也叫"看得见的管理"。目视管理具有很多优越性：形象直观，简单方便；透明度高，便于互相配合；科学地改善工作环境，产生良好的生理和心理效应。

2. 内容与形式

目视管理的内容与形式有以下几点：

① 生产任务和完成情况公开化、图表化。

② 把与现场相关的规章制度和工作标准公布于众。

③ 与定置管理相结合，以清晰的、标准化的视觉显示信息落实定置设计，采用完善而准确的信息显示，包括标志线、标志牌和标志色，颜色采用要求标准化，不得任意涂抹。

④ 生产作业控制手段要形象直观、使用方便，如在流水线上配置工位故障显示屏，一旦发生停机，马上发出信号，检修工就会及时赶来，同时也通知前后工序。

⑤ 物品码放和运送要标准化，达到过目知数，如五五码放，规定标准数量等。

⑥ 统一规定现场人员着装，实行挂牌制度，以显示不同工种、单位、职务之间的区别，并起到一定的心理调节作用。

⑦ 色彩运用要实行标准化、科学化，以利于工人身心健康，如心理调节的问题。

16.4 设 备 管 理

机器设备是企业进行生产的物质技术基础，也是企业固定资产的重要组成部分。现代企业生产活动依赖于机器设备的程度日益增强。同时，由于企业的机器设备日趋高速、精密和复杂化，生产的机械化、自动化水平提高，机器设备对生产的影响也越来越大。因此，企业机器设备状况的优劣，设备管理水平的高低，直接影响着企业的发展、生产效率的提高和经济效益的增加。因此，科学地选好、用好、管好、保养维护好设备，已成为企业生产管理的重要组成部分。

16.4.1 设备及其特点

设备是企业的有形固定资产，是在企业中可供长期使用（如一年或一年以上），在使用过程中基本保持其原有实物形态，价值在一定限额以上的劳动资料和其他物质资料的总称。

设备是现代化的生产工具，是物化的科学技术，是社会生产力的重要组成要素，是企业进行产品生产的重要物质技术保证。设备有以下特点：①设备管理以功能管理为基础；②设备在使用和闲置中均会发生磨损。

16.4.2　设备管理

设备管理是指依据企业的生产经营目标，通过一系列的技术、经济和组织措施，对设备寿命周期内的所有设备物质运动形态和价值运动形态进行的综合管理工作。

1. 主要内容

（1）实行设备的全过程管理

实行设备的全过程管理是有效地解决使用现代化设备所带来的一系列新问题的科学方法，是从总体上保证和提高设备可靠性、维修性、经济性、做到安全、节能、环保，以及避免设备的积压和浪费的重要措施，是提高企业技术装备水平、实现技术装备现代化的重要保证，是设备管理制度改革的重要方向。对设备实行全过程管理，就是将设备的整个寿命周期作为一个整体进行综合管理，以求得设备整个寿命周期的最佳效益。

（2）实行设备的全员管理

现代化企业设备数量众多，型号规格复杂，分散在企业生产、科研、管理、生活等各个领域，单纯依靠专业管理机构与人员是难以管好的。因此，要把与设备有关的机构、人员组织起来参与设备管理，使设备管理建立在广泛的群众基础之上。

2. 任务

设备管理的任务是采取一系列技术、经济和组织措施，做到对企业设备进行全过程综合管理，以达到设备寿命周期费用最经济、设备综合效能最高的目标。设备管理的任务有设备的选择、购置、合理使用、日常的维护与检查，以及设备的改造、更新的管理。

先简要介绍一下关于设备的选择。

（1）设备的选择

设备选择的基本原则是：技术上先进、经济上合理、生产上适用。

（2）设备选择考虑的因素

设备选择时应考虑的最主要的因素就是生产效率。生产效率主要是用单位时间内的产品数量来表示。此外，也可表现在设备的功率、压力、速度等一系列参数上。

另外，设备选择时也应考虑以下因素：可靠性、产品质量保证程度、安全性、节能性、维修性、耐用性、环保性。

对于以上因素要综合考虑，统筹兼顾，拟订比较合理的设备选择方案。

16.4.3　设备投资的经济评价方法

1. 投资回收期法

投资回收期法是指通过比较设备投资回收期的长短来选择最优设备的方法。在其他条件相同的情况下，投资回收期最短的设备为最佳设备。其计算公式如下：

$$T = \frac{K}{P_r}$$

式中：K 表示设备的投资额；P_r 表示设备投入使用后可每年获利数额；T 表示投资回收期（年）。

2. 费用换算法

费用换算法是指通过对设备投资费用及维持费用，按一定的利率换算比较费用支出额的多少而选择费用少的为最佳设备的方法。费用换算法分为年费法和现值法两种。

（1）年费法

这种方法首先把购置设备的最初投资费用，依据设备的寿命期，按年利率计算，换算成相当于每年费用的支出，然后加上平均每年的维持费用，得到不同设备的年总费用，总费用最少的为最佳设备。计算公式如下：

$$年总费用 = 设备最初投资费用 \times 投资回收系数 + 每年维持费$$

其中：

$$投资回收系数 = \frac{i(1+i)^n}{i(1+i)^n - 1}$$

式中：i ——资金年利率；

n ——设备的寿命期。

（2）现值法

这种方法是计算设备最初投资费用和寿命周期全部维持费用，再考虑利息因素，计算设备寿命周期费用，全部总费用最少的就是最佳设备。计算公式如下：

$$寿命周期总费用 = 设备最初投资费用 + 每年维持费用 \times 现值系数$$

其中：

$$现值系数 = \frac{(1+i)^n - 1}{i(1+i)}$$

式中：i ——资金年利率；

n ——设备的寿命期。

16.4.4 设备的合理使用

正确合理地使用设备，保持其良好的性能和应有的精度，既保证正常生产，减少设备的磨损，又可延长设备的使用寿命，从而充分发挥设备的效能。设备的合理使用涉及技术与经济两个方面的管理。

1. 技术要素管理

设备使用的技术要素管理是指在设备使用中，对设备物质运动形态的管理。主要包括以下内容：①设备分类、编号、登记与建档；②建立设备使用的规章制度；③确定合理的设备配备；④确定合理的生产任务。合理有效地使用设备，还必须在安排设备的生产任务时进行正确的决策。一般要以设备的性能、生产能力、技术特性、使用范围、工作条件、设备精度等技术资料为依据，既不能超负荷、超范围、超精度、超条件，也要尽可能避免"大机小用"或"精机粗用"，造成设备效率低下或设备功能浪费。

2. 经济要素管理

设备使用中的经济要素管理是指在设备使用中，对设备价值运动形态的管理。主要包括两个方面：①设备使用费用。设备投入使用后，企业要不断地投入运行费用、保养维护费用、监测维修费用和技术改造费用等。②设备折旧方法。目前，我国企业常用的折旧方法主要有两类：一类是平均折旧法，即将设备的价值平均分摊到设备使用期限内的各期；另一类是加速折旧法，即在设备使用期限的前几期内以较高的折旧率快速折旧，在较短的时间内收回设备投资。这两类方法各有利弊，前者可以使企业的成本费用较稳定，但不利于企业的技术进步；后者有利于企业的技术进步，可以促使企业不断采用新技术，但会提高企业的成本费用，减少企业的收入和纳税。企业在选择不同的折旧方法时，要慎重分析。

设备的合理使用还在于提高设备的利用率，即充分有效地利用设备，减少设备的浪费。要做到这些，就要对设备利用情况做深入的分析，才能找到提高设备利用率的措施和方法。

16.4.5 设备维护保养与检查

1. 设备磨损规律

企业要进行磨损规律和故障规律的研究，加强对设备的分类分级管理，根据设备的状况来合理确定维修种类、维修时机，尽可能减少设备的过量维修，使设备维修后产生的效益不仅能弥补，而且大大高于因维修而产生的费用。

（1）设备的磨损

设备在使用和闲置过程中会逐渐发生磨损。磨损一般分为两种形式，即有形磨损（物质磨损）和无形磨损（技术磨损）。设备的有形磨损又分为使用磨损和自然磨损。设备的有形磨损是有规律的，一般可分为 3 个阶段，如图 16 - 1 所示。

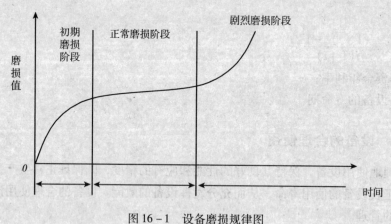

图 16 - 1 设备磨损规律图

（2）设备的故障

设备在使用时，由于磨损和操作不当等原因，会发生这样或那样的故障，从而影响正常生产。设备故障发生有一定的规律，如图 16 - 2 所示，其曲线类似浴盆的断面而称之为“浴盆曲线”。

设备发生故障主要有 3 个阶段。①初期故障期，主要是由于设计和制造中的缺陷造成的，有的是由于操作不当造成的，有的是设备部件磨合造成的。开始故障率较高，随时间推移故障率逐渐下降。②偶发故障期，设备已进入正常运行阶段，故障率较低，出现的故障一般是由操作失误、维护不好或其他特殊情况造成的。③磨损故障期，设备的零部件已经磨损或老化，使用寿命即将完结，故障率急剧上升。

根据设备的磨损规律，要针对设备不同时期的特点采取相应的措施，提高设备的使用效率，延长设备的使用寿命。在初期故障期，要认真检查、试验，找出故障原因，进行改进。在偶发故障期，要提高工人操作技术水平，加强责任心，加强维护保养。在磨损故障期，要加强对设备的检查、监测，及时修理，降低故障率。

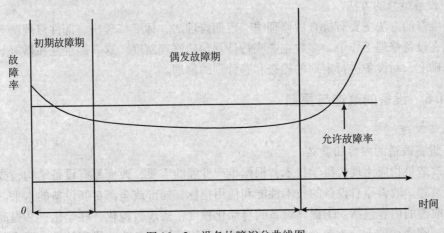

图 16 - 2　设备故障浴盆曲线图

2. 维护保养

根据设备维护保养工作量的大小，维护保养可分 4 类。

日常保养亦称例行保养。重点是擦拭清洁、润滑、紧固松动的部位、检查零件的完好。这类保养比较简单，主要在设备表面进行。

一级保养。除普通的清洁、润滑、紧固之外，还要部分解体，进行部分调整。

二级保养。对设备进行内部清洁、润滑、局部解体检查和调整。

三级保养。对设备的主体部分进行解体检查和调整，更换已经磨损的零件，并对主要零件的磨损情况进行测量鉴定。设备的日常维护保养，是一项经常性的不占用设备工作时间的维护保养，它是维护保养工作的基础。

3. 设备检查

设备检查是对设备的运行情况、工作精度、磨损或腐蚀程度进行检查和校验。其目的是及时了解设备技术性能和变化，查明设备的隐患，以便有针对性地提出维护保养措施，并有针对性地做好维修前的准备工作，提高维修质量，缩短维修时间。设备检查的种类一般有：①日常检查；②定期检查；③重点检查。设备检查也可分为机能检查和精度检查。机能检查是对设备的各项机能全面进行检查与测定。精度检查是对设备的加工精度进行检查和测定。

4. 设备维修

(1) 设备维修的类型

设备维修根据其工作量大小和时间长短可分为 3 种：①小修理亦称维护修理。一般只是清洗、更换和修理少量易损件，并调整设备的结构。小修理通常在生产间歇进行，工作量较小。②中修理。要修复和更换设备的主要零部件和其他磨损零部件，并对主要部件进行局部修理，以恢复和达到规定的性能、精度和其他技术要求，保证使用到下一次修理。中修理通常由修理工每季度进行一次。③大修理亦称恢复修理。这种修理是对设备进行全面修理，把设备全部拆卸，更换修复全部磨损零部件。校正和调整整台设备，要求恢复到原有精度、性能和生产效率。大修理工作量大，消耗时间长，投入资金多，通常半年或一年进行一次。

（2）设备维修的方法

设备维修的方法主要有检查后修理法、定期修理法、标准修理法、部件修理法等。长期以来我国在设备修理工作中，多数企业实行计划预防修理制度。这一制度是在做好日常维护保养的基础上，对设备进行定期的检查和有计划的修理。

16.4.6 设备的改造与更新

1. 设备改造

（1）设备改造的内容和意义

设备改造是指应用现代科学技术，根据生产发展的需要，改变原有设备结构，或增添新部件、新装置，改善原有设备的技术性能和使用指标，局部或全部更新设备的水平。

设备改造的内容包括：①提高设备的自动化程度，实现数控化、联动化；②提高设备功率、速度、刚度和扩大、改善设备的工艺性能；③将通用设备改装成高效、专用设备；④提高设备零部件的可靠性、维修性；⑤实现加工对象尺寸公差的自动控制；⑥改装设备监控装置；⑦改进润滑、冷却系统；⑧改进安全、保护装置及环境污染系统；⑨降低设备原材料及能源消耗；⑩使零部件通用化、系列化、标准化。

设备改造的意义表现在：①设备改造针对性强，对生产的适用性好，比购置新设备投资少，经济合理；②改变企业设备拥有量的构成，不断增加自动化、高效率设备的比重，这对克服设备老化，弥补设备的先天不足，具有很大的现实意义；③由于设备技术改造多由企业自行设计改装，有利于提高本企业科学技术水平，同时为设备修理打下基础。

（2）设备改造方案

设备改造方案必须经过初步设计和技术经济评价，通过多种方案对比分析，选择确定最佳方案。设备改造既要考虑设备的技术性、适用性，又要考虑它的经济性。如果改造一台旧设备的费用大于购买一台新设备，那这台设备就没有改造的必要了。一般最普通、最典型的设备改造，不是改造役龄最长或役龄最短的设备，而是役龄适中的设备；不是从根本上改变原有设备的结构，而是在原有基础上改革或增加某些机构，改善设备技术性能。

2. 设备更新

（1）设备的寿命

自然寿命是设备的物质寿命，叫使用寿命，即从设备投入使用开始到设备报废为止所经历的时间。技术寿命是设备的有效寿命，即从设备投入使用到被新技术淘汰为止所经历的时间。经济寿命是设备的费用寿命，它是以维修费用为标准所确定的设备寿命。当设备到了自然寿命后期，由于需要过多的维修费用来维持设备的自然寿命，就会造成经济上的不合算，其报废界限是设备的年总费用最低。

（2）设备更新

设备更新是以比较先进的和比较经济的设备，来代替物质、技术和经济上不宜继续使用的设备。所以，在进行设备更新时，既要考虑设备的自然寿命，又要考虑设备的技术寿命和经济寿命。

设备更新方式从内容上可分为设备原型更新和设备技术更新；从更新的顺序上可分为逐台更新和整批更新。设备原型更新是指同型号设备的以旧换新。其优点是有利于使用和维修；缺点是没有从根本上提高企业的现代化水平，因此也不大可能大幅度地提高企业的经济效益。设备技术更新是用性能上先进的设备代替陈旧落后的设备。这种更新可以从根本上提高企业设备的现代化水平，因而可以大幅度地提高企业经济效益，提高产品质量。但这种更新需要投资较多，因此，要认真地进行调查研究和可行性分析。

16.5　现代企业生产管理的最新趋势

16.5.1　生产组织管理方式的变化

1. 传统的金字塔式组织结构

传统的企业管理理论是建立在劳动分工理论基础上，职能分工、层次化组织结构是它的基本特点。它主要有两种代表形式。

（1）直线职能制

直线职能制组织结构具有以下特点：①企业决策权集中在最高领导层，然后按层级划分，建立行政指挥系统；②各级主管负责本部门的生产行政工作，并直接对上级负责；③各级行政机构可以设立必要的职能部门或人员作为参谋，辅助领导决策。它的主要优点是便于领导、指挥，有利于提高工作效率，企业处于稳定状态。

（2）事业部制

事业部制组织结构具有以下特点：①把企业生产经营活动按产品或地区划分为许多事业部或分公司，各事业部独立核算、自负盈亏；②实行"集中决策，分散经营"原则，即总公司负责研究制定各种政策，不负责管理日常事务，各事业部都有自己的职能机构。它最大的优点在于最高领导层摆脱了日常事务性管理工作，而集中精力搞好经营战略决策，有利于培养最高层领导人的后继人选。

从生产管理的角度来看，这两种组织形式对于以提高生产系统效率为核心的管理体系来说是相当有效的。所以，它们一直为企业界普遍采用。随着社会的发展变化，人们的需求也不断变化，对企业生产系统的要求也越来越高，这两种组织形式在不同程度上暴露出了自身的问题。尤其是直线职能制，目前已经越来越多地被其他组织形式所取代。事业部制虽然从总体来讲仍然是当今成功企业所采用的重要组织形式之一，许多成功的大企业仍然是采用着事业部制组织形式，但却无法回避组织机构不够灵活、快捷的事实。因此不得不进行适当的改良。

2. 柔性多变的动态组织结构

矩阵制可以作为动态组织结构的典型代表。这是美国在 20 世纪 50 年代创立的一种新型组织形式。它具有以下特点：①根据任务需要，从各职能部门中把所需要的各类人才抽调集中起来，成立一个项目组，并指派项目负责人；②每个项目组成员完成任务后，就回到原单位；③整个项目完成后，项目组就宣布解散。其最大优点是能够实现对市场需求的最大限度的响应，有利于发挥各类人员的潜力。但这还只是它的原始形式，人们在实际应用中正不断克服它的弊病，并对它进行完善。

3. 虚拟组织

虚拟组织即借用外部力量，整合外部资源（如购买、兼并、联合、委托等）从而创造出超常的竞争优势。它的口号是："既能租借，何必拥有。"虚拟组织也叫做网络式组织，因为它常常是通过信息互联网手段将各单位以网络形式联系在一起。其目的在于突破企业有形的（有限的资源）界限，弱化具体的组织形式，全方位借用外力发展。具体方式有人员虚拟、功能虚拟、企业虚拟。例如，珠海天年高科技国际公司，1992 年靠 1 000 万元起家，瞄准了改善人体微循环系列产品市场，采用借力发展策略，自己只掌握核心的技术配方，生产环节则在产地租厂房，就地生产、就地销售，使企业迅速得以发展，三年产值达到 1 亿元。

16.5.2　现代企业生产管理的理论和方法

1. 物料需求计划（MRP）

从实现计算机管理的目标和要求出发，需要一个规范的、标准的生产作业计划模式。这个模式就是 MRP，直译为物料需求计划——一个适用于多级制造装配系统的，可以实现计算机管理的成熟的模式。

MRP 开始于主生产作业计划，然后根据产品的零件表和材料单及库存状况制定出材料需求计划，以下简称材料计划，这是 MRP 的核心。接下来，根据材料计划和产品的生产周期标准编制作业计划，确定零部件加工的提前期及批量，以及确定材料采购的提前期和批量，与此同时，依据零件加工的工艺路线和工时定额，编制详细的能力计划，对每一个主要工作地和工序的负荷和能力进行平衡，使作业计划切实可行。下一步是向生产单位（车间、工作地）发出作业指令和向采购部门发出采购和外协指令，由车间组织生产和由采购部门组织供应。最后，通过车间生产控制将作业计划执行情况和结果及时反馈给计划部门。

2. 准时制生产方式（JIT）

所谓准时制生产（Just-In-Time，JIT），简单地说，就是将必要的原材料和零部件，以恰好的数量和完美的质量，在即将被使用之前，送到工厂内指定地点。因此，JIT 又被称之为"零库存"。它大胆地向传统管理观念提出了挑战，使得生产管理的观念发生了一场革命。JIT 的生产管理的生产哲学的精髓在于以下几点：①消除浪费，通过持续地消除浪费使得产品成本不断降低，从而使实现了 JIT 生产方式的企业取得了价格竞争优势；②持续地降低在制品库存，降低库存不仅降低了生产成本，而且缩短了生产周期，从而使企业比竞争对手更迅速地响应顾客需求的变化；③实现生产过程的同步化，使生产过程同步化就要稳定日产出率。流水线是以接近恒定的生产率进行生产的，因此，比较容易发现和消除瓶颈环节，实现生产同步化，有利于企业推行以人为本的管理。

3. 精益生产（LP）

精益生产（Lean Production，LP）方式是适用于现代制造企业的组织管理方法。这种生产方式是以整体优化的观点，科学、合理地组织与配置企业拥有的生产要素，消除生产过程中一切不产生附加价值的劳动和资源，以人为中心，以"简化"为手段，以"尽善尽美"为最终目标，达到增强企业适应市场的应变能力，取得更高的经济效益。它的特征是：①以销售部门作为企业生产过程的起点；②产品开发采用并行工程方法，确保质量、成本和用户要求，缩短产品开发周期。按销售合同组织多品种、小批量生产；③生产过程从以上道工序推动下道工序生产变为以下道工序拉动上道工序生产；④以"人"为中心，充分调动人的积极性，普遍推行多机操作、多工序管理，提高劳动生产率；⑤追求无废品、零库存等，降低产品成本；⑥消除一切影响工作的"松弛点"，以最佳工作环境、条件和最佳工作态度，从事最佳工作，从而全面追求"尽善尽美"，适应市场多元化要求，用户需要什么则生产什么、需要多少则生产多少，达到以尽可能少的投入获取尽可能多的产出。

4. 敏捷制造（AM）

20 世纪 80 年代以来，随着市场变化越来越快，竞争日益激烈，人们不得不重新认识制造业的作用。敏捷制造（Agile Manufacturing，AM）就是在这种背景下提出来的，其指导思想是"灵活性"，其优势在于：通过提高灵活性，增强企业的应变能力和竞争能力。它的特征有：①借助信息技术把企业内部，以及企业与外部供应商、客户有机地联为整体，快速响应市场需求，迅速设计和制造全新的产品。②不断改进老产品，以满足顾客不断提高的要求，延长产品寿命。③采用先进制造技术和高度柔性化设备，做到完全按订单生产，着眼于长期经济效益。④改变金字塔式的多级管理，采用多变的动态组织结构，把企业内部优势和其他企业的各种优势力量集合到一起，使每个项目都选用将产生最大竞争优势的管理工具，赢得竞争。⑤最大限度地调动和发挥人的主动性、创造性，把它作为强有力的竞争武器。

本 章 小 结

　　生产管理就是指对生产过程活动进行的一系列管理活动，也就是对生产过程活动进行的一系列计划、组织和控制的工作。生产管理基本任务就是按照企业的经营方针、目标、计划，充分合理地运用人力、材料、设备、资金和有关信息，发挥生产系统的效能，根据品种、质量、数量、成本和交货期等要求，提供客户满意、社会需要的产品与劳务，提高企业经济效益。搞好生产管理，应该贯彻的原则：坚持按需生产；讲求经济效益；组织均衡生产；实行科学管理，运用先进的管理技术和科技成果；实现文明生产。

　　生产计划是根据对需求的预测，从工厂能够适应需求的能力出发，为有效地满足预测和订货所确定的产品品种、数量和交货日期，制定应在什么时候、在哪个车间生产和以什么方式生产的最经济合理的计划。生产计划工作的原则包括以需定产，以产促销，合理利用生产能力，进行综合平衡，生产计划安排最优化。企业生产能力包括设计能力、查定能力与计划能力。生产计划的主要指标有产品品种指标、产品质量指标、产品产量指标和产值指标。

生产作业计划是企业生产计划的具体执行计划。编制生产作业计划要保证规定的生产任务，要充分考虑各车间、工段、小组和个人的特点，以取得良好的经济效益。生产作业控制应从生产进度控制、在制品占用量控制和生产调度工作3个方面进行。

生产现场管理就是运用科学的管理方法和管理手段，对现场的各种生产要素进行合理的配置与优化组合，以保证生产系统目标的顺利实现。现场管理的"5S"活动，是指对生产现场各生产要素（主要是物的要素）所处的状态不断地进行整理、整顿、清扫、清洁和提高素养的活动。定置管理是重要的现场管理方式。

设备管理是指依据企业的生产经营目标，通过一系列的技术、经济和组织措施，对设备寿命周期内的所有设备物质运动形态和价值运动形态进行的综合管理工作。设备管理的任务有设备的选择、购置、合理使用、日常的维护与检查，以及设备的改造、更新的管理。

生产组织管理方式已从传统的金字塔式组织结构转变为柔性多变的动态组织结构。现代企业生产管理理论的发展体现在新的理论、方法的出现：物料需求计划、准时制生产方式、精益生产、敏捷制造。

◇ 第 *17* 章

财 务 管 理

教学目标：通过本章的学习，了解财务管理的基本概念，对企业筹资管理、投资管理及财务报表分析等财务管理的基本内容有一定的了解和认识。

教学要求：理解现代财务管理及其基本目标；掌握资金时间价值的计算、投资决策的基本评价方法及财务报表的分析；了解各种筹资和投资方式。

17.1　财务管理概述

17.1.1　概念及基本内容

1. 概念

企业的整个生命周期从筹划、产生、运营直到终结，都离不开资金的运动。在不同的时间点上，资金或是流入企业，或是在企业内部运行，或是流出企业，这就是企业不断筹集资金、使用资金和分配资金的过程。企业资金的筹集、使用和分配构成了企业的财务活动，资金运动是企业财务活动的具体反映和表现。同时，在财务活动过程中必然会发生企业与国家、其他单位、投资者、职工个人等各方面的经济利益关系，这种以企业为核心形成的经济利益关系，称为财务关系。财务关系反映了企业财务的本质。综上所述，企业财务是企业的财务活动及其所引起的财务关系的总和，是二者的统一。

所谓财务管理是指对企业生产经营过程中资金的筹集、使用、耗费、回收、分配等财务活动，以及财务活动所涉及的各种经济利益关系的处理。企业财务管理是对企业资金运行的管理，是对企业生产经营活动的综合管理，是企业管理的一个重要组成部分。

2. 基本内容

财务管理是对企业资金运动过程中各项工作的管理，包括资金筹集管理、资金使用管理、资金耗费管理、资金收入管理和资金分配管理。因此，可以说，货币关系是企业财务的本质。

（1）资金的筹集

资金犹如企业的血液，经济有效地筹措足够的资金是保证企业生产经营的基本条件，筹集资金是资金运动的起点。企业从投资者、债权人那里筹集来的资金，一般是货币资金，也可以是实物或无形资产。

（2）资金的使用

企业筹集资金的目的是为了在生产经营中及时有效地使用资金，主要是通过购买、建造等过程，形成各种生产资料。一方面进行固定资产投资，兴建厂房和建筑物，购置机器设备等；另一方面购进原材料、燃料等，货币资金就转化为固定资产和流动资产。此外，企业还可以以现金、实物或无形资产等形式向其他单位投资，形成短期投资和长期投资。企业资金的使用无论是经营资产还是对其他单位投资，其目的都是为了取得一定的收益。

（3）资金的耗费

资金耗费是指企业在生产经营过程中所发生的以价值形式表现的消耗，具体表现为房屋、机器设备的折旧，职工工资，各种材料耗费，以及其他费用的支出等。这种资金的耗费是通过发生费用、形成成本体现出来的，各种生产耗费的货币表现就是产品的制造成本。成本是生产经营过程中的资金耗费。

（4）资金的收入

企业销售过程中，企业将生产出来的产品销售给有关单位，并且按照产品的价格取得销售收入。在这一过程中，企业资金从成品资金形态转化为货币资金形态。企业取得销售收入，实现产品的价值，不仅可以补偿产品成本，而且可以实现企业的利润，企业的自有资金数量随之增大。此外，企业还可以取得投资收益和其他收入。

（5）资金的分配

企业所取得的产品销售收入，要用以弥补生产耗费，按规定缴纳营业税，其余部分为企业的营业利润。营业利润和投资净收益、其他净收入构成企业的利润总额。利润总额首先要按规定缴纳所得税。税后利润要提取公积金和公益金，分别用于扩大积累、弥补亏损和职工集体福利，其余利润作为投资收益分配给投资者。企业从经营中收回的货币资金，还要按计划向债权人还本付息。用于分配投资收益和还本付息的资金，就从企业资金运动过程中退出。

另外，企业财务管理的最终目标是否实现是通过一系列财务报表的编制和具体的财务指标的计算来反映的，因此，财务管理的内容还包括财务报表的编制及其分析。

17.1.2 目标

财务管理的目标是企业组织财务活动和处理财务关系所要达到的目的。财务管理的目标决定着企业财务管理的方向，影响着财务管理方法的运用，是开展财务管理工作必须明确的问题。根据现代企业财务管理的理论和实践，最具有代表性的财务管理目标有以下几种。

1. 利润最大化

把利润最大化作为财务管理的目标，主要是基于以下考虑：利润是企业在一定期间内全部收入和全部费用的差额，它反映了企业当期经营活动中所花费与所得对比的结果，在一定程度上体现了企业经济效益的高低；利润既是资本报酬的来源，也是企业增加资本公积、扩大经营规模的源泉；在市场经济条件下，利润的高低决定着资本的流向；企业获利的多少表明企业竞争能力的大小，决定着企业的生存和发展。因此，把利润最大化作为企业财务管理的目标，有利于企业加强管理，改进技术，提高劳动生产率，降低产品成本。这些措施都有利于资源的合理配置，有利于经济效益的提高。

但是，利润最大化作为财务管理的目标，存在以下缺陷：①没有考虑利润的取得时间，没有考虑资金时间价值；②没有考虑所获利润和投入资本额的关系，因而不利于不同资本规模的企业或同一企业不同期之间的比较，也会使财务决策优先选择高投入的项目，而不利于高效率项目的选择；③没有考虑获取利润和所承担风险的大小。不考虑风险，会使财务决策优先选择高风险的项目，一旦不利的事实出现，企业将会陷入困境，甚至可能破产；④片面追求利润最大化，会使企业财务决策带有短期行为的倾向。即只顾实现眼前的最大利润，而忽视产品开发、人才开发、产品安全、技术装备、生活福利设施、履行社会责任等方面，对企业长期的健康的发展造成不良影响。

2. 资本利润率最大化（或每股利润最大化）

资本利润率是企业在一定时期的税后净利润与资本额的比率。每股利润是一定时期税后利润与普通股股数的对比数。资本利润率最大化（或每股利润最大化）作为财务管理的目标，优点是把企业的利润和股东投入的资本联系起来考察，能够说明企业的盈利水平，可以在不同资本规模的企业或同一企业不同期之间进行比较，揭示其盈利水平的差异，以弥补利润最大化目标的缺陷。但是，每股利润最大化的目标仍然没有考虑资金时间价值，没有考虑风险因素，并可能存在片面追求盈利的短期行为。

3. 企业价值最大化（或股东财富最大化）

企业价值最大化是指通过企业的合理经营，采用最优的财务政策，在考虑资金的时间价值和风险报酬的情况下，不断增加企业财富，使企业总价值达到最大。股东创办企业的目的是为了扩大财富，他们是企业的所有者，企业价值最大化就是股东财富最大化。企业的价值反映了企业现实、潜在或预期的获利能力；股东财富不仅表现为企业现实的盈利，而且更重要的是表现为企业的持久盈利能力、抵御风险的能力。因此，企业价值最大化目标考虑了资金时间价值和风险问题，体现了企业资产保值增值的要求，有利于制约企业追求短期利益行为的倾向。

企业价值最大化（或股东财富最大化）作为财务管理的目标也存在着不足，主要表现是对企业价值难以进行正确的确认。对股份制上市公司来说，股票的市场价格体现着投资大众对公司价值所做的较为客观的评价，但股票的市场价格也受着非经济因素的影响。其他类型企业的价值可通过评估来确定，但企业价值的评估综合性强，影响因素多，使评估的正确和准确程度都难以把握。尽管如此，现代企业一般仍然以企业价值最大化作为财务管理的目标。

17.2 财务管理的基本观念

财务活动的过程伴随着经济利益的协调，它通过各个利益主体之间的讨价还价以实现收益风险均衡。为了进行讨价还价或为了实现收益风险的均衡，财务管理的主体必须建立一些基本的财务管理观念或基本的财务原则，并以此指导企业的财务活动。财务观念是财务管理的基础，观念的更新会带来管理水平的提高，这是因为，观念作为意识，决定着管理行为和管理方法。一般而言，财务管理应具备的观念很多，如资金时间价值观念、风险收益均衡观念、机会损益观念、边际观念、弹性观念、预期观念等。本节重点介绍资金时间价值观念和风险报酬均衡观念。

17. 2. 1　资金的时间价值

资金的时间价值和投资的风险价值，是现代财务管理的两个基础观念。所谓资金的时间价值，是指资金经历一定时间的投资和再投资所增加的价值，也称为货币的时间价值。

资金的循环和周转，以及因此实现的货币增值，需要或多或少的时间，每完成一次循环，货币就增加一定数额，周转的次数越多，增值额也越大。因此，随着时间的延续，货币总量在循环和周转中按几何级数增长，使得货币具有时间价值。由于货币随时间的延续而增值，现在的 1 元钱与将来的 1 元多钱甚至是几块钱在经济上是等效的。不同时间的货币收入不宜直接进行比较，需要把它们换算到相同的时间基础上，然后才能进行大小的比较和比率的计算。由于货币随时间的增长过程与利息的增值过程在数学上相似，因此，在换算时广泛使用计算利息的各种方法。

1. 单利终值和现值的计算

在单利方式下，不管贷款时间有多长，所有利息均不加入本金重复计算利息。目前我国的银行存款利息、国库券利息、债券利息都是根据单利计算的。按照单利的计算法则，利息的计算公式为：

$$I = P \cdot i \cdot n$$

式中：P——现值，即 0 年（第一年年初）的价值；

$\quad i$——利率；

$\quad n$——计息期数。

（1）单利终值

有了利息的计算公式后，我们就很容易得到单利终值的计算方法：

$$\begin{aligned} F &= P + I \\ &= P + P \cdot i \cdot n \\ &= P(1 + i \cdot n) \end{aligned}$$

式中：F——终值，即第 n 年年末的价值。

【例 17.1】某人将 10 000 元存入银行，年利率为 6%，经过两年时间的年终金额为：

$$\begin{aligned} F &= P + I \\ &= 10\ 000 + 10\ 000 \times 6\% \times 2 \\ &= 11\ 200 \end{aligned}$$

（2）单利现值

单利现值的计算同单利终值的计算是互逆的，单利现值的一般计算公式为：

$$P = \frac{F}{1 + i \cdot n}$$

2. 复利终值和现值的计算

复利是计算利息的另一种方法。按照这种方法，每经过一个计息期，要将所生利息加入本金再计利息，逐期滚算，俗称"利滚利"。这里所说的计息期，是指相邻两次计息的时间间隔，如年、月、日等。除非特别指明，计息期一般为 1 年。

（1）复利终值

【例 17.2】某人将 10 000 元投资于一项事业，年利率为 6%，经过一年时间的年终金额为：

$$F = P + Pi$$
$$= P(1 + i)$$
$$= 10\ 000 \times (1 + 6\%)$$
$$= 10\ 600(元)$$

若此人并不提走现金，将 10 600 元继续投资于该事业，则第二年本利和为：

$$F = [P(1 + i)](1 + i)$$
$$= P(1 + i)^2$$
$$= 10\ 000 \times (1 + 6\%)^2$$
$$= 11\ 236(元)$$

同理，第三年期终金额为：

$$F = P(1 + i)^3$$
$$= 10\ 000 \times (1 + 6\%)^3$$
$$= 11\ 910(元)$$

第 n 年的期终金额为：

$$F = P(1 + i)^n$$

上式是计算复利终值的一般公式，其中的 $(1 + i)^n$ 被称为复利终值系数或 1 元的复利终值，用符号 $(F/P, i, n)$ 表示。例如，$(F/P, 6\%, 3)$ 表示利率为 6% 时 3 期的复利终值的系数。为了便于计算，可编制"复利终值系数表"备用。在时间价值为 6% 的情况下，现在的 1 元和 3 年后的 1.191 元在经济上是等效的。根据这个系数可以把现值换算成终值。

（2）复利现值

复利现值是复利终值的对称概念，指未来一定时间的特定资金按复利计算的现在价值或者说是为取得将来一定本利和现在所需要的本金。

复利现值计算，是指已知 F、i、n 时求 P。

通过复利终值计算已知：

$$F = P(1 + i)^n$$

所以：

$$P = \frac{F}{(1 + i)^n} = F(1 + i)^{-n}$$

式中的 $(1+i)^{-n}$ 是把终值折算为现值的系数，称复利现值系数或 1 元的复利现值，用符号 $(P/F, i, n)$ 表示。例如，$(P/F, 10\%, 5)$ 表示利率为 10% 时 5 期的复利现值系数。为了便于计算，可编制"复利现值系数表"备用。

【例 17.3】某人拟在 5 年后获得本利和 10 000 元，假设投资报酬率为 10%，他现在应投入多少元？

$$
\begin{aligned}
P &= F(P/S, i, n) \\
&= 10\ 000 \times (P/F, 10\%, 5) \\
&= 10\ 000 \times 0.621 \\
&= 6\ 210 \text{（元）}
\end{aligned}
$$

3. 复利普通年金和永续年金的计算

年金是指等额、定期的系列收支。例如，分期付款赊购、分期偿还贷款、分期支付工程款、每年相同的销售收入等，都属于年金收付形式。按照收付的次数和时间划分，年金有很多种，以下介绍常见的两种年金：普通年金和永续年金。

（1）普通年金

普通年金又称后付年金，是指各期期末收付的年金。

① 普通年金终值计算。普通年金终值是每次支付的复利终值之和。

假设利率为 10%，期数为 3，在第一期末的 100 元，应赚得 2 期的利息，因此，到第三期末其值为 121 元；在第二期末的 100 元，应赚得 1 期的利息，因此，到第三期末其值为 110 元；第三期末的 100 元，没有计息，其价值是 100 元。整个年金终值 331 元。

如果年金的期数很多，用上述方法计算终值显然相当烦琐。由于每年支付额相等，折算终值的系数又是有规律的，所以可找出简便的计算方法。

设每年的支付金额为 A，利率为 i，期数为 n，则按复利计算的年金终值 F 为：

$$
F = A \cdot \frac{(1+i)^n - 1}{i}
$$

式中 $\dfrac{(1+i)^n - 1}{i}$ 是普通年金为 1 元、利率为 i、经过 n 期的年金终值，记作 $(F/A, i, n)$，可据此编制"年金终值系数表"。

② 普通年金现值计算。普通年金现值，是指为在过期期末取得相等金额的款项，现在需要投入的金额。

【例 17.4】某人出国 3 年，请你代交房租，每年租金 100 元、设银行存款利率 10%，他应当现在给你在银行存入多少钱？

这个问题可以表述为：请计算 $i = 10\%$，$n = 3$，$A = 100$ 元之年终付款的现在等效值是多少？

设年金现值为 P，其公式为：

$$
P = A \cdot \frac{1 - (1+i)^{-n}}{i}
$$

式中，$\dfrac{1 - (1+i)^{-n}}{i}$ 是普通年金为 1 元、利率为 i、经过 n 期的年金现值，记作 $(P/A, i, n)$，可

据此编制"年金现值系数表"。

根据数据计算：

$$P = A(P/A, i, n) = 100 \times (P/A, 10\%, 3)$$

计算得：$(P/A, 10\%, 3) = 2.4868$

$$P = 100 \times 2.4868 = 248.68(元)$$

（2）永续年金

无限期定额支付的年金，称为永续年金。现实中的存本取息可视为永续年金的一个例子。

永续年金没有终止的时间，也就没有终值。永续年金的现值可以通过普通年金现值的计算公式导出：

$$P = A \cdot \frac{1}{i}$$

【例17.5】拟建立一项永久性的奖学金，每年计划颁发10 000元奖金。现在应存入多少钱？

$$P = 10\ 000 \cdot \frac{1}{10\%} = 100\ 000 （元）$$

【例17.6】如果一股优先股，每季分得股息2元，而年利率是6%，对准备买这只股票的人来说，他愿意出多少钱来购买此优先股？

$$P = \frac{2}{6\%} \approx 33.33 （元）$$

上述关于时间价值计算的方法，在财务管理中有广泛用途，如存货管理、养老金决策、租赁决策、资产和负债估价、长期投资决策等。随着财务问题日益复杂化，时间价值观念的应用也将日益广泛。

17.2.2 风险和收益

财务活动经常是在有风险的情况下进行的。冒风险，就要求得到额外的收益，否则就不值得去冒险。投资者由于冒风险进行投资而获得的超过资金时间价值的额外收益，称为投资的风险价值，或风险收益、风险报酬。企业理财时，必须研究风险、计量风险，并设法控制风险，以求最大限度地扩大企业财富。

如果企业的一项行动有多种可能的结果，其将来的财务后果是不肯定的，就叫有风险。如果这项行动只有一种后果，就叫没有风险。例如，现在将一笔款项存入银行，可以确知一年后将得到的本利和，几乎没有风险。这种情况在企业投资中是很罕见的，它的风险固然小，但是报酬也很低，很难称之为真正意义上的投资。

1. 风险

一般来说，风险是指在一定条件下和一定时期内可能发生的各种结果的变动程度。例如，我们在预计一个投资项目的报酬时，不可能十分精确，也没有百分之百的把握。有些事情的未来发展我们事先不能确知，例如，价格、销量、成本等都可能发生我们预想不到并且无法控制的变化。

2. 风险的类别

从个别投资主体的角度看，风险分为市场风险和公司特有风险两类。

（1）市场风险

市场风险是指那些对所有的公司产生影响的因素引起的风险，如战争、经济衰退、通货膨胀、高利率等。这类风险涉及所有的投资对象，不能通过多元化投资来分散，因此又称不可分散风险或系统风险。

（2）公司特有风险

公司特有风险是指发生于个别公司的特有事件造成的风险，如罢工、新产品开发失败、没有争取到重要合同、诉讼失败等。这类事件是随机发生的，因而可以通过多元化投资来分散，即发生于一家公司的不利事件可以被其他公司的有利事件所抵消。这类风险称可分散风险或非系统风险。例如，一个人投资股票时·买几种不同的股票，比只买一种股票风险小。

从公司本身来看，风险分为经营风险（商业风险）和财务风险（筹资风险）两类。

经营风险是指生产经营的不确定性带来的风险，它是任何商业活动都有的，也叫商业风险。经营风险使企业的报酬变得不确定。

财务风险是指因借款而增加的风险，是筹资决策带来的风险，也叫筹资风险。财务风险只是加大了经营风险。

3. 对风险的态度

人们对待风险的态度是有差别的。有的人愿意回避风险，而有的人愿意冒险，有人则持中庸之道，没有偏好。

一般的投资者都在回避风险，他们不愿意做只有一半成功机会的赌博。尤其是作为不分享利润的经营管理者，在冒险成功时报酬大多归于股东，冒险失败时他们的声望下降，职业的前景受到威胁。在一般情况下，报酬率相同时人们会选择风险小的项目；风险相同时，人们会选择报酬率高的项目。问题在于，有时风险大，报酬率也高，那么如何决策呢？这就要看报酬是否高到值得去冒险，以及投资人对风险的态度。

17.3　资金筹集管理

企业筹集资金是指企业向外部有关单位或个人，以及从企业内部筹措和集中生产经营所需资金的财务活动。企业进行生产经营活动的先决条件是必须具有一定数量的资金，它是生产经营中资金循环周转的起点，也是企业财务管理的首要问题。

17.3.1　筹资渠道

筹资渠道是指筹措资金的方向和通道，它体现着资金的来源与供应量。正确地认识和了解各种筹资渠道及其特点，有助于企业充分拓宽和正确利用筹资渠道。我国目前的筹资渠道主要有以下几种。

1. 国家财政资金

它是指有权代表国家投资的政府部门或机构以国有资金投入企业的资金。按《企业财务通则》规定，这部分资金称为国家资本金。建立资本金制度后，原有企业的固定资金、流动资金和专用资金中的更新改造资金转作国家资本金。新建企业的这部分资金则为有权代表国家投资的机构（国有资产管理机构与所属国有资产经营公司）以国有资产投入形成的。

2. 银行信贷资金

目前，我国的商业银行有中国银行、中国工商银行、中国农业银行、中国建设银行，以及各类股份制商业银行。这些银行对企业的各种贷款，是企业经营资金的主要来源和供应渠道。另外，世界银行及国外银行在我国境内的分支机构为国内企业及外商投资企业提供的外汇贷款及人民币贷款，也是我国企业不可忽视的资金补充来源。

3. 其他金融机构资金

各级政府及其他经济组织主办的非银行金融机构，包括信托投资公司、保险公司、租赁公司、证券公司、城乡民间金融组织信用社和企业集团财务公司等也是企业资金来源的重要渠道。它们所提供的各种金融服务，既包括信贷资金投放，也包括物资融通，还包括为企业承销证券等金融服务。非金融机构所提供的资金额虽然比银行要小，但发展前景广阔。

4. 其他企业资金

企业在生产经营过程中，在一定时间内或长或短地存在闲置资金。这就为企业之间相互调剂资金余缺提供了可能和来源。随着企业经营机制的转换，企业间的相互投资和商业信用等资金融通方式将会逐渐加强和发展，使其他企业资金也成为本企业资金的重要来源。

5. 民间资金

企业职工和居民个人的节余货币，是"游离"于银行及非银行金融机构等之外的社会资金。对于这部分资金，企业可通过吸收直接投资、发行股票、发行债券等方式加以吸收，使之成为企业资金的来源。

6. 企业自留资金

这是指企业内部形成的资金，主要包括计提折旧、公积金等，它们的重要特点之一是无须企业通过一定的方式向外部筹集，而直接由企业内部生成或转移。

7. 境外资金

境外资金是指外国投资者投入的资金，是我国外商投资企业资金来源的重要渠道。除此之外，还包括可借用的外资，如出口物资延期付款、来料加工、来样制作、来料装配、补偿贸易、国际租赁，以及在境外发行债券等。

17.3.2 筹资方式

筹资方式是指企业筹措资金时所采用的具体方法和形式。目前，我国企业筹集长期资金可采用的方式主要有长期借款、发行债券、发行股票、租赁、吸收投资等，筹集短期资金的方式主要是商业信用借贷和短期借款。

不同的筹资方式，其资本成本和财务风险也不同，负债筹资要求企业定期付息，到期还本，债权人的风险较低，故要求的报酬也较低。而企业虽然负担的资本成本较少，但因定期付息还本，所以财务风险较高。与此相反，自有资本不要求企业还本，不固定支付投资者的报酬，故投资者承担的风险较高，要求的报酬也较高，而企业虽然承担的财务风险较低，但要负担的资本成本较大。因此，在筹资决策中，需要对负债资本与自有资本的比例进行合理地安排。筹资方式、资本成本、财务风险、资本类型之间的关系如表17-1所示。

表17-1 筹资方式、资本成本、财务风险、资本类型的关系

筹资方式	资本成本	财务风险	资本类型
长期借款	较低	较高	负债资本
发行债券	较低	较高	负债资本
发行股票	很高	很低	自有资本
吸收投资	很高	很低	自有资本
租　　赁	高	一般	负债资本

17.3.3　筹资决策

筹资有多种方式和渠道，但要考虑其成本、偿付期限、担保条件、可能性、资金提供者的有关要求、本企业的偿付能力等因素，最后还要考虑其对企业投资收益的影响，然后确定企业筹资的最佳组合方式，即资本结构。

通常，影响企业筹资决策的因素主要有以下几种。

1. 筹资成本

筹资成本是指企业为取得和使用资金而付出的各种代价，具体包括筹资费用和使用费用两项内容。筹资管理的基本任务之一，就是选择那些筹资成本最低的筹资方式。

2. 资本结构

资本结构是指企业除短期负债以外的全部永久性和长期性资本占用项目的构成，以及构成项目的比例关系。资本结构是财务结构的重要组成部分。资本结构具有相对的稳定性。

3. 财务杠杆

财务杠杆是指在企业财务管理中，其他人的钱是能为所有者增加收益的工具。财务杠杆的作用与负债权益比率和企业经营状况有着直接的关系。因为我们借入资本时，对企业的自有资本净收益率产生了影响，这种影响可以概括在以下的公式中：

$$自有资本净收益率 = \left[息税前资本收益率 + \frac{(息税前资本收益率 - 借入资本利息率) \times 借入资本}{自有资本} \right] \times (1 - 所得税税率)$$

从该公式可以看出，影响自有资本净收益率的因素有：①企业息税前资本收益率；②借入资本利息率；③负债权益比率；④所得税税率。

4. 筹资风险

筹资风险是企业因借入资金，要支付固定的利息，由于资金利润率不确定，可能使企业自有资本利润率发生变动而给企业带来的风险。筹资风险的产生是由于企业在筹资过程中借入了他人资本，因其财务杠杆作用而承担风险；在企业资本结构中，负债权益比率越大，财务杠杆利益越大，但筹资风险也越大。

企业既要适当利用借入长期资金所带来的好处，又要保证经济发展的持续性和稳定性。因此，企业筹措资金时，应保持适当的负债比率。负债占总资本的比重即负债比率。从某种意义上说，负债比率决定着企业的资本结构。企业筹资决策，必须从企业的整体利益和长远利益出发，事先确定一个较为恰当的资本结构。一般来说，最为合理的资本结构是财务风险适度，即综合资金成本最低时的负债比率所决定的资本结构，也是所谓的最优资本结构。然后再选择具体筹资方式。

17.4 投 资 管 理

17.4.1 投资的概念和种类

1. 概念

投资是指企业以获得未来货币增值为目的，预先垫付一定量的货币与实物，以经营某项事业的经济行为。例如，开办工厂、开发矿山、开垦农场，以及购买股票和债券等都可称为投资。投资有两大突出的特性：第一，投资是现在支出了一笔一定数量的钱，其目的是想在将来获得比现在支出更多的钱；第二，从现在支出到将来报酬的获得，或长或短有一定的时间间隔，这表明，投资是一个行为过程。这个过程越长，未来报酬的获得就越不确定，即风险越大。

投资管理是现代财务管理的重要内容之一。企业在生产经营过程中，不仅面临筹集资金的问题，也面临如何投放资金的问题。资金投放将对企业未来多年的经营状况产生深远的影响。一个好的投资决策可以使公司的利润激增；一个坏的投资决策则有时会导致企业从此一蹶不振，乃至破产。投资管理在企业财务管理中占重要的地位。

2. 种类

按照不同的标准分类，企业投资有不同的种类。

（1）按投资的表现形态不同，可分为实物性投资和金融投资

① 实物性投资：亦称为资本资产投资或生产性投资，表现为投入资金和实物进行固定资产，包括固定资产购置、建造或流动资产购置、储备的经济活动。

② 金融投资：这类投资是指以货币购进某种资本证券的经济行为。证券投资即属于金融投资行为。

（2）按投资目的不同，可分为短期投资和长期投资

① 短期投资：短期投资是指能够随时变现，持有时间不超过一年的有价证券，以及不超过一年的其他投资。短期投资尤其着重于短期金融投资。

② 长期投资：长期投资是指不准备随时变现，持有时间在一年以上的有价证券，以及超过一年的其他投资。企业进行长期投资的目的，突出地表现为：第一，为企业的特定用途积累资金；第二，为企业将来扩展经营规模准备条件；第三，以有利于本企业经营为目的，而影响或控制其他企业。

（3）按投资方向不同，可分为对内投资和对外投资

对内投资是指对本企业内部的投资，对内投资侧重于固定资产投资，其收益构成企业利

润的一部分。企业对外投资就是企业在本身经营的主要业务以外，以现金、实物、无形资产方式或者以购买股票、债券等有价证券方式向境内外的其他单位进行投资，以期在未来获得投资收益的经济行为。对外投资是相对于对内投资而言的，企业对外投资收益是企业总收益的组成部分。

17.4.2 投资决策

企业投资的根本目的是为了获取利润，提高企业价值。企业的投资受到经济、政治、文化、法律、市场、技术等各种环境因素的影响，是一个复杂的、充满不确定因素的管理过程。企业要搞好投资管理，需要认真进行市场调查，把握好投资机会，做好项目的可行性分析，建立科学的决策程序，控制好投资项目的风险并做好资金规划和管理。

下面主要从企业对内长期投资和对外投资两个方面讨论投资决策的方法及依据。

1. 对内长期投资决策

企业把资金投放到企业内部生产经营所需的长期资产上，称为对内长期投资。对内长期投资主要包括固定资产投资和无形资产投资。这里仅以固定资产投资决策为例介绍企业对内长期投资的决策方法。固定资产投资决策分析，一般采用折现现金流的方法，常用的折现现金流的指标有净现值（NPV）、内部收益率（IRR）等。

2. 对外投资决策的依据

对外投资决策是对外投资管理的主要内容，包括对外投资的方向、地域、时机、规模、结构等基本问题的决策。进行对外投资决策，必须以分析、评价对外投资的基本条件和因素为前提，认真研究有关条件和因素的内容及要求，这些条件、因素就是对外投资决策的依据。它们包括以下几方面：对外投资的盈利与增值水平；对外投资风险；对外投资成本；投资管理和经营控制能力；筹资能力；对外投资的流动性；对外投资环境。

17.5 财务报表与分析

17.5.1 财务报表概述

企业是一个营利性组织，经营则是其盈利的基础或源泉。企业经营过程中的盈利情况，支撑企业经营的资产及其运作状况，这些资产的取得和配置等问题，肯定是企业经营者，以及与企业有着利益关系的其他利益相关者首先关心的问题。基于对这些问题的回答，产生了财务信息系统及财务报表。换句话说，财务报表提供了这些问题的答案。

由会计所编制的财务报表主要由两部分组成，即基本财务报表和财务报表附注。另外，还有一些其他的报告形式，如物价变动对企业财务影响的报告、财务预算报告、盈利预测报告、社会责任履行情况的报告、人力资源成本和价值的报告、增值表等。这些报告形式，西方发达国家的企业自 20 世纪 70 年代以来就已经开始编制并向社会公开披露。我国的企业目前还没有编制这方面的报告，但这代表今后的发展方向。

1. 基本财务报表

企业所处的经济和社会环境是变化的，企业会计所编制的财务报表也是发展变化的。就基本财务报表而言，最早产生的是资产负债表和损益表。

资产负债表是由资产、负债与所有者权益 3 部分内容组成的。三者的关系是：资产 = 负债 + 所有者权益。

损益表的基本功能是反映企业在一定时期内的经营收入、经营费用和经营效益的总量和结构及其相互关系。损益表则是由经营收入、费用、净利润 3 部分组成。三者的关系是：净利润 = 利润总额 − 所得税。

现金流量表也是基本财务报表的重要组成部分，其基本功能是反映企业在一定期间由于经营、投资和理财等原因产生的现金流入、现金流出和现金净流量的总量、构成及相互关系。现金流量表由经营活动的现金流量、投资活动的现金流量、筹资活动的现金流量 3 部分组成。

2. 财务报表附注

基本财务报表是对企业财务状况和经营情况的最简明的总结和反映，仅有基本财务报表还不能全面反映企业财务状况和经营成果的情况，特别是不能准确反映企业财务状况和经营情况变化的原因。这是因为，任何财务上的变化都可能由多种原因引起，有的原因在性质上属于经营或理财性的，体现企业经营者的主观努力程度；而有的原因纯粹是由于会计政策的变更引起的，这部分对企业财务指标的影响不论有多大，都不体现企业经营者的实际努力水平。然而，这个情况从财务报表项目中是不能直接体现出来的，这就需要对财务报表组成项目的情况及其变动原因等进行必要的说明，于是就形成了财务报表的附注。一般由以下几部分内容组成：

① 会计政策和会计估计；
② 会计政策和会计估计的变更；
③ 期后事项、或有事项和承诺；
④ 关联事项说明；
⑤ 重要项目的明细说明；
⑥ 非经常性项目。

此外，由于特殊原因引起的非经常性事项，如自然灾害损失、保险赔款等，也要在报表的附注中说明。

17.5.2 财务报表分析

1. 概念

财务报表分析是根据会计核算资料，运用特定方法，对企业财务活动过程及其结果进行分析和评价的一项工作。从经营者的角度进行财务分析的目的主要是：评价过去的经营业绩，衡量现在的财务状况，预测未来的发展趋势等。

财务分析的方法主要有比较分析法、因素分析法。

2. 基本财务比率的分析

比较分析法中的比率分析法是一种重要的财务分析方法。财务报表中有大量的数据，可以根据需要计算很多的比率，这些比率涉及企业经营管理的各个方面。财务比率可以分为变现能力比率、资产管理比率、负债比率和盈利能力比率 4 类。

本　章　小　结

　　财务管理是指对企业生产经营过程中资金的筹集、使用、耗费、回收、分配等财务活动，以及财务活动所涉及的各种经济利益关系的处理。具体来讲，它包括资金筹集管理、资金使用管理、资金耗费管理、资金收入管理和资金分配管理。财务管理的目标是企业组织的财务活动和处理财务关系所要达到的目的。根据现代企业财务管理理论和实践，最具有代表性的财务管理目标有以下几种：利润最大化、资本利润率最大化和企业价值最大化。资金的时间价值和投资的风险价值，是现代财务管理的两个基础观念。

　　筹资有多种方式和渠道，但要考虑其成本、偿付期限、担保条件、可能性、资金提供者的有关要求、本企业的偿付能力等因素，最后还要考虑其对企业投资收益的影响，然后确定企业筹资的最佳组合方式，即资本结构。通常，影响企业筹资决策的因素主要有以下几种：筹资成本、资本结构、财务杠杆及筹资风险。

　　投资管理是现代财务管理的重要内容之一。按照不同的标准分类，企业投资有不同的种类。企业进行投资时，必须进行投资决策，包括对内资产投资决策和对外投资决策。对内长期投资主要包括固定资产投资和无形资产投资。固定资产投资决策分析，一般采用折现现金流的方法，常用的折现现金流量的指标有净现值（NPV）、内部收益率（IRR）等。对外投资决策是对外投资管理的主要内容，包括对外投资的方向、地域、时机、规模、结构等基本问题的决策。进行对外投资决策，必须以分析、评价对外投资的基本条件和因素为前提，认真研究有关条件和因素的内容及要求，这些条件、因素就是对外投资决策的依据。

　　财务报表指企业对外提供的反映企业某一特定日期的财务状况和某一会计期间的经营成果、现金流量等会计信息的报表。财务报表包括 3 部分内容：资产负债表、损益表和现金流量表。财务报表分析是根据会计核算资料，运用特定方法，对企业财务活动过程及其结果进行分析和评价的一项工作。常用的财务报表分析方法有比率分析法。财务比率可以分为：变现能力比率、资产管理比率、负债比率和盈利能力比率。通过对这些比率的分析，可以评价企业过去的经营业绩，衡量现在的财务状况，预测未来的发展趋势等。

第 18 章

信 息 管 理

教学目标： 通过本章的学习，对信息、信息系统的概念有较为准确的理解，对信息的特点与管理信息系统有一定的了解和认识。

教学要求： 掌握信息的基本概念，熟悉管理信息系统的特点，了解信息管理工作的内容和管理信息系统的发展历史。

18.1　信息及其特征

18.1.1　信息

1. 内涵

一般地讲，信息、物质和能源是人类社会发展的三大资源。人类在开发、利用物质和能源两种资源上早已取得了巨大成功。信息是物质和能源形态的反映，是人与客观世界之间的一种媒介。它对管理和决策产生直接的影响，一个组织的管理就是处理和利用信息的一种活动。随着以计算机、通信和网络技术为代表的现代信息技术的飞速发展，世界正迈向信息时代。人们越来越重视信息技术对传统产业的改造及对信息资源的开发和利用，信息系统在管理中的应用水平日益提高。

信息、数据与知识的区别如下。

对于"信息"的概念，不同的学科有不同的解释。一般说来，信息是关于客观事实的可传输的知识。在管理学科中，通常认为"数据经过加工处理就成了信息。"

首先，信息是客观世界各种事物特征的反映。客观世界中任何事物都在不停地运动和变化，呈现出不同的特征。这些特征包括事物的有关属性，如时间、地点、程度等。信息的范围极广，比如气温变化属于自然信息，遗传密码属于生物信息，报表属于管理信息等。其次，信息具有传输性。信息是构成事物联系的基础，由于人们通过感官获得的信息极为有限，因此大量的信息需要通过传输工具获得。最后，信息可以形成知识。所谓知识，就是反映各种事物的信息进入人们大脑，对脑细胞产生作用后留下的痕迹。人们正是通过获得信息来认识事物、区别事物和改造世界的。

信息和数据是两个既有密切联系又有重要区别的概念。信息不同于数据，数据（Data，又称资料）是对客观事物记录下来的、可以鉴别的符号。这些符号不仅指数字，而且包括字符、文字、图形等。经过加工处理过的数据才有意义，才成为信息。可以说信息是经过加工并对客观世界产生影响的数据。同一数据，每个人的解释可能不同，对决策的影响也可能不同。决策者利用经过处理的数据做出的决策，可能取得成功，也可能得到相反的结果。关键在于对数据的解释是否正确，因为不同的解释往往来自不同的背景和目的。因此信息可以从不同角度分类。按照管理的层次可以分为战略信息、战术信息和作业信息；按照应用领域可以分为管理信息、社会信息、科技信息等。

信息、数据与知识的关系如图 18－1 所示。从图中可看出，数据经过加工处理后，得到的就是信息，信息经过大脑的处理总结形成知识。

加工　　　　　总结

数据 ------- 信息 ------- 知识

图 18－1　数据、信息与知识的关系图

需要注意的是，信息和数据的区别不是绝对的。有时，同样的东西对一个人来说是信息，而对另一个人来说则是数据。譬如，某零售企业在某地区开设了若干家连锁店，当顾客在连锁店购货时，连锁店的存货就要发生变化。由顾客购货产生的交易数据对连锁店负责人至关重要。从这些原始数据，负责人可以得到连锁店的销售额、需要补充的存货量等方面的信息。而这些连锁店的地区负责人则对每笔交易的细枝末节不感兴趣，他们关心的是较宽泛的问题，所以他们对信息的需要是不同的。总之，对连锁店负责人来说是信息的东西在地区负责人那里只是数据。

2. 信息评估

很多组织还没有认识到信息的重要性，他们没有充分利用机会去收集数据并充分利用由数据产生的信息。收集和处理数据需要支付成本，这种成本要与信息所带来的收益进行权衡比较。所以，管理者在决定获取信息前，先要对所要获取的信息进行评估，判断是否值得获取这样的信息。有两类信息不值得管理者去获取：一类信息的收益较高，但其获取成本更高；另一类信息的获取成本较低，但其收益更低。从中我们可以看出，信息评估的关键在于对信息的收益和获取成本进行预先估计，即进行成本—收益分析。

与数据收集和信息产生有关的成本，可划分为两部分：第一部分是有形成本，有形成本是指可被精确量化的成本。第二部分是无形成本，无形成本是指很难或不能被量化的成本，其结果很难或不能准确地被预计。

因利用信息而产生的收益也可以划分为有形收益和无形收益两部分。有形收益包括销售额的上升、存货成本的下降及可度量的劳动生产率的提高等。无形收益可能包括信息获取能力的提高、员工士气大振及更好的顾客服务等。

决定是否收集更多的数据以产生更多和更好的信息是比较困难的。在很多情况下，由于信息对组织来说是新的，确定可能发生的成本要比预测潜在的收益容易。除非员工对新信息比较熟悉，否则，新信息的收益通常是无法预期的。

18.1.2 管理信息的特征

1. 信息的特征

组织依赖信息来制定战略计划，识别问题，并与其他组织相互影响。所以管理者所采用的信息具有如下特征：

（1）真实性

真实是信息的中心价值，不符合事实的信息不仅没有价值，而且可能为负价值，对计划和决策造成误导。

（2）时效性

信息的时效是指从信息源发送信息，经过接收、加工、传递、利用的时间间隔及效率。时间间隔越短，使用信息越及时，使用程度越高，时效性就越强。

（3）不完全性

关于客观事实的信息是不可能全部得到的，这与人们对事物的认识程度有关系。因此，数据收集或信息转换要有主观思路，要运用已有的知识，进行分析和判断。只有正确地舍弃无用和次要的信息，才能正确地使用信息。

（4）等级性

信息的有用程度对于不同的管理层次是不一样的，处在不同级别的管理者（如公司级、工厂级、车间级等）有不同的职责。处理的决策类型不同，需要的信息也不同。因而信息也是分级的。通常把管理信息分为战略信息、战术信息与作业信息。

（5）变换性

信息是可变换的，可以由不同的方法和不同的载体来荷载。这一特性在多媒体时代尤为重要。

（6）价值性

管理信息是经过加工并对生产经营活动产生影响的数据，是劳动创造的，是一种资源，因而是有价值的。索取一份经济情报或者利用大型数据库查阅文献所付费用是信息价值的外在体现。信息的使用价值必须经过转换才能得到。鉴于信息寿命衰老很快，转换必须及时。如某车间可能窝工的信息知道得早，就可及时备料或安排其他工作，信息资源就会转换为物质财富。反之，事已临头，知道了也没有用，转换已不可能，信息也就没有什么价值了。"管理的艺术在于驾驭信息。"就是说，管理者要善于转换信息，去实现信息的价值。

2. 管理信息的特征

对管理者而言真正有用的信息具备一些基本的特征。这些特征主要有以下几个方面。

（1）高质量

质量是有用信息最重要的特征，低质量的信息用处也小。第一，高质量的信息必须是精确的；第二，清楚是高质量的信息的另一要求，信息的含义和内容对管理者来说必须是清楚的；第三，高质量的信息须是有条理的。最后，信息传递的媒介对质量有重要影响。

（2）及时

多数管理工作需要及时的信息。许多日常工作是时间敏感性的，如组织必须迅速做出如何应对环境的决策。及时的信息有以下几方面的要求。

第一，管理者一有需要就能获得信息，是对及时的信息的首要要求。第二，信息要反映当前情况，提供给管理者的信息应该是当前的，而不是过去某个时候的。第三，信息要频繁地提供给管理者。例如，应该建立一个定期报告制度，每日、每周、每月或每季产生并提交报告，甚至实时地向管理者提供最重要的信息。

（3）完全

信息要想有助于管理工作的有效完成，那么它必须是完全的。信息的完全性也有几个方面的具体要求。首先，信息的范围必须足够广泛；其次，信息必须简洁和详细。

18.2　信息管理工作

18.2.1　采集信息

采集信息是指管理者根据一定的目的，通过各种不同的方式搜寻并占有各类信息的过程。采集信息是信息管理工作的第一步，是做好信息管理工作的基础与前提。信息的加工、存储、传播、利用和反馈都是采集信息的后续工作。衡量采集信息工作质量的唯一标准是所采集的信息是否对组织及其管理者有用。为了使采集的信息更有价值，管理者必须做好以下各方面的工作。

1. 确定采集目的

不管在什么情况下，采集信息都是为了实现组织特定时期的特定目标，也就是说，采集信息具有目的性。漫无目的的信息采集活动将会使管理陷入混乱。由于不同的目的通常需要不同的信息，所以，管理者只有明确采集信息的目标，才能有针对性地、有选择地采集有用的信息。

2. 界定采集范围

采集范围通常先要回答以下 3 个问题：①需要什么样的信息；②用多长时间采集这些信息；③从哪里采集这些信息。主要涉及的是采集的对象范围、时间范围、时效性、空间范围。

3. 选择信息源

根据信息载体的不同，可将信息源划分为四大类：①文献性信息源：包括图书、报刊、政府出版物、专利文献、标准文献、会议文献、产品样本、学位论文、档案文献、公文、报表等；②口头性信息源，包括电话、交谈、咨询、调查等；③电子性信息源，包括广播、电视、数据库、互联网、局域网等；④实物性信息源，包括展销会、博览会、销售地点、公共场所及事件发生发展的现场等。

管理者要明白，信息源的选择对信息的采集至关重要。不同的信息源具有不同的观察角度，所提供的信息的种类与质量也不一样。管理者要根据采集信息的目的、要求，自身掌握的信息源状况，以及时间的紧迫性等选择合适的信息源。信息采集工作的成效取决于可靠信息源的存在，这意味着组织应在平时注重信息基础设施建设，为管理者的信息采集活动提供更多、更好的信息源。

18.2.2 加工信息

加工信息的过程是指对采集来的杂乱无章的大量信息进行鉴别和筛选，使信息条理化、规范化、准确化，符合使用标准的过程。加工过的信息通常便于存储、传播和利用。只有经过加工，信息的价值才能真正得以体现。

作为一个整体过程，加工信息一般要经过以下几个步骤。

1. 鉴别

鉴别是指确认信息可靠性的活动。可靠性的鉴别标准有：信息本身是否真实；信息内容是否正确；信息的表述是否准确；信息的数据是否正确无误；有无遗漏、失真、冗余等情况。

鉴别的方法主要有：查证法、比较法、佐证法、逻辑法等。

2. 筛选

筛选是指在鉴别的基础上，对采集来的信息进行取舍的活动。筛选的依据是信息的适用性、精约性与先进性。适用性是指信息的内容是否符合信息采集的目的。符合者谓之适用，可留下；不符合者则被剔除。精约性是指信息的表述是否精练、简约。筛选时将烦琐、臃肿的信息剔除。而将精练、简约的信息保留，以降低信息的冗余程度。先进性是指信息的内容是否先进。筛选时将相对落后的信息剔除。被筛选出的信息将同时满足适用性、精约性和先进性的要求。

筛选通常分4步进行：①真实性筛选；②适用性筛选；③精约性筛选；④先进性筛选。

3. 排序

排序是指对筛选后的信息进行归类整理，按照管理者所偏好的某一特征对信息进行等级、层次的划分的活动。

4. 初步激活

初步激活是指对排序后的信息进行开发、分析和转换，实现信息的活化以便使用的活动。

5. 编写

编写是信息加工过程的产出环节是指对加工后的信息进行编写，便于人们认识的活动。通常，一条信息应该只有一个主题，结构要简洁、清晰、严谨，标题要突出、鲜明，文字表述要精练、准确、深入浅出。

18.2.3 存储信息

存储信息是指对加工后的信息进行记录、存放、保管以便使用的过程。存储信息具有三层含义：第一，用文字、声音、图像等形式将加工后的信息记录在相应的载体上；第二，对这些载体进行归类，形成方便人们检索的数据库；第三，对数据库进行日常维护，使信息及时得到更新。

存储信息工作由归档、登录、编目、编码、排架等环节构成。在这些环节中应注意以下几方面。① 准确性问题。在对信息进行记录时，要做到内容准确、表述清楚、结构有序。②安全性问题。要保证信息在存储期间不会丢失与毁坏。③费用问题。信息的存储应尽量节约空间，以省省费用。另外，空间的节约也便于保管和检索。④方便性问题。有两层含义：

第一层含义是指使用方便；第二层含义是指更新方便。

18.2.4 传播信息

信息的传播是指信息在不同主体之间的传递。它具有与大众传播不同的特点。

1. 目的更加具体

大众传播的目的是向社会公众传播各类信息。组织中的信息传播是管理者为了完成具体的工作任务而进行的有意设的行为。信息接受者必须按信息的内容去行为或不行为，以保证传播目的的实现。

2. 控制更加严密

大众传播只对传播过程进行控制，对受传者的控制是间接的，主要的控制工作体现在提高传播信息的质量，分析受传者的心理，按受传者的心理与需求进行信息编码等。组织中的信息传播除进行以上这些控制之外，还要直接、严密地控制受传者的行为，以保证传播目的的实现。

3. 时效更加显著

大众传播虽然强调传播时效，如果传播不及时，传播者所受的负面影响是有限的。对组织中的信息传播来说，如果在被管理者需要按某种信息去行为或不行为时，或者在决策过程中需要某种信息时，该信息没有传播到位，就会造成直接损失。

管理者在传播信息时，要注意防止信息畸变或信息失真，以提高信息传播的有效性。为了防止信息畸变，需要分析导致信息畸变的原因并在此基础上采取相应的对策。具体来说，导致信息畸变的原因有：①传播主体的干扰；②传播渠道的干扰；③传播的客观障碍的存在。客观障碍主要有：自然语言的障碍、学科专业知识的障碍、传播技术迅速更新造成的障碍等。

18.2.5 利用信息

利用信息是指有意识地运用存储的信息去解决管理中具体问题的过程。它是信息采集、加工、存储和传播的最终目的。信息的利用程度与效果是衡量一个组织信息管理水平的重要尺度。

1. 利用过程

利用信息通常包括以下步骤：①管理者在认清问题性质的前提下，判断什么样的信息有助于问题的解决；②对组织目前拥有的信息资源进行梳理，在此基础上，判断所需的信息是否存在；③如果组织中存在所需的信息，则可直接利用。如果不存在，则要考虑是否能够通过对现有信息进行开发、整合来满足管理者对信息的需要。如果不能，则要考虑重新采集信息，回到信息管理的源头。

2. 利用要求

为了更好地利用信息，管理者应努力做到以下几点。①善于开发信息。信息开发包括外延式开发和内涵式开发。外延式开发是指对信息源和信息渠道的开拓与发掘，以便获取更多的信息。内涵式开发是指对已经掌握的信息进行深度加工、重组、激活，以产生新的信息或更具有价值的信息。只有开发出更多、更好的信息，组织的信息管理工作才能上一个新台阶。②为信息价值的充分发挥提供组织上的保证。信息被正确地传递到正确的人手中并被正确地使用，需要经过多道环节，并消耗一定的资源。这意味着管理者应该在组织结构设计、资源分配、人员安排等方面为信息的利用创造条件。③用发展的眼光看待信息的价值。管理者应学会用发展的眼光看待信息的价值，应认识到一些信息可能随着时间的推移和事物本身的变化而变得不再有用，而另一些信息可能随着客观形势的发展而变得更有价值。

因此，为了更好地利用信息，管理者应尽力避免以下现象的发生。①信息孤岛。由于部门利益的存在或技术上的原因，组织中的信息有时不能被共享，出现信息孤岛。信息孤岛的存在会造成组织资源的浪费，同时它也是组织机体不健康的表征。②信息过载。在信息爆炸的年代，一些管理者在日常的工作中可能被大量的信息困扰，感到无所适从。为了避免这种现象，管理者应鼓励下属提供精练的信息，同时在组织设计时适当地分权与授权。

18.2.6 反馈信息

信息的反馈是信息管理工作的最后环节，但也是很重要的一部分。信息反馈目的是为了提高信息的利用效果，使信息按照管理者的意愿被使用。它是指对信息利用的实际效果与预期效果进行比较，找出发生偏差的原因，采取相应的控制措施以保证信息的利用符合预期的过程。

作为一个过程，反馈信息包括反馈信息的获取、传递和控制措施的制定与实施 3 个环节。从这 3 个环节看，信息反馈需要满足以下各项要求。

1. 反馈信息真实、准确

良好的反馈不仅要求信息是真实的，还要求管理者正确地理解反馈信息。不能把其他系统的被控制信息当作本控制环路的反馈信息，不能把失真信息当作反馈信息，也不能把反馈渠道中产生的一切信息都当作反馈信息。

2. 信息传递迅速、及时

反馈信息传递迟缓会影响控制措施的及时实施，使管理工作中的问题得不到及时解决。因此，管理者应设法缩短反馈信息的传输通道，准确把握控制环路中的信息反馈途径，并明确反馈信息源。

3. 控制措施适当、有效

在较快地得到质量较高的反馈信息的前提下，管理者应采取切实有效的控制措施，确保信息管理工作卓有成效。但良好的反馈信息并不等良好的控制，从良好的反馈信息到良好的控制还需要管理者发挥自己和别人的聪明才智。

18.3 管理信息系统

18.3.1 信息系统

1. 信息系统概述

信息系统是企业信息化管理的基础。信息系统为管理者提供了一种在组织内收集、处理、维持和分配信息的系统方法。早在计算机出现前，信息系统就存在了。随着计算机的普及与网络的高度发展，企业信息系统越来越电子化、网络化，企业管理也越来越信息化。

一般信息系统包括5个基本要素：输入、处理、输出、反馈和控制。输入是系统所要处理的原始数据（或提供原始数据的设备）；处理是把原始数据加工或转换成有意义和有用的信息的过程；输出是系统处理后的结果，即有意义和有用的信息；反馈是指当管理者对输出的结果不太满意或希望得到更好的结果时，对输入进行调整；控制是对输入、处理、输出和反馈等过程进行监视，使这些过程保持正常。对以计算机为基础的信息系统来说，情况略有不同，除了以上5个要素外，它还包括硬件、软件和数据库。硬件是信息系统的有形部分，如主机、终端、显示器和打印机等，另外，存储设备（如硬盘、软盘驱动器和光盘驱动器等）也属于硬件部分。软件是各种程序，这些程序用来指示硬件的运行，数据怎样处理就是由软件控制的。数据库是组织保存下来的各种数据和信息。

2. 常见信息系统种类

在管理工作中常见的信息系统有：运营信息系统，它能满足企业日常经营的信息处理需要，还能履行低层次的运营管理职能；管理信息系统，典型的管理信息系统能满足较高层次的管理者进行战略决策的需要。

（1）运营信息系统

运营信息系统（Operations Information System，OIS）包括交易处理系统、流程控制系统和办公自动化系统。每一个系统都支持日常运营，以及由非管理者员工或者较低层次的管理者做出的决策，其中，最基本的是交易处理系统。

交易处理系统（Transaction Processing System，TPS）记录并处理来自日常业务运营的数据。它们包括记录销售、采购、库存变化、员工工资等数据的信息系统。交易处理系统从这些交易中采集数据，并将其储存在数据库里面。员工利用数据库的信息生成报告和其他信息，例如，客户报表和员工工资表。组织的大多数报告都来源于这些数据库。交易处理系统识别、采集并整理组织赖以运营的基本信息。运营信息系统以多种方式、在多种情况下帮助组织的决策者。

（2）管理信息系统

企业管理人员要成为有效的管理者，就必须拥有行使管理职能和进行管理活动所必要的信息。但管理人员所需要的并不是最多的信息，而是相关的信息。因此，并不存在着普遍适用的信息系统，而必须是切合管理人员需要的信息系统。

管理信息系统（Management Information System，MIS）是基于计算机的系统，它对有效的管理决策提供信息与支持。管理信息系统是由组织的经营信息系统和数据库（通常也是外部数据的数据库）支撑的。管理信息系统一般包括报告系统、决策支持系统、执行信息系统和群件。

典型地说，管理信息系统支持中层和高层管理者的战略性决策需要。然而，随着技术在更大的范围内为许多人所运用，更多的员工被连接到网络之中，组织也使决策权在层级结构中下移，这些信息系统正被组织的各个层次发现越来越广泛的用途。当然还有许多其他的类型的信息系统，这里就不一一列举。

18.3.2 管理信息系统概述

1. 信息系统与管理的关系

管理的任务在于通过有效地管理人、财、物等资源实现企业的目标，而这些资源的管理，必须通过反映这些资源的信息实现。每个管理系统都要首先收集反映各种资源的有效数据，再将这些数据加工成各种统计报表、图形或曲线，以便管理人员能有效地利用各种资源完成使命。所以，信息是管理中极为重要的资源。信息对于管理之重要在于"管理就是决策"。管理工作的成败取决于能否做出有效的决策，而决策的正确程度则取决于信息的质和量。

一定的管理方法和管理手段是一定社会生产力发展水平的产物。现代社会的特点是分工越来越细，各种问题的影响因素错综复杂，对情况的反应和做出决定要求迅速及时，管理效能和生产、经营效能越来越取决于信息系统的完善程度，因此，对信息的需要不仅在数量上大幅度增加，而且在质量上也越来越高。生产社会化的发展，必然会在越来越大的生产、经营活动范围中把碰运气、照旧传统办事及靠猜测等现象从决策过程中排除出去。基于计算机的信息系统，能把生产和流通过程中的巨大数据流收集、组织起来，经过处理变成有用信息。特别是运筹学和现代控制论的发展，使许多先进的管理理论和方法应运而生，而这些理论和方法因为计算工作量太大，用手工方式根本不可能及时完成，只有用计算机才能进行分析、计算。这为从定性到定量指导决策活动开辟了新局面。在现代企业中，计划、组织、领导和控制等管理职能都离不开信息系统的支持。

2. 管理信息系统的概念

管理信息系统是指用系统思想建立起来的，以电子计算机为基本信息处理手段，以现代通信设备为基本传输工具，并能为管理决策提供信息服务的人机系统。即管理信息系统是一个由人和计算机等组成的，能收集、传输、存储、加工、维护和使用管理信息的系统。

3. 管理信息系统的特点

一般地，管理信息系统的特点有：面向管理决策；综合性；人机系统；现代管理方法和手段相结合的系统；多学科交叉的边缘系统。

4. 管理信息系统的竞争优势

现在很多公司已经意识到信息资源管理（Information Resource Management，IRM）的必要性。IRM 是获得、管理及控制信息系统的各个方面和部件的一种综合性方法。无论是对营利性还是对非营利性组织，IRM 都是非常重要的。

具有竞争力的公司正因为意识到了信息的价值，因此以信息资源最大化为目标组织行动和信息系统。要达到这一点，方法之一是考察目前信息在业务流程中的使用情况。IRM 的另一个重要部分是必须将信息系统部的目标和管理与公司的整体目标结合起来。由于信息系统资源与企业其他资源已融合进企业系统中，所以不同的信息系统资源之间存在相互联系。为了更好地管理这些资源，必须适当地管理这些相互联系。

（1）信息管理

IRM 的第一个方面就是信息管理，即意识到数据和信息对公司的价值，承认信息本身是一种有价值的资源是 IRM 的驱动力之一。信息的价值直接关系到它如何帮助决策制定者达到组织的目标。信息管理可以保证数据有好的质量（如准确性、完备性和成本效益，等等），并以正确的形式在正确的时间传送到正确的员工手中，以满足个人需求。

（2）技术管理

IRM 的第二个方面是技术管理，即意识到信息技术对公司的价值。如果一台新销售点扫描设备能让公司得到比原先的方法更精确的客户购买数据，那么这台设备对公司就是有价值的。

（3）分布管理

IRM 的第三个方面是分布管理，即确认系统置于何处、在何处使用或在何处开发对整体效益能有很大的影响。分布管理的目标是将信息资源置于它们能为组织提供最大收益之处。这种考虑设备和人员的分布管理决策也是 IRM 的一个重要部分。

（4）职能管理

IRM 的第四个方面是职能管理。职能管理认为，像其他职能领域一样，对 IS 的职能也必须进行管理、指导和控制。对 IS 的管理是一项真正的挑战，尤其是对跨国公司来说，这项工作变得越来越困难。为了能在今天全球性的环境中更有效益，管理者们必须做到将本国的、其他地区的管理者和流程密切地联系起来。这些管理者们必须能将全球 IS 部门的资产、资源和不同的员工联成一体，以将价值传递至他们所服务的公司。

（5）战略管理

IRM 的第五个方面是战略管理，即意识到 IS 具有使公司获得竞争优势的潜力。意识到必须对 IS 进行战略管理来获取竞争优势可能是 IRM 中最引人注目的原因。

一般而言，企业利用新信息系统所获得的竞争优势是暂时的，因为竞争对手很快就会如法炮制。所以，在 SABRE 系统出现不久，其他的航空公司很快就开发出了类似系统。但是，SABRE 还是保持了领导地位，因为它是第一个可用的系统，已经扩张性的占领了市场，而且还在不断提高和改进。一旦信息系统投入运行，并且管理当局由此获得了领先对手的竞争优势后，与其他任何竞争优势一样，成功的诀窍就在于保持这种优势。因此，当管理信息系统被证明是一种优势时，这种优势就不再是永恒的。系统必须不断地修改和更新，使它能为组织提供持续的优势。

18.3.3 管理信息系统的发展

企业信息化管理的基础是信息系统。信息系统通过在组织内收集、处理、维持和分配信息的系统方法为管理者提供了一种新的管理手段。信息系统比计算机的出现要早得多，随着计算机的普及与网络的高度发展，企业信息系统越来越电子化、网络化，企业管理也越来越信息化。

1. 信息系统的组成

一般信息系统由输入、处理、输出、反馈和控制五个要素组成。输入要素包括所要处理的原始数据或提供原始数据的设备；处理要素是加工原始数据，或把原始数据转换成有意义和有用的信息的过程；输出要素是系统处理后的结果，即有意义和有用的信息；反馈要素是指根据管理者对输出结果的满意与否，对输入所进行的调整；控制要素是对输入、处理、输出和反馈等过程进行监视，使这些过程保持正常。近半个世纪以来，随着环境的变迁与科学技术的发展，信息系统的内容、工具与作用都发生了很大的变化。

今天的管理信息系统不仅广泛地应用了信息技术，还融入了现代管理思想、数学方法和系统方法。信息系统的内容与作用在深度与广度上都有了很大的拓展。它包括：常规的数据处理、综合信息分析及决策支持等多层次的内容。

2. 企业管理信息系统的发展

近十几年来，管理信息系统还与相关的科学技术相结合，并陆续发展出了许多用于企业某一管理领域的新型系统或信息处理技术，例如，电子数据交换、经理信息系统、战略信息系统、计算机集成制造系统、互联网和电子商务等。

（1）20世纪60至70年代的物料需求计划（Material Requirement Planning，MRP）

物料需求计划从60年代开环的MRP发展到70年代闭环的MRP系统。MRP的基本内容是编制零件的生产计划和采购计划。开环的MRP能根据有关数据计算出相关物料需求的准确时间与数量，但没有考虑到生产企业现有的生产能力和采购能力的有关约束条件。因此，计算出来的物料需求的数量和日期有可能因设备和工时的不足而无法满足，或者原料不足而无法满足，而且它也缺乏计划实施情况的反馈信息，以及对计划进行调整的功能。为解决以上问题，MRP系统在70年代发展为闭环MRP系统。闭环MRP系统除了物料需求计划外，还将生产能力需求计划、车间作业计划和采购作业计划纳入MRP，形成一个封闭的系统。

MRP系统的正常运行，需要有一个现实可行的主生产计划。它除了要反映市场需求和合同订单外，还要制定能力需求计划（Capacity Requirement Planning，CRP），与各个工作中心的能力进行平衡。只有在采取了措施做到能力与资源均满足负荷需求时，才能开始执行计划。在能力需求计划中，生产通知单是按照它们对设备产生的负荷进行评估的。采购通知单的评估过程与之类似，需要检查它们对分包商和经销商所产生的工作量。执行MRP时要用生产通知单来控制加工的优先级，用采购通知单来控制采购的优先级。这样，基本MRP系统得到进一步发展，把能力需求计划和执行及控制计划的功能也包括进来，形成一个环形回路。

（2）20世纪80年代制造资源计划（Manufacturing Resource Planning，MRPⅡ）

闭环MRP系统的出现，使生产活动的各种子系统得到了统一。但是，生产管理只是一个方面，它所涉及的仅仅是物流。而与物流密切相关的还有资金流和信息流。于是，在20世纪80年代，人们把销售、采购、生产、财务、工程技术、信息等各个子系统进行集成，并称该集成系统为制造资源计划（Manufacturing Resource Planning）系统，英文缩写还是MRP，为了区别物料需求计划（MRP）而记为MRPⅡ。

由于信息技术的发展，MRPⅡ最大的成就在于把企业经营的主要信息进行集成。其一，在物料需求计划的基础上向物料管理延伸，实施对物料的采购管理，包括采购计划、进货计划、供应商账务和档案管理、库存账务管理等；其二，由于系统已经记录了大量的制造信息，包括物料消耗、加工工时等，可在此基础上扩展到产品成本核算、成本分析；其三，主要生产计划和生产计划大纲的依据是客户订单，因此向前又可以扩展到销售管理业务。因此已不能从字面意义上来理解"制造资源计划（MRPⅡ）"的含义。

MRPⅡ在企业实践中取得了显著的效果。据对美国成功实施MRPⅡ的企业的调查，其效果表现有：库存减少25%～30%；库存周转率提高50%；准时交货率提高55%；装配车间劳动生产率提高20%～40%；采购资金节约5%；降低成品库存30%～40%；缩短生产周期10%～15%；提高生产率10%～15%；突击加工减少25%。在我国，成功实施MRPⅡ的企业成果也很显著。MRPⅡ通过对企业的产、供、销、人、财、物、设备等的规范化管理，加强了企业基础管理和按市场经济规律管理和竞争的意识。

（3）20世纪90年代企业资源计划（Enterprise Resource Planning，ERP）

随着市场竞争的进一步加剧，企业竞争空间与范围的进一步扩大，管理者必须要考虑怎样有效利用和管理企业整体资源，即不仅仅从企业边界内部考虑，还包括企业外部。80年代 MRPⅡ主要面向企业内部资源全面计划管理的思想逐步显示出不足，因此，在 MRPⅡ的基础上，发展出扩展了管理范围和具有新结构的 ERP 系统。

3. ERP 系统

1) ERP 的评价

最初 Gartner Group 公司是通过一系列功能来对 ERP 进行评价的，主要包括：软件功能范围、软件应用环境、软件功能增强和软件支持技术等 4 个方面的功能。

2) ERP 的内涵

我们可以从管理思想、软件产品、管理系统 3 个层次理解 ERP。

第一，ERP 是一整套企业管理系统体系标准，其实质是在 MRPⅡ基础上进一步发展而成的面向供应链（Supply Chain）的管理思想。

第二，ERP 综合应用了客户机/服务器体系、关系数据库结构、面向对象对术、图形用户界面、第四代语言（4GL），网络通信等信息产业成果，是以管理整体资源的管理企业思想为灵魂的软件产品。

第三，ERP 是集整合企业管理理念、业务流程、基础数据、人力物力、计算机硬件和软件于一体的企业资源管理系统。

3) ERP 的功能模块组成

ERP 就是将企业的三流——物流、资金流、信息流进行全面一体化管理的管理信息系统。ERP 的功能模块不同于以往的 MRP 或 MRPⅡ的模块，它是将企业所有资源进行整合集成管理的。它不仅可用于生产企业的管理上，在许多其他类型的企业中，如一些非生产、公益事业的企业也可导入 ERP 系统进行资源计划和管理。这里仍将以典型的生产企业为例子来介绍 ERP 的功能模块。

在企业中，一般的管理主要包括 3 方面的内容：生产控制（计划、制造）、物流管理（分销、采购、库存管理）和财务管理（会计核算、财务管理）。这三大系统本身就是集成体，它们互相之间有相应的接口，能够很好地整合在一起来对企业进行管理。另外，随着企业对人力资源管理愈加重视。越来越多的 ERP 厂商将人力资源管理作为 ERP 系统的一个重要组成部分。因此，ERP 由以下功能模块组成。

（1）财务管理模块

作为 ERP 系统中的一部分，它和系统的其他模块有相应的接口，能够相互集成。例如，它可将由生产活动、采购活动输入的信息自动计入财务模块生成总账、会计报表，取消了烦琐的凭证输入过程，几乎完全替代了以往传统的手工操作。一般的 ERP 软件的财务管理模块分为会计核算与财务管理两大块。

（2）生产控制管理模块

这一部分是 ERP 系统的核心。它将企业的整个生产过程有机地结合在一起，使企业能够有效地降低库存，提高效率。企业首先确定一个总生产计划，再经过系统层层细分后下达到各部门去执行，即生产部门以此生产，采购部门按此采购等。通常包括 5 个子模块：①主生产计划；②物料需求计划；③能力需求计划；④车间控制；⑤制造标准。

（3）物流管理模块

物流管理主要包括分销管理、库存管理和采购管理。

① 分销管理。在分销管理模块中主要包括三大功能：对客户信息的管理和服务；对销

售订单的管理；对销售的统计与分析。销售的管理从产品的销售计划开始，包括对其销售产品、销售地区、销售客户各种信息的管理和统计，并可对销售数量、金额、利润、绩效、客户服务做出全面的分析。

② 库存控制。原则是在既要保证有稳定的物流支持生产，又最小程度地占用资本的前提下，控制存储物料的数量。

③ 采购管理。主要包括确定合理的定货量、选择和管理供应商、保持最佳安全储备。

本 章 小 结

信息管理在组织管理过程中是相对较新的内容，但仍是管理学科的核心部分。它广泛吸取管理学、经济学、心理学、社会学、计算机等学科的研究成果，是管理学的新发展。本章通过对信息的概念、特征，信息、数据与知识的区别与联系，信息管理的工作过程的阐述，以及管理信息系统及其发展过程等内容的介绍，以提高管理人员发现和采集数据、识别和利用信息、形成知识的管理能力，以实现组织的既定目标。

◇第 *19* 章

质 量 管 理

教学目标： 通过本章的学习，对与质量及质量管理相关的概念有较为准确的理解，对质量管理发展历程、质量管理的方法等有一定的了解和认识。

教学要求： 掌握质量管理的常用方法和质量认证及质量审核的基本程序，熟悉质量管理的发展历程，了解质量管理的一些基本原理。

19.1　质量管理概述

19.1.1　重要术语

1. 质量的定义及其演进

质量是质量管理工作中最基本也是最重要的概念之一，国际标准化组织在国际标准 ISO 8402：1986、ISO 8402：1994 和 ISO 9000：2000 中都曾对其概念进行了阐述。ISO 9000：2000 版标准中给出的质量定义是：质量是一组固有的特性满足要求的程度。

注 1：术语"质量"可使用形容词如差、好或优秀来修饰。

注 2："固有的"（其反义是"赋予的"）就是指在某事或某物中本来就有的，尤其是那种永久的特性。

要正确理解 2000 版的质量定义，需要注意以下几个要点。

① 特性（Characteristic）。指可区分的特征，如物的特性（如机械性能）、感官特性（如气味、噪声、色彩）、功能的特性（如汽车的最高速度）等。特性又分为固有特性和赋予特性。前者指事物本身就有的特性，尤其是那种永久的特性，如螺栓的直径、物体的重量、机器的生产率。后者指不是事物本身固有的，而是完成产品后因不同的需要对产品增加的特性，如产品的价格、供货时间、运输方式、保修时间。固有特性和赋予特性是相对的。例如，供货时间及运输方式对硬件产品而言属于赋予特性，但对运输服务来说则属于固有特性。

② 要求（Requirement）。指"明示的、通常隐含的或必须履行的需求或期望"。明示的要求是指合同等文件中规定或顾客明确指出的要求。"通常隐含"是指组织、顾客和其他相关方的惯例或一般习惯，所考虑的要求或期望是不言而喻的。必须履行的要求是指"法律法规的要求"。

2. 过程

过程是"一组将输入转化为输出的相互关联或相互作用的活动"。过程包括输入、活动和输出 3 个要素，资源是过程的一种重要的输入，是有效控制过程的必备条件；组织为了增值，通常对过程进行策划，并使其在受控条件下运行；过程和过程之间是存在一定的关系的。图 19－1 是对过程概念的直观解析。

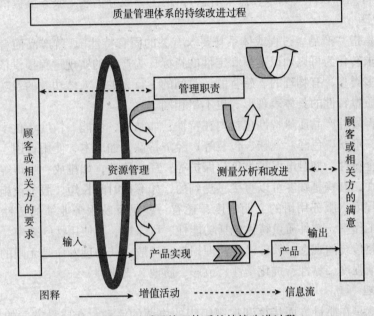

图 19－1　质量管理体系的持续改进过程

3. 产品

ISO 9000：2000 版标准将产品（Product）的概念定义为："过程的结果。包括硬件、软件、服务和流程性材料。"这里产品概念不仅包括了原有意义上的买卖合同（书面的或非书面的）中规定提供的产品，还包括企业生产经营活动的其他一切结果，包括资源浪费和排放污染等人类不愿有的后果。

硬件通常是指有形产品，可以分离，可以定量计数。如电视机、汽车、钢笔。

软件由信息组成。软件通常是无形的，体现在一定的承载媒体上（如纸、光盘、网络空间），可以以方法、论文或程序的形式存在。计算机程序是软件的一种形式。

流程性材料通常是有形产品，一般是连续生产。但是许多流程性材料（常温时为气态、液态和颗粒状的固态）形态有不确定性和随遇性，随其存放、盛纳的容器和包装物及堆放场所（散状固态）而定。其状态可以是液体（如自来水）、气体（如管道煤气）、粒状（如大米）、线状（如电线电缆）、块状（如矿石）、板状（如钢材）。流程性材料的基本形态分为固态、液态和气态。在一定条件下（如温度、压力、时间）3 种形态可相互转化。

服务通常是无形的，是在供方和顾客的接触面上至少需要完成一项活动的结果。服务的提供可涉及：①在顾客提供的有形产品上完成的活动，如物品寄存、物品搬运、汽车维修；②在顾客提供的无形产品上完成的活动，如律师辩护、项目咨询、方案设计；③无形产品的交付，如技能培训；④为顾客创造氛围，如在机场、火车站、购物商场、娱乐场所创造合适的氛围。根据不同的对象和不同的服务形式，服务又可分成很多类，如饭店、宾馆、餐饮、培训、运输、银行、证券交易、旅游、教育、批发、零售、医疗服务等。

值得注意的是许多产品都包含上述4类产品的两类或多类，究竟属于那种产品取决于其主导成分。如汽车一般被认为是硬件，尽管它还包括流程性材料（如燃料、冷却液、自来水）、软件（发动机控制软件、汽车说明书）和服务（如售后服务）；而餐饮服务虽然包括了硬件（如菜肴）和软件（如顾客点菜信息），但主导成分仍然是服务员提供的各种服务。

4. 质量特性

质量特性是指"产品、过程或体系与要求有关的固有特性"。就产品而言，质量特性是指将顾客的要求转化为可以加以定量和定性的指标，为产品的实现过程提供依据。产品的质量特性包含很多类型，有物理的、感官的、时间的、行为的、人体功效的及功能的等。不同类别的产品，质量特性的具体表现形式也不尽相同。

一般而言，硬件产品质量特性包括内在特性，如结构、性能、精度、化学成分等；外在特性，如外观、形状、色泽、气味、包装等；经济特性，如成本、使用费用、维修时间、维修费用等；安全特性，如触电保护、负荷保护等；环保特性，如排放、噪声等。服务产品所具有的内在特性，有些是顾客可以直接感受到的，如等待时间长短、服务设施完好程度、提供服务的准时程度、服务用语的文明程度；还有一些是反映服务业绩的特性，如服务差错率、设备正常工作率。软件质量特性包括功能性、可靠性、易使用性、效率、可维护性和可移植性等。按照传统的观念，软件没有物理损耗或耗散，其物理寿命是无限的。流程性材料的质量特性包括强度、黏性、抗化学性、色彩、质地、气味等。

5. 质量管理

质量管理就是在质量方面指挥和控制组织的协调的活动。在质量方面的指挥和控制活动，通常包括制定质量方针和质量目标，以及质量策划、质量控制、质量保证和质量改进等活动。

6. 质量方针

质量方针是指"由最高管理者正式发布的与质量有关的组织总的意图和方向"（ISO 9001：2000），是组织在较长时期中经营活动和质量活动的指导原则及行动指南，是组织内各职能部门全体人员进行质量活动的根本准则。质量方针是企业总方针的组成部分，它由企业的最高管理者批准和正式颁布。例如，某变压器厂的质量方针是："以振兴中国变压器制造业为己任，精心开发，精心制造，向国内外用户提供优质产品和满意的服务。"

7. 质量目标

质量目标是指"与质量有关的、所追求的或作为目的的事物"（ISO 9001：2000）。通常，质量目标是根据质量方针而规定的、企业在一定时间内在质量方面所要达到的预期效果。

质量目标是企业整个质量管理活动所追求的预期效果，是保证质量工作正常有序开展的前提，质量目标的制定必须与企业的总体战略目标相一致，符合企业的实际情况和所处的市

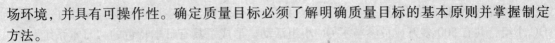

场环境，并具有可操作性。确定质量目标必须了解明确质量目标的基本原则并掌握制定方法。

8. 质量检验

质量检验是"通过观察和判断，必要时结合测量、试验所进行的符合性评价"。质量检验实际上是针对生产过程或服务的"质量特性"所做的技术性检查活动。质量检验的主要任务是鉴别产品（或零部件、外购物料等）或服务的相关指标是否达到了制定好的标准，确定其符合程度或能否被接受。

19.1.2　发展历程

人类历史上自从有商品生产以来就开始了以商品的成品检验为主的质量管理。我国早在 2400 多年前就有了青铜制武器的质量检验制度。按照质量管理所依据的手段和方式，我们可以将质量管理的发展历程大致分为质量检验、统计质量控制和全面质量管理 3 个阶段。

19.1.3　全面质量管理

1. 全面质量管理的概念

全面质量管理（Total Quality Management，TQM），是一种由顾客的需要和期望驱动的管理理念。TQM 是以质量为中心，建立在全员参与基础上的一种管理方法，其目的在于长期获得顾客满意、组织成员和社会的利益。ISO 8402 对 TQM 的定义是："一个组织以质量为中心，以全员参与为基础，目的在于通过让顾客满意和本组织所有成员及社会受益而达到长期成功的管理途径。"菲根堡姆对 TQM 的定义是："为了能够在最经济的水平上，并考虑到充分满足顾客要求的条件下进行市场研究、设计、制造和售后服务，把企业内各部门的研制质量，维持质量和提高质量的活动构成为一体的一种有效的体系。"

具体来说，TQM 蕴涵着如下含义：①强烈地关注顾客；②坚持不断地改进；③改进组织中每项工作的质量；④精确地度量；⑤向员工授权。

2. 全面质量管理在国外的发展

20 世纪 60 年代以来，菲根堡姆的全面质量管理概念逐步被世界各国所接受，但是由于国情不同，各国企业在运用时又加进了一些自己的实践成果，各有所长。目前，全面质量管理已经获得了丰硕的成果。

在第二次世界大战以后，整个世界的工业需要恢复。全面质量管理在发展过程中，逐渐形成了以美国为代表的"美国系统"、以日本为代表的"日本系统"，以及以前苏联和东欧国家为代表的"前苏联系统"，这 3 种全面质量管理系统各有自己的特点。

（1）以美国为代表的"美国系统"

以美国为代表的"美国系统"在质量管理过程中第一次展开了质量成本或质量费用的研究，即认为质量管理是需要付出成本的，具体研究内容包括故障费用、评价鉴定费用和预防费用等。

（2）以日本为代表的"日本系统"

日本在质量管理过程中主要注重开展和推广 QC 小组活动，日本从 20 世纪 70 年代开始已经在全国范围内开始推广全面质量管理，它是在美国经验的基础上发展出了 QC 小组这种全民性的质量管理活动形式，QC 小组成为全面质量管理活动的核心要素之一，菲根堡姆等质量大师都曾到日本推动 QC 小组的活动。到 70 年代末期，日本国内已经发展出了 70 万个 QC 小组，共有 500 多万成员参与了 QC 小组活动，形成了具有日本特色的"日本系统"。

（3）以前苏联和东欧国家为代表的"前苏联系统"

为了尽快恢复正常的工业生产，第二次世界大战结束后前苏联和东欧开始了质量管理方面的研究，代表人物主要有布拉钦斯基和杜布维可夫，他们在前苏联从军品向民品的转换生产过程中提出了全面质量管理的思路和模式。前苏联国家为了鼓励质量改进，将杜布维可夫所创造出来的系列方法称为"萨莱托夫制度"。

在"萨莱托夫制度"中，对产品或零件制定了明确的规格和标准，这样就使得零件的使用相当便捷，而且能大幅度降低生产的成本。提出生产合乎标准的产品的概念，是质量管理思想上的一个飞跃。此外，"萨莱托夫制度"还提供适当的信息、测定仪器、操作方法来生产并进行充分的培训。

3. 全面质量管理在我国的发展

改革开放初期，我国整个国民经济急需启动和发展，质量问题对整个国民经济发展的重要性越来越突出，在全国范围内推行全面质量管理方法成为经济发展的必然要求。如表 19 - 1 所示，我国的全面质量管理从最初的"质量月"活动开始，逐步发展为声势浩大的 QC 质量小组活动。

表 19 - 1　全面质量管理在我国的发展

时　间	发展状况
1978 年 9 月	机械部在全国范围内开始了第一个"质量月"活动
1979 年	质量管理协会成立
1980 年	《工业企业全面质量管理暂行办法》制订
1990 年以后	开始贯彻执行 ISO 9000 质量标准和质量体系认证
最近 20 年来	QC 小组注册数量达到 1554 万个

4. 全面质量管理的关键点

TQM 就是以质量为中心，全体职工及有关部门参与，把专业技术、经营管理、数理统计和思想教育结合起来，建立起产品的研究、设计、生产、服务等全过程的质量管理体系，从而有效地利用人力、物力、财力、信息等资源，以最经济的手段生产出顾客满意的产品，使组织全体成员及社会受益，从而使得组织获得长期成功和发展。全面质量管理的关键点主要体现在：①质量是企业的生命；②为顾客服务；③质量形成于生产全过程；④质量具有波动的规律；⑤质量控制以自检为主；⑥质量的好坏用数据来说话；⑦质量以预防为主；⑧科学技术、经营管理和统计方法相结合。

5. 全面质量管理的基本要求

全面质量管理的基本要求集中体现为"三全一多"，即全员的质量管理、全过程的质量管理、全企业的质量管理和多方法的质量管理。

（1）全过程的质量管理

要把质量形成全过程的各个环节或有关因素控制起来，形成一个综合性的质量管理体系，做到以预防为主，防检结合，重在提高。可见，全过程的质量管理就意味着全面质量管理要"始于识别顾客的需要，终于满足顾客的需要"。

（2）全员的质量管理

产品质量人人有责，人人关心的产品质量和服务质量，人人做好本职工作。全体参加质量管理，才能生产出顾客满意的产品。

（3）全企业的质量管理

全企业的质量管理可以从纵向、横向两个方面来加以理解。从纵向的组织管理角度来看，质量目标的实现有赖于企业的上层、中层、基层管理乃至一线员工的通力协作，其中尤以高层管理能否全力以赴起着决定性的作用。从企业职能间的横向配合来看，要保证和提高产品质量必须使企业研制、维持和改进质量的所有活动构成为一个有效的整体。

（4）多方法的质量管理

影响产品质量和服务质量的因素越来越复杂：既有物质的因素，又有人的因素；既有技术的因素，又有管理的因素；既有企业内部的因素，又有随着现代科学技术的发展，对产品质量和服务质量提出了越来越高要求的企业外部的因素。要把这一系列的因素系统地控制起来，全面管好，就必须根据不同情况，区别不同的影响因素，广泛、灵活地运用多种多样的现代化管理办法来解决质量问题。

目前，质量管理中广泛使用各种方法，统计方法是重要的组成部分。除此之外，还有很多非统计方法。常用的质量管理方法有所谓的老 7 种工具，具体包括：因果图、排列图、直方图、控制图、散布图、分层图、调查表；还有新 7 种工具，具体包括：关联图法、KJ 法、系统图法、矩阵图法、矩阵数据分析法、PDPC 法、矢线图法。除了以上方法外，还有很多方法，尤其是一些新方法近年来得到了广泛的关注，具体包括：质量功能展开（QFD）、田口方法、故障模式和影响分析（FMEA）、头脑风暴法（Brainstorming）、6σ 法、水平对比法（Benchmarking）、业务流程再造法（BPR）等。

总之，为了实现质量目标，必须综合应用各种先进的管理方法和技术手段，必须善于学习和引进国内外先进企业的经验，不断改进本组织的业务流程和工作方法，不断提高组织成员的质量意识和质量技能。"多方法的质量管理"要求的是"程序科学、方法灵活、实事求是、讲求实效"。

19.2　质量管理体系

19.2.1　质量管理体系概述

1. 质量管理体系的内涵

2000 年版 ISO 9000 标准将组织的管理体系定义为："建立质量方针和目标并实现这些目标的体系。"（ISO 9000：2000—2.2.2）组织的质量管理体系是组织管理体系的一种。组织的质量管理必须通过制定质量方针和目标，建立、健全质量管理体系并使之有效运行来付诸实施。质量管理体系要把影响质量的技术、管理、人员和设备等因素都综合在一起，使之为着一个共同目的——在质量方针的指导下，为达到质量目标，而互相配合、努力工作。质量管理体系强调质量管理工作的系统性和协调性，它要求在质量方针的指导下，面向组织的质量目标，建立质量管理系统。

2. ISO 9000 标准与质量管理体系

ISO 是国际标准化组织的缩写代号，也是国际标准化组织颁布的国际标准代号。如 ISO 9001、ISO 14001 即为该组织颁布的顺序号为 9001 和 14001 的国际标准。国际标准化组织成立于 1947 年，是非政府性的国际组织，也是规模最大的国际标准化团体，其成员包括 100 多个国家和地区，设有 2 600 多个技术组织。中国是 ISO 的成员国并且是 ISO 的发起国之一。

ISO 9000 系列标准，是由 ISO 的质量管理和质量保证标准化技术委员会（TC176）制定的，从 1986 年正式颁布 ISO8402《质量——术语》标准起，到现在已形成由 20 多个标准组成的标准族。我国对口 ISO/TC176 的机构是 CSBTS/TC151 全国质量管理和质量保证标准化技术委员会。

ISO 9000 系列标准是世界上许多国家质量管理经验的科学总结，通过实施这套标准，建立质量管理体系，可以使影响质量的各种因素处于受控状态，从而能有效地减少、消除和预防不合格，确保质量方针、目标的实现。

"ISO 9000 标准族"，是指由 ISO/TC176 制定的所有国际标准，它不仅包括 9000 系列，还包括 10000 系列。2000 版 ISO 9000 系列标准包括了以下一组密切相关的质量管理体系核心标准：

① ISO 9000：2000《质量管理体系——基础和术语》——描述了质量管理八项原则，质量管理体系基础知识，并规定质量管理体系术语。

② ISO 9001：2000《质量管理体系——要求》——规定了质量管理体系要求，用于证实组织具有提供满足顾客要求和适用法规要求的产品的能力，目的在于增进顾客满意。

③ ISO 9004：2000《质量管理体系——业绩改进指南》——提供考虑质量管理体系的有效性和效率两方面的指南。该标准的目的是促进组织业绩改进和使顾客及其他相关方满意。

④ ISO 9004：2001《质量/环境审核指南》——提供审核质量和环境管理体系的指南。

除核心标准外，还包括其他标准（如 ISO 10012 测量控制系统）、技术报告（如 ISO/TR10015《质量管理培训指南》）及小册子（如《小型企业的应用》）等。

2000 版标准比 1994 版标准的数量减少了很多，原指南性标准修改后以技术报告或小册子的形式出现。

ISO 9000 系列标准是对企业质量保证体系的一个基本要求，建立质量管理体系是全面质量管理的核心任务。取得认证是产品进入市场的前提条件，但并不能保证产品具有市场竞争力。因此企业应该在贯彻 ISO 9000 系列标准的情况下进一步展开全面质量管理，以市场用户需求为导向，全员参与管理进行持续的质量改进，建立完善的质量体系。

19.2.2　组成和结构

组织的质量管理，通过建立、健全质量管理体系并使之有效运作实现。为达到保证产品质量并在此基础上持续改进产品质量的目的，在组织内部，必须从质量管理的角度出发，对组织存在的三要素即组织机构、管理工作及资源、产品形成的过程进行有效的运作，使它们都处于受控状态。针对产品的形成，从保证产品质量及在此基础上持续改进产品质量的角度出发，要求必须对产品形成的三要素即资源、管理及过程进行有效的运作，使它们也都处于受控状态。

根据 ISO 9000 系列标准，质量管理体系是由若干要素构成的。作为建立质量方针和质量目标并实现这些目标的相互关联、相互作用的一组要素，质量管理体系整体上应分为四大部分，即管理职责、资源管理、产品的形成，以及为实施质量改进所需的测量、分析和改进，它们构成了质量管理体系的四大整体要素。

19.2.3　体系文件

质量管理体系文件是组织进行质量管理，衡量和考察组织质量保证能力的重要依据之一。质量管理体系文件是描述组织质量管理体系的文件，它使组织的各项质量活动有法可依，有章可循。企业的质量管理体系文件要能够覆盖一个企业生产各种产品所进行的大量质量活动，因此，质量管理体系文件在数量和内容上是十分庞杂的。要对这些质量管理体系的文件进行科学、合理的组织和规划，使其能成为有机的整体。并尽可能做到把文件压缩到最低限度，避免一切不必要的重复。

1. 质量体系文件的总体构架

质量体系文件的详细程度取决于组织的规模类型、过程的复杂程度及员工的能力等因素。一般来说，质量体系文件系统包括 3 层内容，即质量手册、质量体系程序和其他质量文件如表格、作业指导书等，结构如图 19-2 所示。

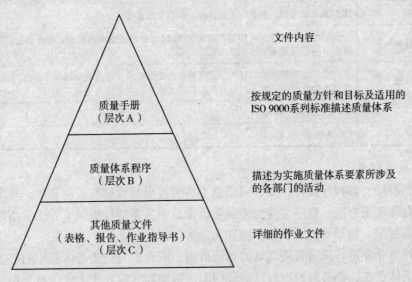

图 19-2　典型的质量体系文件结构

2. 质量手册

质量手册（Quality Manual）是"规定组织质量管理体系的文件"（ISO 9000：2000—2.7.4）。质量手册可以涉及一个组织的全部活动或部分活动。手册的标题和范围反映其应用领域。质量手册通常至少应包括或涉及：①说明公司总的质量方针，以及质量体系中全部活动的政策；②规定对质量体系有影响的管理人员的职责和相应的权限；③明确质量体系中的各种活动的行动准则及具体程序。④关于手册的评审、修改和控制的规定。

质量手册规定了质量体系的基本结构，是实施和保持质量体系应长期遵循的标准，质量手册至少应包含组织的质量方针和对所采用的质量体系标准的全部适用要素的描述。

一般质量手册结构包括：封面、批准页、手册说明（适用范围）、手册目录、修订页、发放控制页、定义部分（如需要）、组织概况（前言页）、组织的质量方针和目标、质量体系要素描述或引用质量体系程序文件、质量手册阅读指南（如需要）、支持性资料附录（如需要）等内容如表19-2所示。

表19-2　质量手册的结构与对应内容

结构	对应内容
封面	略
批准页	公司名称，手册标题，版序，生效日期，批准人签名，文件编号，手册方法控制编号
手册说明（适用范围）	适用产品，生产该产品的组织领域或区域，手册依据的标准，适用的质量体系要素（可用表格说明）
手册目录	手册所含各章节题目
修订页	用修订记录表的形式说明手册中各部分的修改情况
发放控制页	用发放记录表的形式说明质量手册的发放情况与分布情况
定义部分（如需要）	使用的国家标准中的术语定义，对特有术语和概念进行定义
组织概况（前言页）	公司名称，主要产品，业务情况，主要背景，地点及通信方法，历史和规模等
质量方针、目标	组织的质量方针，组织的质量目标，最高管理者签名
组织机构、责任和权限	组织的机构设置（可用组织机构图描述），影响质量的各管理、操作和验证等职能部门的责任、权限及隶属工作关系
质量体系要素描述	阐明实施要素要求的目的、适用范围、实施要求要求过程中所涉及的部门或人员的责任、全部活动原则和要求，列出所需的各类文件、相关术语（需要时编写）
阅读指南	（需要时编写）略
支持性文件附录	（需要时编写）略

3. 质量体系程序

质量体系程序，即程序文件，是针对质量手册所提出的管理与控制要求，规定如何达到这些要求的具体实施办法。程序文件为完成质量体系中主要活动提供了方法和指导，并分配具体的职责和权限，包括管理、执行、验证活动等。

程序文件是企业进行质量管理活动的行动指南，所有参与到质量体系中的员工，实际上就是企业的全体员工，都必须根据自己岗位的职责明确和掌握程序文件中对工作的具体要求与工作开展步骤，并在自己的工作中将相关的要求予以落实，以确保质量管理工作的顺利进行。程序文件描述的内容往往包括5W1H：开展活动的目的（Why）、范围；做什么（What）、何时（When）、何地（Where,）谁（Who）来做；应采用什么材料、设备和文件，如何对活动进行控制和记录（How）等。具体来讲典型的质量管理体系程序所包括的内容一般有：①目的和范围，开展这项活动的目的及这项活动所覆盖的领域；②职责，为达到上述目的，由谁来实施此项程序；③实施步骤，按逻辑顺序把细节排列出来（清单），并列出应注意的特殊领域；④文件，列出实施此项程序所需要的文件或格式，以及应记录的数据；

⑤记录,所形成的记录和报告及其相应的签发手续。

程序文件的编写同质量手册一样,要遵循一定的结构规则和内容要求,一般包括封面、刊头、刊尾、修改控制页和正文等5个部分,各个部分的详细内容如表19-3所示。

4. 其他质量文件

质量体系文件的其他质量文件部分,主要包括作业指导书、质量记录文件、质量管理过程中用到的标准表单等文件。

表19-3 程序文件结构及对应内容

结　构		对应内容
封面		公司标志、名称,文件名、编号,编制人、审核人、批准人及日期,颁布、生效日期,修改状态/版号,修改记录(可专设修改页),受控状态/保密等级,发文登记号
刊头(每页文件)		公司标志、名称,文件名称、编号,修改状态/版号,受控状态,发文登记号,页码等
刊尾(每页文件,需要时)		拟制人、批准人及日期,会签人及日期,其他说明性文字
修改控制页		修改单编号,修改标识,修改人/日期,审批人/日期,修改内容(可单改与封面或其他附页合并说明文件修改的历史情况)
正文	目的	程序所控制的活动及控制目的
	适用范围	程序所涉及的有关部门和活动,程序所涉及的相关人员、产品
	职责	规定负责实施该项程序的部门或人员及其责任和权限,规定与实施该项程序相关的部门或人员其责任和权限
	工作程序	按活动的逻辑顺序写出开展该项活动的各个细节,规定应做的事情(What),明确每一活动的实施者(Who),规定活动的时间(When),说明在何处实施(Where),规定具体实施办法(How),所采用的材料、设备、引用的文件等,如何进行控制,应保留的记录,例外特殊情况的处理方式等
	引用文件及相关的记录	涉及的相关程序文件,引用的作业指导书、操作规程及其他技术文件,涉及的其他管理性文件,所使用的记录、表格等

作业指导书必须能表述质量体系程序中每一步更详细的操作方法,并指导员工执行具体的工作任务,如完成或控制加工工序、搬运产品、校准测量设备等。作业指导书和程序文件的区别在于,一个作业指导书只涉及一项独立的具体任务,而一个程序文件则涉及质量体系中某个过程的整体活动。

质量记录是"阐明所取得的结果或提供所完成活动的证据的文件"(ISO 9000:2000—2.7.6)。任何质量体系运行都会产生记录,但不同的体系标准,在不同的企业中、不同性质的产品和服务都会产生不同的质量记录。但一般情况下,都会要求质量记录包含以下内容:①产品、项目或服务质量形成过程和最终状态的证实记载;②上述证实记载状态与要求状态的验证记载;③质量体系运行记载,以及验证其有效性是否达到预定要求或合同规定要求的记载。

同时,为了使质量体系有效运行,就要设计一些实用的表格并做出活动结果的报告,这些表格在使用之后,连同报告就形成了质量记录,作为质量体系运行的证据。

质量管理体系第三层文件通常又可分为:管理性第三层文件,如车间管理办法、仓库管理办法、文件和资料编写导则、产品标识细则等;技术性第三层文件,如产品标准、原材料标准、技术图纸、工序作业指导书、工艺卡、设备操作规程、抽样标准、检验规程等。

19.3 质量认证与质量审核

19.3.1 质量认证

质量认证是随着现代工业的发展，作为一种外部质量保证的手段发展起来的。在认证制度产生之前，供方（第一方）为了推销其产品，通常采用"产品合格声明"的方式，来博取顾客（第二方）的信任。这种方式，在产品简单，不需要专门的检测手段就可以直观判别优劣的情况下是可行的。但是，随着科学技术的发展，产品品种日益增多，产品的结构和性能日趋复杂，仅凭买方的知识和经验很难判断产品是否符合要求；加之供方的"产品合格声明"属于"王婆卖瓜，自卖自夸"的一套，真真假假，鱼龙混杂，并不总是可信，这种方式的信誉和作用就逐渐下降。在这种情况下，前述产品品质认证制度也就应运而生。

1971 年，ISO 成立了"认证委员会"（CERTICO），1985 年，易名为"合格评定委员会"（CASCO），促进了各国产品品质认证制度的发展。

质量认证是一种符合性评定活动，是由可以充分信任的第三方证实某一经鉴定的产品、过程和服务符合特定标准或者技术规范的活动。质量认证按认证的对象分为产品质量认证和质量体系认证两类。

1. 产品质量认证

产品品质认证工作，从 20 世纪 30 年代后发展很快。到了 50 年代，所有工业发达国家基本得到普及。发展中国家多数在 70 年代逐步推行。我国是从 1981 年 4 月才成立了第一个认证机构——"中国电子器件质量认证委员会"，虽然起步晚，但起点高，发展快。

产品质量认证是指依据产品标准和相应技术要求，经认证机构确认并通过颁发认证证书和认证标志来证明某一产品符合相应标准和相应技术要求的活动。

2. 质量管理体系认证

质量管理体系认证，亦称质量管理体系注册，是指由公正的第三方体系认证机构，依据正式发布的质量管理体系标准，对企业的质量管理体系实施评定，并颁发体系认证证书和发布注册名录，向公众证明企业的质量管理体系符合某一质量管理体系标准，有能力按规定的质量要求提供产品，可以相信企业在产品质量方面能够说到做到。

质量管理体系认证的目的是要让公众（消费者、用户、政府管理部门等）相信企业具有一定的质量保证能力，其表现形式是由体系认证机构出具体系认证证书的注册名录，依据的条件是正式发布的质量管理体系标准，取信的关键是体系认证机构本身具有的权威性和信誉。

3. 质量认证机构组成

质量认证的工作应该由一些专业的质量认证机构与申请认证的企业合作进行，这些专业的质量认证机构包括认证机构、检验机构与审核机构。

认证机构指实施合格认证的机构，是公正的第三方，认证机构一般属于非营利性质的民间社会团体。例如，中国电子元器件质量认证委员会、中国乳胶制品质量认证委员会、中国汽车用安全玻璃认证委员会、中国水泥产品质量认证委员会、中国电工产品认证委员会（CCEE）等。

检验机构是指可以代表认证机构执行检验服务的机构。当企业申请产品质量认证时，认证机构委派检验机构对产品的性能进行检验和试验，检验机构必须经过国家授权。

当企业申请质量体系认证时，认证机构委派审核机构执行质量体系审核任务，审核机构的资格也是必须经过国家授权的。

4. 认证的实施步骤

质量管理体系，不仅包括 ISO 质量管理体系，还包括诸如 GMP（制药行业，药品生产管理规范）、CMM（软件行业，软件开发能力）、CA 8000：CAI［2001］（社会责任认证，企业管理类）、QS 9000（汽车行业）等，这些质量体系的认证虽然内容有所不同，但认证流程基本是一致的。

（1）企业向认证机构提出认证申请

企业向其自愿选择的某个体系认证机构提出申请，按机构要求提交申请文件，包括企业质量手册等。体系认证机构根据企业提交的申请文件，决定是否受理申请，并通知企业。按惯例，机构不能无故拒绝企业的申请。

（2）认证机构对企业进行审查

认证机构收到申请认证企业的申请之后将对申请企业有关情况进行审查，并且在 30 天内作出受理、不受理或改进后受理的决定。如果经过审查后决定接受申请，认证机构将向申请认证企业发送《接受申请通知书》。如果申请企业不符合规定的有关申请要求，认证机构将向对方发送《不接受申请通知书》，说明不能接受申请的理由，并将相关文件退还企业。

（3）认证机构对申请文件进行审查

认证机构接受申请后，将对申请认证企业提交的申请文件进行审查，主要审查内容包括：申请企业的生产特点、人员结构、生产设备情况；申请企业是否具有明确的质量方针和目标；申请企业的质量管理职能是否落实；如果在文件审查过程中对某些内容不能把握，则通知申请认证企业进行补充说明或修改，直至文件审查通过。

（4）审核机构做好现场审核准备工作

主要完成的工作包括：通知审核企业开始现场审核的时间；确定审核组成员工作分工，编制审核计划；编制审核检查表等。

（5）审核组进行现场审核

主要是为了对申请企业质量体系的运行进行有效性评价。在这一阶段，首先，审核组对申请企业质量体系的实际情况及体系运行的有效性参照事先编制好的审核检查表项目进行评价，这是现场审核工作的关键环节；其次，审核组针对现场审核的具体情况，就申请企业的质量体系状况做出评价结论；最后，审核组向申请企业的高层领导及管理者代表报告审核结果，申请企业可以就报告相关内容进行说明，双方最终共同确定审核意见。

（6）提交审核报告

结束现场审核工作之后，审核组将编写审核报告，对现场审核结果进行说明和证明。审核报告须经审核组全体成员签字确认，并报送认证机构。提交的审核报告的审核结论有 3 种情况：①没有或仅有少量的一般不合格，可建议通过质量认证；②存在多个严重不符合，短期内不可能改正，则建议不予以通过认证；③存在个别严重不符合，短期内可能改正，则建议推迟通过认证。

（7）认证机构进行审批与注册

认证机构根据审核报告，经审查决定是否批准认证。对批准认证的企业颁发体系认证证书，并将企业的有关情况注册公布，准予企业以一定方式使用体系认证标志。证书有效期通常为3年。

（8）认证后的监督管理

认证后的监督管理指认证机构对获得认证许可的企业在有效期（一般为3年）内每年对企业至少进行一次监督检查。在监督管理过程中，有可能发生认证暂停、认证撤销、认证注销的情况。如果认证企业发生恶劣重大的产品质量事故或者质量管理体系发生了较大的变化，认证机构将对其进行复审。

19.3.2 质量审核

1. 含义

审核是指为获得审核证据，并对其进行客观的评价，以确定满足审核准则的程度所进行的系统的、独立的并形成文件的过程。审核的层次包括符合性、有效性、达标性三个层次。

质量体系审核是指为确定质量体系活动及其有关结果是否符合计划安排，以及这些安排是否被有效贯彻，且能达到预期目标所做的系统的、独立的检查活动，是质量体系建立和维持有效运行的重要措施和保证。

2. 分类

质量体系审核活动通常有两种分类标准，即按照审核对象分类或者按照审核目的进行分类，可以从图19-3中清晰地解读质量体系审核的分类组成。

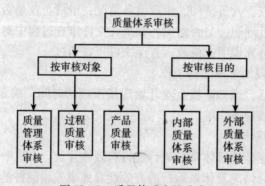

图19-3 质量体系审核分类

1）分类标准一：按照审核目的分类

（1）内部质量体系审核——第一方审核

内部质量体系审核是由内审员对企业的质量体系的有效性进行检查和评定，及时发现存在的问题，促使有关部门采取改进措施，使质量体系能够有效运行。

这是组织对其自身的产品、过程或质量管理体系进行的审核。审核员通常是本组织的，也可聘请外部人员。通过审核，综合评价质量活动及其结果，对审核中发现的不合格项采取纠正和改进措施。

（2）外部质量体系审核

外部质量体系审核是由客户企业或第三方机构为评定企业质量体系的有效性而开展的检查、评定活动。外部质量体系审核又包括第二方审核和第三方审核两大类型。

第二方审核是顾客对供方开展的审核。在市场经济中，供方总是不断寻求新的市场和顾客，顾客在众多可选择的供方中，要挑选合格的供方，往往就要对新的潜在供方进行审核，以此作为最终采购决定的依据。这种审核由顾客派出审核人员或委托外部代理机构对供方的质量管理体系进行审核评定。对供方来说这是第二方审核。第二方审核的标准或大纲，通常由顾客根据自身需要制定或提出。例如，美国克莱斯勒汽车公司、福特汽车公司、通用汽车联合制定了 QS 9000 标准，要求所有直接克莱斯勒、福特、通用汽车公司及其他签署本文件的整车厂提供下列产品或服务的内、外部供方都须贯彻：①生产用原材料；②生产或服务（维修）用零件；③热处理、喷漆、电镀或其他最终标准。目前，国内外一些顾客委托代理机构对供方质量保证能力进行审核、评定。这样做，即可保证审核的客观性、公正性，也可弥补自身审核力量不足或者解决选择合格供方的问题。

第三方审核是由第三方，具有一定资格并经一定程序认可的审核机构派出审核人员对组织的质量管理体系进行审核。第三方审核是需要给审核机构付费的。审核机构将按照商定的标准对供方的产品或质量管理体系进行审核。审核的结果，若符合标准要求，组织将会获得合格证明并被登记注册。这就表明在审核的有效期内，供方的产品或体系具有审核范围规定的能力。此外第三方审核机构还将在国际或国内发告，宣布被登记注册的组织的名称。这样顾客将把被注册的组织看成是合格的供方，一般情况下，无须再对注册组织进行审核。在个别情况下只需对顾客特殊要求的内容进行评价即可。

2）分类标准二：按照审核对象分类

根据审核的范围和具体内容的不同，质量体系审核可以划分为质量管理体系审核、过程质量审核、产品质量审核。

（1）质量管理体系审核

质量管理体系审核是针对质量管理体系包括的活动及其结果是否符合有关标准和文件的规定，质量管理体系文件中的各项规定是否得到有效的贯彻，并适合于达到质量目标的系统的、独立的检查。

质量管理体系审核独立地对一个组织质量管理体系所进行的质量审核。质量管理体系审核覆盖该组织所有部门和过程，应围绕产品质量形成全过程进行，通过对质量管理体系中的各个场所、各个部门、各个过程的审核和综合，得出质量管理体系符合性、有效性、达标性的评价结论。

（2）过程质量审核

过程质量审核是为了获取工序质量的有关信息、研究改善工序控制状态而对工序控制计划与安排及其实施效果进行调查与评价的活动。过程质量审核主要针对质量控制计划的可行性和可靠性进行评价，涉及人员、环境、时间、信息等要素。

"过程"实际上就是指生产（服务）过程中的"工序"，并不是具有广泛意义上的"过程"，在实际应用中强调的是对企业生产或服务过程中的重点工序。过程（工序）质量审核可从输入、资源、活动、输出着眼，涉及人员、设备、材料、方法、环境、时间、信息及成本8个要素。

（3）产品质量审核

产品质量审核是为了获得产品的有关质量信息，而独立地以用户在使用中对产品质量的评价为标准，来检查和评价产品质量的活动。

产品质量审核的主要目的是发现产品质量缺陷，分析产生的原因，从而寻求改善与提高产品适用性的措施，为产品质量改进提供客观依据。如果在审核中发现了产品质量存在较严重的质量缺陷，要立即采取纠正措施，不允许不合格产品出厂。

19.4 现代质量管理常用方法

在质量管理中，经常要用到一些方法和工具。目前较常用的有所谓7种工具，即排列图法、分层法、因果分析图法、调查表法、直方图法、散布图法、控制图法。日本在开展全面质量管理的过程中通常将上述的7种方法称为"老7种工具"，而将关联图、KJ法、系统图、矩阵图、矩阵数据分析法、PDPC法和箭条图统称为"新7种工具"。

19.4.1 质量管理的"老7种工具"

1. 因果分析图法

又称为鱼刺图法，该方法以某质量问题（结果）为出发点，从操作者、操作方法、设备、原材料和环境等方面入手，逐步探寻产生质量问题的原因。寻求各种原因要从粗到细，从大到小，形象地描述出它们的因果关系，直到能具体采取措施解决为止。经过记录和整理，将问题绘制成一个图。图19-4是因果分析图的典型结构，图19-5是学生课程考试成绩偏低的因果分析图。

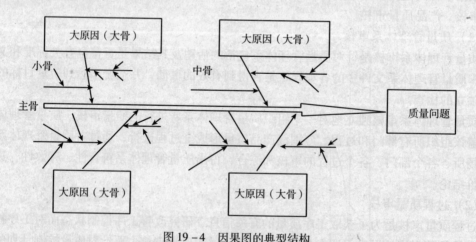

图19-4 因果图的典型结构

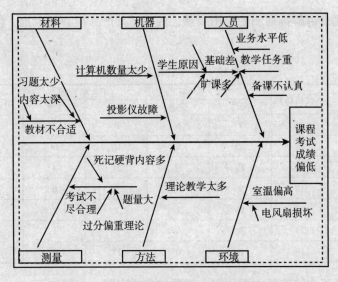

图 19-5　学生课程考试成绩偏低的因果图分析

2. 排列图法

排列图又称为帕累托（Pareto）图或主次因素分析图，是根据"关键的少数和次要的多数"的原理而制作的，也就是将影响产品质量的众多因素按其对质量影响程度的大小，用直方图形顺序排列，从而找出主要因素。

排列图的横坐标表示影响质量的各种因素，左边的纵坐标表示频数，右边的纵坐标表示累计百分数。折线称为帕累托曲线。通常按累计百分数将影响因素分为 3 个区域：占 0～80% 左右为 A 类区，也就是主要因素；80%～90% 为 B 类因素，是次要因素；90%～100% 为 C 类因素，是一般原因。由于 A 类因素占到问题的 80%，是影响质量的主要因素，一旦此类因素解决了，质量问题就大部分得到了解决。所以，应采取措施重点解决这些原因引起的质量问题，如图 19-6 所示。

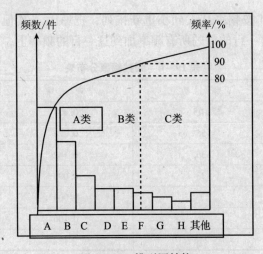

图 19-6　排列图结构

下面通过实例来讲解排列图的应用步骤，例如对某产品检查了7批，将每批检查的情况汇总成表19-4。

表19-4　不合格原因调查表

批号	检查数	不合格品数	不合格原因					
			操作	设备	工具	工艺	材料	其他
1	4573	16	7	6	0	3	0	0
2	9450	88	36	8	16	14	0	14
3	4895	71	25	11	21	4	0	10
4	5076	12	9	3	0	0	0	0
5	5012	17	13	1	1	1	1	0
6	4908	23	9	6	5	1	0	2
7	4839	19	6	0	13	0	0	0

为了寻找产生不合格产品主要原因，需要做出排列图，步骤如下。

第1步，对表19-4进行统计分析，列出其频数和频率分布表，如表19-5所示。

表19-5　频数频率分布表

原　因	频　数	频　率
操作	105	0.427
设备	35	0.142
工具	56	0.228
工艺	23	0.093
材料	1	0.004
其他	26	0.106
合计	246	1

第2步，把表19-4按频率从大到小重新排列，把原因"其他"放在最后，并加上一列"累计频率"，即将这一行的前的所有频率加到这一行的频率上，如表19-6所示。

表19-6　频数频率分布表

原　因	频　数	频　率	累积频率
操作	105	0.427	0.427
工具	56	0.228	0.655
设备	35	0.142	0.797
工艺	23	0.093	0.89
材料	1	0.004	0.894
其他	26	0.106	1
合计	246	1	

第3步，画排列图。在坐标纸的横坐标上从左至右依次标出各个原因项，"其他"这一项放在最后，在坐标纸上设置两条纵轴，在左边的纵轴上标上频数，在右边一天纵轴的相应

位置标出频率，然后在图上每个原因项的上方画一个矩形，其高度等于相应的频数，宽度适当。再在每一个矩形的右上方点上一个点，其高度为到该原因为止的累积频率，并从原点开始把这些线连成一条折线，称这条折线为累积频率折线，如图 19－7 所示。

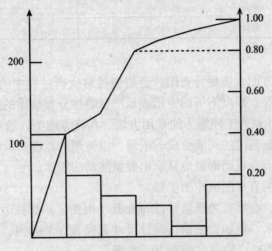

图 19－7　产品不合格原因排列图

最后一步，找出主要原因。根据累积频率在 0～80％ 之间的因素为主要因素的原则，可以在频率为 80％ 处画一条水平线，在该水平线以下的折线部分对应的原因项便是主要因素。从上图可知，造成不合格品的主要原因是操作、工具与设备，所以要减少不合格品首先要从这 3 方面入手。

3. 调查表法

调查表也称为检查表、核对表等，它是用来收集和整理质量原始数据的一种表格。调查表是为了调查客观事物、产品和工作质量，或为了分层收集数据而设计的图表。即把产品可能出现的情况及其分类预先列成调查表，则检查产品时只需在相应分类中进行统计。

因产品的对象、工艺特点、调查目的和分析对象等不同，其调查表的格式也不同，常用的调查表有不合格品项目调查表、不合格原因调查表、废品分类统计调查表、产品故障调查表、工序质量调查表、产品缺陷调查表等。表 19－7 就是一个不良项目调查表。

表 19－7　不良项目调查表

	年月日	
品名	工厂名	
工序：最终检验	部门　制造部	
不合格种类	检验员	
检查总数：2530	批号 02－8－6	
备注：全数检验	合同号 02－5－3	
不合格种类	检查结果	小　计
表面缺陷	正正正正正正正一	36
砂眼	正正正正	20

加工不合格	正正正正正正正正正一	46
形状不合格	正	5
其他	正正	10
	总计	107

4. 直方图法

直方图又称频数直方图、质量分布图，是指通过对生产过程中的大量计量数据的收集、整理，用一系列宽度相等、高度不等的矩形表示质量特性分布规律的图示方法，直方图是常用的 QC 工具，也是定性调查工序能力的常用方法。在直方图中，通过对测定或收集的数据进行整理，并按一定数据范围的间隔分成若干组，以矩形的宽度表示组距，以矩形的高度表示组内数据的频数，从而直观而形象地显示出数据波动的规律。

下面通过举例来说明直方图的作图步骤。

第一步，收集数据。收集有关质量特性的数据（用变量 x 表示），数据个数一般在 50 个以上，数据个数用 n 表示。例如，某销钉设计尺寸直径为 $(3 + 0.4, 3 + 0.6)$，为了分析工序质量分布，共收集了 100 个数据，如表 19 - 8 所示。

表 19 - 8　某销钉设计尺寸直径质量数据

3.65	3.56	3.60	3.59	3.45	3.60	3.55	3.68	3.60	3.55
3.50	3.48	3.61	3.48	3.56	3.51	3.56	3.47	3.47	3.49
3.53	3.56	3.52	3.59	3.52	3.61	3.42	3.53	3.49	3.50
3.48	3.49	3.59	3.49	3.39	3.51	3.62	3.53	3.53	3.46
3.53	3.56	3.51	3.59	3.51	3.62	3.46	3.44	3.51	3.47
3.51	3.52	3.57	3.45	3.57	3.45	3.49	3.54	3.54	3.46
3.48	3.56	3.57	3.57	3.50	3.55	3.52	3.45	3.51	3.48
3.53	3.58	3.50	3.52	3.63	3.46	3.52	3.54	3.50	3.52
3.49	3.52	3.58	3.46	3.53	3.64	3.51	3.47	3.52	3.49
3.58	3.50	3.53	3.58	3.48	3.55	3.55	3.54	3.51	3.54

第二步，求极差 R。在原始数据中找出最大值和最小值，计算二者的差就是极差，即 $R = x_{max} - x_{min}$。本例中 $R = x_{max} - x_{min} = 3.68 - 3.40 = 0.28 \approx 0.3$

第三步，确定分组的组数（K）和组距（h）。一批数据究竟分多少组，通常根据数据个数的多少来定。可参考表 19 - 9。

表 19 - 9　直方图分组数表

数据量（n）	< 50	50 - 100	100 - 250	> 250
分组数（K）	5 - 7	6 - 10	7 - 12	10 - 20

本例中确定组数 $K = 10$，则组距 $h = R \div K$，组距一般取计量值单位的整数，以便于分组。本例中组距 $h = R \div K = 0.3 \div 10 = 0.03$。

第四步，确定各组界限。在分组的时候，为使数据值不与各分组的边界值相重合，使得最小值和最大值都落在区间之内，分组界限值的单位应取最小计量单位的1/2。即第一组的上下界限值为 $x_{mix} + h/2$ 和 $x_{mix} - h/2$；第 i 组的上下界限为第 $i-1$ 组的上下界限加组距 (h)。第 i 组的代表值为改组的上下界限值的算术平均值，最后一组的上下界限值为 $x_{max} + h/2$ 和 $x_{man} - h/2$。

第五步，制作频数分布表。将测得的原始数据分别归入到相应的组中，统计各组的数据个数，即频数 f，各组频数填好以后检查一下总数是否与数据总数相符，避免重复或遗漏，销钉直径频数分布表如表 19-10 所示。

表 19-10　频数分布表

组　别	组界值	频数 f	组次 u	fu	fu^2
1	3.385 - 3.415	1	-4	-4	16
2	3.415 - 3.445	2	-3	-6	18
3	3.445 - 3.475	13	-2	-26	52
4	3.475 - 3.505	19	-1	-19	19
5	3.505 - 3.535	26	0	0	0
6	3.535 - 3.565	16	1	16	16
7	3.565 - 3.595	12	2	24	48
8	3.595 - 3.625	7	3	21	63
9	3.625 - 3.655	3	4	12	48
10	3.655 - 3.685	1	5	5	25
合　计		100	/	23	305

第六步，并且确定组次 u 并计算 fu 和 fu^2 的值，如表 19-10 所示。

在确定组次 u 的时候要以频数最多的一组为标准，并规定改组的组次为 $u=0$，由 $u=0$ 组向上依次为 -1，-2，$\cdots$，$-i$，由 $u=0$ 向下依次为 1，2，$\cdots$，i。

第七步，计算频数最多的一组的中值 x_0。$x_0 = $（上届限值 + 下届限值）/2。本例中 $x_0 = $（上界限值 + 下界限值）$\div 2 = (3.535 + 3.505) \div 2 = 3.52$。

第八步，计算特征值：平均值和标准差。其计算公式为：

$$\bar{x} = x_0 + h \frac{\sum fu}{\sum f} \qquad s = h \sqrt{\frac{\sum (fu)^2}{\sum f} - \left[\frac{\sum fu}{\sum f} \right]^2}$$

本例中 $\bar{x} = 3.52 + 0.03 \times (23 \div 100) = 3.5269$，$s = 0.0519$。

第九步，画直方图。以横坐标表示质量特性（如表 19-9 中的中心值），纵坐标为频数，在横轴上标明各组组界，以组距为底，频数为高，画出一系列的直方柱，并在直方图的空白区域，记上有关的数据的资料，如样本数、平均值、标准差等，就成了直方图，如图 19-8 所示。

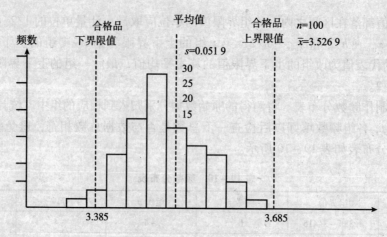

图 19-8 销钉直径直方图

对直方图的观察,主要有两个方面:一是分析直方图的全图形状,能够发现生产过程的一些质量问题;二是把直方图和质量指标比较,观察质量是否满足要求。直方图形状主要包含以下几种,如图 19-9 所示。

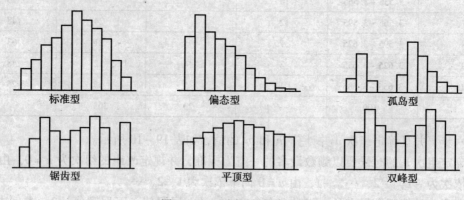

图 19-9 不同形状的直方图

① 标准型(对称型)。数据的平均值与最大和最小值的中间值相同或接近,平均值附近的数据频数最多,频数在中间值向两边缓慢下降,并且以平均值左右对称。这种形状是最常见的。

② 锯齿型。做频数分布表时,如分组过多,会出现此种形状。另外,当测量方法有问题或读错测量数据时,也会出现这种形状。

③ 偏态型。数据的平均值位于中间值的左侧(或右侧),从左至右(或从右至左),数据分布的频数增加后突然减少,形状不对称。

④ 平顶型。当几种平均值不同的分布混在一起,或某种要素缓慢变化时,常出现这种形状。

⑤ 双峰型。靠近直方图中间值的频数较少,两侧各有一个"峰"。当有两种不同的平均值相差大的分布混在一起时,常出现这种形状。

⑥ 孤岛型。在标准型的直方图的一侧有一个"小岛"。出现这种情况是夹杂了其他分布的少量数据,如工序异常、测量错误或混有另一分布的少量数据。

对直方图分析的第二个方面是直方图与标准界限比较，统计分布符合标准的直方图有以下几种情况，如图 19 – 10 所示。

① 理想直方图。散布范围 B 在标准界限 $T = [T_1, T_u]$ 内，两边有余量，如图 19 – 10(a) 所示。

② B 位于 T 内，一边有余量，一边重合，分布中心偏移标准中心，应采取措施使分布中心与标准中心接近或重合，否则一侧无余量易出现不合格品，如图 19 – 10(b) 所示。

③ B 与 T 完全一致，两边无余量，易出现不合格品，如图 19 – 10(c) 所示。

④ 分布中心偏移标准中心，一侧超出标准界限，出现不合格品，如图 19 – 10(d) 所示。

⑤ 散布范围 B 大于 T，两侧超出标准界限，均出现不合格品，如图 19 – 10(e) 所示。

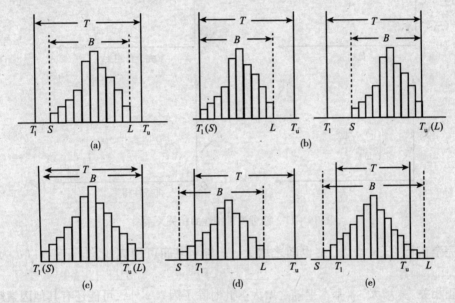

图 19 – 10　直方图与标准限的比较

尽管直方图能够很好地反映出产品质量的分布特征，但由于统计数据是样本的频数分布，它不能反映产品随时间的过程特性变化，有时生产过程已有趋向性变化，而直方图却属正常型，这也是直方图的局限性。

5. 散布图法

散布图是通过分析研究两种因素的数据之间的关系，来控制影响产品质量的相关因素的一种有效方法。有些变量之间有关系，但又不能由一个变量的数值精确地求出另一个变量的数值。将这两种有关的数据列出，用点标在坐标图上，然后观察这两种因素之间的关系。这种图就称为散布图。通过散布图中两种因素之间关系的分析，我们就可以通过控制一种易于控制的因素来控制另一种比较难控制的质量特性。

在散布图中，两个要素之间可能具有非常强烈的正相关，或者弱的正相关。这些都体现了这两个要素之间不同的因果关系。一般情况下，两个变量之间的相关类型主要有 6 种：完全正相关、弱正相关、不相关、完全负相关、弱负相关及非线性相关，如图 19 – 11 所示。

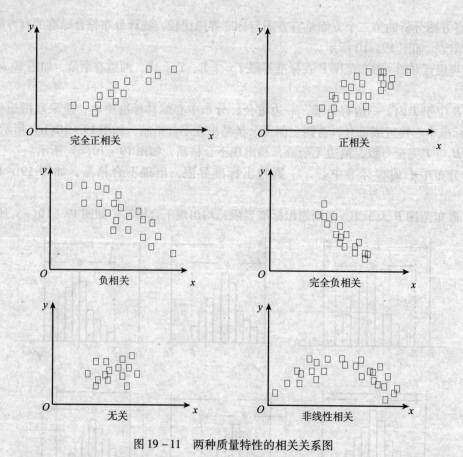

图 19－11　两种质量特性的相关关系图

① 完全正相关。x 增大，y 也随之增大。x 与 y 之间可用直线 $y = a + bx$（b 为正数）表示。

② 正相关。x 增大，y 基本上随之增大。此时除了因素 x 外，可能还有其他因素影响。

③ 负相关。x 增大，y 基本上随之减小。同样，此时可能还有其他因素影响。

④ 完全负相关。x 增大，y 随之减小。x 与 y 之间可用直线 $y = a + bx$（b 为负数）表示。

⑤ 无关。即 x 变化不影响 y 的变化

⑥ 非线性相关。x 和 y 有一定关系，但不是线性相关。

6. 分层法

分层法又叫分类法，是将调查收集的原始数据，根据不同的目的和要求，按某一性质进行分组、整理的分析方法。分层的结果使数据各层间的差异突出地显示出来，层内的数据差异减少了。在此基础上再进行层间、层内的比较分析，可以更深入地发现和认识质量问题的原因。由于产品质量是多方面因素共同作用的结果，因而对同一批数据，可以按不同性质分层，使我们能从不同角度来考虑、分析产品存在的质量问题和影响因素。常用的分层标志有：①按操作班组或操作者分层；②按使用机械设备型号分层；③按操作方法分层；④按原材料供应单位、供应时间或等级分层；⑤按施工时间分层；⑥按检查手段、工作环境等分层。

7. 控制图法

控制图又称为管理图，是一张带有控制界限的数据图。它主要作用是通过分析和控制图中的点子分布来反映生产过程中有无异常，并对工序质量进行监督、预测和控制。控制图的形状如图 19 – 12 所示。横坐标为取样时间，纵坐标为测得的质量特性值。有 3 条与横坐标平行的线，中间一条实线称为中心线 CL，上面一条虚线称为上控制线 UCL，下面一条虚线称为下控制线 LCL。控制图通常以样本平均值 X 为中心线，取标准差的 3 倍（即 $X \pm 3\sigma$）作为上下控制线界限的范围。根据正态分布规律，落在该控制线以内的概率为 99.73%，在控制线以外的概率为 0.27%。按照"视小概率事件为实际上不可能"原理，就可以认为出现在 $X \pm 3\sigma$ 区间外的时间为异常波动，说明生产过程有系统原因存在。

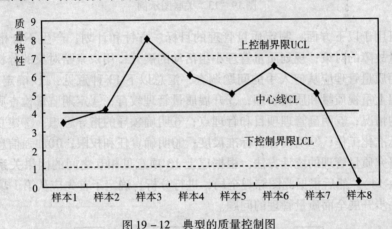

图 19 – 12 典型的质量控制图

控制图按其用途可以分为两类：一类是供分析用的控制图，用控制图分析生产过程中有关质量特性值的变化情况，看工序是否处于稳定状态；另一类是供管理用的控制图，主要用于发现生产过程是否出现了异常情况，以预防产生不合格产品。

通过控制图可以观察分析工序质量状态信息，以便采用有效措施，使工序处于质量受控状态。

判断工序稳定的条件有两个：①点子在控制界限以内；②在控制界限内的点子，排列无缺陷或者说点子无异常排列。两个条件同时满足，才能断定工序稳定。

判断工序不稳定的条件有 3 个：①点子超出控制界限（点子在控制界限上按照超出界限处理）；②点子在警戒区内，即点子处在 $2\sigma \sim 3\sigma$ 范围之内；③点子排列异常。以上 3 个条件只要有一个条件满足就可以断定工序不稳定。

19.4.2 质量管理的"新 7 种工具"

1. 关联图法

关联图法是指用连线图来表示事物相互关系的一种方法，也叫关系图法。如图 19 – 13 所示，图中各种因素 A、B、C、D、E、F、G 之间有一定的因果关系。其中，因素 B 受到因素 A、C、E 的影响，它本身又影响到因素 F，而因素 F 又影响着因素 C 和 G，…… 这样，找出因素之间的因果关系，便于统观全局、分析研究，以及拟定出解决问题的措施和计划。

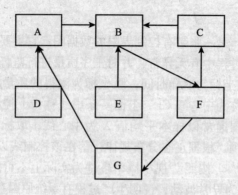

图 19 - 13   关联图示例

关联图可用于以下方面：制定质量管理的目标、方针和计划；产生不合格品的原因分析；制定质量故障的对策；规划质量管理小组活动的展开；用户索赔对象的分析。例如，某公司开展全面质量管理应从何入手的问题调查，汇总以下 13 种意见：① 确定方针、目标、计划；②思想上重视质量和质量管理；③开展质量管理教育；④定期监督检查质量与开展质量管理活动的情况；⑤明确管理项目和管理点；⑥明确领导的指导思想；⑦建立质量保证体系；⑧开展标准化工作；⑨明确评价标准尺度；⑩明确责任和权限；⑪加强信息工作；⑫全员参与；⑬研究质量管理的统计方法。根据以上 13 项意见相互之间的因果关系，绘制出关联图（图 19 - 14）。然后根据此图综观全局，进行分析，确定了首先应从第 1 项和第 6 项入手，解决进一步开展全面质量管理的问题。

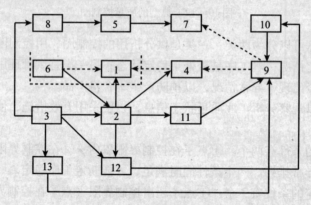

图 19 - 14   全面质量管理关联图

2. KJ 法（亲和图法）

KJ 法又称亲和图法，是日本川喜二郎提出的。"KJ" 二字取的是川喜（KAWAJI）英文名字的第一个字母。这一方法是从错综复杂的现象中，用一定的方式来整理思路、抓住思想实质、找出解决问题新途径的方法。KJ 法一般用于以下情况：①认识新事物（新问题、新办法）；②整理归纳思想；③从现实出发，采取措施，打破现状；④提出新理论，进行根本改造，"脱胎换骨"；⑤促进协调，统一思想；⑥贯彻上级方针，使上级的方针变成下属的主动行为。

川喜二郎认为，按照 KJ 法去做，至少可以锻炼人的思考能力。KJ 法的工作步骤如下。

① 确定对象（或用途）。KJ法适用于解决那种非解决不可，且又允许用一定时间去解决的问题。对于要求迅速解决、"急于求成"的问题，不宜用KJ法。

② 收集语言、文字资料。收集时，要尊重事实，找出原始思想（"活思想"、"思想火花"）。

③ 把所有收集到的资料，包括"思想火花"，都写成卡片。

④ 整理卡片。对于这些杂乱无章的卡片，不是按照已有的理论和分类方法来整理，而是把自己感到相似的归并在一起，逐步整理出新的思路来。

⑤ 把同类的卡片集中起来，并写出分类卡片。

⑥ 根据不同的目的，选用上述资料片段，整理出思路，写出文章来。

3. 系统图法

系统图法是指系统地分析、探求实现目标的最好手段的方法。在质量管理中，为了达到某种目的，就需要选择和考虑某一种手段；而为了采取这一手段，又需要考虑它下一级的相应的手段。这样，上一级手段就成为下一级手段的行动目的。如此地把要达到的目的和所需要的手段，按照系统来展开，按照顺序来分解，作出图形，如图19-15所示，就能对问题有一个全貌的认识。然后，从图形中找出问题的重点，提出实现预定目的最理想途径。它是系统工程理论在质量管理中的一种具体运用。

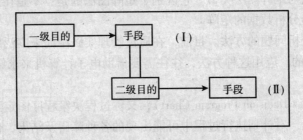

图19-15 系统图结构

系统图法主要用于以下几方面：在新产品研制开发中，应用于设计方案的展开；在质量保证活动中，应用于质量保证事项和工序质量分析事项的展开；应用于目标、实施项目的展开；应用于价值工程的功能分析的展开；结合因果分析图，使之进一步系统化。系统图法在应用的时候首先要确定目的；其次，提出手段和措施；第三，评价手段和措施，决定取舍；第四，把各种手段（或方法）都写成卡片；第五，把目的和手段系统化；最后，制定实施计划。

4. 矩阵图法

矩阵图法是指借助数学上矩阵的形式，把与问题有对应关系的各个因素，列成一个矩阵图表；然后，根据矩阵图的特点进行分析，从中确定关键点（或着眼点）的方法。

这种方法，先把要分析问题的因素，分为两大群（如 R 群和 L 群），把属于因素群 R 的因素（R_1，R_2，…，R_n）和属于因素群 L 的因素（L_1，L_2，…，L_m）分别排列成行和列。在行和列的交点上表示着 R 和 L 的各因素之间的关系，这种关系可用不同的记号予以表示（如用"O"表示有关系、"◎"表示关系密切、"△"表示可能有关系等）。表19-11为矩阵图法示意表。

这种方法，用于多因素分析时，可做到条理清楚、重点突出。它在质量管理中，可用于寻找新产品研制和老产品改进的着眼点，寻找产品质量问题产生的原因等方面。

表 19 – 10　矩阵图法

L		R						
		R_1	R_2	R_3	...	R_i	...	R_n
	L_1		0					◎
	L_2	0	0	◎	◎			
	L_3							
	⋮							
	L_i	△				0		
	⋮							
	L_n	△				◎		0

5. 矩阵数据分析法

矩阵数据分析法与矩阵图法类似。它区别于矩阵图法的是：不是在矩阵图上填符号，而是填数据，形成一个分析数据的矩阵。

它是一种定量分析问题的方法。目前，在质量管理实践中尚未广泛应用，只是作为一种"储备工具"提出来的。应用这种方法，往往需要借助电子计算机来求解。

6. PDPC 法

PDPC 法（Process Decision Program Chart），又称过程决策程序图定法。它是在制定达到研制目标的计划阶段，对计划执行过程中可能出现的各种障碍及结果，作出预测，并相应地提出多种应变计划的一种方法。这样，在计划执行过程中，遇到不利情况时，仍能有条不紊地按第二、第三或其他计划方案执行。

7. 箭条图法

箭条图法又称矢线图法，是计划评审法在质量管理中的具体运用，使质量管理的计划安排具有时间进度内容的一种方法。它有利于从全局出发，统筹安排，抓住关键线路，集中力量，按时和提前完成计划。

以上就是有关质量管理基本方法的介绍。一般说来，"老 7 种工具"的特点是强调用数据说话，重视对制造过程的质量控制；"新 7 种工具"则基本是整理、分析语言文字资料（非数据）的方法，着重用来解决全面质量管理中 PDCA 循环的 P（计划）阶段的有关问题。因此，"新 7 种工具"有助于管理人员整理问题、展开方针目标和安排时间进度。整理问题，可以用关联图法和 KJ 法；展开方针目标，可用系统图法、矩阵图法和矩阵数据分析法；安排时间进度，可用 PDPC 法和箭条图法。

本 章 小 结

质量管理是管理学的基本原理在企业管理实践中的具体运用。产品质量的好坏，关系到每个人、每个企业的切身利益，关系到整个社会的发展。要保证企业产品及其各方面的工作质量，必须要开展有效的质量管理工作，而对基本质量管理理念和质量管理方法的掌握和运用，对质量认证、质量审核及如何建立质量管理体系等部分知识的掌握是其基本保证。

参 考 文 献

[1] 罗宾斯. 管理学. 4版. 北京: 中国人民大学出版社, 1997.

[2] 周三多. 管理学. 2版. 北京: 高等教育出版社, 2005.

[3] 杨洁. 管理学. 北京: 经济科学出版社, 2006.

[4] 徐光华, 暴丽艳. 管理学: 原理与应用. 北京: 北京交通大学出版社, 2004.

[5] 舒文, 袁斌. 现代企业管理学. 成都: 四川大学出版社, 2006.

[6] 王效昭. 企业管理学. 北京: 中国商业出版社, 2001.

[7] 吴照云. 管理学通论. 北京: 中国社会科学出版社, 2007.

[8] 杨静光. 古今管理概要. 北京: 中共中央党校出版社, 2005.

[9] 黄雁芳, 宋克勤. 管理学教程案例集. 上海: 上海财经大学出版社, 2001.

[10] 张文昌, 于维英. 西方管理思想发展史. 济南: 山东人民出版社, 2007.

[11] 周健临. 管理学教程. 上海: 上海财经大学出版社, 2001.

[12] 苏东水. 东方管理学. 上海: 复旦大学出版社, 2005.

[13] 潘乃樾. 孔子与现代管理. 北京: 中国经济出版社, 1994.

[14] 林善浪, 张禹东. 华商管理学. 上海: 复旦大学出版社, 2006.

[15] 聂正安. 管理学. 长沙: 中南大学出版社, 2003.

[16] 王利平. 管理学原理. 北京: 中国人民大学出版社, 2000.

[17] 徐国华, 张德, 赵平. 管理学. 北京: 清华大学出版社, 2007.

[18] 徐子健. 管理学. 北京: 对外经济贸易大学出版社, 2002.

[19] 赵平. 管理学. 北京: 科学技术文献出版社, 1988.

[20] 周三多. 管理学. 北京: 高等教育出版社, 2000.

[21] 中国社会科学院语言研究所词典编辑室. 现代汉语词典. 修订本. 北京: 商务印书馆, 1996.

[22] 达夫特, 马西克. 管理学原理. 高增安, 译. 4版. 北京: 机械工业出版社, 2005.

[23] 赵涛, 齐二石. 管理学. 天津: 天津大学出版社, 2004.

[24] 张德. 企业文化建设. 北京: 清华大学出版社, 2003.

[25] 朱秀文. 管理学教程. 天津: 天津大学出版社, 2004.

[26] 王平换. 企业战略管理. 重庆: 重庆大学出版社, 2002.

[27] 孔茨, 韦里克. 管理学. 10版. 北京: 经济科学出版社, 2003.

[28] 孔茨, 韦里克. 管理学精要. 韦福祥, 译. 6版. 北京: 机械工业出版社, 2005.

[29] 亨格，惠伦. 战略管理精要. 王毅，译. 2 版. 北京：电子工业出版社，2002.

[30] 戴永良. 管理学. 北京：石油工业出版社，2002.

[31] 詹华，陈忠平. 管理学. 上海：中国纺织大学出版社，2002.

[32] 王凯，陈超. 管理学基础. 北京：高等教育出版社，2006.

[33] 王雄伟. 现代管理学. 银川：宁夏人民出版社，2006.

[34] 杨善林. 企业管理学. 北京：高等教育出版社，2004.

[35] 马春光. 国际企业管理. 北京：对外经济贸易大学出版社，2005.

[36] 谭力，文先明. 国际企业管理. 2 版. 武汉：武汉大学出版社，2004.

[37] 徐子健. 国际企业管理. 北京：对外经济贸易大学出版社，2002.

[38] 韩福荣. 国际企业管理. 2 版. 北京：北京工业大学出版社，2007.

[39] 史金平. 管理学. 北京：高等教育出版社，2006.

[40] 叶陈刚. 公司伦理与企业文化. 上海：复旦大学出版社，2007.

[41] 王成荣. 企业文化学教程. 北京：中国人民大学出版社，2003.

[42] 李景平. 现代管理学. 西安：西安交通大学出版社，2001.

[43] 单宝，周立公. 管理学：理论、过程、方法. 上海：立信会计出版社，2004.

[44] 郭跃进. 管理学. 北京：经济管理出版社，2003.

[45] 汪克夷. 管理学. 大连：大连理工大学出版社，1998.

[46] 孙凤芝，赵善伦. 管理学原理. 青岛：中国海洋大学出版社，2004.

[47] 王德清. 企业管理学. 重庆：重庆大学出版社，2004.

[48] 李培. 管理学原理. 成都：四川大学出版社，2005.

[49] 马行天，王海涛，侯海青. 管理学. 西安：西北工业大学出版社，2004.

[50] 林建煌. 管理学. 上海：复旦大学出版社，2003.

[51] 戴淑芬. 管理学原理. 北京：北京大学出版社，2000.

[52] 李福海. 战略管理学. 成都：四川大学出版社，2004.

[53] 李新庚. 管理学原理. 长沙：中南大学出版社，2004.

[54] 顾锋. 管理学. 上海：上海人民出版社，2004.

[55] 李培煊. 管理学. 北京：中国铁道出版社，2002.

[56] 门贵斌. 现代管理学. 成都：西南交通大学出版社，2002.

[57] 张注洪. 管理学原理. 上海：东南大学出版社，2002.

[58] 柏群. 管理学. 重庆：重庆大学出版社，2003.

[59] 谭力文，徐珊，李燕萍. 管理学. 武汉：武汉大学出版社，2004.

[60] 张明玉，等. 管理学. 北京：科学出版社，2005.

[61] 斯通纳，弗雷曼，小吉尔伯特. 管理学教程. 刘学主，译. 北京：华夏出版社，2001.

[62] 杜伯林. 管理学精要. 胡左浩，陈莹，袁媛，译. 北京：电子工业出版社，2003.

[63] 安世民. 组织行为学. 北京：北京大学出版社，2008.

[64] 单凤儒. 管理学基础. 2 版. 北京：高等教育出版社，2001.

[65] 高金章. 管理学. 郑州：河南科学技术出版社，2006.

[66] 李享章. 管理学原理. 上海：立信会计出版社，2006.

[67] 朱荣恩. 内部控制案例. 上海：复旦大学出版社，2005.

［68］黄维德，董临萍．人力资源管理．北京：高等教育出版社，2005．

［69］董克用，叶向峰．人力资源管理概论．北京：中国人民大学出版社，2003．

［70］彭剑锋．人力资源管理概论．上海：复旦大学出版社，2003．

［71］孟华兴，张伟东，杨杰．人力资源管理．北京：科学出版社，2005．

［72］姚裕群．人力资源管理．2版．北京：中国人民大学出版社，2006．

［73］伍争荣．人力资源管理教程．北京：中国发展出版社，2006．

［74］李燕萍．人力资源管理．武汉：武汉大学出版社，2002．

［75］袁蔚，杨加陆，方青云，等．人力资源管理教程．上海：复旦大学出版社，2006．

［76］孙泽厚，罗帆．人力资源管理：理论与实务．武汉：武汉理工大学出版社，2002．

［77］胡君辰，卷绍濂．人力资源开发与管理．3版．上海：复旦大学出版社，2005．

［78］郭国庆．市场营销学自学辅导．武汉：武汉大学出版社，2002．

［79］郭国庆，韩冀东．市场营销教程及学习指导．北京：高等教育出版社，1999．

［80］里斯，特劳特．定位．王恩冕，译．北京：中国财政经济出版社，2002．

［81］宁昌会．整合营销．武汉：湖北人民出版社，2000．

［82］徐兆辉．企业管理与技术经济．北京：机械工业出版社，2001．

［83］祝海波．市场营销战略与管理．北京：中国经济出版社，2006．

［84］冯万顺，李向波．现代企业管理与技术经济分析，1999．

［85］熊源伟．公共关系学．修订本．合肥：安徽人民出版社，2002．

［86］吴金明．新经济时代的"4V"营销组合．中国工业经济，2001．

［87］侯春江，周游．市场营销组合理论述评．哈尔滨商业大学学报：社会科学版，2004（6）．

［88］董雅丽，杜漪．现代企业物流管理．2版．兰州：兰州大学出版社，2005．

［89］兰伯特．物流管理．北京：电子工业出版社，2003．

［90］科伊尔．企业物流管理．北京：电子工业出版社，2003．

［91］BALLOU R H．企业物流管理．北京：机械工业出版社，2003．

［92］翁小刚．物流管理基础．北京：中国物资出版社，2002．

［93］石小平．物流客户服务．北京：人民交通出版社，2005．

［94］叶怀珍．现代物流学．北京：高等教育出版社，2003．

［95］夏春玉．现代物流概论．北京：首都经济贸易大学出版社，2004．

［96］蔡世馨，于晓霖．现代生产管理．大连：东北财经大学出版社，2004．

［97］陈国生．现代企业管理案例精析．北京：对外经济贸易大学出版社，2006．

［98］吴振顺．现代企业管理．北京：机械工业出版社，2004．

［99］樊光鼎，李葆坤．企业生产管理．北京：经济科学出版社，2002．

［100］张群．生产管理．北京：高等教育出版社，2006．

［101］教育部高等教育司．现代企业管理．北京：高等教育出版社，2003．

［102］崔平．现代生产管理．北京：机械工业出版社，2004．

［103］张书珩．生产管理．北京：金城出版社，2005．

［104］金光熙．生产管理．上海：上海人民出版社，2005．

［105］腾铸，程华．现代企业管理学．上海：上海财经大学出版社，2001．

[106] 刘广第. 质量管理学. 2 版. 北京：清华大学出版社，2003.

[107] 胡铭. 质量管理学. 武汉：武汉大学出版社，2004.

[108] 宗蕴璋. 质量管理. 北京：高等教育出版社，2003.

[109] 张公绪，孙静. 新编质量管理学. 北京：高等教育出版社，2003.

[110] 韩福荣. 现代质量管理学. 北京：机械工业出版社，2006.

[111] 戴明. 戴明论质量管理. 钟汉清，戴永久，译. 深圳：海南出版社，2003.

[112] CAMPANELLA JACK. 质量成本原理：原理、实施和应用. 王鲜华，译. 北京：机械
工业出版社，2004.

[113] 鲍尔，达菲，韦思科特. 质量改进手册. 方海萍，魏清江，译. 北京：中国城市出版
社，2003.

[114] 龚益鸣. 质量管理学. 2 版. 上海：复旦大学出版社，2004.

[115] 朱兰. 朱兰论质量策划. 杨文士，译. 北京：清华大学出版社，1999.

[116] 张伯坚. 2000 年新版质量管理体系国家标准理解与实施. 北京：国防工业出版
社，2004.